AF178835

ullstein

Marc Raabe

DIE HORNISSE

Thriller

Ullstein

Besuchen Sie uns im Internet:
www.ullstein.de

Wir verpflichten uns zu Nachhaltigkeit
- Papiere aus nachhaltiger Waldwirtschaft
  und anderen kontrollierten Quellen
- Druckfarben auf pflanzlicher Basis
- ullstein.de/nachhaltigkeit

Ungekürzte Ausgabe im Ullstein Taschenbuch
1. Auflage Dezember 2021
2. Auflage 2024
© Ullstein Buchverlage GmbH, Berlin 2020 / Ullstein Paperback
Wir behalten uns die Nutzung unserer Inhalte für Text und Data Mining
im Sinne von § 44b UrhG ausdrücklich vor.
Umschlaggestaltung: zero-media.net, München
Titelabbildung: © FinePic®, München
Satz: Pinkuin Satz und Datentechnik
Gesetzt aus der Kepler Std
Druck und Bindearbeiten: CPI books GmbH, Leck
ISBN 978-3-548-06489-5

*Standing in the middle of the road is very dangerous;
you get knocked down by the traffic from both sides.*

Margaret Thatcher

Prolog

Seine Nerven sind gespannt wie eine Bogensehne. Der DIN-A4-Umschlag, den er unter dem Innenfutter seiner Jacke versteckt hält, macht ihn nervös. Ihm ist warm, er weiß, dass er nach Schweiß riecht.

Er zeigt ein weiteres Mal seinen scheckkartengroßen Ausweis, wobei er versucht, seine Augen im Schatten der Mütze zu halten. Die zwei Typen nicken unterkühlt. Winken ihn durch. Der eine rümpft die Nase. Und so was nennt sich Security! Er hört schon die Fragen der Polizei. Die spitzen Formulierungen, den Vorwurf, dass ihnen doch etwas hätte auffallen müssen. Vermutlich werden die zwei ihren Job verlieren. Vielleicht verlieren auch noch andere ihren Job. Selbst schuld, wenn man einer blöden Plastikkarte glaubt.

Er geht zwischen mannshohen Absperrgittern das letzte Stück durch den Wald. Links, hinter dem Sichtschutz, sind die Massen. 22 290 Menschen, schreiend, jubelnd, sich im Takt wiegend und klatschend.

Gut, dass er sie nicht hört.

Gut, dass er fast gar nichts hört von all dem Aufruhr.

Er wirft noch einmal einen Blick auf das Foto in seinem Handy, prägt sich das Gesicht der Frau ein. Ende dreißig, blond. Ein wirklich hübsches Gesicht, das muss er zugeben.

Aber das steht jetzt nicht zur Debatte. Er steckt das Handy wieder ein. Der Ausweis schaukelt an dem langen blauen Band um seinen Hals. Die Bäume über ihm greifen in den dunklen Himmel. Der Umschlag unter seiner Jacke wiegt schwer, obwohl er recht leicht ist. Im Inneren ist etwas Längliches, Rechteckiges – so viel konnte er ertasten. Was ist länglich, rechteckig und »von zerstörerischer Kraft«?

Denn genau das war das Versprechen gewesen, der Umschlag sei »von zerstörerischer Kraft«. Mehr hat er bei der Übergabe nicht erfahren.

Schweiß läuft ihm zwischen den Schulterblättern den Rücken hinab. Die Schaumstoffpfropfen in seinen Ohren drücken. Er hasst das taube Gefühl, das sie im Kopf machen. Doch noch mehr hasst er den Lärm, der hier herrscht. Ohne die Pfropfen in den Ohren würde ihn das alles irremachen.

Er bremst seine Schritte. Die Rückseite der Bühne liegt vor ihm, ein Klotz aus Stein und Beton, der noch aus der Zeit des Nationalsozialismus stammt. Für die Zuschauer ist das hässliche Ding nicht zu sehen, von vorne dominiert das geschwungene weiße Dach der Waldbühne mit seinen zeltartigen Spitzen. Direkt am Hintereingang sind ein paar Dixi-Klos aufgestellt; für alle Fälle. Laminierte Zettel mit den Namen der Künstler kleben an den Türen.

Brad Galloway.

Er wünschte, die Hornisse könnte ihn jetzt sehen, könnte Zeuge sein, wie er alles ins Rollen bringt. Der Gedanke lenkt ihn für einen Moment ab. Was nicht gut ist. Er muss weiter. Erst der Umschlag, dann alles andere. Am liebsten hätte er, dass es heute gleich weitergehen würde. Aber das ist nicht der Plan.

Nervös betritt er den Gang. Roher Beton. Der Tunnel der Stars. Wer hier schon alles durchgelaufen ist!

Er öffnet den Reißverschluss seiner Jacke. Der Umschlag ist wattiert, die Oberfläche steif und glatt, sie knistert leise.

Länglich, rechteckig, von zerstörerischer Kraft.

Was könnte das sein? Plastiksprengstoff? Das würde passen. Semtex oder so was. Er will auf keinen Fall in der Nähe sein, wenn der Umschlag geöffnet wird. Denn er wird schnell geöffnet werden, allein schon wegen des roten Stempels. *Urgent!* – Dringend. Wie dieser Song von Foreigner aus den Achtzigern. Das war zwar etwas vor seiner Zeit, aber mit Musik kennt er sich aus. Die Melodie ist sofort in seinem Kopf.

Got fire – in your veins.

Burnin' hot – but you don't feel the pain.

Der Tunnel endet und vor ihm öffnet sich die Bühne. Licht pulsiert. Strahlen schneiden den Nebel in Scheiben. Vor seinen Augen explodiert ein Farbspektakel, Galloway und seine Band mittendrin, dahinter erheben sich die dicht besetzten Zuschauerränge des riesigen Amphitheaters.

Er kneift die Augen zusammen und mustert die Ränder der Bühne. Wo zum Teufel ist jetzt die Frau?

Eine Gruppe Menschen steht im Schatten eines Boxenturms; offenbar die Backstageloge für Groupies, Lakaien und Manager. Er läuft darauf zu, versucht im Streiflicht die Frau auszumachen. Der wattierte Umschlag scheint seltsam heiß zu werden zwischen seinen Fingern.

Wer sagt eigentlich, dass das Semtex erst hochgeht, wenn der Umschlag aufgerissen wird? Es könnte auch ein Zeitzünder sein. Oder ein Fernzünder ...

Zuzutrauen wär's ihm.

Er muss das Ding loswerden. Sofort.

Von links kommt eine Kamera herangeflogen, auf einem federnden Metallarm vor die Brust des Kameramanns geschnallt. Gerade noch rechtzeitig, bevor die Linse ihn erfassen kann, huscht er beiseite. Das Bild der Steadicam erscheint groß wie ein Haus auf dem Screen an der Rückwand der Bühne und zeigt Galloways Rücken vor einem Meer aus Fans.

Ein paar Schritte noch, dann ist er bei der kleinen Menschengruppe am Rand der Bühne, und plötzlich sieht er sie. Kein Zweifel, das ist die Frau auf dem Foto. Nur ihr Gesichtsausdruck ist anders, irgendwie bedrückt. Fast tut sie ihm leid. Sie wäre besser wirklich nicht hier.

Fuck. Zweifel sind das Letzte, was er jetzt gebrauchen kann. Die Hornisse hat das alles hier zu verantworten, niemand sonst. Ohne sie wäre das alles nie passiert. Also Umschlag übergeben und weg hier. Die Bühne vibriert. Die Frau steht da, wiegt mechanisch die Hüften, hat nur Augen für Galloway.

Er stupst sie an und hält ihr seinen Ausweis unter die Nase. »Hey. Ich soll ihm das geben«, brüllt er, hebt den Umschlag und deutet auf Brad Galloway.

Sie runzelt die Stirn, sagt etwas, doch durch die Ohrstöpsel versteht er nichts.

»Du triffst ihn doch gleich, in der Garderobe, oder?« Er tippt auf den roten Stempelaufdruck. »Ist dringend!«

Sie zuckt mit den Schultern, wirkt unschlüssig. Er nutzt den Moment und drückt ihr den Umschlag in die Hand. »Danke!«

Bevor sie etwas erwidern kann, dreht er sich um und lässt sie stehen. Auf der Treppe nimmt er jeweils drei Stufen auf einmal. Bloß nicht zur falschen Zeit am falschen Ort sein.

Konsterniert starrt sie auf den Umschlag in ihrer Hand. Was bitte war das gerade? Was bildet der Typ sich ein! Sie hat weiß Gott andere Themen, als auch noch den Kurier zu spielen.

Brads Stimme holt aus und hebt ab. Der Jubel von über zwanzigtausend Menschen schwillt an. Sie bekommt eine Gänsehaut. Sieht seine Hand, fest ums Mikrofon, hätte sie gerne woanders und schämt sich zugleich dafür. Seine Lippen berühren die Waben des Mikros, winzige Tröpfchen sprühen im Gegenlicht. Wie kann in einer Stimme so viel Seele sein?

Die Gänsehaut will und will nicht gehen.

Das wollte sie auch damals nicht. Sie hatte unten in der ersten Reihe gestanden. Es wäre besser gewesen, er hätte sie nicht gesehen. Es wurde ein fünf Tage langer gemeinsamer Rausch.

Geteilte Einsamkeit.

Gegen das Gefühl von Verlorensein anvögeln, und gleichzeitig war es so viel mehr gewesen. Ein kurzer Traum von Liebe. *We are all broken, that's how the light gets in.* Brads Worte. Cohen, Hemingway, wer auch immer das geschrieben hatte, er musste Brad in die Seele geschaut haben.

Die Zwanzigtausend singen mit ihm. Für ihn. Wie zwanzigtausend Geliebte. Als würden sie alle ihre Erinnerung und ihre Gefühle teilen. Dabei gibt es niemanden, der so viel mit ihm teilt wie sie. Sie müsste es ihm nur sagen.

Die Waldbühne liegt Brad zu Füßen, und sie fragt sich, ob es nicht besser wäre zu gehen. Aber da ist der Umschlag. Sie schaut auf den Stempel. *Urgent!*

Plötzlich spürt sie seinen Blick. Er hat sie gesehen und streckt die Hand nach ihr aus, winkt, was so viel heißt wie: »Komm her zu mir!« Die Kamera wirft ihn riesengroß auf die Leinwand.

Sie schüttelt den Kopf, hält sich am Umschlag fest, will im Schatten bleiben. Er singt weiter, die Stimme dunkel und samtig, und er winkt erneut.

Bleib bloß weg. Ich kann nicht.

Die Sticks wirbeln auf dem Schlagzeug, die Musik schwillt zu einem gigantischen Finale an. Der letzte Gitarrenschlag geht im Jubel von Tausenden Kehlen unter. Schwärme von Handys leuchten auf der Tribüne.

Galloway brüllt: »*Thank you! I love you all!*«

So was von peinlich. Die billigste aller Liebeserklärungen. Und trotzdem funktioniert es, auch bei ihr.

Plötzlich steht er vor ihr. Die Steadicam fliegt auf sie zu. Sie wendet ihr Gesicht von der Kamera ab, drückt ihm dabei den Umschlag vor die Brust. Er lacht, packt sie, zieht sie heran, ohne dass sie sich wehren könnte, betrachtet den Umschlag in seinen Händen und runzelt die Stirn.

»*Where have you been*«, murmelt er, den Mund dicht an ihrem Ohr.

Sie antwortet nicht.

22 290 Menschen rufen: »Zu-ga-be!«

Er reißt den Umschlag auf, langsam, und sieht sie dabei an, als wäre der Umschlag ein Geschenk von ihr. Denkt er das wirklich? Sie sollte ihn aufklären.

Das Ratschen des Papiers geht im Lärm unter.

Warum wartet Brad nicht, bis er in der Umkleide ist?, denkt sie.

Gleich ist er offen.

Wieso eigentlich *Urgent*? Was kann so wichtig sein, dass er es hier auf der Bühne öffnen soll? Ein seltsames Gefühl beschleicht sie. Der Mann, der ihr vorhin den Umschlag gegeben hat, war seltsam. Die dunkle Kleidung, die Schirmmütze, der strenge Geruch von Schweiß. Aber so sind Roadies, oder?

Der Umschlag ist offen.

Brads Blick ist ein Fragezeichen.

Er fasst hinein. Zieht eine längliche, rechteckige Metalldose heraus und runzelt erneut die Stirn. Mit einer raschen Bewegung öffnet er die Dose und blickt hinein. *»What the fuck ...?«* Mit einem Ausdruck zwischen Ekel und Verblüffung hält er ihr die Dose hin, als ob sie erklären könne, was das sein soll.

In der Aluminiumdose liegt eine kleine weiße Vogelfeder in einem Bett aus geronnenem Blut. Die Härchen sind verklebt und an manchen Stellen im dunklen Bodensatz eingetaucht, als wäre die Feder ausgeblutet und im eigenen Saft erstarrt.

Kapitel 1

Gar nicht so lange her, denkt er, da gab es auch in Deutschland noch Todesurteile. Amtlich, mit Stempel. Getippt im Zwei-Finger-Suchsystem auf buckligen Schreibmaschinen mit Durchschlagpapier und ausgeführt im Verborgenen, von Soldaten ohne Uniform. Wenn man denkt wie ein Soldat, wird das Töten ganz normal.

Er legt die dritte leere Heparin-Spritze neben das Einmachglas auf dem kleinen Tisch.

Die Knoten hat er wie im Schlaf gebunden. Segelschein, mit fünfzehn. Was Boote hält, das hält alles.

Er holt einen Stuhl heran, setzt sich und betrachtet sein Werk.

Ein Lächeln kräuselt seine Lippen. Teufels Werk gegen Gottes Beitrag.

Er zieht das Messer aus der Scheide. Die Latexhandschuhe sitzen spack an den Fingern. Wie sich alles in der blanken Klinge spiegelt! Das Zimmer mit den vergilbten Vorhängen, das Bett mit dem Überwurf, der nach Staub und Mief riecht, die Seile, die sich zitternd spannen, und wenn er das Messer richtig hält, spiegelt sich darin sogar sein eigenes Gesicht.

Sein Lächeln wird hart, und er steht auf, tritt ans Bett heran, ignoriert das dumpfe Geheule, packt zu und schneidet.

Das Textilklebeband auf dem Mund bläht sich, als wollte der Knebel herausspringen.

Das Einmachglas auf dem Tisch will gefüllt werden.

Also rein damit.

Dann klappt er den Deckel zu und schließt die Metallspange am Glas. Ihm ist, als ob das Gummi leise seufzt.

Er sollte Formaldehyd dazugießen, dann wird es sich länger halten.

Er setzt sich wieder hin, hält das Glas mit spitzen Fingern am Deckel, sodass er gut seinen Inhalt betrachten kann. Das Bett vor ihm ruckelt. Panisch rutschen die Pfosten in kleinen Schritten über den Boden.

Vor, zurück. Vor. Zurück, zurück.

Nach einer Weile wird das Bett still.

Und das im Gästehaus der Polizei.

Gott, das wird sie fuchsen!

Kapitel 2

Tom legt seinen Sohn auf den Rücken, hebt ihn an den kurzen, immer noch speckigen Beinen etwas hoch und schiebt ihm die Windel unter den Po. Es riecht nach Chlor. Die verbeulten und mit Aufklebern übersäten Stahlschränke in der engen Umkleide der Kreuzberger Welle passen eher in einen Boxclub als in das beschauliche Kiez-Schwimmbad.

Phil gluckst und strahlt ihn an, er hat sich glücklich und müde geplanscht. Der Kleine liebt Wasser; der einzige und beste Grund für Tom, mit ihm den Schwimmkurs zu besuchen. Er ist allein unter Frauen hier, was ja an sich nichts Schlimmes wäre, doch seit sich unter den Müttern herumgesprochen hat, dass er beim LKA in der Mordkommission arbeitet, können ein paar der Mütter ihre Neugier kaum bremsen.

Ob er mit diesem schrecklichen Berlinale-Fall zu tun gehabt habe? – Was? Tatsächlich? – Ach, ob er denn diesen Dr. Bruckmann vom LKA persönlich kenne? Der sei doch nach der Schießerei am Holocaust-Mahnmal geflohen … eine Schande sei das, was er da angerichtet hat. Ob die Polizei denn gar keine Ahnung habe, wo er steckt? Und warum eigentlich der Rücktritt von Bürgermeister Otto Keller, das sei doch mehr als verdächtig, oder etwa nicht?

Tom hat mit Kursbeginn auf Durchzug geschaltet und gibt abweisende Antworten. Es gibt nichts, was er sagen könnte – selbst wenn er wollte. Bruckmann ist und bleibt verschollen, und die Anschuldigungen gegen Keller sind zu diffus, um in einen Prozess zu münden. Doch Toms Schweigen führt bisher nur dazu, dass die betreffenden Mütter ihr Bemühen noch steigern, in einer Art seltsamem Wettbewerb, wer von ihnen wohl den stillen Kommissar knacken wird. Hinter einer spanischen Wand in der Eingangshalle hat er heute vor Beginn des Kurses ein Gespräch von Regina, Bozana und Claudia mitbekommen.

»Glaubt ihr, der ist wirklich verheiratet?«, fragte Regina, die älteste der drei Mütter. »Ich meine, ich seh den immer nur mit dem Jungen alleine.«

»Die Frau heißt Anne, glaube ich«, meinte Bozana, eine Polin mit auffallend guter Figur, die mit rot geschminkten Lippen ins Wasser ging und nie untertauchte.

»Ein Jammer«, seufzte Claudia.

»Muss doch nichts heißen, gibt bestimmt einen Grund, warum diese Anne nie mit dabei ist«, sagte Regina. »So 'nen Kerl ... Also *ich* würde den nicht allein zum Schwimmkurs gehen lassen. Allein die Größe ...«

»Welche Größe meinst du denn jetzt, Schätzchen?«, kicherte Bozana.

»Na, eins neunzig ist der doch mindestens.«

»Ach, *die* Größe.«

»Wobei«, meinte Claudia, »vielleicht sollte ihm mal jemand sagen, dass Dreitagebart nicht mehr in ist.«

»Wieso? Blonder Dreitagebart, ist doch sexy.«

»Wenn er nur nicht so still wäre.«

»Groß, blond, blaue Augen und still! Was wollt ihr denn mehr?«, echauffierte sich Bozana.

Claudia prustete spöttisch. Je mehr sie etwas wollte, desto mehr kleidete sie ihre Wünsche in Ablehnung – was alle wussten. »Der Engel vom Revier. Mehr Klischee geht nicht, oder?«

»Wenn mich Mr Klischee doch glücklich macht ...«, sagte Bozana.

Bevor Tom mit anhören muss, was Bozana noch alles glücklich macht, hat er sich in die Männerumkleide verzogen, die vor und nach dem Kurs seine Fluchtburg ist. Die Momente, die er allein mit seinem Sohn hat, sind ohnehin viel zu selten, nicht zuletzt wegen seines Jobs.

Phil strampelt mit den Beinen. Tom hält eines davon fest, prustet ihm unter die Fußsohle, und in Phils kleinem Gesicht explodiert ein unbändiges Lachen, das Toms Herz erwärmt.

Gerade als Tom die Klettverschlüsse der Windel schließen will, klingelt sein Handy. Er angelt nach der Tasche, die hinter Phil liegt, beugt sich über ihn, bekommt das Handy zu fassen und spürt, wie es nass und warm an seiner Brust wird.

Oh nein, bitte nicht!

Mit der freien Hand drückt Tom rasch die Windel in Phils Schritt, aber es ist schon zu spät.

»Babylon«, seufzt Tom ins Telefon und betrachtet den Fleck auf seinem Hemd.

»Grauwein«, ahmt Peer Toms Seufzer nach.

»Haha«, erwidert Tom trocken. Grauweins spontane Witzelei ist eins, doch die Tatsache, dass der Kriminaltechniker ihn nach Dienstschluss anruft, verheißt nichts Gutes. »Ich hab frei«, knurrt Tom, klemmt das Handy zwischen Schulter und Ohr und schließt die Windel.

»Ich auch«, sagt Grauwein. »Und die Dispo übrigens auch. Weshalb Morten mich gebeten hat, dich anzurufen.«

»Großartig. Und?«

»Er will dich hier. Sofort.«

Tom presst die Lippen aufeinander. Seit Joseph Morten zum stellvertretenden Dezernatsleiter befördert worden ist, paart sich seine Stinkstiefeligkeit mit einem unangenehmen direktiven Ton. »Sag ihm, ich kann jetzt nicht.«

»Sag's ihm selbst«, erwidert Grauwein. »Er dreht gerade am Rad.«

»Was zum Teufel ist denn los?« Tom kitzelt Phils kleinen Fuß und schneidet ihm eine Grimasse.

»Eine Leiche im Gästehaus der Polizei.«

»Wo?«, stutzt Tom. »Im Gästehaus ...? Ist da nicht gerade die Forensik-Weiterbildung?«

»Genau.«

»Wie schlimm ist es?«

»Doppelschlimm«, sagt Grauwein. »Eine Riesensauerei. Dazu kommt, die Leiche liegt seit gestern hier, und keiner hat's gemerkt.«

Kein Wunder, dass Morten am Rad dreht, denkt Tom. Ein Mord, und nebenan tagt das halbe Dezernat 11 für Tötungsdelikte, gemeinsam mit Kollegen aus den anderen Bundesländern. »Und das Opfer?«, fragt Tom. »Schon identifiziert?«

Grauwein zögert einen Moment, schließlich sagt er leise. »Das wirst du nicht glauben.«

Tom hat plötzlich das Gefühl, keine Luft mehr zu bekommen. Da ist sie wieder, die alte Falle, die seine Furcht zuschnappen lässt wie ein Fangeisen. Mit einem Mal hat er Viola vor Augen, seine kleine Schwester, die im Alter von zehn Jahren spurlos verschwunden ist. Wie oft hat er schon geglaubt, zu einem Tatort zu kommen und vor Violas Leichnam zu stehen. In seinen Albträumen sieht Vi dann nicht einen Tag älter aus als damals. »Ich komme«, sagt er heiser und legt auf.

Er hört nicht mehr, dass Grauwein ihn noch fragt, ob er nicht wissen wolle, wer das Opfer sei.

Nein, wolle er nicht, wäre Toms Antwort gewesen.

Manchmal geht die Furcht, Viola tot aufzufinden, Hand in Hand mit einem Funken Hoffnung, dann könnte alles endlich ein Ende haben.

1989

Kapitel 3

Oh Gott, Violas Gesicht hinter der Scheibe – vollkommen verweint! Und wie Tom mit seinen fünf Jahren neben ihr saß, ihre winzige Hand hielt, eine zornige, angestrengte Falte auf seiner glatten Stirn. Seine blauen Augen blickten verzweifelt suchend aus dem Seitenfenster.

Zwei lange Stunden.

Es zerriss Inge das Herz.

Was war sie nur für eine furchtbare Mutter?

Sie öffnete die Hintertür des Wagens. »Schatz!«

Tom presste die Lippen aufeinander, und sie nahm sein Gesicht in beide Hände. »Es tut mir leid. So, so leid.« Die zornige Falte auf Toms Stirn wich einer gewissen Erleichterung.

Inge ließ ihn los und nahm Viola auf den Arm, die ihren zarten, wuscheligen Blondschopf an ihre Wange drückte und schluchzend Luft holte. Inge wiegte sie unter Toms kritischem Blick hin und her. Der Regen wurde stärker, und Viola und sie wurden pitschnass. Inge warf einen Blick zurück zum Haus. Oben im Fenster, im ersten Stock, stand Benno und sah ihr zu. Hinter der Spiegelung in der Scheibe konnte sie sehen, wie er eine harsche Bewegung mit der Hand machte: Verschwinde da, schnell!

Hier konnte sie nicht bleiben. Wenn sie jemand sah!

»Schätzchen, wir müssen los«, murmelte sie und setzte Viola

hastig neben Tom auf die Rückbank, in die selbst gebaute Sitzschale. »Mami ist gleich für euch da, ja? Habt noch ein bisschen Geduld.«

Tom nahm ganz automatisch Violas Hand. Die Kleine hielt sich an ihm fest, als gäbe es auf der Welt nichts außer seiner Hand. Sie schluchzte kurz auf, doch immerhin: Sie weinte nicht mehr.

Inge warf die Tür zu, lief um den Wagen und setzte sich hinter das Steuer der DS. Was hatte sie sich nur gedacht? Der futuristisch anmutende grüne Citroën war wie ein bunter Hund unter all den Trabis und Wartburgs auf den Straßen. Die Spitzel hatten Ohren und Augen überall. Sie hätte sich einen anderen Wagen leihen sollen, vielleicht den Trabi von Wolf und Susanne.

Sie wendete im Hof und fuhr durch das Tor auf den Feldweg. Im Rückspiegel wurde der Hof zitternd kleiner. Wenn sie jemand gesehen hatte, würde es Fragen geben. Und Fragen waren schlecht. Fragen erregten Aufmerksamkeit. Sie blickte erneut in den Rückspiegel. Ein Schlagloch ließ den Citroën schaukeln, und sie sah für einen Moment ihren Hals im Spiegel. Die Schminke verdeckte den dunkelroten Fleck unterhalb des Ohrs nur unzureichend. Sie würde nachlegen müssen, bevor sie Werner unter die Augen trat. Wenigstens hatte sie vernünftige Schminke, im Gegensatz zu den meisten anderen. Dass Werner und sie im Friedrichstadt-Palast arbeiteten, hatte weiß Gott Vorteile. An Westschminke zu kommen war einer davon. Der Citroën war ein anderer.

Wasser spritzte zu beiden Seiten aus einer Pfütze. Werner würde fragen, woher der Dreck am Wagen kam. Ihr fiel das alte Handtuch im Kofferraum ein. Das müsste reichen, um gleich in der Stadt die schlammigen Spritzer fortzuwischen.

Der Wagen holperte ein letztes Mal, dann bog sie scharf auf die Straße ein.

»Mama, wieso fährst du so schnell?«, fragte Tom.

Schnell? Inge sah auf den Tacho und erschrak. Sie hatte es nicht einmal bemerkt, so sehr war sie in Gedanken.

»Entschuldige, Schatz, du hast recht.« Sie nahm den Fuß vom Gas, und die DS wurde langsamer. Fehlte noch, dass die Polizei sie wegen überhöhter Geschwindigkeit anhielt. Auch die Meldungen der Vopo landeten am Ende bei der Stasi. Mit Ortsangabe.

»Mama?«

»Ja, Schatz?«

»Was ist das an deinem Hals?«

»Das? Ach, das ist nichts.« Im Rückspiegel sah sie, wie Tom die Stirn runzelte. Fünf Jahre und schon der reinste Lügendetektor.

Sie stellte das Radio an. RIAS. Eine lakonische, unaufgeregte Stimme verlas Nachrichten aus dem Westen. Sie hasste den Mist, den die DDR-Parteisender von sich gaben. Wenn, dann stellte sie das Radio immer auf Westfunk. Jetzt erklärte der Sprecher, dass in Ungarn offenbar gerade Grenzposten Löcher in den Zaun an der Grenze zu Österreich schnitten. Im ersten Moment überkam sie eine plötzliche Freude – nein, Hoffnung. Das war ein Dammbruch. Gut, vielleicht nur ein erster Riss, aber dabei würde es nicht bleiben. Doch dann sank ihr Mut. Das konnte nur Blödsinn sein! Eine löchrige Grenze. Das würde niemand erlauben. Wäre das wahr, dann würden sich Tausende und Abertausende aus der DDR absetzen. Sie schnaubte. Auch der Westen machte Propaganda mit Falschnachrichten. Das würde nichts an ihren Plänen ändern. Sie musste raus hier. Und Benno war ihre Fahrkarte.

Benno hatte zwei Seiten. Die, die sie magisch anzog, und die andere, manchmal etwas düstere Seite, die sie nicht weniger anziehend fand. Es machte schließlich etwas mit einem, wenn man wie er ständig Zeit unter der Erde verbrachte und Tunnel grub. Sie erinnerte sich noch genau an den Abend, an dem sie Benno Kreisler kennengelernt hatte, in einer Wirtschaft, nach einer Aufführung im Friedrichstadt-Palast. Beim dritten Bier hatte er sie angesehen, die Zigarette aus dem Mund genommen und leise gesagt: »Das ist nichts für dich hier, oder?«

»Was?«, hatte sie gelacht. »Tanzen?«

Er nahm den letzten Schluck aus seiner Bierflasche und ließ den Zigarettenstummel in den Flaschenhals fallen. Interessiert drehte er die Flasche hin und her, als würde er ein eingesperrtes Insekt betrachten. Ein letzter Rest Glut leuchtete durch das braune Glas. Als sich ihre Blicke trafen, da hatte sie gewusst, dass er sie besser verstand, als Werner es je tun würde.

Schuldbewusst sah sie in den Rückspiegel zu ihren Kindern.

Sie stellte das Radio aus und fuhr eine Weile schweigend, dann fielen ihr die Pfützen an der Potsdamer Allee ein. Tief und groß. Das könnte gehen, auch ohne Handtuch. Sie fuhr einen kleinen Umweg, lenkte den Wagen durch die Pfützen, wendete und fuhr noch mal rauschend durch die Wasserlachen. Ein Hoch auf die schlechten Straßen. Der Mangel an Asphalt hatte auch etwas Gutes.

»Was machst du, Mama?«

»Ach, ich bin heute etwas schusselig. Ich bin falsch abgebogen.«

»Ist Papa zu Hause?«

»Ich weiß nicht, Schatz«, sagte Inge. »Wart mal, ich muss kurz was schauen.«

Sie hielt am Straßenrand an, stieg aus und begutachtete die Kotflügel. Keine Dreckspritzer mehr. Gut so!

Sie stieg zurück in den Wagen, wollte gerade losfahren, doch dann drehte sie sich um und sah Tom mit ernstem Blick an.

»Schatz, du musst mir etwas versprechen. Es ist ganz doll wichtig.«

»Was denn, Mama?«

Gott, wie hoch seine Stimme klang. Wie klein. Fünf Jahre! Ob er verstehen würde, was hiervon abhing?

»Ich will, dass du Papa nichts von unserem Ausflug sagst, ja? Auf gar keinen Fall.«

»Warum?«

»Weil es wichtig ist. Und wenn Papa dich fragt, sag einfach, wir haben Susanne besucht, ja?«

»Aber wir waren doch gar nicht bei Susanne.«

Himmelherrgott!, flehte sie still. »Schatz, ich weiß. Aber es ist wirklich wichtig, sonst kriegen wir Ärger.«

»Schlimmen Ärger?«, fragte Tom.

»Sehr, sehr großen Ärger. Versprichst du's mir?«

Tom schwieg einen Moment. Dann nickte er bedächtig, auf eine kindliche Art geradezu feierlich, als wüsste er um den Ernst der Lage. Vielleicht, dachte Inge, hat er auch nur die Panik in meiner Stimme bemerkt. Wie auch immer, Toms blaue Augen waren klar wie Bergseen, und er sah sie unverwandt an. »Gut, Mama.«

Sie seufzte. Ein kurzer Moment der Erleichterung. Tom war einfach ein Seelchen.

Kapitel 4

Tom hebt Phil sanft aus dem Kindersitz. Der Kleine ist auf der Rückfahrt eingeschlafen.

»Alles okay?«, fragt Anne leise, als er mit Phil auf dem Arm die Wohnung im Erdgeschoss des Heckmannufers betritt. Wortlos lädt Tom die Tasche mit den Schwimmsachen an der Garderobe ab und bettet Phil auf das Sofa. Seine finstere Miene ist Anne Antwort genug.

»Die nächste Leiche, hm?« Anne breitet eine dünne Wolldecke mit Tiermotiven über Phil aus. Eisbären, Tiger und Füchse. »Können eure Toten nicht mal zu normalen Arbeitszeiten auftauchen?«

»Normal ist eine Erfindung der Gewerkschaften«, erwidert Tom. »Damit haben die Toten nichts am Hut.«

»Gott«, seufzt Anne. »Ich werde schon genauso zynisch wie du.« Sie gibt ihm einen Kuss und fasst mit den Fingern in seine noch feuchten Haare. »Weiß man schon, wer?«

»Interessiert's dich wirklich?«

»Hast recht, ich will's gar nicht wissen. Ich wollte nur …«

»… freundlich sein«, sagt Tom mit Anne im Chor. Dieser Satz ist in der letzten Zeit zum ironischen Ritual zwischen ihnen geworden. Sie haben sich eisern vorgenommen, sich wieder mehr füreinander zu interessieren. Zwischen dem

Umsorgen von Phil, Toms Polizeiarbeit und Annes Job als Cutterin beim Fernsehen bleibt wenig Zeit für sie als Paar; es gibt allenfalls kurze Abende, an denen sie meist todmüde und wortkarg sind. Auch heute sieht Anne aus, als hätte sie kaum geschlafen, was vielleicht auch daran liegt, dass sie gestern Abend mit einer Freundin um die Häuser gezogen ist. Eine Art Befreiungsschlag, der nur noch selten stattfindet. »Was ist das eigentlich für ein Fleck auf deiner Brust?«, fragt sie.

Tom ist bereits auf dem Weg ins Bad im Souterrain und knöpft sein Hemd auf. »Ein kleiner Unfall«, ruft er, wäscht sich ab und zieht kurzerhand das Hemd vom Vortag an, das noch im Bad liegt.

»Ich muss los«, ruft er. »Wart nicht auf mich, ja?«

»Ich sprech mal mit den Gewerkschaften«, seufzt Anne. »Vielleicht reden die ja doch mal mit deinen Toten.«

Kurz darauf biegt Tom von der Ruppiner Chaussee auf das Gelände der Polizei Berlin in Reinickendorf, auf dem auch die Berliner Feuerwehr- und Rettungsdienstakademie liegt. Er hält an der Pforte und weist sich als LKA-Ermittler aus. Ein uniformierter Beamter vergleicht das kleine biometrische Foto mit Toms Gesicht, dann inspiziert er mit neugierigen Blicken den alten dunkelblauen S-Klasse-Benz. »Schickes Ding«, murmelt er anerkennend. Seine Nase steht schief, wie nach einem schlecht verheilten Treffer bei einem Faustkampf.

»Säuft nur zu viel«, brummt Tom.

»Tun wir das nicht alle?«, grinst der Beamte.

Nicht alle, denkt Tom. Aber Polizist sein will verdaut werden, und eine Kopfschmerztablette reicht vielen nicht. Der Beamte hat begriffen, dass Tom nicht zu Scherzen aufgelegt ist, nickt ihm zu und winkt ihn durch. Der Diesel schnurrt dunkel beim Anfahren. Dass der Wagen sechsunddreißig

Jahre alt ist – ebenso alt wie Tom –, merkt man dem Motor nicht an.

Puh, kichert Viola auf dem Beifahrersitz. *Wenn der noch länger hier reingestarrt hätte, dann hätte er mich vielleicht sogar entdeckt.*

»Das wär doch mal was«, murmelt Tom.

Der Sitz neben ihm ist leer, und doch sitzt dort seine kleine Schwester, gerade so, als wäre sie aus Fleisch und Blut; eine quietschfidele Zehnjährige mit strubbeligen blonden Locken, bekleidet mit einem etwas zu großen Schlafanzug in Altherrenmuster.

Es gab Phasen in Toms Leben, da war Viola fast ganz verschwunden. Nur um sich bei der nächsten Gelegenheit wieder in sein Leben zu schleichen. Oft wird er sie dann wochenlang nicht los, hört sie, sieht sie und fällt zurück in die Zeit, als er Vi Tag und Nacht gesucht hat.

Jetzt komm schon, sagt Vi. *Ich versuch dich nur aufzumuntern. Du hast doch nicht ernsthaft gedacht, dass ich das Opfer bin, oder?*

Gedacht nicht, eher gefühlt.

Tom Babylon, seufzt Vi mit sorgenvoller Miene. *Wann wirst du endlich erwachsen?*

Statt zu antworten, lässt Tom auch auf ihrer Seite die Scheibe herab. Der Geruch von alten Fichten weht ins Auto. Die Oktobersonne steht tief und sticht zwischen den Bäumen hindurch. Lichtflecken huschen durch das Wageninnere. Als sich der Wald teilt, taucht das rote Ziegeldach des Gästehauses der Polizei auf. Die Reifen machen ein flatterndes Geräusch auf dem Kopfsteinpflaster. Das weitläufige Gästehaus ist ein niedriger, weiß verputzter Bau mit hohem rotem Satteldach. Das Gebäude hat eine T-Form; der hintere linke Flügel verschwindet hinter einem Gerüst und wird offenbar gerade saniert. Putz und Dachschindeln sind mehr als nur in die Jahre gekommen.

Auf dem Rasen vor dem Haus parkt die für Kapitalverbrechen übliche Mischung: Leichenwagen, Notarzt, Kriminaltechnik, zwei Streifenwagen und zivile LKA-Fahrzeuge; dazu Sita Johanns' goldfarbener Saab. Die große, schlanke Psychologin steigt gerade aus dem Wagen. Tom parkt direkt hinter ihr.

»Hey, Sita.«

»Hallo, Tom.« Ihre dunklen Augen blicken ruhig. Sita ist Halbkubanerin, ihr Teint zeugt noch vom Sommer, mit einem intensiven Bronzeton. Ihre raspelkurzen schwarzen Haare betonen ihr markantes Gesicht und die Brandnarbe, die von ihrem linken Ohr bis zur Wange verläuft. Für einen Moment meint Tom einen Hauch von Alkohol wahrzunehmen, der von Sita ausgeht. Doch sie wirkt absolut klar und nüchtern. Er ist vermutlich der einzige Mensch unter den Kollegen, der weiß, dass Sita eine seit vielen Jahren trockene Alkoholikerin ist.

»Weißt du schon irgendwas?«, fragt Tom.

Sita schüttelt den Kopf. »Nur dass Morten nervös sein wird, Grauwein seine ekelhaften Bonbons rauskramt und Frohloff grinst, als gäb's den Tod nicht, und sich beim Nachdenken den letzten Flaum vom Kopf kratzt.«

»Familientreffen also«, sagt Tom und lächelt schief. »Spricht für den Sonderstatus der Leiche.«

»Oder den des Fundorts«, ergänzt Sita und deutet auf das Gästehaus. Das Gebäude und der umliegende Weg sind provisorisch mit Flatterband abgeriegelt. »Das Gelände ist doch so etwas wie ein Sperrgebiet. Nur Polizisten, Sanitäter oder Feuerwehrleute. Und auch die kommen nicht ohne Ausweis am Pförtner vorbei.«

»Was Morten vermutlich doppelt nervös macht«, sagt Tom. Er nimmt weiße Plastikfüßlinge aus dem Handschuhfach seines Wagens und zieht sie über seine Stiefel, dann zwängt er seine großen Hände in Latexhandschuhe. Sita tut es ihm gleich. »Hast du das von Interpol mit Bruckmann gehört?«, fragt sie.

»Nein, was denn?«

»Frohloff hat eine Meldung über I-24/7 bekommen, Bruckmann wäre in Kapstadt gesehen worden.«

»Südafrika«, murmelt Tom. »Warum ausgerechnet da?«

»Wahrscheinlich hat Bruckmann irgendeine alte ANC-Verbindung genutzt, um dort unterzutauchen.«

Tom hebt das Flatterband für Sita hoch und taucht dann nach ihr darunter durch. »Die DDR hatte Verbindung zu Nelson Mandelas Antiapartheidsbewegung?«

»Oh ja. Bis dann 89 die Mauer fiel. Hochschulausbildungen, paramilitärische Ausrüstungen, Waffen ... Wer weiß, wen Bruckmann da noch von früher kennt. Er hatte es schon immer raus, die richtigen Leute zu kennen und jeden und alles zu manipulieren. Erinnerst du dich, er hat mich damals in unsere erste gemeinsame Soko geholt, damit ich dich unter Kontrolle halte.«

»Der große Puppenspieler«, sagt Tom bitter.

»Der große Narzisst«, erwidert Sita. »Hast du zufällig den Epstein-Fall in den USA verfolgt?«

»Dieser schwerreiche Kinderschänder?«

»Bruckmann erinnert mich irgendwie an ihn. Nicht nur, weil er der ›Teufel‹ war und als junger Mann über Jahre Mädchen eingesperrt, missbraucht und getötet hat, was wir ihm vermutlich nie beweisen können. Aber vor allem wegen seiner Fähigkeit, so überzeugend zu sein, dass er glaubt, mit allem durchzukommen.«

Der Kies knirscht unter ihren Schritten. Sie laufen am Rand des Weges, um keine Spuren zu verwischen.

»Vermutlich kriegen wir ihn nie«, knurrt Tom.

An der Tür des Gästehauses erwartet sie ein blasser junger Streifenpolizist mit unstetem Blick.

»KHK Babylon, meine Kollegin Johanns.« Tom hält ihm seinen Ausweis hin.

Der Polizist nickt. »Ich soll Sie reinbringen.« Seine Stimme flattert. Der Tatort hat ihn mitgenommen.

Wortlos passieren sie den Empfang und biegen nach links ab. Billige alte Holztäfelungen wechseln sich mit Tapeten aus den Siebzigern ab. Hirschgeweihe und ausgestopfte Wildtiere zieren die Wände. Das Gästehaus der Polizei ist berüchtigt für seine angestaubte Inneneinrichtung. Tom fasst in seine Jackentasche und will eine Methylphenidat-Tablette aus dem Blister drücken, entscheidet sich dann aber dagegen, auch deshalb, weil er weiß, dass er die Dinger viel zu oft nimmt, um wach und auf Spur zu bleiben. Er muss an den Beamten beim Einlass denken: *Tun wir das nicht alle?*

Nach einem langen Gang mit Gästezimmern kommen sie zu einer Staubschutztür aus weißem Vlies. Dahinter liegt der stillgelegte Flügel des Hauses, in dem Bauarbeiten stattfinden. Der Flur liegt im Halbdunkel, die Lampen sind demontiert, die Tapeten von den Wänden gekratzt und die Holztüren mit Beize behandelt. Der Geruch von Chemikalien und Feuchtigkeit steigt Tom in die Nase. Am Ende des Ganges dringt Licht aus einer offenen Tür.

»Immer den Scheinwerfern nach«, murmelt der Polizist. Tom strafft die Schultern und holt tief Luft. Sita ist dicht hinter ihm. Der erste Moment am Tatort ist immer der härteste. Am besten atmet man ihn weg. Er nickt Sita zu, und sie betreten das Zimmer.

Im Raum ist es gleißend hell, die Einrichtung ist unberührt. Vor einem halb geöffneten Fenster weht eine vergilbte Gardine. Kleine gelbe Plastikschilder mit schwarzen Zahlen sind im Raum verteilt. Eine alte Schirmlampe mit Troddeln ziert eine Anrichte aus dunklem Holz. Der Parkettboden ist stumpf, ein staubiger kreisrunder Teppich mit einem spießigen Muster ist etwas verrutscht und gibt ein helleres Stück Boden preis. Auf dem Teppich steht ein Stuhl, der auf das Bett ausgerichtet ist, ein antiquiertes Holzbett mit schweren Pfosten und poliertem Kopf- und Fußteil. Mittig über dem Bett prangt ein ausgestopfter Hirschkopf an der Wand. Peer Grauwein steht mit verschränkten Armen neben dem Bett und schaut einem Arzt zu, vermutlich dem bestellten Gerichtsmediziner, der sich über einen Körper beugt. Tom hört, wie Sita leise aufstöhnt, und sieht aus dem Augenwinkel, dass sie sich abwendet.

Auf dem Bett sitzt mit dem Rücken zum Kopfteil ein wachsbleicher Mann, etwa Anfang vierzig, nur mit einem aufgeknöpften Hemd bekleidet. Sein Kopf hängt schlaff zur Seite, sein Blick ist erstarrt und dabei seltsam neutral. Um seine Mundpartie ist silbernes Klebeband gewickelt, das an den Rändern in seine Haut einschneidet. Seine Arme und Beine sind gespreizt und jeweils mit straff gespannten Seilen an die Pfosten des Bettes gebunden. Um die Hüften und den Oberkörper sind weitere Seile geschlungen, die ihn in der sitzenden Haltung fixieren. Auf seine Brust ist mit einem breiten Stift etwas geschrieben worden, in schwarzen Druckbuchstaben, doch der Anfang und das Ende sind vom Hemd verdeckt. Zwischen seinen nackten Beinen hat sich ein tiefroter, fast schwarzer Fleck von der Größe eines Wagenrades auf der Matratze ausgebreitet. Dort, wo sein Glied sein sollte, ist ein dunkler Stumpf.

»Mein Gott«, stöhnt Sita.

»Ist okay. Ich mach das hier drinnen«, murmelt Tom. »Das musst du dir nicht geben.«

»Darum geht's nicht«, erwidert Sita.

»Nicht?«

»Doch, auch ... aber – erkennst du ihn nicht?«

»Du weißt, wer das ist?« Tom schaut in das fahle Gesicht des Mannes und versucht vergeblich, eine Verbindung herzustellen.

Der Arzt richtet sich auf und schaut Tom verwundert an.

Grauwein räuspert sich und tritt neben Tom. »Das ist nicht irgendwer«, setzt er mit rauer Stimme an. »Das ist –«

»Brad Galloway«, platzt es aus Sita heraus.

»*Das* ist Galloway?« Tom erinnert sich, den Namen oft gehört zu haben, meistens im Radio oder im Zusammenhang mit der ein oder anderen Fernsehshow, aber wenn es um Gesichter von Stars aus der Musikszene geht, dann kann er bestenfalls Mick Jagger von Lady Gaga unterscheiden – ganz im Gegensatz zu Anne.

»Irische Wurzeln, in die Staaten ausgewandert, Spätzünder. Mit dreißig entdeckt und dann ging's sssst.« Grauweins Hand deutet steil nach oben. »Gold, Platin, Grammys, alles, was das Künstlerherz begehrt. Er müsste jetzt etwa vierzig sein. Vor ein paar Jahren war er im Gespräch für die Halbzeitshow des Superbowl, aber am Ende hat Bruno Mars das Rennen gemacht.«

Tom nickt still. Er schaut den Arzt an. »Darf ich?«, fragt er und nimmt dem Mediziner einen Kugelschreiber aus dessen Brusttasche, dann beugt er sich über Galloway und schiebt mit der Spitze des Stiftes das Hemd beiseite, sodass er die schwarze Schrift auf Galloways Brust lesen kann:

WAS ZÄHLT DAS LEBEN DEINER LIEBEN?

Kapitel 5

»Hättest nur zu fragen brauchen«, sagt Grauwein. »Ich hab schon ein hübsches Foto von seiner Brust.«

Tom betrachtet die eng aneinandergeschriebenen Großbuchstaben. »Was ist das? Filzstift? Edding vielleicht?«

»Jedenfalls wasser- und wischfest. Mehr kann ich dir später sagen. Inhaltlich klingt's nach Beziehungskiste, oder?«

»Hm.« Tom gibt den Kugelschreiber zurück. Er spürt plötzlich Joseph Mortens Anwesenheit in seinem Rücken, noch bevor ihr Chef sich bemerkbar macht. Es ist dieser feine Geruch von Nikotin, übertüncht von Minzkaugummi. Obwohl alle wissen, dass der Dezernatsleiter wieder raucht, versucht er es zu verbergen, vermutlich am meisten vor sich selbst. Er ist dem Tod schon einmal im Gewand von Kehlkopfkrebs von der Schippe gesprungen.

Aus dem Augenwinkel sieht Tom Grauweins zusammengekniffene Lippen, ein knappes Nicken. Der schmächtige Kriminaltechniker würde sich nie gegen Morten stellen. Grauwein hat das Wesen einer angezogenen Handbremse. Manchmal fragt sich Tom, was diese Bremse alles hält. Und was passiert, wenn sie sich eines Tages doch einmal löst.

»Schöne Scheiße«, knurrt Morten. Offenbar ist er schon informiert, um wen es sich handelt.

»Hallo, Jo«, erwidert Tom.

Grauweins Miene wird noch ein wenig finsterer. Das vertrauliche ›Jo‹ stößt ihm auf. Die meisten im Dezernat nennen Morten beim vollen Namen. ›Joseph‹ ist eine Art Synonym für die Distanz aller gegenüber ihrem vor zwei Jahren zum Chef aufgestiegenen Kollegen – zum Leidwesen von Morten, der die lange Form seines Vornamens hasst. Doch seit dem Berlinale-Fall gibt es eine neue Vertrautheit zwischen Tom und dem Dezernatsleiter, die Peer Grauwein ein Dorn im Auge ist.

»Wie lange können wir das noch unterm Deckel halten?«, fragt Morten.

Tom zuckt mit den Achseln. »Wenn sich keiner im Polizeifunk verquatscht ... vielleicht bis morgen früh.«

»Der Name des Toten verlässt diesen Raum nicht, klar?« Morten schaut in die Runde. Der Gerichtsmediziner, Grauwein, Sita und Tom nicken. Neben Morten steht der junge Beamte, der auch Tom auf dem Weg zum Tatort begleitet hat. Er ist blassgrün im Gesicht und wendet den Blick ab. »Sie«, murmelt Morten und legt ihm die Hand auf die Schulter, »wie heißen Sie?«

»Biernat. Felix Biernat.«

»Haben Sie verstanden, was ich gesagt habe?«

Biernat nickt.

»Gut.« Mortens lange, sehnige Finger drücken sich in die Uniformjacke, seine dunklen Augen bohren sich in die des jungen Mannes. »Sie sind mir dafür verantwortlich, dass jeder, der den Tatort besucht – und wenn er sich auch nur auf hundert Meter nähert –, sich daran hält: Der Name des Toten wird *nicht* genannt. Klar?«

Biernat nickt erneut. »Klar, Chef.«

Morten lächelt verkniffen. Seine schwarzen, straff gekämmten Haare glänzen. »Dann erklären Sie das mal unseren Leuten draußen. Und notieren Sie bitte die Namen aller Anwesenden. Das sollte helfen.«

Eilig entfernt sich Biernat. Seine Schritte verhallen im Flur.

Toms Blick fällt auf den Beistelltisch. Hinter einem dunklen, kreisrunden Rand auf dem Holz steht ein gelbes Plastikschild mit der schwarzen Ziffer Acht. Ein blasser Fleck daneben, nicht größer als ein Tropfen, hat die Nummer Neun bekommen.

»Könnte eine Flasche gewesen sein«, murmelt Tom, »oder ein Glas«, und beugt sich über die Acht.

»Da hat jemand zugeschaut«, Sita deutet auf den Stuhl neben dem Beistelltisch, »während Galloway langsam verblutet ist.«

»Verblutet? Ist das die Todesursache?« Morten schaut den Gerichtsmediziner an.

»Kann sein«, erwidert der Mann, ohne aufzusehen. Konzentriert schneidet er mit einer Schere die Hemdsärmel des Toten auf. Es gehört zu den traurigsten Routinen einer Mordermittlung, dass die Leichen in der Regel noch vor Ort vollständig entkleidet werden.

»Was heißt das? Kann sein?«, blafft Morten.

»Kann auch nicht sein«, erwidert der Mediziner trocken.

Grauwein verkneift sich ein Grinsen. Gerichtsmediziner und vorschnelle Urteile sind ein Widerspruch in sich, und eigentlich weiß Morten das auch.

»Was ist mit seiner restlichen Kleidung?«, fragt Tom.

»Fehlanzeige«, meint Grauwein.

»Handy, Schlüssel, irgendwas?«

»Nur er und sein Hemd.«

»Nicht einmal Schuhe?«

»Nichts.«

»Und der Todeszeitpunkt?«, fragt Morten.

Die Scherenblätter machen beim Schneiden ein leises schleifendes Geräusch. »Rigor mortis voll ausgeprägt«, brummt der Mediziner. »Mehr kann ich noch nicht sagen.«

»Soll heißen?«

Der Mann richtet sich auf und schaut Morten mit provozierendem Gleichmut an. Seine Augen sind blaugrau, und er blinzelt irritierend oft. »Zwischen achtzehn und vierundzwanzig Stunden, grob, würde ich sagen.«

Tom betrachtet immer noch den kreisrunden Abdruck auf dem Tisch. Er wirkt beinah wie ein Stempel, scharf, mit kleinen Rillen, die sich auf der rechten Seite gut abzeichnen, auf der linken Seite dagegen sind die Rillen zugelaufen. »Peer, was, denkst du, ist das?«

»Für 'nen Flaschenabdruck kommt es mir recht groß vor«, sagt Grauwein. »Außer unser Täter hat 'ne Magnum auf seine Tat geleert.«

Sita zieht unmerklich die Brauen zusammen. Der Tatortzynismus der männlichen Kollegen ist ihr eigentlich zuwider.

»Der dunkle Rand hier«, meint Tom, »das sieht nicht nach einer normalen Flüssigkeit aus, oder?«

»Die wäre stärker ins Holz eingesickert«, bestätigt Grauwein.

Tom nickt. Der Kriminaltechniker wird sich zum jetzigen Zeitpunkt nicht festlegen, dafür arbeitet er zu genau, doch im Grunde wissen sie beide, was die Konsistenz der Spur bedeutet. Es ist vermutlich Blut.

»Okay«, sagt Morten. »Ein ermordeter Rockstar, mit abgetrenntem Glied, möglicherweise verblutet. Auf seiner Brust steht ›Was zählt das Leben deiner Lieben?‹. Womit haben wir es hier zu tun? Rache? Eifersucht? Ein psychopathischer weiblicher Groupie?«

»Stand er auf Frauen, weiß das jemand?«, fragt Tom.

»Und ob«, murmelt Grauwein. »Typ Tom Jones.«

»Das heißt?«, fragt Tom.

»Jetzt sag nicht, du kennst Tom Jones nicht.«

»Boulevard ist wirklich nicht mein Fachgebiet.«

»Meins auch nicht. Aber Tom Jones ...« Grauwein öffnet den Mund, doch Sita kommt ihm zuvor. »Typ einsamer Rockstar, notorisch charmant, süchtig nach Nähe bei gleichzeitiger Bindungsunfähig–«

»Mit anderen Worten: sexsüchtig«, stellt Grauwein säuerlich fest, als würde er das Galloway persönlich verübeln.

»Das ist jetzt etwas einfach«, bremst Sita.

Peer Grauwein zuckt mit den Achseln. »Ist doch auch einfach.«

»Siehst du das bei Spuren auch so? Oder nur bei Menschen?«

Grauwein versucht sich an einem schiefen Grinsen. »Touché.«

»Reden wir jetzt über Tom Jones oder über ...« Tom deutet auf Galloway. Der Gerichtsmediziner hat inzwischen das letzte Stück Hemd entfernt.

»Sowohl als auch, würde ich sagen. Das Klischee lebt«, meint Sita.

»In dem Fall ist es wohl ziemlich tot«, ergänzt Grauwein staubtrocken.

Morten blickt griesgrämig drein. »Was Personen mit Motiv angeht, also ein weites Feld.«

»Vielleicht fangen wir mit dem Tatort an«, schlägt Tom vor. »Warum ausgerechnet hier? Mit einem Rockstar, noch dazu einem Amerikaner, hat das Gästehaus herzlich wenig zu tun. Der Täter hat sich das hier ausgesucht. Er muss Galloway hierhergebracht oder -gelockt haben. Und wenn wir wissen, warum, dann kommen wir ihm oder ihr auf jeden Fall einen Schritt näher.«

»Ich leiere mal an, dass die Zugänge und die Kameras auf dem Gelände und den umliegenden Straßen gecheckt werden«, sagt Grauwein.

»Was denkt ihr, männlicher oder weiblicher Täter?« Morten sieht fragend in die Runde.

»Frauen tun so etwas nicht«, antwortet Sita. »Sagt zumindest die Statistik.«

»Und was sagt die Psychologin?«

»Das Gleiche. Frauen weiden sich nicht gerne an Gewalt. Sie töten lösungsorientierter, eher aus der Distanz, wie zum Beispiel mit einer Schusswaffe oder mit Gift, oder, wenn es unkontrolliert ist, unter emotionalem Stress. Das hier sieht nach nichts von alledem aus. Es war geplant, und der Täter hat es genossen.«

»Und das will etwas heißen«, sagt Tom. Er bückt sich und deutet auf den Boden um die Bettpfosten. Im Holz sind zahlreiche frische Kratzspuren. »Galloway muss sich in den letzten Minuten im Bett hin und her geworfen haben.«

»Das könnte auch vorher passiert sein«, widerspricht Morten.

»Nicht bei dem Muster der Blutspuren auf seinen Oberschenkeln. Er muss sich förmlich gegen den Tod gestemmt haben. Wer es schafft, dabei zuzusehen ...«

Es wird still im Raum. Galloways Todeskampf ist plötzlich lebendig. Sein Entsetzen, seine Schmerzen und seine Angst hallen im Zimmer nach. Tom meint seine geweiteten Augen zu sehen, wie er gegen das Klebeband anatmet, das ihm den Mund verschließt, als ihm der Täter ... Tom spürt ein unangenehmes Ziehen in der Leistengegend und schluckt die aufkommende Übelkeit hinunter. Das hier war eine brutale

Hinrichtung, und was immer Galloway vielleicht getan hat, um die Wut oder Verachtung des Täters auf sich zu ziehen, das hier hat er nicht verdient.

»Was ist mit den Knoten und den Seilen«, fragt Tom und deutet auf Galloways Fesseln. »Lässt das irgendwelche Rückschlüsse zu?«

»Die Knoten sind gut und sauber gebunden«, sagt Grauwein. »Sieht nach Übung aus, ein Segler oder Kletterer vielleicht. Ist aber nicht zwingend. Und die Herkunft des Seils, das wird etwas dauern. Sieht aber nach Standard aus, nicht sonderlich vielversprechend.«

»Okay«, nickt Morten grimmig. »Die Idee, über den Tatort zu gehen, um vielleicht einen Hinweis auf den Täter zu bekommen, ist gut. Wir brauchen einen Check-up der Gäste. Frohloff sitzt drüben im anderen Flügel am Computer, der soll sich drum kümmern. Hier muss es ja Besucherprotokolle geben. Feuerwehrleute, Ausbilder, Polizisten, Seminarteilnehmer ... vielleicht bekommen wir eine Übereinstimmung mit Galloways Wirkungskreis.« Morten geht ein paar Schritte aus dem Zimmer und beginnt zu telefonieren.

»Warum ist Galloway eigentlich in Berlin? Hat er hier einen Auftritt?«, fragt Tom.

»Hatte«, sagt Grauwein. »Waldbühne. War grandios.«

»Du warst da?«, fragt Sita verblüfft.

»Äh, nee. Nicole aber.« Grauwein läuft rosa an. Nicole Weihertal ist Teil des Ermittlerteams der Mordkommission, eine blitzgescheite junge Frau, die jeden Morgen mit roten Wangen und zum Pferdeschwanz gebundenen Haaren mit dem Rennrad ins Revier in der Keithstraße kommt.

»Und wo übernachtet Galloway?«

»Im Adlon«, sagt Grauwein wie aus der Pistole geschossen.

Alle wechseln Blicke.

»Also, hab ich gehört«, sagt Grauwein schnell.

»Von Nicole«, nickt Tom, ohne eine Miene zu verziehen. Der Kriminaltechniker wird noch ein wenig röter. Tom stellt sich die sportliche junge Frau und den über fünfzehn Jahre älteren Kriminaltechniker mit seinem Topfschnitt vor. Grauweins Schwärmerei ist aussichtslos, fürchtet er. Und sollte sie nicht aussichtslos sein, fürchtet er das auch. Sein Blick fällt auf Galloway, dessen bleicher und eingefallener Körper unter dem Hirschkopf ans Bett gebunden ist. »Dann also ins Adlon«, sagt Tom.

»Ich vermute mal, Galloways Manager wohnt auch dort«, sagt Morten. Er hat das Telefon noch in der Hand, als er zurück in den Raum kommt. »Ich schicke da schon mal ein paar Kollegen von der Bereitschaft hin, die sollen Galloways Suite sichern, falls es dort irgendetwas zu finden gibt …«

»Wenn nicht sowieso schon jemand vom Service das Zimmer sauber gemacht hat«, murmelt Grauwein.

»Hallo? Ja, Morten. Ich brauche sofort einen Streifenwagen beim Adlon, zwei Kollegen, die diskret die Suite von Brad Galloway sichern. Keiner geht rein, keiner raus.«

»Jo, warte mal«, sagt Tom halblaut. »Lass uns das nicht offiziell machen, du weißt, wie das mit dem Polizeifunk ist … oder jemand steckt es durch. Das dauert keine Viertelstunde, dann tauchen die ersten Reporter –«

Der Dezernatsleiter unterbricht ihn mit einer scharfen Handbewegung und drückt das Handy fester ans Ohr. »Bitte *was*?« Mortens Augen werden schmal. »Und warum?«, knurrt er. Die Antwort fällt anscheinend ausführlicher aus, als Morten erwartet hat. Zwischendurch hebt er die Brauen und starrt dabei durch die Gardinen ins Leere. »Nein«, sagt er schließlich. »Wenn die Kollegen oben sind, sollen sie erst mal aufnehmen, was anliegt. Die Suite bitte möglichst nicht betreten – und ja nichts anfassen, bis wir kommen.« Jo Morten beendet die Verbindung und sieht erst Tom und dann Grauwein an. »Galloways Managerin hat vor etwa fünfzehn Minuten die Polizei angerufen und um Hilfe gebeten.«

»Um Hilfe? Warum?«, fragt Tom. »Weiß sie etwa schon, was passiert ist?«

»Sie hat darauf bestanden, dass die Polizei ins Adlon kommt, zu Galloways Suite. Es gibt wohl eine Stalkerin, die sich gewaltsam Zutritt verschaffen will.«

»Stalking mache ich nicht bei einem Toten, oder? Insofern wohl eher ein durchgeknallter, ahnungsloser Fan«, meint Grauwein.

»Nicht unbedingt«, sagt Tom. »Was, wenn der Einbruch das Thema ist und nicht das Stalking? Weil der Täter zum Beispiel nach etwas sucht ...«

»Stimmt auch wieder. Also dann ...« Peer Grauwein räuspert sich und klappt seinen Koffer mit dem Tatortbesteck zu. Morten rührt sich nicht; nachdenklich sieht er zum Bett hinüber. Galloways blutleerer Körper leuchtet gespenstisch im harten Licht der aufgestellten Scheinwerfer.

»Das war nicht alles, oder?«, sagt Tom.

Morten schüttelt bedächtig den Kopf. »Vor zwei Minuten hat der Direktor des Adlon angerufen und erklärt, das sei alles ein Missverständnis, was denn die Polizei bei ihm wolle. Galloway würde doch eigentlich gar nicht im Adlon übernachten.«

Grauwein und Sita sehen Morten verblüfft an.

»Aber die Managerin«, sagt Tom, »ist der Meinung, das tut er, richtig? Also hat er doch offenbar eine Suite im Adlon. Was hat der Direktor denn gesagt, wo er stattdessen übernachtet?«

»Das wusste er nicht.«

Grauwein sieht skeptisch drein. »Ist da jemand bemüht, den guten Ruf seines Hotels zu schützen?«

»Möglich, aber vielleicht auch etwas zu einfach gedacht«, murmelt Tom abwesend.

Morten vergräbt die Hände tief in den Hosentaschen. Die Finger seiner Rechten tasten unwillkürlich nach der Zigarettenpackung, die sich unter dem Stoff abzeichnet. Dann bemerkt er, dass sowohl Sita als auch Grauwein ihn beobachten. Tom dagegen hat sein Handy hervorgeholt und scheint etwas zu recherchieren. »Scheiß drauf«, knurrt Morten, zieht eine Zigarette aus der Schachtel und steckt sie sich in den Mundwinkel. »Was guckt ihr so? Ihr wisst es doch eh alle.« Die Zigarette wippt ärgerlich zwischen seinen Lippen; in der Mitte hat sie einen Knick.

»Das Stue«, sagt Tom leise, mit Blick auf sein Handy.

»Was hast du gesagt?«, fragt Sita.

»Das Stue«, wiederholt Tom und steckt sein Smartphone wieder ein. »Ich würde im Stue übernachten, in der Drakestraße.«

Sita schaut Tom verständnislos an, dann plötzlich leuchten ihre Augen auf. »Aber natürlich, du hast recht. Das Stue!«

»Könnt ihr zwei uns bitte mal aufklären?« Morten schaut säuerlich in die Runde. Ein Windstoß fährt durchs Fenster und bläht die Gardinen. Wortlos schließt Grauwein den offen stehenden Fensterflügel. Seine Latexhandschuhe quietschen auf dem Metallgriff.

»Ihr kennt das Stue nicht?«, fragt Tom verblüfft. »Ich lese zwar keinen Promiklatsch, aber wenn *ich* ein Rockstar wäre und nach jedem Konzert ein Groupie abschleppte, dann würde ich das nicht in dem Hotel tun, vor dem die Paparazzi lauern. Ich würde mir ein zweites Hotel suchen. Luxuriös, weil ich verwöhnt bin und weil ich die Frauen beeindrucken will. Teuer, weil nur die teuren Hotels wirklich diskret sind. Sie haben einen Ruf zu verlieren. Es müsste aufregend sein, Nischen haben, ein bisschen sexy ... und es müsste halbwegs in der Nähe des Hotels sein, in dem ich offiziell logiere.«

»Und rund ums Adlon kommen nur drei infrage«, ergänzt Sita. »Das Hotel de Rome – sehr teuer, sehr schick, aber auf diese etwas zu bemühte und spießige Art. Dann das Ritz-Carlton, etwas *zu* exponiert und zu sehr Hochhaus. Kaum Nischen, lange, gerade Flure. Eher unsexy. Und dann ist da noch das Stue ...«

Grauweins kleine Augen flitzen von Sita zu Tom und zurück. »Wenn man euch so zuhört«, sagt er, »könnte man meinen, ihr habt da mal 'ne gemeinsame Nacht verbracht.«

Tom ignoriert ihn. »Wir sollten das Stue checken.«

Morten nickt. »Gut. Hört sich zwar ziemlich vage an, aber ein Anruf kann ja nicht schaden.«

»Nicht anrufen«, sagt Tom. »Wenn wir mit unserer Vermutung richtig liegen, dann sollten wir niemandem dort die Gelegenheit geben, sich auf unseren Besuch vorzubereiten.«

Morten verzieht das Gesicht. »Schön. Ihr drei fahrt zum Stue, ich nehme Frohloff mit und fahre ins Adlon. Peer, kannst du noch jemanden von der KT organisieren, der zum Adlon kommt? Mal sehen, was diese Managerin uns zu sagen hat.«

Kurz darauf steigt Tom in seinen Mercedes. Der Kies knirscht, als Sitas alter Saab 900 eine Spur an ihm vorbeizieht. Die Fichten schaukeln im Wind, und ein Schauer fegt über den Parkplatz. Tom wendet und folgt Sitas Wagen. Auf dem Beifahrersitz räuspert sich Vi. Sie versucht, eine Locke um ihren Finger zu drehen, aber ihre blonden Haare springen immer wieder zurück.

Und? Hättest du gerne?

Was?, fragt Tom

Na, eine Nacht mit dieser Sita ...

Wie kommst du darauf?

Du guckst manchmal so.

Blödsinn, Vi. Und nicht jugendfrei.

Pfff. Außerdem, die würde eh viel besser zu dir passen als Anne.

Grenze, Vi. Absolute Grenze. Und total falsch.

Kapitel 6

Inge saß im Garten hinter dem Haus, eine Hand am Kinderwagen, in dem sie Viola schaukelte. Die Kleine schlief wie ein Engel. Tom saß beinebaumelnd am Tisch und schob lustlos das Essen auf dem Teller hin und her. Die Karotten hatte er verputzt, aber der Rosenkohl ging ihm sichtlich gegen den Strich. Aber was half's, es musste gegessen werden, was auf den Tisch kam – die große Auswahl gab es schließlich nicht. Inge schien es, als würden die Regale im Konsum von Jahr zu Jahr leerer.

Da war das Gemüse aus dem eigenen Garten Gold wert. Sofern nicht das Grundwasser die Pflanzen vergiftete. Selbst in den kleinen See, der in einiger Entfernung hinter ihrem Grundstück lag, wurden Abwässer aus einem kleinen VEB eingeleitet. Alles ganz sauber, hieß es immer. Und: Das Waldsterben kommt aus dem Westen zu uns rüber.

»Mama«, sagte Tom. »Was macht der da?« Er zeigte zum Seeufer.

Ein Mann in einer gelben Regenjacke hielt einen Müllsack in der Hand, holte aus und warf ihn in den See, wo er mit einem Platschen auf der Wasseroberfläche aufschlug, jedoch nicht sofort unterging. Offenbar war noch einige Luft im Sack. So viel zum Thema, dachte Inge zynisch. Wenn die Staatskombinate und die VEBs mit gutem Beispiel vorangingen und ihren Müll in der Natur entsorgten, dann taten es ihnen die Genossen nach.

Der Mann griff nach einem zweiten Sack. Inge überlegte, ob sie einschreiten sollte und wie viel Ärger sie sich dabei einhandeln konnte. Sollte es jemand mit guten Verbindungen sein, konnte es sie Kopf und Kragen kosten. Werner und sie genossen zwar Privilegien, aber Werners Parteibuch war noch lange keine Garantie, dass ihnen nichts passierte.

Der Mann hielt den zweiten Müllbeutel jetzt am äußersten Ende fest und holte aus. Was war bloß in diesen Säcken? Der erste trieb noch auf dem See, war aber bereits fast ganz unter Wasser, als Inge plötzlich bemerkte, dass sich in dem Sack etwas bewegte. Er schien regelrecht zu zappeln.

Oh Gott. Das gibt's doch nicht!

Im selben Moment schleuderte der Mann den zweiten Sack ins Wasser.

»He, Sie!«, rief Inge. »Was machen Sie da?«

Der Mann drehte sich zu ihr um. Für einen Augenblick sahen sie einander still an, über die Entfernung von etwa fünfzig Metern, doch Inge konnte sein Gesicht im Schatten der Kapuze kaum erkennen.

Was auch immer in den Säcken steckte, es brauchte Hilfe. Sie rannte los, in gerader Linie auf das Ufer zu.

»Mama!«, rief Tom.

»Bleib, wo du bist. Bin gleich wieder da«, schrie sie.

Der Mann am Ufer begann ebenfalls zu laufen und schlug sich seitlich in die Büsche des angrenzenden Waldstücks.

Inge sprang über den Gartenzaun auf das Nachbargrundstück. Sie trug Hausschlappen, die an ihren Füßen schlackerten, sodass sie kurz innehielt, sie abwarf, um auf Socken weiterzurennen. Der erste Sack auf dem See wurde jetzt ganz vom Wasser verschluckt.

Nein, nein, nein!

Noch zwanzig Meter.

Der zweite Gartenzaun. Sie flankte darüber. Das jahrelange Tanztraining machte es ihr leicht; sie war fit wie ein Turnschuh. Mit langen Sätzen erreichte sie das Ufer, lief ungebremst in den See und machte aus vollem Lauf einen Köpper. Nicht ihr bester, aber schnell genug, um ganz nah an den schwimmenden Sack heranzukommen, der noch halb über Wasser war und in dem etwas panisch strampelte. Aber wo war der andere Sack?

Sie holte Luft und tauchte unter. Riss die Augen auf, was sie einige Überwindung kostete, denn eigentlich öffnete sie nie unter Wasser die Augen. Doch das zählte jetzt nicht.

Der See war eine trübe Brühe, alles war seltsam unscharf, und sie konnte kaum zwei Meter weit sehen. Sie machte ein paar Züge mit den Armen, blickte nach links, nach rechts, nach unten. Nichts. Ihre Hände pflügten hektisch durchs Wasser, ohne dass sie etwas zu fassen bekam. Verdammt, sie hatte noch nicht einmal ein Gefühl dafür, wie weit voneinander entfernt die beiden Säcke im Wasser gelandet waren.

Prustend tauchte sie auf. Hinter ihr trieb der verbliebene Sack und drohte jetzt vollständig unterzugehen. Hastig schwamm sie zurück, griff danach und stützte ihn von unten. Das zappelnde Etwas darin sträubte sich und schlug wild nach allen Seiten aus. Inge schwamm auf das Ufer zu. Als sie wieder Grund unter den Füßen hatte, hob sie den Sack hoch. Die Plastikfolie hatte Risse bekommen, aus denen jetzt Wasser lief.

»Mama, was machst du?«, rief Tom. Er war ihr nachgelaufen und kam ihr jetzt mit aufgeregten kleinen Schritten entgegen.

Inge watete zum Ufer. »Tom, warum lässt du denn deine Schwester allein?«

»Du bist aber ganz schön nass«, kicherte Tom. »Was ist das?«, fragte er und zeigte auf den Sack.

»Das sehen wir gleich«, sagte Inge.

Sie hockte sich neben Tom ins Gras und zog das Klebeband ab, das den Sack verschloss. Inzwischen war es im Inneren still geworden. Vorsichtig stülpte sie den Rand um und öffnete den Sack.

»Uii«, staunte Tom.

Inge verschlug es für einen Moment die Sprache. In dem Müllsack kauerte ein tropfnasser, kleiner schwarzer Hund mit einem hellen Fleck auf der Brust, der zitterte wie Espenlaub.

»Oh Gott. Wer bist du denn, mein Kleiner«, flüsterte sie. Tränen stiegen ihr in die Augen. Sie sah hoch zum Haus. Dann zurück zum See. Es war aussichtslos. Den anderen Sack würde sie niemals finden, und vor allem nicht rechtzeitig. Hundebabys ertränken! Dieser verdammte Mistkerl.

»Mama, können wir den behalten?«, fragte Tom. Er strich dem kleinen Hund behutsam übers Fell. Erst duckte sich das kleine Tier, doch nach einer Weile fing es an, Toms Hand mit einer winzigen rosafarbenen Zunge zu lecken, und Tom kicherte. »Bitte, Mama.«

»Wir nehmen ihn auf jeden Fall erst mal mit«, entschied Inge.

Vorsichtig nahm sie den Hund auf den Arm, und sie gingen zurück zum Haus. Auf der Terrasse wandte sie sich zu Tom. »Kannst du zwei Handtücher aus dem Bad holen, Schatz? Und meinen Bademantel?«

Tom nickte eifrig und verschwand im Haus.

Inge setzte den Hund ab, der sich erst einmal schüttelte, und zog sich hastig die durchnässten Sachen aus. Ein kühler Wind strich ihr über die Haut und ließ sie schaudern. Ganz schön frisch, dachte sie. Hatte sie Viola eigentlich ordentlich zugedeckt? Sie griff nach dem Bügel des Kinderwagens und zog ihn sanft zu sich heran. Sie musste lächeln, als sie an Toms

Reaktion auf den Hund dachte. Auch Viola würde das kleine Bündel guttun. Noch nicht jetzt, aber in drei, vier Jahren. Sie zuppelte an der Decke im Kinderwagen, Viola hatte sich darunter zurechtgewühlt, und sie tastete nach ihr. Seltsam. Warum war es unter der Decke so ...

Sie nahm die Decke beiseite und erstarrte.

Der Wagen war leer.

Viola war fort.

Kapitel 7

Tom parkt den Mercedes direkt gegenüber vom Haupteingang des Stue und legt ein Schild mit dem Hinweis auf Polizeiarbeit in die Windschutzscheibe.

Der Schauer ist vorüber, die nassen grauen Steine und die dunkle Straße lassen das Stue noch eindrucksvoller wirken. Tom mag das schwere, alte Gebäude mit dem Portal aus kantigen Säulen, der leicht geschwungenen Fassade und den großen Flügelfenstern, auch wenn es aus der Zeit von Albert Speers und Hitlers Germania-Plänen stammt.

Sita klopft an seine Seitenscheibe. »Kommst du?«

Viola setzt ein vielsagendes Lächeln auf; zu erwachsen für ihre zehn Jahre.

»Du bleibst im Auto«, knurrt Tom.

Er braucht gar nicht hinzusehen, um zu wissen, dass sie mit den Schultern zuckt.

Tom steigt aus und wirft die Tür hinter sich zu. Was sagt mir das eigentlich, wenn mich meine kleine, unsichtbare Schwester mit meiner Kollegin verkuppeln will?

»Hast du was gesagt?«, fragt Sita.

»Ich?«

»Nee. Der Papst.«

»Mmm«, brummt Tom. »Selbstgespräch.«

Sita überquert mit langen Schritten neben ihm die Straße. Er sieht verstohlen nach ihren Beinen, ihrem wiegenden Gang. Ist da etwas? Nein, ist es nicht. Da ist nur Anne.

»Selbstgespräch?«, fragt Sita gedehnt. »Oder ...«

»Oder was?«

»Na ja.« Sie bleiben vor dem Haupteingang des Stue stehen. Die Lichter von Grauweins ankommendem Wagen streifen sie. »Die Art von Selbstgespräch, die aus dir einen manischen, verzweifelten und von Schuldgefühlen gepla–«

»Die Art, die dich nichts angeht«, sagt Tom.

»Ah«, nickt Sita. »*Die* Art.«

Grauwein hat seinen Wagen hinter Toms Mercedes geparkt und kommt mit einem verschrammten silbernen Tatortkoffer in der Hand auf sie zu. »Grüße von Morten aus dem Adlon«, sagt er. »Er wartet gerade noch auf den Kollegen von der KT, aber allem Anschein nach gibt es keine Spuren von einem Einbruch, weder außen an der Tür noch in der Suite.«

»Und die Stalkerin?«, fragt Sita.

»Fehlanzeige.«

»Merkwürdig«, murmelt Tom.

Zu dritt treten sie durch den Haupteingang in die Halle. Links und rechts führen imposante Steintreppen ins Obergeschoss. In der Mitte der Halle steht ein Podest, auf dem ein gewaltiger Krokodilschädel thront.

»Ist der echt?«, staunt Grauwein.

»Nee, Kunst«, meint Sita.

Über ihren Köpfen hängt eine kühne, geschwungene Installation aus schwebenden Lichtpunkten an langen, hellen Fäden.

»Babylon, LKA Berlin.« Tom legt seinen Ausweis auf den Empfangstresen. Eine junge Frau mit vermutlich indischen Wurzeln lächelt ihn routiniert an. »Wie kann ich Ihnen helfen?« Ihr Deutsch ist akzentfrei, ihre Augen sind tiefbraun und das Make-up tadellos.

»Wir sind auf der Suche nach Mr Galloway«, sagt Tom leichthin, als ginge es ums Wetter oder ein beliebiges Allerweltsthema. Dass er in einem Mordfall ermittelt, verschweigt er lieber. Noch ist der Mord nicht öffentlich, und je länger das so bleibt, desto besser.

»Mr ..., wer bitte?« Sie wirft einen Blick in den Computer, als wollte sie die Gästeliste checken.

»Brad Galloway.«

Sie nickt, blinzelt zweimal. Sie wirkt angespannt, plötzlich hochkonzentriert, und zwar, wie Tom vermutet, nicht etwa darauf, Brad Galloway in der Gästeliste zu finden, sondern darauf, wie und ob sie den Mann vom LKA belügen soll.

Tastaturklickern.

Ein Augenaufschlag, sie schaut ihn an.

Tom entscheidet sich für die Abkürzung. »Geben Sie sich keine Mühe. Ich weiß, dass er hier wohnt.«

Ihre Pupillen sind für einen Augenblick unruhig, spiegeln die Dissonanz im Kopf. Lügen ist anstrengend. Sie hat einen Weg gesucht, gefunden, und jetzt ist er plötzlich versperrt, und sie muss sich in Windeseile neu sortieren.

»Tut mir leid«, sagt sie ernst. »Wir haben hier keinen Mr Galloway.«

Tom seufzt. Er kann förmlich den Hoteldirektor sehen, wie er hinter ihr steht und seine Anweisung zum Stillschweigen wiederholt. Aus dem Augenwinkel bemerkt er Sitas wissendes Lächeln.

»Hören Sie«, sagt Tom sanft. »Es ist in Ordnung, Ihr Direktor weiß Bescheid.«

Ihr Blick flackert erneut. »Es ... ist etwas passiert, oder?«, sagt sie leise.

»Wie kommen Sie darauf?«, fragt Tom überrascht.

Sie zögert und deutet schließlich auf Toms Ausweis. »Der ist echt, das sehe ich. Aber wenn Sie wirklich vom LKA sind, warum sollten Sie dann lügen? Wahrscheinlich nur, weil etwas Schlimmes passiert ist, und Sie wollen …« Ihr Blick wechselt nervös zwischen Tom und Sita. »Sie wollen die Pferde nicht scheu machen. Oder Sie dürfen noch nichts sagen.«

Tom sieht sie verblüfft an. Offenbar hat er die junge Frau unterschätzt, und er fragt sich, warum. Selbstgefälligkeit? Ihr gutes Aussehen? Ihre Herkunft? »Wie heißen Sie?«

»Bhat«, sagt die junge Frau. »Jayanti Bhat.«

»Warum glauben Sie, dass ich lüge?«

»Der Direktor«, sagt sie. Der Anflug eines Lächelns huscht über ihre Lippen. »Wir haben eine Direktor*in*.«

Tom nickt ihr anerkennend zu. »Ich muss mich bei Ihnen entschuldigen. Das war nicht fair. Sie haben recht. Ich darf tatsächlich nichts sagen.«

Jayanti Bhat wirkt erleichtert. »Da geht es Ihnen wie mir. Ich darf auch nichts sagen. Aber wenn Sie möchten, Sie finden unsere Direktorin Frau Dr. Schäfer drüben im Frühstücksraum, der wird gerade für den Morgen gerichtet.«

»Danke«, sagt Tom. Er wendet sich ab, dreht sich dann aber einer Eingebung folgend noch einmal um. »Jayanti … darf ich Jayanti sagen? Ich bin Tom.«

Sie nickt still.

»Von wann bis wann geht Ihre Schicht?«

»Im Moment hab ich die Mittelschicht, von 16:00 bis 24:00 Uhr.«

»Waren Sie gestern auch an der Rezeption?«

»Ja, warum?«

»Ist Ihnen gestern irgendetwas Besonderes während Ihrer Schicht aufgefallen, vor allem am Abend?«

»Ich, äh … gestern Abend?« Jayanti verstummt und scheint einen Moment lang nachzudenken. »Nein, nicht dass ich wüsste«, meint sie schließlich.

»Nur mal rein hypothetisch«, sagt Tom, »wenn ich Ihnen etwas darüber sagen dürfte, was passiert ist, und das wäre etwas, das Sie verpflichtet, mir alles zu sagen, was Sie wissen … was würden Sie mir dann sagen?«

»Aber Sie *haben* mir nichts gesagt«, erwidert sie.

»Das ist nur eine Frage der Zeit. Und Sie würden Mr Galloway sehr damit helfen …«

Jayanti Bhat schaut verstohlen in die Richtung, in der sie ihre Direktorin vermutet. Dann beugt sie sich über den Tresen zu Tom und flüstert: »Galloway hat hier seit vier Tagen die Bel-Etage-Suite unter dem Namen Baker. Zimmer 311. Er nimmt meistens den Eingang durch den Zoo.«

»Durch den Zoo?«

»Ja, wir haben einen eigenen exklusiven Zugang zum Zoo. Er hat eine Keycard dafür.«

»Auch nachts?«, fragt Tom. »Da hat der Zoo doch gar nicht geöffnet.«

»Es gibt einen nah gelegenen Seiteneingang, durch den man gehen kann.«

»Ist das üblich?«, fragt Sita, die näher herangetreten ist.

Jayanti schüttelt den Kopf. »Stars halt«, murmelt sie.

»Sonst noch etwas?«, hakt Tom nach.

»Er schläft gerne lange. Will unter keinen Umständen gestört werden. Sein Zimmer wird meistens erst am Nachmittag sauber gemacht.«

»Und hat er manchmal Besuch?«

Sie überlegt einen Augenblick zu lange, dann zuckt sie mit den Schultern. »Wir kriegen ja hier nichts mit.«

»Nur dass er den Zugang vom Zoo benutzt, richtig?«

Sie nickt und errötet kaum merklich. »Sagen Sie, könnten Sie nicht vielleicht doch ...«

»Ihnen sagen, was passiert ist?«, vollendet Tom ihre Frage. »Tut mir leid, wirklich nicht«, sagt er. »Trotzdem vielen Dank.« Er nickt Sita zu und Grauwein, der sich die ganze Zeit über im Hintergrund gehalten und mit dem Schädel des Alligators beschäftigt hat. »Dann fragen wir jetzt mal Frau Dr. Schäfer nach dem Schlüssel zu Mr Bakers Suite.«

Sie lassen den Empfang hinter sich und gehen durch einen breiten Gang mit schummrigem Licht. Dahinter liegt der Bar- und Loungebereich des Stue. Tom dreht sich um und sieht, wie Jayanti Bhat telefoniert, mit einem Handy, nicht mit dem Festnetztelefon des Empfangs.

»Wir sollten überprüfen lassen, wer zeitgleich mit Jayanti die Mittelschicht hatte«, sagt Sita, gerade laut genug, dass Tom es trotz der Musik, die ihnen entgegenschlägt, hören kann. »Und mit wem vom weiblichen, gut aussehenden Personal sie etwas besser bekannt ist.«

Tom nickt. Das ist der Grund, warum er es liebt, mit Sita zu arbeiten. Es braucht nicht viele Worte, sie sehen vieles gleich. »Könnte sein, dass sie jemanden schützt«, sagt er. »Auf jeden Fall war sie besorgt.«

»Das bin ich auch«, meint Sita. Ein langer Blick aus ihren dunklen Augen trifft Tom unvorbereitet und tief. »Besonders wenn ich an dein Selbstgespräch von vorhin denke.«

Das ist der Grund, warum Tom es hasst, mit Sita zusammenzuarbeiten. Sie lässt nie locker. »Mein Geheimnis, dein Geheimnis«, sagt er. »Erinnerst du dich, wir hatten einen Deal.«

»Das war gestern«, erwidert Sita. »Da war ich verärgert und egoistisch. Jetzt mache ich mir wie gesagt Sorgen.«

Kapitel 8

»Hier entlang, bitte.«

Frau Dr. Schäfers »bitte« ist freundliche Zurückhaltung und Ansage zugleich. Sie ist es gewohnt zu dirigieren.

Tom tritt im 3. Stock hinter ihr aus dem Fahrstuhl, gemeinsam mit Sita und Peer Grauwein. Dr. Schäfer ist klein, ihre Schritte sind durchsetzungsfähig und ihr blonder Bob von Haarspray so eingesteift, dass es einen Sturm bräuchte, um ihre Frisur zu verwüsten. Sie trägt ein schwarzes Kostüm, Tom kennt sich nicht aus, doch er sieht, dass es teuer ist, minimalistisch und weitaus eleganter als ihre eckigen Schritte. Während sie vorgeht, verschickt sie Nachrichten auf ihrem Handy.

Angetroffen haben sie Dr. Schäfer wie angekündigt im Restaurantbereich des Stue, in ein ernstes Gespräch mit einem Koch vertieft, einem nervösen Mann mit unzufriedenem Blick. Sie saßen über Eck, an einem gewaltigen Tisch, über dem dicht an dicht blank polierte Kupfertöpfe und Pfannen von der Decke hingen, Tom schätzte, es könnten an die hundert sein. Auf den Namen Galloway hat Dr. Schäfer zunächst schmallippig reagiert, aber ohne nachhaltigen Protest. Sie ist zu intelligent, um etwas abzustreiten, das offenbar bereits in der Welt ist.

Als sie die Zimmernummer 311 erreicht, bleibt sie so plötzlich stehen, dass Sita beinah gegen sie prallt. Am Knauf der Tür hängt ein Schild mit der Aufschrift *Bitte nicht stören.*

»Wissen Sie, wann das Zimmer zuletzt sauber gemacht wurde?«, fragt Tom.

Dr. Schäfer zuckt mit den Achseln. »Offenbar heute noch nicht. Außer der Service war schon da, und Mr Galloway ist danach ins Zimmer zurückgekehrt.« Sie klopft diskret an die Tür. »Mr Galloway?«

»Ich denke, das können wir uns sparen«, meint Sita. Dr. Schäfer wirft ihr einen irritierten Blick zu.

Grauwein öffnet seinen Tatortkoffer und verteilt weiße Überzieher und Latexhandschuhe an Tom und Sita.

»Mein Gott, Sie können einem ja Angst machen«, sagt Dr. Schäfer.

»Das ist nur das halbe Programm«, feixt Grauwein. »Warten Sie mal ab, bis in Ihrem Hotel wirklich was passiert. Dann komme ich ganz in Weiß.«

»Würden Sie bitte die Tür öffnen«, sagt Tom.

Dr. Schäfer nickt beklommen und legt ihre Karte auf das Kontaktfeld. Ein leises Klicken, dann schwingt die Tür auf. Ein kalter Luftzug kommt ihnen entgegen. Die Suite besteht aus zwei Zimmern mit einem dunklen Parkettboden, der in großzügigen Waben verlegt ist. Die Wände sind ein geschmackvolles Wechselspiel aus Creme und Kakao, dazu ein paar großformatige Naturfotos und zwei sehr freizügige Schwarz-Weiß-Fotos von Marilyn Monroe. Ein Stuhl ist umgefallen, eine versilberte Nachttischlampe liegt auf einem Teppich und wirft ein seltsames Muster aus Licht ins Zimmer. Tom meint, den leichten Geruch von Urin wahrzunehmen. Das Bett ist zerwühlt, die Decke liegt auf dem Boden. Ein Papierkorb steht auf einem Sekretär aus Walnussholz, davor sitzt eine Frau mittleren Alters, gut aussehend, mit dunklen langen Haaren. Sie hält einen weißen DIN-A4-Umschlag in der Hand und schaut zur Tür. Ihre Haut ist aschfahl, als wäre sie einem Gespenst begegnet.

»Wer sind Sie?«, fragt Tom.

Die Frau öffnet den Mund und schließt ihn wieder. Ihr Blick wandert an Tom hinab über die Handschuhe bis zu den weißen Füßlingen. »Wer sind denn *Sie* überhaupt?«, fragt sie mit einem unverkennbar amerikanischen Akzent.

»Tom Babylon, LKA Berlin.« Tom zeigt seinen Ausweis. »Das hier ist die Suite von Mr Galloway. Würden Sie uns jetzt bitte sagen, wer Sie sind?«

»Polizei? Ähm ... *Sorry*«, stammelt die Frau. Fahrig legt sie den Umschlag auf den Sekretär. »Ich bin Amanda Lee. Ich bin die Managerin von Brad Galloway.«

Tom braucht einen Moment, um die Information zu verarbeiten und alles neu zusammenzusetzen. »Hatten Sie nicht die Polizei gebeten, ins Adlon zu kommen?«

Amanda Lee blickt Hilfe suchend um sich, vom Schrank zur Zimmertür, doch da ist niemand, der ihr helfen kann.

»Was um alles in der Welt haben Sie dann *hier* zu suchen?«

Sie schluckt und bleibt eine Antwort schuldig.

Hinter Tom will Dr. Schäfer den Raum betreten, doch Sita verstellt ihr den Weg. »Würden Sie uns bitte allein lassen, wir melden uns, wenn wir Sie brauchen.«

»Ihnen ist klar, dass das hier mein Hotel ist? Haben Sie überhaupt einen Durchsuchungsbeschluss?«

»Frau Dr. Schäfer, ich bin sicher, den können wir Ihnen nachreichen«, sagt Tom. »Lassen Sie uns jetzt bitte unsere Arbeit machen.«

»Sagen Sie mir doch wenigstens, worum es hier geht.«

»Das kann ich im Moment nicht«, erwidert Tom kühl.

»Wer ist denn Ihr direkter Vorgesetzter?«

»Joseph Morten beim LKA 1, Dezernat 11. Sie können ihn gerne anrufen, aber er wird Ihnen die gleiche Antwort geben.«

»Na schön. Sagen Sie bitte Bescheid, wenn Sie fertig sind.« Sie deutet auf den Boden vor den Fenstern. »Ich will, dass sich jemand um den nassen Boden kümmert. Sieht aus, als hätte Mr Galloway die Fenster eine Weile offen gelassen.«

Toms Blick streift die Fenster, die alle geschlossen sind. »Ich fürchte, das wird dauern.«

Mit einem letzten beunruhigten Blick in die Suite räumt die Hoteldirektorin das Feld, und Sita schließt hinter ihr die Tür zum Flur. Sollte Dr. Schäfer tatsächlich beim LKA anrufen, wird sie nicht lange brauchen, bis sie feststellt, dass das LKA 1 für Delikte am Menschen zuständig und das Dezernat 11 die Mordkommission ist.

Amanda Lee steht auf und geht zur Tür.

»Sie bleiben«, sagt Tom, schärfer als beabsichtigt.

Lee bleibt stehen, sieht Tom einen Moment lang an, als würde sie abwägen, ob sich eine Machtprobe lohnt, dann setzt sie sich wieder auf den Stuhl vor dem Sekretär. »Darf ich telefonieren?«, fragt sie.

»Wie bitte?«

»Ich möchte meinen *lawyer* anrufen ... einen, wie sagt man?«

»Anwalt«, seufzt Tom. Spätestens jetzt ist klar, dass sie bei ihrem Schweigen bleiben wird. »Hören Sie«, startet er einen letzten Versuch, »ich weiß nicht, was Sie hier machen und in welchem Verhältnis Sie zu Mr Galloway stehen. Das ist Ihre Sache. Aber nur weil Sie in seiner Suite sind, brauchen Sie nicht gleich einen Anwalt.«

»Ich weiß«, nickt sie. Dann tippt sie eine Nummer auf ihrem Mobiltelefon an und bittet eine Assistentin auf Englisch darum, einen Mr Benson in der amerikanischen Botschaft anzurufen.

Tom unterdrückt einen weiteren Seufzer und schaut sich in der Suite um. Grauwein hat seinen Tatortkoffer aufgeklappt und auf den Teppichboden nah der Wand gestellt. Seine digitale Nikon klickt leise, während er Schuss um Schuss alle Details im Zimmer festhält. Sita läuft vorsichtig um das zerwühlte Bett herum, im Bemühen, nichts zu berühren und nur ja keine Spuren zu kontaminieren. Tom fröstelt; obwohl er noch seine Jacke trägt, ist ihm kalt, also wirft er einen Blick auf die Steuerung des Raumklimas. Die Heizung ist auf maximal gestellt, die Lüftung ist aus. Seltsam. Er geht zum Sekretär und nimmt den Umschlag, den Amanda Lee eben noch in der Hand gehalten hat, als er die Suite betreten hat. Auf dem Umschlag ist ein Stempelaufdruck in großen roten Buchstaben: *Urgent!* Dringend. Lee beobachtet ihn und ist mit dem Stuhl ein Stück vom Sekretär abgerückt. Ihr Blick ist fahrig, ihre Nervosität so groß, dass Tom sich fragt, warum. Was hat sie zu verbergen?

Der Umschlag ist aufgerissen, und Tom greift mit einer Hand hinein.

Nichts.

Der Umschlag ist leer.

In der Nähe des Bettes hört er Grauwein leise durch die Zähne pfeifen.

»Was ist? Was gefunden?«, fragt Tom.

»Nö«, sagt Grauwein. »Bisher nichts Ungewöhnliches. Hab mich nur über die Größe des Bettes gewundert. Das ist mehr als Kingsize, oder? Gibt's dafür überhaupt eine Bezeichnung?« Er tritt ans Bett und inspiziert mehrere helle

Flecken auf dem Laken, riecht daran und murmelt: »Interessant.«

Tom schaut auf den leeren Umschlag. »Wissen Sie, was da drin war?«, fragt er Amanda Lee.

Sie zuckt mit den Achseln und schaut an ihm vorbei. Plötzlich ist Grauwein neben ihm, fasst ihn am Arm und zieht ihn wortlos mit sich. Tom will ihn abschütteln, doch Grauweins Miene lässt keinen Widerspruch zu. »Deine Überzieher sind hin, lass uns mal raus vor die Tür gehen, bevor du hier alles ruinierst. Ich hab neue dabei.« Er wedelt mit ein paar frischen weißen, knisternden Überziehern. Sita schaut ihnen irritiert hinterher.

Im Flur zieht Grauwein Tom beiseite und lehnt die Zimmertür an. Warnend legt er den Zeigefinger auf die Lippen, fingert an seinem Fotoapparat herum und ruft ein Foto auf. »Das hier«, flüstert er, »war in der Nachttischschublade.«

Ungläubig blickt Tom auf das Display der Nikon. Das Foto zeigt die geöffnete Schublade und ein darin liegendes gefaltetes Briefchen aus Papier von der Größe einer Streichholzschachtel. Mit blauem Kugelschreiber hat jemand ein Herz darauf gemalt, durchstochen von einen Amorpfeil.

Das Bild ist wie ein Schlag in die Magengrube.

»Das sieht doch genauso aus wie dieses kleine weiße Briefchen, von dem du mir erzählt hast«, sagt Grauwein. »Weißt du noch? Mit dem weißen Pulver darin, das hattest du mir damals mit der Bitte um eine Laboruntersuchung gegeben.«

Tom starrt auf das Foto. Auf das Herz. Den Pfeil. Grauwein hat recht. Zwei Jahre ist das inzwischen her. Und das Briefchen in der Nachttischschublade sieht aus wie eine Kopie des Briefchens, das er damals gefunden hat. Aus unerfindlichen Gründen wurde die Untersuchung im Labor nie beendet. Im Gegenteil, es hatte Schwierigkeiten gegeben, denn Tom hatte die Laboruntersuchung auf eine falsche Kostenstelle buchen lassen, um Fragen zu vermeiden. Und das war aufgefallen. Seitdem klebt Ärger an diesem kleinen Ding, und Tom wartet immer noch darauf, dass eines Tages jemand von der Inneren vor ihm steht und aus dieser verdammten Mücke einen Elefanten macht. Wobei Mücke der vollkommen falsche Begriff für dieses kleine bisschen Papier mit dem Herz darauf ist. Er schließt für einen kurzen Moment die Augen. Der Boden unter seinen Füßen wankt.

»Was hast du damals noch gesagt, woher du den Umschlag hattest?«, fragt Grauwein.

Aus der Manteltasche meiner Frau, denkt Tom, doch das ist nicht, was er Grauwein damals erzählt hat. Ihm fehlen die Worte. Was soll er Grauwein sagen? Weiter lügen? Verschweigen, dass er dieses Briefchen mit dem weißen Pulver bei Anne gefunden hat und sich seitdem fragt, von wem sie es bekommen hat? Und jetzt wird ein ganz ähnliches Briefchen in der Suite eines ermordeten internationalen Rockstars gefunden.

Grauwein sieht ihn von der Seite an, wartet auf eine Antwort.

»Ich muss ehrlich gesagt nachdenken«, sagt Tom.

»Hör mal, ich weiß, dass du mir damals Blödsinn erzählt hast. War okay. Ich hab's einfach gemacht, für dich. Hat ja keinem wehgetan. Aber jetzt sieht's irgendwie anders aus. Das hier ist ernst. Also sag mir bitte, worum ging es damals bei diesem Briefchen?«

Tom schweigt und ringt mit sich. »Es ging um meine Schwester«, sagt er schließlich leise.

Grauwein sieht ihn mit gerunzelter Stirn an. »Ich glaub dir kein Wort.«

Kapitel 9

Inge stand im Bad, hielt sich mit beiden Händen am Wasch-becken fest und starrte ihr Spiegelbild an. Die Verzweiflung stand ihr ins Gesicht geschrieben. Werner war gerade aus dem Friedrichstadt-Palast zurückgekommen, sie hatte die Haustür und seinen Schlüssel auf der Ablage gehört.

Was sollte sie tun? Wie sollte sie Werner begegnen?

Ihn belügen, wie immer?

Viola war fort, und sie hatte zwei Stunden lang alles abge-sucht. Panisch, wie in einem bösen Traum gefangen. Ohnmäch-tig, weil sie ahnte, was das bedeutete, obwohl ihr Verstand sich noch weigerte, das Offensichtliche anzuerkennen. Ihr Herz ras-te immer noch. Sie konnte kaum glauben, dass es ihr in diesem Zustand geglückt war, Tom abzulenken. Wahrscheinlich lag es daran, dass Tom nur Augen für den Hund gehabt hatte, und sie hatte ihm erlaubt, mit dem Tier in sein Zimmer zu gehen. Erst als Tom schlafen gehen sollte, hatte er nach Viola gefragt.

»Schatz, deine Schwester übernachtet heute bei Susanne«, hatte sie gesagt und darauf geachtet, dass sie ihm dabei den Rücken zuwandte, damit er die Lüge und die Panik in ihren Augen nicht sah. Trotzdem wunderte sie sich, dass Tom es nicht bemerkte. Vielleicht war sie auch einfach eine bessere Lügnerin, als sie dachte? Schließlich war es nicht ihre erste

Lüge. In diesem verdammten Land wurde man zum Lügen erzogen. Zum Lügen und zum Stillhalten. In diesem Land war nichts, wie es schien. Nicht einmal ein verschwundenes Kind war einfach nur ein verschwundenes Kind, weshalb sie auch nicht einfach zur Polizei gehen konnte. Im Gegenteil, die Polizei war die letzte Adresse, an die sie sich wenden konnte. Denn eins war klar: Violas Entführung war kein Zufall. Sie hätte es wissen müssen. Das fing schon mit dem Mann im gelben Regenmantel an; wer trug so etwas, wenn es nicht regnete? Und vor allem, wer würde so etwas Auffälliges anziehen, um Welpen im See zu ertränken? Das tat man heimlich, im Schutz der Dunkelheit, oder? Der Mann hatte gesehen werden wollen, er hatte sich sogar nach ihr umgedreht und in ihre Richtung geschaut. Sie hatte gedacht, dass er sicher sein wollte, dass ihm niemand zusah. Aber das Gegenteil war der Fall: Er wollte sichergehen, dass sie ihm zusah. Und sie war in die Falle getappt, war ihm nachgerannt, hatte einen Hundewelpen gerettet und damit Viola preisgegeben.

Am liebsten würde sie ihr Spiegelbild zerschlagen, sich die Hand an den Scherben verletzen, damit sie irgendein Schmerz ablenkte, und sei es nur für eine Sekunde lang.

Ob der Mann im Regenmantel Viola aus dem Kinderwagen genommen hatte? Vielleicht hatte er einen Komplizen gehabt. So lief das doch, lieber auf Nummer sicher gehen.

Sie nahm sich fest vor, tief ein- und auszuatmen, sich zu beruhigen. Es gelang ihr nicht.

Und jetzt?

Was kam als Nächstes?

Ein Anruf? Zwei Mann, die sie abholten, ein dritter am Steuer eines dieser buckligen Lieferwagen? Ein Nachbar mit einer unzweideutigen Botschaft? Frau Babylon, wir wissen, dass Sie eine Republikflucht planen.

69

Sie fragte sich, warum sie aufgeflogen war. Welchen Fehler hatte sie gemacht? Irgendjemand musste sie denunziert haben. Der einzige Grund, warum sie nicht gleich abgeholt worden war, konnte doch nur sein, dass sie wissen wollten, wer dahintersteckte, wer noch fliehen wollte und wer das alles organisierte. So musste es sein. Deshalb hatten sie Viola mitgenommen. Frauen können schweigen. Mütter nicht.

Es klopfte an der Badezimmertür, und Inge zuckte zusammen. Die Klinke wurde gedrückt. Gott sei Dank hatte sie abgeschlossen.

»Inge? Bist du da?«

»Ja, Schatz«, rief sie. Etwas zu hoch. Etwas zu schrill. »Ich komm gleich.«

»Schlafen die Kinder?«

»Tom ist schon vor einer halben Stunde eingeschlafen, weck ihn nicht.«

»Und Viola?«

Was sollte sie tun? Die Wahrheit sagen? »Die ist bei Susanne«, rief sie.

Stille.

»Du hast doch morgen gar keine Aufführung.« In seiner Stimme klang ein leiser Vorwurf mit.

»Ja, ja. Aber ich brauche etwas Ruhe. Die letzten Wochen waren nicht einfach, weißt du doch, und Susanne hat sich angeboten.«

»So wie Susanne sich immer anbietet«, sagte Werner schlecht gelaunt.

»Sei nicht ungerecht. Ich bin froh, dass es sie gibt.«

»Wird Zeit, dass Viola in die Krippe geht.«

Himmel, was sollte sie Werner nur morgen sagen? Dass Viola noch eine Nacht bei Susanne blieb? Und dann? Noch mehr Nächte? Sie schaute auf ihre Armbanduhr. Du musst

Zeit gewinnen. *Susanne ging selten vor Mitternacht ins Bett. Sobald Werner schlief, musste sie dringend mit ihr sprechen.*

»Kommst du?«, fragte Werner.

»Bin gleich da, Schatz.«

Er brummte, und seine Schritte bewegten sich in Richtung Wohnzimmer.

Ihr Spiegelbild starrte sie an. Lügnerin. Betrügerin. Wann haben wir uns eigentlich verloren? Wann ist die Leidenschaft verschwunden?

Plötzlich kam ihr ein anderer Gedanke. Einer, der ihr Angst machte und den sie nicht zu Ende denken wollte. Aber ihr Denken hielt sich nicht daran.

Was ist, wenn Werner Bescheid weiß? Wenn er etwas gemerkt hat. Würde Werner etwa ...?

Nein. Würde er nicht.

Aber das hatte es schon in ganz anderen Familien gegeben.

»Willst du auch ein Bier?«, rief er aus der Küche.

»Ja, gerne«, flötete sie, um ihm nicht das Gefühl zu geben, er hätte ihr nichts anzubieten.

Glasflaschen klapperten.

Sie atmete tief ein und aus. Warum auch immer, jetzt gelang es ihr, obwohl die Angst nicht kleiner geworden war.

Inge blickte in den Spiegel und erschrak. Der inzwischen fast violette Fleck an der linken Seite ihres Halses war deutlich zu sehen. Hastig überschminkte sie ihn und beschloss, darauf zu achten, sich möglichst links neben Werner zu setzen, damit er nur ihre rechte Seite zu sehen bekam. Zuletzt betätigte sie noch einmal die Toilettenspülung, wusch sich die Hände und verließ das Bad.

Er saß auf dem Sofa, leider auf der falschen Seite. Links von ihm war kein Platz auf der Sitzfläche, also setzte sie sich auf die

Lehne des Sofas und gab ihm einen Kuss. »Hallo«, *brummte er und schob ihr das Bier hin.*

»Machst du mir Platz?«

Er runzelte die Stirn, rückte dann aber bereitwillig nach rechts, sodass Inge neben ihn rutschte, eingezwängt zwischen Lehne und Werner.

Sie nahm die Flasche, stieß mit ihm an und trank einen Schluck. »Harter Tag?«

Er nickte. Und rückte kein Stück weiter beiseite. Es gefiel ihm, dass sie so dicht neben ihm saß. »Bin froh, hier zu sein.«

Alles wie immer, dachte sie. Er weiß nicht, dass ich ihn verlassen will.

Werner stellte sein Bier ab, schob seine Hand unter ihre Bluse und begann sie zu streicheln. Sie musste an Viola denken. Wie es ihrem kleinen Schatz jetzt ging? Wo sie jetzt wohl war? Und ob die verdammten Mistkerle sie gut behandelten?

»Dein Herz rast ja«, *sagte Werner sanft. Offenbar nahm er das als Kompliment, und er begann ihre Bluse aufzuknöpfen. Inge erstarrte. Seine Lippen berührten ihren Hals und sein Atem ging schneller.* »Woran denkst du gerade?«

»Ich hab an Viola gedacht«, *flüsterte Inge.*

Werners Hand schlich sich in ihren Schoß. »Vielleicht ist es ja ganz gut, dass sie heute weg ist.«

Lass es bitte nur heute sein, dachte Inge verzweifelt. Sie fürchtete sich davor, dass Violas Entführer sich meldeten, und zugleich sehnte sie den Moment herbei.

Werner öffnete seinen Gürtel, nahm ihre rechte Hand, schob sie sanft in seine Hose und legte ihre Finger um sein steifes Glied. Inge fühlte, wie er ihre Hand auf und ab führte, immer wieder, immer fordernder. Wollte sie das wirklich zulassen? Musste sie ihn in Sicherheit wiegen? Sie beschloss, es darauf ankommen zu lassen. Werner war ja eigentlich kein Unmensch, er war eben nur ... Werner. Und durfte von alldem unter keinen Umständen etwas wissen. Sie ließ ihre Finger etwas tiefer gleiten, tastete nach seinen Hoden und kniff sie mit aller Kraft.

»Au, Scheiße!« Werner zuckte vor Schmerzen zusammen.

Inge zog hastig ihre Hand aus seiner Hose. »Vielleicht überlegst du vorher mal, wie es mir geht?«

»Ich dachte, du willst auch ...«

»Was bist du bloß für ein gefühlloser Blödmann.«

»Was ist denn in dich gefahren, verdammt?«

Inge stand auf, ging zur Treppe, die nach oben zu den Schlafzimmern führte. »Übrigens, Tom hat seit heute einen Hund«, sagte sie und klang dabei wie ein Automat.

»Einen was?«

»Er ist noch bei ihm im Zimmer. Ich hole ihn jetzt zu mir. Du schläfst heute auf dem Sofa.«

Sie hörte Werner protestieren, während sie die Treppe hinaufging. Tränen stiegen ihr in die Augen, ihr Herz lief Galopp. Sie sah den Kinderwagen vor sich, die aufgebauschte Decke und die entsetzliche Leere darunter.

Sie werden sich melden, versuchte sie sich zu beruhigen. Sie müssen sich melden. Nur dann weiß ich, was ich tun muss, damit ich Viola wiederbekomme.

Erst jetzt fiel ihr ein, dass das Telefon, mit dem sie Susanne anrufen wollte, ja unten im Wohnzimmer stand, direkt neben dem Sofa.

Kapitel 10

Mr Benson ist Ende vierzig, gut rasiert und hat volle braune Haare mit einem sorgsam gekämmten Seitenscheitel. Sita vermutet, dass er viel Zeit im Fitnessstudio verbringt, er bewegt sich agil und wirkt wie ein fitter Best-Ager. Sein Anzug ist faltenlos, sein Hemd blütenweiß und seine Uhr teuer. Der einzige Bruch in seiner attraktiven Erscheinung ist, dass an seinem linken Ringfinger das letzte Glied fehlt. Sita glaubt ihn von Pressefotos zu kennen, auf denen der Anwalt neben dem amerikanischen Botschafter zu sehen ist.

Nachdem er sich kurz mit Amanda Lee beraten hat, kommt er mit ihr zurück. Ein amerikanisches Dream-Team, beide offensichtlich erfolgreich und gut aussehend, wären da nicht die tiefen Schatten unter Amanda Lees Augen. Entweder sie arbeitet bis zur Erschöpfung, oder es gibt etwas, das ihr große Sorgen bereitet – und das nicht erst seit heute.

»Setzen Sie sich doch.« Tom sitzt neben Sita und weist auf die Stühle auf der anderen Seite des Tisches. Dr. Schäfer hat ihnen ein Separee im Restaurant zur Verfügung gestellt.

Mr Benson nimmt Platz und zieht dabei die Anzughose ein klein wenig an der Bügelfalte nach oben, damit der Stoff im Sitzen nicht spannt. Amanda Lee trägt eine schwarze, elegante Lederjacke, dazu einen grau melierten kurzen Rock mit schwarzen Strumpfhosen und coolen Boots. Um den Hals hat sie einen grauen Schal geschlungen. Sie setzt sich neben Benson und mustert Sita, als ginge es darum, eine Konkurrentin abzuschätzen. Konkurrenz ist ihr Thema, erkennt Sita. Für einen kurzen Moment verharrt Lees Blick bei der Narbe auf Sitas rechter Wange. Manche würden diese Narbe als hässlich bezeichnen, doch Lees Blick verrät, dass sie die Narbe apart findet, gewissermaßen besonders, und alles, was besonders ist, ist Konkurrenz. In Lees Welt geht es um Aufmerksamkeit. Deshalb ist sie die Managerin eines Stars.

Tom startet ein kleines Aufnahmegerät, spricht Zeit, Ort und die Namen der Anwesenden ins Mikrofon. »Aufgrund der ungewöhnlichen Situation«, fährt er fort, »wird unsere Psychologin Dr. Johanns die Befragung leiten.« Tom hat im Stue bereits so viel Schweigen von Amanda Lee geerntet, dass ihnen der Wechsel vielversprechend erschien. In Anbetracht von Lees Konkurrenzverhalten fragt sich Sita, wie gut die Entscheidung wirklich ist.

»Wie ist Ihre Position beim LKA?«, wendet sich Mr Benson an Sita.

»Ich arbeite für die Abteilung Operative Fallanalyse.«

»OFA?«, fragt Benson. »Im LKA 1?«

Sita nickt. Benson kennt sich aus. Er ist doppelt auf der Hut, er weiß, dass das LKA 1 für Delikte am Menschen zuständig ist und die OFA insbesondere bei Mordfällen hinzugezogen wird.

»Vielleicht verraten Sie uns endlich, warum wir überhaupt hier sind«, sagt Benson.

»Verraten Sie es mir«, entgegnet Sita. »Warum ist Ihre Mandantin hier?«

Benson schnaubt verärgert. »Meine Mandantin ist hier, weil sie Mr Galloways Tourmanagerin ist und sich um ihn kümmern wollte.«

»In diesem Fall wollte sie sich wohl eher um das unter falschem Namen gemietete Hotelzimmer kümmern.«

»Das machen Tourmanager nun mal. Sie bereiten die Zimmer für ihre Stars vor, sorgen für etwas Privatsphäre und sehen nach dem Rechten. Jeder Star hat seine Vorlieben, und Teil des Jobs ist, die zu erfüllen.«

»Ist es auch Teil des Jobs, die Polizei bewusst irrezuführen?«, fragt Sita.

»Meine Klientin war um Schutz für ihren Star bemüht.«

Sita wirft Tom einen fragenden Blick zu, und er nickt.

»Gut«, sagt Sita leise. »Dann nehmen Sie bitte zur Kenntnis, dass Ihr Star keinen Schutz mehr braucht. Er ist tot.«

Amanda Lees Kinnlade sackt herab, und ihre Augen weiten sich. »*Oh my God*«, flüstert sie. Sie hat es entweder nicht gewusst oder sie spielt die Unwissende überdurchschnittlich gut.

»Wussten Sie davon?«

Amanda Lee schüttelt stumm den Kopf.

»Es tut mir leid, Sie müssen bitte sprechen, für die Aufnahme.«

Lee schluckt und wischt sich über die Augen. »Ich hatte keine Ahnung.«

»Warum haben Sie dann die Polizei ins Adlon gerufen?«

Lee will antworten, doch Benson fasst ihr warnend an den Arm. »Ms Lee wird sich hierzu nicht –«

»*It's okay*«, murmelt Amanda Lee an Benson gewandt. »Wie ... wie ist er gestorben?«

»Er wurde umgebracht. Mehr darf ich Ihnen derzeit nicht sagen.«

Die Managerin schluckt erneut und blinzelt ihre Tränen fort.

»Wo waren Sie gestern Nacht nach 23:00 Uhr?«

Amanda Lees Kieferknochen treten hervor; die Frage missfällt ihr. »Ich bin direkt nach dem Konzert ins Adlon gefahren, das war um halb elf, dann bin ich in meine Suite.«

»Haben Sie die Suite noch einmal verlassen?«, fragt Sita.

»*Nope*«, erwidert Lee. Es klingt beinah trotzig.

»Gibt es dafür Zeugen?«

Amanda Lee überlegt einen Moment. »Nur den Kellner. Er hat mir um kurz vor elf noch ein Club-Sandwich gebracht.«

»Und danach?«

»Nichts. Ich habe geschlafen.«

Sita nickt und schweigt einen Moment. Die Stille in solchen Augenblicken macht viele Menschen nervös, doch Amanda Lee ist zumindest äußerlich nichts anzumerken, was darauf hindeutet, dass sie lügt. »Warum«, fragt Sita, »haben Sie heute Abend die Polizei ins Adlon gerufen?«

Benson will Lee erneut bremsen, doch sie schüttelt seine Hand ab. »Wegen der Frau, die da war.«

»Im Adlon war eine Frau? Was für eine Frau?«

Amanda Lee zögert. »Sie, ähm ... sie war bei Brad an der Tür. Sie wollte in seine Suite einbrechen, glaube ich ...«

»Seltsam ist nur«, meint Sita, »diese Frau wurde von niemand anderem im Adlon gesehen, und es gibt auch keine Spuren eines Einbruchs, weder an der Tür noch in der Suite selbst.«

»Dann ist es meiner Mandantin ja offenbar gelungen, mit ihrem Anruf bei der Polizei das Schlimmste zu verhindern«, stellt Benson kühl lächelnd fest.

Sita meidet den Blickkontakt mit Benson und fixiert Amanda Lee. »Oder wollten Sie vielmehr die Polizei ins Adlon holen, um Zeit zu haben, seine Suite im Stue zu durchsuchen?«

»*Nope*«, erwidert Lee eisig.

»Diese Frau, von der Sie sprachen. Wer war das? Kennen Sie sie?«, will Sita wissen.

»*Nope.*«

Bensons Lächeln schwindet. Er beugt sich zu Amanda Lee hinüber und flüstert ihr etwas ins Ohr. Lee überlegt einen Moment und schürzt die Lippen, als müsste sie sich überwinden. »*Sorry*. Ich habe das nicht ganz richtig gesagt. Ich kenne die Frau. Ich habe sie schon einmal gesehen. Aber nicht im Adlon.«

»Sie war also *nicht* im Adlon?«

»Doch. Aber vorher war sie bei der Show backstage. Auf der Waldbühne. Sie hat Brad diesen weißen Umschlag gegeben, der in seiner Suite lag.«

»Kennen Sie ihren Namen?«

»*No.*«

»Werden nicht alle Leute, die einen Bühnenausweis bekommen, registriert?«, fragt Sita.

»Nicht, wenn sie jemand mitnimmt, wie Brad zum Beispiel.«

»Und in diesem Fall hat Galloway sie mitgenommen?«

Amanda Lee zuckt mit den Schultern. »*I think so.*«

Sita schaut sie prüfend an. Wenn es um diese Frau geht, äußert sich Lee merkwürdig schwammig.

»Was war das für ein Umschlag, den die Frau ihm übergeben hat?«, fragt Tom. »Was war da drin?«

»Ich weiß es nicht. Er war leer, als ich ihn gefunden habe«, sagt Lee.

»Und was ist mit dem kleinen Umschlag?«

»*Sorry?* Ein kleiner Umschlag?«

»Ein kleines Papierbriefchen mit einem Herz und einem Pfeil darauf«, erklärt Tom.

Sita schaut Tom überrascht an; von diesem Umschlag hört sie zum ersten Mal.

»Ich habe nur den großen gesehen«, sagt Amanda Lee achselzuckend.

Sita mustert Lee schweigend. Irgendetwas ist gerade passiert, als Tom das Papierbriefchen angesprochen hat. Ein kleines Zucken der Mundwinkel, eine minimale Veränderung der Pupillen, was auch immer es war. Sitas sechster Sinn ist angesprungen. Amanda Lee sitzt auf ihrem Stuhl und wird unruhig. Das Schweigen gefällt ihr nicht. Nicht an dieser Stelle.

»Und Sie sind ganz sicher, dass Sie uns nicht sagen können, was in diesem Umschlag war?«, fragt Sita.

»Dem großen oder dem kleinen?«

»Ich dachte, Sie kennen nur den großen?«

Amanda Lees Lippen werden zu einem Strich.

»Ich meinte den großen«, präzisiert Sita. »Was könnte darin gewesen sein?«

»Irgendetwas Unangenehmes«, sagt Amanda Lee. »Eine Drohung vielleicht.«

»Wie kommen Sie darauf?«

»Ich habe gesehen, wie Brad den Umschlag geöffnet hat, auf der Bühne, und ich glaube, es ging ihm nicht gut.«

»Was meinen Sie damit?«

»Er hatte, ich weiß nicht, ich glaube, er hatte ... Angst.«

»Angst? Haben Sie eine Idee, wovor oder warum?«

»Ich weiß es nicht«, sagt Amanda Lee. »Aber ich dachte, es hat vielleicht mit der Frau zu tun, und mit dem, was im Umschlag war. Er ... er kennt diese Frau von früher.«

»Sie sagen das so, als ob das ungewöhnlich wäre.«

Amanda Lee nickt. »Ja, das ist ... ungewöhnlich. Brad ist mit Frauen –«

»Amanda«, sagt Benson warnend.

»Brad hat fast nie zweimal mit derselben Frau ...«, sagt Amanda Lee, so leise, als könnte sie so verhindern, dass irgendjemand sonst auf der Welt davon erfährt. »Sie und Brad waren eine Zeit lang ein *couple.*«

»Sie meinen, Brad Galloway hatte eine Beziehung mit ihr?«

»*Yes.* Vor etwas mehr als zwei Jahren.«

»Wie lange ging diese Beziehung?«, fragt Sita.

»Fünf oder sechs Tage.«

Sita glaubt sich verhört zu haben. »Fünf oder sechs Tage? Und das nennen Sie eine Beziehung?«

Lee schnaubt, es klingt spöttisch, aber da ist auch noch etwas anderes. Verletztheit? »*I don't*, aber für Brad war es eine. Das ist ihm in den letzten Jahren nur ein oder zwei Mal passiert.«

»Also war die Frau offenbar etwas Besonderes für ihn. Und trotzdem kennen Sie ihren Namen nicht? Sie sind doch auf Tour täglich mit ihm zusammen.«

Lee rollt mit den Augen. »Verbringen Sie mal ein Jahr mit Brad, dann wissen Sie, warum ich mir die Namen nicht merke ...«

»Wissen Sie denn vielleicht, warum diese ›Beziehung‹ zu Ende ging?«

Amanda Lee zuckt mit den Achseln, und Sita deutet auf das Aufnahmegerät auf dem Tisch.

»Oh, ähm. Ich habe keine Idee. Ich weiß nur, die beiden haben gestritten. Sehr hart. Aber ich weiß nicht, warum.«

»Können Sie die Frau beschreiben?«

»Blond, hübsch, Mitte dreißig. Eine Deutsche. Ein bisschen weg von Brads üblichem ... wie sagt man?«

»Geschmack?«

»*Yeah*. Genau.«

»Unsere Kriminaltechniker haben im Bett mehrere Spuren gefunden. Etwas Urin und Scheidenflüssigkeit«, sagt Sita. Die genaue Analyse läuft zwar noch, aber Grauwein hat sich schon nach den ersten Schnelltests festgelegt.

»Scheidenflussigkeit?«, fragt Amanda Lee.

»*Vaginal fluid*«, übersetzt Benson.

»Oh.«

»Und Urin«, wiederholt Sita.

Lee zuckt mit den Schultern. »Ihm wird schnell langweilig.«

»Wissen Sie, ob Galloway diese Frau nach dem Konzert mit in seine Suite genommen hat. Oder eine andere Frau?«

Benson fasst Lee erneut am Arm. Sie lässt es geschehen und sagt leise: »*Sorry. No.*«

»Das heißt, Sie wissen es nicht.«

»Richtig. Ich weiß es nicht.«

»Waren Sie mit Galloway in der Suite?«

Amanda Lees Gesicht erstarrt zu einer Maske. »*No.*«

»Was ist mit dieser Frau, gibt es ein Foto von ihr, oder könnten Sie die Frau noch etwas genauer beschreiben oder uns helfen, eine Zeichnung anzufertigen?«

»Ich kann sie Ihnen zeigen. Wir haben das Konzert gestern gefilmt. Wir müssen uns nur die Aufnahmen ansehen.«

»Wo sind denn die Aufnahmen?«

»Die sind auf einem Server unserer Videoleute. Wir haben eine deutsche Firma beauftragt, VTC.«

»Haben Sie eine Telefonnummer von VTC?«

»Wenn Sie mir meine Handtasche und das Handy zurückgeben.«

Bensons Augen werden schmal. »Sie haben dir deine Handtasche abgenommen? Und das Handy?«

Amanda Lee nickt.

Benson holt Luft, doch Sita kommt ihm zuvor. »Sie bekommen die Tasche sofort zurück. Wir mussten nur überprüfen, ob Sie eventuell etwas aus der Suite entfernt haben.«

»Das Handy haben Sie doch wohl für die Überprüfung nicht gebraucht, oder?«, fragt Benson scharf.

»Mr Benson«, sagt Sita geduldig. »Wir gehen davon aus, dass Ihre Mandantin bewusst versucht hat, die Polizei in die Irre zu führen, so wie es aussieht, um ungestört in der Suite des Stue nach was auch immer zu suchen. Wir drücken dabei gerne ein Auge zu, solange –«

»Ms Lee hatte nicht die Absicht, jemanden in die Irre zu führen. Sie hat einen Einbruchsversuch gemeldet.«

»Und warum hat sie dann nicht vor Ort auf das Eintreffen der Polizei gewartet?«

»Meine Mandantin wollte Mr Galloway mitteilen, dass es einen Einbruchsversuch in seiner Suite im Adlon gab. Und sie war beunruhigt, weil sich Mr Galloway nicht gemeldet hat. Deshalb ist sie ins Stue gefahren. Und wie wir jetzt wissen, war sie aus gutem Grund besorgt.«

»Ja, aus gutem Grund«, wiederholt Sita.

Amanda Lees Mundwinkel zucken.

»Wie auch immer. Ich bin sicher«, stellt Sita fest, »wir finden die Telefonnummer von VTC auch so.«

Bleierne Stille legt sich über alles und jeden im Raum. Sita hasst diese Stille. Es ist, als ob alle ihren Körper für einen Moment verlassen.

Das Aufnahmegerät zählt die Sekunden.

Zeit, für heute Schluss zu machen. Sita wirft Tom einen Blick zu, für den Fall, dass er noch eine Frage hat oder einen

Einwand. Aber Tom registriert sie nicht; sein Blick ist auf Amanda Lee gerichtet, er schaut durch sie hindurch, und die Farbe ist aus seinem Gesicht gewichen. Er wirkt unaufmerksam, in sich gekehrt und so unprofessionell, wie sie es lange nicht mehr bei ihm erlebt hat.

Himmel, was ist bloß los mit dir?, fragt sie sich.

Wo bist du?

Sie muss an Toms Selbstgespräch denken und daran, dass die Frage sich eigentlich von selbst beantwortet.

Lass Viola gehen.

Doch sie weiß genau, das ist ebenso unmöglich, wie es für sie unmöglich ist, nie wieder einen Tropfen zu trinken. Dafür muss sie zu viel vergessen. Und für Tom ist es genau umgekehrt. Er will um keinen Preis der Welt vergessen.

Kapitel 11

Tom flucht leise. Kurz vor zwölf und wie immer keine Lücke. Parken in Kreuzberg ist ohnehin mühsam, und mit seiner alten Staatskarosse erst recht. Einmal mehr überlegt er, den Mercedes endlich abzustoßen. Selbst die Zentralverriegelung scheint inzwischen den Geist aufzugeben.

Er war sicher, den Wagen zuletzt abgeschlossen zu haben, doch als er vorhin wieder einstieg, um nach Hause zu fahren, war der Mercedes offen gewesen, und die Zentralverriegelung funktionierte nur noch jedes dritte oder vierte Mal.

Irgendetwas scheint sich verklemmt zu haben, oder die Batterie ist zu schwach. Anne nennt den Wagen inzwischen schon Opa-Schaukel, und Greta Thunberg würde angesichts des Verbrauchs vermutlich zornig die Stirn in Falten legen.

Er stellt den Wagen schließlich am Görlitzer Ufer ab und beschließt – jetzt, da er einen Parkplatz hat –, dass der Mercedes doch ein ganz brauchbares Auto ist.

Müde und aufgewühlt zugleich läuft er am Wasser entlang zum Heckmannufer, wo er mit Anne und Phil wohnt. Ein feiner Regen hat eingesetzt, Tropfen tanzen wie Nadelstiche auf dem still daliegenden Landwehrkanal.

Vi hat die letzten zwei Stunden geschwiegen.

Die Vernehmung von Amanda Lee geht ihm nicht aus dem Kopf. Er fragt sich, ob Lee ein Verhältnis mit Galloway hatte – und wenn, ob das für den Fall eine Rolle spielt. Aber noch mehr beschäftigt ihn das kleine Papierbriefchen mit dem aufgemalten Herz aus der Schublade.

Ob Anne noch wach ist?

Und Phil?

Er wirft einen Blick auf sein Handy. Eine WhatsApp von Anne, die fragt, wann er kommt. Einige Mails aus der noch frischen Ermittlungsgruppe, dazu noch eine Nachricht auf der Mobilbox: unbekannter Anrufer. Er drückt auf Abhören.

»Hallo, Tom ...«

Tom zuckt unwillkürlich zusammen. Die Stimme seines Vaters klingt erschreckend alt und heiser. So ganz anders, als er sich an sie erinnert. »Du, hör mal. Was ich letztes Mal zu dir gesagt habe, also das mit dem Geburtstag, dass du ihn vergessen hast ... Lass gut sein, ja?« Sein Vater schweigt einen Moment, als erwartete er eine Antwort oder Absolution. Sein Vater hat ein schlechtes Gewissen, und dazu hat er allen Grund. »Vielleicht rufst du mal an, ja? Danke.«

Wütend steckt Tom das Telefon ein. Er wird den Teufel tun und ihn anrufen. Denn auf die Fragen, die Tom seinem Vater wirklich stellen will, wird er keine Antwort bekommen.

Viel wichtiger ist im Moment die Frage, die er Anne stellen muss. *Von wem hast du damals das Papierbriefchen mit dem Amorpfeil bekommen?*

Er schließt die Haustür auf, und sein Herz schlägt plötzlich bis zum Hals. Er fürchtet sich vor der Antwort. Fragt sich, was schlimmer wäre. Wenn sie ihm die Wahrheit sagt oder ihn belügt.

In der Wohnung empfängt ihn bereits im Erdgeschoss der Geruch von angebratenen Shrimps und ein leises Klimpern.

Sie ist noch wach. Er geht ins Souterrain hinab in die offene Küche. Anne steht am Herd. Die Gasflamme zischt leise.

»Hallo, großer Polizist.« Sie lächelt, geht auf die Zehenspitzen und gibt ihm einen schnellen Kuss. »Shrimps mit Curry und Kokosmilch.«

»Jetzt noch?«, fragt er. Anne vermeidet es gerne, spät zu essen.

»Phil hat mich auf Trab gehalten, und mein Magen hängt in den Kniekehlen. Willst du auch was?«

Tom nickt, obwohl ihm nicht danach ist. Die Frage will ihm nicht über die Lippen. »Anne?«

»Ach, sag mal ...«, sie zeigt auf das offene Regal über der Küchenzeile, »weißt du, wo das alte Marmeladenglas hin ist?«

»Nein«, sagt er. Ihre Themensprünge irritieren ihn wie so oft. »Warum?«

»Ich wollte den Kaffee umfüllen.«

»Nein, keine Ahnung«, murmelt er. »Anne?«

»Mm?«

»Kannst du das mal eben ausmachen?«

Sie schaut ihn verwundert an, schiebt dann die Pfanne von der Brennstelle. Die Gasflamme zischt blau ins Leere.

»Vor etwa zwei Jahren«, sagt Tom, »habe ich durch Zufall etwas bei dir gefunden. Ich ...« Er stockt, sucht nach den richtigen Worten. »Ich hab den Autoschlüssel gesucht und hab in deine Manteltaschen gefasst.«

Anne hebt die Brauen. Ihr gefällt nicht, was sie hört.

»In deiner Manteltasche war ein kleines Papierbriefchen, etwa so groß wie eine Streichholzschachtel, mit einem weißen Pulver drin. Jemand hatte ein Herz draufgemalt ...«

Stille. Ihr Blick ist leer. Als wäre sie fort, um nach einer passenden Antwort zu suchen. Tom kennt diesen Blick aus

Vernehmungen. Meistens folgt darauf eine Lüge. Manchmal ein Geständnis. »Von wem hast du diesen Brief bekommen?«

Anne seufzt. »Ist das wichtig?«

Er nickt erleichtert. *Wenigstens lügt sie nicht.*

»Von einem Freund«, sagt sie.

»Das reicht mir nicht«, erwidert er leise.

Anne dreht die Gasflamme ab. Es ist jetzt vollkommen still. »Warum willst du das wissen?«

»Weil es wichtig ist. Sehr wichtig.«

»Das reicht *mir* nicht«, sagt Anne.

»Wieso sagst du es mir nicht einfach?«

»Weil es meine Sache ist. Meine Manteltasche! Du hast nichts in meinen Manteltaschen verloren. Ich wühle auch nicht in deinen Sachen.«

Tom nickt. »Entschuldige. Du hast recht.« Er schweigt einen Moment. »Aber ich habe ihn nun mal gefunden, und jetzt muss ich es wissen.«

Annes Lippen werden schmal. Sie ist wütend, oder sie hat Angst. »Was ist das für ein Freund?«, fragt Tom.

»Das kann ich dir nicht sagen.«

»Warum?«

Anne gibt einen ärgerlichen Stoßseufzer von sich. »Weil ... ich ihn schützen will.«

»Ich hab eher das Gefühl, du willst *dich* schützen.«

Ihr Blick fliegt durchs Zimmer; sie wäre jetzt gerne woanders.

»Je länger du wartest, desto größer wird es«, sagt er.

»Und wenn ich *uns* schützen will?«

Tom schüttelt traurig den Kopf. »*Wer* ist dieser Freund?«

»Tut mir leid«, flüstert Anne und verschränkt die Arme.

Toms Blick bohrt sich in ihren.

»Warum seid ihr Bullen bloß immer so penetrant?«, fragt sie.

»Weil wir nicht gerne belogen werden.«

»Ich lüg ja nicht. Ich kann's dir nur nicht sagen.«

Tom starrt sie an. »Weißt du, wo ich heute war?«, fragt er. Sie schüttelt den Kopf.

Er wartet einen Moment, legt sich die Worte zurecht, versucht sich auf die Antwort vorzubereiten, die er schon die ganze Zeit fürchtet. »Brad Galloway ist ermordet worden.«

Anne wird aschfahl im Gesicht. Sie schwankt, stützt sich am Herd ab und fasst dabei auf das vom Gas erhitzte Eisen. »Au! Verdammt!« Sie schüttelt die Hand vor Schmerzen, hastet zum Waschbecken und dreht den Hahn auf. Das kalte Wasser spritzt, als es auf ihre Hand trifft.

Aus dem Kinderzimmer meldet sich plötzlich Phil. »Mama?«

»Tom, ich ...« Anne beißt sich auf die Lippen. Tränen steigen ihr in die Augen.

Tom dreht sich wortlos um und geht zum Kinderzimmer, in dem Phil erneut ruft. Er hat seine Antwort. Und er wünscht sich, er hätte die Frage nie gestellt. »Hallo, kleiner Mann«, sagt er sanft, als er neben Phils Bett steht. Die Augen seines Sohnes glänzen im Licht, das aus dem Flur ins Zimmer fällt. Tom hebt Phil aus dem Bett. Zwei kleine Arme schlingen sich um seinen Hals, und Phil drückt seinen warmen Kopf gegen Toms Wange. Wenn es eins gibt, dass das Gefühl von Verloren- und Alleinsein heilt, dann das.

Kapitel 12

Inge stand am Fenster des Schlafzimmers und starrte hinaus auf die still daliegende nächtliche Straße. So ohnmächtig und alleine hatte sie sich noch nie gefühlt.

Viola war fort. Entführt. Und es gab nichts, was sie tun konnte, außer zu warten, dass sich die Entführer meldeten. Doch warten war das Letzte, was sie wollte. Sie musste irgendetwas unternehmen, sonst würde sie nie wieder in den Spiegel schauen können. Ihr kleines Mädchen war in der Hand von Fremden, von gewissenlosen Leuten, die vor nichts zurückschreckten. Sie hatte noch das Bild des zappelnden Sacks vor Augen, der im See versank. Vom Töten eines Hundewelpen zum Töten eines Menschen war es nur ein kleiner Schritt, davon war sie überzeugt.

Ob Werner endlich schlief?

Leise ging sie zur Schlafzimmertür, drückte die Klinke langsam hinunter, schlüpfte durch die Tür und schlich zum Treppenabsatz. Von unten, aus dem Wohnzimmer, drang Werners schwerer Atem. In größeren Abständen gab er ein leises, unregelmäßiges Schnarchen von sich.

Endlich.

Sie musste mit Benno reden. Benno musste wissen, was passiert war. Und sie musste Susanne anrufen, damit ihre Ausrede nicht aufflog.

Auf Zehenspitzen, barfuß und im Nachthemd, stahl sie sich die Treppe hinunter.

Werner lag vollständig angekleidet auf dem Sofa, ein Bein war angewinkelt, und das Knie ragte über den Rand des Sofas hinaus. Zwischen den Beinen hatte er die karierte Decke, ein Geschenk ihrer Mutter, festgeklemmt. Den oberen Teil der Decke hielt er mit dem rechten Arm an sich gepresst, als bräuchte er wenigstens etwas von ihr, das er halten konnte.

Für einen kurzen Moment kam ihr der Gedanke, ihn zu wecken. Ihm alles zu erzählen und ihn anzuflehen, ihr zu verzeihen, er müsse jetzt nur helfen, Viola zurückzuholen.

Aber was war, wenn er schon Bescheid wusste? Wenn sie ihn auf ihre Seite gezogen hatten, weil er glaubte, nichts mehr zu verlieren zu haben? Die Familie war in diesem Land die letzte Bastion. Und zugleich war sie nichts mehr wert. Jeder verriet doch jeden. Die Straße rauf hatte es vor einem Jahr die Grubers erwischt. Sie hatten weggewollt, und der Großvater hatte sie denunziert, weil er den Gedanken nicht ertrug, einsam zurückzubleiben. Jetzt war er erst recht einsam.

Es war besser, das hier alleine durchzustehen. Wenn überhaupt, dann war es Benno, der ihr helfen konnte. Und Susanne musste sie auch noch erreichen.

Ihr Blick wanderte zum Telefon, das kaum einen halben Meter von Werners Füßen entfernt auf dem Beistelltisch am Sofa stand. Das Kabel würde nicht reichen, um sich damit bis in die Toilette zu schleichen und die Tür zu schließen. Konnte sie riskieren, in Werners Gegenwart zu telefonieren?

Vielleicht schaffte sie es immerhin bis in den Hausflur. Leise hob sie das graue, bucklige Telefon vom Tisch und schlich in den Flur. Das Kabel spannte bereits, als sie die Schwelle erreichte. Sie stellte den Apparat auf den Boden, wurstelte das Kabel unter dem Türblatt durch und schloss die Tür zwischen

Wohnzimmer und Flur, so weit es eben ging. Doch es blieb ein mindestens zehn Zentimeter breiter Spalt.

Sie beschloss dennoch, einen Versuch zu wagen. Wie in Zeitlupe nahm sie den Hörer von der Gabel, steckte den Finger in die Wählscheibe, sah durch den Spalt zu Werner hinüber, drehte die Scheibe bis zum Anschlag, hielt den Atem an – und ließ los.

Leise ratternd glitt die Scheibe zurück. Aus dem Hörer drang ein leises, stetiges Tuten.

Werner gab ein stotterndes Schnaufen von sich, als hätte er einen schlechten Traum.

Gut.

Also die zweite Ziffer.

Finger in die Wählscheibe. Wählen. Loslassen.

Werner tat keinen Mucks. Hielt er die Luft an?

Die dritte Ziffer. Ihr Finger steckte schon in der Wählscheibe über der Sieben, da kam ihr plötzlich ein Gedanke, der sie erstarren ließ: Was, wenn die das Telefon angezapft hatten?

Sachte nahm sie den Finger aus der Wählscheibe und legte den Hörer behutsam zurück auf die Gabel. Das leise Tuten verstummte. Werner atmete schnaufend aus. Die Telefonzelle am Kirchplatz kam ihr in den Sinn. Die lag mehr oder weniger auf dem Weg zu Benno.

Auf Zehenspitzen trug sie das Telefon zurück. Dann huschte sie am Sofa vorbei zum Fenster. Im Schutz der Gardine spähte sie hinaus auf die Straße. Immer noch alles menschenleer. Kein Wunder eigentlich, nach Mitternacht. Ein leichter Wind strich durch die Bäume. Äste warfen zitternde Schatten auf die grauen Häuser. Am Gehsteig parkten einige wenige Trabis und zwei Wartburgs. Alles Nachbarn. Aber was hieß das schon. Durfte sie riskieren, sich darauf zu verlassen? Auf einen einfachen Blick aus dem Fenster? Vielleicht stand jemand in einem der Häuser *auf der gegenüberliegenden Seite, hinter der Gardine, genauso wie sie jetzt.*

Wenn sie Benno sprechen wollte, dann gab es nur einen Weg.

Inge huschte zurück in den Flur, schlug den Kragen hoch, steckte den Haustürschlüssel ein, ein bisschen Münzgeld und stopfte die Schuhe links und rechts in die Taschen. Die Terrassentür knarrte, als sie das Haus verließ. Sie ließ den Blick durch den Garten streifen, sah zu den Nachbarhäusern. Alles dunkel. Und selbst wenn dort jemand am Fenster stand, die Hecken zu den Nachbarn links und rechts waren so dicht, dass man bei Dunkelheit nichts dahinter erkennen konnte. Der Garten war schwer einsehbar, nur der Blick zum See war frei.

Im Schuppen war es stockfinster. Sie musste daran denken, wie ihre Mutter und ihr Bruder früher mit ihr »Verstecken im Dunkeln« gespielt hatten und wie sehr sie sich dabei gefürchtet hatte, besonders wenn sie alleine hatte suchen müssen, im Finstern, die Hände tastend ausgestreckt. Einen Moment später fanden ihre Hände das Fahrrad, sie schob es aus dem Schuppen in den Garten und dann weiter Richtung Zaun am hinteren Ende des Gartens. Die Reifen flüsterten im ungemähten Gras und hinterließen eine gerade, scharfe Spur. Heute Morgen war sie diesen Weg gerannt, um nur ja schnell zum See zu kommen. Hätte sie nur bloß nicht Viola allein gelassen!

Sie hob das Rad über den Zaun, kletterte hinterher und schob das Rad weiter, bis sie den Weg am Ufer erreichte. Ein letzter Blick in alle Richtungen. Dann zog sie ihre Schuhe an, versicherte sich, dass der Dynamo abgespreizt war und keine Geräusche machen würde, schwang sich aufs Rad und fuhr los. Kleine Steinchen knisterten unter den Reifen. Im Hinterrad war nicht genug Luft, sodass sie schwerer treten musste, um voranzukommen, und in den Kurven knirschte das Gummi. Ihr Mantel flatterte leicht im Wind. Die kühle Luft griff ihr zwischen die

Beine. Das Nachthemd war nicht gerade geeignet für nächtliche Fahrradtouren. Sie hätte etwas darunterziehen sollen.

Als sie auf die Hauptstraße einbog, spähte sie sorgsam in alle Richtungen. Nach etwa dreihundert Metern erreichte sie die postgelbe Telefonzelle. Eine Weile hielt sie Ausschau nach aufflammenden Lichtern, horchte nach Motorengeräuschen. Doch da war nichts.

Die Münzen klapperten laut im Fernsprecher. Die Wählscheibe ratterte vertraut, als sie Susannes Nummer wählte. Das Freizeichen klang im ersten Moment wie eine Erlösung, doch je länger niemand abhob, desto quälender wurde es. Himmel, es war mitten in der Nacht. Selbst Susanne war inzwischen vermutlich zu Bett gegangen. Dann knackte es in der Leitung.

»Hallo?«

»Oh mein Gott, endlich. Ein Glück, dass du rangehst.«

»Inge, bist du das?«

»Ja. Ich kann dir gar nicht sagen, wie froh –«

»Mensch, weißt du, wie spät es ist?«

»Entschuldige, tut mir wirklich leid. Hast du schon geschlafen?«

»Mensch, ich hab mich total erschreckt«, stöhnte Susanne. »Weißt du, wie laut dieses blöde Ding klingelt? Ich dachte, es ist was mit Lukas.«

Inge schwieg betroffen. Susannes älterer Bruder Lukas war an Leukämie erkrankt und lag seit Wochen im Krankenhaus. Die Aussichten waren mehr als ungewiss. »Das tut mir leid, ich wollte nicht ...«

»Schon gut, schon gut«, wischte Susanne ihren Entschuldigungsversuch fort. »Was ist los, warum rufst du mitten in der Nacht an?«

»Ich ... ähm ... ich muss dich um einen Gefallen bitten. Ich hab Werner und Tom gesagt, dass Viola bei dir übernachtet ...«

»Du willst Viola bei mir vorbeibringen? Jetzt?«

»Nein, nein. Es ist nur ... ich habe nur gesagt, dass sie bei dir übernachtet. Also, falls er fragt, könntest du ...?«

»Versteh ich dich richtig«, sagte Susanne mit gesenkter Stimme, »ich soll so tun, als ob sie bei mir ist?«

»Ja, bitte!«

»Und Viola ist aber bei dir?«

»Ja«, log Inge und kam sich unsagbar schäbig vor. Aber was sollte sie sagen? Die Wahrheit? Das war ausgeschlossen. Die Wahrheit ging nur sie etwas an. Und Benno.

»Inge, was ist los?«, flüsterte Susanne. Ihre Stimme klang jetzt wach – und ernsthaft besorgt.

»Bitte, Susanne. Ich ...« Inge stutzte. In der Telefonzelle wurde es plötzlich heller. Rasch sah sie zur Seite. Die Scheinwerfer eines Autos kamen auf sie zu. Hastig drehte sie sich weg, um nicht erkannt zu werden.

»Inge? Bist du noch da?«

»Ja, ja«, flüsterte Inge. In der Telefonzelle war es jetzt fast taghell. Die Schatten der Türrahmen wanderten scharf umrissen über das Telefon. Bitte fahr weiter, flehte Inge. Fahr vorbei!

»Hallo?«

Mit einem Mal wurde es wieder dunkel in der Zelle. Die Rücklichter des Wagens entfernten sich in Richtung der nächsten Biegung.

»Inge? Was ist los, wo bist du?«

»Ich bin hier. Alles in Ordnung ...«

»So hört es sich aber nicht an.«

»Bitte ... mehr kann ich dir gerade nicht sagen. Ich brauche einfach deine Hilfe. Kannst du mitspielen, ich meine, ist ja nur für den Fall der Fälle. Vielleicht fragt ja gar keiner.«

Susanne stieß einen leisen Seufzer aus. »Und wie bitte soll ich das Wolf erklären?«, zischte sie.

»Der muss es doch gar nicht wissen«, beschwichtigte Inge.

»Und wenn er Werner zufällig trifft? Ich meine, Stahnsdorf ist nicht Berlin. Das ist das reinste Dorf hier, das weißt du doch.«

»Susanne, bitte.«

»Mensch, du bringst mich echt in Schwierigkeiten.«

»Ich mach's wieder gut«, versprach Inge.

Susanne schwieg einen Moment. »Muss ich mir Sorgen machen?«

»Nein, nein. Alles in Ordnung«, sagte Inge hastig. »Ich erklär's dir später.«

»Na, auf die Erklärung bin ich aber mal gespannt«, flüsterte Susanne.

»Du bist ein Schatz. Danke! Das vegess ich dir nie.«

»Gute Nacht, und sieh zu, dass du ins Bett kommst. Wo auch immer du gerade bist.« Susanne legte auf und ließ Inge mit dem schalen Gefühl zurück, ihre einzige Freundin belogen und ausgenutzt zu haben. Sie atmete tief durch, drückte auf die Gabel, warf ein paar Münzen nach und wählte Bennos Nummer.

Sieben Freizeichen. Dann hob er endlich ab.

»Hallo?«

»Oh Gott, gut, dass du drangehst …«

»Inge? Was ist los?«

Tränen stiegen ihr in die Augen, die Anstrengung der letzten Stunden, nichts sagen zu dürfen, ihre Sorgen für sich zu behalten, brach sich Bahn. »Sie haben Viola«, schluchzte sie. »Die Scheißkerle haben Viola. Was soll ich nur machen?«

Benno schwieg betroffen.

Inge wischte die Tränen mit dem Ärmel fort, doch es kamen immer neue.

»Wo bist du?«, fragte Benno.

»Telefonzelle. Am Kirchplatz.«

»Güterfelde, ja?«

»Ja«, schluchzte sie.

»Und dein Mann?«

»Ich bin alleine. Er weiß nichts. Ich hab ihm nichts gesagt.«

»Ist dir jemand gefolgt?«

»Nein.«

»Bist du sicher?«

»Ja!«, schniefte sie. Versuchte ihrer Stimme einen festen Klang zu geben. »Ja. Ganz sicher.«

»Gut«, sagte Benno. »Du bleibst, wo du bist. Ich bin in fünf Minuten bei dir. Bleib ruhig, ja. Alles wird wieder gut. Wir schaffen das.«

»Ja. Gut«, nickte sie.

»Ich leg jetzt auf.«

»Bis gleich.« Es klickte in der Leitung, doch sie wollte den Hörer nicht auflegen. Bennos Stimme hatte ihr Zuversicht gegeben. Seine knappen Fragen, seine Übersicht. Wenn jemand wusste, was zu tun war, dann er. Klar, Benno war kein Engel. Aber er hatte ein Herz und war voller Tatkraft. Kein Feingeist wie Werner: Theater, Tanzen, Ballett, das alles war für Benno Firlefanz. Sie hatten es im Keller getan, am Güterfelder See, auf dem Spitzboden, auf Ochsenblut-Dielen mit krummen Nagelköpfen, die ein wundes Muster auf ihrem Po hinterlassen hatten, bei strömendem Regen, der durch ein Leck ins Haus trieb, und als Benno fertig war, riss er eine alte Plastiktüte auf und dann die Dachluke, nackt, wie er war, und wollte aufs Dach und das Leck flicken. Zuerst hatte sie einen Lachanfall bekommen, weil sie es für einen Scherz gehalten hatte und sein Gemächt seltsam komisch in der Luft baumelte, als er ein Bein aus dem Fenster hob. Dann begriff sie, dass er tatsächlich aufs Dach wollte, und bekam plötzlich Angst. »Wann denn sonst?«, hatte er gesagt. »Wenn's trocken ist, hilft die Tüte nicht mehr.«

»Willst du nicht wenigstens was anziehen?«

»Damit meine Sachen auch noch nass werden?«

So war Benno.

Er war raus, hatte sich an der Halteleiste übers Dach gerobbt, die Pfannen angehoben und die Tüte über das Leck geschoben.

Werner hätte den Dachdecker gerufen.

Sie atmete tief durch. Mit zittrigen Händen legte sie den Hörer auf die Gabel. Mit dem Rücken lehnte sie sich an die Wand der Telefonzelle und starrte hinaus ins Dunkel. Die Kontur der Kirchturmspitze stach in den Himmel.

Die Minuten zogen sich.

Ob Benno mit dem Auto kam oder ebenfalls mit dem Fahrrad?

Vielleicht war es besser, draußen zu warten – im Gebüsch oder hinter einer Hecke. Die Deckenlampe der Telefonzelle schüttete so viel Licht über ihr aus, dass sie sich vorkam wie ein Ausstellungsstück in einer gelb lackierten Vitrine, mitten in einem grauen Dorf.

Die Tür quietschte, als sie auf den Gehsteig trat. Das entfernte Knattern eines Zweitakters ließ sie nach rechts schauen. In etwa hundert Metern Entfernung stand ein Wagen am Straßenrand. Die Lichter waren ausgestellt, aus dem Auspuff quollen helle Abgase. Dann plötzlich erstarb der Motor, und es wurde still. Eine unangenehme Stille, die Inge unter die Haut ging.

War das etwa der Wagen, der vorhin, als sie mit Susanne telefoniert hatte, an ihr vorbeigefahren war?

Warum hatte er gehalten? Und wieso stieg niemand aus, jetzt, wo Licht und Motor abgestellt waren?

Sie sah sich um. Zwei Häuser weiter bemerkte sie im ersten Stock eine Bewegung hinter einem der Fenster. Hatte sie sich getäuscht? War es ihnen trotzdem gelungen – trotz der Hintertür, des Fahrrads, des Fahrens ohne Licht –, ihr zu folgen?

Sie blickte zum Wagen, meinte zwei Gestalten auf den Sitzen auszumachen.

Ihr Herz begann zu rasen.

Gegenüber lag die Dorfkirche, daneben der kleine Friedhof mit alten Grabsteinen und nichts als Dunkelheit dazwischen. Wenn dort jemand auf der Lauer lag, konnte sie ihn unmöglich erkennen.

Der Friedhof, das Fenster, das Auto.

Wenn Benno jetzt kam, dann war er geliefert. Hier auf der Straße waren sie wie auf dem Präsentierteller. Und eine kurze Begrüßung zwischen ihnen würde ihn sofort verraten. Am Ende war es genau das, was sie wollten.

Sie musste hier weg. Sofort. Sie nahm ihr Fahrrad, schwang sich in den Sattel und fuhr in die entgegengesetzte Richtung des im Dunkeln geparkten Wagens. Ein paar Scheinwerfer kamen ihr entgegen, weit hinten auf der Straße. Die Reifen knirschten, als sie um die nächste Ecke bog. Der Fahrtwind ließ ihren Mantel und das Nachthemd flattern. In ihrem Rücken glitten die Scheinwerfer an ihr vorbei. Mein Gott, war das Benno?

Bitte lass ihn nicht an der Telefonzelle aussteigen!, flehte sie. Lass ihn einfach vorbeifahren, damit er sich nicht verrät.

Sie bog mit ihrem Rad in die nächste Seitenstraße. Höfe mit großen Toren, allesamt verschlossen. Nichts, wo sie sich hätte verstecken können. Die einzige offene Hoftür hätte sie beinah zu spät gesehen. Im letzten Moment bremste sie, bog scharf links ein, durch eine halb offen stehende Tür in einem gemauerten Rundbogentor.

Die Felge setzte mit harten Stößen auf einem buckeligen Kopfsteinpflaster auf. Finsternis. Der Geruch von Stall. Kühe oder Schweine, das konnte sie schwer einschätzen. Links ein Wohnhaus, schwarz wie die Nacht. Ein paar Hühner flatterten gackernd auf, als sie dicht an ihrem Gehege vorbeirollte. Immerhin schlug kein Hund an. Ängstlich blickte sie zurück zum offenen Tor, ob ihr jemand folgte. Doch die Straße blieb leer; ein blasser Fleck Asphalt im Laternenschein, gerahmt vom dunklen Torbogen. Ihr Herz begann langsamer zu schlagen.

Beruhig dich! Denk nach!

Viola kam ihr in den Sinn. Und Benno.

Benno in seinem Wagen. Benno, der anhielt und den sie festnahmen. Benno, der nicht anhielt und wieder nach Hause fuhr und auf sie wartete.

Im Torbogen erschien plötzlich wie aus dem Nichts eine Gestalt, die sich dunkel vor der Straße abzeichnete, vierschrötig, mit einer Art Schiebermütze, in den Händen etwas, das aussah wie eine Mistgabel. Das Tor wurde fast lautlos geschlossen, das einzige Geräusch war das eines sich im Schloss drehenden Schlüssels.

Inge stand wie erstarrt.

Die Gestalt war nicht von der Straße gekommen. Aber woher dann? Aus dem Haus?

Ihre Hände krampften sich um den Lenker des Rads. Mit kleinen Schritten, bemüht, nur ja keinen Laut von sich zu geben, entfernte sie sich vom Tor. Im Stall grunzten Schweine.

»Wer zum Teufel ist da?«, knurrte eine Männerstimme, kaum zehn Meter von ihr entfernt.

Kapitel 13

Toms Kopfhaut streift beinah die Ränder der Kupfertöpfe. Es sind Hunderte, keiner gleicht dem anderen. Dicht an dicht hängen sie von der Decke und bilden eine geschlossene Oberfläche, als wäre er unter Wasser gefangen und die Sonne bräche sich über ihm in flüssigem Rotgold mit Tausenden Reflexen.

Du darfst die Töpfe nicht berühren, flüstert Vi und zupft warnend an seinem Ärmel. *Wenn sich nur einer bewegt, dann siehst du mich nie wieder.*

Tom antwortet nicht, duckt sich stattdessen. Er will sie nicht verlieren. Er hat schon Anne verloren, sie ist weit fort, am Unterwasserhorizont, dort, wo die Decke immer niedriger wird. Er duckt sich tiefer, hastet weiter. Anne ist ein winziger Punkt in der Dunkelheit. Ein kleiner schwarzer Welpe springt wild um seine Füße herum, leckt ihm warm die Hand.

Eine alte Erinnerung wird wach, es fühlt sich an, als hätte er einmal einen Hund gehabt, doch er weiß nicht, wann. Das kleine Fellbündel will auf seinen Arm, bettelt und macht mit zitternden Beinchen Sitz. Tom nimmt den kleinen Hund hoch. Die Töpfe hängen jetzt so tief, dass er auf allen vieren kriecht, vielmehr auf allen dreien; mit einem Arm hält er den

Welpen an sich geschmiegt. Anne scheint weiter weg als zuvor. Von der Seite kommt sein Vater; seltsamerweise kann er stehen, die Töpfe machen ihm nichts.

Gib mir den Hund. Sein Vater streckt die Hand aus.

Tom sagt nichts, drückt den Welpen nur noch fester an sich.

Sein Vater sieht entsetzlich müde aus, sein Kopf ist zwischen den Töpfen wie zwischen Wolken.

Deine Mutter ist tot. Wir müssen jetzt alleine klarkommen.

Wie selbstverständlich packt er den Hund im Nacken und nimmt ihn fort – und Tom kann nichts dagegen tun. Mit wiegenden Schritten geht sein Vater davon. Tom will ihm nach, will ihn fragen, wo Viola ist, wenn er schon den Hund nicht haben darf, um sich zu trösten, doch sein Vater ist zu schnell. Das Geräusch eines großen Tieres lässt ihn aufhorchen, und er dreht sich um. Ein riesiger, nasser Alligator steigt aus dem Boden und gräbt seine Zähne in Toms Beine. Tom schreit, doch unter Wasser hört ihn niemand, und der Rücken seines Vaters wird kleiner und kleiner. Eine Glocke schlägt laut Alarm, doch niemand reagiert, niemand kommt ihm zu Hilfe.

Tom öffnet die Augen.

Es klingelt an der Haustür. Er ist schweißgebadet und liegt auf dem Sofa. Sein Rücken schmerzt.

An der Haustür klingelt es erneut, lang anhaltend. Die Uhr zeigt kurz nach sieben. Sonntag. Die Sitzung im LKA-Präsidium in der Keithstraße ist erst für neun angesetzt.

Tom steht auf. Er reibt sich den Kopf, als er zur Haustür geht, verscheucht den Traum. Er hat in seiner Kleidung geschlafen, in seinem Mund schmeckt er das Bier, das er um kurz nach drei getrunken hat, um doch noch schlafen zu können.

Die Klingel zerrt an seinen Nerven.

Gereizt öffnet er die Tür. »Was zur ...?« Er stutzt. Im Flur steht Jo Morten, mit öligem, scharf gescheiteltem Haar. Er trägt denselben braunen Anzug wie am Vortag und riecht nach Pfefferminz. Zwei uniformierte Beamte sind bei ihm, dahinter Grauwein, der seinen Blick meidet, mit zwei Kriminaltechnikern in weißen Overalls.

»Was ist los? Hab ich was verpasst?«, fragt Tom.

»Ist Anne da?«, entgegnet Morten ernst.

»Anne? Ja, warum?«

Morten verzieht den Mund, als hätte er auf etwas Saures gebissen. In der Hand hält er einen gefalteten Brief. »Wir müssen sie leider mitnehmen, Tom.«

»Ihr müsst *was*?«

»Nur vorläufig«, beschwichtigt Morten. Er hebt die Hand mit dem Schreiben. »Und, so leid es mir tut, wir müssen eure Wohnung durchsuchen.«

»Das ... das ist absurd«, sagt Tom. »Worum geht's denn, was wird ihr denn vorgeworfen?«

Morten zögert. Sein Blick geht für einen Moment an Tom vorbei, ins Innere der Wohnung, als ob er in Gedanken schon mit der Durchsuchung beschäftigt wäre.

»Joseph?«, sagt Tom eisig.

Morten seufzt. »Beihilfe zum Mord.«

»Mord?« Tom sieht vom einen zum anderen. »Anne? Seid ihr verrückt geworden?« Niemand sagt etwas. Das Schweigen der Kollegen. Die Blicke. Das hier ist Ernst. Niemand ist verrückt geworden. Eine innere Kälte breitet sich in ihm aus. »Mord an wem?«, fragt er.

»Sie ist auf dem Material, Tom«, sagt Grauwein aus dem Hintergrund.

»Welches Material? Wovon redest du?«

»Das Videomaterial vom Konzertmitschnitt; Brad Galloway auf der Waldbühne«, erklärt Morten. »Anne ist bei ihm auf der Bühne. Es besteht kein Zweifel«, sagt Morten.

»Brad Galloway?« Tom hat plötzlich das Gefühl, ins Bodenlose zu fallen. »Sie soll etwas mit dem Mord an Galloway zu tun haben?« Er will protestieren, sagen, wie absurd der Gedanke ist, wäre da nicht der gestrige Abend. Das Papierbriefchen mit dem Herz, das er bei Anne gefunden hat. Und ihre ausweichenden Antworten, die mindestens so schlimm und so beredt wie eine Lüge waren. Das Gefühl, betrogen worden zu sein, steckt wie ein Stachel in seinem Fleisch. Aber ist da etwa noch mehr? »Dass sie auf diesen Bildern zu sehen ist, heißt doch noch lange nicht, dass sie etwas mit dem Mord zu tun hat«, stellt Tom fest.

»Das Problem liegt woanders«, erwidert Morten.

»Aha. Und würdest du mir bitte sagen, *wo* genau das Problem liegt?«

Morten verzieht den Mund, versucht auf kalt zu schalten. »Das darf ich nicht.«

Tom braucht einen Moment, um die Botschaft zu verdauen. »Verdunklungsgefahr?«

Morten nickt.

»Das heißt, ich bin suspendiert?«

»Nicht suspendiert. Raus aus dem Fall; Befangenheit. Wir ermitteln gegen Anne.«

Tom starrt Morten sprachlos an. Hofft einen irrationalen Moment lang, dass sich noch eine Lösung findet, dass alles nur ein Missverständnis ist oder ein schlechter Scherz, oder zumindest, dass es kein bitterer Ernst ist. »In Ordnung«, sagt er schließlich leise. »Ich weck sie, wartet bitte hier, ja?«

Morten räuspert sich. »Ich glaube ... das ist nicht nötig.« Sein Blick geht über Toms Schulter in die Wohnung. Anne steht in T-Shirt und Unterhose im Flur. Sie ist kreidebleich und hat offenbar mitgehört.

»Du sagst kein Wort«, stellt Tom klar. »*Kein Wort*, hörst du? Du redest nicht. Nicht hier in der Wohnung. Nicht im Auto. Nicht bei der Vernehmung. Ich besorge einen Anwalt.«

Anne nickt. Sie verschränkt die Arme, kann jedoch nicht verbergen, dass ihre Finger zittern.

»Tom, das macht es nicht besser«, versucht es Morten.

»Doch, macht es.«

»Es tut mir leid«, sagt Anne zu Tom. Sie versucht zu lächeln, als wollte sie ihm oder sich selbst Mut machen und sich schon jetzt entschuldigen, für was auch immer da noch kommt. Es ist ein Lächeln, das Tom schon oft gesehen hat: das Lächeln einer Schuldigen.

Kapitel 14

Charlotte schaltete die Nachttischlampe ein und blinzelte ins trübe Licht, das der vergilbte Stoffschirm an die Tapeten warf. In ihrem Kopf summte es. Diese unerträgliche Mischung aus weiterschlafen wollen und nicht können. Sie seufzte und schlug die Decke zurück. Sofort spürte sie die kühle Luft an ihren Beinen, ihr Nachthemd war im Schlaf hinaufgerutscht. Ihre Zunge war noch pelzig vom Rotwein.

Sie sah zu Karlo. Seine Betthälfte war leer, die Decke unberührt. Die Kuhle in der Matratze war so tief, dass sie bereits Schatten warf. Karlo musste abnehmen, er wurde immer fetter. Ja, fett. Ein fetter Bauer. Sie wusste, das klang gehässig. Eigentlich war sie nicht so. Aber das Wort tat ihr in der Seele gut: fett. Es klang wie eine Ohrfeige; sie hörte förmlich das Klatschen. Fett war das Gegenteil von dürr. Und ›fett‹ war ihre Rache für ›dürr‹.

Sie wusste, dass sie zu wenig auf den Rippen hatte und ausgezehrt aussah, Karlo musste es ihr nicht auch noch unter die Nase reiben. Und diese Blicke. Und dass er ihr ständig Essen anbot. Schweinesülze, Wurst und Eier in sich hineinzustopfen fühlte sich falsch an. Ohnmächtig irgendwie. Als hätte sie keine Kontrolle mehr. Es gab schon genug Dinge, über die sie keine Kontrolle hatte.

Robby zum Beispiel, der mit vierzehn schon aussah wie Karlo und sich nichts mehr sagen ließ von ihr. Karlo behauptete, das sei die Pubertät, sie solle den Jungen lassen. Doch sie wusste es besser. Lassen würde nicht helfen. Lassen machte es nur immer schlimmer. Wie oft war ihr in den letzten Monaten die Hand ausgerutscht? Dreimal? Viermal? Beim letzten Mal hatte Karlo es mitbekommen. Vielleicht hatte Robby auch gepetzt. Vielleicht auch nicht. Sie hatte ohnehin den Eindruck, die Ohrfeigen brachten nichts.

Wie konnte es sein, dass man hinlangte, sich dafür selbst hasste und es auch noch gar nichts brachte?

Sie war jetzt dreiundvierzig. Bauersfrau im Arbeiter- und Bauernstaat. Musste da nicht mehr drin sein, wenn man zum Rückgrat des Volkes gehörte? Die SED-Bonzen taten immer, als ritten sie eine Rassestute, aber unterm Hintern hatten sie einen klapprigen Ackergaul. Wie war sie bloß hier gelandet? Wie hatte sie Karlo glauben können, seinen Reden von der Landwirtschaft, goldenen Feldern, weißer Milch, duftendem Brot im Ofen und der Schaufel in der Erde. Ehrliche Arbeit! Streich ehrlich durch und schreib trostlos drüber! Sie hatte immer gedacht, sie müsste durchhalten, sich ein paar Dinge verkneifen, es würde schon besser werden. Stattdessen wurde es schlimmer. Das Leben schien ihr so verdreht. Wenn sie ihre Eier an den Konsum im Ort verkaufte, konnte sie anschließend durch die Ladentür wieder hineinspazieren und sie günstiger zurückkaufen. Nicht, dass die paar Kröten etwas gebracht hätten, es war nur ein weiteres Beispiel dafür, wie verdreht alles war.

Vielleicht wurden ihnen ja auch deshalb inzwischen die Hühner gestohlen. Weil einer dachte, mit den Eiern, da kann ich 'ne schnelle Mark machen. Vielleicht war auch nur jemand hungrig und hatte kein Geld.

Aber wie lange sollte das noch so weitergehen, dass Karlo

nachts das Hoftor offen ließ und sich auf die Lauer legte? Bei all seiner berechtigten Wut hatte Charlotte manchmal den Eindruck, es ginge ihm um etwas anderes als die Hühnerklauerei, als könnte er seine Wut auf alles und jeden an einem einfachen Hühnerdieb abreagieren.

Vermutlich saß er gerade unten in der Küche am Fenster, lag auf der Lauer.

»Karlo?«, rief sie, gerade so laut, dass man es unten wohl hören konnte.

Keine Antwort.

Vielleicht war er ja eingeschlafen.

Und Robby? Der pennte ohnehin wie ein Stein, als gäbe es nichts, was einen beunruhigen könnte.

Sie stand auf und ging die Treppe hinunter. Die Stufen ächzten, wie alles in ihrem Leben ächzte.

Der Gedanke, dass er am Küchenfenster, während er Wache schob, eingeschlafen sein könnte, rührte sie irgendwie. Vielleicht würde sie ihm eine Brühe heiß machen und ihn zu sich ins Bett holen. Manchmal waren es ja die einfachen Dinge, die etwas wert waren. Die etwas zeigten, was man nicht sagte.

Doch die Küche war dunkel, der Stuhl am Fenster leer.

Dafür stand die Tür zum Hof offen. War Karlo etwa draußen?

Das kalte Kopfsteinpflaster unter ihren Füßen ließ sie schaudern. Im Stall grunzten und quiekten die Schweine, lauter als sonst, und für einen Augenblick glaubte sie, so etwas wie einen menschlichen Schrei gehört zu haben. Sie bekam eine Gänsehaut. Reiß dich zusammen, das täuscht, dachte sie. Hin und wieder schrien die Viecher ja, als gäb's kein Morgen.

Die Frage war nur, warum taten sie das heute mitten in der Nacht?

Die Ritzen in der Bretterwand des Stalls zeichneten feine,

helle Linien in die Dunkelheit. Im Stall war Licht. Ein leichter Wind strich ihr über den Rücken. Ein Gatter klapperte. Wahrscheinlich eine Sau, die sich daran rieb. Plötzlich stieß sie mit den Zehen schmerzhaft an etwas Hartes, es folgte ein leises Geräusch, wie Metall, das über den Boden schrammte. Sie biss sich auf die Lippen, verkniff sich den Schmerz. Was um Himmels willen ...?

Sie bückte sich. Auf dem Pflaster lag ein Fahrrad. Ein Damenrad.

Warum lag ein Damenrad nachts auf ihrem Hof?

Sie blickte zum Stall. Spürte einen Stich in den Eingeweiden.

Bis zur Stalltür war es nicht weit. Karlo ölte die Tür immer gut, weshalb sie nicht quietschte. Wofür er wohl einen guten Grund hatte, wie sie jetzt feststellen musste. Im Deckenlicht leuchtete das Stroh im Mittelgang goldgelb. Die Schweine lärmten, aufgeschreckt von der Frau, die sich mit beiden Händen am Metallgitter festhielt. Sie stand mit dem Gesicht zu den Schweinen, Karlo hielt sie an den Haaren gepackt, stand hinter ihr, spuckte sich in die Hand und rieb es ihr zwischen die Beine. Ihr Hintern leuchtete wie ein Vollmond. Nicht ausgezehrt, nicht knochig wie ihr eigener, sondern weiß und ... ekelhaft. Ihr Blick ging zu Karlos Hose, die sie Montag früh noch geflickt hatte. Oder war es Dienstag gewesen? Die Hose hing ihm in den Kniekehlen, unter dem schlackernden Hemd ragte ... Ihr fehlten die Worte. Sie war nicht prüde! Nein. Sie hatte schließlich ein Kind bekommen. Sie hatte immer nackt mit ihren Eltern gebadet. Karlo war der, der es immer im Dunkeln gewollt hatte ...

Und jetzt stand er hier ... mit dieser ...

Wie in Trance lief Charlotte auf ihn zu, griff im Gehen nach der Schaufel, die am Trog lehnte, eine Holsteiner-Schaufel; Karlo bestand darauf, dass sie so genannt wurde. Karlo hatte immer Namen für alles. Bestimmt auch für dieses Flittchen!

Der verwitterte Stiel fühlte sich rau an in ihren Händen. Ihre Schritte gingen im Grunzen und Quieken unter; Karlos Mund stand offen, aber zu hören waren nur die Schweine.

Charlotte stieß einen wütenden Schrei aus. Karlos Kopf fuhr herum, für einen Sekundenbruchteil sah sie seinen Gesichtsausdruck, als er sie erkannte. Er wirkte dümmlich und irgendwie überrascht.

Mit aller Kraft schlug sie ihm die Schaufel auf den Kopf. Es gab einen seltsam hohlen Ton. Karlo strauchelte, tat zwei Schritte, die Hose verfing sich zwischen seinen Beinen, dann schlug er der Länge nach hin.

Die Frau schrie vor Schreck auf, starrte sie mit großen Augen an.

»Du Miststück«, kreischte Charlotte und schlug mit der Schaufel nach ihr, doch die Frau wich aus. Krachend schlug das Metall ans Gatter. Die Schweine schrien, als ginge es ins Schlachthaus.

»Wie lange geht das schon?«, rief Charlotte.

»Ich ... was?«, stammelte die Frau.

»Wie lange schon?« Charlotte drosch ein weiteres Mal mit der Schaufel nach ihr und verfehlte sie.

Das Flittchen war zäh, das musste sie ihr lassen. Charlotte fasste die Schaufel am äußersten Ende des Stiels und holte Schwung.

»Oh Gott, nein, bitte lassen Sie mich erklä–« Die Frau warf sich auf den Boden, tauchte unter der Schaufel hindurch und stieß sich dabei den Kopf am Gatter.

Charlotte geriet ins Straucheln, als die Schaufel ins Leere ging, fing sich aber wieder. »Hühnerjagd, ja?«, keuchte Charlotte.

Die Frau stöhnte, hielt sich den Kopf. »Bitte, nein! Sie verstehen das falsch, ich –«

»*Was ist* daran *falsch zu verstehen?*«, brüllte Charlotte. *Die Frau kam nicht richtig auf die Füße, versuchte es auf allen vieren, ihre weißen, makellosen Beine leuchteten, so wie ihr Hintern, auf den Karlo so scharf war, und ihr verschwitzter Nacken.* »*Du willst abhauen, ja?*« *Charlotte holte erneut mit der Schaufel aus.* »*Hättest du dir früher überlegen müssen!*«

Die Frau streckte sich, griff nach etwas am Gatter, drehte sich plötzlich mit einer kräftigen, schwungvollen Bewegung auf den Rücken.

Noch im letzten Moment, als Charlotte sich mit dem ganzen Gewicht ihres Körpers nach vorne warf und die Schaufel herabsausen ließ, dachte sie, dass sie die Frau lieber am Hinterkopf getroffen hätte, nicht ins Gesicht, nicht während die Frau sie ansah. Dann spürte sie den wuchtigen Hieb, der ihren Unterleib traf.

Ihr Atem stockte.

So wie alles andere plötzlich auch stockte: ihre Wut, ihre Ohnmacht, ihr Puls, sogar die Zeit. Als stünde sie an einer langen Seitenauslinie – wie bei Robbys Fußballspielen – und würde zusehen, wie sich alles neu sortierte, bis die Dinge schließlich irgendwann weitergingen, alle in ihrem gewohnten Gang.

Die Schaufel entglitt ihren Händen und schlug scheppernd neben der Frau auf den Boden. Zitternd versuchte Charlotte, Luft zu holen. Ihr Bauch stand in Flammen, ihre Lider flatterten. Sie presste ihre Hände gegen den Schmerz. Ihr Nachthemd war feucht. Ungläubig starrte sie die fremde Frau an, die vor ihr auf dem Rücken lag, mit schreckgeweiteten Augen, und die mit beiden Händen den Stiel der Mistgabel umklammert hielt, die sich in Charlottes Bauch gebohrt hatte.

Kapitel 15

Tom sitzt am Küchentisch, mit Phil auf den Knien, und sieht Peer Grauwein dabei zu, wie er mit seinen Leuten systematisch die Küche durchforstet. Nichts bleibt an seinem Platz, alles wird herausgeholt und penibel untersucht. Grauwein ist bemüht, Tom nicht anzusehen; in seinen Sachen wühlen zu müssen ist ihm sichtlich unangenehm.

Phil schmiegt sich an Tom. Sein weicher Blondschopf ist verschwitzt. Die fremden Männer sind Phil nicht geheuer, und er spürt die seltsame Stimmung, die sie verbreiten. Als Anne gegangen ist, hat er sich an ihren Hals geklammert, hat geweint und wollte sie nicht gehen lassen. Von Haftbefehlen weiß er nichts, aber es ist, als ob er mit Anne durch eine unsichtbare Nabelschnur verbunden ist. Ihre Angst ist seine. Weshalb Tom versucht, Phil nicht noch weiter zu verunsichern; so gut es geht, will er seine eigenen Sorgen vor ihm verbergen. Aber die Fragen stellen sich wie von selbst und beunruhigen ihn. Was hat Anne auf diesem Konzert gemacht? Was hat Morten gegen sie in der Hand? Und was hat Anne wirklich mit dem Mord zu tun?

Vor zwanzig Minuten hat Tom Karl Bärlach angerufen, einen Strafverteidiger, den sein Jugendfreund Bene ihm vor längerer Zeit empfohlen hat. »Wenn du mal Schwierigkeiten hast, ist das dein Mann. Der haut dich raus, verlass dich drauf«, hatte Bene gesagt. Im Allgemeinen pfeift Tom auf Benes Ratschläge. Sie beide stehen auf unterschiedlichen Seiten. Bene Czech besitzt mehrere Clubs in der Stadt, die er ebenso skrupellos wie geschickt führt. Er hat einen Namen in der Unterwelt und macht Tom immer wieder Angebote, doch Benes Geld interessiert ihn nicht, es klebt zu viel Schmutz daran.

Was Bärlach angeht, das ist etwas anderes. Denn jetzt geht es um Anne, und da ist Benes Empfehlung etwas wert. Tom hofft nur, dass Bene nichts davon erfährt, denn Bene rechnet gerne Gefallen auf.

Es rappelt, als Grauwein eine der großen Schubladen aufzieht. Mit konzentrierten Bewegungen stellt er ein paar Pappschachteln mit Rigatoni auf die Arbeitsplatte, schaut jede Schachtel von allen Seiten an und reißt dann den Karton auf. Die Nudeln klappern, wenn er mit seinen Latexhandschuhen darin wühlt. Eins muss man Grauwein wirklich lassen. Er ist gründlich und hat einen Sinn für Kleinigkeiten, selbst wenn sie noch so unbedeutend scheinen.

»Was sucht ihr eigentlich genau?«, fragt Tom.

»Weißt du doch«, murmelt Grauwein. »Alles und nichts.«

»Na, *nichts* hast du ja schon gefunden. Fehlt nur noch alles, oder?«

Grauwein presst die Lippen aufeinander und sucht weiter. Sein Kollege ist inzwischen ins Obergeschoss gegangen und rumort dort im Kleiderschrank.

»Peer«, sagt Tom und senkt die Stimme. »Um Himmels willen, kannst du mir bitte sagen, was hier los ist? Was ist mit diesem Video? Was habt ihr gegen Anne in der Hand?«

Grauwein hält für einen Moment inne, schaut ihn an und scheint abzuwägen.

»Peer, bitte«, drängt Tom. »Ich würde das Gleiche für dich tun, das weißt du, oder?«

Grauweins Blick wird hart. »Du hast mich belogen, damals. Und im Stue wieder. Bei diesem Pulver und dem Briefchen, da ging es nicht um deine Schwester. Es ging um Anne. Es ging immer um Anne.«

Touché. Tom senkt den Blick. »Entschuldige, das war idiotisch.«

»War es. Du hättest es mir einfach sagen können, ich hätte dir trotzdem geholfen.«

»Ich ... wollte das mit Anne nicht wahrhaben. Es war mir peinlich.«

»Im Ernst, weil es dir peinlich war?«, fragt Grauwein ungläubig.

Tom nickt. Phil hibbelt auf seinem Schoß und reibt nervös seine kleine Nase an Toms Schlüsselbein.

Grauwein schiebt trotzig das Kinn vor. »Hast *du* nicht kürzlich mit den Augen gerollt, als *ich* von Nicole erzählt habe?«

»Ich habe was?«, fragt Tom konsterniert.

»Über das Peinliche bei den anderen kann man sich immer schnell lustig machen, aber bei einem selbst sieht's dann anders aus, wie?«

Tom starrt Peer Grauwein an und erinnert sich plötzlich daran, wie rot Grauwein geworden war, als ihm klar wurde, dass er sich verraten hatte, was seine übergroße Sympathie für die junge Kollegin Nicole Weihertal anging. »Hör mal, von mir aus kannst du schwärmen, für wen du willst. Ich hab nicht *eine* Sekunde mit den Augen gerollt. Vielleicht verwechselst du mich ja mit Morten. Aber ehrlich gesagt will ich darüber gar nicht reden. Ich hab gerade wirklich andere Probleme.«

Grauwein presst die Lippen zusammen und wendet sich der nächsten Schublade zu. Eine Weile kramt er wortlos vor sich hin. »Sie steht auf der Bühne«, sagt Grauwein plötzlich halblaut, ohne ihn anzusehen, »und sie gibt ihm einen großen Umschlag.«

»Was war in dem Umschlag?«, fragt Tom.

»Frag mich morgen noch mal, vielleicht kann ich's dir dann sagen«, erwidert Grauwein leise. »Übrigens, Morten hat mich beauftragt, das Scheidensekret, das wir im Bett von Galloway gefunden haben, mit der DNA von Anne zu vergleichen … Bete, dass es nicht dieselbe DNA ist …«

Tom wird schwindelig bei dem Gedanken. »Danke«, murmelt er.

Grauwein zeigt ihm den Mittelfinger. »Weißt du, was du tun solltest, wenn du schlau bist?«

»Jetzt bin ich aber gespannt«, erwidert Tom.

»Geh 'ne Runde mit deinem Sohn, das erspart dir und mir 'ne Menge Unannehmlichkeiten. Und aufhalten kannst du hier sowieso nichts.«

Tom nickt. »Hast recht.« Er steht auf. »Kleiner Mann?« Er schwingt Phil auf seinen Arm. »Wir gehen spazieren, okay?«

»Ja. Sasiern«, kräht Phil, der offenbar froh ist, der Atmosphäre zu entkommen.

An der Wohnungstür im Erdgeschoss will der Kollege von der Kriminaltechnik Tom und Phil abtasten, ob sie möglicherweise etwas Belastendes bei sich tragen und es aus der Wohnung schaffen wollen, doch Grauwein ruft aus dem Souterrain: »Gero? Ist okay. Hab ich schon gemacht. Die beiden können gehen.«

Tom steckt vor den Augen von Gero den Schlüssel ein, verlässt die Wohnung und setzt Phil im Hausflur in den kleinen Buggy, als ihm plötzlich bewusst wird, dass Grauwein und seine Leute mit Sicherheit auch den Keller durchsuchen werden. Und dort steht eine Kiste mit Unterlagen über Viola, die einige unangenehme Fragen aufwerfen könnten, was den Einsatz seiner Dienstzeiten und der Mittel angeht. Er zögert einen Moment, dann geht er leise zur Kellertreppe, sieht Phil an und legt den Finger auf die Lippen. »Pssst!« Tom nimmt Phil mitsamt dem Buggy hoch und geht die Stufen hinab. Das Geschaukel scheint seinem Sohn zu gefallen. »Wir machen einen Ausflug in den Keller, ja? Aber du musst ganz leise sein.«

Phils Antwort ist so etwas wie ein verschmitztes Lächeln. Er weiß zwar nicht genau, was das alles heißt, aber er findet es irgendwie gut, vielleicht auch nur, weil Toms Tonfall etwas Besonderes verspricht.

Im Keller riecht es feucht. Der Vermieter kündigt seit vier Jahren eine Sanierung an, doch bisher ist nichts geschehen, außer dass er das Flurlicht mit einer Zeitschaltuhr versehen hat, um Strom zu sparen. Tom schiebt den Buggy in den linken Gang, vorbei an den Kellern der anderen Mieter, bis der Gang einen Knick macht und einige Meter weiter vor Annes und seinem Kellerabteil endet. Er öffnet das Vorhängeschloss, schaltet das Licht ein und betritt den Verschlag, einen Schlauch von zwei Metern Breite und sechs Metern Tiefe. Phil bleibt im Buggy sitzen, an der offenen Tür. Eine einzelne nackte Halogenbirne in der Mitte des Verschlags wirft harte Schatten. Die Kiste steht in der hinteren linken Ecke, und Tom schlängelt sich an einigen Kartons vorbei, als sein Blick auf etwas fällt, das er hier unten noch nie gesehen hat. Eigentlich kennt er jeden Gegenstand in diesem Keller, denn Anne mag den Keller nicht und meidet ihn. Sie bittet immer Tom, für sie hinunterzugehen.

Er steht vor dem Regal und betrachtet das dunkel schim-

mernde Etwas, das auf Augenhöhe ganz hinten an der Regal-
rückwand steht, zwischen zwei Umzugskartons, als wollte
es vor dem Licht fliehen. Er streckt den Arm in die Lücke
zwischen den Kartons, bekommt es zu fassen und zieht es
hervor. Staub rieselt von der Ablage, tanzt im Licht. In seiner
Nase kitzelt es.

Das Etwas ist ein Einmachglas und gleicht äußerlich dem
alten Marmeladenglas aus der Küche, das Anne kürzlich gesucht hat, mit einem Metallbügelverschluss und einem breiten roten Gummiring, der es luftdicht verschließt. Das Glas
ist randvoll mit einer gelblich eingetrübten Flüssigkeit, in der
etwas Längliches schwimmt. Tom braucht einen Moment,
bis er begreift, was es ist. Nicht weil es schwer zu erkennen
wäre, sondern weil sein Gehirn sich dagegen sperrt. Es ist ir-
real. Das hier darf nicht sein. Es *kann* nicht sein. Die Realität
hat einen merkwürdigen Aussetzer, eine Unstimmigkeit, einen grausamen Fehler. Es gibt keinen guten Grund, warum
dieses Ding hier sein sollte.

Und dennoch *ist* es hier.

Im Gang klickt es leise, und das Flurlicht geht aus. Mist.
Die Zeitschaltuhr. Die Halogenbirne über ihm ist jetzt das
einzige brennende Licht im Keller und verwandelt den Verschlag in eine grelle Insel im Dunkeln.

»Papa?«, ruft Phil von der Tür. Seine Stimme klingt ängstlich.

Tom starrt auf den Inhalt des Glases. Durch die Bewegung
ziehen ein paar blutige Schlieren durch die Flüssigkeit. Die
Gedanken in seinem Kopf überschlagen sich.

»Papaa.«

Im Gang hört Tom plötzlich Schritte und dann Grauweins
Stimme. »Tom? Bist du hier unten?«

Kapitel 16

Sita steht hinter der Scheibe und sieht zu, wie Jo Morten gemeinsam mit Nicole Weihertal den Vernehmungsraum betritt. Sie haben die junge Kollegin hinzugebeten, weil Sita als befangen gilt, wegen ihrer Nähe zu Tom.

Die zum Pferdeschwanz gebundenen braunen Haare wippen, als Nicole mit dem Rücken zu Sita neben Morten auf den am Boden verschraubten Stühlen Platz nimmt. Sie schaut für einen kurzen Moment zu Morten, und ihre Nasenflügel weiten sich unmerklich. Sita weiß, was sie riecht. Sie hat die halbe Nacht mit Morten verbracht, hat gesehen, wie er eine nach der anderen geraucht hat, sodass sein Anzug nun den Geruch von kaltem Rauch verströmt. Mortens Nervosität schreit nach einem Ventil. Doch ganz im Gegenteil zu sonst ist ihm scheißegal, ob jemand mitbekommt, dass die Nikotinsucht ihn wieder im Griff hat. In der letzten Nacht hatten sich die Dinge überstürzt, als sie überraschend jemand bei VTC erreichten, der ihnen Zugriff auf das Rohmaterial des Konzertmitschnitts geben konnte. Anne auf dem Video zu sehen war das Letzte, was sie erwartet hatten.

»Tu das nicht, Jo. Gib ihr eine Chance, das zu erklären«, bat Sita mit Blick auf das eingefrorene Bild auf dem Monitor:

Anne, die Galloway einen großen hellen Umschlag überreicht.

Morten hatte die Nummer bereits aufgerufen und ließ nun das Handy sinken. »Das tue ich doch.«

»Aber doch nicht so. Nicht direkt mit dem Staatsanwalt. Das bist du ihm schuldig.«

»Eben. Genau das ist das Problem. Weißt du, wie das aussieht? Wenn die Nummer auffliegt, haben wir in einer Stunde die Innere am Hals, und ich bin meinen Job los.«

»Die schicken doch nicht gleich die Innere, nur weil du eine Befragung machst, bevor du einen Haftbefehl beantragst.«

»Vetternwirtschaft und Gefallensdienste unter Kollegen, das ist das Thema mit dem besten Anpack und dem größten Eskalationspotenzial. Vor allem, weil sich die Presse darauf stürzen würde, wenn sie davon Wind bekommt. Und die Kollegen von der Dienstaufsicht sind ganz wild drauf, genau das zu verhindern«, fuhr Morten fort. Er stand auf, öffnete das Fenster, schnippte die Kippe in die Dunkelheit, zündete sich die nächste an und sah auf sein Handy.

»Jo, bitte!«

»Mensch, Sita, was glaubst du, was hier passiert, seit Galloway tot ist?« Morten wedelte mit seinem Telefon. »Vor einer halben Stunde hatte ich Gerstelhuber in der Leitung, wir bräuchten Ergebnisse.«

Sita rollte mit den Augen »Was hast du erwartet? Galloway ist nicht irgendwer, natürlich ruft dich der Leiter des LKA 1 an und macht Druck.«

»Hab ich auch gedacht, und fünf Minuten später rief mich Schiller an.«

»Innensenator Schiller?«, fragte Sita verblüfft. »Persönlich? Am frühen Morgen?«

»Allerdings. Ob ich der Sache gewachsen sei, wollte er

wissen. Und dann meinte er, in gut zwei Wochen seien die Feierlichkeiten, von wegen dreißig Jahre Mauerfall, bis dahin wolle er den Galloway-Mord vom Tisch haben. Er habe keine Lust, beim Empfang des Bundespräsidenten peinliche Fragen zum Versagen seiner Behörde zu beantworten.«

»Großartig«, meinte Sita trocken. »Fehlt nur noch, dass sich die Kanzlerin meldet.«

»Sehr witzig«, knurrte Morten. »Ich ruf jetzt den Staatsanwalt an.«

Ab diesem Moment war die Sache nicht mehr aufzuhalten gewesen.

Sita starrt durch die Scheibe und versucht, in Annes Gesicht zu lesen. Anne sitzt mit kerzengeradem Rücken auf ihrem Stuhl im Vernehmungsraum. Ihre blasse Gesichtsfarbe steht im krassen Widerspruch zu ihrer Haltung. Sie hat Angst und vermittelt dennoch den Eindruck, nicht einen Millimeter nachgeben zu wollen.

Für einen kurzen Moment blitzt in Sita der Wunsch auf, einen Drink in der Hand zu haben und die Gefühle zu dämpfen.

Neben Anne hat Dr. Karl Bärlach Platz genommen, gähnt und reibt sich mit zwei Fingern die Nasenwurzel. Er ist Ende vierzig, korpulent, trägt einen buschigen Kinnbart, und seine strähnigen langen Haare rahmen gletscherhelle, intensive Augen ein. Zur Akteneinsicht ist er um kurz nach acht mit einer Literkanne Kaffee und einem Süßstoffspender erschienen.

»Schön«, knurrt Bärlach. »Reden wir.« Er hat eine tiefe, sonore Stimme und spricht in einem ruhigen Flüsterton. »Ich bin gespannt, was Sie von mir wissen wollen.«

»Von Ihnen ehrlich gesagt gar nichts«, erwidert Morten und lässt sich damit bereits auf Bärlachs erste Provokation ein. Sita rollt innerlich mit den Augen. »Wir sind überzeugt«, fährt Morten fort, »dass Ihre Mandantin uns einige Dinge zu sagen hat.«

»Damit keine Missverständnisse entstehen«, erwidert Bärlach, »Sie fragen, und ich antworte im Namen meiner Mandantin.«

»Woher wollen Sie denn wissen, was Ihre Mandantin antworten will?«

»Ich weiß, was *ich* will, dass sie antwortet.«

Morten seufzt. Offenbar begreift er, dass er dieses Spiel nicht gewinnen kann. »Gut, dann fangen wir an.«

Bärlach nickt entspannt.

Er ist das, was man einen harten Hund nennt. Sita fragt sich, wo Tom ihn aufgetrieben hat und ob sie sich für Anne freuen soll, dass sie einen solchen Anwalt hat. Während Morten mit näselnder Stimme Datum, Uhrzeit, die Anwesenden und die Fallnummer auf Band spricht, blickt Bärlach auf seine Armbanduhr. Der Blick auf die Zeit gehört zur Körpersprache von Anwälten. Wobei viele Anwälte sündhaft teure Uhren tragen. Bärlach trägt eine alte Casio am Handgelenk, eine Uhr, für die kein Pfandleiher der Welt auch nur einen Fünfziger bieten würde.

»Anne«, beginnt Morten vorsichtig, »ich bin mir bewusst, wie schwierig das für dich sein muss. Glaub mir, ich hätte das –«

»Nur um das klarzustellen«, unterbricht Bärlach, »die Tatsache, dass Sie sich persönlich kennen und auch noch duzen, macht die Befragung eigentlich wegen Befangenheit hinfällig. Lediglich die Tatsache, dass ich diese groteske Situation der Untersuchungshaft für meine Mandantin nicht länger hinauszögern will, lässt mich vorläufig darüber hinwegsehen.«

»Wie großzügig«, lächelt Morten schmallippig.

»Ich kann auch anders«, lächelt Bärlach zurück.

»Anne«, beginnt Morten erneut, »warum warst du am Freitagabend auf dem Konzert von Brad Galloway in der Waldbühne?«

»Dass sie dort war, ist unstrittig, das belegt das Video«, sagt Bärlach. »Zum ›Warum‹ will sich meine Mandantin nicht äußern.«

»Warum will sie sich nicht äußern?«

»Aussageverweigerungsrecht.«

»Anne, dir ist bewusst, dass du dich damit erst recht verdächtig machst?«

»Meine Mandantin *ist* verdächtig, so viel ist amtlich. Aber der Schweregrad des Verdachts lässt sich wohl kaum an ihrem Schweigen bemessen.«

Morten seufzt und wendet sich erneut an Anne. »Kannst du uns erklären, warum du am Tag nach dem Mord an Galloway gegen 20:15 Uhr ins Adlon gekommen bist und versucht hast, in seine Suite einzubrechen?«

»Kann das jemand bezeugen?«, fragt Bärlach. »Denn Spuren gibt es von diesem angeblichen Einbruch keine, wenn ich das richtig sehe.«

»Aber uns liegt eine entsprechende Aussage von Ms Lee vor«, kontert Morten.

»Ich war nicht dort«, sagt Anne leise.

»Da haben wir's, dann steht hier Aussage gegen Aussage. Vielleicht sollten Sie sich fragen, welches Interesse Ms Lee hat, meiner Mandantin zu schaden und sie in Misskredit zu bringen.«

Morten seufzt erneut und geht dazu über, in einem dicken Stapel Unterlagen zu blättern. Ein Trick, den er gerne benutzt, um den Befragten in Vernehmungen zu suggerieren, dass er mehr weiß, als der Betreffende ahnt. »Anne, wir wissen von Galloways Managerin, dass du mit Galloway ein Verhältnis hattest, vor etwas über zwei Jahren. Es ging über mehrere Tage. Ist das richtig?«

»Hörensagen«, stellt Bärlach fest.

»Durch Zeugenaussage bestätigt«, kontert Morten.

»Gibt es Fotos?«

»Nein.«

»Stand Ihre Zeugin am Bett und kann den Geschlechtsakt bezeugen?«

»Nein.«

»Also: Hörensagen!«

Morten schweigt einen Moment, während Bärlach den Erfolg seiner Ausfallschritte genießt.

»Okay. So oder so, wir gehen zurzeit davon aus«, sagt Morten bedacht, »dass du damals ein Verhältnis mit ihm hattest. Hast du ihn seitdem noch einmal gesehen?«

Anne schüttelt stumm den Kopf.

»Heißt dein Kopfschütteln, du hast ihn seit eurem Verhältnis damals nicht mehr gesehen?«, fragt Morten.

»Versuchen Sie ihr nichts in den Mund zu legen. Sie hat ihn seit über zwei Jahren nicht mehr gesehen, *das* heißt es, und mehr nicht.«

»Aus welchem Grund hast du dich nach so langer Zeit plötzlich wieder entschlossen, ihn zu treffen?«

»Galloways tolle Musik, was sonst.« Bärlach hebt die Brauen und schürzt dabei die Lippen.

»Gibt es nicht noch einen anderen, schwerwiegenderen Grund?«

Annes Wangen werden rot, und sie schüttelt erneut den Kopf.

»Die tollen Texte von Brad Galloway«, pariert Bärlach trocken.

»War es nicht vielmehr so, dass du ihm den Umschlag geben wolltest, den du ihm mitgebracht hattest?«

»Meine Mandantin hatte nichts vorbereitet. Sie hat diesen Umschlag von jemandem auf der Bühne in die Hand gedrückt bekommen, mit der Bitte, ihn Galloway auszuhändigen.«

Jetzt ist es Morten, der die Brauen hebt. »Warum sehe ich diesen Jemand dann nicht auf dem Bildmaterial?«

»Möglicherweise, weil derjenige nicht gesehen werden wollte?«, schlägt Bärlach vor.

»Weißt du, was der Umschlag enthalten hat, Anne?«

»Kommen Sie«, sagt Bärlach. »Wir alle wissen inzwischen, was in dem Umschlag war, Sie haben die Dose, die auf dem Video zu sehen ist, doch im Stue gefunden. Sie war unter das Bett gerutscht, wenn ich die Fotos aus der Akte richtig erinnere.«

»In der Dose«, fährt Morten ungerührt fort, »war eine in Blut getränkte weiße Feder. Hast du die Feder und das Blut in die Dose getan?«

Anne schüttelt den Kopf. »Nein.«

Sita beobachtet Annes Gesicht durch die Scheibe und versucht einzuschätzen, ob Anne lügt. Was ihre Beziehung zu Galloway angeht, erscheint es Sita offensichtlich, dass Anne nicht die ganze Wahrheit sagt. Die Frage ist, verhält es sich bei dem Umschlag ähnlich?

Morten lässt Annes Nein für einen Moment stehen, bevor er weiterspricht. »Wusstest du, was in dem Umschlag ist, bevor du ihn Galloway gegeben hast?«

»Nein. Woher denn?«, sagt Anne nervös. »Ich hatte wirklich keine Ahnung.«

»Und warum«, fragt Morten mit gesenkter Stimme, »sind dann deine Fingerabdrücke auf und in dieser silbernen Dose?«

Für einen Moment herrscht Stille.

Bärlach braucht nur kurz, um sich zu fangen. »Warum stand darüber nichts in den Akten, die ich einsehen durfte?«, fragt er gereizt.

»Weil es gerade erst ermittelt wurde?«, entgegnet Morten mit falscher Freundlichkeit. »Die Vergleichsfingerabdrücke Ihrer Mandantin stehen uns schließlich erst seit heute früh zur Verfügung.«

»Schön«, sagt Bärlach, räuspert sich und nimmt eine gelangweilte Haltung an, als wäre all das nur eine zeitraubende Zumutung mit vorhersehbarem Ergebnis. »Die Erklärung ist so einfach, dass Sie die Frage eigentlich gar nicht zu stellen brauchen. Vermutlich hat meine Mandantin die Dose nach der Entnahme aus dem Umschlag auf der Bühne berührt. Auf dem Video steht sie nah bei Galloway.«

»Nein, hat sie nicht«, erwidert Morten. »Wir haben das Video genau geprüft. Galloway hat die Dose wieder in den Umschlag gesteckt.«

»Zeigen die Kameras auch den Backstagebereich der Waldbühne?«, fragt Bärlach.

»Nein.«

»Also bitte, worüber reden wir dann? Sie kann die Dose jederzeit danach noch einmal angefasst haben, schließlich war sie genauso entsetzt von der blutigen Botschaft wie Galloway selbst. Was im Übrigen das Video belegt – und was eindeutig dafür spricht, dass meine Mandantin *nicht* wusste, was in dem Umschlag ist.«

Sita muss Bärlach recht geben. Anne wirkte auf dem Video tatsächlich überrascht. Aber viel mehr als Annes Reaktion auf den Inhalt der Dose hat Sita der Inhalt selbst beschäftigt. Beim Anblick der Feder hat sie gestutzt. Schließlich hatte bei ihrem letzten Fall auch eine Feder eine Rolle gespielt –

wenn auch eine schwarze, tätowierte Feder. Konnte es einen Zusammenhang zwischen der kleinen weißen Feder in der Dose und dem schwarzen Feder-Tattoo geben? Doch sowohl Morten als auch Grauwein haben abgewinkt. Zu weit hergeholt, zu anders, meinten beide, und Sita musste einräumen, dass sie damit wohl nicht ganz falsch lagen.

»Anne«, setzt Morten die Vernehmung fort, »bist du nach dem Konzert noch mit Brad Galloway ins Hotel Stue gegangen?«

»Warum sollte sie?«, fragt Bärlach. »Um eine Affäre aufzuwärmen, die nie stattgefunden hat?«

»Anne?« Morten sieht sie eindringlich an. »Wenn du dort gewesen wärst, könnte das immerhin deine Fingerabdrücke auf der Dose etwas besser erklären.«

Sita hält unwillkürlich den Atem an. Sie weiß bereits, dass es *diese* Fingerabdrücke, die sie gefunden haben, *nicht* besser erklären würde. Denn die Zahl der Abdrücke erklärt sich nicht durch ein einmaliges kurzes Anfassen. Mortens Frage ist eine kleine, aber geschickt gestellte Falle. Doch Anne schüttelt den Kopf. »Nein. War ich nicht«, sagt sie leise.

»Auf dem Laken in der Suite wurde Scheidensekret gefunden. Solltest du dort gewesen sein, werden wir das bald wissen«, erklärt Morten. »Es wäre einfacher für uns alle, du würdest es jetzt direkt sagen.«

Tränen steigen in Annes Augen, und sie blinzelt sie fort. »Ich war nicht dort.«

»Wo warst du denn zwischen 22:00 und 03:00 Uhr morgens?«

»Brad hat mich zu Hause abgesetzt, um etwa halb elf«, sagt sie leise.

»Gibt es dafür Zeugen?«

Sie schüttelt den Kopf. »Tom hat schon geschlafen, er war ziemlich erledigt. Ich hab ihn schlafen lassen.«

»Taxifahrer? Oder Chauffeur?«

»Nein. Brad hat mich selbst hingebracht.«

»Mit was für einem Wagen denn?«

»Mit einem Leihwagen. Ein Maserati, glaube ich.«

Morten hebt die Brauen. »Er ist selbst gefahren? Nach dem Konzert? Warum tut er sich das an?«

»Er fährt gerne in Deutschland. Wegen der fehlenden Geschwindigkeitsbeschränkungen.«

Morten schnaubt spöttisch. »In der Stadt? Wo er sich noch nicht einmal auskennt?«

»Brad hat gesagt, er will nicht enden wie Siegfried und Roy.« Morten runzelt die Stirn.

»Die beiden deutschen Magier in Las Vegas ...«, hilft Nicole Weihertal aus.

»Ich weiß, wer Siegfried und Roy sind«, blafft Morten. »Ich versteh nur nicht, was das heißen soll.«

»Brad meinte, sie hätten ihm mal erzählt, vor lauter Starsein und Umherkutschiertwerden hätten sie niemals selbst getankt. Tanken und den ganzen anderen Kleinkram, das hätten immer ihre Leute gemacht. Bis sie irgendwann einmal selbst in die Verlegenheit kamen, tanken zu müssen, und gar nicht wussten, wie das geht.«

»Großartig«, brummt Morten. »Ein Star, der selbst Auto fährt. Im Maserati. Hört sich an wie der Gipfel der Bescheidenheit.« Er wirft Anne einen skeptischen Blick zu. »Für jemand, der angeblich kein Verhältnis mit ihm hatte, weißt du aber recht viel.«

»Hören Sie auf, ein harmloses Gespräch übers Autofahren als Beweis für eine Beziehung umzudichten«, springt Bärlach Anne bei.

Morten ignoriert ihn und richtet sich halblaut an Nicole Weihertal: »Check bitte, wer der Verleiher war, und lass das Navi auslesen.«

Nicole Weihertal macht sich rasch eine Notiz.

»Gibt es einen Zeugen, der gesehen hat, dass du nach Hause gekommen bist?«

Anne schüttelt den Kopf. »Ich bin noch eine Weile am Kanal entlanggelaufen, um den Kopf freizukriegen, und dann nach Hause. Tom und Phil haben schon geschlafen.«

»Was heißt eine Weile?«

»Eine halbe Stunde vielleicht.«

Morten nickt bedächtig.

»Also, was haben Sie nun gegen meine Mandantin?«, resümiert Bärlach kühl. »Ein nicht näher untersuchtes Bettlaken? Eine nicht bewiesene Affäre? Ein paar Fingerabdrücke auf einer pseudodramatischen Botschaft ... und das ist alles?«

»Ich denke, der Mord an Brad Galloway macht aus der, wie Sie es nennen, *pseudodramatischen Botschaft* nicht weniger als die Vorbereitung der heimtückischen und brutalen Ermordung eines Menschen.«

»Eine Vorbereitung, die nicht von meiner Mandantin begangen wurde. Geschweige denn der Mord.«

»Und warum finden wir dann auf und in der Metalldose mehr als neunzig sich zum Teil überlagernde Abdrücke Ihrer Mandantin?«, fragt Morten scharf.

Bärlach zuckt mit den Achseln und ist bemüht, sich seine Überraschung nicht anmerken zu lassen. »Sie muss die Dose wohl interessiert untersucht haben, um festzustellen, womit sie es zu tun hat.«

Stille.

»Ich bitte Sie!«, sagt Bärlach. Seine Stimme ist so tief und samtig, dass es Sita unter die Haut geht. »Sie glauben doch nicht im Ernst, dass meine Mandantin so dumm ist, sich strafbar zu machen, und dabei gleichzeitig ihre Visitenkarte hinterlässt.«

»Ihre Mandantin ist Cutterin, richtig?«, sagt Morten. Er scheint es aufzugeben, mit Anne direkt zu sprechen, was Sita für einen Fehler hält.

Bärlach runzelt die Stirn und schaut zu Anne, die bestätigend nickt. Seine erste Blöße, er kennt den Beruf seiner Mandantin nicht.

»Dann müsste sie diese Art Dose schon einmal gesehen haben.« Morten gibt Nicole Weihertal ein Signal, und sie zieht ein Foto der länglichen Metalldose aus einer Mappe. »Und auch den hier oben eingravierten Firmennamen«, Morten tippt mit dem Finger auf das Bild, »Pendrag, richtig?«

Anne öffnet den Mund, doch Bärlach legt warnend die Hand auf ihren Arm.

»Würden Sie mich an Ihrem Wissensvorsprung teilhaben lassen«, sagt Bärlach zuckersüß.

»*Pendrag* ist eine kanadische Firma und stellt digitale Stifte her«, sagt Nicole Weihertal. »Die Stifte eignen sich zum Zeichnen auf digitalen Tableaus, aber auch zum Bedienen von Software mit einem Stift, als eine Art Mausersatz. Beim Fernsehen arbeiten vorwiegend Grafiker und gelegentlich auch Cutter mit solchen Stiften.«

»Soweit ich informiert bin, gibt es mehr als einen Cutter und Grafiker in der Fernsehbranche«, erwidert Bärlach trocken.

»Schon«, sagt Morten. »Aber diese Dose hier gehört zu einer Sonderedition. Und wir haben vor etwa zwanzig Minuten von den Beamten vor Ort Bescheid bekommen, dass der dazu passende digitale Pen in der Wohnung Ihrer Mandantin gefunden wurde. Und es kommt noch besser. Solche Stifte liegen nie einfach nur so in einer solchen Dose. Sie sind eingebettet in ein Schaumstoff-Inlay, damit sie beim Transport keinen Schaden nehmen. Und im Schreibtisch Ihrer Mandantin wurde genau dieses Inlay gefunden. *Nur* das Inlay. Nicht die Dose.«

»Dann hat vielleicht jemand die Dose dort entwendet, um meiner Mandantin zu schaden«, bringt Bärlach hervor, doch seine bisherige Selbstsicherheit hat einen spürbaren Dämpfer bekommen.

»Anne«, sagt Morten, beugt sich vor und schaut ihr in die Augen. »Was zählt das Leben deiner Lieben?« Ohne den Blick von ihr zu lassen, klappt er den Deckel der vor ihm liegenden Mappe auf. Zuoberst liegt ein Tatortfoto des toten Galloway, der an die Rückwand des Bettes im Gästehaus gefesselt ist. Die Schrift auf seiner Brust tritt schwarz auf der bleichen Haut hervor. Morten schiebt das Bild über den Tisch zu Anne. »Das stand in Druckbuchstaben auf Galloways Brust.«

Annes Blick zuckt kurz nach unten, dann sieht sie schnell beiseite und presst die Lippen aufeinander.

»Hat Galloway dir Grund gegeben, wütend auf ihn zu sein? Hat er dich verletzt?«

Im Raum ist es still, nicht einmal das Knacken eines Stuhles ist zu hören.

»Hat er dir vielleicht etwas angetan?«

»Nein«, flüstert Anne.

Morten seufzt und faltet die Hände auf dem Tisch. »Anne, ich würde dir gerne helfen, aber du musst mit uns reden.«

»Genau das tun Sie bitte nicht«, sagt Bärlach zu Anne. »Ich hole Sie hier raus. Geben Sie mir ein, zwei Tage, dann ist der Spuk vorbei.«

Kapitel 17

»Papaa?!«

»Alles gut, Phil. Ich bin hier«, sagt Tom. Drei schnelle Schritte, und er ist raus aus dem Verschlag.

»Tom? Wo bist du?«, ruft Grauwein. Offenbar ist er an der Tür zum Keller stehen geblieben, da er nicht weiß, wo Annes und Toms Abteil ist.

»Kannst du mal das Licht anmachen?«, ruft Tom. Er geht neben Phils Buggy in die Knie und schiebt das Einmachglas hastig unter Phils Sitz in den kleinen Korb, der eigentlich für Einkäufe gedacht ist. Phil streckt die Hand aus, fasst Tom an die Nase und gluckst. Jetzt, wo Tom neben ihm ist, scheint seine Furcht vor der Dunkelheit wie fortgewischt.

»Wenn ich den Lichtschalter finden würde ...«, ruft Grauwein.

»Hinter der Tür«, antwortet Tom. »Da, wo die Tür zur Wand hin anschlägt.«

»Was ist das denn für ein Quatsch«, murrt Grauwein. Dann flammt das Licht auf.

»Ich bin hier«, ruft Tom laut, sodass seine Stimme das Schließen des Vorhängeschlosses an der Tür des Verschlags übertönt. »Links.«

»Sag das doch gleich.« Grauwein kommt mit schnellen

Schritten näher. Tom pfriemelt den Schlüssel vom Bund ab, als Grauwein gerade um die Ecke kommt; ihm bleibt nur, den Schlüssel mit einer raschen Handbewegung in den Korb unter Phils Sitz fallen zu lassen. Klimpernd stößt der Schlüssel an das Glas.

»Was machst du hier unten?«, fragt Grauwein. »Ich dachte, du gehst mit Phil um den Block?«

»Es sieht nach Regen aus, und irgendwo hier unten hatten wir noch eine Ersatzhaube für den Buggy. Die alte ist kaputt.«

»Eine Regenhaube für den Buggy. Aha«, sagt Grauwein misstrauisch.

»Man merkt, dass du keine Kinder hast«, erwidert Tom.

»Und, hast du deine Haube gefunden?«

»Schön wär's.« Tom hält seinen Schlüsselbund hoch. »Aber ich hab vergessen, dass ich den Schlüssel abgemacht habe, der liegt oben.«

»Und warum ist dann das Licht im Verschlag an?«, fragt Grauwein.

»Äh, das? Wegen der Zeitschaltuhr. Der Vermieter ist ein Geizkragen und hat das Kellerlicht aufs kleinste Zeitfenster eingestellt. Also mache ich immer erst das Licht drinnen an, damit ich nicht im Dunkeln stehe, dann schließe ich auf.« Tom steckt die Finger durch eine Lücke zwischen den Holzlatten, angelt nach dem Schalter und macht das Licht demonstrativ aus und wieder an.

»Tom, ehrlich«, seufzt Grauwein, »du weißt doch –« In diesem Moment klickt es leise, und die Beleuchtung des Kellerflurs erlischt.

»Sag ich doch«, meint Tom.

Grauwein sieht zur Decke und dreht sich dann zum Kellereingang um, dahin, von wo er gekommen ist. »Ist ja idiotisch«, murmelt er.

»Ich mach dir das Licht wieder an, wenn ich rausgehe«, sagt Tom und will an Grauwein vorbei, doch der Kriminaltechniker stellt sich ihm in den Weg. »Kann ich mich darauf verlassen, dass du nichts mitgenommen hast?«

»Wie denn, ohne Schlüssel?«

Grauwein nickt, lässt Tom aber nicht aus den Augen, während er beiseitetritt. »Würdest du mir bitte noch sagen, wo ich den Schlüssel für euren Keller finde? Ich würde das Schloss nur ungerne aufbrechen müssen.«

»Oben im Flur, die kleine Kommode, linke Schublade.« Wo Grauwein den Schlüssel natürlich nie finden wird, doch das ist erst mal egal. Tom läuft an Grauwein vorbei in Richtung Ausgang, macht aber an der Ecke noch einmal halt. Der Kriminaltechniker steht vor der Tür des Verschlags und sieht nachdenklich hinein. Die Latten der Tür werfen einen gestreiften Schatten auf Grauwein, als wäre er hinter Gittern.

»Äh, Peer?«

»Hm?« Grauwein sieht ihn an, sein Gesicht ist leer, irgendwie so, als wollte er sich nicht in die Karten schauen lassen.

»Da drinnen«, sagt Tom, »da ist eine Kiste ... da sind ein paar Sachen zu Vi drin. Könntest du die vielleicht, also, könntest *du* die durchsuchen? Und vielleicht ein bisschen diskret sein, was die ein oder andere Kleinigkeit angeht?«

Grauwein sagt kein Wort, guckt nur. Tom steht bereits im Halbdunkel, zehn Schritte entfernt, und ist für Grauwein nur noch eine Gestalt im Schatten.

»Kleinigkeiten?«, fragt Grauwein.

»Kleinigkeiten«, sagt Tom und muss an das Einmachglas unter Phils Sitz denken.

»Ich schau, was ich machen kann, aber ich kann nichts versprechen.«

»Danke«, sagt Tom leise.

»Dange«, plappert Phil nach.

»Tom?«

»Ja.«

»Treib's nicht zu weit.«

»Mach ich nicht«, wiegelt Tom ab, winkt aus dem Schatten und geht ganz ins Dunkel. Das Letzte, was er von Grauwein sieht, ist, dass er sich über das Vorhängeschloss am Verschlag beugt, um es zu untersuchen.

An der Tür schaltet Tom für Grauwein das Licht an und trägt den Buggy mit Phil und dem Einmachglas die Kellertreppe hinauf. Erst jetzt begreift er, warum Grauweins Gesicht so leer ausgesehen hat. Es war kein Pokerface, er hat versucht, seine Enttäuschung zu verbergen.

Als Tom durch die Haustür auf die Straße tritt, empfängt ihn dichter Nieselregen. Statt des Himmels hängt eine graue Suppe über der Stadt. Er läuft eine Weile mit schnellen Schritten am Landwehrkanal entlang, vorbei am weißen Mercedes-Sprinter der Kriminaltechnik und Grauweins Audi. Erst in sicherer Entfernung bleibt er stehen, fischt die alte Regenhaube unter Phils Sitz hervor und stülpt sie so über den Buggy, dass Phil nicht weiter nass wird. Den Kellerschlüssel steckt er lose in seine Hosentasche. Das Einmachglas will er nicht anfassen. Am besten wäre es, wenn es gar nicht existierte.

Aber es ist da, und es schaukelt bei jedem Schritt und jeder Fuge im Pflaster unter Phils Sitz.

Kapitel 18

Inge trat wie verrückt in die Pedale. Bloß nicht umschauen. Der ungläubige Blick der Frau und das Bild der Zinken in ihrem Bauch verfolgte sie, beinah so, als säße die Frau auf ihrem Gepäckträger und atmete in ihren Nacken.

Weiter treten. Schneller fahren. Nur weg vom Stall.

Die Erinnerung ließ sie nicht los.

Das Geräusch, mit dem die Schaufel auf den Kopf des Mannes schlug, das Ächzen, als die Mistgabel die Frau traf, sie zunächst nur dastand, gekrümmt, überrascht, und dann in die Knie ging und schließlich umfiel. War das gerade wirklich alles nur wegen ein paar gestohlener Hühner passiert?

Sie hatte sich mühsam aufgerappelt, war aus dem Stall gewankt, auf der Suche nach einem Telefon. Im Haus hatte Licht gebrannt, anders als vorher, und die Tür zur Küche stand sperrangelweit offen. Eine Bauernküche, ein alter Herd aus Gusseisen, Schränke aus fleckigem Holz. Auf dem Fensterbrett eine leere Rotweinflasche, eine weitere auf dem Tisch. Bärenblut aus Rumänien. Sein Atem hatte danach gerochen.

Im Flur dann das Telefon, auf einer schmalen Kommode.

Zuerst wollte sie die 110 wählen, entschied sich dann aber für die 115, den Notruf für die medizinische Hilfe.

Sie verstellte ihre Stimme, die zeichneten bestimmt alles auf.

Wo sie denn sei?

Güterfelde.

Die genaue Adresse, bitte?

Sie stotterte, zog die Schublade der Kommode auf, fand ein paar aufgerissene Briefe an einen Herrn Karlo Weißgerber und gab die Adresse weiter.

Sagen Sie mir bitte noch Ihren *Namen?*

Hastig drückte sie auf die Gabel des Telefons.

Eine Decke, dachte sie, die Frau braucht eine Decke! Neben dem Küchenfenster, wo die Rotweinflasche stand, lag eine verfilzte Decke vor einem Stuhl. Hatte Weißgerber hier am Fenster Wache geschoben? Auf den Hühnerdieb gelauert?

Es kostete sie unendliche Überwindung, zurück in den Stall zu gehen. Sie breitete die Decke über der Frau aus. Wenigstens das Blut verschwand darunter, aber nicht ihr Blick.

Mit zitternden Fingern tastete sie nach ihrem Puls.

Nichts. Er war fort.

Karlo Weißgerber blutete am Kopf. Seinen Puls zu fühlen, wagte sie nicht. Sie hatte das Gefühl, er könnte jede Sekunde die Augen öffnen, sie packen und wieder Gott weiß was mit ihr anstellen.

In die Pedale treten, treten, treten.

Der Fahrtwind reizte ihre von den Tränen geröteten Augen. Ihre Beine brannten, der Dynamo sirrte in hohen, schrillen Tönen.

Karlo Weißgerber.

Sie erschauderte. Er hätte sie einfach gehen lassen können. Mitgefühl haben können. Aber das Gegenteil war passiert. Warum waren Menschen so?

Vielleicht war es ihr Fehler gewesen. Sie hätte zugeben können, ein Huhn gestohlen zu haben. Stattdessen war sie so dumm gewesen, ehrlich zu sein. So naiv, auf Hilfe zu hoffen. Sie hätte das mit der Flucht nicht erzählen dürfen. In dem Augenblick, als er begriff, dass sie sich vor der Stasi versteckte, war ihm der Gedanke gekommen, dass hier für ihn etwas drin war.

Keine Sorge, ich helfe Ihnen. Kommen Sie mit, Sie können sich im Stall verstecken.

Scheinheiliger Mistkerl.

Und dann: Was ihr lieber wäre, Hohenschönhausen oder ein kleiner Gefallen?

Der Gefallen war nicht klein, aber er hatte immer noch die Mistgabel, und sie saß in der Falle. Sie hatte es trotzdem versucht, doch ein einziger harter Schlag in die Magengrube hatte sie gestoppt. Sie hatte sich nichts mehr gewünscht, als dass jemand kommt und sie rettet. Irgendein Engel von irgendwoher.

Der Engel hatte ein Nachthemd an und eine Schaufel.

Es hätte alles gut werden können. Und dann das.

Sie nahm den Abzweig von der Straße auf den Weg durchs Feld. Weit hinten lag Bennos Gehöft einsam in der Dunkelheit. Sie bremste, sah sich um und zwang sich, einen Moment auszuharren. Niemand war zu sehen, weit und breit nur Nichts.

War es möglich, dass sie gar nicht verfolgt wurde?

Aber da war doch das Auto an der Telefonzelle gewesen.

Ihre Beine zitterten, als sie wieder in den Sattel stieg. Bitte lass ihn da sein, flehte sie. Der bucklige Weg schlug ihr den Sattel gegen das Steißbein. Auf dem Hof sah alles aus wie immer. Sie stieg vom Rad, klappte den Ständer aus, stellte es ab. Für einen Moment fühlte sich alles ganz normal an. Gut. Ordentlich.

Sie läutete an der Tür.

Vom Feld kam ein Motorgeräusch. Das kann nicht wahr sein, dachte sie verzweifelt. Ein Paar Scheinwerfer bog auf den Weg zum Gehöft ein. Hastig läutete sie erneut, klopfte wild an die Tür. Doch alle Fenster blieben dunkel und die Tür geschlossen.

Die Scheinwerfer des Wagens kamen näher und näher, gleich würden sie den Hof erfassen.

Sie rannte weg von der Tür, zur Ecke des Gutshauses. Unter einem Fallrohr stand schief an der Hauswand ein Fass, dass bei Regen immer überlief. Sie kauerte sich dahinter, ihre Füße sanken in den von gestern noch feuchten Boden. Hastig zog sie ihren hellen Sommermantel aus, wälzte ihn im Matsch und warf ihn sich über Kopf und Schultern. Keine Sekunde zu früh. Das Licht des Wagens erreichte den Hof und streifte sie, dann parkte der Wagen vor der Garage, und das Motorgeräusch erstarb. Die Autotür wurde geöffnet, ein Mann stieg aus und warf die Tür zu. Weshalb stieg der zweite Mann nicht ebenfalls aus? Die waren doch nie alleine, wenn sie kamen ...

Sie drückte sich an die Hauswand. Der nasse Mantel durchfeuchtete ihr Nachthemd, Tropfen liefen ihr über die Stirn. Ihr Herz wollte aus der Brust springen und ihr Atem ging viel zu laut. Dann fiel ihr plötzlich das Fahrrad ein, das sie vorhin vor dem Haus abgestellt hatte. Gut sichtbar und ordentlich. Sie schloss die Augen, ballte still die Fäuste. Gebückt schlich sie an der Hauswand entlang zur Rückseite des Hauses. Sie musste über den Zaun und aufs Feld, sie hatte keine andere Wahl. Dann hörte sie plötzlich eine laute Männerstimme vom Hof.

»Inge?!«

Sie erstarrte.

»Inge, bist du hier?«

Es war Benno. Sie lief zu ihm und fiel ihm weinend in die Arme.

Kapitel 19

Inge wollte nicht fort aus der Umarmung. Sie stand auf dem Hof, fror, weil ihr Nachthemd feucht vom schlammgetränkten Mantel war, aber Bennos Arme waren ihr einziger Halt. Außerhalb dieser Arme war alles unsicher. Außerhalb dieser Arme gab es eine Frau, die sie getötet hatte. Viola war entführt worden, Werner hing an ihr, die Stasi klebte an ihren Fersen – doch all das hatte Pause in Bennos Armen.

»Wo warst du?«, fragte Benno. »Ich hab dich überall gesucht.«

»Du warst bei der Telefonzelle?« Sofort war die Angst wieder da, dass er sich wegen ihr verraten haben könnte.

»Klar. Hatte ich doch gesagt ...«

»Bist du ... War da jemand?«

»Wovon sprichst du?«, fragte Benno. »Wer sollte da gewesen sein?«

»Ich weiß nicht. Da war ein Auto, und ich dachte ... ich wollte nicht ... falls die mich verfolgen, dass die dann auf dich kommen ...«

»Du hast gesagt, dir ist niemand gefolgt.«

»Ich weiß ... entschuldige«, murmelte Inge bedrückt.

Benno schwieg einen Moment. »Was war das für ein Auto?«

»Keine Ahnung, es war ja dunkel. Ein Auto eben. Der Wagen

ist an der Telefonzelle vorbeigefahren und hat dann in einiger Entfernung gehalten, das Licht war aus, aber der Motor lief noch.«

Benno schwieg erneut. Sie kam sich plötzlich so dumm vor. Er war verärgert, natürlich. Sie hatte ihn leichtfertig in Gefahr gebracht. »Ich ... ich hab jemanden getötet«, brach es aus ihr heraus, als könnte das eine Entschuldigung sein. Aber es änderte nichts, rein gar nichts. Sie hatte ihn in Gefahr gebracht. Und nicht nur ihn, wahrscheinlich auch noch all die anderen Leute, die Benno halfen. Schluchzend drückte sie sich an ihn.

Bennos Körper wurde starr. »Was *hast du*?«

»Da war eine Frau, sie hat mich angegriffen ... ich konnte nicht anders ... Da war eine Mistgabel und ...«

Er löste die Umarmung, fasste sie mit seinen großen Händen an den Schultern und hielt sie dabei auf Armeslänge entfernt. Sein Blick war plötzlich hart und kühl. »Bist du sicher, dass sie tot ist?«

Inge nickte und versuchte, sich die Bilder, die auf sie einstürmten, vom Leib zu halten. »Sie hatte keinen Puls mehr.«

Warum war er plötzlich so kalt, so anders?

»Gab es Zeugen?«

Ah. Das war es. Er war nicht hart und kalt, er war nur pragmatisch. Und das war gut, versuchte sie sich zu beruhigen. »Ihr Mann war da. Aber er hat nichts gesehen. Er war ...« Sie schluckte. Was für ein Chaos; es hörte sich alles so unwirklich an. »Er war bewusstlos oder ... ich weiß nicht.«

»Glaubst du, dass er noch lebt?«

»Ich weiß nicht, ich habe den Notarzt gerufen.«

»Hast du am Telefon deinen Namen gesagt?«, fragte er scharf. »Weiß irgendjemand, wer du bist?«

»Nein ... niemand. Die wissen nicht, wer ich bin.«

Er sah sie aus schmalen Augen an. »Erzähl mir alles. Jede Kleinigkeit. Lass nichts aus, ja?«

Sie nickte und deutete aufs Haus. »Können wir das drinnen machen? Mir ist furchtbar kalt.«

»Natürlich«, sagte er. »Entschuldige.«

Der alte Kachelofen bullerte, doch Inge war es innerlich so kalt, dass sie immer noch die Decke um sich gewickelt hatte und sich mit angezogenen Beinen in die Umarmung des Ohrensessels flüchtete. Der zerschlissene, moosgrün-braun gemusterte Bezug roch nach Staub und altem Jagdhaus, rechts von ihr hingen zwei museumsreife Flinten an der Wand, zwischen Geweihen, einem ausgestopften Fuchs und einem Marder. Vor ihrem Sessel lag ein altes Fell, von dem sie nicht wusste, zu welchem Tier es einmal gehört hatte. Auch wenn sie keine Waffen mochte, auf eine seltsame Weise beruhigten sie die Gewehre an der Wand.

Es hatte fast eine Stunde gedauert, bis sie alles erzählt und jede Frage beantwortet hatte, über Weißgerber, seine tote Frau und über das Verschwinden von Viola. Benno war schließlich aufgestanden, hatte »Gut« gemurmelt und: »Ich mach dir einen Tee.« Inge hatte nicht verstanden, was er mit »Gut« meinte, aber es war vermutlich einfach nur so dahergesagt, eine Floskel.

In der Küche hörte sie Benno rumoren. Was machte er da so lange? Ihr Blick fiel auf das Gemälde über dem Sofa, auf dem Benno eben noch gesessen hatte, ein Ölbild des alten Gutshofes, in dessen Wohnzimmer sie jetzt saß, zu seiner Blütezeit. Benno hatte den Hof im Stadium des fortschreitenden Verfalls von seinen Eltern geerbt. Die größten Schäden behob er notdürftig. Alles andere musste warten, bis … ja, bis wann eigentlich? Der Staat zusammenbrach? Bessere Zeiten kamen? Das würde nicht passieren, deswegen wollte sie auch weg hier. Die SED zog alles und jeden in den Abgrund, und sie konnte nicht ertragen, dass das der Staat war, in dem ihre Kinder groß werden sollten. Was, wenn Tom Arzt werden wollte und man ihn zwang, Maurer oder Schreiner zu werden? Oder Viola Richterin und sie gezwungen wurde, Menschen wegen Republikflucht zu verurteilen. Dazu kamen die Gerüchte darüber, dass immer mehr Menschen aus politischen Gründen ins Gefängnis wanderten, weil der Westen hohe Devisenbeträge für den Freikauf dieser Häftlinge bezahlte. Die Regierung sperrte ihre Bürger ein oder verschacherte sie. Hier würden ihre Kinder nicht groß werden, das hatte sie sich geschworen. Aber für Werner gab es nur das »Weiter so«; es ginge ihnen doch nicht schlecht, sie hätten Privilegien.

Inge fand diese Privilegien widerlich – und darüber hinaus waren sie alles andere als verlässlich.

Als Benno mit dem Tee, einer Schale Plätzchen und zwei Spiegeleiern kam, war sie beinah eingenickt und schämte sich sofort dafür. Wie konnte sie schlafen, wenn Viola fort war?

Das Ei war ein wenig angebrannt und die Plätzchen waren trocken, aber das war ihr vollkommen egal. Benno kümmerte sich, nur das zählte. Und sie hatte ohnehin keinen Appetit.

»Was mache ich denn jetzt wegen Viola?«, fragte sie. »Was, glaubst du, wollen die von mir? Warum melden die sich nicht?«

Benno kratzte sich am Kopf. Seine Haare waren raspelkurz, wie immer. Er schnitt sie selbst, mit einem elektrischen Rasierapparat. Das sparte den Friseur und gab ihm ein bulliges, aber attraktives männliches Aussehen. Manchmal stellte sie sich vor, wie er mit anderen zusammen einen Fluchttunnel grub, und dann war es hinterher einfacher, sich den Schmutz aus den kurzen Haaren zu waschen.

»Die wollen, dass du Angst hast«, sagte er. »Die lassen dich erst mal zappeln. So machen sie's immer.«

»Und dann? Was dann?«

Er sah sie lange an. »Wenn dich jemand verraten hat, dann wissen sie, dass du rübergehen willst. Deswegen ist sie entführt worden.«

»Du meinst, sie haben Viola entführt, weil sie glauben, dass ich nicht ohne sie gehe ...«

Benno überlegte einen Moment. »Ehrlich gesagt, ich glaube, es ist genau andersrum.«

»Andersrum? Was meinst du damit?«

»Die wollen, dass du rübergehst.«

»Aber ... was macht das für einen Sinn?«

»Spionage?«, schlug Benno vor.

»Wer? Ich?«

»Du bist attraktiv. Jung genug, aber auch selbstbewusst genug, um jemanden in einer wichtigen Position um den Finger zu wickeln ... Vielleicht kennst du ja auch jemanden drüben, an dem die interessiert sind?«

Inge sah ihn ungläubig an. Wer sollte das denn sein, bitte? Da gab es niemanden. »Du meinst, die würden ernsthaft versuchen, mich auf jemanden anzusetzen? Im Westen? Das würde ich doch niemals ... ich meine, dafür bin ich doch gar nicht geeignet.«

Benno lachte bitter. »Keine Sorge, dafür haben die Leute, die bringen dir das schon bei. Sie müssen nur sicher sein, dass du mitmachst.«

»Das ist doch«, sie rang um Worte, »absurd!«

Er zuckte mit den Schultern. »Ist ja auch nur eine Vermutung. Aber machen würdest du es, oder?«

Sie schwieg einen Moment. Bei dem Gedanken wurde ihr übel. Doch Benno hatte recht. Dafür, dass es Viola gut ging, würde sie buchstäblich alles tun. »Aber das hieße doch«, dachte sie laut, »dass ich Viola gar nicht mehr ...« Inge verstummte, weigerte sich auszusprechen, was ihr gerade klar geworden war.

Benno nickte.

»Ist das dein Ernst?«, flüsterte sie mit erstickter Stimme.

»Wenn es das ist, was sie wollen«, erwiderte Benno leise, »dann wirst du Fotos von ihr bekommen. Und mit ihr telefonieren können. Vielleicht dürft ihr euch schreiben. Je nachdem, wie viel du ihnen wert bist.«

»Und ... und wenn ich einfach hierbleibe?«

»Ich weiß nicht, ob das etwas ändert. Die wollen, was sie wollen.«

»Aber ich versteh das nicht. Warum ausgerechnet ich?«

»Bist du sicher, dass du niemanden drüben kennst?«

»Wen soll ich denn kennen?«, fragte sie verzweifelt.

Benno zuckte mit den Schultern. »Wenn du es nicht weißt ...«

Inge ballte die Fäuste und grub die Fingernägel in die Handflächen, dass es wehtat. »Und ich kann nichts daran ändern? Wirklich nichts?«

Kapitel 20

Tom steckt den Schlüssel ins Türschloss. Klackend springt der Riegel zurück. Die Scharniere der schmalen Tür in dem vierflügeligen, schweren, blauen Metalltor knirschen etwas. Ein Ruf nach Öl oder nach regelmäßigeren Besuchen. Die Öffnung ist gerade groß genug für den Buggy, für alles Weitere, was in die Garage hinein- oder aus ihr heraussoll, wie zum Beispiel das Motorrad, müsste man alle vier Flügel öffnen. Doch die Harley ist das Letzte, was die Garage verlassen wird. Phil sieht sich mit großen Augen aus dem Buggy heraus um, als Tom mit ihm in die Garage tritt, das Licht einschaltet und die Tür von innen abschließt.

Phils Blick ruht still auf dem verkleideten Ungetüm in der Mitte des Raums, dem einzigen Gegenstand in der ansonsten kahlen und leeren Garage. Das Motorrad, eine Harley Fat Boy, die Tom bisher nur einmal in seinem Leben gefahren hat, ist mit einer Plane abgedeckt, um über die Zeit nicht Schaden zu nehmen.

Es ist gut sechs Jahre her, da hatte Bene ihn in den Club eingeladen und ihm gesagt, dass er eine Überraschung für ihn habe. Im Gewirr der Gänge zwischen dem Backstagebereich des Theaters und den Untergeschossen des Odessa führte Bene ihn zur Tür eines der Lastenaufzüge, zwinkerte ihm verschwörerisch zu und drückte den Rufknopf des Fahrstuhls. Es rumpelte dumpf in den Eingeweiden des Gebäudes. Ein Ping verkündete die Ankunft der Kabine. Als die Aufzugtür sich öffnete, stand ein Ungetüm von Motorrad in der Kabine. »Darf ich vorstellen«, sagte Bene. »Die Königin der Straße. Die legendäre Harley Fat Boy. Für dich!«

Tom starrte die Maschine verblüfft an. Er hatte mit Anfang zwanzig einmal ein Motorrad besessen, eine schwere alte Honda Gold Wing, die er für sechshundert Euro von einem Bekannten gekauft hatte. Die Maschine war mehrfach kaputtgegangen, und irgendwann hatte er sie für vierhundert Euro weiterverkauft. Die Harley Fat Boy, die jetzt vor ihm stand, war etwas vollkommen anderes. Das Ding wog mindestens dreihundert Kilo, sah nagelneu aus und kostete ein kleines Vermögen. »Was soll das?«, fragte Tom.

»Großer Mann, großes Motorrad. Ist doch klar.«

»Bene, noch mal: Was soll das?«

»Is'n Geschenk von mir. Hast du dir doch früher immer gewünscht, so eine Kiste.«

»Da war ich fünfzehn«, erwiderte Tom. »Verdammt noch mal, ich bin Polizist.«

»Eben«, meinte Bene und deutete mit ausgebreiteten Armen auf das Motorrad. »Bei deinem Gehalt wird das doch sonst nie was.«

»Weißt du, wie das aussieht?«, fragte Tom.

»Muss doch keiner wissen.«

»Es reicht schon, dass du und ich das wissen.«

»Ey, jetzt mach nicht so 'nen Aufstand«, schnaubte Bene. »Is'n Geschenk zwischen alten Freunden. Mehr nicht.«

»Na klar. Und irgendwann willst du ein kleines Dankeschön dafür. Nur einen kleinen Gefallen, mal ein Auge zudrücken oder so was. Und ganz abgesehen davon, es reicht ja schon, wenn jemand das mit der Harley rauskriegt und einfach behauptet, wir hätten einen Deal. Und zack bin ich raus, wegen Bestechlichkeit. So läuft's doch, das weißt du genauso gut wie ich.«

»Mann, ich wollte dir was Gutes tun.« Bene hob die Hände, als könnte er keiner Fliege etwas zuleide tun. Tom wandte sich ab und machte Anstalten zu gehen. »Behalt das Ding.«

»Den Teufel werd ich tun«, rief Bene, »und übrigens, wenn du mich jetzt hier so stehen lässt, dann liefere ich dir die Maschine aufs Revier, mit Schleifchen dran und 'nem hübschen Kärtchen. *Vielen Dank für die Hilfe ... Dein alter Kumpel Bene Czech.*«

»Das wagst du nicht.«

»Und wenn doch?«

Tom, der schon ein paar Schritte gegangen war, blieb stehen und sah Bene prüfend an. Schließlich seufzte er. »Schön. Ich nehme die Harley. Aber unter zwei Bedingungen.«

»Aha, und welche?«, wollte Bene wissen.

»Ich bekomme eine Rechnung vom Händler, mit Fahrgestellnummer, auf meinen Namen. Und zweitens: Der Händler gibt mir eine Barquittung über den Kaufpreis.«

»Oha«, sagte Bene. »Aber bezahlen soll ich sie, oder?«

»Hast du doch schon«, hatte Tom erwidert.

Seitdem hatte die Maschine in Toms Garage gestanden. Bene hatte in den ersten Jahren hin und wieder nachgefragt, ob er damit fuhr, doch Tom erwiderte nur, er habe versprochen, die Maschine anzunehmen, aber nicht, sie zu fahren.

Tom geht mit Phil an der Maschine vorbei zur Tür der Nebengarage, schließt auf, und sie betreten sein geheimes Reich.

»Papa ... Mächen«, plappert Phil und streckt seine Hand nach einem der Bilder an der Wand aus.

»Das ist Viola«, sagt Tom, schließt die Tür zur ersten Garage ab und wuschelt Phil durch die weichen blonden Haare. »Meine kleine Schwester.«

»Schwesa.«

»Ja, Schwester.«

»Au Schwesa?« Phil zeigt auf das nächste Bild.

Schlauer Kerl. »Ja, das ist sie auch.« Tom bückt sich und zieht das Einmachglas aus dem Fach unter Phils Sitz hervor. Phil streckt die Hände nach dem Glas aus, dabei öffnet er den Mund wie ein Fisch auf Nahrungssuche. »Papa, Hunga.« Offensichtlich hat Phil die Ähnlichkeit mit den Gläsern erkannt, in denen die Babynahrung ist, die er früher so oft bekommen hat und die Anne ihm gerade abgewöhnt.

»Nichts zu essen, kleiner Mann«, murmelt Tom. Er schließt einen Schubladenschrank auf, stellt das Glas in einer Schublade so weit nach hinten wie möglich und sperrt den Schrank wieder zu.

Phil sieht ihn mit hungrigen Augen an. Tom ärgert sich über seine Kurzsichtigkeit; er hätte etwas zu essen mitnehmen sollen oder auf dem Weg zur Garage etwas kaufen sollen, wenigstens eine Brezel oder eine Banane. Aber das verdammte Marmeladenglas hat sein Denken vollkommen blockiert. Phil klettert umständlich aus dem Buggy, läuft tapsig auf die Arbeitsfläche zu und hält sich daran fest; seine kleinen Finger hinterlassen Spuren in der dünnen Staubschicht, die hier alles bedeckt. Tom nimmt die Pentax, den alten Fotoapparat seines Vaters, vom Regal und bläst den Staub von der Kamera. Sein Blick wandert über die Karten, Zeitungsartikel über verschwundene Mädchen im Raum Berlin und über die Fotos von Viola. Mit einem Mal kommt es ihm falsch vor, so lange nicht hier gewesen zu sein. Als hätte er Vi damit verraten und als könnte sie jeden Moment um die Ecke kommen, ihm auf die Schulter tippen und sagen:

Wo warst du? Hast du mich aufgegeben? Suchst du nicht mehr nach mir?

Sei nicht albern, Vi. Ich suche immer nach dir.

Mir kommt's aber nicht so vor, sagt sie traurig. *Und Phil hast du auch mitgebracht.*

Was dachtest du denn?

Ich dachte, wenn du hier bist, dann wegen mir ...

Phil hat den alten Fotovergrößerer in einer Ecke entdeckt und rüttelt daran.

»Phil, nein!«, sagt Tom laut, doch Phil lässt nicht von dem Gerät ab. Tom geht zu ihm, hebt ihn hoch und setzt ihn auf das Feldbett, das an der Wand gegenüber von der Arbeitsfläche steht. Sein Sohn gluckst, stellt sich auf alle viere und beginnt auf der Liegefläche zu hüpfen. Tom muss unwillkürlich grinsen. Die Garage ist weiß Gott nie ein Platz für Freude gewesen. Er weiß nicht, ob er hier je gelacht hat. Die Garage ist sein geheimer Ort, sein Refugium für Notfälle, sein Zentrum für die heimliche Suche nach Viola. Die Garage ist eins der wenigen guten Dinge, die ihn mit seinem Vater verbinden. Mit achtzehn hat er den Schlüssel für sie bekommen und ihn seither nicht mehr hergegeben. Ein Geschenk, über das sie nie wieder gesprochen haben.

Die zweite, hintere Garage hat Tom über die Jahre ausgebaut, schall- und wärmeisoliert, mit Strom, einer Elektroheizung und fließend Wasser ausgestattet. Der einzige Mensch außer ihm, der je in der Garage war, ist Sita, vor etwa eineinhalb Jahren während eines Falls.

Und jetzt ist Phil hier und macht einen Hüpfwettbewerb mit sich selbst. Sein fröhliches Lachen erinnert Tom daran, dass die Garage kein Ort für Phil ist. Eigentlich sind sie nur hier, weil er einen sicheren Ort braucht für das Glas.

Sein Magen verkrampft sich beim Gedanken an den Inhalt. Wie um Himmels willen ist dieses Glas in den Keller ihrer Wohnung gekommen? Er bezweifelt keine Sekunde, dass das in Formalin eingelegte Präparat zu Galloway gehört. Ebenso wenig bezweifelt er, dass das Einmachglas am Tatort gewesen ist. Das geriffelte, kreisförmige Profil am Glasboden passt zu den Spuren auf dem Beistelltisch am Tatort, und in den Rillen haftet getrocknetes Blut.

Aber wer zum Teufel hat das Glas vom Tatort in ihren Keller gebracht? Anne? Auf keinen Fall.

Anne würde niemals jemanden töten. Zumindest kann er sich keinen Grund vorstellen, warum sie Brad Galloway töten sollte. Etwa aus Eifersucht? War ihre Affäre intensiver gewesen, als Tom es sich eingestehen mag? Doch selbst wenn, Anne würde niemanden so grausam verstümmeln, auch dann nicht, wenn derjenige sie dutzendfach betrügen würde. Sie würde weinen, schreien, jemanden ohrfeigen oder beschimpfen. Das alles war möglich. Aber ganz sicher kein Mord.

Hat Anne das Glas vielleicht für jemand anders in ihrem Keller versteckt? Jemanden, den sie schützen wollte? Auch das kommt ihm unwahrscheinlich vor. Und selbst wenn, dann würde sie das Glas doch wohl kaum dort verstecken – und dann auch noch so nachlässig. Anne hasst den Keller und sie weiß, dass Tom dort immer mal wieder Dinge verstaut.

Bleibt also nur noch eine Möglichkeit: Jemand anders hat das Glas dort deponiert. Jemand, der sie in Schwierigkeiten bringen will. Aber wer? Und warum?

Der Satz »Was zählt das Leben deiner Lieben?« auf Galloways Körper klingt wie ein Vorwurf oder wie eine vorwurfs-voll gestellte Frage. *Was bedeuten dir all deine Liebschaften? Warum spielst du mit ihnen?* Vielleicht auch: *Warum hast du mit mir gespielt?* Aber ist dieser Satz wirklich eine Frage an Galloway – und der Tod Galloways die Antwort? Und was hat Anne mit alldem zu tun?

Amanda Lee fällt ihm ein, die Tourmanagerin von Gal-loway. Bisher ist sie die einzige Verbindung zwischen Anne und dem Sänger. Lee hatte von Anfang an von der Affäre gewusst – und sie hat Anne auf der Bühne wiedererkannt.

»Papa – guck!« Phil kugelt mit einem verunglückten Pur-zelbaum über die Liege und droht vom Bett zu fallen. Tom fängt ihn auf und nimmt ihn auf den Arm. Phil giggelt und hopst wild auf und ab. Der kleine Mann muss Energie los-werden, und weder die Garage noch das Adlon, wo Amanda Lee abgestiegen ist, scheint Tom der geeignete Platz dafür. Doch wenn er weiterkommen will, muss er so schnell wie möglich mit Lee sprechen, und das am besten ungestört.

Er geht im Kopf sein Telefonverzeichnis durch und fragt sich, wen er anrufen und bitten kann, Phil für eine Weile zu nehmen. Die Liste ist kurz.

Kapitel 21

Tom öffnet den Kofferraum seines Wagens, holt Phils Buggy heraus, klappt ihn auf und stellt ihn auf den Gehsteig. Als er den Kofferraum schließen will, fallen ihm mehrere schwarze Striemen im Inneren auf und ein paar frische Kratzer. Der Buggy scheint während der Fahrt zu rutschen, und er nimmt sich vor, eine Gummimatte zum Unterlegen zu besorgen. Der Gedanke ist so herrlich normal, dass er sich für einen Moment daran festhält, mit Phil Nase, Nase, Nase spielt und ihn dann aus seinem Kindersitz in den Buggy verfrachtet.

Das Gartentor vor dem Haus ist neu gestrichen, doch die Angeln quietschen, als Tom es aufstößt. Der kurze Weg zum Haus, die öden Pflastersteine, Moos in den Fugen. Statt der Schelle von früher erklingt ein Gong mit drei ruhigen, vollen Tönen. Eine »Hier ist alles gut«-Klingel.

Tom macht einen Schritt zurück, weg von der Haustür, und stellt sich neben Phil, der im Buggy sitzt und mit den Beinchen wippt. Keine von Annes Freundinnen hatte Zeit, Phil zu nehmen, und so war er schnell mit seinem Latein am Ende. Nadja, eine Jugendfreundin aus seiner alten Clique, die inzwischen ein Mädchen im Alter von Phil hatte, nahm nicht ab, als er anrief. Die zweite Idee, Bene Czech, der ebenfalls zu seiner Clique gehört hatte, war eigentlich indiskutabel.

Phil in die Obhut eines kriminellen Berliner Clubbesitzers zu geben kam nicht infrage.

Also blieb ihm nur der Mann, den er eigentlich unter keinen Umständen hatte fragen wollen, auch deshalb, weil sein Vater ihn bei ihrer letzten Begegnung so hart hatte auflaufen lassen, dass es ihn noch heute schmerzt.

Er drückt erneut den kleinen schwarzen Klingelknopf und ist fest entschlossen, ihm die offenen Fragen noch zu stellen, aber nicht heute.

Hinter dem gewellten Glas der Tür nähert sich eine schemenhafte Gestalt. Die Tür geht auf, und Werner Babylon starrt Tom verblüfft an, dann geht sein Blick zu Phil, der im Buggy sitzt und seinen Großvater neugierig anschaut.

Werner Babylon räuspert sich. »Das ist wohl so ziemlich das Letzte, womit ich gerechnet habe«, stellt er fest.

»Hallo, Vater.«

»Hallo, Tom.« Er zögert. »Ist das Phil?«

Tom nickt.

Die Züge seines Vaters werden weich, als er Phil anschaut. Doch schon im nächsten Moment verschließt sich sein Gesicht wieder. »Hast du meinen Anruf bekommen?«, fragt Werner Babylon.

»Ja, hab ich«, erwidert Tom. »Ich dachte, du freust dich vielleicht, etwas Zeit mit deinem Enkel zu verbringen.«

Eine seltsame Pause entsteht, und sie wechseln Blicke.

»Wie, jetzt gleich?«, fragt sein Vater konsterniert.

»Ehrlich gesagt ... ja.«

Werner Babylon räuspert sich erneut. »Nur dass du mich nicht falsch verstehst, ich freu mich darüber ... aber ...«

»Ist nur eine Idee, mehr nicht«, beeilt sich Tom zu sagen. Selbst in seinen Ohren klingt es schrecklich hohl, doch ihm fehlen die richtigen Worte.

Sein Vater schaut ihn an und sucht nach einem Pferdefuß. Ihre letzte Begegnung war zu heikel, als dass er dem Frieden traut. Doch ihm ist anzusehen, was er sich wünscht. »Also, verstehe ich das richtig, dass du –«

»Oh«, tönt es aus dem Flur. Gertrud taucht hinter Werner auf. »Tom, das nenne ich eine Überraschung.«

»Hallo, Gertrud«, sagt Tom bemüht ruhig. »Können wir bitte allein sprechen.«

Werner Babylon schüttelt den Kopf, gerade so, dass nur Tom es sehen kann. »Tom, Gertrud und ich, wir sind seit fast zwanzig Jahren verheiratet, ist dir das klar?«

»Ich weiß, ich war zur Hochzeit eingeladen«, erwidert Tom.

»Und ich kann mich auch gut erinnern, mit was für einem Gesicht du damals aufgetaucht bist.« Sein Vater seufzt. »Tom, hör zu, wenn du deinen Jungen zu mir bringst, dann bringst du ihn auch zu Gertrud …«

»Moment, *was* will Tom?«, fragt Gertrud verblüfft.

»Papa, wir haben genug Themen, da brauchen wir nicht auch noch –«

Sein Vater schneidet ihm mit einer Handbewegung das Wort ab und wendet sich dann sanft an seine Frau: »Vielleicht lässt du uns wirklich mal kurz allein.« Tom kennt diesen weichen Ton seines Vaters im Umgang mit Gertrud nur zu gut. Sein Bemühen, ständig auf Gertrud Rücksicht zu nehmen, bringt ihn auf die Palme.

»Ich lass mich doch nicht wegschicken, als wäre ich sonst wer …«, entrüstet sich Gertrud.

»Nein, das will ich doch damit auch nicht sagen …«, besänftigt sein Vater.

»Weißt du, wie viel Mühe mich das alles gekostet hat, ich …«

»Papa, Hunga«, sagt Phil und wippt mit den Füßen.

Gertrud verstummt.

Es herrscht eine kurze, peinliche Stille.

»Darf er eine Banane haben?«, fragt Gertrud.

Tom nickt. Ohne ein weiteres Wort läuft sie in die Küche.

»Die Gertrud holt dir was«, sagt sein Vater und zwinkert Phil zu. Wenigstens hat er nicht *Die Oma holt dir was* gesagt, denkt Tom. Es ist nicht so, dass Gertrud nicht recht hätte, sie hat sich tatsächlich Mühe gegeben. Doch erstens ist sie nicht seine Mutter, zweitens mag er nicht, *wie* sie sich Mühe gibt, und drittens ist sie *nicht seine Mutter*, womit er wieder bei erstens wäre. Es ist ein Kreislauf der Ablehnung, den er in all den Jahren nicht hat durchbrechen können.

»Tom, wegen der Sache mit dieser Finja –«

»Ich will nicht drüber reden«, wiegelt Tom ab. »Nicht jetzt.«

Gertrud ist zurück, beugt sich zu Phil hinab und gibt ihm eine halbe geschälte Banane in die Hand. Phil greift beherzt zu und schiebt sie sich genüsslich in den Mund. »Dein Vater«, sagt Gertrud, »vermisst Viola doch genauso wie du. Du glaubst doch nicht im Ernst, dass er dir etwas vorenthalten würde. Ich meine, bei aller ...« Sie seufzt, und mit einem Mal wirkt sie viel unverstellter und ehrlicher, als Tom sie jemals erlebt hat. »Glaub mir, er würde dir doch sagen, wenn er irgendetwas wüsste ...«

Werner Babylon hat Tränen in den Augen und sieht an Tom vorbei. Die Falten in seinem Gesicht sind tiefer geworden, und die grauen Haare stehen dünn und trocken von seinem Kopf ab.

»Da siehst du, was du angerichtet hast«, murmelt Gertrud und fasst nach Werners Arm. Im Garten krächzen zwei Krähen; eine flattert auf und steigt in den Himmel.

Tom beißt sich auf die Lippen. »Wir reden ein anderes Mal über Viola und diese Finja-Geschichte, ja? Ich hab im Moment ganz andere Probleme. Anne ist verhaftet worden.«

Sein Vater starrt ihn ungläubig an. »Anne ist verhaftet worden? Warum das denn?«

»Sie ist angeblich in einen Mord verwickelt«, sagt Tom. Jetzt, wo er es ausspricht, klingt es noch verrückter.

»Anne? In einen Mord verwickelt?« Sein Vater ist blass geworden und stützt sich am Türrahmen ab. Gertrud fasst ihn besorgt am Arm. »Werner?«

»Schon gut, schon gut«, wiegelt Toms Vater ab. »Nur ein kleines Déjà-vu.«

»Ich glaube, es reicht jetzt«, sagt Gertrud entschlossen in Toms Richtung.

»Entschuldige«, murmelt Tom. »Ich wollte euch nicht erschrecken. Ich geh besser.«

Werner Babylon schüttelt Gertruds Hand ab. »Ist das wahr? Warum sagst du das nicht gleich?«, fragt er. »Warum sagst du nicht einfach, dass du Hilfe brauchst?«

Tom sieht ihn verblüfft an. »Ich ... keine Ahnung.«

Werner Babylons Blick wandert zu Phil, der in seinem Buggy sitzt, Mund und Finger mit Bananenresten verschmiert, und die Erwachsenen mit großen Augen ansieht.

»Hör zu«, sagt sein Vater, »egal, was zwischen uns passiert ist, ich versprech dir, wenn du ihn hierlassen möchtest, dein Junge ist bei uns gut aufgehoben.«

»Sicher? Schaffst du das?«

»Kümmere du dich um Anne.«

»Ich bin ja auch noch da«, wirft Gertrud ein. Sie schält den Rest der Banane und reicht sie Phil, der hungrig zugreift. Und zum ersten Mal in seinem Leben fühlt es sich für Tom richtig an, dass Gertrud an der Seite seines Vaters ist.

»Nur ein paar Stunden, am späten Nachmittag hole ich ihn wieder ab«, sagt Tom. Er nimmt Phil aus dem Buggy und setzt ihn auf seinen Arm. »Kleiner Mann?«

Phil sieht ihn mit großen blauen Augen an. Bei allem, was gerade um ihn herum passiert, kommt er Tom wie ein Anker vor, der ihn daran hindert, fortgetrieben zu werden.

»Du bleibst ein bisschen bei deinem Opa«, sagt Tom, »und Papa holt dich nachher wieder ab.«

Phil zeigt ein bananenverschmiertes Lächeln. Als Tom ihn an seinen Vater übergeben will, streckt Phil die Arme nach Gertrud aus.

Kapitel 22

Der rote Baldachin erinnert Tom an das Adlon der Zwanzigerjahre, durch und durch ein Statussymbol thront er regelrecht auf dem Gehsteig. Die Damen und Herren im Adlon tragen teuren Schmuck oder Armbanduhren. Das Adlon trägt seinen Baldachin.

Das berühmte Hotel ist vor längerer Zeit in einem neuen Glossy Chic wiederauferstanden. Alles hier ist teuer, der Marmor, der Empfangstresen, die Halle dahinter, in der High Tea serviert wird, die Teppiche, die Möblierung, aber nichts davon gibt einem das Gefühl, es wäre echt. Ein Hotel mit Geschichte, die man nicht mehr spürt. Da hilft auch das Brandenburger Tor nebenan nicht. Für Tom ist das Adlon das letzte Hotel, in dem er absteigen würde – abgesehen davon, dass er sich die Zimmer dort von seinem Polizistengehalt nicht leisten könnte.

Kurz vor der Eingangstür fällt Toms Blick auf die klotzige amerikanische Botschaft, die zwischen Adlon und Brandenburger Tor liegt. Er muss an Amanda Lees Anwalt denken, Mr Benson, und er fragt sich, warum Lee einen so direkten Draht zu einem Botschaftsanwalt hat. Tom kann sich erinnern, Benson kürzlich gemeinsam mit dem amerikanischen Botschafter gesehen zu haben. Zu Lee hätte ein Anwalt aus der Musikbranche gepasst, und der hätte vielleicht etwas rudern müssen und dann einen Kollegen organisiert, der sich mit deutschem Strafrecht auskennt. Die englische Sprache wäre dabei das geringste Problem gewesen. Weshalb also dieser Kerl von der Botschaft?

Er betritt das Hotelfoyer und wählt Lutz Frohloffs Nummer. Der Erkennungsdienstler des LKA 1 nimmt bereits beim zweiten Klingeln ab.

»Lutz? Hier ist Tom.«

»Hallo, Tom«, sagt Frohloff. Sein ebenso zynischer wie adrenalingepeitschter In-die-Vollen-Ton wirkt etwas gebremst. *Natürlich.* Annes Verhaftung.

»Kann ich dich um einen Gefallen bitten?«

»Wegen Anne?«, fragt Frohloff.

War ja klar, dass die Frage kommt. Wahrscheinlich hat Morten alle Kollegen links und rechts des Dezernats gebrieft und zum Schweigen verdonnert. »Ja«, seufzt Tom resigniert.

»Alles, was du willst.«

Tom fällt ein Stein vom Herzen. »Danke.«

»Anne war's nicht, ist doch klar«, meint Frohloff. »Aber sag mal, was hat sie eigentlich mit diesem Galloway, dass sie da auf der Bühne auftaucht?«

Frohloff, wie immer direkt und unverblümt. Die Frage trifft Tom tiefer, als er sich eingestehen mag. »Mich interessiert eher, was Galloways Tourmanagerin Lee mit einem gewissen Mr Benson, einem Anwalt von der amerikanischen Botschaft, hat.«

»Amanda Lee, richtig?« Wie immer ist Frohloff bereit, die Spur schnell zu wechseln. »Und der Typ ist ihr Anwalt? Was für ein Anwalt denn?«

»Ich vermute, unter anderem Strafrecht. Kannst du versuchen, etwas über diesen Benson herauszufinden?«

»Gib mir zwei, drei Stunden.«

»Du bist der Beste.«

»Lob mich, wenn ich dir Nacktfotos von ihm schicke.«

»Nichts Geringeres erwarte ich.«

»Aber nur im Tausch gegen ein Nacktfoto von Anne«, witzelt Frohloff.

»Willst du einen Rat?«, erwidert Tom.

»Nein.«

»Bau das Feldbett im Büro ab und vertrag dich mit deiner Frau.«

»Yes, Sir«, seufzt Frohloff und legt auf.

Tom steckt das Telefon ein. In seiner Jackentasche ist immer noch der Blister mit den Methylphenidat-Tabletten. Er drückt eine heraus und schluckt sie. Doppelte Aufmerksamkeit ist das, was er jetzt braucht.

Der helle Marmortresen des Hotelempfangs ist von zwei Mitarbeitern besetzt. Er entscheidet sich für die Frau, eine freundliche Mittdreißigerin mit dunklen, straff zurückgebundenen Haaren, irritierend grünen Augen und einer leicht gebeugten Haltung. Sie ist so groß, dass sie ihren männlichen Kollegen deutlich überragt, und Tom vermutet, dass sie hin und wieder den Eindruck hat, kleiner sein zu müssen, damit sie in diese Welt passt.

»Wie kann ich Ihnen helfen?« Sie singt ihren Text beinah. Auf dem kleinen Schild an ihrem Revers steht Antonia Schröder.

»Hallo, Frau Schröder. Babylon, LKA Berlin. Wie schön, eine große Frau.« Er lächelt.

Sie ebenfalls.

»Ich würde gerne Amanda Lee sprechen, könnten Sie bitte auf ihrem Zimmer anrufen.«

»Selbstverständlich.« Antonia Schröder greift nach dem

Telefon und klickt sich parallel durch den Belegungsplan, ihre leuchtend grünen Augen wechseln immer wieder zwischen Tom und dem Monitor hin und her. Dann wählt sie die Ziffern 4-3-3. Tom merkt sich die Zimmernummer.

»Ähm, Entschuldigung.« Frau Schröder deutet an Tom vorbei ins Atrium des Hotels. »Ich sehe gerade, Ms Lee geht zum Fahrstuhl. Dort hinten. Vielleicht erwischen Sie sie noch.«

»Danke«, sagt Tom. Mit raschen Schritten durchquert er die Halle. Die Fahrstuhltüren gleiten auf, und Amanda Lee tritt in die Kabine.

»Ms Lee«, ruft Tom, noch gut zehn Meter vom Fahrstuhl entfernt.

Sie dreht sich um, schaut Tom an und drückt einen Knopf auf dem Bedienfeld der Kabine. Die Türen schließen sich mit einem dezenten Ping. Tom bleibt stehen, wartet die Anzeige des digitalen Anzeigefelds ab. Minus eins, dann minus zwei. Stillstand.

Tom läuft zur Treppe, nimmt immer mehrere Stufen auf einmal. Auf der Ebene minus zwei schließt sich gerade die Fahrstuhlkabinentür wieder. Amanda Lee ist nirgendwo zu sehen. Links geht es zur Tiefgarage, rechts zum Wellnessbereich.

Sie trug Straßenkleidung, halbhohe Schuhe, kein Handtuch, denkt Tom. Also Tiefgarage.

Zwei schwere Feuertüren, dann steht er in der Garage des Adlon. Der Boden ist spiegelblank, mit einzelnen schwarzen Striemen. Leuchtstoffröhren, silbern verkofferte Klimakanäle, dazwischen ziegelrote Abwasserrohre. Die Autos sind überwiegend schwarze Oberklasselimousinen und SUVs. Amanda Lee geht mit schnellen Schritten in Richtung des hinteren Teils der Garage.

»Ms Lee!«, ruft Tom.

Sie sieht sich um, bleibt stehen. Ein kurzes Heben und Senken ihrer Schultern verrät den inneren Seufzer. Sie hat gehofft, ihm aus dem Weg gehen zu können. »Ja, bitte?« Ihre Stimme mit dem breiten amerikanischen Akzent hallt zwischen den kahlen Wänden.

»Entschuldigung, ich habe noch ein paar Fragen.« Tom tritt näher an sie heran. Amanda Lee hat tiefe Schatten unter den Augen, ihr Blick ist unruhig, ihre Lider sind schwer, als hätte sie nicht geschlafen.

»Dann vereinbaren Sie doch bitte einen Termin«, sagt sie abweisend. »Fragen beantworte ich nur mit meinem Anwalt.«

»Mr Benson, meinen Sie?«

»*Yeah, right.*«

»Woher kennen Sie sich eigentlich?«

»Ich denke, das geht Sie nichts an, oder?«

Tom zuckt mit den Schultern. »Das kommt drauf an.«

Amanda Lee sieht ihn schweigend an.

»Wovor haben Sie Angst?«, fragt Tom.

»Wie kommen Sie darauf, dass ich Angst habe?«

»Das sehe ich.«

Schweigen. Dann dreht sie sich um und entfernt sich mit raschen Schritten. Ihre Absätze klappern hart auf dem geschliffenen Beton. »Machen Sie einen Termin.«

»Ich will keinen Termin. Ich will mit Ihnen reden.«

Lee gibt keine Antwort, läuft einfach weiter.

»Die Frau, von der Sie uns gestern erzählt haben«, ruft Tom, »das ist *meine* Frau.«

Amanda Lee bleibt so plötzlich stehen, als wäre sie vor eine unsichtbare Wand gelaufen. Langsam dreht sie sich um. »Sie lügen.«

»Schön wär's«, sagt Tom bitter.

Am hinteren Ende der Garage startet ein Wagen. Seltsam, denkt Tom, er hat niemand anderen hier unten gesehen, keine Tür schlagen hören. Er schließt zu Amanda Lee auf, bleibt vor ihr stehen. Ihr Blick bohrt sich in seinen, ihre Lippen sind ein schmaler, blutleerer Strich. *»Really?«*

Tom nickt.

Die Tourmanagerin holt aus und schlägt Tom mit der flachen Hand ins Gesicht. Die Ohrfeige hallt laut zwischen den Luxuswagen durch die Garage. Ein silbergrauer Mercedes älteren Baujahrs fährt an ihnen vorbei, aus dem Augenwinkel sieht Tom nur den Mund des Fahrers, er grinst. Amanda Lee ohrfeigt ihn ein zweites Mal. Tom lässt es geschehen. Als Lee zum dritten Mal ausholt, fängt er ihren Schlag ab und packt sie am Handgelenk.

Ihre Augen brennen vor Wut und bekommen einen feuchten Glanz. »Wegen dieser *fucking bitch* hat er so gelitten!«, sagt sie mit erstickter Stimme.

Irgendwo hinter Tom hebt sich die Schranke, und der silbergraue Mercedes verlässt die Garage.

Kapitel 23

Schmerzen.

Erlösung, bitte!

Ein Wasserfall aus Hitze.

Inge wollte die Augen nicht öffnen, neigte das Kinn zur Brust, öffnete den Mund, atmete flach und konzentriert den Dampf ein, während das Wasser ihr von Mund und Nase lief. Der Nacken dehnte sich und war wund. Als würde die Hitze durch die Haut in den Körper prasseln und alles umspülen, Muskeln, Sehnen, Nerven, alles glühte. Inge tastete nach dem Hahn und drehte das Wasser noch etwas heißer. Das alles war ihre Schuld; wäre sie nicht so egoistisch gewesen, so kurzsichtig, so versessen auf dieses blöde bisschen Freiheit, dann wäre all das nicht passiert.

Benno hatte sie ein Stück gefahren, mit dem Rad im Kofferraum. Den Rest der Strecke war sie dann geradelt. Werner schlief noch, als sie sich ins Haus schlich. Sie warf ihre Sachen in die Waschmaschine im Keller, dann ging sie nach oben, lag eine Stunde frierend im Bett, in der ständigen Erwartung, dass sie vor dem Haus ein Motorgeräusch vernehmen würde, dann die Türklingel und ein kaltes: »Guten Morgen, Volkspolizei. Wir suchen Frau Inge Babylon.«

»Ja, bitte?«

»Wir haben hier einen Haftbefehl gegen Sie. Republikflucht und Totschlag.«

Die Nachbarn würden hinter der Gardine stehen.

»Ich ... kann ich mich noch von meinem Sohn verabschieden, bitte?«

»Kommen Sie bitte mit.«

»Ich hole nur noch schnell –«

»Steigen Sie ein. Sofort.«

Irgendwann hatte sie genug vom Frieren und den Gedankenkreisen und war unter die Dusche gestiegen.

Doch egal, wie sehr das heiße Wasser brannte, es kam nicht gegen den Schmerz an, Viola verloren zu haben. Was sollte sie überhaupt noch hier? Sie hatte für einen Moment ernsthaft überlegt, nicht mehr zurückzukehren. Aber es gab ja nicht nur Viola, es gab auch Tom. Sie durfte Tom nicht auch noch verlieren. Um keinen Preis der Welt. Und sie würde alles tun, wirklich alles, um dafür zu sorgen, dass es Viola gut gehen würde. Was auch immer nötig war.

»Geh zurück zu deinem Mann«, hatte Benno gesagt. »Spiel die brave Ehefrau. Fall nicht auf, bis es so weit ist, hörst du?«

»Aber ich kann doch nicht in den Westen gehen und Viola hierlassen!«

»Wenn sie so weit gegangen sind, werden sie nicht zulassen, dass du hierbleibst.«

Was für eine absurde Wende. Nie hätte sie sich vorstellen können, dass man sie zwingen würde zu fliehen.

»Warum, um Himmels willen, nehmen die denn keinen Kontakt auf?«, hatte sie Benno flehentlich gefragt.

»Verlass dich drauf, das tun die. Und so lange spielst du mit. Geh nach Hause, bitte Susanne, noch ein bisschen länger mitzumachen, und spiel die unauffällige Ehefrau ...«

Was auch immer nötig war.

Sie neigte sich etwas vor, sodass ihr das heiße Wasser wieder in den Nacken lief, öffnete die Augen und erschrak bis ins Mark.

Werner stand im Badezimmer, die Tür stand offen. Sie hatte vergessen abzuschließen.

»Was um Himmels willen treibst du da?«, fragte Werner.

Sie drehte das Wasser ab. Dampf stieg auf. »Duschen«, sagte sie, vor Schreck noch außer Atem.

»Das seh ich.« Er starrte sie an. »Du bist krebsrot.«

»Warum bist du so früh auf?«, fragte Inge.

»Weil die Wasserleitungen seit zwanzig Minuten rauschen und gurgeln und ich mich frage, ob meine Frau unter der Dusche vielleicht ausgerutscht ist und Hilfe braucht.«

Inge stieg aus der Dusche, suchte nach einem großen Handtuch, fand jedoch nur ein kleines; die großen waren in der Wäsche. »Alles gut«, log sie. Es war tröstlich, dass Werner sich sorgte, zugleich wuchs ihr schlechtes Gewissen ihm gegenüber. Zwischendurch hatte sie diese lichten Momente, in denen sie sich erinnern konnte, warum sie ihn geheiratet hatte und warum er der Vater ihrer Kinder geworden war. Sie versuchte, das kleine Handtuch um ihren Körper zu wickeln, was kläglich scheiterte.

»Seit wann genierst du dich?«, fragte Werner.

»Ich genier mich nicht«, sagte Inge und trat ans Waschbecken. Im Spiegel sah sie ihr glühendes Gesicht.

»Ich hoffe, du hast noch ein bisschen heißes Wasser übrig gelassen.« Werner begann sich auszuziehen. Sein Hemd hatte tiefe Knitterfalten von der Übernachtung auf der Couch. »Tut mir leid übrigens, wegen gestern«, sagte er. »Du hattest recht, ich hab keine Sekunde an dich gedacht, ich wollte nur meinen Ärger vergessen.«

Sie nickte. »Gut.« Mehr fiel ihr nicht ein. Warum konnte er nicht etwas weniger nett sein? Sie nahm die Zahnbürste aus dem Glas und begann, sich das Zahnfleisch zu schrubben, dass es wehtat. Wenn sie nur den einen Schmerz gegen den anderen tauschen könnte.

Werner strich ihr über den Rücken. »Alles in Ordnung?«

»Ja, ja«, nuschelte sie undeutlich und spuckte etwas Zahnpasta ins Becken.

»Du siehst nicht so aus.«

»Ist aber so, wirklich.«

Er stand dicht hinter ihr, legte eine Hand auf ihre Hüfte, und sie zuckte zusammen. Als wäre ihre Haut verbrannt.

»Entschuldige.« Er zögerte. »Tom schläft noch, Viola ist bei Susanne, ich dachte, ich kann dich vielleicht überreden, noch eine halbe Stunde mit ins Bett zu kommen.«

Sie starrte ihr Spiegelbild an.

Die Ehefrau spielen.

Was immer nötig war.

»Ich will nicht ins Bett«, sagte sie.

»Ist gut«, meinte Werner und lächelte.

»Ich will es hier.« Sie griff hinter sich und tastete nach ihm.

»Hier?«

»Genau hier.« Halbe Bereitschaft. Sie packte ihn fester. Es war gut, etwas zu fühlen. Nichts zu fühlen brachte das zurück, was sie nicht fühlen wollte.

»Sicher?«, fragte er.

»Frag nicht.« Eine leichte Übelkeit stieg in ihr auf. Seine Hände drückten kühl auf ihre gereizte Haut. Sie führte ihn. »Mach!«

»Inge, ich ...«

»Mach schon!« Sie biss sich auf die Lippen. Werner war nicht klein. Nicht kleiner als Benno jedenfalls. Aber immer sanfter gewesen. Und sie hatte immer gedacht, sanft wäre gut. Früher. Bis Benno kam. Scheiße; zu allen Schuldgefühlen auch noch das! Sie starrte in den Spiegel, sah Werners Blick, hielt sich mit beiden Händen am Waschbecken fest und bog sich ihm entgegen. »Kein Blümchensex, hörst du?«

»Was ist los mit dir?«, fragte Werner.

Sie stieß ihre Hüften zurück. »Fick mich einfach«, knurrte sie, »fick mich, als wär's das letzte Mal.«

»Inge ...«

Wie oft musste sie es denn noch sagen? Benno hätte es verstanden. Sie drückte seine Hand auf ihre Brust, presste seinen Daumen und Zeigefinger um ihre Brustwarze, bis der Schmerz ihr Gehirn flutete.

»Tu mir weh, verdammte Scheiße«, flehte sie.

Alles, was nötig war.

Der eine Schmerz gegen den anderen.

Kapitel 24

Tom lässt Amanda Lees Handgelenk los. »Sie und Galloway, Sie waren ein Paar, oder?«

Amanda Lee wischt sich ärgerlich die Tränen aus den Augen, als wäre sie bei etwas zutiefst Unangenehmem beobachtet worden. »Ein Paar«, schnaubt sie. »Mit Brad konnte man nicht zusammen sein. Das war unmöglich.«

»Aber Sie wären es gerne gewesen.«

»Ich war ihm näher als jede andere, *that's right*.«

»Was meinten Sie vorhin, als Sie gesagt haben, wegen ihr hätte er so gelitten?«

»Diese Frau –«

»Sie heißt Anne ...«

»Anne, ja ...«

»Sie wussten ihren Namen?«

»Ähm. *No*. Ich hatte ihn ... vergessen.«

»Vergessen«, wiederholt Tom argwöhnisch. Er glaubt ihr kein Wort, aber warum sollte sie lügen?

»Anne bringt nur Unglück«, sagt Lee.

»Unglück?« Für einen Augenblick fragt sich Tom, ob er Amanda Lee falsch eingeschätzt hat. Die Art, wie sie von Unglück spricht, wirkt beinah esoterisch. »Worauf wollen Sie hinaus?«

»Die anderen Frauen«, sagt Amanda Lee mit einer wegwerfenden Handbewegung, »das war immer schnell vorbei: ein Tag, *and next please* ... manchmal auch zwei oder drei.«

»Zwei oder drei Tage ... mehr nicht, das sagten Sie schon.«

»Zwei oder drei *Frauen*. Nicht Tage.«

»Verstehe«, sagt Tom. Beim Gedanken an Anne wird ihm anders. Er kann und will sich nicht vorstellen, dass sie das mitgemacht hat. Kennt er Anne so schlecht? Hat er sich all die Jahre so getäuscht?

Amanda Lee sieht ihm seine Gedanken offenbar an. »Sie sind nicht der Einzige, dem es so gegangen ist.«

Tom verzieht das Gesicht. Das Bettlaken im Stue kommt ihm in den Sinn; das Scheidensekret, der leichte Uringeruch. »Das macht es nicht besser.«

»Er hatte etwas, dem man nicht widerstehen konnte.«

»Er hat Frauen benutzt, das ist alles.«

»Im Gegenteil«, sagt Amanda Lee, »die Frauen haben *ihn* benutzt. Sie glauben doch nicht im Ernst, dass es irgendeiner von denen um ihn gegangen ist? Für die war Brad nur eine Art Leinwand ... für ihre Fantasien. Die waren alle auf der Suche nach einem verrückten Abenteuer mit dem großen Brad Galloway, damit sie nachher ihren Freundinnen davon erzählen konnten. Wie es mit ihm war, wie lange, wie oft, wo ... dass er für sie gesungen hat, dass sie zusammen gekokst haben, dass er ihnen zur Erinnerung kleine *love letters* mit Stoff geschenkt hat und so weiter und so weiter ...«

»Sie wollen mir erzählen, dass Galloway das Opfer dieser Frauen war – und nicht umgekehrt?«

»Er war leichte Beute.«

»Das legen Sie sich zurecht.«

»Fragen Sie Ihre Frau.«

»Das würde ich gerne, aber sie ist verhaftet worden.«

»Geschieht ihr recht«, erwidert Amanda Lee kalt.

»Warum sind Sie so wütend auf meine Frau?«

»Sie hat ihn unglücklich gemacht.«

»Das verstehe ich nicht. Wie?«

»Sie hat ihn verlassen.«

»Sagten Sie nicht, dass das immer so war, dass Galloway seine Frauen ...«

»Nicht bei Anne. Anne mochte er. Er hat sie gefragt, ob sie mit ihm kommen will.«

»Wie, mitkommen?«

»Auf Tour.«

Tom merkt, dass ihm die Gesichtszüge entgleisen. Er kommt sich entsetzlich dumm vor. Nichts von alledem ist ihm aufgefallen. Er hat zwar damals geahnt, dass etwas nicht stimmte, als er in Annes Manteltasche das kleine Briefchen gefunden hat, aber er hat lieber weggeschaut. Annes Schwangerschaft sowie Phils Geburt haben ihn in Sicherheit gewiegt. Warum zum Teufel hat er nicht genauer hingesehen?

»Sie hat Nein gesagt.« Amanda Lee presst die Lippen voller Bitterkeit aufeinander.

»Das müsste Ihnen doch gefallen haben«, erwidert Tom.

»Danach war er schlimmer als vorher.«

»Was meinen Sie damit?«

»Er hat so viel eingeworfen, dass ich ihn bewusstlos im Badezimmer gefunden habe.«

»Sie meinen Drogen«, stellt Tom fest.

Amanda Lee rollt mit den Augen. »Natürlich Drogen. Was glauben Sie denn, wie die alle klarkommen? Menschen wie Brad sind berühmt und einsam, besonders wenn sie *on tour* sind. Dann noch der Druck, die Termine ... die einen trinken, die anderen koksen. Oder beides. Manche schmeißen Pillen ein. Tranquilizer, Beruhigungsmittel, Schmerzmittel, *what-*

ever. Brad war drei Monate zu nichts mehr imstande. Wir mussten Konzerte absagen, das Ganze hat uns Millionen gekostet. Er war down, vollkommen down. Wegen Ihrer Anne.«

Tom schweigt betreten. Ein One-Night-Stand wäre leichter zu verdauen gewesen. Eine Nacht nach einem Konzert, im emotional aufgeheizten Überschwang. Annes Einsamkeit, weil er ständig arbeitete oder sich die Nächte in der Garage um die Ohren schlug, auf der Suche nach Vi. Es wäre kein Wunder gewesen. Ein Ventil. Etwas, das er verstehen könnte, solange Anne nicht mit zwei anderen Frauen gleichzeitig mit ihm im Bett gewesen war. Aber offenbar war es um mehr gegangen. Jedenfalls für Galloway. Und für Anne? Wie leicht war ihr die Trennung gefallen? Hatte sie sich gegen Galloway entschieden oder für ihn – Tom?

Er räuspert sich, versucht den schalen Beigeschmack hinunterzuschlucken. »Sie haben gesagt, wegen Anne wäre er jetzt tot. Warum?«

»Sie war *tricky* ... sie hat es gut ... wie sagt man? Eingefädelt?«

»*Was* hat sie eingefädelt?«

»Sie hat wieder Kontakt mit Brad aufgenommen.«

Tom spürt einen Kloß im Hals, zu groß, um ihn hinunterzuschlucken. »Wie?«

»Vor einer Woche sagte Brad, er hätte einen *call* bekommen, von einem Mann –«

»Von einem Mann?«, fragt Tom irritiert. »Ich dachte, Anne hätte Kontakt aufgenommen.«

»*Nope.* Ein Mann. Er sagte, er ruft für Anne an. Sie würde ihn gerne wiedersehen und –«

»Das verstehe ich nicht«, unterbricht Tom. »Anne würde nicht jemanden vorschicken. Das ist nicht ihre Art. Sie würde selbst anrufen ...«

»Brad meinte, es wäre wegen Ihnen. Anne wollte ... diskret sein.«

»Damit ich nichts davon mitbekomme?«

»*Yes*. Er hat gefragt, ob Brad vielleicht eine Backstagekarte besorgen könne.«

»Das macht keinen Sinn«, sagt Tom. »Warum sollte sie sich Mühe geben, um vor mir alles geheim zu halten, und dann kurze Zeit später auf die Bühne gehen, vor zigtausend Fans und Kameras. Das fällt doch auf.«

Amanda Lees Mundwinkel verziehen sich zu einem geringschätzigen, fast spöttischen Lächeln. »Damals haben Sie es auch nicht gemerkt, oder? Da war sie auch backstage, es gab Kameras, sogar mehr Zuschauer als in der Waldbühne.«

Tom muss ihr widerwillig recht geben, wobei diese Art von Vorsicht bei gleichzeitiger Dreistigkeit Anne dennoch nicht ähnlich sieht. Andererseits hätte er auch nicht vermutet, dass sie ihm etwas vorspielt und ihn mit einem sexsüchtigen Rockstar betrügt.

»Wissen Sie den Namen des Mannes, der ihn angerufen hat?«

»Keine Ahnung. Brad hat ihn kaum erwähnt. Ein Deutscher, hat Englisch gesprochen, aber mit Akzent. Mehr weiß ich nicht.«

»Wer hat denn die Backstagekarte organisiert? Sie, oder?«

»*Yep.*«

»Warum haben Sie die Karte denn organisiert? Sie waren doch offensichtlich nicht gerade erfreut darüber, dass sie sich wieder meldet.«

»Ich wollte Brad nicht verärgern. Wenn er nicht bekommt, was er will, ist er ziemlich ...« Sie rollt mit den Augen, als würde sie von einem verzogenen Kind reden, dem man besser nichts abschlägt.

»Auf der Backstagekarte steht doch normalerweise ein Name, oder? Wenn Sie die Karte organisiert haben, warum ist Ihnen dann nicht aufgefallen, dass da Anne Babylon stand. Der Name ist doch recht selten. Haben Sie sich gar nicht daran erinnert? Auch nicht, als Sie mir begegnet sind? Ich habe mich doch als Tom Babylon vorgestellt, meinen Ausweis gezeigt, Sie vernommen …«

»Babylon?« Lee schüttelt den Kopf. »Das war nicht ihr Name, glaube ich.«

Tom stutzt. »Vielleicht Anne Thalbach? Das ist ihr Mädchenname.«

Amanda Lee legt die Stirn in Falten »Thalbach, ja, das war es, glaube ich.«

»Okay«, sagt Tom, »was ich nicht verstehe, ist, warum Sie all das nicht bei Ihrer Vernehmung gesagt haben. Sie können sich offensichtlich gut an meine Frau erinnern, Sie haben geholfen, eine Backstagekarte für sie zu organisieren, warum haben Sie uns davon nichts erzählt?«

Amanda Lee schweigt und sieht an Tom vorbei ins Leere.

»Ich meine, Sie haben sogar die Polizei gerufen, weil Sie meine Frau einen Tag nach dem Mord im Adlon gesehen haben. Oder war das gelogen?«

Lee schnaubt verächtlich. »Da wusste ich ja noch nicht, was passiert ist. Ich dachte, sie fängt an, Brad zu stalken, und dann hatte sie auch noch das Kind auf dem Arm. Ich wollte sie einfach nur da weghaben.«

Tom spürt einen Stich in der Brust. Dass Anne tatsächlich vor Galloways Tür gewesen sein soll, und das auch noch mit Phil, verstört ihn. Was hat sie dort gewollt? Für einen Moment fragt er sich, ob das nicht ein Beweis für ihre Unschuld sein könnte. Warum sollte Anne Galloway im Adlon aufsuchen wollen, wenn sie schon von seinem Tod wusste? Oder hat sie am Ende gar nicht zu Galloway gewollt? »Hat Galloway die Suite im Adlon eigentlich überhaupt genutzt?«, fragt Tom.

»*For all kinds of business.* Interviews, Besprechungen, alles, was offiziell war. Und nachts ist er dann zurück ins Stue.«

»Was sollte Anne dort gewollt haben, um Viertel nach acht?«

Amanda Lee zuckt mit den Schultern. »*Don't ask me.* Fragen Sie Ihre Frau.«

Lees provozierende Haltung beginnt Tom langsam auf die Nerven zu gehen. »Ich verstehe immer noch nicht, warum Sie das alles nicht schon bei der ersten Vernehmung gesagt haben.«

»*Sure*«, erwidert Amanda Lee, »wie sollten Sie auch. Sie kennen das Business nicht.«

»Wie meinen Sie das?«

»Als Anne im Adlon aufgetaucht ist, wollte ich sie nur vertreiben, ich dachte, die Polizei würde ihr schon klarmachen, sie soll verschwinden. Als ich dann in der Vernehmung von Brads Tod erfahren habe, war plötzlich alles anders. Tote können sich nicht mehr wehren. Denken Sie an Jackson oder Whitney Houston. Wenn Stars abtreten, gibt es immer eine Riesenwelle. Die Presse überschlägt sich, alle wollen darüber berichten. Wenn irgendjemand die Wahrheit über Brad und ihre Frau erfahren hätte, sie hätte sich nicht retten können vor Interviewangeboten, für sehr viel Geld. Und je mehr Schmutz sie erzählt hätte, desto besser hätten es alle gefunden.«

»Anne ist nicht der Typ, der solche Interviews gibt.«

»Wenn der Preis stimmt, ist jeder der Typ dafür.«

»Nicht meine Frau.«

»*Believe it or not.* Ich wollte ihr jedenfalls keine Bühne geben.«

»Warum haben Sie dann überhaupt von ihr erzählt?«

»Ich wusste doch, sie ist auf den Aufnahmen von der Waldbühne zu sehen. Was sollte ich machen? Lügen? Ich habe gehofft, sie ist abgetaucht und wenn ich ihren Namen nicht verrate, findet sie erst mal keiner. Ich wollte etwas Zeit gewinnen, bis die erste große Welle vorbei ist.«

Jackson, Whitney Houston – Tom findet, dass der Vergleich doch etwas hinkt, aber vielleicht hat Amanda Lee recht. Mit jedem Detail, das er erfährt, kommt ihm Galloways Welt fremder, irritierender und verlogener vor. »Verstehe«, murmelt er. »Was ist mit diesem Mann, der die Karte bestellt hat? Hat er sie auch abgeholt? Oder haben Sie die Karte verschickt?«

»Brad hat gesagt, ich soll sie am *counter* des Stue abgeben, ich glaube, er hat gehofft, Anne holt sie selbst ab.«

»Und? War es so?«

»Ich weiß nicht.«

Tom macht sich im Kopf eine Notiz, im Stue nachzufragen. »Und Anne? Wann haben Sie Anne das nächste Mal gesehen?«

»Backstage.«

»Hatte sie Galloway schon vor dem Auftritt getroffen?«

»*I don't think so.*«

»Erst auf der Bühne?«

Sie nickt, doch ihrem Gesicht nach zu urteilen, kann sie es nicht mit Sicherheit sagen.

»Wissen Sie, warum Anne Galloway treffen wollte?«

Amanda Lee zuckt mit den Schultern. »Um ihm den Umschlag zu geben, nehme ich an?«

»Hatte sie den Umschlag die ganze Zeit auf der Bühne dabei?«

»Ich bin nicht sicher.«

»Kommen Sie!«, sagt Tom verärgert. »Das glaube ich Ihnen nicht. Offensichtlich ist meine Frau ein rotes Tuch für Sie. Nach Jahren taucht sie plötzlich wieder auf, ist plötzlich backstage, und Ihnen fällt nicht auf, ob sie einen großen Umschlag bei sich trägt? Sie werden sie doch von oben bis unten gemustert haben.«

»Gemustert?«

»Angeschaut.«

Amanda Lee verzieht das Gesicht. »Ich war nicht die ganze Zeit da, ich habe mich um die Security gekümmert, das Catering nach der Show und um die Aufzeichnung. Ich war erst wieder am Ende *on stage*.«

»Wann ist Ihnen der Umschlag aufgefallen?«

»Beim letzten Song. Sie hat ihn vielleicht vorher unter der Jacke versteckt.«

»Und als sie ihm den Umschlag übergeben hat, was ist Ihnen da aufgefallen?«

»Nur dass Brad plötzlich Angst hatte. Er hat sich erschreckt.«

»Aber Sie wissen nicht, wovor genau er Angst hatte?«

»Ich habe ihn danach noch angerufen und ihn gefragt.«

»Warum haben Sie ihn angerufen? Konnten Sie nicht direkt mit ihm sprechen?«

Lee sieht Tom säuerlich an. »Weil er mit Anne gegangen ist.«

Tom beißt sich auf die Lippen. Er hätte gerne etwas anderes gehört. »Wann genau haben Sie ihn angerufen?«

»Puh«, stöhnt Amanda Lee. Sie holt ihr Handy hervor und sieht unter den Anrufen nach. »Das war um vierzehn Minuten nach Mitternacht. Er war im Stue, in seiner Suite.«

Tom versucht, sein Kopfkino leiser zu stellen, ohne jeden

Erfolg. Die Bilder reihen sich wie von selbst auf: Anne auf der Bühne mit Galloway. Anne mit Galloway auf dem Rücksitz einer Limousine oder in einem Taxi. Anne in Galloways Suite. Das Laken ... Er schiebt den Gedanken beiseite.

»Und was genau hat Galloway gesagt, als Sie ihn angerufen haben?«

»In dem Umschlag wäre eine ›*fucking bloody message*‹ gewesen und dass er sich mit Anne gestritten hat und sie jetzt weg ist. Er meinte, ich hätte recht gehabt, sie solle zum Teufel gehen.«

»Wissen Sie, worüber die beiden gestritten haben?«

»Nein. Ich weiß nur eins. Nach der Show und nach dem Sex war Brad immer vollkommen entspannt. Er hätte nie einen Streit angefangen, nicht danach, nicht wenn er bekommen hat, was er wollte.«

»Und wenn er nicht bekommen hat, was er wollte?«

Amanda Lee lacht zynisch auf. »*Believe me*, er hat immer bekommen, was er wollte. Was auch immer Ihre Anne ihm angetan hat, es muss ziemlich hart für ihn gewesen sein. Und jetzt ist er tot.«

»Sie wollen doch nicht ernsthaft behaupten, es gäbe da einen Zusammenhang zwischen seinem Tod und dem Verhalten meiner Frau«, sagt Tom ärgerlich.

»*Yes, of course!*« Sie breitet die Arme aus, als wäre es die natürlichste Sache der Welt.

»Anne *kann* es nicht gewesen sein, falls es das ist, was Sie sagen wollen.«

Lee hebt spöttisch die Augenbrauen. »Wie sagen Sie in Deutschland? Was nicht sein darf, kann nicht sein?«

»Sie haben gerade meine Frau selbst entlastet. Laut Gerichtsmediziner ist Galloway in der Nacht seines Auftritts ermordet worden, zwischen 22:30 Uhr und 02:30 Uhr am

Morgen. Sie haben gerade erzählt, dass Sie um 00:14 Uhr mit ihm telefoniert haben, *nachdem* meine Frau weg war, und da hat er noch gelebt.«

Amanda Lee schürzt die Lippen. »Vielleicht ist sie zurückgekommen? Oder er ist ihr nach?«

Tom starrt Amanda Lee wütend an. Ihre Fixierung auf Anne strapaziert seine Nerven aufs äußerste. »Wissen Sie, wie er gestorben ist?«, fragt er.

Amanda Lee presst die Lippen aufeinander und reckt trotzig das Kinn. Sie hat Angst, doch sie gibt keinen Zentimeter Boden preis.

»Er ist verblutet, weil ihm jemand seinen Penis abgeschnitten hat. Klingt *das* nach einer Frau?« Im selben Moment weiß Tom, dass er einen Fehler gemacht hat. Er hat Täterwissen preisgegeben, vollkommen unnötig, einfach nur, weil Amanda Lee es geschafft hat, ihn zu reizen.

Lee ist kreidebleich geworden. »*Of course*«, sagt sie giftig. »Und *wie* das nach einer Frau klingt.«

»Aber ganz sicher nicht nach *meiner* Frau«, erwidert Tom hitzig. »Abgesehen davon: Diese Art von Gewalt wird typischerweise von Männern verübt. In der Regel tun Frauen so etwas nicht. Haben Sie schon mal eine Kriminalstatistik zu Gewaltverbrechen gelesen?«

»*Nope.* Aber ich ...«, Amanda Lee deutet auf sich selbst, »ich *bin* eine Frau, oder? *And, to be honest,* ich habe schon mal große Lust gehabt, es zu tun. Bei einem wirklich miesen Kerl.«

»Zwischen ›Lust dazu haben‹ und ›es wirklich tun‹ ist eine verdammt hohe Mauer. Da muss man erst mal drüber. Aber immerhin sind wir uns offenbar einig, dass Ihr Brad ein wirklich mieser Kerl war.«

Amanda Lee funkelt ihn wütend an und zeigt hinter sich,

wo mehrere Limousinen im kalten Licht der Garage parken. »Sehen Sie den dunklen BMW dort?«

In einiger Entfernung erkennt Tom einen schwarz glänzenden 7er BMW mit einer schemenhaften Gestalt auf dem Vordersitz.

»Der Mann am Steuer ist mein Anwalt. Er wartet schon auf mich.« Amanda Lee dreht sich auf dem Absatz um und läuft auf den Wagen zu. Ihre Absätze hallen zwischen den nackten Wänden und Klimaschächten. »Mr Benson und ich, wir werden jetzt zur Polizei fahren, und ich mache dort eine Aussage über Ihre Frau.«

»Warten Sie«, ruft Tom.

Der Motor des BMW springt an, und Amanda Lee steigt in den Wagen. Benson setzt zurück, in der Stille der Tiefgarage hört Tom das leise Piepsen des Abstandswarners. Die Reifen quietschen auf dem glatten, sauberen Boden, dann gleitet die Limousine an Tom vorbei. Als der BMW die Schranke passiert, wird es still in der Garage. Tom flucht und wählt Bärlachs Nummer, um ihn vorzuwarnen, doch in der Garage hat er keinen Empfang. Rasch läuft er zur Ausfahrt, geht an der Schranke vorbei ins Freie.

Im gleißenden Licht liegt das Holocaust-Mahnmal vor ihm. Keine fünfzig Meter von hier entfernt hat Bruckmann den Mann erschossen, der gegen ihn hätte aussagen können, um danach spurlos zu verschwinden. Tom wählt erneut die Nummer von Annes Anwalt.

»Tom«, begrüßt Bärlach ihn sonor. »Ich hab schon gesehen, Sie haben versucht, mich zu erreichen. Die Vernehmung hat länger gedauert, als ich dachte.«

»Wie ist es gelaufen?«, fragt Tom.

»Für heute? Bescheiden.«

Bitte nicht!, denkt Tom. Er hat sich schon gefragt, ob es

eine gute Entscheidung war, einfach Benes Empfehlung zu folgen und Karl Bärlach anzurufen. Er kennt den Mann ja kaum. »Was heißt denn genau bescheiden?«

»Ihre Frau ist weiterhin in Untersuchungshaft. Aber ich regele das.«

Tom starrt auf das Labyrinth aus dunkelgrauen Quadern. »Okay«, seufzt er. »Sagen Sie mir, was passiert ist. Was hat sie gesagt?«

»Tom, hören Sie, das ist jetzt vielleicht schwer zu verstehen ...«

»Reden Sie nicht drum herum, sagen Sie einfach, was los ist.«

»Das ist es ja«, sagt Bärlach. »Ihre Frau will nicht, dass ich darüber mit Ihnen spreche.«

»Sie will ... *was*?«, fragt Tom verblüfft.

»Sie will nicht mit Ihnen sprechen. Und sie will auch nicht, dass ich mit Ihnen spreche.«

»Das kann nicht sein.«

»Genau das hat sie gesagt, leider.«

Tom sieht in den blauen Himmel über der Stadt. Zwei strahlend weiße, flockige Wolken berühren die Dächer am Horizont. »Hat sie ... hat sie gesagt, warum?«

»Sie meinte, es wäre besser für Sie, Tom. Sie will Sie offenbar schützen. Können Sie sich erklären, warum?«

»Ich ... Nein«, sagt Tom. Seine Kehle ist staubtrocken. Hinter ihm hupt jemand mehrmals, und er zuckt zusammen. Er tritt beiseite, und ein silberner Range Rover kommt aus der Garage des Adlon. Die Frau am Steuer zeigt ihm einen Vogel.

»Tom? Sind Sie noch dran?«

»Ja«, sagt Tom mechanisch.

»Ihre Frau meinte, sie müsse da allein durch.«

»Können Sie mir nicht *irgendetwas* sagen?«

»Nur das, was ich Ihrer Frau auch sage: Ich hole sie da schon wieder raus. Darüber hinaus ... na ja, Sie wissen ja, wie das läuft. Schweigepflicht.«

Tom beißt sich auf die Lippen. Im Stillen hat er gehofft, dass ein Anwalt, den Bene ihm empfiehlt, es vielleicht nicht so genau mit den Regeln nimmt. »Es muss ja niemand erfahren«, sagt Tom leise.

»Hören Sie«, seufzt Bärlach. »Ich mag meinen Job, und ich bin gut darin. Dazu gehört, dass ich mich an die Regeln halte. Das sollten Sie auch tun. Machen Sie's gut, Tom«, sagt Bärlach und beendet die Verbindung.

Tom lässt das Handy sinken. Seit dem Gespräch mit Amanda Lee steckt die Eifersucht wie ein Dorn in seinem Fleisch. Und dass sich Anne jetzt auch noch weigert, mit ihm zu sprechen, fühlt sich an wie Verrat. Was soll das heißen, da müsse sie allein durch? Was um alles in der Welt hat sie getan?

Er schaut auf das Holocaust-Mahnmal, dorthin, wo die langen Reihen von Steinquadern beginnen und sich in einem riesigen Feld fortsetzen. Tom erinnert sich, wie Bruckmanns dreizehnjährige Tochter Sabine sich damals geekelt hat vor ihrem Vater, sie hat geschrien und ihn fortgestoßen, als er sie berühren wollte, und das hat Bruckmann mehr getroffen als alles andere. Tom hatte ihn gestellt und doch nicht aufhalten können.

»Eins haben Sie nie verstanden, Tom«, hatte Bruckmann damals gesagt. »Jeder Mensch ist verletzlich, solange es Menschen gibt, die ihm etwas bedeuten.«

Seitdem geht Tom dieser Satz nicht mehr aus dem Kopf. Er muss dabei an Amanda Lees verletzten Gesichtsausdruck denken, als sie von Galloways Liebe zu Anne gesprochen hat. Und an seinen eigenen Schmerz.

Warum hat Anne wieder Kontakt zu Galloway aufgenommen? Und warum auf diese merkwürdige Art? Er schaut auf die Uhr, dann beschließt er, noch einmal zum Stue zu fahren und nachzufragen, ob sich jemand daran erinnern kann, wer den Umschlag mit der Backstagekarte abgeholt hat.

Kapitel 25

»Sita, hast du einen Moment?«

Sita Johanns bremst ihren Schritt und dreht sich um. Peer Grauwein steht am Ende des Ganges, ganz in Zivil, mit Jeans und einer labbrigen hellgrünen Wildlederjacke aus den Neunzigern. Der Kriminaltechniker ist gut einen halben Kopf kleiner als Sita; ohne seinen KT-Anzug wirkt er noch schmächtiger und unscheinbarer als während der Einsätze, zumal die Altbauflure in der Keithstraße hohe Decken und breite Türen haben. Wie er da steht, mit seinem Kinnbart und dem Topfschnitt, sieht er aus wie ein zu alt geratener Schuljunge im Flur seines Gymnasiums. Dabei ist er mit Sicherheit einer der besten Kriminaltechniker des Landes.

»Entschuldige«, ruft Sita, »nachher, ja. Ich muss in die 04 zur Vernehmung mit Jo. Lee ist hier, mit ihrem Anwalt.« Sie winkt Grauwein im Gehen zu. Morten wartet vermutlich bereits, und er hasst es, wenn man zu spät kommt, außer er verspätet sich selbst, was gerne vorkommt.

»Sita, warte! Es ist dringend.«

»Worum geht's denn?«

Grauwein formt mit den Lippen ein lautlos »Tom« und bedeutet ihr mit einer ungelenken Kopfbewegung, ihm zu folgen. Sita macht auf dem Absatz kehrt, allein schon, um

Grauweins auffällige Heimlichtuerei zu beenden. Die Berliner Polizeibehörde mit ihren insgesamt 26 000 Angestellten und einem Jahresetat von 1,4 Milliarden Euro wirkt auf den ersten Blick wie ein anonymer Moloch, doch das LKA 1 für Delikte am Menschen hat gerade einmal 260 Mitarbeiter, und das Dezernat 11, die Mordkommission, für die Sita überwiegend arbeitet, ist mit ihren 30 Leuten ein Dorf. Wer hier die Köpfe zusammensteckt, fällt auf.

Ihre Stiefel klingen dumpf auf dem alten Vinylboden, die vernarbte, viel zu oft überstrichene Tapete auf dem Revier wirkt wie aus der Zeit gefallen.

»Hat das nicht Zeit bis nachher?«, fragt sie Grauwein.

»Besser sofort«, murmelt der Kriminaltechniker.

Sie laufen gemeinsam die Treppe hinunter ins Erdgeschoss, wo Sita Grauwein in einen Flur folgt, den sie fast nie betritt. »Hier«, murmelt Grauwein und öffnet eine schmale Tür zu einem kleinen Lager für Büromaterial mit eng gestellten Regalen, vollgestopft mit Umschlägen, Druckerpapier, Stiften, Karteikarten. In einer Ecke stehen ein Staubsauger, mehrere Putzeimer, zwei Besen und Reinigungsmittel.

»Wir zwei in der Besenkammer«, stellt Sita fest und schließt die Tür hinter sich. »Auffälliger geht's nicht, oder?«

Grauwein wird rot. »In deinem Büro sind wir doch auch nicht allein«, verteidigt er sich, womit er recht hat. In der Keithstraße gibt es keine Einzelbüros, außer die des Leitungspersonals. »Ich muss dich sprechen«, sagt Grauwein. Er nimmt den Staubsauger aus der Ecke und verkeilt das Rohr unter der Türklinke.

»Wegen Tom?«

»Auch. Aber eins vorweg, wir haben Fingerabdrücke von Anne im Stue gefunden.«

»Das heißt, sie hat gelogen«, seufzt Sita. »Galloway hat sie nicht zu Hause abgesetzt.«

»Könnte theoretisch noch sein. Sie könnte ja auch vor dem Konzert in der Suite gewesen sein.«

»Könnte. Aber wahrscheinlich ist es nicht, oder?«

Peer Grauwein macht ein Gesicht, als hätte er Zahnschmerzen. »Eher nicht. Aber was viel schlimmer ist: Ich hab etwas gefunden. In der Wohnung der beiden, also im Keller eigentlich.«

»Ist das, was du da gefunden hast, schon offiziell?«, fragt Sita vorsichtig.

»Dann wären wir sicher nicht hier, oder?«

Sita nickt. Grauwein ist manchmal seltsam und schrecklich pedantisch, aber in diesem schmächtigen Mann versteckt sich offenbar ein größeres Herz, als sie gedacht hat. »Feiner Zug von dir.«

Grauwein ringt sich ein Lächeln ab. »Na ja, Tom ist ja eigentlich auch ein feiner Kerl ...«

»Aber?«

»Ich hab nur manchmal Probleme mit seinen Extratouren, und – also, bei der Durchsuchung seiner Wohnung, da war er plötzlich im Keller, noch bevor die Kollegen und ich unten waren. Keine gute Idee, du kennst ja die Vorschriften. Jedenfalls, ich hab ihn da überrascht, direkt vor seinem Verschlag. Er hat behauptet, er hätte den Schlüssel für seinen Keller oben vergessen, aber ich sage, das stimmt nicht; er war in seinem Kellerabteil und er hat dort etwas rausgeholt.«

»Du meinst, Beweise?«, fragt Sita skeptisch. »Glaubst du das nur oder bist du dir sicher?«

Peer Grauwein zuckt mit den Schultern. »Ich bin Kriminaltechniker, mit ›glauben‹ hab ich's nicht so.«

»Hast du was Belastbares?«

»Kommt auf den Anwalt der Gegenseite und das Labor an.«

»Was genau hast du im Keller gefunden?«

Grauwein räuspert sich. »Also, nachdem Tom weg war, habe ich in seiner Wohnung den Schlüssel für das Vorhängeschloss gesucht. Er war nicht da. Ich nehme an, Tom hatte ihn bei sich. Also habe ich das Schloss aufgebrochen. Wenn man in Toms Keller reinkommt, gibt es auf der linken Seite ein Regal, und ungefähr auf Augenhöhe ist ein Regalbrett mit Kartons, und zwischen zwei von diesen Kartons ist eine Lücke. Etwas breiter als meine Hand, also kann man gut reingreifen. Auf dem Regalbord liegt eine dünne Staubschicht mit ein paar frischen Spuren, als hätte jemand dort etwas weggenommen. Und ganz hinten an der Wand ist ein runder Abdruck im Staub, und dieser Abdruck ...«, er kratzt sich am Kopf, »na ja, der sieht exakt aus wie der Abdruck, den wir am Tatort bei Brad Galloway auf dem Beistelltisch gefunden haben.«

Sita braucht einen Moment, um die Neuigkeiten zu verdauen. »Bist du sicher?«

Er sieht sie gekränkt an. »Wie schon gesagt: Ich bin Kriminaltechniker. Die Abdrücke passen zu hundert Prozent übereinander. Jetzt könnte man ja sagen: Zufall. Aber auf dem Regal sind drei kleine Blutanhaftungen, genau im Raster des Abdrucks.«

»Hast du schon einen Test gemacht?«

»Den DNA-Test noch nicht. Nur den Vergleich der Abdrücke. Ich hab die Fotos digital rübergeschickt. Die Kollegen in Tempelhof haben schon anhand des Abdruckprofils vom Tatort einen Abgleich mit verschiedenen Profilen von Flaschen, Behältern und Gläsern gemacht. Das Profil gehört höchstwahrscheinlich zu einem Einmachglas der Firma Karlsbach.«

186

»Ein *Einmachglas*?«, fragt Sita.

»Ja«, sagt Grauwein. In der Regel präsentiert er seine Erkenntnisse mit stolzgeschwellter Brust, doch jetzt wirkt er bedrückt.

»Scheiße«, flüstert Sita. Für einen Moment sieht sie den Tatort vor sich, Brad Galloways ans Bett gefesselte Leiche und die dunkel verfärbte Matratze zwischen seinen Beinen. »Sag mir bitte, dass es nicht das ist, was ich denke.«

»Deswegen bin ich hier.«

»Oh mein Gott«, murmelt Sita.

In dem kleinen Lager herrscht für einen Moment Stille.

»Glaubst du, er weiß, dass sie ...? Ich meine, versucht er Anne zu schützen?«, fragt Grauwein.

»Ich versteh es nicht«, meint Sita ratlos. »Ich kann mir nicht vorstellen, dass Anne –«

In diesem Augenblick wird die Türklinke geräuschvoll von außen gedrückt. Das darunter verkeilte Staubsaugerrohr knirscht, hält aber die Klinke oben.

Sita und Grauwein wechseln einen Blick.

»Vermutlich jemand, der Büromaterial will«, flüstert Grauwein. »Oder die Putzfrau.«

Sita legt den Finger auf die Lippen.

Die Klinke wird erneut gedrückt, mehrmals schnell hintereinander, und jemand rüttelt an der Tür. Das Staubsaugerrohr droht unter der Klinke wegzurutschen, und Grauwein hält es geistesgegenwärtig fest. Sein Gesicht ist dabei so erschrocken und angespannt, dass Sita sich nur mühsam ein Lachen verkneifen kann – obwohl ihr eigentlich nicht im Geringsten zum Lachen zumute ist, doch die Situation, mit Peer hier in der Kammer festzusitzen, ist einfach zu absurd.

Eine Weile warten sie still ab. Die Luft ist trocken und staubig, die Enge zwischen den Regalen bedrückend.

Irgendwann lässt Grauwein das Staubsaugerrohr los.
»Glaubst du, der ist weg?«, flüstert Grauwein.

»Warum ›der‹?«, fragt Sita.

»So, wie das gerüttelt hat ...«

»Was ich sagen wollte«, nimmt Sita leise den Faden wieder auf, »ich kann mir nicht vorstellen, dass Anne Galloway getötet hat. Und auch Tom würde so etwas nie tun. Warum sollte er auch? Bloß weil Anne mit Galloway eine Affäre hatte?«

»Was soll ich machen?«, flüstert Grauwein. »Ich kann das doch nicht verschweigen.«

»Nein«, sagt Sita und schaut ihn nachdenklich an. »Der Abdruck beweist noch nichts, aber was ist mit dem Blut? Ist das schon im Labor?«

»Ich hab's bei mir. Unten, im Wagen mit den anderen Proben.«

Er sieht sie schweigend an, als erwartete er von ihr eine Lösung oder Absolution. »Ich kann die Probe nicht austauschen, Sita. Das mach ich nicht. Von Gerstelhuber bis Innensenator Schiller – die gucken uns doch gerade alle auf die Finger.«

»Peer, wofür hältst du mich? Ich weiß, dass du das nicht kannst.«

Grauwein atmet erleichtert auf.

»Wie lange dauert der Test?«, fragt Sita.

»Die Schnellvariante etwa zwei Stunden.«

»Und kannst du es noch etwas rauszögern?«

»Was hätten wir davon?«

»Ich weiß noch nicht«, erwidert Sita. »Aber etwas mehr Zeit wäre nicht schlecht.«

Grauwein nickt. »Zu viel Verkehr und die Beierlorzer.« Er grinst schief. »Wenn ich der die Probe gebe, dauert es eh länger, die kann mich nicht ausstehen.«

Sita schaut ihn ungläubig an. »Davon hängen kriminaltechnische Untersuchungen ab?«

»Davon hängt doch alles ab, oder etwa nicht?«

»Wenn ich es nicht eh gewusst hätte, würde ich sagen: Du bist ein Fuchs.«

»Bis sieben oder acht. Länger kriege ich's nicht geschoben.«

»Okay. Ich schau mal, ob ich etwas finden kann, das Tom entlastet. Immerhin hat er kein Motiv«, stellt Sita fest. Im selben Moment schießt ihr ein Gedanke durch den Kopf, der das alles auf den Kopf stellen könnte.

»Was ist?«, fragt Grauwein.

»Hm?«

»Du siehst aus, als ob …«

»Nur so ein Gedanke«, wiegelt Sita ab. »Ich muss da was überprüfen.«

»Was denn? Kann ich helfen?«

Sie schüttelt den Kopf. »Ich sag dir Bescheid, okay?«

Grauwein zögert, schließlich nickt er. »Dieses Gespräch hat es nie gegeben, ja?«

»Ich würde nie mit jemandem in eine Besenkammer gehen, der als Handyklingelton ›Sexmachine‹ hat«, gibt Sita zurück.

»Den hab ich schon vor zwei Jahren gelöscht«, protestiert Grauwein peinlich berührt.

»Oh. Das ändert natürlich alles.«

Mit einer Konzentration, die sehr nach Flucht aussieht, räumt der Kriminaltechniker das Staubsaugerrohr unter der Klinke weg und stellt es zurück in die Ecke. Als Sita die Tür öffnet und in den Flur tritt, wartet der Kollege Berti Pfeiffer von der Mordkommission 6 an der gegenüberliegenden Wand, seine Arme sind verschränkt, und er schaut verdutzt;

er hat vermutlich nur ein paar Kugelschreiber oder anderes Büromaterial gewollt – und jetzt das. Grauwein und die Johanns? Er hat sichtlich Mühe, sich das zu erklären. Sita hebt eine Braue, richtet sich den BH und geht mit wiegendem Gang an ihm vorbei, während Peer Grauweins Gesichtsfarbe einmal mehr einen Hauch von Rot annimmt.

Kapitel 26

Tom betritt das Stue. Die Eingangshalle ist leer, der monumentale Krokodilschädel in der Mitte der Lobby schimmert bleich unter den herabhängenden Lichtpunkten. Jayanti Bhat steht an der Rezeption, als hätte sie ihren Platz seit gestern nicht verlassen. Sie schaut konzentriert auf ihr Buchungsprogramm und wendet sich dann von Tom gerade so weit ab, dass er ihr Gesicht nicht sehen kann, sondern nur ihr pechschwarzes Haar mit dem perfekt gebundenen Dutt. Es ist eine dieser kleinen Ausweichbewegungen, die jemand macht, der hofft, nicht angesprochen zu werden.

»Hallo, Jayanti«, sagt Tom.

Sie hebt den Kopf, ihre tiefbraunen Augen weiten sich. »Oh, Tom.« Sie lächelt verbindlich, und ihm fällt erneut auf, wie hübsch sie ist und wie glatt. Ihr Gesicht mit dem seidigen, bronzefarbenen Teint hat etwas von Teflon. Kein Kratzer und kein Fleck. »Suchen Sie unsere Direktorin?«

»Ich würde lieber mit Ihnen reden.« Tom lächelt gewinnend zurück.

»Da haben Sie ja Glück gehabt, eigentlich beginnt meine Schicht erst in einer Stunde.«

»Oh, was ist passiert?«

»Die Kollegin musste früher weg. Ich bin eingesprungen.«

»Verstehe«, sagt Tom. »Dann hab ich wohl wirklich Glück.«

»Was kann ich denn für Sie tun?«

»Vielleicht ein klein wenig von Ihrer zauberhaften professionellen Freundlichkeit ablegen und mit mir in eins Ihrer Zimmer gehen?«

Jayantis Lächeln gerät aus der Form. »Das ... das ist jetzt aber nicht privat, oder?«

»Rein beruflich«, sagt Tom ruhig. »Ich habe ein paar Fragen.«

»Zu Mr Galloway? Ähm, da ist besser unsere Direkto–«

»Ich bin mir sicher, Sie können mir am besten helfen.«

Sie strafft ihre Schultern. »Ihre Kollegen haben hier doch inzwischen schon alle vernommen.«

»Die übliche Routine, natürlich«, sagt er. Dabei fällt ihm auf, dass er die Vernehmungsprotokolle der Kollegen, die hoffentlich inzwischen im Intranet der Polizei vorliegen, dringend durcharbeiten muss, sofern ihm Morten nicht schon die Zugangsberechtigung gesperrt hat, weil er der Mann einer Verdächtigen ist.

Jayanti schaut ihn fragend an, als wartete sie auf den zweiten Teil seiner Antwort. Als der nicht kommt, seufzt sie schließlich. »Ich frage eben, ob mich jemand vertreten kann«, murmelt sie und verschwindet im Backoffice der Rezeption.

Einen Moment später kommt sie in Begleitung eines hageren jungen Mannes zurück und nickt Tom zu. Der Blick des jungen Mannes streift Tom neugierig und wandert dann zu Jayanti. Die Art, wie er sie anschaut, sagt Tom, dass er vermutlich bereit wäre, alles Mögliche für seine Kollegin zu tun.

»Hallo. Tom Babylon, LKA Berlin.« Tom reicht dem jungen Mann die Hand. Auf seinem Namensschild steht *Karsten*

Schäfer – möglicherweise der Sohn der Direktorin, wobei der Name Schäfer nicht gerade selten ist. »Vielleicht haben Sie gleich auch noch einen Moment für mich?«, fragt Tom.

»Ja, selbstverständlich«, sagt der junge Mann beflissen, schaut zu Jayanti, die jetzt sichtlich nervös wirkt, und dann stirnrunzelnd wieder zu Tom, als würde er ihm die Unruhe, die seine hübsche Kollegin mit den indischen Wurzeln zeigt, persönlich übel nehmen.

»Ähm, sagen Sie, was genau ist eigentlich mit Brad Galloway passiert, ich meine ... dieser Aufwand, den Sie hier betreiben, und meine Mutter meinte, Sie sind von der Mordkommission ...«

»Tut mir leid«, sagt Tom. »Wir haben immer noch eine Nachrichtensperre.« Im Stillen fragt er sich inzwischen jedoch nach deren Sinn. Die Ermittlungen im Stue, im Adlon, im Gästehaus der Polizei und in der Waldbühne – eigentlich ist die Katze längst aus dem Sack. Vermutlich hat Morten für den Abend oder den nächsten Morgen bereits eine Pressekonferenz anberaumt. Augenblicklich wird Tom schlecht bei dem Gedanken, dass Anne möglicherweise bei dieser Pressekonferenz eine Rolle spielt.

»Ist der Besprechungsraum im zweiten Stock frei?«, fragt Jayanti ihren Kollegen Schäfer.

»Am besten wäre es, ihr geht ins Backoffice. Ist ja frei, wo ich dich jetzt vertrete.«

»Ich würde gerne mit Ihnen in Galloways Suite gehen«, sagt Tom.

Für einen winzigen Moment wirkt Jayanti erschrocken, fängt sich aber rasch wieder.

»Äh, die ist versiegelt«, wirft Karsten Schäfer ein.

»Ist mir bewusst, ich bin ja von der Polizei.«

»Oh, ja. Natürlich.«

Tom nickt Karsten Schäfer zu und geht gemeinsam mit Jayanti zum Aufzug. Schweigend drückt sie den Knopf für die dritte Etage.

»Schwierig, mit dem Sohn der Chefin zu arbeiten?«, fragt Tom beiläufig.

Jayanti nickt, ihre Lippen werden schmal. Vielleicht ist das der Grund für ihre Verspanntheit, denkt Tom. Egal, was sie tut, die Direktorin sitzt sozusagen immer neben ihr. Als Jayanti das Zimmer 311 mit ihrer Keycard öffnet, zittern ihre Hände. Sie betritt die Suite, als müsste sie einen inneren Widerstand überwinden. Ihre Teflonschicht blättert. Leise schließt Tom die Tür hinter sich. »Was macht Sie so nervös, Jayanti?«, fragt er.

Ihr Blick wandert über die Nummern der Spurensicherung. »Er ist tot, stimmt's?«, flüstert sie.

»Spätestens morgen werden Sie dazu etwas in der Presse hören, bis dahin darf ich keine Auskunft geben«, sagt Tom. »Beantworten Sie mir bitte trotzdem ein paar Fragen?«

Sie nickt.

»Sie wissen, warum Galloway im Stue eine Suite unter falschem Namen gebucht hat?«

»Das ist nicht schwer zu erraten.«

»Das heißt, Sie wissen, dass er regelmäßig Frauen hierher mitgebracht hat.«

»So was lässt sich in einem Hotel schlecht geheim halten, auch nicht, wenn die Gäste durch die Hintertür kommen. Der Alkohol aufs Zimmer, Kondome im Müll, die Laken ... als Erstes kriegen es die Zimmermädchen mit.«

»Und an der Rezeption?«

»Wir sehen nicht viel. Es ist eher ... so ein Gefühl.«

»Was ist mit Briefen, Nachrichten, die gehen doch immer über die Rezeption?«

»Briefe?«, fragt Jayanti verwirrt.

»Kurz vor dem Konzert in der Waldbühne hat seine Tourmanagerin Ms Lee doch einen Umschlag bei Ihnen hinterlegt, richtig?«

»Oh, die. Ja.«

»Wissen Sie, wann und von wem der Umschlag abgeholt wurde?«

Jayanti überlegt einen Moment, ihre Nervosität ist plötzlich verflogen. »Ja, das war am Donnerstagnachmittag, das war irgendwie seltsam. Auf dem Umschlag stand *for Anne, Brad*, aber abgeholt hat den Umschlag ein Mann.«

»Können Sie den Mann beschreiben?«

»Groß, blonde Haare, etwas fransig und länger, die wirkten seltsam unecht, und einen Vollbart hatte er.«

»Augenfarbe?«

»Keine Ahnung. Er hatte eine Schirmmütze auf und trug eine getönte Brille. Er meinte, er will den Umschlag für Anne abholen. Ich hab ihm den Umschlag gegeben und mir nichts weiter dabei gedacht.«

»Ist Ihnen noch etwas an dem Mann aufgefallen?«

Sie überlegt einen Moment. »Mm. Nein, eigentlich nicht. Nur dass er nicht hierhergehört.«

»Wie meinen Sie das?«

»Na ja, er wirkte irgendwie seltsam, nicht wie jemand, der schon mal in so einem Hotel war, eher ... eher wie, wie jemand, der in der Großstadt fremd ist.«

»Verstehe«, sagt Tom nachdenklich. »Und was war Freitagnacht? Hat Galloway irgendjemanden mitgebracht, nach der Show?«

»Nein«, sagt Jayanti.

Tom runzelt die Stirn. Für einen kurzen Moment flackert Hoffnung auf. Hat Lee etwa gelogen? Oder weiß sie es nicht besser? »In dem Umschlag war eine Backstagekarte für das Konzert am Freitagabend, deswegen frage ich.«

»Backstage, ah.« Jayanti blinzelt, als würde sie die Information aus dem Konzept bringen.

»Galloways Tourmanagerin hat uns versichert, dass er nach dem Konzert, vermutlich gegen 22:30 Uhr, mit einer Frau hier angekommen ist und sie zusammen aufs Zimmer gegangen sind.«

»Mit ... dieser Anne?«

»Ja«, sagt Tom. »Angeblich mit dieser Anne.« Er holt ein Foto aus seinem Portemonnaie und reicht es ihr. »Haben Sie sie hier gesehen?«

Jayanti schluckt und schüttelt den Kopf. Obwohl sie Nein sagt, kann Tom sich nicht freuen; es heißt noch längst nicht, dass Anne nicht trotzdem hier war.

»Wie, ähm ... wie lange soll sie denn hier gewesen sein?«, fragt Jayanti.

»Angeblich bis spätestens Viertel nach zwölf. Vielleicht ist sie auch schon früher gegangen. Ich muss wissen, ob sie nach Viertel nach zwölf noch einmal zurückkam.«

»Also, ich weiß nicht, meine Schicht ging ja nur bis Mitternacht ...« Sie gibt ihm das Foto zurück, dabei zittert ihre Hand.

»Jayanti?« Tom nimmt das Foto und steckt es ein, ohne sie aus den Augen zu lassen. Sie presst ihre Lippen zusammen und wischt sich eine Träne von der Wange. »Dieses Arschloch«, murmelt sie leise.

»Was meinen Sie damit?«

Jayanti schluckt angestrengt und versucht gleichzeitig, nicht in Tränen auszubrechen. Hilflos breitet sie die Arme aus. »Ich ... ich hab's ja gewusst, ich meine, er ist bekannt dafür, aber ... dass er *direkt* vorher mit einer anderen ...«

»Heißt das, *Sie* waren danach mit Galloway zusammen? Hier?«

Jayanti nickt und kann die Tränen nicht aufhalten.

»Wann?«

»Nach meiner Schicht. Ich war etwas länger da, er hat mich gerade erwischt, als ich gehen wollte, kurz vor halb eins.«

»Und wie lange?«

»Etwa eine Stunde lang.«

»Sind Sie, ich meine, waren Sie öfter mit –«

»Nein. Nur das eine Mal.«

Tom starrt Jayanti fassungslos an.

Sie zuckt mit den Schultern. »Er war so ... er hat mich zwei Tage vorher im Flur angesprochen, ich hab ihn da zufällig getroffen. Er war nett. Wirklich nett. Er meinte ... ich wäre ...«, sie schluckt ein weiteres Mal, »so schön, dass er mich nur anschauen müsste, dann wüsste er, für wen er singen würde ...«

»Und das hat gereicht?«, fragt Tom verblüfft.

»Nein, ich meine ... ich weiß auch nicht.« Sie schluchzt auf und atmet dagegen an.

»Hat er Sie vergewaltigt?«

»Nein, nein. Gar nicht, er war einfach ... Ich kann das nicht erklären.«

Tom schluckt. »Entschuldigung, ich wollte nicht –«

»Schon gut.«

»Ich, also, die Kollegen müssen vermutlich einen Abstrich bei Ihnen machen, wegen der DNA. Wir haben Spuren auf dem Bett gefunden.«

»Sie brauchen keinen Abstrich zu machen«, murmelt Jayanti. »Das ist von mir.«

Tom muss an Grauwein denken. Scheidensekret und

197

Urin. »Wir haben zwei verschiedenartige Spuren gefunden, deshalb ...«

»Beide Spuren«, sagt Jayanti und strafft die Schultern.

Die Eifersucht ist wieder da, stärker als vorher, und sticht Tom ins Herz. Er will sich Anne nicht in diesem Bett vorstellen und kann es dennoch nicht vermeiden.

»Ich weiß zwar nicht, ob das hilft«, sagt er leise. »Aber vielleicht hatte er gar keinen Sex mit der anderen Frau. Vielleicht ging es um etwas anderes.«

Jayanti schnaubt. »Klar, wahrscheinlich haben sie Canasta gespielt. Was auch sonst, mit *Brad Galloway,* kurz vor Mitternacht in seinem Zimmer.«

Ein kurzes, peinliches Schweigen entsteht.

»Wie haben Sie sich denn von Galloway getrennt?«

»Er hat gesagt, ich müsse jetzt gehen.«

»Einfach so?«

»Nein, er ...«, sie zögert einen Moment. »Er war frustriert.«

»Wissen Sie, warum?«

Jayanti schaut zur Decke und verzieht die Mundwinkel. »Ist das wichtig?«

»Sonst würde ich nicht fragen.«

»Haben Sie ... gibt es keine Polizist*innen* für so was?«

»Oh«, sagt Tom. »Tut mir leid.«

Jayanti beißt sich auf die Lippen und schaut an Tom vorbei. »Sagen wir so: Bei ihm lief's nicht so richtig, er hat versucht, in Stimmung zu kommen, aber dann wollte er was, das *ich* nicht wollte, und da ist er sauer geworden. Er war schon ziemlich durch, ich glaube, er hatte einiges genommen ...«

»Verstehe«, sagt Tom. »Danke.«

Jayanti nickt und schaut zu Boden, was Tom nur recht

ist. Jeder Satz von Jayanti lässt ihn an Anne und Galloway denken, und er hat das Gefühl, dass es ihm ins Gesicht geschrieben steht.

»Haben Sie bisher irgendjemandem davon erzählt, dass Sie in der Nacht mit Galloway zusammen waren?«

»Nein, ganz sicher nicht.«

»Gibt es irgendjemand, der auf Galloway deswegen wütend sein könnte oder eifersüchtig?«

»Ich hab keinen Freund, wenn Sie das meinen. Und mein Vater würde vermutlich eher mich dafür umbringen als Brad«, sagt sie bitter. »Außerdem lebt er in Frankfurt. Und ist über siebzig.«

»Schon gut, Ihr Vater kommt vermutlich nicht infrage«, sagt Tom. »Ist Ihnen sonst noch etwas aufgefallen? Irgendetwas Besonderes, etwas, das Brad gesagt hat? Oder etwas an seinem Verhalten? Es kann auch eine Kleinigkeit sein, irgendetwas scheinbar Unbedeutendes ...«

Jayanti denkt eine Weile nach. »Nein, da war nichts«, sagt sie.

Tom nickt. Immerhin, er hat eine Spur. Der Mann, der den Umschlag mit der Backstagekarte für Anne abgeholt hat. Die Beschreibung ist zwar dürftig, aber immerhin ein Ausgangspunkt.

»Ach, Moment, doch«, sagt Jayanti plötzlich. »Da war noch was. Nachdem es nicht lief bei ihm, war er richtig frustriert und hat diesen Satz rausgehauen, als müsste er sich Luft machen.«

»Was für einen Satz?«

»Er meinte: *I can't fuck with Phil in my head.*«

Tom starrt sie an wie vom Donner gerührt. »*Das* hat er so gesagt?«

Sie zuckt mit den Schultern.

Hinter Jayanti steht plötzlich Vi, streckt ihren Kopf vor und macht ein altkluges Gesicht.

»Sind Sie sicher, dass er *Phil* gesagt hat?«, fragt Tom.

»Ja, klar. Ich dachte erst, vielleicht ist er ja schwul oder so«, sagt Jayanti. »Aber vielleicht ging es ja auch um eine Frau, ich meine, Phil, Philipa, was auch immer ...«

Hab ich's nicht gesagt, murmelt Viola.

Was denn?, will Tom wissen.

Erst betrügt sie dich und jetzt das ...

Ich weiß nicht, was du mir sagen willst.

Hast du dieser Jayanti überhaupt zugehört? Du musst doch nur eins und eins zusammenzählen. Anne ist bei diesem Galloway, die beiden hatten vor einiger Zeit eine Affäre, jetzt haben sie gestritten, und danach kriegt Galloway keinen mehr hoch, weil –

Vi, was redest du da? Du bist zehn ...

... und seit über zwanzig Jahren in deinem Kopf, macht zusammen dreißig ... Also, nachdem er keinen mehr hochkriegt, sagt er, das wäre deshalb, weil es so nervt, dass er beim Sex nur noch Phil im Kopf hätte ... Der Zusammenhang ist doch klar, oder?

Vi, halt die Klappe! Ich hab's begriffen.

Für einen Moment schweigt sie betroffen, ihr kindliches Gesicht wird ganz weich. *Entschuldige, ich ...*

»Geht's Ihnen gut?«, fragt Jayanti und reißt Tom jäh aus seiner Unterhaltung. »Sie sehen so blass aus.«

»Ähm, ja. Danke«, sagt er heiser. »Wissen Sie, wann genau Sie Galloways Suite verlassen haben?«

»Ehrlich gesagt, nein. Nicht genau. Ich war ziemlich durch den Wind. Vielleicht halb zwei?«

Tom versucht sich zu konzentrieren. Jayanti scheint die Letzte gewesen zu sein, die Galloway lebend gesehen hat.

Das Stue liegt etwa eine halbe Autostunde entfernt vom Gästehaus der Polizei, wo Galloway wenig später umgebracht wurde. Wenn der Todeszeitpunkt stimmt, den die Pathologen errechnet haben, dann muss Galloway direkt danach den Weg zum Gästehaus angetreten haben, ob mit oder ohne den Täter.

»Hat Galloway noch irgendetwas gesagt, als Sie gegangen sind? Hat er vielleicht telefoniert oder angedeutet, dass er noch irgendjemanden trifft?«

Jayanti schüttelt den Kopf. »Als ich raus bin, habe ich nur gesehen, dass er auf dem Bett saß und sein Handy gecheckt hat.«

Tom nickt. »Was haben Sie danach gemacht?«

»Pff. Was macht man nach so was. Ich bin nach Hause, ins Bett, und hab auf dem Laptop noch eine Folge *Tote Mädchen lügen nicht* auf Netflix geschaut, weil ich nicht schlafen konnte.«

Tom nickt. Jayantis Geschichte kommt ihm glaubwürdig vor, auch wenn sie kein Alibi hat. Mit den Details werden sich sicher die Kollegen noch befassen. »Okay«, sagt er, »Sie haben mir sehr geholfen, danke.«

Jayanti wirkt erleichtert, geradezu gelöst, als sie die Suite verlassen. Tom notiert sich noch ihre Handynummer und verabschiedet sich. Als er zurück zu seinem Wagen läuft, muss er wieder an Phil denken und an Galloways Worte. *Fucking with Phil in my head sucks.*

Ihm dreht sich der Magen um.

Als er gerade in seinen Wagen einsteigen will, hält er plötzlich inne und sieht zum Kofferraum. Einer Eingebung folgend geht er zum Heck des Wagens und öffnet den Deckel. Nachdenklich schaut er auf die Schrammen im Inneren. Sie sind schwarz und nur an einer Seite. Eigentlich sehen sie nicht aus, als wären sie durch den Buggy entstanden. Dann untersucht er sorgfältig die Innenseite des Kofferraumdeckelschlosses.

Nach einer Weile schließt er den Deckel und wählt Jayantis Handynummer. Es dauert eine Weile, bis sie drangeht.

»Entschuldigung«, sagt Tom, »eine Frage habe ich noch.«

»Ja, was denn?«

»Können Sie sich erinnern, ob Galloway Freitagnacht einen Gürtel anhatte?«

Kapitel 27

Der Tag war zäh wie Klebstoff. Alles dauerte ewig, und Inge ertrug nichts von alledem. Selbst Tom, der sie glücklich anstrahlte und trotz des Regens immer wieder mit dem kleinen schwarzen Welpen in den Garten lief, vermochte sie nicht aufzuheitern. Seine Fröhlichkeit war fast unerträglich, und dass Inge diese Fröhlichkeit nicht teilen konnte, machte ihr Schuldgefühle, von denen sie ohnehin schon mehr hatte, als sie aushalten konnte.

Werner war ihr nach der Situation im Badezimmer aus dem Weg gegangen, er begriff nicht, was in ihr vorging, und weigerte sich, ihr zu geben, was sie gewollt hatte, um sich wenigstens einmal für fünf Minuten anders zu fühlen, als sie es gerade tat.

Immerhin beschäftigte er sich kurz mit Tom, wobei er die Hälfte der Zeit dafür vergab, Tom zu ermahnen, weil er und der Hund mit jedem Ausflug in den Garten Schlammspuren ins Haus brachten. In normalen Zeiten wäre Inge Werner für die Zurechtweisungen dankbar gewesen. Heute wünschte sie sich nichts als einen Mann und Vater, der fünfe gerade sein lassen konnte.

Doch sie sagte nichts.

Werner hätte es nicht verstanden und ihr am Ende vielleicht noch den Vorwurf gemacht, sie sei unberechenbar.

Um Viertel nach elf war er schließlich aufgebrochen zum Friedrichstadt-Palast, arbeiten. Endlich. In einem Anflug von Ritterlichkeit hatte er ihr den Wagen dagelassen, sie hätte ja Tom, draußen würde es gießen und sie müsse ja nachher auch noch Viola bei Susanne abholen.

Viola bei Susanne.

Was würde sie dafür geben, dass es so wäre.

Sie schob die Gardine beiseite und schaute auf die Straße. Alles leer. Kein Werner, keine fremden Autos. Inge nahm den Hörer vom Telefon und ließ die Wählscheibe surren.

Es dauerte quälend lange, bis Benno mit seinem typischen knappen »Ja« abhob. Wer ihn nicht kannte, musste ihn für kalt und abweisend halten, aber diese Art war schlicht und ergreifend der Tatsache geschuldet, dass er sich schützen musste.

»Hallo«, sagte sie, ohne ihren Namen zu nennen. »Er ist weg.«

»Gut. Komm um drei.«

»Um drei? So spät?« Panik stieg in ihr auf. »Die haben immer noch nicht angerufen.«

»Hab Geduld«, sagte Benno. »Tu ihnen nicht den Gefallen und krieg es mit der Angst. Das wollen die doch nur. Bleib ruhig.«

Inge holte Luft. Ruhig bleiben! Benno hatte leicht reden. Es war ja schließlich nicht seine Tochter. Im Obergeschoss giggelte Tom. »Hee. Nein, au! Du hast spitze Zähne.«

»Also, um drei bist du hier, ja?«

»Gut, ja«, hauchte Inge und legte auf. Nichts war gut. Bis drei waren es noch ... sie schaute auf die Uhr ... mehr als drei Stunden. Wie sollte sie die rumkriegen? Vorm Telefon sitzen und darauf warten, dass vielleicht jemand anrief, um ihr zu sagen, sie könne ihre Tochter nie wiedersehen? Denn darauf lief es doch hinaus, so wie Benno es erklärt hatte. Wenn die Stasi wollte, dass sie im Westen spionierte – wobei sie immer noch nicht verstand, warum ausgerechnet sie –, und wenn Viola der

Stasi als Faustpfand diente, dass sie sich nicht verweigerte, dann konnte sie doch genauso gut schon jetzt in den Westen fliehen.

Warum ließen die sie denn noch warten?

Sie knetete nervös ihre Hände. Tom kam die Treppe herab, den Welpen auf dem Arm. »Mama, ich glaube, der muss Pipi«, sagte er, öffnete zum dritten Mal am heutigen Tag die Tür zum Garten, setzte den Hund auf die Terrasse und folgte dem fröhlich in den Regen hüpfenden schwarzen Bündel.

Die Frage war doch, wohin hatten sie Viola gebracht? Die Stasi würde doch wohl kaum ein Baby nach Hohenschönhausen bringen. Vielleicht eine Art Heim oder Krankenstation? Eine Unterkunft für Kinder. Die Frage war ja auch, passierte so etwas öfter? Dass Benno so schnell darauf gekommen war, sprach eindeutig dafür. Aber vielleicht war es auch nur das Prinzip, das Benno durchschaute. Er kannte diese Art von Erpressung. Er kannte die Ziele der Stasi. Aber Inge konnte sich beim besten Willen nicht vorstellen, dass die Stasi ständig Babys entführte, um die Mütter gefügig zu machen. Demnach konnte es eigentlich kein Heim für solche Kinder geben.

Viel wahrscheinlicher war doch, dass sie Viola in die Obhut einer Art Pflegemutter gegeben hatten. Eine Stasimitarbeiterin, die irgendwo in einem etwas abgeschiedenen Haus lebte, zum Beispiel. Was, wenn sie dieses Haus finden könnte?

Sie setzte sich aufs Sofa, nahm das Telefon auf den Schoß und wählte erneut Bennos Nummer. Sie wusste, dass Benno einen Kontaktmann bei der Stasi hatte, das hatte er mehrfach angedeutet. Nur deshalb war er überhaupt in der Lage, Menschen zuverlässig zur Flucht zu verhelfen. Weil er Tipps über die Besetzung der Grenzübergänge bekam und Informationen über Razzien in grenznahen Häusern, die im Verdacht standen, als Fluchttunnelstationen genutzt zu werden.

Doch Benno nahm nicht ab. Sie drückte auf die Gabel, wähl-
te erneut seine Nummer und wartete.

Nichts.

Inge stellte das Telefon zurück und ging zur Terrassentür.
»Tom?«

»Ja, Mama.«

»Kommst du rein, Schatz?«

»Ja. Glei-heich.«

»Es regnet, Schatz. Komm bitte.«

Einen Moment später stand Tom vor ihr, mit nassen Haa-
ren, den Pullover voller Wasser. Der kleine Hund schüttelte sich
mit krummen Beinen neben ihm. »Wir brauchen ein Handtuch
für Lassie«, stellte er fest.

Inge musste unwillkürlich lachen. »Lassie?«

»Ja«, sagte Tom mit großem Ernst. »So heißt mein Hund.«

»Na, wie Lassie sieht er aber nicht aus.«

»Muss er doch auch nicht«, sagte Tom mit entwaffnender
Klarheit. »Außerdem wächst er noch.«

»Gut, Schatz. Wir machen das so. Ich hole jetzt ein Hand-
tuch, rubble Lassie ab, und du ziehst dir trockene Sachen an,
holst dir eine Jacke und die Gummistiefel, und dann machen
wir einen Ausflug.«

»Darf Lassie auch mit?«

»Ja, darf er.«

»Und Viola?«

Die Frage versetzte Inge einen Stich. Sie bemühte sich, keine
Miene zu verziehen. »Die holen wir später ab.«

»Gut«, strahlte Tom und lief die Treppe hinauf.

Inge schloss die Tür, nahm Lassie hoch und rubbelte
den Welpen in der Toilette mit einem alten Handtuch tro-
cken. Lassie stupste sie zaghaft mit seiner feuchten Schnauze
an.

Zehn Minuten später saß sie in der DS, mit Tom und Lassie auf dem Rücksitz, neben Violas leerem Kindersitz. Die Straße war leer, der Citroën schaukelte über das löchrige Kopfsteinpflaster. Über ihnen schoben sich graue Wolkengebirge ineinander. Der Rückspiegel zeigte die nasse, leere Straße und kleiner werdende Häuser, sonst nichts.

Auf der Landstraße kam sie in Versuchung, das Gaspedal durchzudrücken, riss sich aber zusammen. Nicht auffallen, sagte Benno immer.

Warum bloß war sie nicht schon früher darauf gekommen, Benno zu bitten, seinen Kontaktmann zu fragen? Wahrscheinlich würde er abwiegeln, wegen des Risikos. Aber was hatte sie zu verlieren? Außerdem war Benno auch nur ein Mann wie alle anderen – und sie hatte ihn schon ein paarmal zu Dingen überredet, die er anfangs nicht gewollt hatte.

Sie bog auf den Feldweg ein. Hinter einer Wand aus Regen lag der Hof, ein grauer Klumpen auf ödem Ackerland.

»Mama?«

»Ja, Schatz.«

»Muss ich heute wieder im Auto warten?«

Schlauer Kerl. »Ich fürchte, ja, Schatz.«

»Aber nicht so lange«, bat Tom.

Inge wurde das Herz schwer vor Trauer und Schuld. »Ich versuch mich zu beeilen, ja?«

»Na gut«, sagte Tom lustlos.

»Du hast doch Lassie.«

»Darf ich mit Lassie raus?«, fragte er hoffnungsvoll.

»Nein, Schatz. Tut mir leid. Ihr müsst im Wagen bleiben.«

Tom seufzte, schwieg aber.

Inge hielt am Tor, streckte sich zwischen den Sitzen nach hinten und gab Tom einen Kuss. Dann stieg sie aus, stülpte sich die Kapuze ihrer Regenjacke über und lief durch den Regen zum

Gutshaus. Bennos Wartburg stand im Hof; auf der Motorhaube tanzten Tropfen. Im Haus war alles dunkel.

Die Klingel war so verwittert, dass sie sich schon immer gefragt hatte, wann sie wohl den Geist aufgeben würde. Ausgerechnet heute schien es so weit zu sein. Vielleicht die Feuchtigkeit. Der wackelige Knopf in dem rostigen Gehäuse gab keinen Mucks von sich.

Inge beschloss, einmal ums Haus herumzulaufen; wenn vorne kein Licht war, hielt sich Benno meistens in der Küche auf, die im rückwärtigen Teil des Hauses lag und einen Zugang zum Gemüsegarten und zum alten Hühnerstall hatte. Sie machte einen Bogen um die Regentonne an der Ecke und lief seitlich am Haus vorbei. Die Wolken lagen dunkel und schwer auf dem Gehöft. Ihre Schritte schnalzten im aufgeweichten Boden; vom Dach wehten dicke Tropfen auf ihre Kapuze. Zu ihren Füßen bemerkte sie einen fahlen Lichtschein auf dem nassen Boden, der aus einem Kellerfenster mit engmaschigem Lochgitter drang.

Inge bückte sich, wollte klopfen. Das Gitter bestand aus so vielen winzigen Quadraten, das sie nur ahnen konnte, was dahinter lag. Mit einem Auge spähte sie durch eins der Löcher; ihre Nase berührte das kalte Stahlgitter. Der Raum erschien ihr wie ein Fleck in einen dunklen, unscharfen Rahmen gefasst; er war hellgrün gestrichen, mit kargen Wänden. Keine Tapete, keine Bilder. Eine schlanke Frau mit braunen, hochgesteckten Haaren stand vor einer Kommode und wandte ihr den Rücken zu. Sie war jung, die Haut im Nacken glatt, mit vorwitzigen Haarlocken, die sich nicht ans Hochstecken halten wollten. Inge spürte einen Stich. Benno hatte nie erwähnt, dass er eine Freundin hatte. Oder noch schlimmer: eine Frau. Geschweige denn, dass sie bei ihm im Haus wohnte. Die Frau beugte sich vor, nahm etwas von der Kommode auf und hob es auf ihren Arm. Ein kleiner Kopf mit wuscheligen blonden Haaren erschien auf ih-

rer Schulter, zwei blaue verweinte Kinderaugen blickten direkt zum Kellerfenster. Inge stockte der Atem. Für einen Moment setzte ihr Herzschlag aus, nur um danach wild und sehr viel schneller wieder einzusetzen.

Die junge Frau mit den braunen Haaren stand vor einer Wickelkommode, und das kleine blonde Mädchen auf ihrem Arm war Inges Tochter Viola.

Kapitel 28

Inge prallte vom Gitter zurück, als stünde es unter Strom. Was um alles in der Welt ...?

Wieso war Viola in Bennos Haus? Hatte Benno sie etwa gefunden? Ihr Herz machte einen freudigen Sprung. Aber warum rief er sie dann nicht an? Und weshalb hatte er Viola dieser fremden Frau anvertraut?

Sie wich weiter vom Fenster zurück, lehnte sich an die Hauswand, versuchte ihren Atem zu kontrollieren. Regenwasser pladderte vom Dach auf ihre Kapuze. Das Geräusch zerrte an ihren Nerven, und sie zog sich die Kapuze vom Kopf. Nach wenigen Sekunden waren ihre Haare nass. Das Wasser aus der Regentonne an der Ecke lief über. Ihr wurde hundskalt.

Nein, das denkst du jetzt nicht!

Aber du hast es doch schon gedacht.

Das würde er nie tun.

Und wenn doch?

Aber wenn ich Benno nicht mehr trauen kann ...

... dann kannst du niemandem mehr trauen.

Hier stand sie. An der Hauswand ihres Geliebten, im Regen. Auf dem Weg, ihren Mann zu verlassen. Sie hatte eine Frau getötet, wenn auch in Notwehr, sie wollte Republikflucht begehen, und ihr einziger Vertrauter war jemand, dem sie nicht mehr vertrauen konnte.

Sie versuchte, das Gefühl von vollkommener Einsamkeit hinunterzuschlucken. Es wollte nicht durch den Hals passen, wie früher. Sie wollte heulen und verbot es sich.

Heulen hilft dir nicht weiter!, hörte sie ihre Mutter sagen.

Wenn Heiner, ihr älterer Bruder, sie damals geärgert, reingelegt und manchmal auch Schlimmeres getan hatte, war sie lange Zeit zu ihrer Mutter gelaufen, im festen Glauben, dass sie die Ungerechtigkeit sehen und ihr helfen würde. Die Antwort auf ihre Tränen war oft ein Schlag ins Gesicht gewesen.

Heulen hilft dir nicht weiter.

Inge schüttelte den Kopf, um wieder einen klaren Gedanken zu fassen.

Sie war nicht alleine.

Sie hatte Tom, der im Auto auf sie wartete. Sie hatte Viola, die sie nur zu holen brauchte. Und sie hatte zwei gesunde Hände, die sie benutzen würde, um in dieses verdammte Haus zu kommen.

Inge stieß sich von der Hauswand ab und hastete zur Rückseite. Auch hier waren alle Fenster dunkel. Die Tür zur Küche war abgeschlossen. Sie zog ihre Regenjacke aus und trennte die Kapuze ab, die nur an der Jacke festgeknöpft war. Dann warf sie sich rasch die Jacke wieder über, nahm einen der faustgroßen Kieselsteine, die das Gemüsebeet vom Weg zum Hühnerstall trennten, wickelte den Stein in die Kapuze und schlug damit das Sprossenfenster der Küche ein. Hastig griff sie durch das zerbrochene Glas und entriegelte das Fenster. Die Scherben knirschten auf der Fensterbank, als sie ins Haus einstieg.

Die Küchentür war geschlossen. Sie wollte sie öffnen, dann fiel ihr ein, dass es besser wäre, ein überzeugendes Argument

zu haben, wenn sie die Frau zwingen wollte, ihr Viola zurück-
zugeben. Ihr Blick fiel auf den Messerblock.

Dann dachte sie an die beiden Gewehre im Wohnzimmer.
Benno hatte behauptet, dass er damit immer noch Hasen und
Rehe schoss. Die Frage war nur, wo war die Munition? Sie nahm
das Messer mit der stabilsten Klinge aus dem Block und öffnete
leise die Küchentür. Im Flur und im Treppenhaus war es still.
Sie huschte zum Wohnzimmer, dessen Tür nur angelehnt war.

Der Kachelofen war kalt. Die Gewehre hingen an ihrem Platz.

Ihr Blick fiel auf die Kommode unter dem Bild des Gutshau-
ses. Sechs Schubladen, die obersten beiden mit kleinen Schlüs-
sellöchern.

In den unteren vier Schubladen war altes Besteck, Kerzen,
die Benno eigentlich nie benutzte, ebenso wenig wie die Tisch-
decken und Servietten. Die beiden obersten Schubladen waren
abgeschlossen.

Sie schob die Klinge in den Schlitz über der Schublade und
versuchte sie aufzuhebeln. Sie bekam die Schublade etwa
einen guten Zentimeter herausgeschoben, doch das Schloss
hielt, während sich die Klinge ins Holz drückte und zu brechen
drohte. Ihr Blick wanderte zu den Gewehren, und sie musste
an die zurückliegende Nacht denken. Nicht noch eine Tote. Das
Gewehr würde auch ohne Patronen seine Wirkung tun. Sie ließ
von der Schublade ab und nahm das untere Gewehr aus der
Halterung.

Es war schwer, lag aber gut in der Hand. Das dunkle Holz
des Kolbens glänzte seidig. Der lange doppelte Lauf entsprang
aus einem silbernen Mittelteil mit kunstvollen Gravuren; einer
feinen Rosette, einem Wildschwein und einem Gebüsch, deren
Borsten und Blätter bis ins Kleinste liebevoll ins Metall ge-
arbeitet waren. Darüber stand in kleinen Buchstaben der Her-
stellername, Gebr. Merkel. Die Flinte sah teuer aus, eher wie ein

Sammlerstück als wie eine Gebrauchswaffe. Hinter dem Lauf war ein länglicher Hebel, den Inge mit dem Daumen zur Seite schob. Das Gewehr klappte auf und gab zwei leere Röhren frei. Vermutlich mussten hier die Patronen eingeschoben werden.

Hastig ließ sie das Gewehr wieder einschnappen. Öffnete es noch einmal und ließ es erneut einschnappen. Dann drückte sie den Abzug. Ohne Erfolg. Wahrscheinlich hatte das Gewehr eine Sicherung. Sie betrachtete den Hebel zum Öffnen. Dahinter war ein kleiner Metallschieber, den sie nach vorne in Richtung Lauf drückte. Jetzt ließ sich der Abzug betätigen. Das Gewehr gab ein leises doppeltes Klicken von sich.

Sie öffnete das Gewehr erneut, schloss es wieder und schob die Sicherung vor. Das musste reichen.

Mit dem Gewehr in den Händen verließ sie das Wohnzimmer, schlich zur Kellertreppe und ging Stufe für Stufe die Steintreppe abwärts. An der Schwelle war eine Tür. Mit der rechten Hand hielt sie das Gewehr, mit links drückte sie die Klinke langsam hinunter. Die Tür schwang lautlos auf. Der Kellerboden war überraschend sauber, als hätte Benno ihn mehr gepflegt als den Rest des Hauses. Sie stand in der Mitte eines Flurs, der zu beiden Seiten mehrere Türen hatte. Sie orientierte sich kurz und entschied, nach links zu gehen, beide Hände am Gewehr, einen Fuß leise vor den anderen. Die Waffe fühlte sich fremd an.

Sie ging gebückt, um unter den Türen hindurchsehen zu können. Die letzte Tür rechter Hand, das musste sie eigentlich sein. Ein Lichtstreifen am Boden gab ihr recht. Ihr Herz schlug, als wollte es aus der Brust. Hinter dieser Tür war Viola. In den Händen einer fremden Frau. Sie presste die Kieferknochen aufeinander, drückte mit der linken Hand die Klinke und wollte die Tür aufstoßen, doch es war abgesperrt.

Sie schloss die Augen. Das durfte nicht wahr sein.

Denk nach, was jetzt?

»Benno?«, sagte eine Frauenstimme auf der anderen Seite der Tür. Ein Schlüssel drehte sich im Schloss. Dann schwang die Tür auf, so schnell und selbstverständlich, dass Inge vergaß, das Gewehr zu heben. Vor ihr stand die Frau mit den braunen Haaren, auf ihrem Arm hielt sie Viola.

Mit großen Augen starrte die Frau Inge an, dann das Gewehr. Ihr Mund formte ein großes O.

»Psssst«, zischte Inge und hob die Gewehrmündung ein wenig an. Die Frau erstarrte. Sie war hübsch mit einem leeren, ängstlichen Gesicht. Viola sah Inge, strampelte und streckte die Arme nach ihr aus.

»Legen Sie meine Tochter auf den Boden«, flüsterte Inge.

Die Frau bewegte sich nicht, es war, als stünde sie unter Schock.

»Sofort!« Inge hob die Mündung noch ein wenig mehr und zielte auf ihr Knie.

Die Frau schluckte, nickte stumm und legte Viola auf den Boden.

»Zurück ins Zimmer«, sagte Inge.

Mit langsamen Schritten ging die Frau zurück bis zur Wand. Inge bückte sich, griff mit der linken Hand nach Viola, zog sie heran, nahm sie dann ungelenk mithilfe der rechten, mit der sie immer noch das Gewehr hielt, hoch auf ihren Arm. Viola war mucksmäuschenstill. Inge spürte ihren kleinen, warmen Körper durch die Jacke, presste sie an sich und schluckte die Tränen hinunter.

»Bleiben Sie, wo Sie sind. Ich will Ihnen nichts tun«, flüsterte Inge.

Die Frau nickte verängstigt.

»Schließen Sie die Tür ab und seien Sie für drei Minuten still. Mehr verlange ich nicht von Ihnen. Drei Minuten.«

»Ja«, sagte die Frau heiser.

Aus dem Augenwinkel sah Inge eine Bewegung im Flur und fuhr herum. Wenige Schritte von ihr entfernt stand Benno, der mitten in der Bewegung innegehalten hatte und sie nun mit wachsamen Augen fixierte. Inge richtete das Gewehr auf ihn und presste mit der linken Viola an sich, gegen ihr wild schlagendes Herz.

»Inge, bitte, lass mich das erklären, das ist ein großes Missverständnis.«

»Geh zurück«, fauchte Inge.

Aus dem Augenwinkel sah sie, wie die braunhaarige Frau bis zur hinteren Wand des Zimmers zurückwich, als würde sie sich ebenfalls angesprochen fühlen.

Benno streckte die Hände aus, als wollte er zeigen, dass er in keiner Weise gefährlich sei. »Inge, noch mal: Bitte beruhig dich. Ich hab Viola gefunden. Ich musste noch etwas klären und wollte dich überraschen.«

»Ach ja?«, fuhr ihn Inge an. »Und warum schleichst du dich dann so an?«

»Ich hab mich gar nicht angeschlichen. Du bist offensichtlich so außer dir, dass du mich gar nicht gehört hast.«

»Du hast genau gewusst, wie es mir geht. Du hättest mich anrufen müssen. Hast du aber nicht.«

»Mach jetzt nichts, was du später bereust«, sagte Benno mit Blick auf das Gewehr. Langsam hob er die Arme. »Du hast gestern schon eine unschuldige Frau getötet.«

Inge schluckte. Die Waffe wurde immer schwerer in ihrer rechten Hand, doch den linken Arm brauchte sie, um Viola festzuhalten. »Weißt du, was ich glaube?«, fragte sie.

»Du glaubst etwas ganz Falsches, das sehe ich.«

»Sag mir nur, ob du dazugehörst, Benno.«

»Dazugehören? Ich versteh nicht, was du meinst.«

»*Verkauf mich nicht für dumm*«, schrie Inge. »*Gehörst du dazu, oder haben sie dich auch am Wickel?*«

»*Ich ...*« Benno schluckte, seine Haltung wurde plötzlich weich, seine Körperspannung ließ merklich nach. »*Erwischt*«, stöhnte er. »*Die haben mich umgedreht, vor einer Weile.*«

»*Warum?*«, fragte Inge und schluchzte plötzlich auf. »*Warum hast du nichts gesagt?*«

»*Du hast ja keine Ahnung*«, sagte Benno verzweifelt. »*Die haben mich beim Graben eines Fluchttunnels in der Bernauer erwischt. Die haben Handgranaten in den Tunnel geworfen, um ihn dichtzumachen, obwohl sich noch jemand drin versteckt hatte ...*«

»*Oh, Benno!*« Inge ließ das Gewehr sinken. »*Du hättest mir das sagen müssen.*«

»*Es tut mir leid*«, sagte Benno. »*Kannst du jetzt bitte das Gewehr weglegen?*«

Inge starrte ihn an, dann schüttelte sie den Kopf. »*Wie lange ist Viola schon hier?*«, fragte sie.

Benno öffnete den Mund und schloss ihn wieder.

»*Sag jetzt nicht von Anfang an ...*«, flehte Inge.

»*Es ging ihr gut, wirklich*«, sagte Benno hastig. »*Ich wollte es dir sagen. Ich hab die ganze Zeit überlegt, wie ich es dir sage.*«

Inge schluckte. »*Benno?*«

»*Ja.*«

»*Benno, was machen wir jetzt?*«, flüsterte Inge. Tränen liefen ihr die Wange hinab. Viola lag schwer und warm an ihrer Brust, und ihre Arme wurden immer kraftloser.

»*Leg doch erst mal das Gewehr weg, ja? Wir finden einen Weg, Inge. Bitte. Ich liebe dich. Das weißt du doch.*«

Inge versuchte in seinem Gesicht zu lesen. Log er? Sagte er die Wahrheit? »*Das kann ich nicht*«, sagte sie schließlich. »*Du gehörst dazu.*«

»Was?«

»Du – gehörst – dazu.«

»Inge, ich –«

»Weißt du, woran ich das merke?«

»Du täuscht dich, wirklich.«

»Du hast das Gewehr längst erkannt, oder?«

Benno runzelte die Stirn.

»Und du weißt, dass keine Patronen im Lauf waren«, fuhr Inge fort. »Die Waffe, denkst du, ist nicht geladen. Und trotzdem tust du so, als hättest du Angst vor der Waffe.«

Er sah sie schweigend an, mit leerem Blick, die kräftigen Arme herabhängend, als gehörten sie nicht zu seinem Körper.

»Du willst mich in Sicherheit wiegen, das ist es«, sagte Inge. »Du hattest so viel Macht über mich, das willst du nicht aufgeben. Nicht wenn es nicht notwendig ist. Du glaubst, du kannst mich kontrollieren, so wie dieses kleine Mäuschen da.« Inge deutete mit dem Kopf in die Richtung der jungen Frau, die immer noch ängstlich an der Wand stand und offenbar hoffte, dass die Ereignisse an ihr vorbeizogen wie eine Schlechtwetterfront. »Du kannst gar nicht anders, als Menschen zu manipulieren, oder? Ich war nur so dumm und habe es zu spät gemerkt.«

»Cleveres Mädchen.« Benno lächelte schmal, es wirkte beinah nachsichtig. Seine hellen Augen waren klar und kalt. »Gut. Schluss mit den Spielchen. Jetzt gib mir die Kleine, dann reden wir.« Er machte einen Schritt auf sie zu.

»Stopp.« Inge zielte auf seinen Bauch. »Das Ding ist geladen.«

»Ist es nicht, wie du schon sagtest«, grinste Benno.

»Ich hab die Patronen in der Schublade gefunden«, erwiderte Inge.

Benno blieb stehen. »Die Schublade war abgeschlossen.«

»Ich hab sie aufgebrochen.«

»Du weißt doch nicht mal, wie man das Ding lädt«, sagte

Benno misstrauisch, war aber sicherheitshalber stehen geblieben.

»Den langen Hebel zur Seite, aufklappen, Patronen in beide Läufe. Ist ganz einfach, dein Gewehr. Und bevor du leichtsinnig wirst, die Sicherung habe ich auch gefunden. Und jetzt lass mich gefälligst durch.«

Bennos Augen wurden schmal. »Du bluffst.«

»Probier's doch.« Inge hob trotzig das Kinn. »Seit gestern Nacht habe ich Übung im Töten.«

Benno wich keinen Schritt zurück und starrte auf den Lauf des Gewehrs. Inge schluckte. Der Arm mit der Waffe zitterte, sie würde die Waffe nicht ewig so halten können, und das wusste Benno genau.

»In welcher von den beiden Schubladen waren denn die Schachteln mit den Patronen?«, fragte Benno listig. »Und welche Schachtel hast du genommen? Die grüne oder die gelbe?«

»Die Patronen sind im Gewehr, das ist alles, was zählt«, sagte sie. »Außerdem zittert mein Arm, wie du siehst. Und bevor ich das Gewehr nicht mehr halten kann, werde ich schießen. Also mach mir Platz, oder du riskierst dein Leben.«

»Das tust du nicht. Du hast jetzt noch ein schlechtes Gewissen wegen der Frau gestern Nacht. Du bist keine Mörderin«, sagte er leichthin. »Ich dagegen vielleicht schon.«

Inge lief es kalt den Rücken hinunter.

»Und weißt du, was das Schlimmste bei der Sache mit den armen Leuten im Stall ist?« Benno sprach ganz ruhig, seine sonore, kraftvolle Stimme hatte den Klang von dunklem Samt. »Sie sind nur wegen deiner Hysterie gestorben. Du hast gedacht, du wirst verfolgt. Aber dir ist niemand gefolgt. Wenn, dann hätte ich das gewusst. Du hast es dir nur eingebildet. Du hast zwei Menschen auf dem Gewissen, vollkommen umsonst. Das willst du nicht noch mal, oder?«

Inge drehte sich der Magen um. »Gestern Nacht«, presste sie zwischen den Zähnen hervor, »das war etwas anderes. Jetzt geht es um meine Tochter.« Ihre Stimme bebte vor Wut und Entschlossenheit. »Und eins sag ich dir: Komm nie zwischen mich und mein Kind.«

Benno neigte den Kopf, als würde ihm der Gedanke einleuchten. Er ließ sie nicht einen Moment aus den Augen, trat aber langsam den Rückzug an. Inge folgte ihm Schritt für Schritt, bis sie bei der Treppe war. »Du bleibst, wo du bist«, sagte sie.

Benno lächelte spöttisch und nickte, doch seine Fassade hatte Risse bekommen. Hinter dem Spott lauerten Unsicherheit und Wut, und beides wartete nur darauf, sich zu entladen. Inge lief rückwärts die Stiegen hoch, langsam, Tritt für Tritt. Ihre Schritte fanden blind die Stufen, und sie dankte dem Himmel für das jahrzehntelange Ballett- und Tanztraining.

Benno baute sich am Fuß der Treppe auf, seine hellen Augen lauerten unter den Brauen.

Am oberen Treppenabsatz blieb Inge stehen. »Wenn du mir nachkommst, schieße ich.«

Benno schwieg. Er hielt die Arme vom Körper weg, leicht angewinkelt, die Handflächen zu Inge gedreht, um so zu sagen: »Ich tue dir nichts«, und sah zugleich in dieser Haltung aus, als würde er im nächsten Moment über sie herfallen. Inge blickte zur Haustür. Sieben oder acht Schritte. In der gleichen Zeit würde Benno die Treppe schaffen. Und dann?

Mit einer raschen Bewegung verschwand Inge vom Treppenabsatz und rannte zur Haustür. Mit dem rechten Ellenbogen stieß sie die Klinke hinab, zog die Tür auf, hörte Bennos Schritte auf der Treppe, trat ins Freie, warf das Gewehr fort und zog die Tür zu. Dann stellte sie sich im Abstand von einer guten halben Schrittlänge mit dem Gesicht voran zur Tür. Ihr Herz raste. Sie fasste Viola mit beiden Armen, drückte sie an sich.

Stille.

Der Regen prasselte auf den Hof. Wasser plätscherte aus der Tonne. Inge starrte auf das Türblatt. Wie oft war sie durch diese Tür gegangen? Mit glühenden Wangen. Hatte bereut, was sie getan hatte, und zugleich noch mehr bereut, dass sie nun zu Werner zurückmusste.

Wie hatte sie sich nur so täuschen können.

Die Tür bewegte sich, und im selben Moment trat Inge mit voller Wucht dagegen. Die Tür knallte nach hinten und prallte gegen Benno, der laut aufschrie. Durch den Schwung kam die Tür wieder nach vorne zurück, und Inge trat ein zweites Mal dagegen. Wieder traf die Tür Benno, nur dass er diesmal nach hinten taumelte und in den Flur stürzte. Die Tür schwang zitternd auf. Benno brüllte vor Wut und hielt sich die blutende Nase.

Inge lief weg von der Tür, las hastig das Gewehr vom Boden auf und rannte zu ihrem Wagen. Viola schrie auf ihrem Arm. Benno hatte sich schnell erholt und stürzte hinaus in den Regen. Der Boden war tief und weich. Inge hatte lange Beine und lief schnell, doch sie trug Viola, und Benno war kräftiger als sie. Ihr Vorsprung schmolz, und Benno streckte die Hand nach ihr aus, als er plötzlich in einer Pfütze ausrutschte, strauchelte und der Länge nach hinschlug. Inge blieb stehen, sah, wie Benno sich aufrappelte. Sie wusste, sie würde es nicht schaffen, bis zum Wagen zu kommen, mit Viola einzusteigen, den Wagen zu starten und rechtzeitig zu entkommen. Sie legte Viola in den Schlamm. Das Weinen ihrer Tochter zerriss ihr das Herz. Sie drehte das Gewehr um, fasste den Lauf mit beiden Händen und schlug mit der Waffe auf Bennos Rücken. Der Schlag war nicht gezielt gewesen, traf aber Benno so hart, dass er sich vor Schmerzen bog und auf den Rücken rollte. Mit einem kräftigen Stoß rammte sie Benno den Gewehrkolben in den Schritt. Ben-

no krümmte sich, sein Gesicht war verzerrt vor Schmerz und Wut.

Hastig nahm Inge Viola wieder auf den Arm und rannte zum Tor. Mit einem letzten Blick vergewisserte sie sich, dass Benno weit genug weg und außerstande war, ihr zu folgen. Dann bog sie um die Ecke, hinter der sie den Citroën abgestellt hatte. Durch die verregnete Scheibe sah sie verschwommen Toms Gesicht. Sie riss die Fahrertür auf, warf das Gewehr mit dem Kolben voran in den Fußraum des Beifahrersitzes, stieg ein und packte Viola, die immer noch schrie, auf ihren Schoß.

»Mama? Was ist?«, fragte Tom verdutzt. Inge sah seine großen Augen im Rückspiegel. Das kleine schwarze Bündel neben ihm begann zu kläffen.

»Gleich, Schatz«, keuchte Inge. Ihre Finger wollten nicht gehorchen, zitterten, ihre Arme brannten vom langen Halten der schweren Waffe. Sie bekam den Schlüssel einfach nicht ins Zündschloss gesteckt.

»Mama!«

Jetzt. Sie drehte den Schlüssel, legte den ersten Gang ein und gab Gas. Schlamm spritzte auf. Die Räder drehten durch, bekamen schließlich festeren Boden zu fassen. Der Wagen machte einen Satz nach vorne und kam dem durchweichten Acker bedrohlich nah. Hastig lenkte Inge gegen. Die DS schlingerte und blieb auf dem Weg.

»Mama, was machst du? Was ist los?«, schrie Tom. Lassie kugelte auf der Rückbank umher und bellte und jaulte.

»Schatz, alles wird gut«, sagte Inge. Ihre zitternde Stimme strafte sie Lügen. Sie sah in den Rückspiegel. Krumm wie ein alter Mann kam Benno ans Tor gehumpelt und sah ihr durch den dichten Regen nach. Selbst als sie einen guten Kilometer von ihm entfernt auf die Landstraße einbog, meinte sie noch seinen Hass wie eine Nadel in ihrem Rücken zu spüren.

Kapitel 29

Sita geht über die Straße Alt-Moabit und bleibt vor der Pforte 1 der JVA Moabit stehen. Hinter dem eingeschossigen Neunzigerjahre-Eingang ragt der sternförmige historische Ziegelbau der alten JVA auf, mit dem runden Kuppelbau in der Mitte. Zum dritten Mal seit ihrem Gespräch mit Amanda Lee wählt sie Toms Nummer, erreicht aber nur den Anrufbeantworter. Wo zum Teufel steckt Tom? Warum nimmt er nicht ab?

Die Vernehmung mit Amanda Lee im LKA ist gerade einmal eine Stunde her und hat einen beunruhigenden Verlauf genommen. Die Blicke, die Amanda Lee mit Benson tauschte, wirkten ungewöhnlich vertraut. Es würde Sita nicht wundern, wenn zwischen den beiden mehr wäre als eine Mandanten-Anwalts-Beziehung. Und dann das Spiel von Bensons Kiefermuskulatur, wenn Lee über Galloway sprach. Sie fragt sich, ob Morten das Gleiche dachte.

»Warum haben Sie uns diese Geschichte über Anne Babylon nicht gleich erzählt, bei Ihrer ersten Vernehmung?«, fragte Morten kühl.

»Meine Mandantin stand noch unter dem Eindruck der Nachricht, dass Brad Galloway ermordet worden ist«, erklärte Benson.

Amanda Lee nickte pflichtschuldig.

»Sagen Sie, Ms Lee«, Sita räusperte sich, »wann genau war denn diese Affäre von Anne Babylon und Brad Galloway?«

»Oh, das kann ich Ihnen genau sagen«, meinte Amanda Lee mit düsterer Miene. »Weil, direkt danach kam Hamburg. Das erste Konzert, das ich absagen musste. Juni 2017, der 24. Ein Samstag. Ausverkauft. Es war Horror.«

Ende Juni 2017.

Im selben Moment wusste Sita es. Neun Monate dazurechnen, mehr war nicht nötig. Als Psychologin und Ermittlerin der OFA kannte sie den Punkt, wenn sich bei einer Ermittlung die Schlinge zuzog. Blieb nur noch die Frage, wie dick war das Seil?

Sita steckt das Handy wieder ein, geht zur Pforte der JVA und wappnet sich. Wenn es etwas gibt, das sie hasst, dann sind es Haftanstalten. Die beklemmende Atmosphäre, der Geruch, bei dem man meinen könnte, selbst die Luft werde hier eingesperrt, die toten Farben, der Mief aus Schuld, Aggression und Ohnmacht, das alles geht ihr unter die Haut, wo es sich tagelang hält.

Sie muss mehrmals ihren LKA-Ausweis und die Besuchserlaubnis vorzeigen. An der letzten Schleuse vor dem Zellentrakt empfängt sie ein groß gewachsener Mittdreißiger mit schiefer Nase und wachen Augen. Seine hellblaue Uniform spannt an den Schultern und der Brust. Sita spürt seinen Blick, der nichts Verstohlenes hat, sondern eine Spur von Interesse. Meistens ignoriert sie diese Blicke, doch der Mann hat irgendetwas an sich. Unter anderen Umständen vielleicht ... für ein oder zwei Nächte ... Sie lächelt und bemüht sich zugleich, ihn nicht aufzufordern. Dann betritt sie die

Schleuse, und die Tür hinter ihrem Rücken schließt sich mit einem metallischen Schnalzen.

Der Summer geht, und sie drückt die Tür vor ihr auf.

Der U-Haft-Trakt liegt still vor ihr. Haft auf Probe, zwischen Befürchtungen und verzweifelter Hoffnung. Für viele der erste Vorgeschmack eines längeren Gefängnisaufenthalts. Hier passieren die meisten Selbstmorde.

Eine stämmige, schmallippige Beamtin nimmt Sita in Empfang, nickt wortlos und eskortiert sie zu der gewünschten Zelle. Ihre hellblaue Vollzugsuniform ist der einzige Farbtupfer hier. *JUSTIZ* steht in großen weißen Buchstaben dunkel hinterlegt auf ihrem Rücken. Mit einer ruppigen Bewegung öffnet sie die Sichtluke in der Tür.

Anne sitzt auf der Pritsche und sieht auf. In ihrem Blick ist ein Funke Hoffnung, der jedoch sofort erlischt, als sie registriert, wer vor ihrer Zellentür steht. »Hallo, Sita«, sagt sie müde. »Du weißt doch, nur mit Anwalt im Moment.«

»Hallo, Anne. Ich weiß. Können wir trotzdem reden?«

»Was sollte das bringen?«

Sita schweigt. Sie ahnt, dass Anne, obwohl sie nicht reden will, ein fast übermenschliches Bedürfnis danach hat.

»Bist du allein?«, fragt Anne.

»Ja.«

»Keine Tricks?«

»Deswegen bin ich ja allein.«

Anne überlegt einen Moment, ihre Stimmung scheint zu kippen. »Bärlach hat mich gewarnt und meinte, auf keinen Fall.«

»Von zwischenmenschlichen Dingen haben Anwälte wenig Ahnung«, erwidert Sita.

»Vielleicht wissen sie auch mehr als andere darüber und flüchten sich in Paragrafen.«

»Was den Fehler nicht kleiner macht.«

Anne sieht zu Boden und ringt mit sich.

»Kann ich reinkommen?«, fragt Sita.

Anne nickt. Die Beamtin öffnet die Tür und lässt Sita eintreten. Die Zelle ist lang und schmal, mit einer Toilette, einer Pritsche und einem ihr gegenüberstehenden, schmalen Tisch, vor dem ein Stuhl im Boden verschraubt ist. Sita setzt sich rittlings auf den Stuhl, die Lehne zwischen den Beinen, stützt ihre Arme auf die Lehne und wartet, bis Anne, die vor ihr auf der Pritsche sitzt, den Blick hebt.

»Anne, was läuft hier? Bitte erklär's mir.«

»Wenn ich's dir erkläre, muss ich es bei der nächsten Vernehmung auch erklären.«

»Im Grunde genommen ja«, räumt Sita ein. »Aber vielleicht gibt es einen offiziellen Teil und einen, sagen wir mal, weniger offiziellen Teil, über den wir beide Stillschweigen vereinbaren.«

»Was habe ich davon?«, fragt Anne. »Ich war es nicht. Ich habe nichts mit Brads Tod zu tun, und das wird sich früher oder später herausstellen. Bärlach wird mich hier rausholen, so viel ist sicher.«

»Ich wünschte, ich könnte das genauso sehen«, seufzt Sita. »Aber was hier läuft, läuft definitiv gegen dich, Anne – und gegen Tom. Wir finden einen Beleg nach dem anderen, dass ihr in den Mord verwickelt seid.«

»Ihr?«, fragt Anne ungläubig. »Was hat denn Tom damit zu tun?«

»Anne, kannst du das, was ich dir jetzt sage, bitte für dich behalten?«

Anne runzelt die Stirn. »Wäre das jetzt nicht eigentlich mein Satz?«

»Vielleicht, ja. Es ist noch nicht offiziell Teil der Ermittlung. Es ist ... sagen wir mal ... es ist noch sehr, sehr ... frisch.«

»Frisch?«

»Sagt dir die Firma Karlsbach etwas? Die Firma stellt Einmachgläser her.«

»Einmachgläser?«, fragt Anne verständnislos.

»Habt ihr Einmachgläser im Haus?«

»Ja, klar.« Anne zuckt mit den Schultern. »Nicht viele, ich bin nicht die große Köchin, ich benutze die eher, um Kaffee drin aufzubewahren oder Nudeln. Sieht einfach ganz schön aus.«

»Fehlt dir ein Glas?«

»Ob mir ...« Anne verstummt plötzlich, was eigentlich nur einen Schluss zulässt.

»Also ja«, stellt Sita fest.

Anne nickt. »Ein Marmeladenglas, etwa so ...« Mit den Händen deutet sie eine Höhe von etwa zwanzig Zentimetern an.

»Ziemlich groß für ein Marmeladenglas.«

»Es war ein Sonderangebot. Erdbeere. So hat es auch geschmeckt, wässrig und billig. Ich hab den größten Teil weggeworfen.«

»Weißt du, wie Galloway gestorben ist?«, fragt Sita.

Anne nickt und knetet nervös ihre Hände. »Bärlach hat es mir gesagt.«

»Am Tatort wurde ein Abdruck eines dieser Einmachgläser gefunden.« Sita macht eine Pause, sieht Anne schweigend an.

»Ich versteh nicht ... Was heißt das?«

»Vom Tatort sind zwei Dinge verschwunden. Dieses Glas und ...«

»Oh mein Gott!«, flüstert Anne und hält sich eine Hand

vor den Mund. Sie braucht einen Moment, bis es ihr gelingt weiterzusprechen. »Aber ... du glaubst doch jetzt nicht ernsthaft, dass ich ...« Sie schüttelt sich bei der Vorstellung. »Sita, bitte, ich wär dazu niemals in der Lage, das musst du mir glauben.«

»Ich bin nicht sicher, ob das, was *ich* glaube, hier den Ausschlag gibt. Die Sache ist die: Genau so ein Glas hat in eurem Keller gestanden, im Regal, links, wenn man reinkommt, zwischen zwei Kartons«, erklärt Sita. »Auf dem Regal ist auch eine Blutspur.«

Anne schluckt. »Was für Blut, von wem?«

»Das wissen wir noch nicht. Das Glas ist übrigens verschwunden, die Kriminaltechniker haben nur die Spuren gefunden. Aber kurz vor der Kriminaltechnik war Tom unten im Keller. Peer Grauwein hat ihn vor eurem Verschlag angetroffen.«

»Tom?«, sagt Anne ungläubig. »Du meinst, Tom hätte dieses Glas ... Nein!«

»Es sieht gerade sehr danach aus, jedenfalls hat Tom sich merkwürdig verhalten.«

Anne starrt Sita an. »Du willst doch jetzt nicht behaupten, dass Tom Galloway umgebracht hat?«

»Von Wollen kann nicht die Rede sein. Abgesehen davon wissen wir natürlich nicht, wer das Glas dort hingestellt hat ...«

Für einen Moment wird es still in der Zelle. Auf dem Flur sind Schritte zu hören, jemand läuft an der Tür vorbei.

»Wo war Tom in der Mordnacht zwischen zwölf und halb drei?«, fragt Sita.

»Zu Hause, mit Phil«, erwidert Anne.

»Zu Hause«, wiederholt Sita betont langsam, »mit Phil.« Sie schaut Anne prüfend an. »Warum sagst du nicht: zu Hause, *bei mir?*«

»Ich ...« Anne sucht vergeblich nach einem Ausweg.

»Du selbst warst gar nicht zu Hause, richtig?«, fragt Sita. »Na ja, das erklärt immerhin, wie deine Fingerabdrücke in Galloways Suite gekommen sind.«

Anne schließt die Augen und stöhnt. »Das war idiotisch«, murmelt sie.

»Zu lügen? Ja. Das war's. Im Übrigen haben wir den Maserati, den Galloway gefahren hat, in der Nähe des Stue gefunden. Die Kollegen lesen gerade das Navi aus. Aber das hat sich ja jetzt erübrigt.«

»Wir sind mit dem Wagen nur zum Stue gefahren ... Ich hab gedacht, dass ich nicht mehr rauskomme aus der Sache.«

»Ich weiß, Anne. Aber abgesehen davon, dass die Lüge dich nicht glaubwürdiger macht, darum geht es gar nicht mehr. Ich weiß, dass Galloway noch gelebt hat, als du ihn verlassen hast. Amanda Lee hat noch mit ihm telefoniert. Er ist erst danach gestorben, zwischen Viertel nach zwölf und halb drei in der Nacht.«

Anne schaut Sita mit leerem Blick an.

»Anne?«

»Jetzt willst du wissen, wo ich war, richtig?« Anne sitzt regungslos auf der Pritsche, nur das Heben und Senken ihres Brustkorbs verrät ihren inneren Kampf. »Und wenn ich dir jetzt sage, ich bin einfach durch die Straßen gelaufen, um einen klaren Kopf zu bekommen, würdest du mir dann glauben?«

»Gibt es Zeugen? Irgendjemand, der dich gesehen hat?«

Anne schüttelt den Kopf. »Niemand, an den ich mich erinnern könnte.«

Sie schweigen beide eine Weile.

»Ich hätte nicht mit dir reden sollen«, stellt Anne fest. »Nicht ohne Bärlach.«

Sita seufzt. »Anne, ich will dir nichts. Ich weiß zwar nicht, ob ich dir deine Ich-bin-nur-durch-die-Straßen-gelaufen-Geschichte glaube, aber was ich auf jeden Fall glaube, ist, dass du Galloway nicht umgebracht hast. Genauso wenig kann ich mir vorstellen, dass Tom das getan hat. Aber die Ermittlungen werden leider genau in diese Richtung laufen.«

»Aber wieso Tom? Das verstehe ich nicht.«

»Galloway wurde zwischen Mitternacht und halb drei am Morgen umgebracht«, erklärt Sita. »Tom hat in dieser Zeit kein Alibi, da du offenbar nicht zu Hause warst. Außerdem schafft er Beweise beiseite. Und er hat ein Motiv.«

Anne weicht Sitas Blick aus, in ihren Augen schimmern Tränen. »Was denn für ein Motiv?«, fragt sie und ist sichtlich um Haltung bemüht.

»Du weißt, welches Motiv. *Das* Motiv, das du uns allen so unbedingt verschweigen willst.«

»Aber, wie kann denn ...«, Annes Stimme versagt für einen Moment, »wie kann denn das ein Motiv sein, wenn ... wenn er es doch gar nicht weiß?«

Sita lächelt traurig. »Bist du sicher, dass er es nicht weiß?«

»Vollkommen sicher, ja.« Anne wischt sich die Tränen mit dem Ärmel aus dem Gesicht und atmet tief ein, als müsste sie Luft holen für etwas, das größer ist als sie selbst. »Und er darf es auch nicht erfahren. Auf gar keinen Fall.«

»Anne, du musst mit ihm reden.«

»Das kann ich nicht.«

»Es geht nicht darum, ob du kannst oder nicht. Es geht darum, ob du und Tom noch eine Chance habt. Und damit meine ich jetzt nicht den Mordfall. Ich meine euch als Familie! Euch beide und Phil.«

Anne schaut an ihr vorbei auf die Zellenwand. »Aber im Moment darf niemand davon wissen. Erst recht jetzt, wo es auch noch dieses Glas gibt. Sonst denkt doch jeder, er war's.«

»Ich kann verstehen, dass du ihn schützen willst«, sagt Sita. »Aber du sollst ja mit Tom reden, Anne. Nicht mit der Polizei.«

Anne schüttelt stumm den Kopf, als würde sie den Unterschied nicht sehen wollen.

Sita seufzt, steht auf, klopft an die Tür und ruft: »Wir sind fertig hier drinnen.« Sie wünscht sich für Tom, dass Anne größer wäre. Aber vielleicht sind es auch die U-Haft und die winzige Zelle, die ihr Denken so klein machen. »Bitte, denk darüber nach. Es kommt sowieso raus, und dann ist es besser, er hört es von dir.«

Die Vollzugsbeamtin öffnet wortlos die Tür und lässt Sita hinaus. Das Geräusch, mit dem sich die Tür wieder schließt, tut weh. Der Hall in dem kahlen Gefängnistrakt macht es nicht besser. An der Schleuse läuft sie beinah in Dr. Karl Bärlach hinein, der mit seinem Bauch den Durchgang noch schmaler macht, als er ohnehin schon ist.

»Was machen Sie denn hier?« Bärlachs gletscherhelle Augen fixieren sie misstrauisch. »Doch wohl hoffentlich keine Befragung meiner Mandantin?«

»Nur eine Unterhaltung«, erwidert Sita.

»Zwischen Unterhaltung und Befragung mache ich keinen Unterschied«, knurrt Bärlach.

»Na, dann tut mir Ihre Frau wirklich herzlich leid.«

»Ich bin nicht verheiratet.«

»Ah. Na ja. Kein Wunder«, lächelt Sita.

»Sehr witzig«, sagt Bärlach und klingt betroffener, als Sita es erwartet hat. »Nur damit wir uns richtig verstehen: ab jetzt weitere Befragungen nur noch mit Vorladung.«

»Vorladung? Wie meinen Sie das?«, fragt Sita irritiert.

Bärlach zieht ein Schreiben aus seinem Jackett und wedelt damit. »Taufrisch vom Richter. Die Untersuchungshaft ist aufgehoben.«

»Wie bitte? Auf welcher Grundlage denn?«

»Na, Sie scheinen ja bestens informiert zu sein«, grinst Bärlach, sichtlich froh, wieder die Oberhand zu gewinnen.

»Seien Sie doch so gut und setzen mich in Kenntnis, Herr Anwalt.«

»Verdunklungsgefahr ist hinfällig. Die Wohnung meiner Mandantin wurde bis auf das letzte Blatt Papier durchsucht, Fluchtgefahr besteht nicht, sie hat einen kleinen Sohn, und ein Alibi für die Tatzeit hat sie auch.«

»Was denn für ein Alibi?«

»Um Viertel vor eins ist meine Mandantin auf ihrem Weg vom Stue am Lessing-Denkmal vorbeigekommen, ein Mann namens Victor Kirali hat sie dort angetroffen und sie gefragt, ob es ihr gut gehe. Sie sah offenbar recht unglücklich aus. Sie schien auch etwas getrunken zu haben. Herr Kirali hat ihr eine Zigarette angeboten, sie hat abgelehnt, aber die beiden sind darüber ins Gespräch gekommen.«

Sita kennt das Lessing-Denkmal, es liegt am Rand des Tiergartens und ist etwa ein halbe Stunde Fußweg vom Stue in der Drakestraße entfernt. Sofern Anne tatsächlich vom Stue aus gegen Mitternacht oder kurz danach losgelaufen ist, könnte das durchaus stimmen, zumindest räumlich und zeitlich. Aber warum hat Anne sich dann gerade bei ihrem Gespräch nicht an den Mann erinnert? »Mitten in der Nacht, am Lessing-Denkmal?«, fragt Sita. »Ich kenne nur wenige Frauen, die sich da spontan auf ein Gespräch einlassen würden. Wie lange haben die beiden denn gesprochen?«

»Ziemlich genau eineinhalb Stunden.«

»Dann müsste sie aber einiges getrunken haben«, sagt Sita.

»Wie kommen Sie darauf?«

»Weil Anne den Mann offenbar vergessen hat. Sie hat mir gerade gesagt, sie wäre umhergelaufen, hätte aber niemanden getroffen.«

Bärlach zuckt mit den Achseln. »Das menschliche Gedächtnis ist ein Rätsel. Besonders unter Alkoholeinfluss.«

»Menschen, die eine eineinhalbstündige Gedächtnislücke haben, waren in der Regel volltrunken, oder?«, fragt Sita und ärgert sich über Bärlachs Dreistigkeit. »Wie sind Sie denn überhaupt auf diesen Zeugen gekommen?«

»Ich bin den Weg abgegangen und habe mich erkundigt. Klassische Detektivarbeit. Sollten Sie auch mal probieren.«

»Aha. Und weil Sie so ein fantastischer Detektiv sind, hat Ihre Mandantin plötzlich ein Alibi bis Viertel nach zwei. Sehr praktisch, wirklich. Bis zum Gästehaus der Polizei braucht man von dort etwa dreißig Minuten ...«

»Um präzise zu sein: sechsundzwanzig Minuten«, ergänzt Bärlach. »Nachts vielleicht noch drei, vier Minuten weniger.«

»Laut Pathologe ist Galloway spätestens um 02:30 Uhr gestorben, also kann sie unmöglich zur Tatzeit am Tatort gewesen sein.«

»Sie sagen es«, erwidert Bärlach trocken und streckt sich zufrieden, wobei sein Hemd ein wenig aus der Anzughose rutscht und sein weißer Bauch hervorscheint.

»Worüber haben die beiden denn so lange gesprochen? Kennen sie sich?«

»Nein. Aber Sie wissen ja, manchmal ist es einfacher, mit einem wildfremden Menschen ein Problem zu teilen als mit dem eigenen Partner.«

»Natürlich. Nachts. Um halb zwei. Am Lessing-Denkmal.«

Bärlach schürzt die Lippen und breitet die Arme in einer Unschuldsgeste aus. »Als Anwalt ist mir nichts Menschliches fremd.«

»Ich bin Psychologin, und mir sind Menschen trotzdem ständig fremd.«

»Das ist dann wohl Ihr Problem«, erwidert Bärlach. »Also, Sie wissen Bescheid. Ab jetzt nur mit Vorladung. Entschuldigen Sie mich, ich muss meiner Mandantin die frohe Botschaft überbringen.« Er schiebt sich an Sita vorbei, und seine Schritte hallen im Gang. Vor jedem Aufsetzen schleifen die Sohlen kurz, als hätte er Mühe, die Füße zu heben.

Nachdenklich betritt Sita die Schleuse. Wie richtig oder falsch dieses Alibi ist, wird kaum herauszufinden sein. Sollte Bärlach Anne helfen, dann hat er jetzt Gelegenheit, mit ihr alle angeblichen Inhalte des nächtlichen Gesprächs abzustimmen. Und dass Anne sich vorhin nicht an diesen Mann erinnert hat, beweist gar nichts. Zumal Sita ja allein bei Anne war und Aussage gegen Aussage stehen würde.

Sita verlässt die JVA mit gemischten Gefühlen. Die Luft ist kühl, und die Wolken verheißen Regen. Sie ist froh, dass Anne entlassen wird. Doch obwohl sie an Annes Unschuld glaubt – die Umstände haben nun einen schalen Beigeschmack. Sie fragt sich, ob Tom schon davon weiß, und wählt einmal mehr seine Nummer. Die Mailbox springt sofort an; offenbar hat er sein Handy ausgeschaltet. Beunruhigt legt sie wieder auf. Es beginnt zu tröpfeln. Dunkle Punkte mustern den Gehweg.

Kapitel 30

Anne Babylon läuft den Landwehrkanal entlang auf ihre Wohnung am Heckmannufer zu. Die Straße ist nass, die Luft wie frisch gewaschen, doch irgendwie fühlte sich alles gebraucht an. Das stille Wasser im Kanal, das herabgefallene Laub von den Bäumen längs des Kanals, das endlose Geländer vor dem Ufer. Ihre Gedanken hängen sich an jede Kleinigkeit, auf der Flucht vor dem, was sie Tom sagen muss. Sita hat recht. Sie *muss* mit ihm reden. Nach der Entlassung hat sie ihr Handy zurückbekommen, doch Tom ist nicht zu erreichen. Weiß er überhaupt, dass sie frei ist? Sie versichert sich noch einmal, dass ihr Telefon auf laut gestellt ist, und steckt es in die hintere Hosentasche.

Noch drei Häuser bis zur Tür. Große Häuser. Sie liebt die Altbauten in Berlin. Ganz anders als die Dorfstraße in Ahrem mit ihren braunen Dächern und verhängten Fenstern, von wo sie mit achtzehn geflohen ist. Das Kind vom Dorf. Mit zehn hatte sie ihr Zimmer mit Postern tapeziert. Take That, Bon Jovi, später Toni Braxton und Coldplay. Chris Martin am Strand singt »Yellow«, sie sieht die Bilder immer noch, wenn sie den Song heute hört. Die Enge ihres Zimmers und die Poster als Fenster. Vielleicht ist sie deshalb durchs Fenster gestiegen, als Brad auftauchte. Im Nachhinein möchte sie heulen. Das alles hatte so groß ausgesehen, und je näher sie kam, desto kleiner wurde es. Wie Tur Tur, der Scheinriese aus *Jim Knopf*. Doch als sie das erkannte, war es schon zu spät.

Die ganze Schwangerschaft über hat sie die Unsicherheit begleitet, von wem das Kind ist. Aber sie brachte es nicht übers Herz, mit Tom darüber zu reden. Ihre Beziehung war fast eingeschlafen, von Enttäuschungen geprägt, von seiner ständigen Arbeit und ihrer dann ebenfalls ständigen Arbeit am Schnittplatz, als müsste sie Tom und sich selbst beweisen, dass sie unabhängig sei und selbst auch genug zu tun habe. Dazu kam noch Toms Fixierung auf Viola. Sie hatte längst den Verdacht, dass er heimlich Nachforschungen anstellte, und war sich nicht ganz sicher, ob nicht die ein oder andere lange Schicht im Dienst seiner fast manischen Suche nach seiner Schwester geschuldet war.

Wie auch immer, mit dem ersten Ultraschallbild lebte ihre Beziehung wieder auf. Sie hatten sogar geheiratet, standesamtlich, nicht kirchlich, das hatte Tom nicht gewollt. An Gott zu glauben vertrage sich nicht mit dem, was er erlebt habe, hatte er gemeint. Die Hauptsache war: Sie hatten es getan. Und weder vor noch nach der Hochzeit war sie bereit gewesen, das alles zu riskieren und Tom mit ihrer Affäre vor den Kopf zu stoßen. Vielleicht war Phil ohnehin sein Kind, und alles war in Ordnung. Ein halbes Jahr nach Phils Geburt meldete sich ihr Gewissen, anfangs nur ab und zu, dann täglich, immer nachts, und rüttelte an der Tür. Wäre es besser gewesen, nicht zu öffnen? Keinen Vaterschaftstest machen zu lassen?

Plötzlich schreckt sie auf. Der Test. Oh Gott.

Sie hat das Ergebnis in einer Hutschachtel in ihrem Schrank versteckt, begraben unter alten Fotos, Liebesbriefen und Zeichnungen aus ihrer Schulzeit. Einmal vor Jahren war Tom hereingekommen, als sie in ihren pubertären Erinnerungen wühlte.

»Was hast du da?«, fragte er.

Sie wedelte mit einem Brief. »Georg Tesch. Damals waren Männer noch romantisch und haben Liebeserklärungen per Hand geschrieben.«

Tom setzte sich neben sie auf den Fußboden. »Männer?« Er tippte auf die kindliche blaue Schrift. »Sieht mir eher nach einem pickligen Schüler mit Tinte an den Fingern aus.«

»Also bitte! Georg Tesch sah *extrem* gut aus. Und er hat sich wirklich Mühe gegeben.«

»Du hättest ihn heiraten sollen.«

»Ich konnte mich nicht entscheiden.« Sie rüttelte an der Hutschachtel mit den Briefen.

»Oh, es gab noch andere Männer im heiratsfähigen Alter?«

»Eine ganze Schachtel voll.«

»Darf ich sehen?«, fragte Tom grinsend.

»Untersteh dich, in den Niederungen meiner Pubertät zu wühlen«, entgegnete sie.

Mehr musste sie nicht sagen. Für Tom war selbstverständlich, dass die Briefe tabu waren. Es gab keinen sichereren Ort in der Wohnung als diese Schachtel. Bis zur Hausdurchsuchung. Ob Toms Kollegen so weit gingen, die gesamte Kiste zu durchwühlen, um zuletzt auf den Vaterschaftstest zu stoßen?

Sie bleibt stehen und sieht zum Haus.

Im Souterrain und Hochparterre sind die Lichter aus. Entweder Tom und Phil sind nicht da, oder sie sind im hinteren Teil der Wohnung.

Sie wechselt die Straßenseite, schließt auf und betritt den Hausflur. Ein paar Blätter Laub liegen auf dem Terrazzoboden. Phils Buggy ist fort. Sie steckt den Schlüssel in die Wohnungstür, öffnet. Drinnen ist es dunkel.

»Tom?«

Keine Antwort.

Sie fragt sich, wo Tom und Phil um diese Uhrzeit wohl sein mögen. Phil fehlt ihr. Sein fröhliches »Mama«, sein Gewicht, wenn er sich an ihren Hals hängt, sein warmes, glückliches Gesicht, wenn sie Nase, Nase, Nase spielen, und sein ruhiger Atem, wenn er ganz erschöpft ist und auf ihrem Arm einschläft.

Als sie das Licht anschaltet, wird ihr zum ersten Mal klar, was eine Hausdurchsuchung wirklich bedeutet. Toms Kollegen waren vorsichtig, haben sich vermutlich mehr Mühe gegeben als bei anderen Durchsuchungen, dennoch stehen die Dinge nicht mehr an ihrem Platz. Es sieht aus, als wäre jemand eingebrochen und hätte im Nachhinein nicht genügend Zeit gehabt, den Einbruch zu vertuschen.

Sie tritt ins Wohnzimmer, schaltet das Licht ein. Die Polster wurden bewegt und geöffnet, die Blumen sind aus der Vase verschwunden, die Bücher durcheinander, und vor den Regalen sind Schleifspuren vom Abrücken. Nichts, wirklich nichts sieht aus, als wäre es nicht angefasst worden. Sie erträgt den Anblick nicht, schaltet das Licht im Wohnzimmer wieder aus und schließt die Tür. Durch den Flur eilt sie ins Schlafzimmer, das hintenheraus liegt, mit einem Fenster zur Hofseite. Das gleiche Bild. Die Bettwäsche ist abgezogen, die Laken liegen auf einem Haufen neben dem Bett. Ihre Sachen im Schrank sind ohne Sinn und Verstand in die Fächer zurückgestopft worden. Sie zieht einen Stuhl heran, steigt darauf und tastet im obersten Fach des Schrankes nach der Hutschachtel, aber da ist nichts. Sie ist weg.

Anne stellt sich auf die Zehenspitzen und versucht, bis in

den hintersten Winkel des Schrankes zu tasten, als sie plötzlich jemand von hinten kraftvoll umarmt.

Tom, denkt sie glücklich.

Es knistert leise.

Im selben Moment spürt sie einen scharfen Schmerz im Bauch. Sie öffnet den Mund, keucht, will atmen, gerade als das Messer, begleitet von einem weiteren leisen Rascheln, ein weiteres Mal zustößt. Sie hört die Türklingel, zweimal hintereinander.

Eine Hand presst sich auf ihren Mund, sie schüttelt den Kopf, versucht zu schreien, beißt in die Hand und schmeckt Latex. Es klingelt erneut, und jemand klopft laut an die Wohnungstür. »Tom?« Die Stimme hallt im Hausflur. »Tom! Bist du da?«

Kapitel 31

Ein weißer Fleck platscht vor ihren Augen auf die Windschutzscheibe. Sita Johanns schaltet den Wischer ein und will etwas Reinigungsflüssigkeit versprühen, doch aus der Düse kommt nur ein dünner Spritzer, und die Wischblätter schmieren den Vogelschiss über das Glas. Sie würde es gerne als dumme Kleinigkeit abhaken, aber wenn man einmal angefangen hat, Dinge ganzheitlich zu betrachten, läuft man Gefahr, auch den letzten blöden Zufall als Symbol zu sehen.

Sita würde gerne die Zeit zurückdrehen. Vielleicht hätte sie dann doch noch eine Chance, Tom zu erreichen, bevor alles eskaliert.

Es könnte so einfach sein. Das Telefon in die Hand nehmen, ihn anrufen, er würde abnehmen, und sie könnte ihn fragen, was das alles zu bedeuten hat, ihn vielleicht sogar warnen, selbst auf die Gefahr hin, dass es ein Fehler sein könnte. Sie hat das Gefühl, es ihm schuldig zu sein. Doch Jo Morten sitzt neben ihr auf dem Beifahrersitz ihres alten Saabs und stiert wütend auf das Rotlicht am Straßenrand, als würde die Ampel sie aus purer Boshaftigkeit zurückhalten oder, in seinen Augen noch schlimmer, als hätte sie sich mit Tom verbündet.

Das Licht springt auf Grün, und Morten knurrt zustimmend.

»Jo, ehrlich, ich glaub das nicht«, sagt sie und lässt langsam die Kupplung kommen. Das Getriebe des alten Wagens fügt sich mit einem Stottern.

»Was heißt denn glauben«, echauffiert sich Morten. »Wir haben Beweise, und die zählen.«

»Für mich sind das eher Indizien.«

»Ich bitte dich«, schnaubt Morten verärgert. »Wo warst du, als Grauwein uns vorhin die Laborergebnisse mitgeteilt hat?«

Sita rollt mit den Augen. Morten hat sich festgebissen, sie kennt das schon von ihm. Morten hält gern an seinen Urteilen fest. »Nur weil das Blut auf Toms Kellerregal von Galloway ist, heißt das noch nicht, dass Tom oder Anne das Glas dorthin gestellt haben.«

»Anne ist raus, das weißt du genauso gut wie ich. Sie hat ein Alibi. Tom hat keins.«

»Annes Alibi ist ein Witz«, meint Sita wütend. »Aber das ist gar nicht der Punkt. Sie war es nicht –«

»Dann ist das ja geklärt.«

»Jo, es geht um Tom! Nicht um irgendjemand. Das ist dein bester Mann, der Typ, der dich beim letzten Fall gerettet –«

»Moment«, unterbricht sie Morten. Sein Handy summt, und er nimmt es ans Ohr. »Ja – Morten.«

Sita fasst das Lenkrad fester, und ihre Knöchel werden weiß.

Morten hört eine Weile still zu. »Und, war er's?«, fragt er schließlich. Die Antwort scheint ihm nicht zu gefallen. »Verstehe. Wie lange?« Einen Augenblick später knurrt er unzufrieden. »Was ist mit verwertbaren DNA-Spuren am Tatort?« Ein weiteres, noch unzufriedeneres Knurren. Morten nimmt immer mehr Chefallüren an. »Alles klar. Meld dich, wenn du was hast. Danke.«

Er steckt das Handy zurück in sein Jackett. »Das war Grauwein. Keine DNA am Tatort. Der Täter scheint ziemlich genau gewusst zu haben, was er tun muss, um Spuren zu vermeiden. Oder seine DNA war am Tatort, ist aber im Nachhinein als falsche Spur ausgeschlossen worden, weil er zum Team der Ermittler gehört.«

Was natürlich wieder für Tom als Täter spricht, denkt Sita resigniert. »Was ist mit der Gerichtsmedizin, gibt es da noch etwas Neues?«, fragt sie.

»Die offizielle Bestätigung der Todesursache: Galloway ist verblutet. Keine Überraschung also. Allerdings hat ihm wohl jemand eine hohe Dosis Heparin injiziert, einen Blutverdünner. Das dürfte den Prozess beschleunigt haben.«

»Heparin ist nicht rezeptfrei, oder? Das spricht doch eher für jemanden mit medizinischem Wissen, der auch die Möglichkeit hat, an Heparin heranzukommen.«

»Netter Versuch«, sagt Morten, »aber das kann sich jeder im Internet anlesen. Und laut Grauwein kann man die Spritzen online bestellen – ohne Rezept. Ist also leider keine Entlastung. Ich fürchte, der Sack ist zu. Es deutet alles auf Tom.«

»Weil es keine fremden DNA-Spuren gibt?«, fragt Sita hitzig. »Was ist das denn für eine Logik?«

»Du weißt doch genau, dass es nicht nur darum geht. Außerdem hat Grauwein auch noch einen Vaterschaftstest gefunden. Zwischen ein paar alten Liebesbriefen von Anne.«

»Was? Ich versteh nicht …«, meint Sita perplex, obwohl sie ahnt, was kommt.

»Anne hat einen Test machen lassen. Tom ist nicht der Vater ihres Sohnes.«

»Scheiße«, murmelt Sita.

»Also hat Tom ein Motiv«, stellt Morten fest.

Nur wenn Galloway der Vater ist, will Sita einwenden, aber sie verkneift es sich, weil es nichts bringt. Der DNA-Test an Galloway wird in Kürze genau das belegen.

»Die Bodenabdrücke des Einmachglases im Regal und am Tatort, Galloways Blut in Toms Keller«, zählt Morten auf, »dazu Toms merkwürdiges Verhalten, als Grauwein ihn im Keller überrascht. Ich meine, Tom weiß doch, dass er bei einer Hausdurchsuchung nichts, aber auch *gar nichts* aus seiner Wohnung zu entfernen hat ... Also, verdammt noch mal, was hatte er dann da unten zu suchen, wenn er nicht gezielt etwas entsorgen wollte, das ihn belastet?«

Für einen Moment schweigen sie beide.

»Jetzt müssen wir ihn nur noch finden«, sagt Morten schmallippig. »Oder das verdammte Glas. Dann haben wir den Beweis.«

»Jo, noch mal: Wir wissen nicht, ob Tom das Glas dort unten weggenommen hat, und wir wissen auch nicht, wer es da hingestellt hat.«

»Du hörst dich schon an wie sein Anwalt«, beschwert sich Morten. »Da vorne rechts«, ergänzt er mit Blick auf das mobile Navigationsgerät, das mit einem Saugnapf an der Windschutzscheibe befestigt ist.

Sita biegt in die kleine Seitenstraße und bleibt schließlich vor dem Haus mit der Nummer 155 stehen. Ein Citroën C3 älteren Baujahres steht in der Einfahrt.

»Hier ist Tom aufgewachsen?« Morten beäugt das dunkle Haus mit dem einfachen Satteldach.

»Wenn sein Vater seit damals nicht umgezogen ist, wohl schon. Fragt sich nur, ob es Sinn hat, hier nach ihm zu fragen. Die beiden haben nicht viel Kontakt miteinander, soweit ich weiß.«

»Wer hat denn sonst viel Kontakt zu Tom?«

»Ich weiß nicht«, sagt Sita.

»Eben. Bei Tom zu Hause haben wir gerade geschlagene drei Minuten Sturm geläutet. Keiner da. Und das Glas wird er wohl kaum erneut bei sich zu Hause verstecken. Also, wenn du keine bessere Idee hast ...« Morten sieht sie an, seine dunklen Augen glänzen im Licht der Straßenlampe vor Toms Elternhaus. Sein scharf gezogener Scheitel ist wie eine blasse Narbe in seinem öligen Haar.

»Gehen wir.« Sita zieht den Wagenschlüssel ab und steigt aus. Kein Mond. Der Himmel ist fast schwarz hier in Stahnsdorf, anders als in der Stadt, wo bei tief hängenden Wolken immer ein diffuser gelblicher Schleier über den Häusern schwebt. Die Luft ist klamm, von Osten zieht laut Wetterbericht eine weitere Regenfront heran.

Der Zaun vor dem Grundstück ist frisch gestrichen. Im Erdgeschoss sind alle Fenster erleuchtet, als hätte Werner Babylon etwas gegen Dunkelheit.

Morten klingelt. Es dauert eine Weile, bis sich hinter dem Glas in der Tür etwas regt, dann schwingt die Tür auf.

Werner Babylon sieht nicht aus wie der Mann, den Sita erwartet hat. Er ist deutlich kleiner als Tom mit seinen fast zwei Metern. Seine Augen sind etwas heller als die seines Sohnes, er ist penibel rasiert, was sein Kinn kleiner wirken lässt.

»Werner Babylon?«, fragt Morten.

Toms Vater nickt. »Ja, bitte?«

»Jo Morten vom LKA Berlin. Das ist meine Kollegin Johanns.«

Sita reicht Werner Babylon die Hand. Was hat Tom gesagt, wie alt sein Vater ist? Eigentlich, fällt Sita jetzt auf, hat er kaum etwas über ihn erzählt. Werner Babylon muss an die siebzig sein, seine Haare sind grau, seine Haut ist von ersten Altersflecken gezeichnet. Sein Händedruck ist abwartend, unentschieden. Die Linien in seinem Gesicht zeigen nach unten. Stilles Aushalten. Ein Leben, in dem er sich Entscheidungen anderer unterworfen und wenige eigene getroffen hat.

»Was kann ich für Sie tun?«, fragt Werner Babylon. Aus dem Wohnzimmer ist leise der Fernseher zu hören.

»Wissen Sie, wo Tom ist?«, fragt Sita.

»Nein.«

Die Antwort ist knapp, und sein Gesicht verschlossen. Der alte ostdeutsche Reflex, den DDR-Behörden zu begegnen. Bloß nicht zu viel preisgeben, denn sie wissen eh schon zu viel – und niemand weiß, was sie dir am Ende für einen Strick daraus drehen.

»Wir müssen dringend mit ihm sprechen«, erklärt Sita. »Es ist wirklich wichtig.«

Im Hintergrund wird plötzlich Kindergeschrei laut. Werner Babylon dreht sich um. Im selben Moment kommt eine ältere Frau aus der Küche, wirft einen vorwurfsvollen Blick zur Tür und steigt mit eiligen Schritten die Treppe ins Obergeschoss hinauf.

Werner Babylon seufzt und wendet sich wieder Sita zu.

»Enkelbesuch?«, fragt Sita.

Toms Vater sieht sie lange an, dann sagt er: »Sie sind die Psychologin, mit der mein Sohn zusammengearbeitet hat, oder?«

»Hat er von mir erzählt?«, fragt Sita überrascht. Neben ihr wird Morten nervös. Er hat keinen Sinn fürs Drumherum. Er will lieber mit der Tür ins Haus.

»Es gab ein Bild in der Zeitung ... diese Berlinale-Geschichte.« Werner Babylon sieht sie abwartend an.

»Hat Tom Ihnen Phil vorbeigebracht?«

Werner Babylon nickt. »Was ist denn los? Gibt es ein Problem?«

»Wann wollte er seinen Sohn denn wieder abholen?«, schaltet sich Morten ein.

»Er sollte eigentlich schon längst wieder hier gewesen sein.«

Sita und Morten wechseln einen Blick. Inzwischen ist das Kindergeschrei im Obergeschoss verstummt.

»Hat Ihr Sohn irgendetwas gesagt, wohin er wollte?«

Werner Babylon zuckt schweigend mit den Achseln.

»Hat Tom Ihnen erzählt, dass Anne verhaftet wurde?«, fragt Sita.

»Ja, hat er«, gibt Werner Babylon widerstrebend zu. »Er hat gefragt, ob wir ihm helfen könnten, indem wir Phil für ein paar Stunden nehmen.«

»Wissen Sie, was er vorhatte – oder wohin er wollte?«

»Tom hat mir noch nie erzählt, was er vorhat. Das war als Kind schon so.« Kinder haben selten was von anderen Leuten, denkt Sita, verkneift sich aber eine entsprechende Bemerkung.

»Hat er Ihnen irgendetwas gegeben?«, erkundigt sich Morten. »Eine Tasche? Etwas zum Aufbewahren?«

»Was sollte ich denn für ihn aufbewahren?«

»Könnten Sie einfach die Frage beantworten?«, erwidert Morten gereizt.

Werner Babylons Gesicht verschließt sich erneut. »Wenn Sie's genau wissen wollen, der Kinderwagen da drüben.« Er zeigt hinter sich in den Flur, wo ein dunkelblauer Buggy steht.

»Darf ich?«, fordert Morton.

Wortlos holt Toms Vater den Buggy aus dem Flur und

schiebt ihn über die Schwelle. Morten bückt sich und beginnt, den Kinderwagen zu durchsuchen. Sita spürt plötzlich einen Kloß im Hals, doch im Buggy befindet sich nichts außer einem eingerollten Lätzchen, einem abgenutzten Schnuller und einer leeren blauen Trinkflasche mit gelben Kängurus.

»Ich verstehe nicht, was das soll.« Werner Babylon schaut Sita und Morten verwirrt an. »Weshalb suchen Sie denn nach meinem Sohn?«

»Wir suchen nach ihm«, stellt Morten fest. »Das muss erst mal reichen.«

»Aha«, erwidert Werner Babylon säuerlich.

»Wohin würde Ihr Sohn gehen, wenn er sich für eine Zeit lang ... zurückziehen wollte?«

Toms Vater schnaubt. »Das fragen Sie mich? Fragen Sie doch Anne. Oder Ihre Kollegin.« Er zeigt auf Sita. »Ich vermute, die kennt meinen Sohn besser als ich.«

Morten starrt Sita an, und sie spürt, wie sie unter seinem Blick errötet. Genau genommen gibt es für Tom nur zwei Rückzugsorte, und beide hat sie bisher verschwiegen.

»Ich frage aber nicht meine Kollegin«, sagt Morten eisig und wendet sich wieder an Werner Babylon. »Ich frage Sie.«

»Was ist denn mit dieser Garage?« Die ältere Frau, die vor ein paar Minuten nach oben gegangen ist, kommt durch den Flur auf sie zu. Sita erinnert sich dunkel, dass ihr Tom mal von der neuen Frau seines Vaters erzählt hat. Gertraud oder Gudrun oder so ähnlich.

»Gertrud Babylon«, sagt die Frau und stellt sich neben ihren Mann. Sie wirkt resolut, schlank und hat eine neugierig vorstehende Stupsnase. Sita schätzt sie auf etwa sechzig, womit sie zehn Jahre jünger wäre als ihr Mann.

»Was für eine Garage?«, fragt Jo Morten.

In Werner Babylons Gesicht zeichnet sich Widerwillen

ab. »Ach, das alte Ding«, brummt er. »Da ist inzwischen vermutlich das Dach eingestürzt.«

»Du hast dich doch immer geärgert, dass du ihm damals die Schlüssel gegeben hast«, erinnert Gertrud.

»Ich hab mich über viel geärgert«, murmelt Werner Babylon ausweichend.

»Wo ist denn diese Garage?«, fragt Morten.

»Eigentlich sind es zwei Garagen nebeneinander, in einem Garagenhof. Ist ein Stück von hier. Aber das ist wirklich kein Platz, um sich da aufzuhalten.«

Gertrud öffnet den Mund, doch Toms Vater fasst ihr an den Arm, und sie verstummt. Aus dem Obergeschoss dringt erneut Kindergeschrei. »Kümmerst du dich bitte mal ...«, brummt Werner Babylon. Gertrud schüttelt seine Hand ab und läuft zurück zur Treppe. Ihre Absätze klappern trotzig auf den Stufen.

»Haben Sie noch einen Zweitschlüssel für die Garagen?«, will Morten wissen.

»Warum sollte ich? Ich war das letzte Mal vor etwa zwanzig Jahren dort.« Werner Babylon breitet die Hände in einer Unschuldsgeste aus.

Jo Morten hebt die Brauen. »Aber an die Adresse erinnern Sie sich schon noch, oder?«

Werner Babylon nuschelt die Adresse, und Morten notiert sie in seinem kleinen schwarzen Moleskine-Notizbuch.

»Ähm, Entschuldigung«, meldet sich Sita. »Könnte ich vielleicht einmal kurz Ihre Toilette benutzen?«

Werner Babylon sieht sie an, als wäre er gerade darum gebeten worden, die Stasi in seinem Wohnzimmer einzuquartieren. Für einen Augenblick entsteht eine peinliche Stille. »Erste Tür links«, murmelt er.

Die Toilette ist eine braungelb gekachelte Kammer mit

einem winzigen Fenster. Sita schließt die Tür, dreht den Schlüssel um, holt ihr Handy heraus und wählt mit klopfendem Herzen Toms Nummer. Ihr Blick fällt auf eine kleine lasierte Tonfigur auf dem Bord über dem Waschbecken. Ein kleiner schwarzer Hund mit einem hellen Fleck auf der Brust, von Kinderhänden geformt. Nach dem fünften Klingeln meldet sich Toms Mailbox. Sein Handy ist also wieder eingeschaltet – und trotzdem geht er nicht dran. Rasch legt sie auf. Eine Warnung auf der Mailbox zu hinterlassen verbietet sich von selbst, ebenso wie eine SMS zu schicken. Sollte Toms Handy später überprüft werden, würde sie das in Schwierigkeiten bringen. Beunruhigt steht sie vor dem Waschbecken und betrachtet den kleinen schwarzen Hund.

Dann betätigt sie die Spülung und lässt am Waschbecken das Wasser kurz laufen.

Zurück im Flur, hört sie Werner Babylons erregte Stimme.

»... was zum Teufel glauben Sie, wer Sie sind? Von dem Jungen lassen Sie die Finger!«

»Der Abstrich wäre schnell gemacht, Herr Babylon, es würde helfen –«

»Kommen Sie mit einem richterlichen Beschluss, dann kriegen Sie, was Sie wollen. Aber bis dahin lassen Sie den Kleinen in Ruhe.«

Aus dem Obergeschoss dringt erneut Phils Weinen.

»Hören Sie, er ist doch sowieso wach –«

»Nein, verdammt noch mal«, poltert Toms Vater.

»Herr Babylon?«, sagt Sita.

»Versuchen Sie es jetzt etwa auch noch?«

»Werner!«, schallt Gertrud Babylons Stimme von oben. »Kannst du bitte mal aufhören, so rumzubrüllen. Wie soll der Junge denn da schlafen, Mensch!«

Toms Vater wirft Morten einen vernichtenden Blick zu.

»Sie haben vollkommen recht, Herr Babylon«, versucht Sita zu besänftigen. »Entschuldigung. Wir wollen Phil nicht ängstigen. Wenn wir den Abstrich morgen noch brauchen, dann schicken wir jemanden vorbei, selbstverständlich mit einer entsprechenden Verfügung. In Ordnung?«

»Gar nichts ist in Ordnung«, knurrt Werner Babylon. Genauso gut hätte Tom das sagen können, mit der fast gleichen Betonung. Das Aussehen hat Tom wohl eher von seiner Mutter, denkt Sita, aber den Ton und Sprachduktus allem Anschein nach von seinem Vater.

Kapitel 32

Stahnsdorf bei Berlin
4. Mai 1989
15:12 Uhr

Die Sonne blinzelte durch die schweren Wolken, flackerte durchs Seitenfenster in den Wagen. Inge stellte den Scheibenwischer ab. Über Stahnsdorf wölbte sich ein blasser Regenbogen. Trügerisch und kitschig. Inge hatte inzwischen ihren nassen Mantel ausgezogen, Viola aber auf ihrem Schoß behalten. Um nichts in der Welt hätte sie jetzt auf diese Nähe verzichtet. Violas warmen Körper zu spüren gab ihr Zuversicht, das Gefühl, einen Kampf gewonnen zu haben, stark zu sein. Sie wischte sich die Tränen aus dem Gesicht. Toms besorgter Blick begegnete ihr im Rückspiegel. Sie lächelte ihm aufmunternd zu. Lassie lag eingerollt neben ihm, ein kleines schwarzes Bündel, auf Tuchfühlung. Tom hielt ihn mit einer Hand schützend bei sich.

»Mama, wohin fahren wir?«

»Wir machen einen Ausflug, Schatz.«

Tom schwieg, doch die Sorgenfalten in seinen kindlichen Zügen wurden nicht kleiner.

Sie hätte ihn gerne beruhigt, aber sie hatte ja selbst keine Ahnung, wie es weitergehen sollte. Ihr erster Reflex war gewesen, nach Hause zu fahren. Zwei Taschen packen, nur das Notwendigste, Werner einen Zettel schreiben, vielleicht auch einen Brief. Doch beim Gedanken an diesen Brief fingen die Probleme an. Was sollte sie schreiben? Wie sollte sie erklären, was pas-

siert war? Und vor allem: Was würde passieren, wenn er den Brief zu früh fand und ihr Vorsprung nicht groß genug war? Würde Werner sie verraten, um seiner Kinder willen, weil er nicht bereit war, sie aufzugeben?

Dann kam ihr der Gedanke, dass Benno wahrscheinlich längst zum Telefon gegriffen hatte, um seinen Kollegen Bescheid zu geben, dass sie flüchtig war. Und Republikflucht war für die eine Todsünde. Ihr Blick fiel auf das Gewehr im Fußraum vor dem Beifahrersitz. Ein weiteres Problem. Außerdem hatte sie Benno gestanden, Karlo Weißgerbers Frau im Stall getötet zu haben. Er konnte sie jederzeit als bewaffnete Mörderin hinstellen. Schlimmer konnte es nicht sein. Sie würden nach ihr suchen, und zuallererst bei ihr zu Hause. Dann würden sie vermutlich zu Werner in den Friedrichstadt-Palast fahren und ihn verhören.

Wenn sie eine Chance haben wollte, dann durfte sie nicht nach Hause fahren. Nie wieder. Aber wohin sollte sie gehen? Ohne Benno hatte sie keine Chance, in den Westen zu kommen. Plötzlich fielen ihr die Nachrichten der letzten Tage ein. Hatte der Nachrichtensprecher von RIAS nicht darüber berichtet, dass in Ungarn Teile der Grenzanlagen nach Österreich abgebaut werden sollten? Im ersten Moment hatte sie das für westliche Gegenpropaganda gehalten. Eine Fehlinformation. Weil es zu schön klang, um wahr zu sein. Aber was, wenn es stimmte? Wenn wirklich der Eiserne Vorhang einen Riss bekam? Vielleicht war das ihre Chance – nach Ungarn fahren. Dafür musste sie nur die Tschechoslowakei durchqueren, und an der Grenze zur ČSSR gab es Visafreiheit. Und selbst wenn das mit Ungarn gar nicht den Tatsachen entsprach, in Ungarn wären ihre Möglichkeiten, sich zu verstecken, immer noch besser als hier.

Sie stellte das Radio an. Auf RIAS lief Musik, »Dirty Diana« von Michael Jackson. Sie warf einen Blick auf die Tankanzeige.

Voll. Werner musste gestern getankt haben. Beim Gedanken an Werner bekam sie Schuldgefühle. Sie war im Begriff, ihm die Kinder wegzunehmen. Sie konnte nicht ohne eine Nachricht gehen. Irgendetwas musste sie ihm sagen oder ihm zumindest eine Nachricht hinterlassen. Die Frage war nur, wie. Dann fiel ihr Susanne ein. Konnte sie einen Abstecher zu ihrer Freundin riskieren?

Sie fuhr rechts ran und hielt am Straßenrand. Sah in den Rückspiegel. Niemand, der ihr folgte. Aber wie lange noch?

»Mama, ich muss mal Pipi«, sagte Tom.

»Gut, aber mach schnell, ja?«

»Lassie muss auch«, sagte Tom. Er nahm den Welpen auf den Arm, rutschte zur Tür, stieg aus und ging ein paar Schritte über die Grasnarbe aufs Feld. Seine Halbschuhe versanken im Matsch, aber das war jetzt auch egal. Er setzte Lassie ab und ließ seine Hose herunter.

Inge atmete tief durch. Susanne, Tschechoslowakei, Ungarn, dann Österreich und endlich Westdeutschland. Der Regenbogen war verschwunden, die Wolken schmolzen in der Sonne. Viola war auf ihrem Schoß eingeschlafen.

Das kleine Haus am Rand von Stahnsdorf, in dem SusanneÜckert mit ihrem Mann lebte, war so grau wie alle anderen. Farben waren seit Jahren Mangelware und zu kostbar, um ganze Häuser damit zu streichen. Dennoch war das Haus gut gepflegt, denn Susannes Mann Wolf-Dieter – der seinen zweiten Vornamen hasste – war Maurer geworden, obwohl er ursprünglich hatte Architekt werden wollen, wie sein Vater. Doch der Arbeiter-und-Bauern-Staat hatte Einwände gehabt, und Wolf hatte sich fügen müssen.

Inge nahm Viola auf den Arm und Tom an die Hand, Lassie blieb auf der Rückbank.

Susanne öffnete die Haustür, und ihre Augen wurden groß. »Mein Gott, wie siehst du denn aus?«

Inge sah an sich hinab, und erst jetzt wurde ihr bewusst, welchen Eindruck sie machen musste. »Bist du alleine?«, fragte sie.

Susanne runzelte die Stirn, begriff aber schnell. »Komm rein«, sagte sie, nicht ohne einen raschen Blick nach links und rechts auf die Straße zu werfen.

»Tom, ziehst du bitte die Schuhe aus«, sagte Susanne im Flur mit Blick auf den Matsch an seinen Sohlen.

In der Küche stellte Susanne einen Krug mit Wasser auf den Tisch, dazu ein paar Gläser, und setzte einen Tee an. Sie hatte kräftige Finger von der jahrelangen Gartenarbeit, mit denen sie sich ihre langen braunen Haare jetzt aus der Stirn strich. Sie hatte ein großzügiges, offenes Gesicht mit hellbraunen Augen, denen wenig entging. Sie schenkte Tom, der mit angestrengter Miene am Tisch saß, ein Glas Wasser ein und gab ihm zwei Riegel Bambina-Schokolade.

»Hast du ein paar frische Sachen?«, bat Inge. »Und eine Decke für Viola?«

»Ich hol was. Ich hab bestimmt auch noch einen Strampler für die Kleine da.« Susanne verschwand und kam mit trockenen und warmen Sachen zurück. Inge wickelte Viola auf dem Küchentisch und zog sich dann um.

»Tom«, sagte Susanne, während sie den Tee brachte. »Magst du ins Wohnzimmer gehen und Fernsehen gucken?«

»Ich bleib lieber hier«, meinte Tom.

»Du, ist gerade halb«, lächelte Susanne mit einem Blick auf die Küchenuhr. »Da kommt Tri-Tra-Trick.«

Toms Gesicht hellte sich auf. »Oh, das mag ich.«

Susanne zwinkerte ihm zu. »Na, lauf schon. Du weißt, wie der Fernseher angeht, oder?«

»Mhm«, sagte Tom und huschte ins Wohnzimmer, ließ jedoch die Tür offen. Susanne stand auf, schloss die Tür, und erst jetzt, da Tom im Nebenzimmer war, verriet ihr Gesicht ihre Besorgnis. Sie rückte ihren Stuhl zurecht, setzte sich zu Inge und streckte die Arme aus. »Gib mir mal die Kleine.«

Inge schüttelte den Kopf. »Nein, danke«, sagte sie leise. Sie merkte, dass ihr die Tränen kamen, und jeder Versuch, sie zu unterdrücken, schlug fehl. Sie versuchte zu lächeln und war froh, Viola auf dem Arm zu halten, sonst wäre auch der letzte Rest ihrer Beherrschung dahin gewesen.

Susanne kam zu ihr, umarmte sie und wischte ihr mit ihren warmen, kräftigen Händen die Tränen von den Wangen.

»Erzähl«, sagte Susanne.

Eine halbe Stunde später umarmte Susanne Inge im Hausflur ein letztes Mal. »Wir sehen uns wieder, ja? Egal, was passiert, das ist nicht für immer.«

Inge nickte. Jetzt war Susanne es, die weinte, und Inge strich ihr liebevoll die Tränen aus dem Gesicht. »Ich vermiss dich jetzt schon.«

»Ich weiß gar nicht, was ich ohne dich machen soll, das ist alles so … öde hier«, sagte Susanne.

Inge wusste, was sie meinte. Hinter »öde« versteckten sich so viele andere Dinge, die sie manchmal kaum auszusprechen wagten, weil sich dann das Leben so falsch anfühlte. »Wir sehen uns wieder. Ich versprech's! Und wenn das mit Ungarn wahr ist, dann komm doch nach.«

»Und Wolf?« Susanne sah sie unglücklich an. »Den krieg ich doch nicht mehr weg hier.«

»Ist das dein Ernst? Er wollte doch immer Architekt werden …«

»Ja, damals. Das ist eine halbe Ewigkeit her.«

»Dann erinnere ihn dran, Mensch!« Inge fasste ihre Freundin an den Schultern und rüttelte an ihr.

Susanne seufzte resigniert. »Woher nimmst du bloß diese Energie?«

Energie? Inge stutzte. Sie fühlte sich entsetzlich und ausgelaugt nach all dem, was passiert war, doch Susanne hatte recht. Da war noch etwas anderes. Jetzt, wo es keinen Weg mehr zurück gab, war sie auf eine merkwürdige und widersprüchliche Art wie befreit.

»Wie soll das denn weitergehen, wenn du drüben bist? An wen willst du dich denn wenden?«, fragte Susanne.

»Pff. Wird sich schon was ergeben.« Sofort bekam die Freiheit einen Dämpfer. »Die haben doch Ansprechpartner für so was. Das sagen die doch immer im Westfernsehen.«

»Und dein Bruder? Der ist doch damals vom Westen freigekauft worden. Kannst du den nicht fragen?«

»Hör mir auf mit dem«, schimpfte Inge. »Heiner ist ein Verbrecher, und nur weil der Westen ihn freikauft, macht das noch lange keinen besseren Menschen aus ihm. Die Stasi und die von der KoKo verdienen Millionen an Devisen damit, Gefangene an den Westen zu verkaufen.«

»Ich dachte ...«, murmelte Susanne. »Ist ja eigentlich schon ewig her ...«

»Heiner ist für mich gestorben.«

Susanne nickte. Sie sah aus, als ob sie noch etwas sagen wollte, unterließ es jedoch. Einen Moment lang standen sie unentschlossen voreinander. Inge seufzte und schloss Susanne ein weiteres letztes Mal in die Arme. »Ich hab dich lieb, ja? Das ist alles, was zählt. Und deinen Wolf, den zerren wir schon irgendwie auch noch rüber. Wär doch gelacht, wenn das nicht klappt.«

Susanne stupste Viola zärtlich auf die Nase. »Tschüss, meine Kleine. Wirst mir fehlen.«

»Tom?«, rief Inge. »Kommst du? Wir fahren.«

Aus dem Wohnzimmer kamen patschende Kinderschritte. Tom hatte die Socken ausgezogen, fischte sich die schmutzigen Schuhe unter der Garderobe weg und meinte tatkräftig: »So, fertig. Kann losgehen«, als wüsste er, dass eine große Reise anstand.

Grün wie die Hoffnung, dachte Inge, als sie vor die Tür trat und den Lack des Citroëns im Licht schimmern sah. Sie gingen zur DS, Inge mit einem Kloß im Hals, in der Hand einen Korb mit belegten Broten, Bambina-Schokolade, ein paar Flaschen Wasser, dazu zwei Decken, frische Kleidung und sechs Rollen Toilettenpapier. Lassie erwartete sie, er stand auf den Hinterpfoten, die Vorderpfoten am Fenster, und wedelte freudig mit dem Schwanz, als gäbe es nichts, was den Moment trüben könnte. Hund müsste man sein, dachte Inge und beschloss, sich wenigstens für ein paar Minuten davon anstecken zu lassen. Schließlich war sie auf dem Weg in die Freiheit.

Susanne stand mit Tränen in den Augen hinter dem Vorhang und winkte ihrer Freundin ein letztes Mal.

Kapitel 33

Der Wolkenbruch hat sich angekündigt. Seit ein paar Minuten gibt es kein Halten mehr. Die Wischblätter hasten vergeblich über die Scheibe. Eben ist der Saab auf der Landstraße in einer Pfütze ins Rutschen geraten; seitdem fährt Sita höchstens fünfzig, was dazu führt, dass Morten neben ihr mit seinen Fingerspitzen nervös auf seinem Bein trommelt. Sein Ehering sitzt schräg auf dem dünnen Ringfinger. Im Radio wird das Programm ab 22:05 Uhr angekündigt, ein Live-Mitschnitt des Galloway-Konzerts in der Waldbühne. Noch scheint die Nachricht von seinem Tod nicht durchgesickert zu sein.

Sita stellt das Radio ab. Durch den Regen ist ohnehin nur die Hälfte zu verstehen. Das letzte Mal, als sie diese Straße entlangfuhr, saß Tom am Steuer, sie zitternd und verstört neben ihm, auf dem Weg zurück von Potsdam-Sacrow, wo sie kurz zuvor im Wald mit knapper Not dem Tod entkommen war. In jener Nacht hatte es beinah genauso geschüttet wie jetzt – einer dieser verrückten Zufälle, der die Frage aufwirft, ob es so etwas wie schicksalhafte Verbindungen gibt. Im Wald hat sie eine Seite an sich kennengelernt, die ihr noch heute Angst macht. Und noch heute ist sie Tom dankbar, dass er sie nach diesem schrecklichen Erlebnis mit in seine

Garage genommen hat. Es war ein stiller, intimer Moment gewesen, ohne jede Berührung, weil er verstanden hatte, wie es ihr ging. In dem Augenblick, als sie damals die Garage betrat, wusste sie, dass sie sicher war. Eine einsame Insel mitten im Meer. Kein Fenster und vollkommene Abgeschiedenheit. Draußen war draußen. Und hier drinnen gab es nur sie.

In den Wochen danach hatte sie sich bei dem Gedanken ertappt, dass der sichere Ort vielleicht nicht die Garage war, sondern Tom. Doch der Gedanke war tabu. Tom hatte Anne. Und die beiden hatten Phil. Konnte ein Freund nicht auch ein sicherer Ort sein?

Das Navi an der Scheibe zittert. Es weist nach rechts, und sie folgt der blauen Linie in die nächste Straße. Bäume säumen den Weg zu beiden Seiten. Links reihen sich triste, in die Jahre gekommene Mietshäuser aneinander, am rechten Straßenrand sind Parkplätze mit verblassten Markierungen, die im Regen verschwimmen. Längs der Mauer dahinter liegen kleine Industrie- und Gewerbehöfe. Es gibt Schlossereien, Schreiner, einen Parkplatz voller Bauwagen. Ob sie den Garagenhof auch ohne Adresse und technische Hilfe wiedergefunden hätte?

Das Navi signalisiert ihr, dass sie am Ziel sind, und Sita biegt scharf nach rechts ab. Der Saab wippt über die Schwelle vor einer schmalen, langen Einfahrt und rauscht durch eine tiefe Pfütze. Wasser spritzt gegen die eng stehenden Mauern links und rechts. Von einer Kabelbrücke hängt eine Leuchtstoffröhre; Regenfäden glänzen im Licht. Dann öffnet sich der Hof, ein rechteckiges Areal mit Garagen an allen Seiten. Morten sitzt schweigend neben ihr, und sie versucht Unbefangenheit vorzutäuschen.

»Was für eine Riesenscheiße«, knurrt Morten, als Sita mitten auf dem Hof anhält.

»Ja«, sagt Sita leise. Offenbar hat Morten doch ein Herz.

Sie stellt den Motor ab, und für einen Moment sitzen Morten und sie schweigend nebeneinander im Dunkeln. Der Regen prasselt sintflutartig aufs Dach. »Was machen wir, wenn wir etwas finden?«

Morten knöpft umständlich seinen Mantel zu. »Mit Scheiße meine ich den Regen«, sagt er mürrisch.

»Ich glaub dir kein Wort«, entgegnet Sita.

Die Scheinwerfer eines Wagens, der durch die Einfahrt kommt, streifen Mortens Gesicht; seine Kiefermuskeln treten hervor, seine Lippen sind schmal und blutleer. Ein Lieferwagen mit der Aufschrift *Kriminaltechnik 04* hält neben ihnen. Sita erkennt Grauwein am Steuer.

Morten schaut auf die Skizze, die er nach Werner Babylons Angaben in sein Moleskine gekritzelt hat. »Die beiden müssten es sein«, sagt er und zeigt durch die Frontscheibe auf zwei Garagen.

Peer Grauwein und ein weiterer Kriminaltechniker, den Sita nicht kennt, schälen sich aus dem Transporter, beide spannen im selben Moment ihre Schirme auf. Das Licht von Grauweins Taschenlampe erfasst Morten, der mit seiner Hand energisch auf die beiden Garagen deutet.

»Dir wäre es lieber, wenn wir etwas finden, oder?«, fragt Sita.

»Ich will einen Mord aufklären«, erwidert Morten gereizt. »Und am liebsten wäre mir, wenn es kein Kollege war.«

»Weil es sonst ein schlechtes Licht auf deine Abteilung wirft.«

»Herrgott, selbst wenn, was ist falsch daran?«, schnauzt Morten. »Für dich geht's die ganze Zeit um Tom. Mir geht's um die Abteilung und – ja! – vielleicht auch darum, dass *ich* nicht von der Presse, meinem Vorgesetzten und dem Innensenator persönlich durch die Mangel gedreht werde, weil alle unisono schreien, wer zum Teufel schuld daran sei, dass dieser Typ frei herumlaufen durfte!«

»Dieser Typ ist dein Kollege, verdammt. Du bist so fixiert auf deine Karriere, dass du nicht mehr klar denken kannst.«

»Ach! Und du? Kannst du vor lauter Fühlen überhaupt noch klar denken?«

»Kalt wie ein verdammter Fisch«, zischt Sita und steigt aus dem Wagen. Der Regen kommt einer Dusche gleich. Hastig läuft sie zu Grauwein, der die Seitentür des Transporters geöffnet hat und einen Werkzeugkoffer von der Ladefläche nimmt. Sita klettert an ihm vorbei und hockt sich in das trockene Innere des Transporters. Grauwein hält inne und sieht sie fragend an.

»Ich ertrag den Kerl keinen Moment länger«, knurrt sie.

»Ah. Verstehe«, meint Grauwein.

»Ich wünschte, du hättest noch etwas warten können.«

»Wie denn?«, fragt Grauwein gereizt. »Das ist eine Laboruntersuchung, kein persönliches Kellerexperiment. Wenn das Ergebnis da ist, ist es da. Und Morten bekommt immer alles in cc.«

»Schon gut«, seufzt Sita.

Grauwein murmelt etwas Unverständliches vor sich hin, dann fragt er: »Mit welchem Tor fange ich an?«

»Woher soll ich das wissen?«

»Na, ich dachte ...«

»Falsch gedacht«, blafft Sita.

Grauwein plustert die Wangen auf und atmet geräuschvoll aus. Dann geht er auf das rechte Tor zu; Sita weiß: Die linke Garage mit dem vierflügeligen Eisentor ist der eigentliche Eingang. Sie richtet sich im Schneidersitz auf der Ladefläche ein und wartet. Grauwein und sein Kollege fangen nach einer

Weile an, vor dem Garagentor zu diskutieren. Morten öffnet die Tür des Saabs einen Spalt und ruft: »Was denn jetzt?«

»Das Tor ist verschweißt«, ruft Grauwein.

»Es ist was?«

»Ver-schweißt!«

»Herrgott, dann eben das andere«, schreit Morten.

Die beiden Kriminaltechniker wenden sich dem linken Tor zu, und nach einer Weile gibt das Schloss nach. Grauwein betritt die Garage, öffnet von innen die Verriegelungen der anderen Torflügel und schiebt dann das ganze Tor auf. Die Öffnung ist ein finsterer, eckiger Schlund. Der Kegel von Grauweins Taschenlampe tastet die Wände ab. Die Garage ist leer.

Der Kriminaltechniker streift seinen nassen Overall ab und zieht einen frischen, trockenen Overall aus seinem Koffer an.

Morten steigt zeitgleich mit Sita aus. Bis zur Garage sind es nicht einmal fünfzehn Meter, doch Sita ist nicht auf Regen eingerichtet, und als sie über die Schwelle der Garage tritt, ist ihre Kleidung nass. Morten tritt neben sie, zieht seinen Mantel aus und streift sich die ölig glänzenden Haare zurück. Wortlos reicht Grauwein ihnen beiden jeweils einen Overall.

»Ist das wirklich nötig?«, fragt Sita. »Das ist doch kein Tatort.«

Grauwein zuckt mit den Schultern. »Besser ist das.«

Sita zieht widerwillig den Anzug der Kriminaltechnik über ihre feuchte Kleidung. Grauwein probiert einen alten Lichtschalter aus Bakelit aus. »Abgestellt«, murmelt er und leuchtet mit seiner Lampe in die leere Garage.

»Dahinten«, sagt Morten. Der Lichtkegel von Grauweins Taschenlampe hat die schmale Tür eingefangen, die in die rechts nebenan liegende Garage führt.

»Gunnar? Dein Job«, sagt Grauwein.

Grauweins Kollege macht sich mit dem Schloss der Tür vertraut. Seine anfängliche Zuversicht weicht einer zunehmenden Genervtheit. Morten wippt unruhig von den Fußballen auf die Fersen, dann holt er eine zerknitterte Zigarettenpackung heraus, zündet sich eine an und bläst den Rauch in die Nacht. Der Regen hat nachgelassen, die Pfützen auf dem Hof sind zu Teichen geworden. Gunnar gibt immer wieder leise Brummlaute von sich, während er konzentriert vor dem Schloss kniet. Dann hellt sich seine Miene auf. »Jetzt hast du verloren, Baby ...«, sagt er leise, richtet sich auf und öffnet die Tür.

Morten schnippt seine Kippe in eine Pfütze, wo sie kleine Wellen schlägt. Der Regen hat jetzt aufgehört. Grauwein nimmt eine große LED-Akkulampe, und sie betreten gemeinsam die zweite Garage.

Beim Anblick der zahllosen Fotografien, Artikel und Zeichnungen an den Wänden pfeift Grauwein leise.

»Was zum Teufel ist das?«, fragt Morten.

Grauwein stellt die Lampe auf dem Boden ab und tritt näher an die Fotos heran.

»Sieht aus wie bei einem Psycho«, murmelt Gunnar beklommen. »Wer ist das?«

»Tom Babylons kleine Schwester Viola«, erklärt Sita.

Gunnar hebt die Augenbrauen. »Sieht aus, als wäre er besessen von ihr.«

»Sie ist mit zehn Jahren verschwunden, Tom war gerade fünfzehn damals. Ihre Leiche wurde später gefunden, aber Tom glaubt, dass sie noch lebt. Also sucht er nach ihr.«

Gunnar bläst die Backen auf. »Echt *strange*.«

Sita spürt, wie ihr Ärger über den Kriminaltechniker wächst. Gunnar hat zwar im LKA keinen Einfluss, doch sein

Bild von Tom entspricht vermutlich genau dem, was jeder in den nächsten Tagen denken wird.

»Machen wir weiter«, sagt Grauwein bedrückt. »Hier gibt es ein paar Schubladen und Schränke, die geöffnet werden wollen.«

»Sogar mit Bett«, sagt Gunnar leise und deutet auf die Pritsche. »Als wenn er geplant hätte unterzutauchen.«

»Gunnar?«, mahnt Grauwein.

»Äh, ja. Sorry.«

Sita geht durch die Tür zurück in die erste Garage. Sie hält es nicht aus, dabei zuzusehen, wie Toms Sachen durchwühlt werden. Irgendetwas an der Garage kommt ihr merkwürdig vor, verändert, als hätte Tom seit dem letzten Mal etwas umgebaut, doch sie kommt nicht darauf, was es ist.

»Kommst du mit raus?« Morten geht an ihr vorbei ins Freie und pfriemelt erneut eine Zigarette aus der Schachtel.

Sie mustert ihn kühl, folgt ihm jedoch.

Die Luft auf dem Garagenhof ist frisch und kalt. Der Mond lugt zwischen den aufreißenden Wolken durch.

»Ich weiß, dass Tom kein Psycho ist«, sagt Morten. Die Zigarette zwischen seinen schmalen Lippen wippt. Sein Zippo flammt auf, und er inhaliert zweimal tief, bevor er weiterspricht. »Trotzdem, das da«, er deutet mit dem Daumen hinter sich, »das zeigt, dass er nicht unbedingt eine stabile Persönlichkeit hat, oder?«

»Vielleicht«, erwidert Sita ausweichend.

»Kann es sein, dass er durch diese Schwester-Geschichte, wie heißt sie noch mal …?«

»Viola.«

»Also, dass er durch diese Viola-Geschichte so traumatisiert ist, dass er einen Mord begehen könnte?«

Sita schaut schweigend durch den bläulichen Dunst von

Mortens Zigarette. In der Ferne dröhnt ein Motorrad. Hinter den Garagendächern, ein gutes Stück weiter rechts von der Einfahrt, ist ein gelblicher Schein.

»Ich frage dich als Psychologin«, sagt Morten.

Sita zuckt mit den Schultern. »So einfach ist das nicht zu beantworten. Aber klar, Traumatisierte können retraumatisiert werden, und das kann kritische Verhaltensweisen auslösen.«

»Kritische Verhaltensweisen«, wiederholt Morten. Es klingt alles andere als wertfrei, und Sita bereut sofort, überhaupt etwas gesagt zu haben. Andererseits, Mortens Frage ist ja nicht falsch. Macht sie sich, was Tom angeht, vielleicht etwas vor?

Morten seufzt. »Ehrlich gesagt, ich hatte wirklich gehofft, dass Tom raus ist aus der Vergangenheitsfalle. Aber das da«, er deutet hinter sich auf die Garage, »ist das genaue Gegenteil.«

»Was ist denn mit dir?«, fragt Sita. »Bist du raus aus der Sache mit deinem Vater und seinen Stasiverstrickungen?«

Morten schnaubt resigniert. »Frag nicht.«

»Die Scheiße mit der Vergangenheit ist, dass sie vergangen ist. Man kann's nicht ändern. Aber vergessen kann man's auch nicht«, meint Sita.

Morten stößt Rauch in die Luft.

»Trotzdem«, sagt Sita, »Tom war's nicht.«

»Schön, dass du dran glaubst. Aber den Luxus kann ich mir als Dezernatsleiter nicht leisten.«

Einen Moment lang stehen sie schweigend nebeneinander.

»He«, ruft Gunnar plötzlich hinter ihnen. »Wir haben, was wir suchen.«

Sita und Morten drehen sich um. Gunnar tritt aus der

Garage und reckt einen Daumen in die Höhe. Hinter ihm kommt ein sichtlich unglücklicher Peer Grauwein aus der Tür.

»Das Glas?«, ruft Morten.

»Jackpot«, meint Gunnar.

Sita möchte ihn am liebsten ohrfeigen. »Oh Gott, Tom«, stöhnt sie. Tränen steigen ihr in die Augen. »So eine Scheiße.«

»*Riesen*scheiße«, bestätigt Grauwein.

Sita wird übel, und sie muss sich abwenden. Ein Telefon klingelt. Sie hört Mortens Stimme. »Ja? ... Wie bitte, *was*? Wiederholen Sie das noch mal.«

Der Lichtschein hinter den Garagendächern ist größer geworden. Ein dumpfer Knall ertönt, und mit einem Mal lodert der Schein auf.

»Und das erfahre ich erst jetzt?«, schimpft Morten und läuft mit dem Telefon in der Hand zu Sitas Wagen.

»Peer, was ist das da drüben?«, fragt Sita Grauwein und deutet in die Richtung des Lichtscheins.

Der Kriminaltechniker schaut in die Richtung, in die Sita zeigt, und kneift unwillkürlich die Augen zusammen. »Verdammt«, murmelt er, »das sieht aus, als ob ... Da brennt was! Schnell!« Er beginnt in Richtung Hofeinfahrt zu laufen, was kurios aussieht, mit seinen kurzen, etwas krummen Beinen. Der KT-Anzug raschelt hektisch im Takt seiner Schritte. Sita schaut ihm nach, in ihrem Kopf liegen jede Menge loser Gedanken, die sie nicht sortiert bekommt. Plötzlich fällt ihr das entfernte Dröhnen des Motorrads wieder ein, und mit einem Mal weiß sie, was in der Garage anders ist als bei ihrem letzten Besuch.

Sie beginnt ebenfalls zu laufen, mit langen Schritten, hinter Grauwein her, durch die schmale Einfahrt des Garagenhofs, hinaus auf die Straße und dann nach rechts. Grauweins o-beinige Gestalt rennt vor ihr, ein weißes Männlein vor einem lodernden Feuer. Hundert Meter weiter bleibt sie atemlos am Straßenrand vor einer Reihe geparkter Autos stehen. Eines der Fahrzeuge brennt lichterloh; die Flammen schlagen meterhoch in den Himmel. Eine dichte Rauchsäule schraubt sich in die Luft, der beißende Gestank von Gummi steigt ihr in die Nase, und die Hitze brennt auf ihrem Gesicht. In den Flammen zeichnen sich die dunklen Umrisse eines großen Wagens ab, der ihr bekannt vorkommt. Eine Glasscheibe platzt knackend.

»Fuck«, sagt Grauwein, stützt sich auf seine Knie und ringt nach Luft.

»Ist das ein Mercedes?«, keucht Sita.

Grauwein nickt.

»Meinst du, das ist Toms?«

»Scheiße, ja.«

»Woran willst du das denn sehen?«, ruft Sita und deutet auf das verschwommene dunkle Chassis in den grellen Flammen.

»So viel Zufall gibt's nicht«, stöhnt Grauwein.

»Und ... und, ist da jemand drin? Siehst du jemand?«

Die ersten Schaulustigen aus den umliegenden Mietshäusern kommen auf die Straße, und der Kriminaltechniker wählt die Nummer der Feuerwehr.

Morten ist plötzlich da, stellt sich neben Sita und betrachtet mit zusammengekniffenen Augen den brennenden Wagen. Sein bleiches Gesicht leuchtet im Feuerschein. »Ich hab ja schon viel erlebt«, meint er heiser, »aber das hier ist wirklich ein Albtraum.«

»Ist es«, murmelt Sita.

»Das war gerade die Zentrale«, sagt Morten wie versteinert.

Sita schaut ihn verständnislos an.

»Das Telefonat eben«, erklärt er.

»Ah. Und?«

»Anne Babylon«, sagt Morten. Er macht eine lange Pause. »Sie wurde in ihrer Wohnung niedergestochen.«

Kapitel 34

Der Fahrtwind zerrt an seiner Jacke, als der Lkw vor ihm auf die rechte Spur zurückwechselt und er aus seinem Windschatten auftaucht. Mit einem zornigen Grollen beschleunigt die Fat Boy und zieht an dem Sattelschlepper vorbei. Ein Insekt klatscht auf sein Visier. Die Tachonadel des Motorrads, das Tom nie haben wollte, klettert auf hundertneunzig.

Er hasst die Harley. Und er hasst, dass er sie fährt.

Eine Brücke fliegt heran, mit Pfeilern aus Beton. Nur eine winzige Bewegung mit dem Lenker ... Er fragt sich, ob das je eine Option für ihn wäre. Nichts mehr fühlen. Dem Wahnsinn entkommen, der Trauer, dem Vermissen. Keine Wut mehr aushalten zu müssen, die man nicht loswerden kann.

Wie viel kann man in einer Sekunde fühlen, denken, erinnern, ertragen?

Wie viel kann in einer Sekunde passieren?

Plötzlich ist er fünf.

Der Lärm ist ohrenbetäubend, die kreischenden Reifen, das Metall, dass sich im Bruchteil einer Sekunde staucht, etwas Feuchtes auf seinem Gesicht und das platzende Glas. Er und Viola werden nach vorne geschleudert, in die Haltegurte ihrer Kindersitze. Lassie ist fort, von einer Sekunde auf die andere, und da ist ein Balken.

Die Brücke wischt über Toms Kopf vorbei.

Selbst wenn es Anne nicht mehr gibt. Es gibt immer noch Phil. Und irgendwo da draußen ist immer noch Viola. Er stellt sich vor, wie sie hinter ihm auf dem Sozius sitzt, sich an ihn klammert. Manche Erinnerungen sind wie eingefroren. Kristallklar im Permafrost. Mit jedem Detail. Wie der Moment, als Vi an dem Tag, bevor sie im Alter von zehn Jahren verschwand, die Wunde auf seinem Rücken mit Betaisodona versorgt hatte. Er hatte damals Josh aus dem Kanal gerettet und sich an den Steinen verletzt. Vi hatte Ärztin gespielt, mit dem braunen, klebrigen Zeug aus der grünen Flasche, und danach ein Pflaster aufgeklebt; Hansamed, eine offene Packung. Vi brauchte selbst ständig Pflaster, weil sie einfach zu wild war.

Die Harley brüllt mit ihm um die Wette. Sein Herz rast, als hätte er zu viel Methylphenidat eingeworfen. Seit seiner gestrigen Begegnung mit Jayanti haben sich die Dinge überschlagen.

Ein Kleinwagen flieht vor ihm auf die rechte Spur. Seine Hände schmerzen vom Halten der Maschine.

Violas Hand klopft ihm in die Seite. *Fahr langsamer.*

Tom reduziert die Geschwindigkeit. Bei Potsdam-Babelsberg fährt er ab auf die L40 Richtung Stahnsdorf. Er würde gerne einen Wald finden oder noch besser einen See. Loslassen. Vielleicht schwimmen gehen. Steine flitschen, wie früher am Teltowkanal mit Bene, Nadja, Karin und Josh. Alles auf Anfang drehen. Warum gibt es Menschen, bei denen alles schiefgeht? Die von allen verlassen werden?

Vi zupft an seiner Jacke.

Ja, ich weiß!

Und Phil hat dich auch nicht verlassen, flüstert sie.

Sonst warst du immer gegen Phil.

Na ja, weil du mich vergessen wolltest.

Blödsinn. Du bist immer noch hier, oder?

Viola nimmt es schweigend hin. Vielleicht sieht sie sich auch nur in ihrem Stahnsdorf um, während Tom mit ihr durch den Ortskern fährt und die nächtliche Ruhe stört. Andere Motorräder fauchen, knurren, sägen, kreischen. Die Harley gräbt sich tief in den Magen und beißt zu. An der Mündung der Straße, in der sein Elternhaus liegt, bleibt er stehen, stellt den Motor ab und klappt den Seitenständer für die dreihundert Kilogramm schwere Maschine aus.

Die Stille summt in seinen Ohren.

Er lässt den Helm auf und läuft bis zum Haus. Hinter dem Jägerzaun ist alles dunkel. Kein Fenster mit Licht. Keine Einladung. Keine Versuchung, vielleicht doch zu klingeln. Er schiebt das Visier hoch und betrachtet das Haus von der anderen Straßenseite aus. Wie sein altes Zimmer jetzt wohl aussieht? Ob sie ein Arbeitszimmer daraus gemacht haben? Ob Phil darin schläft? Wenn Phil doch nur älter wäre; er könnte Steine ans Fenster werfen, ihn zu sich rufen. Mit ihm reden, ihm versprechen, dass alles gut wird.

Hinter einem Fenster im Erdgeschoss meint er plötzlich eine Bewegung zu sehen, hinter dem Vorhang erkennt er schemenhaft ein Gesicht.

Er klappt das Visier herunter, dreht sich um und geht.

Die andere Seite

Kapitel 35

Blitzlichter flammen auf. Die Journalisten in den hinteren Reihen halten ihre Digitalkameras und Smartphones hoch über die Köpfe, einige sind auf ihre Stühle gestiegen. In den vorderen Reihen haben sich die Kameras der öffentlich-rechtlichen und der privaten TV-Sender platziert, neben ihnen die Nachrichtenagenturen dpa und Reuters sowie ein Vertreter von CNN. Kein Wunder – Galloway ist ein US-Star mit irischen Wurzeln und internationaler Fangemeinde. Das Rennen um exklusives Bildmaterial im weltweiten News-Strom hat bereits begonnen. Das Gemurmel der Anwesenden ist wie das entfernte Brausen eines Schwarms, unterbrochen vom nervösen Hin- und Herrücken der Stühle. Mehr als zweihundert Pressevertreter drängen sich in dem Saal, der eigentlich nur für hundertzwanzig Sitzplätze ausgelegt ist.

Sita steht am Rand, eingepfercht zwischen mehreren Reportern. Der Journalist hinter ihr reckt seine Kamera hoch und kommt mit seinen verschwitzten Achseln auf Tuchfühlung. Mit den Ellenbogen versucht Sita, ihn auf Abstand zu halten. Sie hat drei Stunden geschlafen und starke Kopfschmerzen.

Noch während die Feuerwehr gestern Nacht mit den Lösch-arbeiten an Toms Wagen begonnen hatte, war sie mit Mor-ten und Grauwein nach Kreuzberg zum Heckmannufer auf-gebrochen. Auf dem Weg zu Toms und Annes Wohnung erreichte sie die Nachricht, der Mercedes sei vollständig ausgebrannt, es sei jedoch niemand zu Schaden gekommen. Tom lebte, so viel schien sicher, aber das hatte sie eigentlich schon gewusst, als ihr klar geworden war, dass das Motor-radgeräusch und die fehlende Harley in Toms Garage zu-sammenpassten.

Die viel drängendere Frage war jetzt: Was war mit Anne geschehen?

Morten klopft mit dem Finger gegen das Mikrofon, und das Gemurmel im Saal verstummt. Sein Gesicht ist bleich, auch er hat kaum geschlafen und wirkt angegriffen, seine Augen huschen unruhig über die Journalisten. Rechts neben ihm sitzt mit ernster Miene der neue Leiter des LKA 1, Peter Gerstelhuber, nach Bruckmann schon der zweite Kahlköp-fige auf diesem Stuhl, nur dass Gerstelhuber diplomatischer ist als sein Vorgänger. Dennoch scheint sich Morten in seiner Gegenwart nicht wohlzufühlen. Pressekonferenzen waren noch nie Mortens Stärke, und dass jemand aus den eigenen Reihen am Pranger steht, macht es nicht einfacher.

»Meine Damen und Herren«, beginnt Morten. »Wie Sie vermutlich bereits der aktuellen Pressemitteilung seines Managements entnommen haben, ist der Musiker Brad Galloway in der Nacht von Freitag auf Samstag in Berlin ge-waltsam zu Tode gekommen. Bitte haben Sie Verständnis, dass wir aus Respekt dem Toten gegenüber keine näheren Angaben zum Hergang der Tat machen werden, die Ermitt-lungen –«

»Er wurde verstümmelt, ist das richtig?«, ruft ein Journalist aus der dritten Reihe.

»Sie kennen das, solche Details werde ich weder bestätigen noch dementieren«, sagt Morten.

Womit es bestätigt ist, denkt Sita. Peter Gerstelhuber verzieht die Mundwinkel und schaut auf sein Mikrofon. Vielleicht war es ein Fehler, den Fall so lange unter der Decke zu halten. Bei so prominenten Opfern gibt es immer jemanden, der redet, und meistens nicht nur einen. Zumal die Presse in solchen Fällen mit hohen Geldbeträgen lockt.

Eine Frau in der zweiten Reihe steht auf. Sie ist klein, trägt eine grüne Wildlederjacke und eine schwarze Hornbrille. »Aus Galloways Umfeld hört man, es geht um einen eifersüchtigen Fan, ist das richtig?«

»Wir können und werden uns nicht zu Spekulationen äußern«, entgegnet Morten kühl. »Aber wenn Sie mich ausreden lassen würden, dann bekommen Sie auf jeden Fall die Fakten, die ich Ihnen geben kann ...«

Sita schaltet auf Durchzug, während Jo Morten die hinlänglich bekannten und für die Öffentlichkeit freigegebenen Informationen herunterleiert.

Als sie kurz vor Mitternacht mit Morten und Grauwein vor Toms Wohnung ankam, parkten dort bereits zwei Streifenwagen mit eingeschalteter Warnblinkanlage in zweiter Reihe. Vor der Tür flatterte Absperrband. Peer Grauwein forderte ein zusätzliches KT-Fahrzeug mit zwei ausgeruhten Mitarbeitern an. Gunnar hatte noch bei der Garage zu tun.

Es war beklemmend, zum dritten Mal innerhalb kürzester Zeit vor Toms Wohnung zu stehen. Rasch zogen sie sich frische Overalls über. Morten hatte ein Problem mit dem Reißverschluss und fluchte leise. Zuletzt waren sie vor knapp vier

Stunden hier gewesen, um zwanzig nach acht und hatten auf der Suche nach Tom mehrfach an der Tür geläutet und geklopft, ohne jedoch eine Antwort zu bekommen.

Jetzt stand die Tür offen. Sie betraten den Hausflur, begleitet von den neugierigen Blicken der Nachbarn. Zuerst die Hausdurchsuchung und nun das. Die Gerüchteküche war auf dem Siedepunkt.

Im zur Straße liegenden Teil der Wohnung war alles dunkel, zum Hof hin waren die Lampen dagegen an. Im Flur, keine drei Meter hinter der Schwelle, lag ein blutverschmiertes Handy – Annes Telefon, wie sich herausstellte. Daneben war eine unförmige, große Blutlache auf dem Dielenboden, mit Ausfransungen in verschiedene Richtungen, als hätte sich jemand darin gewälzt. Um die Lache herum gab es mehrere blutige Fußabdrücke von Männerstiefeln. Eine lange Schmierspur führte von dort in krummen Bahnen durch den Flur bis ins zweite Zimmer auf der rechten Seite.

»Entschuldigung. Können Sie uns irgendetwas über Galloway erzählen, das wir *nicht* wissen?« Die Reporterin in der zweiten Reihe ist erneut aufgestanden. »Was ist mit Ihrem Ermittler Tom Babylon und seiner Frau? Laut Galloways Management wird sie beschuldigt, ist das richtig?«

»Hatte sie eine Affäre mit Galloway?«, ruft von hinten jemand, dessen Gesicht Sita nicht sehen kann. »Mit welchem Team ermitteln Sie denn, wo Ihr bester Mann befangen ist?«

Die Journalisten rufen jetzt wild durcheinander, und die Fragen prasseln auf Morten ein.

»Ruhe! Ich bitte Sie!« Morten klopft erneut gegen das Mikrofon. Das unangenehme Geräusch lässt die Fragen verstummen. »Das bringt doch nichts. Sie kennen doch die Regeln.« Er macht eine Pause, sammelt sich, um zum Unvermeidlichen zu kommen. »Ich muss Ihnen mitteilen, dass wir heute Vormittag einen Haftbefehl gegen Tom Babylon erwirkt haben. Er steht unter dem dringenden Verdacht, den Mord an Brad Galloway begangen zu haben. In seinem Haus und in seiner Garage wurden Gegenstände mit Blutanhaftungen des Toten sichergestellt, die zugleich Fingerabdrücke von Herrn Babylon aufweisen«, erläutert Morten.

Ein Raunen geht durch den Saal. Sita schließt die Augen. Seit dem Mord im Dom und der Berlinale ist Tom kein Unbekannter mehr in der Stadt, sogar landesweit ist über die Fälle berichtet worden. Das ZDF, der MDR, die RTL-Gruppe und mehrere Zeitungen haben versucht, Interviews mit ihm zu bekommen, doch Tom hat sich geweigert, die Heldenrolle anzunehmen. Jetzt, wo er der gefallene Held ist, wird er die Rolle ungefragt bekommen.

»Zudem«, sagt Morten und räuspert sich, »muss ich Ihnen mitteilen, dass gestern Abend gegen zwanzig nach acht die Ehefrau von Herrn Babylon in der gemeinsamen Wohnung des Paares niedergestochen wurde.«

Im Saal ist es jetzt vollkommen still. Morten blättert eine Seite seiner vorbereiteten Erklärungen um, und es raschelt laut. Die Pressekonferenzen bei der Polizei sind in der Regel eher informativer und nüchterner Natur, die Betroffenheit hält sich meistens in Grenzen, doch im Moment spürt jeder im Saal, das hier etwas passiert, das die Grenzen des Üblichen sprengt.

Um keine der Blutspuren zu berühren, balancierte Sita auf Zehenspitzen durch den Flur hinter Grauwein her. Die Anzüge knisterten leise, das orange Warnblinklicht der Streifenwagen pulsierte durch die vorderen Zimmer. Schritt für

Schritt folgten sie dem dunkelroten Schmierfilm bis über die Schwelle ins Schlafzimmer.

Das Bett war gemacht und nicht angerührt. Die Spur führte bis zu einem umgestürzten Hocker, der zwischen zwei offen stehenden Schranktüren lag. Sowohl auf den Innenseiten der Türen als auch auf der Kleidung im Schrank waren Blutsprenkel. Neben dem Hocker lag ein Küchenmesser mit einer langen Klinge und einem Metallgriff, offensichtlich die Tatwaffe.

Das Fenster zum Innenhof stand sperrangelweit offen. Kühle Luft strich über ihre Gesichter. Niemand sagte ein Wort.

Die Reporterin in der grünen Wildlederjacke findet als Erste ihre Sprache wieder. »Was ist mit Anne Babylon, lebt sie noch?«

»Frau Babylon hat es noch geschafft, per Handy den Notdienst zu rufen«, sagt Morten. »Die Rettungskräfte waren sehr schnell vor Ort, aber ihr Zustand gibt eigentlich keinen Anlass zur Hoffnung. Sie hat innere Verletzungen und sie hat sehr viel Blut verloren. Zurzeit wird sie immer noch operiert. Mehr kann ich Ihnen dazu im Moment leider nicht sagen.«

»Gibt es schon einen Verdächtigen? Und hängen die beiden Fälle zusammen?«, ruft einer der Journalisten direkt hinter Sita, sodass sie zusammenzuckt. Er trägt eine Schirmmütze vom Rundfunk Berlin-Brandenburg.

»Wir prüfen das im Moment«, erwidert Morten.

»Wissen Sie, wo Tom Babylon sich gerade aufhält?« Die Frau in der grünen Jacke steht jetzt auf den Zehenspitzen, um sich größer zu machen.

»Bedauerlicherweise nein. Er ist zur Fahndung ausgeschrieben.«

»Wenn Sie glauben, dass die Fälle zusammenhängen«, fragt der Mann mit der Schirmmütze, »gehen Sie davon aus, dass Tom Babylon auch für den Mord an seiner Frau verantwortlich sein könnte?«

Morten lässt sich mit der Antwort Zeit. Umständlich blättert er in seinen Unterlagen und legt dann die Seiten sehr ordentlich aufeinander. »Ich sagte, wir *prüfen* gerade, ob es einen Zusammenhang gibt.«

»Aber ist das nicht offensichtlich?«

»Wir wären schlecht beraten, wenn wir uns nach dem richten, was offensichtlich scheint. Wir arbeiten mit Fakten.«

»Die Aussagen von Galloways Management belegen doch, dass es sich um ein Eifersuchtsdrama handeln könnte«, beharrt der Journalist vom Rundfunk.

Morten hebt in gespieltem Erstaunen die Brauen. »Es handelt sich dabei wohl eher um Vermutungen als um Belege. Wir urteilen wie gesagt nach Lage der Fakten.«

»Heißt das, Sie widersprechen dem?«

»Weder noch.«

»Was ist denn das Motiv für den Mord an Galloway?«

Morten räuspert sich. »Haben Sie bitte Verständnis, dass wir uns zur Motivlage nicht vorschnell äußern wollen.«

Ein weiterer Reporter meldet sich, sein Name ist Michael Bernsau, Sita kennt ihn noch von früheren Pressekonferenzen. »Babylon ist ja nun nicht der erste Beamte des LKA, der in der letzten Zeit Kapitalverbrechen begangen hat. Erst Walter Bruckmann, der Leiter des LKA 1, und jetzt einer seiner früheren Mitarbeiter, Tom Babylon. Gibt es da möglicherweise eine Gruppe innerhalb des LKA, die sich verselbstständigt? Ich meine, wie verlässlich ist unsere Polizei denn überhaupt noch?«

»Ich sehe da ehrlich gesagt nicht den geringsten Zusammenhang zwischen diesen beiden Fällen«, erwidert Morten kühl und wendet sich demonstrativ von Bernsau ab, um den nächsten Journalisten zu Wort kommen zu lassen.

»Warum ist Bruckmann denn dann noch nicht gefasst?«, hakt Bernsau nach. »Und Babylon ist ebenfalls flüchtig. *Wollen* Sie die beiden denn überhaupt finden? Oder scheitert es daran, dass es Kollegen gibt, die die beiden decken?«

Sita hat für einen absurden Moment das Gefühl, Bernsau könne Gedanken lesen und bis in ihren Kopf schauen, dabei weiß sie nur zu gut, dass Bernsau im Trüben fischt. Er ist auf Provokation aus und will Morten aus der Reserve locken.

Mortens Lippen sind schmal wie ein Strich. »Das ist eine Unterstellung, die ich selbst von Ihnen nicht erwartet hätte. Darüber hinaus kommentiere ich diesen Unsinn nicht.«

Die Journalistin mit der grünen Jacke steht erneut auf. »Ich habe etwas recherchiert, also, es heißt, es gibt bereits seit längerer Zeit Anzeichen dafür, dass Ihr Ermittler Tom Babylon psychisch instabil ist. Wieso war er denn dann überhaupt noch im Dienst?«

Gespannte Stille liegt über dem Saal.

Bernsau lächelt. Die Frage spielt ihm in die Karten.

Morten räuspert sich. »Ich weiß nicht, woher Sie Ihre Informationen bekommen, aber es gab keine Anzeichen psychischer Instabilität bei Herrn Babylon.«

»Nicht? Mir liegen zum Beispiel Belege für BTM-Missbrauch vor.«

»Davon haben wir keine Kenntnis«, sagt Morten heiser.

»Und dass Herr Babylon unter einer posttraumatischen Belastungsstörung wegen des Todes seiner Schwester leidet, hatten Sie davon auch keine Kenntnis?«

Gemurmel setzt ein.

Morten sitzt mit offenem Mund vor dem Mikrofon. »Das, äh ... Herrn Babylon hat der Tod seiner Schwester ebenso getroffen, wie Sie alle vermutlich vom Tod eines nahen Angehörigen betroffen wären. Das sagt nichts über seine Dienstfähigkeit oder seine psychische Verfassung aus.«

Danke!, denkt Sita. Morten wächst offenbar mit seinen Aufgaben.

»Entschuldigung«, meldet sich ein Mann um die sechzig mit schlohweißen Haaren. Er trägt einen schwarzen Rolli und eine runde Nickelbrille. Sita kennt ihn, er schreibt für den Boulevard und ist meist auf die emotionalen Aspekte aus. »Sie sprachen ja gerade von der Familie. Es gibt doch einen kleinen Sohn, oder? Ist der etwa bei seinem Vater?«

»Bitte tun Sie mir und sich selbst alle einen großen Gefallen«, sagt Morten leise, »und lassen Sie den kleinen Jungen in Frieden. Tom Babylon ist im Moment flüchtig, aber seinem Sohn geht es – den Umständen entsprechend – gut. Er ist in guten Händen.«

»Was heißt denn gute Hände?«, fragt der Weißhaarige. »Staatliche Fürsorge?«

»Gute Hände«, wiederholt Morten gereizt.

»Sie hatten doch wegen des Mordes an Galloway ursprünglich Tom Babylons Frau verhaftet?«, hakt die Journalistin mit der grünen Jacke nach.

»Anne Babylon war in Untersuchungshaft, ja«, bestätigt Morten.

»Wusste sie von dem Verdacht gegen ihren Mann?«

»Hat sie versucht, ihn zu schützen?«

Es hagelt erneut Fragen aus allen Richtungen, und Morten schaut zu Peter Gerstelhuber, der mit der Hand eine bremsende Geste andeutet. Blitzlichter flammen auf, die Handbewegung ist ein Foto wert; Sita ahnt schon die Bildunterschrift. *Psychisch labiler Ermittler unter Mordverdacht. Polizei weist Mitverantwortung für Galloway-Mord von sich.*

Sita hat genug gehört und verlässt den Saal. Etwas in ihr ruft nach einem Drink, und sie muss alle Kraft aufbringen, um sich nicht fallen zu lassen. Wie muss es erst Tom gehen? Ob er schon von dem Überfall auf Anne weiß? Bei dem Gedanken, dass er davon eventuell aus der Presse erfährt, läuft es ihr kalt den Rücken hinunter. Sie tritt auf den Gehweg vor dem Präsidium, und die Flügeltür des ehrwürdigen Altbaus fällt schwer hinter ihr ins Schloss.

Die Sonne scheint; der Tag erweckt den Anschein, als wäre nichts. Sie blinzelt in den fast wolkenlosen Himmel und versucht ein letztes Mal, Tom zu erreichen. Wie erwartet springt die Mailbox an. Das Handy ist ausgeschaltet, vermutlich hat er es mitsamt der SIM-Karte entsorgt.

Tom ist abgetaucht. Und wo auch immer er jetzt ist, sie hofft, dass ihn dort niemand findet.

Kapitel 36

»Swan Song« von Dua Lipa. Ihre In-Ear-Kopfhörer wummern und sie stellt sich vor, Alita Battle Angel zu sein. Gefightet, gefallen, verkannt, verloren und wiederauferstanden, mit zarten dreiundzwanzig.

Gisell stößt die schwarze Acht hart mit der weißen Kugel an. Wie ein Geschoss geht die Acht ins hintere linke Eck, prallt kurz vor dem Ziel gegen die Bande, flippert gegen die äußere Kante des Loches und springt zurück auf das blaue Tuch des Billardtisches. Blau, wie ihre neue Haarfarbe.

Die Acht rollt einsam auf dem Tisch aus.

Fuck. Übers Ziel hinaus.

Bene hätte die versenkt.

Sie schaut aufs Handy, startet »Swan Song« ein weiteres Mal. Acht nach vier. Über zwei Stunden und keine Nachricht bisher. Gut, Bene schickt eigentlich nie Nachrichten. Warum auch, die Verhältnisse sind ja klar. Seit Monaten legt sie regelmäßig als DJane im Odessa auf, dem angesagtesten Club in der Stadt, und anfangs hat sie sich noch eingeredet, sie tue das alles mit Bene nur, um ans Pult zu dürfen. Quid pro quo. Inzwischen weiß sie es besser.

Gisell setzt sich auf den Rand des neuen Billardtisches, den Bene seit einem halben Jahr in seinem fensterlosen Büro stehen hat, das eher an eine schummrige, zu groß geratene Bar erinnert als an ein Arbeitszimmer. Sie stützt sich auf den Queue und betrachtet das Bild an der gegenüberliegenden Wand. Otto Dix, *Lichtsignale*. Ein Gemälde aus seiner Kriegsserie, das er 1917 gemalt hat. Sie hat es gegoogelt und findet, es sieht nach einem Haufen armer Seelen aus, die unter einem Feuerwerk strampeln, um der Hölle zu entkommen. Vielleicht ist es das, was ihre innere Verbindung zu dem Bild ausmacht. Der Hölle entkommen zu sein. Links und rechts des Bildes ragen kleine Kristallleuchter aus der Wand. Wenn sich die gepanzerte Tür zu Benes Reich öffnet, zittern die Kristalle kurz, und kleine regenbogenfarbene Reflexe tanzen auf der Wand um den goldenen Rahmen herum. Bis heute fragt sich Gisell, ob das Gemälde echt ist oder nur eine Kopie. Noch mehr aber interessiert sie, was in dem Safe hinter dem Bild ist.

Sie nimmt die schwarze Acht vom Tisch und wirft sie von der einen Hand in die andere, nimmt dann die rote und die weiße Kugel dazu und jongliert mit den drei Bällen. Es erinnert sie an früher. Sie hat immer jongliert, wenn sie wieder wegen irgendeinem Kleinscheiß Stubenarrest bekam. Eine Zwei in Englisch? Klick, eingeschlossen! Zu kurzer Rock, zu viele Süßigkeiten, zu viel Staub auf den Büchern? Oder etwa beim Tennis verloren? Ab aufs Zimmer, und da bleibst du! Jonglieren war wie Meditieren gewesen; einfach nur Bälle werfen und an nichts anderes denken.

Wieder eine Ohrfeige? Der erste Ball verlässt die Hand.

Blaue Flecken auf dem Arm? Der zweite Ball muss hoch, wenn der erste am höchsten Punkt ist.

Du hast alles gemacht, was du solltest, und nichts war richtig? Wirf den verdammten dritten Ball, und wenn du alle in der Luft behältst, bist du vielleicht doch nicht ganz so doof, wie alle sagen. Wären es damals Billardkugeln anstelle von Tennisbällen gewesen, hätte sie vermutlich das Fenster eingeworfen.

Ihr Telefon klingelt, und Dua Lipa wird automatisch leiser. Gisell fängt die Bälle ein und geht ran. »Sabine?«

»Bist du allein?«, fragt ihre Schwester.

»Jepp. Was gibt's, Bienchen?«

»Wo bist du?«

»Im Club, wo sonst.«

»Geht's deinem Freund besser?«

»Er ist nicht meine Freund«, erwidert Gisell.

»Verarschen kann ich mich allein.« Sie klingt verletzt. Sabine ist vierzehn und legt jeden ihrer Sätze auf die Goldwaage.

Für einen Moment ist es still.

»Sabine?«

»Hmh.«

»Ihm geht's besser, ja. Die Niere hat sich erholt.«

Erneut ist es still.

»Wie geht's dir, Bienchen?«, fragt Gisell.

»Ich glaube, ich werde noch verrückt hier«, murmelt Sabine.

»Wenigstens ist der Alte nicht mehr da.«

»Ja, aber ich hab die ganze Zeit Markus an der Backe, und Mama ist echt keine Hilfe.«

»Markus ist acht, der kann auch mal allein spielen, oder?«

Ihre Schwester schweigt einen Moment, dann sagt sie leise: »Mama führt wieder Selbstgespräche.«

»Mist. Das tut mir leid, Süße.« Gisell hat das Gefühl, jetzt sofort in den Grunewald zu ihrer Mutter fahren zu müssen, um sie zu schütteln. »Und was sagt sie so?«

»Pff. Meistens redet sie mit Papa, so als wäre er da. Gibt ihm Tipps, dass er vorsichtig sein soll und so ...«

»Gruselig«, sagt Gisell.

»Sie erzählt ihm auch von uns.«

»Auch von mir?«

»Von dir weiß sie ja nichts, also, was du treibst und so ...«

»Schade eigentlich, das würde sie auf die Palme bringen.«

»Ach, übrigens«, kichert Sabine, »gestern ist sie, glaube ich, gestochen worden, von 'ner Hornisse. Im Garten.«

»Hoffentlich hat das Vieh zweimal zugestochen.«

»Bloß nicht«, sagt Sabine. »Sie war ja so schon unerträglich. Hat geschimpft auf das Vieh beim Telefonieren. Dann hatte sie Kopfschmerzen und hat sich ins Bett verzogen. Und ich musste wieder auf Markus aufpassen.«

»Wahrscheinlich war's nur 'ne Bremse, und sie übertreibt's mal wieder«, sagt Gisell.

Die gepanzerte Tür des Büros schwingt plötzlich auf, und winzige Regenbogen flackern auf der Tapete. Bene betritt den Raum, hinter ihm kommt ein schwarz gekleideter, glatzköpfiger Mann mit einem dunklen Kinnbart und traurigem Blick herein.

»Hör mal, Schätzchen«, raunt Gisell, »ich muss Schluss machen, ja.« Sie nimmt die In-Ears heraus und stopft die Kopfhörer in die enge Hosentasche ihrer nagelneuen Ribcage-Jeans.

Bene bleibt überrascht stehen, als er sie sieht. Der Mann hinter ihm murmelt ein knappes »Zehn Minuten«, dann wendet er sich ab und geht.

Bene schließt die Tür und schaut sie an. »Dachte, du bist schon weg.«

»Falsch gedacht«, erwidert sie schnippisch. Sie weiß, er steht auf diesen Ton. Normalerweise erntet sie damit zumindest ein Grinsen, doch Bene verzieht keine Miene. Er sieht angespannt aus. Seine langen roten Haare sind wie immer zu einem Dutt gebunden, sein roter Vollbart ist sorgfältig gestutzt, sodass das Schmetterlings-Tattoo, das seinen Hals wie ein Band umschließt, in seiner ganzen Pracht zu sehen ist. Sein bordeauxrotes Hemd steht drei Knöpfe weit offen, und auf seiner Brust hängt ein schweres Silberkreuz an einer feinen Kette. »Ich treff mich gleich mit meiner Frau«, sagt er.

»Dann musst du wohl vorher noch duschen«, entgegnet sie leichthin und zupft an seinem Hemd.

»Du wartest hier seit zwei?«, fragt er und macht einen Schritt zurück.

»Hab die Playlist durchgehört.«

»Playlist. Aha.«

Gisell hebt die Augenbrauen.

Bene zieht eine Pistole aus seinem hinteren Hosenbund, geht am Billardtisch vorbei, geht zu seinem Schreibtisch, wo er die oberste Schublade aufzieht und die Pistole hineinlegt. »Hat dir deine Mutter nicht erklärt, dass Frauen nie zu lange auf einen Mann warten sollten?«, sagt er und verriegelt die Schublade.

»Ich nehm keine Ratschläge von Frauen an, die den falschen Typen geheiratet haben.«

»Ich bin auch der falsche Typ«, erwidert Bene trocken.

»Erstens heirate ich dich nicht, und zweitens bist du richtig falsch.«

»Was is'n das, richtig falsch?«

»Na, der falsche Typ, aber irgendwie auf die richtige Art.«

Bene schnaubt, er wirkt bekümmert – oder wütend, das ist bei ihm manchmal schwer zu sagen. »Hör mal, tut mir leid«, sagt er, »aber ich hab wirklich gerade keine Zeit.«

Gisell sieht ihn skeptisch an. »Wegen dem da draußen?« Sie zeigt in Richtung Tür.

»Nee. Wegen meiner Frau.«

»Ich bin doch nicht blöd, ich hab doch gehört, wie er gerade ›Zehn Minuten‹ gesagt hat.«

»Richtig. In zehn Minuten kommt meine Frau.«

Gisell zieht eine Grimasse. »Haha.«

»Schön, dass du's mit Humor nimmst. Ich brauch, dass du jetzt abschwirrst, klar?«

Gisell verdreht die Augen. Die Sache ist gelaufen, zumindest für heute, und irgendwie ärgert sie sich über sich selbst. Abend für Abend hat ihre Mutter auf ihren Vater gewartet, stundenlang, und es fühlt sich an, als würde sie in die gleiche Falle laufen. Der Unterschied ist nur die Art der Abfuhr: *Bam, in your face.* Wenigstens ist Bene ehrlich. Doch als sie die Tür öffnet und Benes Büro, oder was auch immer dieser kuriose Raum noch ist, verlässt, da beschleicht sie das ungute Gefühl, etwas ganz Grundsätzliches falsch zu machen, gewissermaßen *falsch* falsch.

Der Typ mit der Glatze wartet in einer Nische um die Ecke. Sein Gesicht liegt im Halbdunkel, und er steckt sich gerade etwas in den Mund und schluckt es. Irgendeine Pille, vermutlich ist er drauf, wie viele in der Szene. Auf seiner Kopfhaut schimmert das grüne Licht des Notausgangsschildes.

»Er wartet«, sagt sie kühl zu ihm und deutet mit dem Daumen hinter sich auf die gepanzerte Tür. »Für 'ne Frau sind Sie übrigens ganz schön groß.«

Kapitel 37

Tom sieht Gisell nach und wartet, bis sie hinter der Ecke verschwunden ist. Dann stößt er die Tür auf und betritt Benes Reich. Sein Jugendfreund wühlt in einer Schreibtischschublade und sieht kaum auf. Das silberne Kreuz baumelt rastlos an seiner Kette.

»Sag nichts«, knurrt Bene. Offensichtlich meint er Gisell.

»Mir ist sowieso nicht danach«, erwidert Tom.

Bene grunzt, geht zur Bar und greift hinter die Theke. Es klirrt leise.

Tom lässt sich in den Sessel gegenüber von Benes Schreibtisch fallen. Er merkt, dass seine Hände zittern, und sucht an den Lehnen Halt.

Bene kehrt zurück zum Tisch, setzt sich, füllt zwei Schnapsgläser randvoll mit einer kristallklaren Flüssigkeit aus einer Karaffe und schiebt Tom eins über den Tisch hinweg zu. Das Glas zieht eine feuchte Spur auf der Lederintarsie zwischen ihm und Tom.

»Danke, nein«, sagt Tom.

Bene rollt mit den Augen, trinkt sein eigenes Glas in einem Zug leer und knallt es auf den Tisch. »Ah! Auf dich, Mann!« Dann angelt er sich Toms Glas und stürzt es ebenfalls hinunter. »Und darauf, dass Anne lebt.«

Tom sitzt da wie paralysiert. Die Nachricht, dass Anne die Operation überstanden hat und ihre Chancen besser stehen als anfangs gedacht, ist gerade mal eine halbe Stunde alt. Er hat sich am Telefon als Annes Vater ausgeben müssen, und es macht ihn verrückt, dass er sie nicht besuchen kann.

Bene schenkt nach. »Und das hier …«, er kippt das dritte Glas hinunter, »… ist dafür, dass wir den Scheißkerl erwischen, der das war.«

Peng. Die Tischplatte bebt, und die Gläser neben der Karaffe klirren. Bene wartet einen Moment, ob Tom reagiert. »Soll ich noch einen drauf trinken, wie scheiße du aussiehst?«

Tom betrachtet Benes roten Dutt. »Nur wenn du dir danach auch eine Glatze scherst und den Bart färbst.«

»Ha. Er lebt noch«, ruft Bene und deutet mit dem Kinn auf das volle Glas vor Tom.

»Wenn du dann Ruhe gibst«, sagt Tom und kippt den Inhalt des Glases hinunter. Der Wodka ist weich und scharf zugleich und steigt ihm sofort in den Kopf.

»Und, worauf trinkst du?«

»Darauf, dass Anne lebt«, sagt Tom heiser. Alles fühlt sich so unwirklich an. Die letzte Nacht kommt ihm vor, als wäre er über eine Klippe gerast und ins Meer gestürzt. Als er die Spuren im Kofferraum näher untersucht hat, ist ihm klar geworden, dass sie von jemandem stammen mussten, der im Kofferraum seines Wagens transportiert worden war. Jayanti hatte sich erinnern können, dass Brad Galloway in der Nacht seiner Ermordung einen Gürtel mit einer breiten Schnalle und schwarze Stiefel getragen hatte. Die dunklen Spuren auf der einen Kofferraumseite stammten vermutlich von Galloways Stiefeln und die Kratzspuren um das Kofferraumschloss von seinen verzweifelten Versuchen, die Verriegelung mithilfe der Schnalle von innen zu öffnen.

Ganz offensichtlich war der Mercedes benutzt worden, um Galloway zum Tatort zu transportieren. Aber von wem? Er weigerte sich zu glauben, dass es Anne gewesen war. Er hatte vielmehr den Eindruck, dass ihm jemand bewusst den Mord unterschieben wollte. Wofür auch das Glas in seinem Keller sprach. Aber wer zum Teufel? Und warum?

Eine ganze Weile hatte er damit verbracht, darüber nachzudenken, ob er sich stellen sollte. Er könnte den Wagen übergeben, das Glas aus der Garage holen und darauf vertrauen, dass die Kollegen ihren Job machten und alles daransetzten, denjenigen zu finden, der für den Mord verantwortlich war.

Er hatte Zeit gebraucht, das Telefon abgestellt und sich in die Garage zurückgezogen.

Am Abend stand sein Entschluss fest. Er würde sich stellen. Doch vorher musste er seinen Vater bitten, sich noch eine Weile um Phil zu kümmern. Er beschloss, nach Hause zu fahren und ein paar von Phils Sachen zusammenzupacken, um sie noch in Stahnsdorf vorbeizubringen. Da er die möglichen Spuren im Mercedes nicht weiter kontaminieren wollte, ließ er den Wagen bei der Garage stehen. Die Harley sprang beim dritten Zündversuch stotternd an. Er drehte das Gas hoch, um den Motor durchzupusten, dann fuhr er zum Heckmannufer.

Nichts ahnend hatte er den Schlüssel ins Schloss gesteckt und war im Flur auf die Blutlache gestoßen, die Fußabdrücke, das Blut im Schlafzimmer und das offene Fenster. Der Schock und die Adrenalinausschüttung verliehen ihm Flügel. Er rief nach Anne, fand sie nicht, stürzte aus der Wohnung und traf auf der Straße einen Nachbarn, der ihn irritiert fragte, ob er denn nicht Bescheid wisse, vor einer halben Stunde sei Anne mit einem Rettungswagen abgeholt und ins Krankenhaus gebracht worden.

Er wusste nicht, ob er erleichtert oder noch geschockter sein sollte. In seinem Kopf herrschte entsetzliches Chaos. Er musste herausfinden, in welches Krankenhaus sie gebracht worden war, musste wissen, wie es ihr ging, musste seinen Vater anrufen ...

Er wollte gerade sein Handy einschalten, als er die Polizeisirenen hörte. Der Notdienst hatte mit Sicherheit pflichtgemäß die Kollegen informiert, weil nach der Spurenlage offensichtlich war, dass ein sogenanntes Fremdverschulden vorlag.

Und er stand mitten am Tatort.

Im Nachhinein konnte er nicht sagen, ob es die richtige Entscheidung gewesen war, aber in diesem Moment spürte er nur einen Impuls. Flucht. Sich zu stellen kam ihm plötzlich absurd vor. Wenn er den Kollegen auch noch die Beweise für seine Schuld lieferte, dann würde er aus dieser Sache vielleicht nie wieder herauskommen.

In einem Kiosk kaufte er eine Flasche Reinigungsbenzin und ein Feuerzeug. Dann fuhr er zur Garage, parkte die Harley neben dem Mercedes und ging das letzte Stück zu Fuß. Erst im letzten Moment sah er Sitas Saab und den Lieferwagen der Kriminaltechnik.

Sie hatten die Garage gefunden.

Sein Herz raste, und er zwang sich, nicht zu rennen. Mit zitternden Händen setzte er den Motorradhelm auf. Wie zum Teufel hatte das passieren können? Wer hatte die Garage verraten? Etwa Sita? Sie war die Einzige, die davon gewusst hatte.

Als er bei der Harley ankam, schraubte er das Nummernschild mit der Spitze seines Autoschlüssels ab und steckte es in die Satteltasche, es war ohnehin nicht mehr gültig. Er würde sich später ein anderes organisieren müssen. Dann

schraubte er den Tank des Mercedes auf, goss Reinigungsbenzin in und um den Tank, auf den Fahrersitz, das Lenkrad und in den Kofferraum, wo zweifellos reichlich DNA von
Galloway zu finden war.

Schweren Herzens setzte er den Wagen in Brand.

Noch jetzt hat er die Wucht vor Augen, mit der sich die
Flammen entzündet hatten.

»Noch einen?«, fragt Bene. Die Flasche schwebt über
Toms Glas.

Tom schüttelt den Kopf.

»Siehst aber so aus«, sagt Bene und schenkt ihm ein.

Tom starrt auf die kristallklar ins Glas wirbelnde Flüssigkeit. Der Gedanke, dass ausgerechnet Sita ihn verraten haben könnte, macht alles noch komplizierter, als es ohnehin
schon ist. Wortlos setzt Tom das Glas an und trinkt.

Der Nachbrand des Wodkas macht ihn wach und betäubt
ihn zugleich. Er denkt an Anne. Das viele Blut in der Wohnung. Das offene Fenster. Es ist ein Wunder, dass sie noch
lebt, und im tiefsten Inneren ist es für ihn unvorstellbar, dass
sie sterben könnte. Es geht einfach nicht. Eine Welt ohne
Anne kann er sich nicht vorstellen. Trotzdem ist es, als ob er
sich im Spiegel sieht und hört, wie er sich zynisch zuprostet:
*Auf die Frau, die mich betrogen hat. Auf das Kind, das nicht
meins ist.* Es fehlt nur noch, dass Viola ihren Senf dazugibt.
Doch zur Abwechslung scheint sie einmal stillzuhalten.

Bene mustert ihn. »Ist das Selbstmitleid, was ich da sehe?«

»Mensch, lass mich in Ruhe mit deinem Gequatsche«,
sagt Tom heiser.

»Ey, jetzt mach dir keinen Kopf. Sie hat dich *einmal* betrogen, vor mehr als zwei Jahren. Das kommt vor.«

»Nur weil *du* deine Frau ständig betrügst, heißt das nicht,
dass das für den Rest der Welt normal ist.«

»Mein Gott. Menschen machen so was. Du bist doch Polizist. Da weiß man das doch.«

»Mensch, ich *war* Polizist. Kapierst du das nicht?«, sagt Tom wütend.

»Willkommen auf der anderen Seite.« Bene schenkt ihm ein weiteres Glas ein. Dann legt er ein gebrauchtes Handy und eine Prepaid-SIM zwischen die Gläser, steht auf und geht zu dem Dix-Gemälde hinüber. Tom fällt auf, dass er immer noch ein wenig das Bein nachzieht.

»Was ist mit deinem Bein?«, fragt er. »Bleibt das?«

»Die Niere ist nur halb fit. Und ein paar Nerven hat's auch erwischt«, knurrt Bene. »Aber irgendwann fahr ich nach Kapstadt, und dann, schwöre ich dir, kriegt der Mistkerl die Kugel mit Zinsen zurück.«

»Woher weißt du, dass Bruckmann in Kapstadt gesehen wurde? Das sind Interpol-Feeds.«

Bene hängt den Dix ab und dreht am Nummernrad des dahinterliegenden Safes. »Wenn mein Freund Tom sich weigert, mir ab und zu eine kleine Info zu besorgen, dann suche ich mir eben neue Freunde.« Bene nimmt ein kleines, mit Stoff umwickeltes Paket aus dem Safe.

»Ich bin mir nicht sicher, ob wir an dieser Stelle die gleiche Auffassung von Freundschaft haben«, erwidert Tom.

Bene schließt wortlos den Safe, hängt das Bild wieder an seinen Platz und legt das Paket vor Tom auf den Schreibtisch. »Bitte sehr. Gern geschehen.«

Tom schlägt das Tuch zurück. Auf einem weichen, fleckigen Lappen liegt eine 9 mm Makarov mit einer Packung Patronen.

»Alter Militärbestand aus Rumänien. Nicht registriert. Bisschen vintage, aber genauso effektiv wie deine SIG.«

Tom nickt, lässt die Waffe jedoch liegen. »Danke.«

Bene nickt. »Und, was jetzt? Was läuft hier?«

»Die einfache Antwort?«

»Für einfach bin ich immer zu haben«, sagt Bene. »Erst recht nach ein paar Wodka.«

»Da hat jemand was gegen mich.«

Bene überlegt einen Moment. »Willst du damit sagen, das alles passiert, weil jemand *dir* an den Kragen will?«

»Nicht unbedingt. Vielleicht gibt es auch noch andere Gründe, die ich nicht sehe. Aber spätestens seit ich die Spuren im Mercedes entdeckt habe, glaube ich, es gibt nur zwei Möglichkeiten. Entweder Anne hat es getan, das würde das Glas im Keller und die Spuren in meinem Wagen erklären. Aber das kann ich unmöglich glauben. Bleibt also nur die zweite Möglichkeit: Jemand versucht, mir den Mord an Galloway in die Schuhe zu schieben.«

»Und was ist mit dem Mordversuch an Anne?«

»Ich frage mich die ganze Zeit, ob es derselbe Täter war. Der Mord an Galloway ist brutal und mit eiskalter Konsequenz durchgeführt. Der Anschlag auf Anne ...« Toms Stimme versagt für einen Moment. Er nippt kurz an seinem Wodkaglas und räuspert sich. »Der Anschlag auf Anne, das war irgendwie dilettantischer, das war nicht dieselbe Energie. Derjenige, der Galloway ermordet hat, hätte Anne nicht am Leben gelassen. Vielleicht hat sie sich gewehrt, und er oder sie hat von ihr abgelassen. Dann müsste es aber jemand gewesen sein, der körperlich nicht so stark ist oder nicht so gewissenlos.«

»Und wenn es doch derselbe Täter war?«, fragt Bene.

»Dann hat es jemand auf das Liebespaar Galloway und Anne abgesehen, oder aber es gibt jemanden, der *mir* schaden will.«

»Was zählt das Leben deiner Lieben«, sagt Bene. »Das würde doch passen.«

»In Bezug auf Anne, ja, aber nicht in Bezug auf Galloway.«

Bene nickt nachdenklich. »Okay. Und jetzt?«

»Hast du ein oder zwei zuverlässige Leute? Am besten jemand, der nicht auf den ersten Blick nach Milieu aussieht.«

»Was hast du vor?«

»Anne«, sagt Tom. »Ich weiß nicht, ob sie Polizeischutz bekommt. Wenn ja, ist alles gut. Aber falls nicht ...«

»Kapiert. Ich schick jemanden hin.«

»Die müssen diskret sein, am besten sogar Leute, die nicht mit dir in Verbindung gebracht werden. Falls irgendjemandem auffällt, dass die zu dir gehören, kommt die Polizei schnell auf die Idee, dass ich mich bei dir einquartiert habe.«

Bene legt den Kopf schief. »Für wie bescheuert hältst du mich? Ich kenn jemanden, der schuldet mir einen Gefallen.«

»Danke«, seufzt Tom. Er nimmt das Handy vom Tisch, setzt die SIM-Karte ein und aktiviert das Telefon.

»Was machst du?«, fragt Bene.

»Ich rufe meinen Vater an. Und danach finde ich raus, was hier läuft«, sagt Tom grimmig. »Aber erst muss ich wissen, wie es Phil geht.«

»Denkst du, dein Vater hält dicht?«

»Ich muss ihm ja nicht sagen, wo ich bin. Aber ja, ich denke, er hält dicht.« Tom will gerade die Nummer seines Vaters wählen, als ihm noch etwas einfällt. »Sag mal, wo du schon neue Freunde gefunden hast, die dir Infos von Interpol stecken ... hast du vielleicht auch einen Freund, der ein Handy orten kann?«

Kapitel 38

Werner Babylon ging in Pantoffeln zur Haustür, öffnete sie, blickte auf den leeren Platz bei der Einfahrt und ging dann nach vorne zur Straße, wo er sich nach links und rechts umsah. Das tat er bereits zum sechsten Mal heute, und das Resultat war immer das Gleiche.

Inzwischen war die Sonne am Horizont untergetaucht, die Straßenbeleuchtung warf kleine Inseln aus Licht auf das löchrige Kopfsteinpflaster, in dem sich die Nacht spiegelte. Wo waren Inge und die Kinder?

Offensichtlich hatte Inge die DS genommen, was unter anderem hieß, dass sie nicht bei Susanne war, denn bis dorthin war es nur ein Katzensprung, und Inge hielt nicht viel davon, kleine Strecken mit dem Auto zu fahren. Um ganz sicherzugehen, schwang er sich aufs Rad und fuhr bei Susannes Haus vorbei.

Keine DS.

Klingeln wollte er nicht, auch um Susannes Mann aus dem Weg zu gehen. Außerdem half es ja nichts: Inge war nicht hier. Aber wo um Himmels willen war sie dann? Die Kinder sollten längst im Bett sein. Bei aller Liebe zur Freiheit, die Inge ja im Überfluss hatte und die ihn manchmal zur Weißglut trieb, weil er nicht verstand, wie sie so leichtsinnig sein konnte, in einem solchen Staat für ihre Freiheit zu kämpfen – also, bei aller Liebe zur Freiheit, als Mutter war Inge dennoch immer ausgesprochen gewissenhaft. Um zehn gehörte Tom längst ins Bett und Viola erst recht. Was das anging, hatte sie die eiserne Haltung einer Balletttänzerin. Und das verstand nur, wer selbst ernsthaft Ballett getanzt hatte. Ballett war Haltung und Disziplin. Und daraus erwuchs Eleganz. Eleganz kam nicht einfach von selbst. Man musste sie trainieren. Und Inge hatte gelernt zu trainieren, bis sie umfiel.

Werner radelte zurück zum Haus, stellte sein Fahrrad in den Schuppen und setzte sich ins dunkle Wohnzimmer. Die Schatten wuchsen zu einem bedrohlichen Nichts zusammen. Ohne Inge und die Kinder war das Haus eine leere Hülle. Jetzt, wo sie nicht da waren, wurde es ihm überdeutlich.

Das schlechte Gewissen begann an ihm zu nagen. Inge war die letzten Wochen auffällig sensibel gewesen, nicht bei der Sache, reizbar, ablehnend und dann wieder seltsam fordernd, so wie zuletzt im Badezimmer.

Wenn er eins nicht wollte, dann ihr wehtun. Und genau das hatte sie von ihm gefordert. Es war fast, als wollte sie bestraft werden. Aber wofür?

Je länger er darüber nachdachte, desto mehr wuchsen seine Bedenken. Es musste irgendetwas geben, das Inge vor ihm verbarg. Allein die Geschichte mit dem Hund. Wo kam dieses kleine Wollknäuel her? Warum redete sie nicht darüber?

Er wusste, dass er nicht der Ehemann war, den Inge sich gewünscht hatte. Inge war Nacktbaden am Strand. Er war lange Hosen im Hochsommer. Und trotzdem hatten sie sich gefunden und hatten zwei tolle Kinder und ein gutes Auskommen in diesem verrückten Staat, der ihn Kunst im Friedrichstadt-Palast machen ließ, die keine Kunst war, sondern das genaue Gegenteil. Propaganda. Staatskulisse. Wie er das alles hasste. Doch er wusste, wenn er aufbegehrte, würde ihnen das alles genommen *werden, und das war es nicht wert. Dazu kam, dass ihm der Westen vorkam wie ein sich selbst zerfleischendes Monster. Der Stärkste überlebt. Der Stärkste kriegt am meisten. Das konnte es doch auch nicht sein! Dafür durfte man doch sein Glück nicht aufs Spiel setzen.*

War er deshalb ein Feigling? War es das, was Inge an ihm zunehmend abstieß?

Er wünschte, er könnte ihr Herz zurückgewinnen. Manchmal träumte er nachts davon, einen der Politbonzen von der Bühne zu stoßen und eine kleine Revolution anzuzetteln, und immer war Inge an seiner Seite, schmiegte sich an ihn. Doch wenn der Tag anbrach, war es wieder nur ein neuer Tag, an dem er kein Held war, sondern Werner.

Musste er plötzlich fürchten, dass Inge die Kinder ins Auto geladen hatte und ihn verließ? Wohin wollte sie denn? Vor allem hatte sie doch gar nichts mitgenommen. Der Genosse Erik Brandstätter war von seiner Frau verlassen worden, und die hatte den halben Hausstand mitgenommen.

Es klingelte an der Haustür, und Werner sprang auf. Das musste Inge sein! Mit den Kindern auf dem Arm, vielleicht hatte der Wagen einen Platten. Oder sie hatte einen Unfall gehabt und sich deshalb verspätet.

Er öffnete die Tür. Draußen stand ein einzelner Mann. Die wenigen Haare auf seinem Kopf waren kurz, die Arme kräftig und die Augen kalt. Er trug eine Jacke, die nach Westen roch. »Guten Abend«, sagte der Mann freundlich und streckte ihm die Hand hin. »Kreisler. Ich bin auf der Suche nach Ihrer Frau.«

»Da kann ich Ihnen nicht helfen«, sagte Werner frostig und musterte den Mann skeptisch.

»Darf ich reinkommen«, sagte Kreisler.

»Ehrlich gesagt, es ist schon spät«, entgegnete Werner.

»Ehrlich gesagt«, erwiderte Kreisler und hielt ihm seinen Ausweis hin, »das war keine Frage.«

Werner warf einen flüchtigen Blick auf den Ausweis. Das typische Grün, der Aufdruck Ministerium für Staatssicherheit, *darunter ein Schwarz-Weiß-Foto des Mannes, der vor ihm stand. Und auf der linken Seite daneben das Feld mit den seltsamen bunten Quartalsstempeln, die von Vierteljahr zu Vierteljahr erneuert werden mussten.*

Kapitel 39

Werner Babylon starrte den fremden Mann, der auf seinem Sofa saß, ungläubig an. »Sie hat was?«

»Sie hat zwei Menschen getötet«, *wiederholte der Mann sachlich, mit dieser seltsam bürokratischen Art, die der Stasi so eigen war. Dabei wirkte dieser Kreisler gar nicht so bürokratisch, eher wie ein Kraftwerk, vor dem man sich hüten musste.*

»Das ist doch verrückt«, *sagte Werner.* »Das würde Inge nie tun.«

»Würden Sie mir denn glauben, wenn ich sage, dass Ihre Frau Sie betrügt?«

»Nein, natürlich nicht«, *entgegnete Werner verärgert.*

»Verstehe.« *Kreisler nickte und sah ihn an, als hätte er eine Versuchsperson in einem Test vor sich.*

»Was ... was wollen Sie damit denn sagen?«

»Nun, vermutlich, dass Ihre Frau Sie betrügt.«

Werner blieb der Mund offen stehen. »Mit ... mit wem denn?«

Kreisler wirkte plötzlich beinah amüsiert. »Ich denke, das sollten Sie selbst herausfinden. Wenn Sie wissen, wo sie ist, vielleicht fragen Sie sie einfach.«

Sollte das eine Finte sein? Einer von diesen Tricks, die sie benutzten, um Leute unter Stress zu setzen und sie emotional gefügig zu machen? »Was auch immer Sie über meine Frau sagen«, meinte Werner vorsichtig, »ich kann mir das nicht vorstellen.«

»Ich rate Ihnen, Ihr Vorstellungsvermögen zu erweitern«, schlug Kreisler trocken vor.

In Werner wurde etwas wach, von dem er nicht sicher war, ob er damit nicht zu weit ging. Vielleicht lag es daran, dass dieser Kerl andauernd Inge beleidigte. »Ich dachte, bei uns gibt es keine Morde«, sagte Werner mit spöttischem Unterton. »Das ist doch alles nur drüben im Westen. Aber hier, im Sozialismus ...«

Sein Gegenüber zuckte mit den Schultern. »Ich persönlich kann mir so einiges vorstellen, was es hier gibt«, sagte Kreisler. »Aber ich weiß, was Sie meinen, ja. Solange jemand den Sozialismus lebt und atmet, würde derjenige nicht auf die Idee kommen, jemanden zu ermorden. Warum auch, bei uns gibt es ja alles«, sagte er ohne jede Ironie. »Aber viele Leute kommen ja auf Abwege, gerade dann, wenn es sie in den Westen zieht. Unseren Ermittlungen zufolge gibt es bei Ihrer Frau Hinweise auf Republikflucht.«

»Republikflucht?« Werner hob die Augenbrauen und versuchte zu überspielen, dass bei allem, was der Mann bisher an Verrücktheiten von sich gegeben hatte, die Republikflucht am wahrscheinlichsten klang. Inge hatte nie ein Blatt vor den Mund genommen, wenn es um die DDR gegangen war. Wenn sie irgendwo zu Gast gewesen waren, hatte er oft seine Hand auf ihr Knie gelegt, wenn er spürte, dass sie wieder zu weit ging.

»Und sie hat die Kinder dabei, nicht wahr?«, setzte Kreisler nach.

Der Gedanke versetzte Werner einen Stich, und er stand abrupt auf. »Auch ein Wasser?«, fragte er Kreisler.

Der Mann lächelte nur.

Beim Einschenken des Wassers zitterten Werners Hände.

»Was, wenn Ihre Frau beschlossen hat, unser schönes Land zu verlassen und die Kinder mitzunehmen?«

Werner trank einen Schluck und suchte im Stillen fieberhaft nach einer Erklärung. Einer, die weniger schrecklich war als Republikflucht. Aber er fand keine. Am liebsten hätte er Kreisler einen Bären aufgebunden, ihm erzählt, Inge sei an den Balaton gefahren, zum Baden, mit den Kindern, bis ihm auffiel, dass der Balaton in Ungarn gar nicht so unwahrscheinlich war. Wenn Inge tatsächlich aus der DDR rauswollte, dann war Ungarn im Moment die beste Möglichkeit. Die Löcher im Eisernen Vorhang auf der ungarischen Seite waren heute in den Westnachrichten und im Theater das *große Thema* gewesen.

»Ihnen ist klar, dass Sie Ihre Kinder dann nie wieder sehen?«, fragte Kreisler. Er schwieg einen Moment, um seiner Frage Raum zu geben.

Werner schluckte, schwieg aber.

»Wenn Sie mir verraten, wo sie versuchen könnte, die Grenze zu überqueren, dann gibt es vielleicht noch eine Chance.«

»Was heißt denn Chance?«, fragte Werner.

»Wir könnten Ihre Frau festnehmen und Ihnen die Kinder zurückbringen.«

»Das, finden Sie, ist eine Chance?«

Kreisler zuckte mit den Schultern. »Sie haben die Wahl. Helfen Sie mir, dann sehen Sie Ihre Kinder wieder. Wenn Sie mir nicht helfen, sehen Sie weder Ihre Frau noch die Kinder wieder.«

Werner trank den Rest seines Wassers in einem Zug aus und stellte das Glas klappernd auf den Tisch. Er wusste ja nicht, wo Inge wirklich war, aber wenn er es gewusst hätte ... die Aussicht, seine Kinder nie wiederzusehen, erschien ihm undenkbar. Aber durfte er dafür Inge verraten? Andererseits, tat sie nicht genau das Gleiche mit ihm?

Kreisler lächelte immer noch.

Der Mistkerl kannte die Wirkung seines Angebotes genau. Und er hatte offensichtlich seine Freude am Zerbrechen eines Menschen.

Kapitel 40

»Und er hat wirklich nicht gesagt, worum es geht?«, fragt Grauwein.

Sita biegt vom Tempelhofer Damm nach rechts ab auf den Bayernring, eine Seitenstraße neben dem LKA-Hauptgebäude. »Nur dass es dringend ist und vielleicht helfen könnte, Tom zu entlasten.«

»Typisch Lutz«, brummt Grauwein. »Bloß nicht die Katze zu früh aus dem Sack lassen, sonst ist der Auftritt futsch.«

»Vielleicht will er auch nicht an die große Glocke hängen, dass er auf Toms Seite ist. Immerhin hast du mich deswegen in die Besenkammer entführt.«

Grauwein seufzt. »Gut, kann ich ihm nicht verdenken. Jetzt, wo auch noch die Sache mit dem Nachbarn und mit Toms Wagen obendrauf kommt.«

Seit der Pressekonferenz hat Gerstelhuber das Team der zuarbeitenden Beamten von zwanzig auf vierzig verdoppelt. Die Kollegen drehen inzwischen jeden Stein um. Auch ein Nachbar von Tom wurde befragt, der angab, ihn kurz vor Eintreffen der Polizei am Heckmannufer gesehen zu haben, allerdings erst nach dem Abtransport der schwer verletzten Anne. Dennoch, Tom war am Tatort gewesen.

Die Spurenlage in der Wohnung war relativ übersichtlich.

Anne war offenbar vor dem geöffneten Kleiderschrank von hinten attackiert und zweimal in den Bauchraum gestochen worden, dann hatte der Täter oder die Täterin von ihr abgelassen und war durch das Fenster geflüchtet, während Anne sich in den Flur geschleppt und mit ihrem Handy den Notruf alarmiert hatte. Die am Tatort gefundenen Hautpartikel, Haare und Stoff-Fasern scheinen auf den ersten Blick alle zu Anne, Phil und Tom zu gehören, aber für ein abschließendes Urteil ist es noch viel zu früh. Die Auswertung aller Kleinstspuren mit den molekulargenetischen Untersuchungen dauert oft Tage, in manchen Fällen sogar Wochen.

Darüber hinaus waren im LKA die Kameras rund um den Tatort des Galloway-Mordes ausgewertet worden. Bei einer Supermarktkette, die ihren Parkplatz mit Kameras überwachen ließ, waren sie fündig geworden. Am oberen Ende des Kamerabildes war die Ruppiner Chaussee zu sehen, die längs des Geländes führt, auf dem das Gästehaus der Polizei liegt. In der Nacht von Freitag auf Samstag war Toms Wagen um 1:55 Uhr dort vorbeigefahren. Im dunklen Wageninneren war der Fahrer nicht zu erkennen, doch das Kennzeichen ließ sich rekonstruieren.

Sitas Blick wandert suchend über den Gehweg. »Mist. Kein Parkplatz.« Sie bremst neben einem Halteverbotsschild und fährt langsam die Bordsteinkante hoch auf den Gehweg. Die Karosserie des alten Saabs ächzt. Sie parkt zwischen zwei Bäumen, schaltet die Warnblinkanlage an und legt ein Schild ins Fenster, das auf polizeiliche Ermittlungsarbeit hinweist.

»Dir ist schon klar, dass in diesem Gebäude mehrere Tausend Leute arbeiten, die mit dem gleichen Argument hier parken könnten?«, meint Grauwein.

»Machst du dir deswegen Sorgen?«

»Ich will nur verhindern, dass du nachher ein Taxi nehmen musst.«

Sie steigen aus dem Wagen. Sita schaut am modernen LKA-Hauptgebäude hoch, das das genaue Gegenteil des Altbaus in der Keithstraße ist. Stahl, Glas und Beton. Eines der teuersten Polizeigebäude in Europa, mit sprechenden Fahrstühlen, einem Wasserfall und einer labyrinthischen Größe.

Sie brauchen fast zwölf Minuten, bis sie vor Lutz Frohloffs Büro im Erkennungsdienst stehen.

Frohloffs Tür ist offen, und er winkt sie mit ausladenden Bewegungen zu sich hinein. Der letzte verbliebene Haarbürzel auf seiner Halbglatze steht schräg vom Kopf ab, als hätte er sich mehrfach dort gekratzt. Er schiebt die schwarze Hornbrille mit dem Mittelfinger auf dem Nasenrücken hoch und grinst zur Begrüßung.

In seinem Büro sind die Jalousien und die Rollos heruntergelassen, die einzige Lichtquelle ist ein gebogener Monitor vor ihm auf dem Schreibtisch, von der Breite dreier einzelner Bildschirme.

»Schick«, kommentiert Grauwein. »Was bei dir die Dienststelle alles so bezahlt.«

Lutz Frohloff schnaubt. »Da träumst du von. Wenn's nach denen geht, bezahlen die lieber noch 'nen Wasserfall und lassen uns mit Dinosauriertechnik arbeiten. Nee, nee, mein Lieber. Den habe ich mir selbst gekauft. Wenn ich den ganzen Tag auf das Ding starre, will ich's wenigstens cool haben.«

Sita schließt die Tür. Ihr Blick bleibt an dem Feldbett im hinteren Teil des Büros hängen. Alles beim Alten beim Kollegen Frohloff.

»Also, was hast du?«, fragt Grauwein.

Frohloffs Grinsen wandelt sich zu einem besorgten Gesichtsausdruck. »Tom hat mich angerufen.«

»Wann?«, fragt Sita überrascht. »Heute?«

»Nee. Gestern. So um halb zwei.«

»Und?«, fragt Sita ungeduldig.

»Kein Wort zu Morten, abgemacht?«, sagt Frohloff.

»Du hast für Tom recherchiert«, stellt Sita fest.

»Darf aber niemand wissen.«

»Klar, ist kein Ding«, murmelt Grauwein. »Ich kann Morten eh nicht besonders leiden. Seit er zum Dezernatsleiter aufgestiegen ist, ist er unausstehlich.«

»Das hast du vom Alten früher auch gesagt«, erinnert Frohloff.

»Kannst du zum Punkt kommen«, unterbricht Sita. »Was wollte Tom?«

»Er bat mich um ein paar Infos über diesen Benson, den Anwalt von Amanda Lee.«

»Den Anwalt von der amerikanischen Botschaft. Und was ist mit ihm?«

Frohloff grinst, dreht sich auf seinem Bürostuhl zum Monitor um und öffnet ein Fenster, in dem ein Xing-Profil erscheint. »Die Welt ist ein Dorf und jeder nur einen Mausklick weit weg. Bitte schön, die Karriereleiter von Mr Alistair Benson.«

Sita und Grauwein beugen sich vor, um das Jobprofil zu studieren, dass 2011 mit dem Jurastudium in Yale beginnt.

»Was hat er denn vor 2011 gemacht?«, fragt Sita.

»Ha!«, strahlt Frohloff. Als hätte er nur darauf gewartet, öffnet er ein weiteres Fenster mit einem Bericht über einen ISAF-Einsatz in Afghanistan.

»Er war beim Militär?«, fragt Grauwein.

»United States Marine Corps, Sergeant Major M. C. Er war im Februar 2010 bei der Operation Muschtarak in Afghanistan dabei. 15 000 Mann haben unter NATO-Führung die Taliban-Hochburg Mardscha umstellt und angegriffen. Benson wurde im Mai schwer verwundet. Er ist mit Auszeichnung ausgeschieden und hat dann, mit Empfehlung des Militärs, in Yale Jura studiert, mit Erfolg, wenn auch nicht gerade mit Bravour.«

»Warum spricht er eigentlich so gut Deutsch?«, fragt Sita.

»Seine Mutter kommt aus Deutschland. Und von 89 bis 93 war er in Stuttgart stationiert. Und jetzt«, sagt Frohloff, »wird es richtig interessant.« Er deutet auf das Xing-Jobprofil von Alistair Benson. »Von 2016 bis Anfang 2018 war er bei Bay & Grant International angestellt, einer US-amerikanischen Kanzlei mit Sitz in New York, die hauptsächlich Wirtschaftsinteressen vertritt, aber auch internationale Stars betreut. Und 2017 hat Benson eine Klage gegen den Versicherungskonzern Greyson Insurance eingereicht und die Klage dann vor Gericht vertreten. Und jetzt ratet, wer bei Greyson versichert war?«

»Brad Galloway natürlich«, sagt Grauwein.

»Jepp. Und bei dem Prozess ging es um Ausfallkosten einer Europatour in Millionenhöhe, denn die Versicherung wollte nicht zahlen«, erklärt Frohloff.

»Die abgesagten Konzerte wegen Brad Galloways Zusammenbruch«, sagt Sita, »kurz nachdem ihn Anne verlassen hat, jedenfalls laut Amanda Lee.«

»Treffer«, kommentiert Frohloff.

»Wenn man nach fünf Tagen überhaupt von Verlassen reden kann«, wirft Grauwein ein.

»Amanda Lee hat von Millionenverlusten gesprochen. Heißt das, die Versicherung hat den Prozess gewonnen?«

»Jepp. Galloways Firma musste richtig bluten, keine Einnahmen, Regressforderungen –«

»Moment«, unterbricht Sita. »Galloways Firma? Meinst du die Plattenfirma?«

»Nee, den Vertrieb – also das, was du mit Plattenfirma meinst – gibt's natürlich auch noch. Aber Galloway hat die meisten seiner Aktivitäten in einer eigenen Firma gebündelt. Und interessanterweise ist die Geschäftsführerin dieser Firma niemand anders als Amanda Lee.«

Für einen Moment herrscht Stille im Raum, nur der Lüfter des PCs rauscht leise.

»Hm.« Sita schaut Frohloff an. »Warum wussten wir das nicht vorher?«

»Das über Galloways Firma?«, fragt Frohloff. »Stand alles in dem Bericht über Galloway, den ich Samstagnacht in den Verteiler geschickt habe. Bis auf die Geschichte mit Benson.«

»Könnte das ein Motiv sein?«, überlegt Grauwein. »Finanzieller Schaden? Es ist doch Galloways Firma, oder?«

»Amanda Lee ist beteiligt. Fünfzehn Prozent«, ergänzt Frohloff. »Ist zwar nur ein relativ kleiner Teil, aber wenig von viel ist ja manchmal immer noch viel, also ... wenn der Schaden groß genug ist und einem das Wasser bis zum Hals steht ... wer weiß schon, wie Menschen reagieren, die glauben, dass ihnen nichts mehr bleibt.«

»War das denn so, dass ihr das Wasser bis zum Hals stand?«, fragt Sita.

Frohloff zuckt mit den Schultern. »So weit bin ich noch nicht.«

»Wir müssen mit Lee reden«, stellt Sita fest. »Und praktischerweise wird Benson gleich mit dabei sein. Lutz, kannst du bitte den Bericht schreiben und weiterleiten, mit dem Hinweis, dass *ich* dich gebeten habe, die Recherche über Benson anzustoßen?«

Zeitgleich mit Frohloffs Nicken klingelt sein Telefon. Er hebt ab, hört eine Weile mit gerunzelter Stirn zu und sagt dann: »Ist gut, stellen Sie durch.« Mit erhobenem Zeigefinger signalisiert er Sita und Grauwein kurz still zu sein. »Ja, Frohloff hier, LKA Berlin, erzählen Sie ... Aha ... Werner, ja, verstehe ... Einen Moment, bitte.« Er hält das Mikrofon mit einer Hand zu.

»Ein Waffengeschäft in Zehlendorf, der Besitzer ist dran«, sagt Frohloff. »Ein Mann namens Werner Babylon ist gerade bei ihm, hat ihm seinen Jagdschein gezeigt und will Patronen für ein Gewehr kaufen. Der Besitzer hat heute Nachrichten geschaut und ist stutzig geworden, wegen des Namens. Außerdem meint er, der Jagdschein sei uralt und der aktuelle Stempel für die Verlängerung würde merkwürdig aussehen ...«

Sita runzelt die Stirn. Gedanklich ist sie eigentlich immer noch bei Amanda Lee. »Was soll *das* denn?«, murmelt sie. »Klingt komisch, oder?«

Auch Grauwein zieht die Stirn kraus und zuckt mit den Schultern. Frohloff sieht Sita fragend an. Erst jetzt wird ihr klar, dass er eine Entscheidung von ihr erwartet. »Kann er den Mann noch eine Weile hinhalten?«

Frohloff gibt die Frage weiter. Dann nickt er. Parallel fliegen seine Finger über die Tastatur.

»Kannst du das Register für die Jagdscheine einsehen?«

Lutz nickt erneut. »Mach ich gerade, genau deswegen rufen die Kollegen von der Zentrale ja bei mir an.«

»Und weil nach 18:00 Uhr eh kein anderer mehr hier rumhängt«, murmelt Grauwein. Einen Moment später erscheint das Register. Frohloff tippt den Namen Werner Babylon in die Suchmaske und starrt kurz auf den Bildschirm. »Erloschen«, sagt er. »Vor zwölf Jahren.«

»Auch das noch«, seufzt Sita. »Ich komme vorbei. Sag ihm, er soll ihm nichts verkaufen und ihn hinhalten, bis ich da bin.«

Kapitel 41

Zwanzig Minuten später hält Sita am Teltower Damm direkt vor dem Waffengeschäft. *Birgers Jagd* steht auf einem großen Schild, das die Eingangstür und zwei Schaufenster überragt. Das Geschäft sieht gepflegt, aber einfach aus und ist recht überschaubar. Durch die Glastür ist ein Mann zu sehen, der mit dem Rücken zum Eingang steht und mit seinem massigen Körper und ausgebreiteten Armen versucht, Werner Babylon am Verlassen des Geschäftes zu hindern. Mit hochrotem Kopf stößt Toms Vater den Mann vor die Brust und gestikuliert mit wilden Armbewegungen. Zwischen den beiden ist eine erhitzte Diskussion im Gange.

Sita klopft laut an die Scheibe der Tür. Der Mann vor der Tür dreht sich um und schaut Sita stirnrunzelnd an. »Wir haben geschlossen«, ruft er laut.

»LKA Berlin, Johanns. Sie haben eben mit meinem Kollegen Frohloff telefoniert.«

»Oh«, macht der Mann. Sein Blick ist abschätzig, er hat offenbar die Kavallerie erwartet und keine Frau. Werner Babylon linst an ihm vorbei, erkennt Sita und rollt mit den Augen.

Der Mann hält ihn mit ausgestrecktem Arm auf Abstand und öffnet Sita die Tür. »Johannes Birger«, knurrt er. Sein Gesicht ist rund wie ein Pfannkuchen, in dem zwei grüngraue Augen schwimmen. Sita schätzt ihn auf Anfang vierzig, er hat strohblonde Haare und steckt in einer klassischen Jägertracht, die ihn überkorrekt und auch ein wenig unfreiwillig komisch aussehen lässt. Sein Geduldsfaden ist offenbar schon vor ein paar Minuten gerissen. »Das ist der Vogel«, sagt er und deutet auf Toms Vater.

»Unterstehen Sie sich«, schimpft Werner Babylon. Seine grauen Haare sind zerzaust, und die Erregung hat ihm rote Flecken ins Gesicht gemalt. »Das ist Freiheitsberaubung, das sag ich Ihnen! Das hat ein Nachspiel. Ich zeig Sie an, so viel ist sicher.«

»Schön, da ist die Polizei«, faucht Birger und deutet auf Sita.

»Dieser Mann da ...« Werner Babylons Zeigefinger kommt Birgers Gesicht gefährlich nah, »hat mich gewaltsam am Verlassen seines Geschäfts ge–«

Birger schlägt Werner Babylons Hand beiseite und hebt selbst drohend den Zeigefinger. »Lassen Sie ja Ihre Fälschergriffel von mir.«

»Sehen Sie, sehen Sie ...!«, ruft Toms Vater.

»Ich hätte da eine wichtige Frage an Sie beide«, sagt Sita und tut, als wäre sie die Ruhe selbst. Die beiden sehen sie irritiert an.

»Denken Sie, ich kann da vorne parken?« Sita deutet durch die Glastür auf ihr Auto.

Die beiden Köpfe rucken automatisch herum, und Birger und Werner Babylon schauen aus der Tür. Plötzlich ist es still. Toms Vater öffnet den Mund, sagt aber nichts. Birger schaut erst Sita an, dann noch einmal den Wagen. Dann räuspert er sich. »Äh ... müssen Sie doch wissen. Sie sind doch die Polizei.«

»Stimmt«, sagt Sita, als wäre ihr das eben gerade erst selbst wieder eingefallen. »Fast hätte ich's vergessen.«

Die beiden schauen sie stumm an.

»Wo steht Ihr Wagen?«, fragt sie Toms Vater.

»Im Parkhaus, dahinten.« Er wedelt diffus mit der Hand in eine nicht zu identifizierende Himmelsrichtung.

»Ich bringe Sie hin. Haben Sie Ihre Sachen?«

»Wie, das ist alles?«, echauffiert sich Birger.

»Was hatten Sie sich denn vorgestellt?«, fragt Sita.

»Na ja, also ... ich ...« Birger verstummt.

»Was wollte Herr Babylon denn bei Ihnen kaufen?«

»Eine Schachtel Patronen, 12/76 – .0233 Rem.«

»Wofür benutzt man die gewöhnlich?«

»Pff. Zum Jagen halt«, sagt Birger.

»Mit einem Gewehr?«

»Haben Sie schon mal mit einer Pistole gejagt?«

»Nur Verbrecher«, erwidert Sita trocken.

Birger will etwas erwidern, verkneift es sich aber.

»Herr Birger, vielen Dank, das war sehr aufmerksam von Ihnen. Ich kümmere mich um alles Weitere.« Sita reicht ihm zum Abschied die Hand. Birger schüttelt sie automatisch.

»Haben Sie Ihren Jagdschein?«, fragt Sita Toms Vater.

»Den hab ich«, knurrt Birger, zieht ihn aus der Innentasche seiner Jagdjoppe und wirft Werner Babylon einen vernichtenden Blick zu. Toms Vater streckt die Hand danach aus, doch Sita kommt ihm zuvor. »Den nehme ich. Gehen wir?«

Werner Babylon nickt resigniert und folgt Sita durch die Tür. Die Dämmerung ist fortgeschritten, die Straßenbeleuchtung ist eingeschaltet, spärliche Lichtreklamen von schließenden Geschäften säumen den Gehweg. »Äh, mein Wagen steht links, die Straße runter«, sagt er, als Sita direkt auf ihren Saab zuläuft.

»Steigen Sie ein, ich bring Sie hin.«

Werner Babylon zögert kurz, dann steigt er mit Sita in den Wagen. Als er sich in den Sitz fallen lässt, seufzt er laut. Seine Gesichtsfarbe hat sich ein wenig normalisiert. Er schaut betreten vor sich hin, als hätte er eine schwer zu verkraftende Niederlage eingesteckt.

Sita startet den Motor, fährt ein paar Meter den schmalen Teil des Teltower Damms hinunter und biegt dann nach rechts in eine Seitenstraße ab.

Werner Babylon will protestieren, doch Sita schneidet ihm direkt das Wort ab. »Erst reden wir. Dann können Sie nach Hause.«

Die Straße endet vor einem kleinen Parkplatz, dessen Zufahrt von Bäumen gesäumt ist. Sita parkt den Wagen in einer kleinen Nische zwischen zwei großen Laubhaufen und stellt den Motor ab. Wortlos schaltet sie die Innenbeleuchtung ein, holt den Jagdschein heraus und betrachtet den letzten Eintrag, der eine Neugenehmigung für zwei Jahre ausweist, mit Datum vom September 2019. Alles sieht korrekt aus, auch der Stempel unterscheidet sich in nichts von den vorherigen Stempeln.

»Ihr Jagdschein ist seit zwölf Jahren erloschen«, sagt sie. »Warum steht das hier?« Sie tippt mit dem Finger auf den letzten Eintrag mit Stempel.

»Weil er verlängert wurde«, sagt Werner Babylon trotzig.

»Wenn er tatsächlich verlängert worden wäre, dann wüsste ich das.«

»Was weiß denn ich? Dieser ganze Behördenkram. Da redet doch der eine nicht mit dem anderen.«

»Die Kontrolle der Waffenbesitzkarten und der Waffen- und Jagdscheine obliegt dem LKA, und glauben Sie mir, die Kollegen sind sehr sorgfältig, und jeder einzelne Eintrag wird inzwischen direkt ins System eingespeist. Wenn da steht, der Waffenschein ist erloschen, dann *ist* er erloschen. Warum also steht da eine erneute Zulassung? Wer hat Ihnen das abgestempelt?«

Werner Babylon schiebt das Kinn vor und schweigt.

»Hören Sie, Johannes Birger ist kein Idiot. Der Mann hat gesagt, mit dem Stempel stimmt etwas nicht. Aber der Stempel sieht in Ordnung aus. Ich will einfach wissen, was hier passiert ist.«

Werner Babylon schaut starr durch die Windschutzscheibe. Schließlich seufzt er. »Die Blödmänner haben den Stempel geändert«, sagt er leise.

»Wie bitte?«

»Die Korinthenkacker bei der Behörde, die haben einen neuen Stempel. Nicht mehr rund, sondern rechteckig. Das wusste ich nicht.«

»Das heißt, *Sie* haben den Stempel gefälscht?«

Werner Babylon zuckt mit den Schultern.

Sita betrachtet den täuschend echten runden Stempel. »Und das kriegen Sie selber hin?«

»Ich hab für den Friedrichstadt-Palast gearbeitet. Da mussten wir dauernd alles selbst machen. Gab ja das meiste nicht.«

»Aha«, staunt Sita. »Ich hatte keine Ahnung, dass Stempel zur Theaterausstattung gehören.«

»Wenn Sie wüssten«, murmelt Werner Babylon.

»Wofür brauchen Sie die Patronen?«

»Für einen Freund.«

»Wie heißt der Freund?«

»Das kann ich nicht sagen.«

»Haben Sie ein Gewehr?«, fragt Sita.

»Nein, aber mein Freund.«

Sita seufzt und wartet einen Moment, bevor sie weiterspricht. »Hören Sie, ich will Ihnen nichts. Aber Tom hat schon genug Schwierigkeiten, und ich würde gerne verhindern, dass noch mehr passiert.«

Werner Babylon presst die Lippen aufeinander und wendet sich ab.

»Sind die Patronen für Tom?«

»Nein.«

»Für wen dann?«

»Für mich.«

»Ach. Auf einmal? Sie haben doch gar kein Gewehr.«

»Ein Freund wollte mir eins leihen.«

Sita atmet tief ein und wieder aus. »Das ist illegal, das wissen Sie, oder?«

»Wenn er mir das Gewehr tatsächlich leihen würde, ja. Aber ist die Absicht auch schon illegal?«, fragt Werner Babylon spitzfindig.

»Nein, die Absicht nicht«, gibt Sita zu. »Aber was auf jeden Fall illegal ist, das ist Urkundenfälschung und der Versuch, unrechtmäßig Schusswaffenmunition zu erwerben.«

»Dann müssen Sie mich wohl jetzt verhaften.«

»In Ordnung«, seufzt Sita. »Dann tue ich das jetzt.«

Werner Babylons Kopf ruckt herum, und er starrt sie an. »Das ist nicht Ihr Ernst.«

»Was dachten Sie denn?«

»Nur wegen eines blöden Stempels?«

Sita mustert Toms Vater. Irgendwie kommt es ihr absurd vor, dass er etwas Böses im Schilde führt, aber die Waffe, die er angeblich nicht hat, macht ihr Sorgen. Am liebsten würde sie ihn einfach nach Hause schicken, zumal sie weiß, dass er sich gerade mit seiner Frau um Phil kümmert, aber sie kann die Sache nicht einfach auf sich beruhen lassen.

»Gut«, sagt sie. »Dann rufen Sie bitte jetzt Ihre Frau an und sagen ihr, dass Sie nicht nach Hause kommen, sondern bei uns übernachten.«

»Sie wollen mich wirklich mitnehmen?«, fragt Werner Babylon perplex.

»Entweder Sie reden, oder ich muss Sie mitnehmen.«

Werner Babylon stöhnt, dann nimmt er sein Handy aus der Manteltasche und ruft seine Frau an.

Sita startet den Motor, setzt zurück, wendet und biegt wieder auf den Teltower Damm ein, in Richtung Tempelhof. Im LKA gibt es Zellen für Kurzzeitbesuche, die so ungemütlich sind, dass sie vermutet, dass der Ausblick auf eine Nacht dort Werner Babylon noch bewegen könnte, etwas zu sagen. Toms Vater brummelt unzufrieden vor sich hin, und Sita schaltet das Radio ein. »Freedom« von Brad Galloway schallt ihr entgegen. Sie wechsel den Sender, doch auch auf dem anderen Kanal wird Galloway gespielt; sie kennt die Melodie, hat aber den Titel vergessen. Die Nachricht von Galloways Tod hat den üblichen Revival-Reflex ausgelöst. Vermutlich schießt sein letztes Album jetzt wieder in die Charts.

An der nächsten großen Kreuzung biegt sie nach rechts auf die B1 ab. Hinter ihr schwenkt ein einzelnes grelles Licht ein. Als sie beschleunigt, ertönt ein dumpfes Grollen hinter ihr. Sie stellt das Radio leiser und schaut etwas länger in den Rückspiegel. Kein Zweifel, hinter ihr ist ein Motorrad. Sie weiß nicht viel über Motorräder, aber wie eine Harley klingt, das ist eigentlich unverwechselbar.

Kapitel 42

Werner Babylon stieg von seinem Fahrrad und lehnte es an den Zaun. Von Inge wusste er, dass Susanne zuletzt selten vor ein Uhr ins Bett gegangen war; insofern hätte er einfach klingeln können. Das Problem war Wolf. Ihm wollte er keinesfalls in die Arme laufen.

Er schlüpfte durch das Gartentor, lief über den stoppeligen Rasen bis zur Seite des Hauses, wo Susanne Gemüse und Kräuter anbaute. Vorsichtig, um ja nichts zu zertreten, lief er in einer geraden Linie zwischen den Pflanzen entlang zum hinteren Teil des Hauses. Im Wohnzimmer war Licht. Wolf saß auf der Couch und war vor dem Testbild des DDR-Fernsehens eingeschlafen. Schlechte Voraussetzungen, um sich bemerkbar zu machen. Werner wollte gerade zum vorderen Teil des Hauses zurück, da kam Susanne ins Wohnzimmer und begann, Teller und Gläser vom Couchtisch abzuräumen.

Werner klopfte leise an die Scheibe. Susanne erschrak so sehr, dass ihr beinah ein Glas aus der Hand gefallen wäre. Mit großen Augen starrte sie zum Fenster. Werner winkte und gestikulierte mit den Händen, um ihr zu verstehen zu geben, sie solle ihm bitte die Haustür öffnen. Susannes Blick ging besorgt zu Wolf, der jedoch weiter selig schlief. Dann nickte sie Werner zu und deutete mit der freien Hand in Richtung Haustür.

Hastig lief Werner zur Vorderseite. Susanne stand bereits an der offenen Tür und ließ ihn ein. Sie umarmten sich, wobei Susanne sorgfältig darauf achtete, einen gewissen Abstand zu wahren.

Sie legte den Finger auf die Lippen und zeigte auf die Küchentür. Werner nickte, zog die Schuhe aus und folgte ihr auf Strümpfen.

Susannes und Wolfs Küche war zusammengewürfelt, erschien ihm aber schon seit jeher gemütlicher als die Einbauküche, die er selbst zu Hause hatte. Der Elektroherd und der Kühlschrank waren Einzelstücke, dazu ein alter Bauhaus-Buffetschrank, den Wolf abgeschliffen hatte, Regalborten mit Haken, von denen Pfannen hingen, und ein Weichholztisch, dem man ansah, wie viele Menschen sich schon um ihn versammelt hatten, und darüber eine niedrig hängende, emaillierte Lampe, die aus dem hellen Tisch den Mittelpunkt des Raumes machte, erst recht jetzt, da kein Licht durch die Fenster einfiel.

Wolfs Schnarchen drang durch die einen Spaltbreit geöffnete Tür zum Wohnzimmer. Behutsam schloss Susanne die Tür, dann zog sie die Vorhänge zu, holte eine Flasche Branntwein aus dem Buffet und zwei einfache Gläser. Eins davon hatte einen Sprung. »Du siehst schlecht aus«, flüsterte sie, goss ihm ein Glas ein, um sich dann selbst einzuschenken.

»Wo ist sie?«, fragte Werner ohne Umschweife.

Statt einer Antwort kippte Susanne ihren Branntwein hinunter und verzog das Gesicht.

»Susanne, bitte! Wo sind Inge und die Kinder?«

Sie schluckte und sah ihn mit diesem Blick an, mit dem man Menschen ansieht, denen man eine schlechte Nachricht verkünden muss. »Sie wollte, dass ich es dir erst morgen sage.«

»Was zum Henker solltest du mir erst morgen sagen?«

Susanne starrte auf die Flasche, als überlegte sie, noch ein Glas zu trinken, unterließ es dann jedoch.

»Susanne, die waren bei mir. Die fragen nach ihr. Da war ein Typ, der behauptet völlig verrückte Sachen. Dass Inge jemanden getötet hat, dass sie Republikflucht begehen will und was nicht sonst noch alles ...«

Susanne verlagerte nervös ihr Gewicht auf dem Stuhl, entschied sich für ein weiteres Glas Branntwein und kippte es hinunter. Ein feuchter Glanz trat in ihre Augen. »Hast du ihm was gesagt?«, flüsterte sie.

»Ich? Was soll ich ihm denn sagen? Ich weiß doch gar nichts. Ich stand da wie der Ochs vorm Berg. Abgesehen davon, dass ich nicht wüsste, warum ich mit denen reden sollte.«

»Wie hieß denn der Typ, der bei dir war?«

»Kreisler. Der war alleine da. Das hat mich irgendwie gewundert. Normalerweise sind die doch mindestens zu zweit«, sagte Werner.

»Scheiße, das ist er«, murmelte Susanne. Sie rieb sich mit beiden Händen das Gesicht.

»Kannst du mich mal bitte aufklären? Wer ist dieser Kreisler? Und wo ist Inge?«

Susanne nickte stumm, als hätte sie eine schwerwiegende Entscheidung getroffen, müsste aber noch einen Moment darüber nachdenken, ob sie sie wirklich in die Tat umsetzen wollte. Dann erhob sie sich. »Warte kurz«, flüsterte sie und verließ die Küche in Richtung Flur. Werner hörte, dass sie die Kellertür öffnete und die Treppe hinablief. Nach einer Weile waren ihre Schritte wieder zu hören, und sie kehrte in die Küche zurück, mit einem Gewehr in den Händen. Starr vor Schreck beobachtete Werner, wie sie die Waffe vor ihm auf den Tisch legte.

»Inge bat mich, das hier für sie zu verstecken. Aber ich will es nicht. Ich will so was nicht im Haus haben. Nimm du es bitte.«

Werner sah schockiert das Gewehr an, dann Susanne, dann wieder das Gewehr. Woher um alles in der Welt hatte Inge so eine Waffe? Das Ding hatte zwei Läufe und sah teuer aus, keine billige Waffe vom Rummel oder eins von diesen Gewehren aus alten russischen Beständen. Seitlich war der Name Merkel eingraviert, dazu mehrere kunstvolle Jagdmotive. Vor einiger Zeit hatte er mal läuten hören, dass es eine ostdeutsche Waffenschmiede gab, die Merkel hieß und die Waffen baute, die sich nur Westler oder die Parteibonzen leisten konnten. Honecker und seine Genossen liebten die Jagd. Vermutlich genau mit solchen Gewehren. Doch warum besaß Inge dieses Gewehr? Hatte sie etwa damit auf jemand geschossen? Stimmte das, was Kreisler gesagt hatte?

»Und hier«, sagte Susanne leise, »ist noch ein Brief für dich.«

Sie legte einen Umschlag neben das Gewehr. Sein Name war auf das Kuvert geschrieben, unverkennbar in Inges Schrift. Er schluckte. Mit zitternden Händen nahm er den Umschlag an sich.

»Es tut mir leid«, flüsterte Susanne.

Werner nickte, schwieg einen Moment lang. Dann sah er Susanne an. »Wusste Inge das von uns?«

Susanne rollte mit den Augen. »Mensch, das ist Jahre her.«

»Dass es Jahre her ist, weiß ich selber, aber ich will wissen, ob sie es wusste.«

»Nein«, sagte Susanne, sie sah zutiefst unglücklich und schuldbewusst aus. »Ich glaub nicht.«

Kapitel 43

Sita schaut erneut in den Rückspiegel. Das Motorrad hinter ihr hat zweimal aufgeblendet, dann zieht es plötzlich links an ihr vorbei und setzt sich vor ihren Saab. Im Licht der Scheinwerfer erkennt sie nur ein Berliner Kennzeichen, ein ungewöhnlich breites Hinterrad mit wuchtigen Auspuffröhren und eine schwarze Gestalt mit Helm. Der Fahrer gibt Zeichen und lotst sie nach rechts zur nächsten Ausfahrt. Für einen kurzen Moment fragt sie sich, was wäre, wenn der Fahrer nicht Tom ist.

An der Joachim-Tiburtius-Brücke folgt sie der Harley und verlässt die Stadtautobahn 103. Kurz hinter der Ausfahrt biegt der Fahrer erneut ab und lotst sie durch ein paar Seitenstraßen. Die Wohnhäuser werden weniger. Im Licht von weit auseinanderstehenden Straßenlaternen liegen jetzt Lagerhallen und Gewerbehöfe, der Straßenbelag besteht aus Kopfsteinpflaster. Einsame Werbeplakate schauen ins Nichts. Der Stamm einer alten Buche ist mit einem weißen Anstrich markiert, damit in der Dunkelheit niemand gegen ihn fährt.

Werner Babylon schaut sich beunruhigt um. »Wo sind wir hier?«

»Körnerstraße«, sagt Sita, in Erinnerung des letzten Straßenschildes, das sie gelesen hat.

»Ich dachte, Sie bringen mich zum LKA?«

»Das mache ich auch, ich muss nur vorher etwas klären.«

Das Motorrad biegt nach rechts ab. Vor ihnen liegt die Einfahrt zu einem verlassenen Parkplatz unter der Joachim-Tiburtius-Brücke.

»Und wer ist das da?«, fragt Werner Babylon und deutet auf das Motorrad, dem Sita folgt.

Sita überlegt, ihm die Wahrheit zu sagen, lässt es dann jedoch. Sie weiß nicht einmal genau, warum. Es ist eher ein Instinkt, der sie schweigen lässt. Obwohl Werner Toms Vater ist, hat sie das Gefühl, dass er nicht unbedingt der Verlässlichste ist. Und sollte der Mann auf dem Motorrad tatsächlich Tom sein, dann dürfen im Moment möglichst wenige Menschen davon wissen, dass er Kontakt zu ihr aufnimmt.

Die Harley rollt unter der Brücke aus, der Fahrer stellt die Beine auf den Boden. Sita hält ein paar Meter von der Maschine entfernt. Das tiefe Wummern des Motors hallt unter der Betondecke der Brücke wider und gräbt sich in ihren Magen. Dann verebbt das Grollen, und der Fahrer stellt die Maschine ab. Werner Babylon rutscht nervös auf seinem Sitz hin und her. Mit der rechten Hand hält er sich am Griff der Beifahrertür fest, sagt jedoch nichts.

»Geht's Ihnen gut?«, fragt Sita besorgt.

»Mmh«, murrt Werner Babylon.

Sita öffnet die Fahrertür einen Spalt, und die automatische Beleuchtung im Innenraum springt an. Der Fahrer der Harley sieht zu ihnen herüber, im Visier des Helms spiegeln sich die Scheinwerfer des Saabs. Hinter ihm brennt ein schwaches Licht, dunkelrote Vorhänge im vergitterten Fenster einer Baracke. Der Mann hebt die Hand und winkt Sita zu sich heran.

Sita zögert, beobachtet die dunkle Silhouette unter der

Brücke, mit dem schwarz glänzenden Helm, der aussieht wie der Kopf eines übergroßen, gefährlichen Insekts. Im Gegensatz zu den Kollegen der Mordkommission trägt sie in der Regel keine Waffe bei sich. Jetzt hätte sie gerne eine, für den Fall, dass sie sich irrt und dieser Mann nicht Tom ist.

»Sie bleiben hier, klar? Es dauert nur einen Moment.«

Toms Vater nickt.

»Haben Sie Ihr Telefon?«

»Ja. Hab ich, glaube ich.« Er tastet zerstreut seine Jacke ab, bis er das Telefon gefunden hat.

»Wenn Ihnen irgendetwas komisch vorkommt oder wenn Sie Hilfe brauchen, dann rufen Sie die 110 oder die 112 an. Verstanden?«

»Mmh.«

»Geht es Ihnen wirklich gut?«

Werner Babylon rollt mit den Augen. »Wer ist der Mann?«

»Ein Informant.«

»Und warum müssen Sie den ausgerechnet jetzt treffen?«

»Das geht Sie nichts an.«

»Aber wenn etwas schiefgeht, dann geht's mich schon etwas an, oder?«, knurrt er.

»Es wird nichts schiefgehen.« Sita steigt aus, wirft die Tür ins Schloss und geht auf den Mann mit dem Motorrad zu. Über ihr hallt das dumpfe Rauschen der Stadtautobahn. Reifen auf Asphalt. Die Betonpfeiler singen leise mit. Rechts neben ihr zischt plötzlich eine S-Bahn heran und passiert den Parkplatz. Die Waggons rattern über die immer gleiche Nahtstelle im Gleis. Der Mann bedeutet ihr mit einer Kopfbewegung mitzukommen. Gemeinsam laufen sie über das Pflaster, der Zug macht ein Gespräch unmöglich. Bei der Baracke zieht er Sita beiseite. Sie wirft einen letzten Blick auf die Scheinwerfer ihres Saabs. Werner Babylon starrt ihr nach. Dann verliert sie ihn aus den Augen. Im Schutz einer dunklen Nische zieht der Mann schließlich den Helm ab, und Sita traut ihren Augen nicht. Der Mann, der vor ihr steht, ist nicht Tom Babylon.

Kapitel 44

Gertrud schließt leise die Tür zu Phils Zimmer, entscheidet sich aber im letzten Moment, sie doch lieber einen Spalt offen zu lassen. Die Spieluhr, die sie am Vormittag gekauft hat, ein knuddelweicher, grauer Esel mit grünem T-Shirt, spielt leise »La-Le-Lu«. Sie schleicht die Treppe hinab, bleibt auf der Mitte stehen, horcht noch einmal, dann geht sie ins Wohnzimmer und sinkt im Halbdunkel aufs Sofa. Sie ist einfach zu müde, um noch das Licht oder den Fernseher einzuschalten. Seit Jahren ist sie nicht so erschöpft gewesen, und auch nicht so glücklich.

Sie muss daran denken, wie Tom gestern mit Phil vor der Tür gestanden hat. Tom, der sie sein ganzes Leben lang immer nur abgelehnt hat. Egal, was sie getan hat, es war immer zu viel oder zu wenig. Als sie Werner damals kennenlernte, war der Zug mit den Kindern bei ihr schon abgefahren, sie würde keine eigenen mehr haben können, da hatte ihr Frauenarzt sich unmissverständlich ausgedrückt.

Und dann kam Tom. Siebzehn, zwei Köpfe größer als sie und die Plätze im Herzen bereits besetzt von einer toten Mutter und einer toten Schwester. Schlechtere Karten kann man als Stiefmutter nicht zugeteilt bekommen. Hinzu kamen Toms spätpubertäre Aufstände. Zwischendurch hatte sie sogar Angst, Werner würde sich von ihr trennen, weil Tom auch ihn seine ganze Verachtung dafür spüren ließ, dass er den Platz seiner Mutter neu besetzt hatte.

Sie seufzt.

Und dann hat Tom gestern einfach mit diesem kleinen Glückskeks vor der Tür gestanden.

Sie war aus allen Wolken gefallen, und das Verrückte ist, *dieses* Mal hat sie etwas richtig gemacht. Es ist so verblüffend einfach gewesen, so unglaublich banal. Ein Blick, ein Lächeln und zwei halbe Bananen. Sie hat sich gar nicht anstrengen müssen. Und das widersprach allem, was sie in ihrem Leben gelernt hat. Denn sie hat eigentlich recht früh begriffen, dass einem im Leben immer nur dann etwas gelingt, *wenn* man sich anstrengt. Schon als Kind war sie zu klein und zu unauffällig, um auf dem Schulhof bemerkt zu werden. Erst als ihre Brüste größer wurden und ihr Lachen lauter, drehten sich hin und wieder Jungs nach ihr um. Und dass sie bis zu ihrer Frühpensionierung im Bezirksamt Tempelhof-Schöneberg die Leitung der Verwaltung innegehabt hatte, das hatte sie auch nur ihrem festen, mitunter lauten Auftreten zu verdanken.

Heute ist sie den ganzen Tag mit Phil unterwegs gewesen, und sie ist stolz – sie hat es gerockt; so sagt man das doch heute. Der Kleine mochte sie. Gut, vielleicht lag es auch nur daran, dass er die Frau mochte, die ihn in den Zoo zu den Elefanten und Löwen gebracht hat, aber wie auch immer, er hat fröhlich ausgesehen. Phil hat ihr Herz im Sturm erobert, und sie hofft darauf, dass ihr das bei ihm auch ein kleines bisschen gelungen ist.

Die Melodie der Spieluhr im Obergeschoss wird langsamer und verklingt schließlich ganz.

Gertrud schließt die Augen und ist in Gedanken noch einmal im Zoo. Der Tag kommt ihr vor wie ein Traum, und die bleierne Müdigkeit lässt ihre Sinne schwinden. Ihr letzter Gedanke ist, wie sie all das wohl geschafft hätte, Tag für Tag, wenn sie selbst ein oder zwei Kinder gehabt hätte.

Im Traum schiebt sie Phil in seinem Buggy an den Affen vorbei und gibt ihm eine weitere Banane. Das ganze Einkaufsnetz ist voller Bananen, die Affen werfen begehrliche Blicke darauf und springen wild hin und her. Ein Rad am Buggy eiert und schlingert klappernd hin und her.

Sie würde es gerne ölen, damit es Phil nicht stört.

Plötzlich liegt ein Tuch auf ihrem Gesicht, und es fällt ihr schwer zu atmen. Es riecht seltsam süßlich. Ein Adrenalinstoß peitscht durch ihren Körper, und mit einem Mal ist sie wach.

Hinter ihr steht jemand und presst ihr ein feuchtes Tuch auf Mund und Nase. Sie erinnert sich schlagartig, der süßliche Geruch, das muss Chloroform sein – das kennt sie aus Krimis. Sie hält die Luft an und bäumt sich auf, versucht, das Tuch von ihrem Gesicht wegzureißen, aber jemand hält sie mit eisernem Griff fest. Sie strampelt mit den Beinen, stößt eine Tonvase vom Tisch, die polternd auf den Boden fällt. Für einen Moment rutscht das Tuch etwas beiseite, sie bekommt frische Luft, atmet gierig, doch sofort presst der Angreifer ihr das Tuch wieder auf den Mund. Sie schreit, doch durch den Stoff dringt nur ein stark gedämpftes Rufen. Der Angreifer hinter ihr keucht, sie spürt seinen Atem, und plötzlich hört sie, dass Phil aufgewacht ist und laut nach seinem Papa ruft.

Der süßliche Geruch dringt in ihre Atemwege, ihre Sinne drohen sich davonzuschleichen. Bloß nicht einatmen, denkt sie. Dann ist alles vorbei. Dann kann er mit dir machen, was er will. Sie spürt, wie stark der Angreifer ist, wie sinnlos ihre Gegenwehr. Das Gefühl, zu klein zu sein – und zu schwach –, kennt sie allzu gut. Und je mehr sie sich wehrt, desto weniger Luft bleibt ihr, desto mehr muss sie atmen.

Sie hört auf, nach dem Angreifer zu schlagen, und versucht die Muskeln zu entspannen. Ihre Sinne schwinden weiter, und sie weiß, sie hat nur eine Chance: Sie muss ihn täuschen. Er muss aufhören damit. Das Tuch muss weg.

Sie lässt ihren Kopf zur Seite sinken, hält immer noch den Atem an und hofft, dass er nicht merkt, was sie vorhat.

Der Mann hinter ihr gibt einen grimmigen Seufzer von sich. Dann lässt er sie los und nimmt das Tuch von ihrem Mund. Gertrud versucht, sich nicht zu rühren, stellt sich vor, wie er sie anstarrt. Im Obergeschoss schreit Phil.

Hinter ihr raschelt eine Plastiktüte.

Was um Himmels willen hat er vor? Will er sie ausrauben? Vergewaltigen?

Ihre Lunge brennt, sie hat das Gefühl, dass ihr Kopf vor Anstrengung zerspringt. Sie braucht Luft und kann nicht mehr warten. Im Flur hört sie jemanden die Treppe ins Obergeschoss hinaufgehen. Um Gottes willen, was will der Kerl oben? Sie öffnet den Mund, atmet so leise, wie sie nur kann. Vor ihren Augen tanzen Sterne. Phils Geschrei wird plötzlich lauter, was nur eins heißen kann. Der Angreifer ist in sein Zimmer gegangen.

Gertrud öffnet die Augen, versucht sich aufzurichten. Ihr ist schwindelig, und sie hat das Gefühl, sich übergeben zu müssen. Ihr Blick fällt auf die Vase, die sie umgestoßen hat.

Phils Geschrei wird leiser und verebbt schließlich ganz. Oh Gott, das Chloroform! Wie oft hat sie gehört, dass es eine Frage der Dosis ist. Zu wenig davon und es wirkt nicht, zu viel davon und man kann sterben. Und Phil ist noch so klein, dass ihm jede Dosis gefährlich werden kann.

Sie stützt sich auf dem Sofa ab und versucht ihre benebelten Sinne zu kontrollieren. Die Vase ist zum Greifen nah. Eine Hand zum Festhalten, eine zum Aufheben. Die Vase ist schwer. Das ist schlecht. Nein, es ist gut. Sie taumelt zur Treppe, die ins Obergeschoss führt. Neben dem Fuß der Treppe ist die Küchentür, sie steht offen, und Gertrud schleppt sich in die Küche und stellt sich neben den Türrahmen, sodass der Mann sie nicht sehen kann, wenn er die Treppe herabkommt. Ihr Herz rast, sie hat immer noch das Gefühl, sich jeden Moment übergeben zu müssen. Auf der Treppe hört sie jetzt Geräusche. Schritte, die näher kommen. Sie hebt die Vase mit beiden Händen über den Kopf und hat Mühe, das Gleichgewicht zu halten.

Was ist, wenn er Phil dabeihat? Ob er ihn trägt? Aber warum hört sie dann nichts? Vielleicht hält er ihm den Mund zu. Oder liegt Phil betäubt oben in seinem Bett?

Der Mann geht die letzten Stufen hinab, dann tritt er in ihr Blickfeld. Er will zur Haustür, sieht sie aus dem Augenwinkel und dreht sich zu ihr um. Mit aller Kraft schlägt sie mit der Vase nach ihm und trifft ihn mitten ins Gesicht. Die Vase zerspringt, die schweren Tonscherben poltern zu Boden. Der Mann taumelt rückwärts, er hat Phil auf dem Arm, lässt ihn fallen und der Kleine beginnt zu schreien. Der Mann blutet aus der Nase, auf seiner Stirn klafft eine Platzwunde. Gertrud beugt sich vor, versucht eine der Scherben aufzuheben.

Der Mann stürzt sich mit einem wütenden Schrei auf sie, als wollte er sie wegrammen. Sie taumeln gemeinsam in die Küche und krachen zwischen die Stühle und den Tisch. Der Angreifer stolpert seitlich an ihr vorbei, sie fällt mit ihm, sieht, wie sein Kopf gegen die Tür der Küchenzeile vor dem Abfalleimer prallt und dann mit einem lauten, dumpfen Geräusch auf dem Boden aufschlägt, bis ihr auffällt, dass sie ebenfalls auf dem Boden liegt und das Geräusch des Aufpralls zu ihr gehört.

Der Schmerz in ihrem Kopf ist seltsam dumpf.

Phil!, denkt sie. Ich muss schnell zu Phil.

Sie versucht, sich auf die Seite zu rollen, und muss sich plötzlich auf die Küchenfliesen übergeben. Die Sterne sind zurück, tanzen vor einem schwarzen Zelt, dass sie umgibt. Dann verschwinden auch die Sterne.

Kapitel 45

»Hallo, Sita«, sagt Tom. Seine Stimme geht im Lärm der vorbeifahrenden S-Bahn fast unter.

Sita starrt ihn entgeistert an. Es dauert einen Moment, bis sie in dem Mann mit der frisch rasierten Glatze und dem dunklen Kinnbart Tom erkennt. »Mein Gott«, murmelt sie, dann lacht sie kurz und trocken auf.

»Warum ist mein Vater bei dir?«, fragt Tom.

»Himmel, sag mir erst mal, wie du mich überhaupt gefunden hast?«

»Ich hatte Hilfe«, antwortet Tom vage.

»Aha.«

»Sagst du mir bitte, was mit meinem Vater ist?«

Sita starrt ihn immer noch an. »Er ... hat versucht, Gewehrpatronen zu kaufen. Mit einem gefälschten Jagdschein.«

»Bitte, was?«, fragt Tom konsterniert.

»Damit wäre meine Frage wohl geklärt«, erwidert Sita.

»Welche Frage?«

»Ob er die Patronen für dich kaufen sollte.«

»Himmel, nein! Ich lasse doch nicht meinen Vater losziehen und ... Wie zum Teufel kommst du ...« Tom verstummt. Natürlich. Eigentlich ist ganz klar, wie sie darauf kommt.

»Hat dein Vater ein Gewehr?«

»Ich habe nie eins bei ihm gesehen«, sagt Tom.

Sita nickt nachdenklich. »Wie geht's dir? Bist du okay?«

»Bei mir ist nichts okay«, erwidert Tom hart. Sita lässt sich wegen seines Tonfalls nichts anmerken, aber er kennt sie gut genug, um zu wissen, dass sie irritiert ist. »Was ist mit der Garage?«, fragt er. »Warst du das? Niemand sonst wusste davon.«

»Ach, daher weht der Wind«, sagt Sita leise.

»Warst du's?«

Sita lächelt, doch sie ist betroffen. »Deine Stiefmutter«, sagt sie. »Wir waren bei deinem Vater, weil wir dich gesucht haben. Morten hat gebohrt, und ihr ist die Garage eingefallen.«

Tom merkt, wie er die Fäuste ballt.

»Es bringt nichts, wenn du dich ärgerst. Sie war sich der Tragweite nicht bewusst.«

»Und mein Vater hat den Standort verraten«, sagt Tom bitter.

»Nachdem die Katze aus dem Sack war, ja.«

Ein Lastwagen fährt am Parkplatz vorbei, und die Scheinwerfer streifen das Gelände unter der Brücke. Die Begegnung mit Sita kommt ihm seltsam vor, fremd und zugleich vertraut. Er ist froh, dass nicht sie ihn verraten hat. Es ist, als ob eine Umarmung zwischen ihnen im Raum steht, doch die Situation ist so grotesk, dass es ihm irgendwie falsch erscheint, als würde er sie damit in einen Strudel hineinziehen, zu dem sie besser Abstand halten sollte.

»Du weißt, wie es Anne geht?«, fragt sie.

Er nickt. Der Kloß in seinem Hals wird größer. Keine Trauer jetzt. Er muss im Ermittlermodus bleiben.

»Brauchst du irgendwas?«, fragt Sita.

»Nur dass du mir glaubst. Ich hab mit diesem ganzen

Wahnsinn nichts zu tun. Ich habe weder Galloway etwas angetan noch Anne.«

Sita lächelt. »Ich glaub dir.«

»Danke«, seufzt Tom.

Für einen Moment schweigen sie beide.

»Wie ist der Stand eurer Ermittlungen?«, fragt er schließlich.

»Du bist Verdächtiger Nummer eins. Morten und Gerstelhuber haben sich festgelegt und müssen jetzt liefern, entweder dich – oder den Gegenbeweis.«

»Wer ist denn jetzt für mich eingesprungen?«

»Berti Pfeiffer und Nicole Weihertal.«

»Pfeiffer? Im Ernst?« Tom stöhnt. »Der wird bestimmt nichts hinterfragen. Pfeiffer macht Dienst nach Ansage.«

Sita nickt. »Aber Nicole ist schlau.«

»Und noch sehr jung«, gibt Tom zu bedenken.

»Beim Berlinale-Fall hat sie sich clever angestellt«, meint Sita.

»Wie ist denn der genaue Stand gerade?«

»Wir haben das Glas –«

»Ich meine die Dinge, die ich noch nicht weiß«, unterbricht Tom.

»Es gibt ein Video von einer Überwachungskamera, auf dem dein Wagen zu sehen ist, wie er an dem Gelände, auf dem wir Galloways Leiche gefunden haben, entlangfährt. Der Fahrer ist nicht zu erkennen. Uhrzeit: kurz vor der Tat. Das Gelände rund um das Gästehaus wird großräumig untersucht, aber die Spurenlage ist unübersichtlich. Viele Polizisten, Feuerwehrübungen, die in der Nähe stattfinden … Grauwein befehligt gerade eine kleine Armee, aber die KT ist eigentlich auf verlorenem Posten. Von dir sind am Tatort ein paar DNA-Spuren gefunden worden, die müssen eigentlich ausgeschlossen werden, da du als Ermittler den Tatort betreten hast. Aber jetzt werden die Spuren natürlich in einem anderen Licht betrachtet. Ach, und Galloway ist Heparin gespritzt worden, ein Blutverdünner. Das dürfte das Verbluten noch etwas beschleunigt haben. Aber ermittlungstechnisch hat uns das bisher nicht weitergebracht.«

»Und was ist mit dem Überfall auf Anne?«

»Noch zu frisch, um wirklich etwas zu sagen. Grauwein hat Textilfasern am Fensterrahmen gefunden, ach ja, und da ist noch der Nachbar, der dich am Tatort gesehen hat, allerdings erst nach dem Überfall.«

»Also bisher keine wirkliche Entlastung«, murmelt Tom. »Gibt es denn gar keine alternativen Ermittlungsansätze, die ihr verfolgt?«

»Doch«, sagt Sita und erzählt ihm von Amanda Lee und Alistair Benson.

»Marine Corps?«, sagt Tom. »Das würde zumindest zu den Knoten passen, mit denen Galloway gefesselt war. Hat Peer denn noch irgendetwas über die Seile herausgefunden?«

»Nichts Relevantes. Baumarktware«, erwidert Sita.

»Okay. Und wer ist jetzt an Benson und Lee dran?«

»Zurzeit nur Frohloff. Er recherchiert sozusagen unterm Radar. Du hast ihn ja überhaupt erst darauf gebracht.«

Tom nickt. »Nehmt euch noch mal Jayanti Bhat vor, die Rezeptionistin im Stue. Sie ist die Letzte, die Galloway lebend gesehen hat. Galloway hat sie mit auf sein Zimmer genommen, nachdem Anne weg war.«

»Ach«, sagt Sita erstaunt. »Die Flecken auf dem Laken?«
Tom nickt.

»Wir haben uns schon gewundert, von wem die sind. Nachdem Grauwein auf dem Bett ein Haar von Anne gefunden hat, lag der Verdacht nahe, dass die Spuren auf dem Laken von ihr sind. Aber der DNA-Abgleich war negativ.«

»Wie gesagt, Jayanti Bhat hat mir gestanden, dass sie es war. Der Sohn der Hoteldirektorin ist übrigens sehr interessiert an ihr, vielleicht überprüft ihr ihn auch, und am besten auch Bhats Verwandtschaft.«

»Machen wir, ich geb's weiter«, verspricht Sita.

»Und fragt Jayanti Bhat nach dem Mann, der im Stue die Backstagekarte für Anne abgeholt hat.«

»Jemand anders hat die Karte für Anne abgeholt?«

»Amanda Lee meinte, es wäre auch ein Mann gewesen, der für Anne angerufen hat und für sie um die Karte gebeten hat.«

»Das hört sich sehr *strange* an. Anne hat in der Vernehmung geäußert, sie hätte den Umschlag, den sie Galloway auf der Bühne gegeben hat, kurz vorher von einem Mann bekommen.«

»Gibt es dafür Zeugen?«, fragt Tom.

»Bisher niemand. Aber das heißt nichts. Auf der Bühne war es hektisch, laut, wechselnde Lichteffekte – und alle haben auf Galloway gestarrt.«

»Anne, Amanda Lee und Jayanti Bhat«, zählt Tom auf. »Bisher sind es schon drei Leute, die von einem unbekannten Mann sprechen, der zu unterschiedlichen Momenten in diesem Fall eine Rolle spielt. Wir müssen diesen Mann finden – vorausgesetzt, es geht immer um denselben Mann.«

»Tom, was läuft hier?«, fragt Sita. »Da will dir doch einer was. Hast du eine Ahnung, wer? Und warum?«

Tom schüttelt den Kopf. »Ich bin mir noch nicht einmal sicher, ob der Mord an Galloway und der Angriff auf Anne von ein und demselben Täter verübt wurden.«

»Was ist mit Lee und Benson?«

»Die verliebte Managerin und der Ex-Marine? Ja, vielleicht. Aber warum? Nur aus Eifersucht?«

»Oder wegen enttäuschter Liebe *und* verlorenem Geld«, schlägt Sita vor. »Aber warum dann so kompliziert? Ich meine, warum dir die Sache in die Schuhe schieben?«

Tom muss daran denken, wie Amanda Lee ihn in der Tiefgarage geohrfeigt hat. »Lee ist wütend auf Anne. Ich dachte bisher, ihre Wut hat damit zu tun, dass Anne in den Mord verwickelt ist, aber vielleicht geht es auch hier um Eifersucht.«

»Dann müsste sie aber eine ausgewachsene pathologische Fixierung auf Galloway haben«, entgegnet Sita. »Ich traue ihr zwar mangelnde Impulskontrolle zu, aber geht das wirklich so weit?«

»Würdest du das ausschließen?«

Sita überlegt einen Moment, bevor sie antwortet. »Nein, das nicht. Aber neben aller Emotionalität, Lee ist als Managerin auch extrem erfolgsorientiert. Wenn es für sie etwas zu gewinnen gäbe ...« Eine weitere S-Bahn rauscht heran und übertönt die Autos auf der Brücke.

»Hat Galloway eigentlich eine Lebensversicherung?«, fragt Tom.

»Bitte?«

»Eine Lebens-ver-siche-rung«, ruft Tom gegen den Lärm der Bahn an. »Und was ist mit einem Testament? Ich meine, wir konzentrieren uns die ganze Zeit auf eine Beziehungstat. Vielleicht vernachlässigen wir die anderen Motive zu sehr.«

Sita schaut ihn nachdenklich an. »Könnte sein. Wenn Lee oder die Firma begünstigt sind, dann geht es vermutlich um sehr viel Geld.«

Der Lärm der S-Bahn verebbt.

»Und was die emotionalen Motive angeht«, sagt Tom.

»Vielleicht überprüft ihr mal, ob Lee eine Abtreibung in ihrer Zeit mit Galloway hatte.«

»Wie kommst du denn darauf?«

Tom zuckt mit den Schultern. »Nur so ein Gedanke. Ich fische einfach im Trüben ...«

»Gut. Ich kümmere mich darum«, verspricht Sita.

»Danke. Kann ich dich anrufen?«

»Prepaid?«

»Nicht zurückzuverfolgen.«

»Dann immer. Wir sollten vorsichtig sein, wenn wir hinter Mortens Rücken ermitteln. Wenn er rausbekommt, dass wir beide Kontakt haben, dann ist der Teufel los. Wo bist du eigentlich untergeschlüpft?«

Tom zögert, und Sita hebt die Augenbrauen.

»Bene«, sagt er.

»Tsss.« Sie schüttelt den Kopf und grinst. »Ich wusste es.«

»Du wusstest noch ganz andere Dinge«, sagt Tom mit traurigem Lächeln.

Sitas Grinsen verblasst. »Phil«, seufzt sie. »Tom, es tut mir so, *so* leid.«

Er nickt und schluckt die Trauer hinunter. *Ermittler bleiben! Abstand. Nicht die Kontrolle verlieren.*

Sita unterschreitet den Abstand und umarmt ihn, so selbstverständlich und fest, dass er keine Chance hat zu fliehen. *Geh weg. Bleib hier.* Dazwischen gibt es gerade nichts. Als sie sich von ihm löst, hat er Tränen in den Augen. »Wenn ich dich und den irren Czech nicht hätte«, sagt er.

Sita lächelt und hält sein Gesicht in ihren Händen. »Du hast Phil. Und Anne.«

Tom seufzt. »Okay«, sagt er heiser. »Du gehst vor zum Wagen. Ich fahre, wenn du weg bist. Mein Vater muss nicht wissen, dass wir uns getroffen haben.«

Sita nimmt zum Abschied seine Hand in ihre. Die Wärme wirkt noch nach, als sie schon um die Ecke verschwunden ist. Tom lehnt sich an die Wand der Baracke und starrt auf die Unterseite der Betonbrücke. Es ist zugig und riecht nach Resten von Alkohol; vermutlich die Altglascontainer am Rand des Parkplatzes. Autos rollen in Wellen über die Brücke, in weiter Ferne heult eine Polizeisirene.

»Tom?«

Er zuckt zusammen. Sita ist wieder da. »Was ist los?«

»Dein Vater ist weg.«

»Wie, weg? Was heißt das?«

»Ich wollte ihn mit ins LKA nehmen, um die Sache mit der Gewehrmunition zu klären. Offensichtlich will er das nicht ...«

»Du meinst, er ist deswegen abgehauen.«

In Sitas Miene spiegeln sich Ärger und zugleich Selbstvorwürfe. »Wie fit ist dein Vater?«

»Du meinst, wie gut er zu Fuß ist?«

»Ich frage mich eher, ob ich mir Sorgen machen muss. Als ich ihn vorhin im Auto zurückgelassen habe, wirkte er etwas zittrig.«

Kapitel 46

Gertrud öffnet die Augen. Die Küche ist anders, irgendwie ... gekippt, die Arbeitsplatte, der Boden, einfach alles steht hochkant. Der Tisch ist verschoben, die Stühle umgestürzt. Kein Wunder, der Boden ist die Wand. Sie blinzelt. Ihr Kopf setzt das Bild neu zusammen. Sie liegt auf dem Boden, alles steht richtig, mehr oder weniger, bis auf das Chaos mit dem Tisch und den Stühlen. Der Geruch von Erbrochenem steigt ihr in die Nase. Ihr Kopf schmerzt, sie hat jedes Gefühl für die Zeit verloren. Draußen ist es noch dunkel. Ist es Nacht? Oder früh am Morgen? Auf dem Fußboden sind Blutspuren. Nah der Fußleiste liegt eine Tonscherbe.

Die Erinnerung kommt Schritt für Schritt zurück. Die Vase, die sie dem Mann ins Gesicht geschleudert hat. Wie er auf sie zugestürmt und sie zwischen den Tisch und die Stühle gestürzt ist. Ihre Hüfte tut weh und ihr linker Arm.

Aber wo ist der Mann jetzt?

Sie versucht, auf die Beine zu kommen, und zieht einen Stuhl zu sich heran. Zuerst auf alle viere. Dann den Stuhl hinstellen, sich langsam daran aufrichten. Ihre Knie sind wackelig, doch schließlich steht sie, die Hände fest um die Stuhllehne geklammert. Ihr Gehirn sendet wirre Gedanken. Ich muss noch wischen, es riecht schlecht. Ein

Rollator wäre jetzt gut. Habe ich noch Kaffee? Ob Phil noch schläft?

Phil!

Sie erstarrt. Der Mann hatte Phil auf dem Arm, als er die Treppe herunterkam. Er wollte ihn mitnehmen. Und Phil war im Flur zu Boden gefallen, als ...

Sie lässt die Stuhllehne los und wankt zur Tür, wo sie sich am Rahmen festhält. Im Flur ist niemand. Auf dem Boden liegen die Reste der zerbrochenen Vase, dazwischen ein paar Sprenkel Blut. Gertrud hangelt sich am Posten des Treppengeländers entlang und geht langsam zur Wohnzimmertür. Alle Lampen sind an. Das grelle Licht sticht ihr in die Augen, und sie muss blinzeln. Erneut wird ihr schlecht, sie ist immer noch benommen und fragt sich, ob das die Folgen des Chloroforms oder ihres Sturzes in der Küche sind.

Plötzlich hört sie hinter sich auf der Treppe Geräusche. Schnelle Schritte, als wäre jemand in Eile. Sie dreht sich um und sieht einen Mann am Fuß der Treppe, der sich in Richtung Wohnzimmer wendet und stehen bleibt, als er sie sieht.

Seine Stirn und seine Nase sind blutig, sein Alter ist schwer zu schätzen. Vielleicht Mitte dreißig oder vierzig. Er ist groß und massig, seine Haare sind dunkel, kurz und verschwitzt, doch Gertrud meint sich zu erinnern, dass er vorhin noch längere und hellere Haare gehabt hat.

Der Mann starrt sie mit hasserfülltem Blick an. Gertrud weicht ins Wohnzimmer zurück, während er ihr nachkommt. Plötzlich spürt sie die Lehne des Sofas hinter sich. Ein freudloses Lächeln kräuselt die Lippen des Mannes. Gertrud würde gerne davonlaufen, aber ihre Knie geben nach. Plötzlich ist der Mann bei ihr, packt sie an beiden Armen, drückt sie gegen die Rückseite des Sofas, sodass sie halb steht, halb sitzt.

»Wo ist der Kleine?«, zischt der Mann.

»Wer ... wer sind Sie?«, fragt Gertrud verwirrt. »Was wollen Sie?«

»Ich will wissen, wo der Kleine ist.« Der Mann packt sie mit der Rechten am Hals, drückt zu und zieht sie zugleich auf die Zehenspitzen.

»Ich ... ich weiß doch nicht ...«, stammelt Gertrud. Die Angst zu ersticken lähmt sie, gleichzeitig schießt ihr in den Sinn, dass er Phil nicht gefunden hat, was bedeuten muss, dass Phil irgendwohin gekrabbelt sein muss.

»Hör zu, ich will dir nichts«, zischt der Mann und kommt ihr so nah, dass sie seinen Atem riechen kann. Süßlich und künstlich. »Ich will den Kleinen, sonst nichts. Aber wenn ich ihn nicht finde, bring ich dich um.«

»Ich weiß ... nicht, wo er ... ist«, keucht Gertrud.

»Lüg – mich – nicht – an.«

»Ich lüg nicht«, presst Gertrud verzweifelt hervor.

»Welchen Wert hast du noch für mich, wenn du's nicht weißt?«

Gertrud schnappt nach Luft. Ihre Hände klammern sich um seine Hand an ihrem Hals.

In ihrem Rücken gibt es plötzlich einen ohrenbetäubenden Krach. Scherben regnen zu Boden. Der Angreifer zuckt zusammen, schaut in die Richtung, aus der der Lärm gekommen ist. »Keine Bewegung«, brüllt eine Stimme, die ihr vage bekannt vorkommt.

Der Mann dreht sie mit einem Ruck herum, als wäre sie eine Puppe, und presst sie an sich. Die Scheibe der Verandatür ist zertrümmert. Ein großer Mann mit Glatze in schwarzer Kleidung greift von außen an den Griff und öffnet die Tür. In der anderen Hand hält er eine Pistole.

Der Angreifer geht hinter ihr in Deckung und zerrt sie

rückwärts mit in den Flur, noch bevor der andere Mann das Haus betreten kann.

»Gertrud!« Die Stimme kommt aus dem Wohnzimmer. Das ist Toms Stimme, denkt sie verwirrt, aber der Mann sieht gar nicht aus wie Tom.

»Er ist hinter Phil her«, schreit Gertrud.

Der Angreifer zieht sie mit sich in Richtung Haustür.

Der Mann mit der Glatze tritt aus dem Wohnzimmer in den Flur, die Waffe im Anschlag. »Stehen bleiben.« Die Art, wie er es sagt, beseitigt ihre letzten Zweifel. Es ist Tom.

Der Angreifer ist jetzt bei der Haustür, fasst hinter sich, öffnet die Tür einhändig und benutzt ihren Körper immer noch als Deckung. »Schöne Grüße an die Hornisse«, zischt der Mann. »Bald gibt's ein Wiedersehen.«

Dann gibt er Gertrud einen kräftigen Stoß, sodass sie Tom entgegentaumelt. Tom fängt sie auf. »Kannst du stehen?«, fragt er. Sie nickt, lehnt sich erschöpft an die Wand. Im nächsten Augenblick läuft Tom zur Haustür und rennt dem Angreifer nach.

Gertrud lehnt keuchend an der Wand. Ihr Herz rast wie verrückt, als wollte es aus ihrer Brust springen oder einfach mit einem letzten wilden Schlag aufhören. Gertrud versucht ihren Atem zu kontrollieren. Ein. Aus. Ein. Aus.

Dann ruft sie, so laut sie kann: »Phil?«

Keine Antwort.

»Phil? Wo bist du?«

Tränen steigen ihr in die Augen. Sie tastet sich an der Wand entlang Richtung Wohnzimmer, stützt sich auf die Rückseite der Couch.

Durch die kaputte Terrassentür dringt Wind ins Haus und streicht durch die Vorhänge. Unter dem rechten Vorhang ragt ein kleiner Fuß hervor.

344

Gertrud stolpert durchs Zimmer und zieht den Stoff beiseite. Dahinter sitzt Phil, an die Wand gelehnt, mit großen Augen. »Phil, mein Gott, da bist du ja!«

Phil antwortet nicht. Er nuckelt am Ohr des Stoffesels, der auf seinem Schoß sitzt. Gertrud schickt ein Stoßgebet zum Himmel, dass Phil nicht aus Versehen an der kleinen grünen Schnur der Spieluhr gezogen hat. »Komm mal her, mein Schatz«, sagt sie heiser, setzt sich neben Phil und zieht ihn auf ihren Schoß. »Die Oma Gertrud ist ja da. Dir kann nichts passieren.«

»Geh-hud«, murmelt Phil leise und drückt seinen Kopf an ihre Brust.

Gertrud kommen die Tränen, während sie leise mit Phil redet, um ihn zu beruhigen.

Kapitel 47

Lieber Werner,

wenn Du das hier liest, bin ich hoffentlich bereits mit den Kindern in der Freiheit.

Ich kann nicht erwarten, dass Du mir verzeihst. Vielleicht kann ich noch nicht einmal erwarten, dass Du mich verstehst. Aber ich habe es nicht mehr ausgehalten, ich kann in diesem Land nicht mehr leben und ich ertrage nicht, dass unsere Kinder hier aufwachsen sollen.

Bitte glaub mir, ich wollte all dies ganz anders, aber Deine Haltung war ja immer, dass es uns eigentlich doch ganz gut geht. Bitte entschuldige, aber mir ging es nicht gut. Nun scheinen die Dinge ja gerade ins Rollen zu kommen, Ungarn öffnet seine Grenze. Ich wäre gerne noch etwas geblieben, hätte gerne noch etwas abgewartet, aber es sind Dinge geschehen, die mich gezwungen haben, von jetzt auf gleich fortzugehen. Vielleicht war schon die Polizei bei Dir. Vielleicht ist auch Benno Kreisler zu Dir gekommen. Bitte glaub nicht alles, was sie Dir sagen werden.

Ja, ich habe eine Frau getötet. Aber ich habe es aus Notwehr getan. Und ja, ich habe Dich mit Benno Kreisler betrogen. Ich wünschte, ich könnte es ungeschehen machen. Es tut mir wirklich unendlich leid.

Ich habe geglaubt, Benno würde mich sehen. Er würde verstehen, dass ich hier nicht mehr leben kann. Er hat mir angeboten, mich in die Freiheit zu bringen, und vielleicht habe ich mich auch deshalb auf ihn eingelassen. Er hat gesehen, was ich brauche. Du hast es nicht. Das habe ich jedenfalls gedacht. Aber Benno hat mich betrogen und benutzt. Er hat Viola entführt, um mich in der Hand zu haben. Bis heute weiß ich nicht genau, was er vorhatte, aber ich bin sicher, es war ein Vorhaben, das von langer Hand geplant war. Er wollte mich in den Westen schicken, um mich dort andere Menschen auskundschaften zu lassen, für die Stasi. Und Viola sollte sein Faustpfand sein. Leider habe ich das viel zu spät erkannt.

Du musst wissen, dass ich Viola befreien konnte. Sie ist bei mir, und Tom auch. Und ich weiß, dass Benno mich jetzt suchen wird. Deshalb muss ich fort, irgendwohin, wo er mich nicht finden kann. Benno ist gefährlich. Bitte denk daran, wenn Du ihm begegnest. Streite ab, dass Du von irgendetwas wusstest. Zeig ihnen, wie sehr ich Dich verletzt habe, dann werden sie glauben, dass Du mit alledem nichts zu tun hattest, und sie werden Dich in Ruhe lassen.

Besuche bitte ab und zu Susanne. Ich werde versuchen, ihr Nachrichten zu schicken, wie es uns geht. Und vielleicht führt die Grenzöffnung in Ungarn ja sogar irgendwann dazu, dass auch bei uns die Grenzen ein wenig gelockert werden.

Noch einmal: Es tut mir unendlich leid!

*In Liebe, denn die empfinde ich
trotz allem immer noch für Dich,*

Deine Inge

Der Brief hob und senkte sich auf Werners Brust. Er war eingeschlafen, gegen neun Uhr morgens, restlos erschöpft im leeren Ehebett. Vorher hatte er keinen Schlaf gefunden.

Wie konnte das sein?, hatte er sich die Nacht über wieder und wieder gefragt. Hatte er wirklich alles verloren? Seine Frau, seine Kinder, sein Leben? Wie hatte er so blind sein können zu glauben, dass Inge es in diesem Land würde aushalten können. Er hatte doch gewusst, wie unglücklich sie war. Er hatte nur nicht richtig hinsehen wollen.

Im ersten Moment hatte ihn die Eifersucht rasend gemacht. Das Gefühl, betrogen und belogen worden zu sein. Ja, er hatte Inge selbst betrogen, damals, mit Susanne. Und er hatte zunehmend das Gefühl, dass auch Wolf das wusste und es in ihm brodelte. Aber Inge? Sie hatte nichts davon gewusst. Zumindest hatte sie nichts gesagt. Und überhaupt fand er, das mit Susanne war etwas ganz anderes gewesen als das, was Inge getan hatte.

In der Nacht war er nach Hause gekommen wie paralysiert. War in die Küche gegangen, hatte angefangen zu trinken, zwei Flaschen Rotwein, drei Bier, bis ihn die Wut überkam und er anfing alles, was er in der Küche finden konnte, zu zertrümmern. Teller, Gläser, alles, was Krach machte, war gut. Er hatte zwei Türen der Einbauküche eingetreten, sich die Faust verletzt, bis er wie ein Häufchen Elend zwischen den Scherben gesessen hatte und ihn trotz des Alkohols die Erkenntnis einholte, dass nicht nur Inge an alldem schuld war. Er hatte seine Frau alleine gelassen. Er hatte mitgespielt in diesem Land, für ein West-Auto, eine Position im Friedrichstadt-Palast, und obwohl er das Parteibuch immer gehasst hatte, war er im Grunde genommen doch irgendwie Parteisoldat gewesen. Schweigend. Passiv. Und Inge hatte das nicht ausgehalten. Konnte er ihr das vorwerfen?

Konnte er ihr verzeihen?

In beiden Fällen: Nein!

Aber trotzdem verstand er sie. Erst jetzt, leider. Aber er verstand. Und was viel schlimmer war, er wusste, dass er sie immer noch liebte, und das machte den Schmerz unerträglich.

Inge und die Kinder waren weg, und er würde sie vielleicht nie wiedersehen.

Als er einschlief, war die Wirkung des Alkohols fast verflogen, alles war taub, er war wie leer geräumt, alles, was ihm Sinn gegeben hatte, war fort aus seinem Inneren.

Als die Klingel um halb zwei mittags mehrfach ging, wachte er auf, mit einem Gefühl, als würde ihn jemand an einem Seil aus einem Brunnen ziehen. Er blinzelte. Es schellte erneut, lang anhaltend und mehrfach.

Wer zum Teufel ...?

Er vergrub sein Gesicht im Kopfkissen.

Das Schellen ging weiter.

Er stand auf. Sah an sich hinunter. Er hatte in seiner Kleidung geschlafen. Seine rechte Hand tat weh, und er hatte blaue Flecken auf dem Arm.

Es klingelte erneut.

Langsam wankte er die Treppe hinab. Durchs Fenster sah er zwei Wagen, einer mit eingeschaltetem Blaulicht. Das Gefühl, dass etwas Furchtbares bevorstand, wenn er die Tür öffnete, breitete sich bis in seine Haarspitzen aus.

Seine Hand auf der Klinke.

Vor der Tür zwei grün uniformierte Polizeibeamte mit ernsten Gesichtern unter ihren Schirmmützen, der eine glatt rasiert wie ein Babypopo, der andere mit einem Schnauzbart. Vopos. Keine Stasi, immerhin.

»Herr Werner Babylon?«

»Ja.« Er klang wie eine kaputte Kopie seiner selbst.

»Wir müssen Ihnen leider mitteilen, dass ... ähm.« Der Polizist räusperte sich, sein Kollege sah zu Boden. »Also, Ihre Frau,

Inge Babylon, ist beim Überqueren der Grenze zur Tschecho-slowakei bei Seifhennersdorf ums Leben gekommen.«

Stille.

Passierte das hier gerade wirklich? Er sah die beiden Vopos an, hoffte, dass einer der beiden etwas sagen würde, das die Situation irgendwie auflöste, indem er vielleicht etwas weniger Schlimmes sagte, so wie »beinah ums Leben gekommen«. Aber die beiden Uniformierten standen einfach nur schweigend da.

»U... und die Kinder?«, *stammelte Werner.*

»Denen geht es gut«, *sagte der mit dem Schnauzbart.* »Nur Ihre Frau ...« *Er verstummte betreten.*

Werner öffnete den Mund. Schloss ihn wieder.

Tausend Gedanken. Tausend Erinnerungen.

– Inge, es hat keinen Zweck, du weißt doch, wie das läuft an der Grenze, die haben Schießbefehl.

– Doch nicht an der Grenze zur Tschechoslowakei.

– Aber was hilft es dir? Wenn du bei den Tschechoslowaken bist, musst du immer noch rüber in den Westen. Und die ČSSR, die haben den gleichen Schießbefehl wie die Grenzsoldaten bei uns ...

– Diese verdammten Betonköpfe, wie lange wollen die uns denn noch einsperren?

Inge wütend.

Oder manchmal: Inge mit Tränen in den Augen.

– Du weißt doch, dass das nichts bringt, Inge.

– Ja, ja, schon gut. Jetzt mach dir keine Sorgen, ich will ja gar nicht weg.

Natürlich will sie nicht weg. Sie hat ja mich und die Kinder, hatte er gedacht. Sie muss sich eben nur ab und zu mal Luft machen ... Wann hatte sie diesen Kreisler kennengelernt und ihre Flucht geplant? Ab wann hatte sie angefangen, ihn zu be-lügen?

»War ... Entschuldigung.« Werner musste husten, und die Polizisten sahen aneinander an. »War es ein Unfall, oder ...?«

»Es war ein Unfall«, sagte der glatt rasierte Vopo, der von Beginn an gesprochen hatte.

Der mit dem Schnauzbart biss sich auf die Lippe und sah zu seinem Polizeiwagen zurück. Er wollte nicht hier sein, das alles war ihm so unangenehm, dass er sich am liebsten in Luft aufgelöst hätte.

Also kein Unfall.

»Ähm, wissen Sie, wann es passiert ist? Ich meine, um wie viel Uhr?«, fragte Werner.

»Tut mir leid, das ist mir nicht bekannt«, meinte der Polizist.

»Ich würde es gerne wissen.«

»Da müssen Sie bei den Kollegen aus der Tschechoslowakei nachfragen.«

Werner nickte apathisch. Sie wollten nicht, dass er die Uhrzeit erfuhr, und er hatte keine Kraft, dagegen anzugehen. Das Blaulicht auf dem Wagen blinkte aufdringlich. Der eine Polizist sagte irgendetwas, doch Werner hörte ihn nicht. Sein Blick war auf das zweite Fahrzeug gerichtet, einen dunkelblauen Wartburg; hinter der Seitenscheibe des Wagenfonds tauchte Toms blasses Gesicht auf.

»Hallo? Herr Babylon? Verstehen Sie mich?«

Nein, Werner verstand nicht, was der Vopo sagte, es spielte gerade auch gar keine Rolle.

Wie in Trance lief er an den beiden Uniformierten vorbei.

»Herr Babylon!«

Tom öffnete die Wagentür, bei ihm saß eine Frau, die ihn zurückhalten wollte, doch Tom war schneller und lief einfach auf die Straße. Durch die offen stehende Wagentür erkannte Werner Violas Kindersitz aus der DS und ein Paar Kinderfüße.

Er lief Tom entgegen, barfuß, in seine linke Ferse stach etwas, vielleicht eine Scherbe, die noch von seiner Zerstörungswut in der Nacht stammte. Es war ihm egal. Tom flog ihm in die Arme, in seinem Gesicht und seinen blonden Haaren waren kleine Blutspritzer, doch Tom selbst schien unverletzt. Werner schoss in den Sinn, dass Tom im Wagen meistens hinter Inge oder in der Mitte der Rückbank saß. Ihm wurde übel bei dem Gedanken, woher die Blutspritzer wohl kamen. Nicht einmal das Blut seiner Mutter hatten sie dem Jungen aus dem Gesicht gewischt. Werner ging in die Knie und hielt Tom fest. Die Schluchzer seines Sohnes trafen ihn ins Mark. Er stand auf, mit Tom auf dem Arm. »Na komm, mein Junge«, murmelte er. »Wir holen deine Schwester.«

Auf dem Rücksitz des Wartburg saß eine Frau mit grobschlächtigen Zügen und einem Damenbart. Die Frau hatte die Szene mit Tom verfolgt, und jetzt, da Werner vor ihr stand, wagte sie nicht, ihm zu widersprechen, sie schnallte Viola los. Werner nahm seine Tochter auf den Arm, fasste Tom bei der Hand und humpelte mit seinen Kindern zurück zur Haustür.

Die beiden Vopos standen wie Schießbudenfiguren hinter dem Jägerzaun. Werner lief achtlos an ihnen vorbei, blieb dann jedoch plötzlich stehen und drehte sich zu den Beamten um. Unter anderen Umständen hätte er seine Frage wohl überlegt, sie geschliffen, sie mit Freunden besprochen und sie sehr besorgt gestellt. Aber nicht unter diesen Umständen. »Hat Benno Kreisler etwas damit zu tun?«

»Äh, womit?«, fragte der Beamte, der sprechen konnte.

»Mit dem Tod meiner Frau.«

»Wie war der Name noch?«

»Inge. Inge Babylon.«

»Äh, nein, der andere Name.«

»Benno Kreisler.«

»Oh. Kreisler, ja?« Er sah seinen Kollegen an, der den Kopf schüttelte. »Wir kennen keinen Benno Kreisler. Wer soll das sein?«

Der Polizist mit dem Schnäuzer räusperte sich. »Entschuldigung, dürfte ich einmal Ihre Toilette benutzen?«

Werner starrte ihn an, dann nickte er wie betäubt.

Kapitel 48

Tom stößt die Haustür auf, sprintet durch den Vorgarten auf die Straße. Links sieht er eine dunkle Gestalt die Fahrbahn hinunterrennen. Im selben Moment biegt ein Wagen am Ende der Straße ein und kommt ihm entgegen. Die Gestalt wird zum Schattenriss vor einem grellen Paar Scheinwerfern. Der Wagen beginnt laut zu hupen, und der Mann weicht aus, das Auto passiert, dahinter läuft der Mann sofort wieder auf die Fahrbahn, sodass der Wagen ihn jetzt verdeckt.

Tom wechselt auf den Gehweg. Das Auto, ein beiger VW, fährt an ihm vorbei, erst jetzt bemerkt Tom, dass es ein Taxi ist. Im Fond sitzt ein Mann, der sich nach ihm umdreht, und Tom erkennt das Gesicht seines Vaters.

Als er wieder nach vorne schaut, springt der Mann, den er verfolgt, in einen auf der Straße geparkten Wagen. Die Tür geht zu, der Motor springt an, und das Auto prescht ohne Beleuchtung los. Tom bleibt schwer atmend stehen, versucht das Nummernschild zu entziffern, doch dafür ist es zu dunkel. Die Konturen passen zu einem Ford Focus, einem älteren Modell. Im nächsten Moment ist der Wagen am Ende der Straße um die Ecke gebogen.

Tom dreht auf dem Absatz um und läuft zurück zum Haus. Vor der Tür steht das Taxi. Sein Vater steigt gerade aus und geht dann langsam aufs Haus zu. Tom bleibt stehen und ruft Sita mit seinem Prepaidhandy an. »Du kannst aufhören zu suchen«, sagt er, als sie abnimmt. »Er ist hier, zu Hause.«

Sita flucht. »Wie ist er denn zurückgekommen?«

»Taxi. Wie ich's vermutet habe.«

»Mist.«

»Sita, hier herrscht Chaos. Kannst du bitte herkommen?«

»Was denn für ein Chaos?«, fragt Sita alarmiert.

»Jemand wollte Phil etwas antun.«

»Oh Gott! Ist was passiert? Geht es ihm gut?«

Tom hastet auf das Haus zu. »Das hoffe ich, ich geh jetzt rein.«

»Okay. Ich fahr sofort los. Bis gleich.«

Tom legt auf. Die Haustür ist nur angelehnt, der Schlüssel steckt noch, als hätte sein Vater plötzlich Wichtigeres im Sinn gehabt als seinen Schlüssel. Vorsichtig betritt Tom das Haus. Im Flur stürzt sich plötzlich ein Schatten auf ihn, der aus der Küche kommt. Er weicht aus und bekommt einen harten Schlag auf Schulter und Oberarm, packt den Angreifer und drängt ihn in die Küche. Es ist sein Vater, der eine große Bratpfanne in der Hand hält.

»Verdammt noch mal, bist du verrückt geworden«, schimpft Tom.

Sein Vater starrt ihn ungläubig an. »Du?«

»Ja, verdammt!«

»Oh Gott, ich dachte ... Was ist denn mit dir passiert?«

»Wo ist Phil?«

»Äh, im Wohnzimmer, mit Gertrud.«

Tom hastet mit seinem Vater ins Wohnzimmer, wo Gertrud an die Wand gelehnt neben den Scherben der Terrassentür sitzt, mit Phil auf ihrem Schoß. Der Kleine sieht auf und streckt die Arme nach ihm aus. Tom hockt sich neben Gertrud und nimmt Phil auf den Arm. Die Scherben knirschen unter seinen Sohlen.

»Ihm geht's gut. Mach dir keine Sorgen«, murmelt Gertrud matt. »Wirklich, ihm geht's gut.«

»Mein Gott«, sagt Werner Babylon heiser. Er versucht, sich neben seine Frau zu hocken, doch seine Knie zwingen ihn, stehen zu bleiben. »Ich ruf dir einen Krankenwagen.« Er beugt sich hinab und gibt ihr einen Kuss auf die Stirn, dann wählt er die Nummer des Notrufes.

Gertrud wischt sich die Tränen von den Wangen. Sie hat rote Flecken am Hals, eine Schwellung am Kopf und ein paar Schürfwunden. Ihre Augenlider sind schwer und ihre Pupillen träge. Aus dem Flur ist die Stimme seines Vaters zu hören.

»Wie geht's dir?«, fragt Tom besorgt. »Hast du Kopfschmerzen?«

»Geht schon, geht schon. Ich brauche nur etwas Hilfe.«

Tom nimmt Phil auf den linken Arm, hilft ihr mit rechts auf und lotst sie zum Sofa, wo Gertrud sich hinlegt. Sein Vater kommt zurück, legt das Telefon beiseite und setzt sich zu ihr.

Tom schaukelt Phil sanft auf dem Arm hin und her. »Okay, ihr zwei. Bitte hört mir kurz zu, wir haben nicht viel Zeit. Wenn der Krankenwagen kommt, muss ich weg sein. Niemand sollte mich hier sehen, und vor allem sollte niemand wissen, wie ich gerade aussehe. Ich werde immer noch gesucht. Gertrud, kannst du mir bitte genau erzählen, was passiert ist?«

»Ich weiß gar nicht ...«, beginnt Gertrud. »Ich dachte erst, dass mich jemand überfallen will. Aber es ging um Phil, er wollte Phil entführen.«

Mit schleppender Stimme erzählt sie von den Geschehnissen der letzten Stunden. Tom hört konzentriert zu und läuft währenddessen mit Phil, der auf seinem Arm eingeschlafen ist, auf und ab. Als Gertrud fertig ist, wendet sich Tom an seinen Vater. »Können wir offen reden?«

Sein Vater nickt.

»Wirklich?«

»Wenn ich's doch sage ...«

Tom nickt und sieht ihm fest in die Augen. »Hast du ein Gewehr?«

Werner Babylon runzelt die Stirn. »Nein. Das habe ich deiner Kollegin auch schon gesagt.«

»Warum dann die Patronen?«

»Ich ...« Sein Vater seufzt und sieht Gertrud an. »Ein Freund hat eine Jagdflinte im Keller. So ein altes Ding. Tut's aber noch. Er hat nur keine Patronen mehr. Ich wollte ... also, Gertrud und ich, wir sind bald zwanzig Jahre verheiratet, und ich wollte ...« Er verstummt und sieht zum Garten hinaus.

»*Was* wolltest du?«, bohrt Tom.

»Gertrud und ich, wir lieben Wild. Als du aus dem Haus warst, habe ich den Jagdschein gemacht und uns von Zeit zu Zeit etwas geschossen ... Hirsch hat uns immer am besten geschmeckt. Ich wollte einfach zur Feier des Tages –«

»Du wolltest einen *Hirsch* schießen?«

Werner Babylon zuckt mit den Achseln. »Ja. Zum Zwanzigjährigen.«

»Ohne gültigen Jagdschein, mit einer illegalen Waffe?«

»Mein Gott, jetzt sei doch nicht päpstlicher als der Papst«, sagt sein Vater unwirsch. »Es sollte eine Überraschung werden.«

»Eine Überraschung.« Tom seufzt. »Alles klar.« Er nimmt sein Handy und wählt Benes Nummer. »Hey, ich bin's.«

»Hab mich schon gefragt, wo du steckst«, sagt Bene. »Alles in Ordnung?«

»Kannst du bitte zwei Leute zum Haus meines Vaters schicken.«

»In Stahnsdorf?«

»Ja.«

»Was ist passiert?«

»Meine Stiefmutter und Phil sind überfallen worden. Ich will nicht, dass noch mal was passiert, und ich weiß nicht, ob ich hier Polizeischutz organisieren kann.«

»Scheiße«, knurrt Bene. »Das nimmt langsam überhand.«

»Ist das ein Problem?«

»Nee. Ehrensache. Ich schick dir zwei Leute.«

»Danke. In einer halben Stunde bin ich bei dir.«

»Coolio«, erwidert Bene und legt auf. Anschließend ruft Tom noch einmal Sita an.

»Zehn Minuten noch«, meldet sie sich, im Hintergrund sind Fahrgeräusche zu hören.

»Tut mir leid, Planänderung«, erwidert Tom. »Ich muss hier weg. Lass uns in einer halben Stunde bei Bene treffen.«

»Okay«, sagt Sita etwas zögerlich. Sie neigt dazu, Bene aus dem Weg zu gehen, doch darauf kann er im Moment keine Rücksicht nehmen. »Hast du etwas Neues von Anne gehört? Wie es ihr geht?«, fragt Tom.

»Vor einer halben Stunde hieß es ›stabil‹.«

»Stabil?« Tom atmet erleichtert auf. Ein kleiner Schimmer Hoffnung mitten im Chaos. »Ich würde am liebsten hinfahren«, murmelt er.

»Das wäre das Dümmste, was du im Moment tun könntest«, bremst Sita.

»Ich weiß.« Er sieht seinen Vater an, der mit seinen wirr vom Kopf abstehenden Haaren an Gertruds Seite sitzt.

»Okay. In einer halben Stunde bei Bene. Und ruf bitte vorher unbedingt noch einmal Frohloff an«, ergänzt Tom. »Ich muss dringend wissen, ob Galloway eine Lebensversicherung hatte und ob er ein Testament hinterlassen hat.«

Kapitel 49

Gisell betritt Benes Büro und kassiert einen ungewohnt scharfen Blick. Bene sitzt am Schreibtisch und telefoniert. »Scheiße«, knurrt er. »Das nimmt langsam überhand.« Mit der linken Hand signalisiert er ihr, die Flatter zu machen.

Sie schüttelt den Kopf, formt mit den Lippen ein stummes »Bitte« und faltet flehend die Hände.

Bene verdreht genervt die Augen himmelwärts, was zweifellos ihr gilt. »Nee. Ehrensache. Ich schick dir zwei Leute«, sagt er ins Telefon.

Gisell weiß, dass sie riskiert, es zu überziehen. Bene besteht darauf, seine Telefonate ohne Zeugen zu führen. Aber das hier hat einfach keine Zeit.

»Coolio«, sagt er schließlich und legt auf. Er sieht sie an, und seine Miene wird hart, mit diesem Zug um den Mund, vor dem sich alle fürchten. »Scheiße, was soll das? Hier einfach so reinzuplatzen.«

»Tut mir leid, ehrlich«, sprudelt sie los. »Ich hab ein Riesenproblem. Ich bin für heute Abend geplant, und ich kann nicht ...«

»Und da fragst du mich? Wofür gibt's Claudia?«

»Claudia hat Nein gesagt, sie meinte, ich muss heute Nacht auflegen, Blue Monday.«

Bene hebt eine Braue. »Passt doch zu deiner neuen Haarfarbe.«

»Bene, bitte«, stöhnt sie.

Er mustert sie scharf. »Du willst da so eine Art weiblichen Schwanzlängenvergleich draus machen? Wer hat den besseren Draht zum Chef?«

»Nein, ehrlich«, erwidert Gisell. »Claudia ist der Chef im Club, keine Frage. Wenn sie sagt, mach, dann mach ich. Nur diesmal ist es so dringend, dass ich einfach nicht kann, und sie versteht es nicht.«

Bene richtet sich zu seiner vollen Größe auf und geht um den Schreibtisch herum auf sie zu. »Und du denkst, weil wir zwei …«, er zeigt auf sich und dann auf sie und macht eine Kunstpause, »deshalb denkst du, ich versteh dich besser und sage Claudia, sie soll mir den Buckel runterrutschen?«

»Ich würde nicht fragen, wenn's nicht superwichtig wäre.«

»Ist mir klar«, sagt er. »Wo brennt's denn?«

»Meine kleine Schwester. Sie steckt in der Klemme.«

Bene bläst die Backen auf. »Kann ich helfen?«

»Nee. Nur mir freigeben.«

Bene schaut sie prüfend an. »Okay«, sagt er schließlich nonchalant. »Mach dich vom Acker. Ich regele das mit Claudia. Irgendeinen Ersatz kriegen wir. Zur Not läuft 'ne Weile deine Playlist.«

»Danke«, seufzt Gisell erleichtert. Sie nimmt sein Gesicht in die Hände, stellt sich auf die Zehenspitzen und küsst ihn, achtet allerdings darauf, ihm nicht zu nah zu kommen. Sie will sich gerade abwenden, als Bene sie noch einmal zu sich heranzieht. Seine rechte Hand gleitet unter den hinteren Bund ihrer Jeans auf ihren Po, und sie erstarrt. »Ich liebe deinen Arsch«, flüstert Bene ihr ins Ohr. »Aber glaub ja nicht, weil wir vögeln, kannst du alles von mir haben. Das hier tue ich für deine Schwester – und nicht, weil wir's treiben, klar?«

Sie nickt und zieht ihren Bauch ein. Der Bund ihrer Jeans ist so gespannt, dass sie kaum Luft zum Atmen hat. Auf der linken Seite steckt Benes Hand in der Jeans, auf der anderen Seite, gut versteckt unter ihrer Bluse und der Jeansjacke, das Ding, das sie Krajewski geklaut hat – und sie betet, dass Bene es nicht bemerkt.

»Du bist mein Held«, flüstert sie.

»Und du bist nervös«, erwidert er.

»Ich muss los. Sabine ist echt in Not.«

Bene zieht die Hand aus ihrer Jeans und gibt sie frei.

Sie gibt sich selbstbewusst, geht rückwärts von ihm weg, ohne ihn aus den Augen zu lassen. »Aber auch wenn ich nicht alles von dir kriege, dieses *eine kleine bisschen* ...«, sie zeigt mit Daumen und Zeigefinger die Länge eines kurzen Stummels, »das bekomme ich schon noch ab und zu von dir, oder?«

Bene grinst. Er liebt ihre kleinen Unverschämtheiten. Und er liebt, dass sie ihre Schwester liebt, das weiß sie schon lange. »Hau bloß ab, bevor Claudia das spitzkriegt und dich ans Kreuz nagelt.«

Sie nickt. Das mit dem Kreuz ist bei Claudia fast wörtlich zu nehmen. Claudia alias Madame Liebrecht war im Bordell unter dem Club lange Zeit für die Spezialwünsche zuständig, wenn Kunden sich nach Bestrafung sehnten. Inzwischen haben andere diese Rolle übernommen, und Claudia ist auf die nächsthöhere Ebene einer Domina aufgestiegen, die der Managerin.

»Ach, eins noch«, sagt Bene.

Sie erstarrt.

»Bisschen weniger von dem Schnee.« Er deutet mit zwei Fingern auf ihre, dann auf seine Augen. »Würde dir guttun.«

»Danke, Papa«, sagt sie frech. Ihr Herz schlägt bis zum Hals. Mit federnden Schritten läuft sie zur Tür hinaus, immer darauf bedacht, dass ihre Bluse und die Lederjacke nicht zu hoch rutschen.

Kapitel 50

Tom biegt vom Potsdamer Platz in die Alte Potsdamer Straße ein, die direkt auf das ehemalige Stage Theater zuläuft, in dessen Untergeschossen Benes Club liegt. Das Grollen der Harley wird laut von den Häuserwänden zurückgeworfen, und Tom fragt sich wieder, ob er nicht doch ein unauffälligeres Fortbewegungsmittel braucht.

Vor dem Theater, wo jedes Jahr im Februar der rote Teppich der Berlinale ausgerollt wird, biegt Tom im Schritttempo nach links und direkt wieder nach rechts ab, auf den schmalen Weg, der zum Hintereingang des Gebäudes führt – und damit auch zur Hintertür von Benes Club. Sitas alter Saab parkt bereits unter einer der Laternen in der Nähe; der in die Jahre gekommene goldfarbene Lack schimmert im Licht wie neu.

Tom stellt die Fat Boy ab, hält seine Zutrittskarte ans Lesegerät und betritt das Gebäude. Erst als die Tür hinter ihm ins Schloss fällt, nimmt er den Helm ab. Er fragt sich immer noch, ob es richtig ist, Phil bei seinem Vater und bei Gertrud zu lassen. Aber zumindest in den nächsten Stunden, wenn der Rettungswagen und die Polizei vor Ort sind, ist Phil bei seinen Großeltern in Sicherheit.

Ihn dort zurückzulassen, hat ihm beinah das Herz zerrissen, doch so schmerzhaft es war – es hat auch etwas Gutes. Der Schmerz war die Antwort auf eine bange Frage. Denn im tiefsten Inneren hatte er Angst vor der Begegnung mit Phil gehabt, Sorge, dass es sich fremd anfühlen würde mit ihm, dass er ständig Galloway in ihm suchen würde: Seinen Mund, seine Nase, seine Haare ... wie weit würde das gehen? Er wollte Phil nicht übel nehmen, dass er Galloways Sohn war, aber er hatte dennoch Angst, es zu tun. Nicht laut, sondern leise – im Kleinen. Und genau diese kleinen Dinge taten so verdammt weh, das hatte er selbst zu Hause erlebt. Er wusste, dass sein Vater ihm eine Mitschuld daran gab, dass Viola im Alter von zehn Jahren verschwunden war – und gestorben, wie alle behaupteten. Sein Vater hat es nie offen ausgesprochen, doch es gab sie ständig zwischen ihnen, diese kleinen Gesten, an denen Tom ablesen konnte, dass er ihn, Tom, dafür verantwortlich machte, dass Viola nicht mehr da war.

Doch als Tom vorhin im Haus seiner Eltern Phil auf Gertruds Schoß gesehen hat, wie er die Arme nach ihm ausstreckte, waren alle Bedenken plötzlich wie fortgewischt. Da war nichts Fremdes. Er zögerte nicht eine Sekunde und nahm Phil auf den Arm. Die Biologie war eines. Das, was er empfand, etwas ganz anderes.

Er übergab Phil erst an seinen Vater, als bereits das Martinshorn des Krankenwagens zu hören war. Der Kleine weinte und klammerte sich an Toms Hals; Tom musste sich regelrecht losreißen und war durch die Hintertür und die angrenzenden Gärten geflüchtet.

Inzwischen waren vermutlich die Kollegen vom LKA in Stahnsdorf, Morten, Grauwein, vielleicht auch Pfeiffer und Nicole Weihertal. Er muss an das Gesicht des Mannes denken, der Gertrud und Phil überfallen hat. Die verschwitzten, kurzen dunklen Haare, die stechenden hellblauen Augen, die blutige Nase und ein Paar grobe Lippen. Er war groß, und die Statur war die eines Arbeiters oder Landwirts – kräftig und schwer. Jayanti Bhats Beschreibung des Mannes, der den Umschlag mit der Backstagekarte abgeholt hat, kommt ihm in den Sinn: »Groß, blonde Haare, etwas fransig und länger, die wirkten seltsam unecht, und einen Vollbart hatte er.«

Bis auf die Körpergröße passt eigentlich nichts. Doch die blonden Haare könnten auch eine Perücke gewesen sein und der Vollbart angeklebt, oder er war echt und er hat ihn abrasiert, so ist schließlich aus Toms Bart auch ein Kinnbart geworden.

Als er Benes Büro betritt, sitzt Sita auf einem hochbeinigen Hocker an der Bar beim Billardtisch. Bene gibt den Barkeeper und gießt dampfendes Wasser über einen Teebeutel in ihrem Glas.

»Hättest mich ruhig vorwarnen können«, sagt Bene anstelle einer Begrüßung.

»Er wollte mich rausschmeißen«, erklärt Sita und deutet auf ihr Gegenüber. Dann steht sie auf und umarmt Tom lang und kurz genug zugleich. Er ist froh, dass sie keine Fragen stellt. Auf ein »Wie geht es dir« gibt es im Moment ohnehin keine Antwort.

»Traumatisch, wenn frühere Freunde auf die andere Seite wechseln«, knurrt Bene mit Blick auf Tom und Sita.

»Die andere Seite. Aha«, meint Sita. »Und welche ist das?«

»Na, die falsche.«

»Von wo aus?«

»Von da aus, wo Tom jetzt steht«, erwidert Bene.

Tom legt den Helm auf die Theke und setzt sich neben Sita auf einen Barhocker. Eine Welle der Erschöpfung überkommt ihn. »Hast du was Neues über Galloway?«, fragt er, während er den Blister mit Methylphenidat-Tabletten herausholt und eine davon schluckt.

»Schläfst du überhaupt noch?«, fragt Sita.

»Wenn ich nicht schlafe, hat das gerade weiß Gott andere Gründe.«

»Aber du weißt schon, dass die Tabletten zum Gesamtbild des Verdachts gegen dich beitragen.«

»Vermutlich genauso wie meine Suche nach Viola, die vielen Fotos von ihr in der Garage und meine allgemein schlechte psychische Verfassung. Danke, ich habe die Nachrichten gehört.«

Sitas Gesicht wird weich. »Entschuldige«, sagt sie. »Das war unnötig.«

Tom verzieht den Mund und schweigt.

»Was zu trinken?«, fragt Bene in die Stille. Momente wie diesen hält er nicht gut aus.

»Was ist jetzt mit Galloway?«, fragt Tom erneut. »Gibt es ein Testament? Hat er eine Lebensversicherung abgeschlossen, ja oder nein?«

»Testament: bisher Fehlanzeige«, sagt Sita. »Aber laut Lutz hat Galloway bei Greyson Insurance in den Staaten eine Lebensversicherung abgeschlossen.«

»Und weißt du, wie hoch die Todesfallsumme ist?«

»Fünfzehn Millionen. Und Begünstigte ist Galloways Firma.«

»An der Lee beteiligt ist«, ergänzt Tom bitter. Je länger er über Amanda Lee nachdenkt, desto fragwürdiger erscheint ihm ihre Rolle.

»Fünfzehn Millionen?« Bene pfeift leise durch die Zähne. »In meiner Welt stellt man dafür 'ne Menge an. Aber *so* ein Mord von einer Frau?«

»Sie könnte Hilfe gehabt haben, möglicherweise von Alistair Benson«, sagt Tom, »er ist ihr Anwalt und ein Ex-Marine, der in Afghanistan gekämpft hat.«

»Ein Ex-Soldat?«, sagt Bene. »Gut. Kauf ich. Aber warum so kompliziert? Eine Überdosis hätte es doch auch getan. Rockstar und Drogen, da hätte doch jeder gesagt: Passt wie Arsch auf Eimer.«

»Hab ich mich auch gefragt«, erwidert Sita. »Aber Lutz hat –«

»Wer ist eigentlich dieser Lutz?«, unterbricht sie Bene.

»Lutz Frohloff, Erkennungsdienst beim LKA. Lutz ist begnadet, wenn es um Recherche geht. Er hat ein paar interessante Details in den Verträgen bei Greyson gefunden. Bei der Lebensversicherung ist die Zahlung der Todesfallsumme bei einem Tod in direkter Folge von Drogenmissbrauch, also zum Beispiel bei einer Überdosis, explizit ausgeschlossen.«

»Verstehe«, sagt Tom nachdenklich. »Was ja umgekehrt bedeutet, dass Galloway massive Drogenprobleme gehabt haben muss, wenn die Versicherung diese Klausel in den Vertrag schreibt.«

»Nur, dass ich das richtig verstehe«, sagt Bene, »wenn Galloway an einer Überdosis stirbt, zahlt die Versicherung nicht. Wenn er an einem Herzinfarkt stirbt oder umgebracht wird, dann schon?«

»Genau«, sagt Sita. »Bei Tod infolge eines Verbrechens wird aber oft erst gezahlt, wenn der Täter feststeht. Denn wenn der Täter auch der Begünstigte ist, dann ist das – neben Mord – auch noch vorsätzlicher Betrug, und die Versicherung zahlt in diesem Fall auch nicht. Bei den Summen, um die es hier geht, prüft die Versicherung natürlich mehr als genau. Tatsächlich hat sie das ja auch schon damals bei der Ausfallversicherung für die Konzerte getan, da gab es nämlich auch eine Drogenklausel. Ausdrücklich *nicht* versichert waren Konzertausfälle in unmittelbarer Folge von Drogenkonsum. Darauf hat sich die Versicherung damals auch prompt berufen – denn Galloway hat exzessiv Drogen konsumiert, nachdem Anne ihm einen Korb gegeben hat.«

»Was wäre denn gewesen, wenn der Grund für die Ausfälle eine Depression gewesen wäre, infolge von Liebeskummer?«

»Interessanterweise war genau das auch Bensons Argumentation«, erklärt Sita. »Dann hätte die Versicherung nämlich zahlen müssen. Aber die Versicherung hat natürlich eine Untersuchung durch einen Vertrauensarzt beantragt, und die Laborwerte von Galloway haben dann den Beleg für den Drogenkonsum geliefert.«

»Das heißt«, überlegt Tom, »Galloway war gewissermaßen selbst schuld an dem finanziellen Desaster. Was Amanda Lees Wut auf ihn mit Sicherheit vergrößert haben dürfte. Dazu kommt noch die emotionale Zurückweisung durch Galloway – und die Eifersucht auf Anne. Damit hätte Lee einen Motivmix aus Eifersucht, Rache und finanziellem Gewinn.«

Bene schürzt die Lippen und schnippt gegen das Silberkreuz an seiner Kette. »Sind 'ne Menge gute Gründe.«

»Ja«, meint Sita. »Und den Verdacht auf jemand anders zu lenken würde auch Sinn machen. Wenn es offensichtlich um eine Beziehungstat geht und du, Tom, als Täter feststehst, dann würde die Versicherung zahlen müssen.«

»Und beim Überfall auf Anne«, sagt Tom heiser, »hat Amanda Lee ihrer Wut und Eifersucht freien Lauf gelassen.« Die Bilder der Blutlache mit den Stiefelspuren im Flur und das Blut im Schlafzimmer verfolgen ihn, erst recht, weil er Anne nicht besuchen kann. Wenn er an sie denkt, sieht er immer nur das Blut im Flur.

»Aber was ist mit Phil?«, fragt Sita. »Auch Hass und Eifersucht? Ehrlich gesagt, den Anschlag auf Anne, den kann ich mir irgendwie noch erklären, aber Phil? Als so pathologisch habe ich Amanda Lee bisher nicht erlebt. Sie ist temperamentvoll, clever, vielleicht sogar gerissen, und sie hat mit Sicherheit hin und wieder Probleme mit ihrer Impulskontrolle, aber sie kommt mir nicht vor wie jemand, der gewissermaßen übertötet – auch wenn der Begriff hier nicht ganz zutrifft. Aber ihr wisst, was ich meine, oder?«

Tom nickt. »Und genau hier kommt vielleicht das Testament ins Spiel.«

»Aber es gibt kein Testament«, sagt Sita. »Zumindest ist bisher keins aufgetaucht.«

»Genau das könnte das Problem sein«, sagt Tom.

»Kapier ich nicht«, brummt Bene.

Sita zieht die Stirn in Falten und schaut Tom an, dann werden ihre Augen plötzlich groß. »Oh Gott, natürlich! Du hast ja recht. Warum bin ich nicht gleich darauf gekommen?«

»Leute, habt ihr was genommen, was ich nicht genommen habe?«, fragt Bene.

»Der Punkt ist folgender«, sagt Tom. »Galloway hat weder eine Ehefrau noch Nachkommen. Er hat keine Schwester, keinen Bruder, und seine Eltern sind tot. Er hat keinen Erben – dachten bisher zumindest alle. Aber es gibt ja Phil. *Phil* ist Galloways Sohn. Und damit ist er, wenn es kein anderslautendes Testament gibt, automatisch der Alleinerbe des gesamten Vermögens.«

Bene starrt ihn ungläubig an. »Verdammt. *Dein* Sohn erbt Galloways Vermögen?«

Die Bemerkung versetzt Tom einen Stich, und er braucht einen Moment, um sich zu sammeln.

»Aber was bedeutet das für Amanda Lee?«, fragt Bene. »Die Lebensversicherung kassiert sie doch trotzdem. Die geht doch zugunsten der Firma.«

»Aber Galloway gehört ja der größte Anteil an der Firma – und den würde theoretisch Phil erben. Außer es gibt, wie gesagt, ein anderslautendes Testament«, erklärt Tom. »Und ehrlich gesagt, davon gehe ich aus. Jemand, der keine natürlichen Erben hat, aber in einer Firma eine Partnerschaft eingeht, der macht üblicherweise ein Testament, um das Überleben der Firma abzusichern. Im Zweifel zugunsten seines Partners, also zugunsten von Amanda Lee.«

»Dann würde Lee also doppelt von Galloways Tod profitieren«, stellt Sita fest.

»Außer dieses Testament wird nicht gefunden«, ergänzt Tom. »Oder Galloway hat ein neues, anderslautendes Testament gemacht. Sita, erinnerst du dich daran, wie wir Amanda Lee in Galloways Suite im Stue angetroffen haben? Sie hat uns bis heute nicht schlüssig erklärt, warum sie dort war – und warum sie uns ins Adlon locken wollte.«

»Du meinst«, überlegt Sita, »sie hat dort nach einem Testament gesucht? Das würde aber voraussetzen, dass sie von Phil gewusst hat.«

»Von Jayanti Bhat, der Rezeptionistin, wissen wir, dass Galloway in dieser Nacht offenbar von Anne erfahren hat, dass er einen Sohn hat. Nachdem Anne gegangen ist, telefoniert Galloway dann mit Amanda Lee, und er sagt ihr, dass er einen Sohn hat: Phil.«

»Also, Moment mal«, wirft Bene ein, »wenn bei mir jemand ankommt und einfach mal so behauptet, hier, schau mal, das ist mein Sohn, und der ist übrigens von dir – mal ehrlich, das würde ich doch erst mal anzweifeln ...«

»Anne hat einen Vaterschaftstest machen lassen, schon vor längerer Zeit«, sagt Sita. »Sie wusste auf jeden Fall, dass Phil nicht von Tom ist. Und jemand anders kam nicht infrage, denke ich.« Sie wirft einen schnellen Blick zu Tom.

»Also, mir müsste man's beweisen«, brummt Bene.

»Vielleicht gibt es einen Beweis, und wir kennen ihn nicht«, sagt Tom.

»Okay«, meint Sita, »gehen wir also davon aus, Lee hat von Galloway erfahren, dass es jetzt plötzlich einen Erben gibt, sie hat ihm geglaubt, und sie hat das Testament gesucht ... was auch immer darin steht ...«

»Mit diesem Testament steht und fällt alles«, sagt Tom. »Galloway könnte Lee enterbt haben, er könnte Anne und Phil bedacht haben, was auch immer, wir wissen es nicht.«

»Aber auf jeden Fall könnte das Testament der Grund sein, Phil etwas anzutun«, folgert Sita.

»Und auch Anne«, sagt Tom bitter. Er hat Mühe, seine Gefühle zurückzuhalten. Die ganze Zeit schon gärt es in ihm, und mit jedem Gedanken an Lee wird er wütender. Das Einzige, was ihn noch zurückhält, ist, dass er weiß, wenn er seiner Wut freien Lauf lässt, kann er nicht mehr klar denken. »Die Frage ist ja, wer weiß überhaupt, dass Phil Galloways Sohn ist? Das sind doch nur Anne, Galloway und Lee. Galloway ist tot. Wenn Anne auch tot wäre, gäbe es niemanden mehr, der wüsste, wessen Sohn Phil wirklich ist.«

»Möglicherweise noch du«, meint Bene.

»Ja, aber als Anne es Galloway gesagt hat, da wusste ich noch nicht. Und Galloway wird sie gefragt haben, ob ich es weiß. Ich an seiner Stelle hätte es jedenfalls getan.«

Für einen Moment herrscht Stille.

»Und was ist mit der Botschaft auf Galloways Körper?«, fragt Sita. »›Was zählt das Leben deiner Lieben?‹ – in deutscher Sprache.«

»Lenkt den Verdacht weg von Lee«, sagt Tom grimmig.

»Wow«, meint Bene. »Hört sich logisch an. Aber …«

»… das erklärt noch nicht alles. Ich weiß«, gibt Tom zu. »Zum Beispiel, wer ist der Mann, der meine Stiefmutter überfallen hat und versucht hat, Phil zu entführen? Wenn es überhaupt eine Entführung werden sollte. Benson war es jedenfalls ganz sicher nicht. Und noch etwas ist seltsam. Der Mann hat gesagt: *Schöne Grüße an die Hornisse. Bald gibt's ein Wiedersehen.* Und ich habe keine Ahnung, was er damit gemeint haben könnte.«

»Hornisse?«, fragt Sita. »Wer soll das sein?«

»Eben. Und was hat er mit ›Wiedersehen‹ gemeint? Dass ich die Hornisse wiedersehe? Dann müsste ich sie ja kennen.«

»Oder er meinte: Ich komme wieder«, überlegt Sita. »Wenn unsere Theorie mit Lee richtig ist, dann ist sie noch nicht am Ziel, und damit sind Anne und Phil immer noch in Gefahr.«

Tom sieht Bene direkt an. »Auf deine Leute kann ich mich verlassen?«

»Kannst du«, nickt Bene. »Zwei sind in Stahnsdorf, zwei im Krankenhaus. Außerdem hat die Polizei auch noch einen Mann im Krankenhaus postiert. Da wird nichts passieren.«

»Trotzdem«, meint Sita, »ich sollte mit Morten sprechen. Er muss das wissen. Wir müssen das alles so schnell wie möglich überprüfen. Und wenn sich der Fokus der Ermittlungen verschiebt, dann bist du hoffentlich auch bald aus dem Schneider und die Fahndung wird zurückgenommen.«

»Morten? Im Ernst?«, fragt Bene. »Traust du diesem Windhund etwa?«

Sita zuckt mit den Schultern. »Morten ist kein schlechter Polizist. Wenn er etwas Handfestes hat, wird er es nicht ignorieren.«

»Vielleicht sollten wir dann erst dafür sorgen, dass er wirklich etwas Handfestes bekommt«, gibt Tom zu bedenken. »Bisher ist es eine Theorie. Wenn wir einen echten Beleg dafür finden, dann geben wir es weiter.«

»Tom, das kostet zu viel Zeit. Ich rede morgen früh mit Morten. Wir schnappen uns Amanda Lee, konfrontieren sie damit und fragen gleichzeitig Bensons Alibi für die Tatzeiten ab.«

Tom stöhnt. »Das dauert mir zu lange. Mir wäre lieber, ich fahre jetzt noch zu Lee.«

»Es ist fast elf, wie willst du das denn anstellen? Du bist suspendiert. Außerdem wird sie darauf bestehen, dass Benson dabei ist. Und der ruft sofort die Kollegen, die dich dann verhaften.«

Tom nickt. Es gäbe noch eine andere Möglichkeit, doch über die will er nicht reden.

»Tom?«

»Nichts.«

»Den Blick kenn ich, Tom. Lass es. Das bringt niemandem etwas. Dir am allerwenigsten.«

»Schon gut, schon gut«, sagt Tom und hebt resigniert die Hände. Er schaut auf die Uhr und greift zum Telefon.

»Was machst du?«, fragt Sita. »Es ist fast elf.«

»Sagtest du schon ... Bist du mein Babysitter?«

»Die Stimme der Vernunft, das trifft es wohl eher.«

Tom seufzt. »Ich will nur hören, wie es Phil und Anne geht.« Er wählt, hat jedoch das Gefühl, etwas Wichtiges vergessen zu haben. »Ach ja«, sagt er zu Sita, »bitte frag doch Lutz morgen direkt, ob er seine Archive nach dem Begriff ›Hornisse‹ durchforsten kann.«

Kapitel 51

Werner Babylon hatte drei Kopfschmerztabletten genommen, und jetzt war ihm übel. Vielleicht waren es auch die Trauer und der emotionale Stress, die resistent gegen Tabletten waren. Er beugte sich gerade über die Toilettenschüssel, als ihm die leere Juwel-Zigarettenpackung auffiel, die neben der Toilettenspülung lag. Wie kam die dahin? Er selbst rauchte nicht und auch sonst niemand in der Familie. Der Polizist kam ihm in den Sinn, er hatte gestern gefragt, ob er die Toilette benutzen dürfe. Unter anderen Umständen hätte es ihn geärgert, dass jemand Fremdes auf seiner Toilette geraucht hatte, doch jetzt war es ihm vollkommen gleichgültig.

Er wartete noch eine Weile über die Schüssel gebeugt, doch die Übelkeit ließ Gott sei Dank etwas nach.

Er stand auf, zerknüllte die Zigarettenpackung und warf sie in den Mülleimer. Dann schloss er die Tür von innen ab, klappte den Toilettendeckel herunter, setzte sich darauf und rieb sich das Gesicht. Er begriff nicht, wie das alles hatte passieren können. Das hieß, eigentlich begriff er es schon. Es lag an diesem verdammten Land. Inge hatte es ja immer gesagt, zum Beispiel als Gerd Meyersbach aus dem Eckhaus am Anfang der Straße plötzlich nicht mehr da war. Ganz zu schweigen von Inges Bruder, der vor über zehn Jahren ins Gefängnis gewandert war, von wo aus er spurlos verschwand – angeblich vom Westen freigekauft. Aber konnte man es wissen? »In diesem Land verschwinden Menschen«, hatte Inge geschimpft. »Guck dich doch um. An einem Tag sind sie noch da. Und am nächsten Tag gibt es sie nicht mehr. Sie tauchen einfach nicht mehr auf, und wenn überhaupt, dann als Aktennotiz in irgendeinem geheimen Archiv.«

Und jetzt war mit Inge das Gleiche passiert. Inge war tot, hatten sie ihm gesagt, und er durfte sie nicht einmal mehr sehen. Wie sollte man den Tod begreifen, wenn man ihn nur mitgeteilt bekam?

Werner stöhnte und lehnte sich an den Spülkasten.

Viola schlief endlich, und Tom malte in seinem Zimmer mit wütenden kindlichen Bewegungen schwarze Kreise und Figuren aufs Papier, bis sich der Stift auf den Tisch durchdrückte.

Werner hatte das Gefühl zu versagen. Er kam sich so verdammt hilflos vor. Wie sollte er für einen Fünfjährigen die richtigen Worte finden? Wenn es die überhaupt gab, die richtigen Worte.

Mit Viola war es einfacher. Viola konnte er auf den Arm nehmen. Sie zu trösten war ein wortloses Für-sie-da-Sein. Bei Tom reichte das Dasein nicht. Er brauchte mehr, und Werner kam einfach nicht an ihn heran. Tom fragte nicht einmal nach seiner Mutter. Er wollte nicht darüber reden. Was ja in Ordnung war, vorläufig jedenfalls. Stattdessen hatte er beim Essen immer wieder geschluchzt: »Lassie ist weg. Lassie ist weg. Papa, ist Lassie auch tot?« Werner schnürte es dabei den Hals zu. Der Hund musste beim Unfall aus dem Wagen geflogen sein. Vermutlich war er tot, aber das durfte Tom auf keinen Fall erfahren.

»Nein«, hatte er gesagt und Tom an sich gedrückt. »Die Polizisten haben mir gesagt, dass es Lassie gut geht.« Er rückte Tom den Teller mit dem Omelett zurecht. »Vielleicht isst du was, das wird dir guttun.«

»Aber wo ist er denn dann? Ich will ihn sehen.«

»Schatz, es ...« Gott, wie erklärte man das einem Fünfjährigen? »Lassie kommt zu anderen Leuten, da geht es ihm besser«, log er.

»Warum kann er denn nicht hier sein? Ihm geht's doch hier viel besser als woanders.« Tom schob energisch den Teller von sich.

»Weißt du, ich hab ja nicht so viel Zeit, ich muss mich ja um euch und um meine Arbeit kümmern ...«

»Ich kümmere mich um Lassie«, entgegnete Tom voller Inbrunst.

»Es geht nicht, Schatz. Wir haben den anderen Leuten schon zugesagt.«

»Welche Leute denn? Wohin geht Lassie denn?«

»Er, na ja«, Werner überlegte fieberhaft, »weißt du, Lassie ist ja ein ziemlich cleverer Bursche und ... er wird ein Polizeihund.«

Tom überlegte einen Moment, und Werner schöpfte Hoffnung, dass Tom nun Ruhe gab. »Kann ich Lassie bei der Polizei besuchen?«, fragte Tom.

Werner seufzte. »Nein, Schatz. Das Trainingslager ist leider viel zu weit weg.«

»Ich will ihn aber sehen«, rief Tom und begann, mit den Fäusten auf die Brust seines Vaters zu trommeln. »Ich will ihn sehen, hörst du!«

Was hatte er da nur angerichtet?

Inge wäre das nicht passiert. Sie hätte die richtigen Worte gefunden. Sie fehlte ihm jetzt schon so sehr.

»Du hast ihn weggegeben«, schrie Tom und schlug ihm immer weiter auf die Brust. »Du hast Lassie weggegeben! Du bist so gemein!«

Das war vor nicht einmal einer Stunde gewesen.

Werner vergrub das Gesicht in den Händen. Sie zitterten, und er wünschte sich, er hätte etwas, um sie zu beschäftigen. Zum ersten Mal in seinem Leben dachte er, dass es gut sein musste zu rauchen. Eine glimmende Zigarette zwischen den Fingern zu halten, Rauch zu inhalieren, ihm dabei zuzusehen, wie er sich auflöste, als könnte das ein Versprechen sein, dass sich früher oder später alles in Rauch auflöste, selbst die größten Probleme.

Werner sah zum Mülleimer. War die Packung wirklich leer gewesen? Er zog den Eimer zu sich heran, fischte die Juwel-Packung heraus und blickte in das knittrige Päckchen. Keine Zigarette. Stattdessen sah er kleine Zahlen, die von Hand auf die Innenseite des Papiers in der Verpackung geschrieben worden waren. Er zog es heraus und strich es glatt. Eine Telefonnummer, dachte er. War das ein Zufall? Oder eine Falle?

Er drehte die Packung zwischen den Fingern hin und her. Außer der Telefonnummer war nichts daran auffällig. Nachdenklich stand er auf, entriegelte die Tür und ging ins Wohnzimmer, zum Telefon. Die Wählscheibe schnurrte die Zahlen herunter. Nach einer Weile meldete sich eine sehr junge, fröhliche Frauenstimme. »Schindler, hallooo?«

»Äh, hallo, Frau Schindler, ich, äh ...«

Frau Schindler kicherte. Im Hintergrund gluckste noch jemand anderes fröhlich.

»Frau Schindler?«, fragte er.

Sie prustete los. »Haben Sie echt gedacht, ich wäre meine Mutter?«

Werner rollte mit den Augen. Großartig, ein Teenager beim Telefonstreich. »Junge Frau«, sagte er, »du klingst jedenfalls sehr erwachsen.«

Wieder Gekicher.

»Wollen Sie meine Mutter sprechen? Die ist gerade einkaufen.«

»Ich wollte eigentlich mit deinem Vater sprechen. Ist er da?«

»Äh, nein. Der kommt immer erst nach sechse.«

»Gut, danke. Ich ruf wieder an«, sagte Werner und legte rasch auf.

Schindler. Hieß so der Polizist mit dem Schnauzbart? Er konnte sich nicht an ein Namensschild oder etwas Ähnliches erinnern. Doch wenn er ihm seine Privatnummer in der Packung dagelassen hatte, dann wollte er ihm bestimmt etwas mitteilen. Etwas, das am Diensttelefon nicht möglich war.

Werner sah auf die Uhr. Bis sechs waren es noch zwei Stunden. Er seufzte, ging in die Küche und setzte einen schwarzen Tee an. Koffein würde ihn jetzt nur noch nervöser machen. Dann sah er in den Kühlschrank. Ebbe. Inge schien die letzten Tage nichts eingekauft zu haben. Nur eine Schale mit Eiern, etwas Wurst und Butter und ein paar andere Kleinigkeiten waren da. Er würde zum Konsum gehen müssen.

Um kurz nach sechs kam Werner mit den Kindern zurück vom Einkaufen. Es war höllisch anstrengend gewesen. Viola hatte durchgehend gequengelt, und Tom war verschlossen und wütend.

Kaum hatte er die Tür hinter sich zugezogen, schickte er Tom auf sein Zimmer. Viola ließ er im Kinderwagen, den er zwischen Sofa und Couchtisch stellte. Dann setzte er sich, schaukelte Viola mit der linken Hand und wählte mit der rechten, den Hörer hielt er eingeklemmt zwischen Schulter und Ohr.

Diesmal meldete sich ein Mann. »Schindler, hallo?«

»Äh, guten Abend, entschuldigen Sie die Störung, mein Name ist Babylon ...«

»Ah ... 'n Abend.« Der Mann senkte die Stimme und sprach halblaut weiter. »Warten Sie, ich muss einmal die Tür ...« Es knackte, als er den Hörer ablegte. Schritte waren zu hören, dann das Geräusch einer Tür, die geschlossen wurde. »Hallo? Sind Sie noch dran?«, fragte Schindler.

»Ja, ich bin noch da«, beeilte sich Werner zu sagen. »Sie wollten, dass ich Sie anrufe.«

»Ich weiß gar nicht, ob ich das wollte«, murmelte Schindler.

»Sie haben mir immerhin Ihre Telefonnummer dagelassen, wie sollte ich das sonst verstehen.«

»Verbrennen Sie bitte die Packung«, flüsterte Schindler nervös.

»Natürlich, das mache ich.«

Schweigen. Fast eine halbe Minute lang.

In der Leitung knisterte es leise. Werner fragte sich, ob die Gefahr bestand, dass jemand das Gespräch abhörte. Aber dann wäre doch der Polizist nicht das Risiko eingegangen, ein solches Gespräch anzubieten. Werner räusperte sich. »Sie wollten mir doch etwas sagen, oder?«

Schindler atmete in die Membran, sodass es im Hörer laut rauschte. »Hören Sie, dieses Gespräch hat nie stattgefunden.«

»Ich kenne weder Ihre Nummer noch Ihren Namen«, sagte Werner, in der Hoffnung, dass Schindler ihm sein Versprechen abnahm. »Können Sie mir sagen, was mit meiner Frau passiert ist?«

»Ihre Frau hatte einen Unfall«, sagte Schindler. »Das war so weit schon richtig. Sie ist gegen einen Schlagbaum an der Grenze gefahren und danach vor ein Hindernis. Das Fahrzeug ist auf der Vorderseite vollständig zerstört.«

Viola strampelte sich die Decke vom Leib, und Werner schob den Kinderwagen vor und zurück, um sie zu beruhigen.

»Aber warum sollte sie das gemacht haben?«, fragte Werner.

»*Sie muss das Hindernis doch gesehen haben, und sie hatte Kinder im Auto, die würde sie niemals gefährden.*«

»*Ihre Frau hatte genug Zeit zu bremsen*«, sagte Schindler und senkte die Stimme so sehr, dass Werner Mühe hatte, ihn zu verstehen. »*Aber sie war wohl nicht mehr in der Lage zu bremsen, wenn Sie wissen, was ich meine.*«

»*Heißt das, sie hatte noch andere Verletzungen als die, die durch den Unfall zustande kamen?*«

»*Eine Schussverletzung*«, sagte Schindler.

Werner schluckte. Er hatte plötzlich Toms Gesicht vor Augen, die Blutspritzer auf seinem Gesicht. »*Diese, ähm, Verletzung. War sie tödlich?*«

»*Ja.*«

Werners Hand krampfte sich um den Bügel des Kinderwagens. Eine kleine bunte Kette mit einem Holzvogel baumelte vom Sonnenverdeck des Wagens. Inge hatte den Vogel selbst gebastelt.

»*Ich würde gerne wissen, um wie viel Uhr meine Frau ...*«

»*Das hat Ihnen doch mein Kollege schon gesagt, die Kollegen aus der –*«

»*Hören Sie*«, unterbrach ihn Werner. »*Meine Frau ist tot. Wissen Sie, wie das ist? Hier zu sitzen, mit meinen Kindern, mir ewig die gleichen Fragen zu stellen, sie noch nicht einmal mehr sehen zu können, nichts zu erfahren.*« *Er holte tief Luft.* »*Wenn an der Grenze so etwas passiert, dann wissen doch beide Seiten Bescheid, nicht nur die tschechoslowakische, also wimmeln Sie mich bitte nicht ab. Tun Sie mir den Gefallen und geben Sie mir einfach eine Uhrzeit. Für Sie mag das einfach nur eine Uhrzeit sein, für mich ist das viel, viel mehr.*«

Einen Moment lang herrschte Stille.

»*Halb neun.*« *Schindler räusperte sich.* »*Am Morgen.*«

»*Danke*«, sagte Werner leise.

»Sie haben uns nach diesem Mann gefragt«, sagte Schindler. Werner registrierte, dass er vermied, den Namen auszusprechen.

»Ja. Hab ich.«

»Hören Sie auf damit.«

»Weil er verantwortlich dafür ist?«

»Hören Sie auf damit. Das ist mein Rat.«

»Und wenn ich das nicht kann?«

»Überlegen Sie gut, was Sie tun«, sagte Schindler. »Oder sollen Ihre Kinder auch noch den Vater verlieren?«

Für einen Moment schwiegen sie beide. Dann knackte es in der Leitung. Schindler hatte aufgelegt.

Kapitel 52

Gisell hasst den Grunewald. Sie hasst das Geld, das hier zu Hause ist und immer nur noch mehr Leute mit dem gleichen Geld anzieht, sie hasst die gedeckten Farben, die vorgetäuschte Noblesse, die Ruhe in den Straßen, die verkackte museale Reichenarchitektur und die hohen Zäune mit den dunklen Fenstern dahinter. Würde man Licht in den Zimmern machen, könnte man das Unglück wie einen riesigen Kraken sehen.

Gisell stellt ihren Motorroller vor dem Tor auf dem Gehweg ab. Auf dem kleinen milchweiß leuchtenden Klingelschild stehen immer noch die vier kleinen Buchstaben. Dr. W. B.

Ihr Vater, der Krake. Selbst wenn er nicht da ist, ist er irgendwie trotzdem da.

Hinter dem brusthohen Gitterzaun stehen die alten Tannen mit ihren hängenden Zweigen, als müssten sie die Trauer leben, die im Haus herrscht. Das Weiß der Fassade hat gelitten, das Rot des Daches ist immer noch kräftig, als gäbe es eine schützende Hand, die es bewahrt. Gisell schließt das Tor auf und läuft den schmalen Weg zum Haus entlang. Das Wohnzimmer im Erdgeschoss ist erleuchtet, ebenso das Arbeitszimmer im ersten Stock und das Badezimmer.

Sie fühlt sich, als ob ihr ein Windstoß über den Nacken

streicht. Das Koks verstärkt das Unwohlsein geradezu unerträglich.

Rasch nimmt sie das Handy aus der Tasche und schickt ihrer Schwester eine WhatsApp: *Bin da, Biene. Alles wird gut.*

Dann steckt sie lautlos den Schlüssel ins Türschloss. Er passt immer noch, sie kann es nicht fassen. Ihre Mutter hätte längst die Schlösser austauschen müssen. Die Tür schwingt lautlos auf. Sie betritt den Flur. Altes Parkett. Fischgrät, auf Hochglanz poliert. Rechts der schmale Konsolentisch. Über der Porzellanschale für die Schlüssel hängt dasselbe Foto an der Wand wie früher: Ihr Vater hält ihre Mutter im Arm, vor den beiden stehen die Kinder, sie selbst mit Sabine und Markus. *Happy family.*

Der handgeknüpfte Läufer dämpft ihre Schritte auf dem Weg zum Wohnzimmer. Sie bleibt vor der halb geöffneten Tür stehen, kann seine sonore Stimme hören, wappnet sich, dann tritt sie leise ins Zimmer. Auf dem cremefarbenen Sofa aus weichem Leder sitzt ihre Mutter, mager wie immer, ihre langen dunklen Haare sorgfältig frisiert. In der Schule haben früher immer alle gesagt, ihre Mutter sähe aus wie Catherine Zeta-Jones. Tatsächlich hatte ihre Mutter ein Bild der Schauspielerin an ihren Spiegel geheftet, um sich wie sie zu schminken und ihren Haaren und Augenbrauen den gleichen Look zu geben. Jetzt sitzt sie wie ein müdes, energieloses Abbild der Schauspielerin auf dem Sofa, und daneben sitzt *er* – die Hand auf ihrem Knie, so vertraut und selbstverständlich, als wäre nichts geschehen.

»Was zum Teufel machst du hier, Vater?«, fragt Gisell.

Ihre Eltern sehen überrascht auf.

Ihr Vater überwindet den Schreck als Erster. Ein Lächeln huscht über sein Gesicht. Sein kahler, bulliger Schädel glänzt. Er ist älter geworden, aber immer noch macht er den

Eindruck, als gäbe es in seinem Inneren eine nie versiegende Energiequelle. Die hellgrauen Augen sind durchdringend wie eh und je, und er trägt immer noch dieselbe Pilotenbrille, als wäre das Ding seit Jahrzehnten an seinem Kopf festgewachsen. Gisell hat sich oft gefragt, was ihr Vater an ihrer Mutter findet, und jetzt, wo sie die beiden nebeneinander sieht, ist es ihr schlagartig klar. Ohne ihn ist ihre Mutter nichts. Und genau das ist es, was er braucht. Jemanden, der ihm spiegelt, dass er *alles* ist.

»Gisela«, lächelt ihr Vater. »Schön, dich zu sehen.«

»So heiße ich nicht mehr. Ich bin Gisell«, zischt sie und schaut ihre Mutter an. »Du lässt ihn immer noch ins Haus?«

»Gisela, bitte«, sagt ihre Mutter. Ihr Blick wandert nervös über Gisells blau gefärbte Haare, doch sie wagt es nicht, etwas zu sagen. Wenn *er* es nicht erwähnt, tut sie es auch nicht. »Er freut sich so, dich und Sabine zu sehen. Können wir nicht einmal kurz glücklich sein, ohne zu streiten?«

»Glücklich sein?« Gisell sieht ihre Mutter fassungslos an. »Biene sitzt oben im Bad und hat sich eingeschlossen. Nennst du das glücklich sein?«

»Kind«, murmelt ihr Vater. »Sabine ist etwas überängstlich, seit dieser Geschichte im Februar. Das ist doch kein Wunder. Sie braucht noch etwas Zeit – und Hilfe.«

»*Du* bist der Grund, warum sie Hilfe braucht. Hast du schon vergessen, was sie bei der Sache am Mahnmal mit anhören musste?«

»Red nicht über Dinge, bei denen du selbst nicht dabei warst.«

»Sie hat's mir erzählt, verdammt«, zischt Gisell wütend.

»Gisela«, schaltet sich ihre Mutter ein, »du weißt doch, wie Sabine ist, sie –«

»Halt den Mund«, fährt Gisell ihre Mutter an.

»Kind, Sabine hat das falsch verstanden«, sagt ihr Vater mit aufreizender Ruhe. »Und das weißt du auch.«

»Du meinst, sie hat falsch verstanden, dass du ein skrupelloses, brutales Schwein bist? Dass du Menschen auf dem Gewissen hast?«

»Gisela –«

»GISELL! Merk's dir endlich.«

Ihr Vater seufzt. »Okay, entschuldige, Gisell. Das alles ist nur ein Ausschnitt der Wahrheit, ein kleiner Teil. Den größeren, wichtigeren Teil kennt ihr nicht. Aber die Polizei glaubt nur an den Teil, den die Kollegen sehen können.«

»Ach ja?«, faucht Gisell. »Und was ist mit Bene? *Du* hast auf ihn geschossen und ihn beinah umgebracht. Die Narbe sehe ich jeden verdammten Tag, und jedes Mal erinnert sie mich an dich.«

Die Augen ihres Vaters verengen sich, ihm gefällt nicht, was er gerade gehört hat. »Bene Czech ist ein übler Gangster, lass verdammt noch mal die Finger von ihm. Ich habe mein halbes Leben damit verbracht, solche Typen zu jagen. Und ja, ich habe auf ihn geschossen, aus gutem Grund. Am Ende hat sich herausgestellt, es war falsch, aber mein Gott, das Leben ist kompliziert. Ich war Chef einer Polizeibehörde, ich musste entscheiden, und das habe ich oft tun müssen.«

»Erzähl mir bloß nicht, dass dich die Polizei sucht, weil das Leben kompliziert ist.«

Ihr Vater seufzt und schweigt einen Moment. »Du siehst müde aus«, sagt er schließlich. »Wie geht es dir?«

»Untersteh dich.«

»Warum begegnest du mir so? Hab ich nicht alles für dich getan?«

»Du hast nie etwas getan«, erwidert Gisell.

»Du ahnst gar nicht, was ich alles für dich getan habe.«

»Klar«, schnaubt Gisell. »Du hast mich eingesperrt, mich geschlagen, mich klein gemacht, wo du nur konntest, hast mich kontrolliert und mir alles verboten, was dir nicht in den Kram gepasst hat.«

»Du meinst die Drogen? Die Typen, mit denen du dich rumgetrieben hast? Ein Vater, der das nicht tut, verdient sein Kind nicht.«

»Was willst du hier?«, zischt Gisell.

»Das fragst *du* mich? In meinem Haus?« In die Stimme ihres Vaters hat sich ein drohender Unterton geschlichen.

Gisell greift in ihren Rücken, zieht die Pistole aus ihrem Hosenbund und richtet sie auf ihren Vater. Ihre Hand zittert vor Wut und Angst. »Warum bist du hier?«, fragt sie erneut.

»Gisela«, stöhnt ihre Mutter.

Ihr Vater starrt die Waffe mit einer seltsamen Mischung aus Enttäuschung und Fassungslosigkeit an.

»Er ist hier, um euch und mich zu sehen, das ist doch offensichtlich.«

Ihr Vater streichelt mit der Hand über ihr Bein, ihre Mutter legt ihre Hand auf seine.

»Du raffst es nicht, oder?«, faucht Gisell.

»Ich will nur nach meiner Familie sehen«, sagt ihr Vater.

»Aber deine Familie will dich nicht sehen. Zumindest ich nicht. Und Sabine will dich auch nicht sehen.«

»Ich will nur mit ihr reden. Das muss doch in Ordnung sein, von Vater zu Tochter.« Er starrt auf den Lauf der Waffe. »Nimm das bitte runter, ja. Das ist kein Spielzeug.«

»Du verlässt jetzt sofort das Haus«, schreit Gisell.

Ihr Vater steht langsam vom Sofa auf. Gisell legt jetzt beide Hände an die Waffe, um das Zittern besser zu kontrollieren. »Raus hier, hörst du? Sofort!«

»Gisell, ich bitte dich.«

»Wag es ja nicht.«

»Das bist doch nicht du!«

»Ach ja? Und wer bist du, wenn ich nicht ich bin?«

»Was redest du denn da?«

»Fick dich, hörst du!« Sie spürt, wie ihr die Tränen kommen. »Raus hier und komm nie wieder.«

Ihr Vater schaut sie betroffen an. In Betroffenheit war er schon immer gut, vor allem in eigener Sache. Wenn andere seinetwegen betroffen waren, hat ihn das nie interessiert.

»Du wirst nicht bestimmen, wann ich meine Familie besuche«, sagt er.

»Heute schon«, faucht Gisell und gibt ihm mit der Waffe ein Zeichen, Richtung Tür zu gehen. Ihr Vater verzieht keine Miene, verlässt das Zimmer, und schließlich hört sie die Haustür zufallen.

»Tu das nie wieder«, fährt sie ihre Mutter an.

Ihre Mutter sitzt wie erstarrt auf dem Sofa.

Gisell steckt die Pistole ein und hastet die Treppe in den ersten Stock hinauf, wo sie an die Badezimmertür klopft. »Ich bin's, Bienchen. Ich bin hier! Er ist weg, du kannst rauskommen.«

Einen Moment lang herrscht Stille. Dann knirscht das Türschloss, die Badezimmertür öffnet sich einen Spalt, und das verweinte Gesicht ihrer Schwester taucht darin auf. »Wirklich?«, fragt Sabine leise.

»Ich versprech's.«

Sabine starrt ihre blauen Haare an. »Wow«, flüstert sie.

»Gut?«

Sabine schnieft und nickt. »Wie hast du das gemacht?«

»Was, die Haare?«

»Nee, dass er weg ist.«

»Ich hab einen Zauberstab«, lächelt Gisell und umarmt Sabine.

»Haha. Verarschen kann ich mich allein.« Sabine versucht eine Schnute zu ziehen, was gründlich misslingt. Sie muss lachen und fängt im nächsten Moment an zu schluchzen.

Gisell drückt sie fester an sich. »Sorry, manchmal vergesse ich, dass du nicht mehr mein kleines Schwesterchen bist.«

Sabine schluckt und wischt sich die Tränen aus dem Gesicht. »Bleibst du bei mir heute Nacht?«

»Klar, Schatz, was dachtest du denn? Und morgen hauen wir hier ab, ja?« Sie nimmt ihre Hand. »Komm, wir gehen in dein Zimmer.«

»Nein, bitte, in *dein* Zimmer, wie früher«, flüstert Sabine.

»Sag bloß, das gibt's noch?«, sagt Gisell.

»Sie haben's nicht angerührt seit damals. Manchmal schleiche ich mich heimlich rein und liege in deinem Bett.«

»Das will ich sehen«, wispert Gisell und zieht Sabine mit sich. Auf leisen Sohlen schleichen sie die Treppe hinab in den Keller. Sie hatte damals unbedingt ein Zimmer unten haben wollen, weg von ihren Eltern. Als sie die Tür zu ihrem alten Zimmer öffnet, kann sie es kaum glauben. Sabine hat recht, alles ist so, wie sie es damals verlassen hat. Es liegt nicht einmal Staub. Das Himmelbett quietscht, als Sabine hineinsteigt und unter die Decke schlüpft. Gisell legt ihre Jacke ab und versteckt unauffällig die Pistole darin, dann legt sie sich neben ihre Schwester und sieht sich im Zimmer um. »Unglaublich«, murmelt sie. Ihr Blick gleitet über die Poster und Starschnitte an den Wänden. »Dass sie die nicht abgehängt haben.«

»Ja, gut, oder?« Sabine kuschelt sich an Gisell. »Das erinnert mich immer an dich hier.«

Kapitel 53

Marek Krajewski schaut durch die Windschutzscheibe auf
das nette kleine Haus hinter dem Jägerzaun. Sein Kollege
Meyer ist auf dem Fahrersitz eingeschlafen und schnarcht
leise. Sie teilen sich die Schicht, es reicht, wenn einer sich die
Nacht um die Ohren schlägt.

Er hat noch die Stimme des Mannes, der jetzt schon dreimal angerufen hat, im Ohr. Ob alles in Ordnung wäre, ob sie
auch die Rückseite des Hauses kontrollieren würden, ob sie
zu zweit wären, ob sie das schon einmal gemacht hätten ...

Ja, haben sie. Die Rückseite ist mit Bewegungsmeldern
gesichert. Und die Bullen sind inzwischen auch da ...

Als ob sie verdammte Anfänger wären! Aber Krajewski hat
beschlossen, es ihm nicht übel zu nehmen. War doch klar,
wer dieser Typ war. Krajewski war ja nicht blöd. Und bei allem, was man im Radio so hörte, war es ja kein Wunder, dass
dieser Babylon etwas paranoid war. Paranoid. Krajewski legt
Wert auf seine Wortwahl. Hier und da mal ein neues Fremd-
wort einzubauen, das gibt ihm ein gutes Gefühl. Er ist sechsundzwanzig und hat noch etwas vor im Leben. Außerdem
weiß er, der Unterschied zwischen Menschen mit mehr oder
weniger Geld äußert sich oft in einer gewissen Bildung. Will
man aufsteigen, müssen die anderen mitkriegen, dass man

schlau ist. Das gilt für jede Branche. Auch für seine. Gut, es gibt noch den Weg über Brutalität und Skrupellosigkeit – noch so ein Wort –, doch dieser Weg ist meist endlich. Marek Krajewski hält nicht viel von Brutalität.

Wahrscheinlich ist ihm auch deshalb das mit Gisell passiert. Diese kleine Bitch. Und ja, das ist jetzt nicht besonders gewählt ausgedrückt, aber es trifft die Sache.

Vor seiner Schicht in Stahnsdorf war er noch im Odessa gewesen. Gisell war an ihm vorbeigeschlendert, und dann hatte sie diese winzige kleine Geste gemacht. *Komm mit.* Ohne Worte, nur dieser kurze, kokette Blick und die leichte Kopfbewegung. Das Odessa ist voller Nischen, und sie lockte ihn in eine davon.

»Ich hab doch gesehen, dass du mir immer nachschaust«, flüsterte sie.

Er grinste. Er hatte sich keine allzu große Mühe gegeben, es zu verbergen. Sagte aber nie etwas zu ihr, aus Respekt vor dem Chef. Die kleine hübsche Koksnase war schließlich Czechs Beritt.

»Du bist süß«, lächelte sie, stellte sich auf die Zehenspitzen und küsste ihn auf die Wange. »Aber sag's nicht Bene«, sie zwinkerte ihm zu.

Er sah sie an. Ihre Pupillen waren erweitert, also hatte sie etwas intus. Aber spielte das eine Rolle? Die halbe Welt hatte ständig etwas intus. »Bin ja nicht verrückt«, entgegnete er. »Ich seh dich immer am Pult. Du bist cool. Ich steh auf deine Musik.«

»Bene hat keinen Schimmer von Musik«, flüsterte sie.

»Ja, und trotzdem hat er den hippsten Club der Stadt.«

»Liegt an Leuten wie dir und mir«, flüsterte Gisell ihm ins Ohr. Ihr Atem strich ihm über diese eine Stelle, die ihn verrückt machte. Er bekam eine Gänsehaut und spürte ein

Ziehen in den Lenden. Gisell sah ihn an, und das war der Moment, wo er verloren war. Sie küsste ihn wild, es war wie ein Überfall, und ihre Arme schlangen sich um ihn, strichen über seine Brust, seinen Gürtel, seinen Rücken. Bevor er dazu kam, richtig mitzuziehen und sie anzufassen, wozu er mehr Lust hatte als alles andere, hörte sie plötzlich auf und sah sich nervös um. »Lass uns das woanders machen, Bene darf das nicht mitkriegen.«

»Okay, wohin?«, fragte er heiser.

»Nicht jetzt. Aber morgen?«

»Äh, ja. Okay.« Die Erregung pulsierte unter seiner Schädeldecke wie Magma in einem Vulkan. Sein Mund war staubtrocken.

»Ich meld mich, ja?« Sie zwinkerte ihm zu und war so plötzlich weg, wie sie aufgetaucht war.

Erst zehn Minuten später merkte er, dass seine Pistole weg war. Die verdammte Bitch. Sie war nirgendwo zu finden, und es dauerte weitere zehn Minuten, bis er sich ihre Telefonnummer besorgt hatte.

»Gib mir die Knarre zurück, sofort«, knurrte er.

»Welche Knarre?«

»Spar dir die Spielchen, ich bin nicht blöd.«

»Okay, sei nicht sauer. Du bekommst sie wieder. Morgen, ja?«

»Bist du irre? Ich will sie jetzt. Hörst du? JETZT.«

»Sorry, ich bin schon weg. Du kriegst sie morgen.«

»Willst du, dass ich mit Czech rede?«

Sie lachte, silberhell. Obwohl er wütend war, fand er ihr Lachen wunderschön. »Sei nicht blöd«, sagte Gisell. »Der reißt dir die Eier ab, wenn ich ihm erzähle, wie du mich geküsst hast. Abgesehen davon, wie peinlich ist es denn bitte, dass dir 'ne Frau die Pistole klaut, ohne dass du's merkst?

Du hast doch noch was vor, oder? Wär besser, wenn du jetzt nicht dastehst wie ein Trottel.«

Noch mal Bitch.

Gisell hatte recht, und zwar so was von recht, dass es wehtat.

Also hielt er die Klappe. Ein Tag ohne Knarre ist kein Beinbruch, dachte er. Und irgendwie ist der Kuss es wert gewesen. Morgen bekommt er das Ding wieder, und gut ist.

Krajewski schaut auf die Uhr. Fast drei. Er braucht frische Luft, um gegen die Müdigkeit anzukommen, und steigt aus. Der Bullenwagen steht direkt gegenüber vom Haus. Er winkt den Uniformierten zu, aber es reagiert keiner. Ob die pennen? Anfänger.

Sie waren zu Beginn der Nacht kurz aneinandergeraten, die Bullen, Meyer und er. Wer sie denn beauftragt hätte, was sie hier zu suchen hätten und, und, und ... Da Czech ihm zuvor eingeschärft hat, bloß nicht zu sagen, dass sie in seinem Auftrag da sind, wurde aus dem Frage-Antwort-Spiel das reinste Rumgeeier. Bis Werner Babylon die Sache geklärt hatte und meinte, Meyer und Krajewski wären für ihn da, er hätte sie angeheuert, das wäre in Ordnung so. Wahrscheinlich hatte ihm sein Sohn das geraten. Cleverer Typ, das musste man ihm lassen.

Wofür sie denn dann noch gebraucht würden, hatte der ältere der beiden Polizisten gemault.

Marek Krajewski läuft am Haus vorbei, ein paar Schritte die Straße hinunter und wieder zurück, als plötzlich der Sensor an seinem Gürtel vibriert. Die Bewegungsmelder im Garten!

Er beschleunigt seine Schritte und überlegt, ob er Meyer wecken soll. Immerhin hat der eine Pistole. Andererseits, der Garten liegt direkt vor ihm, und wenn da wirklich etwas ist, muss er schnell sein. Marek Krajewski flankt über den Gartenzaun, zückt sein Handy und wählt Meyers Nummer.

Mit dem Telefon am Ohr huscht er in den Garten.

Jetzt geh schon ran, wie tief kann man denn pennen?

Der Garten ist dunkel, am anderen Ende meint er eine Gestalt auszumachen. Jetzt, verdammt noch mal, könnte er die Pistole doch gut gebrauchen. Ob das dieser Benson ist, vor dem ihn der Typ am Telefon gewarnt hat? Oder der andere?

»Marek?« Das ist Meyer. Endlich. »Was is?«

»Ich bin hier im Garten, hinterm Haus. Der Bewegungsmelder hat ausgelöst. Komm sofort her, aber pass auf, dass du nicht auf mich schießt, klar?«

Meyer ist sofort hellwach. »Schon unterwegs.«

Er legt auf, und im selben Moment ist jemand hinter ihm und drückt ihm ein Messer an die Kehle. »Was ist mit den Bullen?«, zischt eine Stimme direkt neben seinem Ohr. »Weiß nicht«, sagt Krajewski.

»Dann brüll um dein Leben.«

»Was?«, fragt Krajewski verwirrt.

»Schrei, verdammt noch mal.«

»Hilfe!«, brüllt Krajewski.

»Noch mal, lauter!«

»HILFE!«

»Gut gemacht.«

»Bist du Benson?«, fragt Krajewski.

»Nein«, flüstert der Mann. »Ich bin Robby.«

Mit einer schnellen Bewegung schneidet er Krajewski die Kehle durch und stößt ihn gleichzeitig von sich weg. Krajewski taumelt, will atmen, aber ihm läuft Blut in die Luftröhre. Er stürzt, fasst sich an den Hals. Eine nasse Fontäne sprudelt aus ihm heraus. Der Schock nimmt ihm fast die Besinnung. Er versucht, die Wunde zuzudrücken, aber es gelingt ihm nicht. Da ist plötzlich Meyer, mit gezogener Waffe, brüllt. Die Polizisten sind da. Im Haus geht Licht an. Das Blut sprudelt immer noch, nur etwas weniger. Warum ich?, denkt Marek Krajewski. *Warum so?*

Es ist das Letzte, was er denkt.

Kapitel 54

Tom starrt durch die Scheibe hinaus in den strömenden Regen. Der Trabi ist so viel kleiner als Mamas und Papas altes Auto. Aber so kann er wenigstens besser durch die Scheibe sehen. Er hält Violas Hand, sie drückt ganz fest zu, mit ihren winzigen Fingern.

Was macht Papa da?

Er kann nur den Rücken seines Vaters sehen, aber er geht auf dieses Haus zu, mit der riesengroßen Tür. Es ist so finster, an der Seite ist ein schwarzes Gerippe, es sieht aus wie ein toter Dinosaurier.

Nicht, Papa, will Tom rufen, aber es ist, als ob sein Mund einen Reißverschluss hätte, den er nicht öffnen kann.

Die Silhouette seines Vaters verschwindet an der Ecke des Hauses. Der Regen scheint ihn zu verschlucken. Das Haus leuchtet jetzt rot, pulsiert, eine laute Alarmsirene ertönt immer und immer wieder ...

Tom schreckt aus dem Traum hoch.

Sein Handy klingelt, das Display leuchtet im Dunkeln. Tom liegt in einer Kammer im dritten Untergeschoss des Odessa. Sein Quartier ist spärlich ausgestattet mit einem provisorischen Bett, einem Nachttisch und einem Tisch mit Stuhl. Es erinnert ein bisschen an eine Gefängniszelle.

Hastig nimmt er das Telefon vom Nachttisch und meldet sich.

»Tom? Gott sei Dank! Ich bin's, Sita.«

»Was ist los?«

»Es gab wieder einen Überfall.«

Tom setzt sich auf und stellt die Beine auf den Boden. »Wo?«

»Bei deinem Vater. Einer von Benes Leuten ist tot.«

»Mein Gott«, flüstert Tom. »Ich komme.« Im selben Moment fällt ihm ein, dass er ja suspendiert und zur Fahndung ausgeschrieben ist.

»Nein, warte, bleib, wo du bist ...«, bremst Sita.

»Ja, schon klar«, seufzt Tom. »Bin noch nicht ganz da, war ein Reflex.«

»Tom?«, sagt Sita leise.

»Ja?« Er rubbelt sich mit der Hand über den Hinterkopf, um wach zu werden. Er hat das Gefühl, kaum eine Stunde geschlafen zu haben, und das Schlafdefizit macht seine Sinne taub.

»Sitzt du?«

Die Taubheit weicht einer Alarmglocke.

»Was ist los?«

»Tom, es tut mir so leid!«

»Was? Was tut dir leid?«

»Phil ist weg.«

Die Welt steht für einen Moment still. Der Satz hört sich falsch an. Er gehört nicht in diese Welt.

»Sag das noch mal«, flüstert Tom.

Sita stöhnt, ihre Stimme zittert. »Phil ist weg. Jemand hat ihn mitgenommen.«

Stille. Diese merkwürdige, absolute Stille, in der man selbst dann nichts hört, wenn die Welt um einen herum tobt, weil man auf dem Grund eines tiefen schwarzen Sees ist. Bomben könnten fallen, Flugzeuge abstürzen. Er würde nichts hören. Aber er muss etwas hören, er muss etwas tun ...

Tom räuspert sich. »Erzähl mir ...« Seine Stimme versagt. Er spürt Tränen auf der Wange. »Sag mir, was passiert ist.«

»Marek Krajewski, einer von Benes Leuten beim Haus deiner Eltern, ist in den Garten, weil offenbar einer der Bewegungsmelder Alarm gegeben hat. Er hat noch seinen Kollegen Meyer angerufen und um Hilfe gebeten, darauf sind Meyer und die Kollegen von der Polizei in den Garten und haben Krajewski mit einer Schnittwunde im Hals gefunden. Er ist innerhalb von wenigen Sekunden verblutet. Meyer und die Kollegen haben den Täter noch gesehen und sind ihm hinterher. Es war ein Riesenchaos und ...«

»Sie haben ihn nicht gekriegt, richtig?«

»Leider nein.«

»Sie waren zu zweit«, flüstert Tom. »Während alle dem einen nach sind, hat sich der andere Phil geholt. Wann habt ihr es bemerkt?«

»Tom, es tut mir so leid ... Die Kollegen sagen«, er hört Sita schlucken, bevor sie weitersprechen kann, »sie sagen, etwa zehn Minuten später. Gertrud hat sich wohl gewundert, warum Phil bei diesem Lärm einfach weiterschläft, und dann ist sie hoch ...«

»Wie geht's ihr? Wie geht's meinem Vater?«, hört Tom sich fragen.

»Sie wurden vom Notarzt mit Beruhigungsmitteln versorgt, dein Vater wollte dich unbedingt anrufen, aber er ist im Moment ... ich hab dann gesagt, ich rufe dich an.«

Stille.

»Tom? Sag was, Tom.«

»Ich kann nicht«, flüstert Tom.

»Wir finden ihn, okay? Wirklich. Wir finden ihn. Morten ist hier, ich rede mit ihm, er wird es einsehen. Er wird verstehen, dass hier etwas nicht stimmt.«

»Ja, rede mit ihm«, sagt Tom.

»Wir finden Phil!«, wiederholt Sita. Sie klingt wie jemand, der sich selbst Mut zuspricht.

»Was ist mit Anne?«, fragt Tom.

»Alles in Ordnung. Ihr geht es gut, also, den Umständen entsprechend.«

Sie schweigen beide einen Moment.

»Wenn ich mit Morten gesprochen habe«, sagt Sita, »dann komme ich zu dir, okay?«

»Nein«, sagt Tom. »Brauchst du nicht.«

»Du solltest jetzt nicht allein sein, ich komme.«

»Nein«, wiederholt Tom. »Bleib bei den Kollegen. Außerdem, jetzt, wo Morten weiß, dass Benes Leute das Haus meiner Eltern bewacht haben, wird er bald darauf kommen, dass ich bei Bene untergeschlüpft sein könnte. Ich muss hier sowieso weg.« Ohne sich zu verabschieden, legt er auf. Anziehen muss er sich nicht, er hat in seinen Sachen geschlafen. Der Lauf der Makarov schrammt leise über den Nachttisch, als er die Waffe an sich nimmt.

Kapitel 55

Werner Babylon schlug die Fahrertür seines Trabis zu. Für einen neuen Citroën hatte es natürlich nicht gereicht. Die DS war damals einem glücklichen Zufall geschuldet gewesen. Es war drückend schwül, und Werner sah in den Himmel über dem roten Konsum-Schild des eingeschossigen Ladens. Im Osten türmten sich schon wieder dunkle Wolken. Die letzte Nacht hatte sich ein gewaltiges Gewitter über Stahnsdorf entladen, Viola war mehrfach aufwacht, und er hatte sie zu sich ins Bett geholt. Doch anstatt dass die Luft jetzt klarer war, drohte der nächste Guss vom Himmel.

Er nahm Viola auf den Arm und ging mit Tom an seiner Seite in den Konsum.

»Kannst du bitte drei Pakete Nudeln besorgen, Tom?«

Tom nickte und flitzte los. Das mit den Aufgaben für Tom hatte er sich bei Inge abgeschaut, wenn Tom etwas zu tun hatte, war er glücklich – und abgelenkt.

Seit vier Monaten war Inge jetzt tot. Der Herbst stand bereits vor der Tür. Werner konnte kaum glauben, wie quälend langsam und zugleich rasend schnell die Wochen vergangen waren. Es gab diese Zeitfenster, in denen aus jeder Minute eine Stunde wurde, wenn er für sich alleine war, grübelte, oder wenn er versuchte zu schlafen und es nicht schaffte. In den anderen

Momenten, wenn er mit den Kindern zusammen war oder arbeitete, dann rannte die Zeit erbarmungslos. Er hatte das Gefühl, nichts mehr zu schaffen am Tag, und war todmüde, wenn es Abend wurde. Und trotzdem konnte er dann oft nicht schlafen. Im Nachhinein bewunderte er Inge dafür, mit welcher Selbstverständlichkeit sie all das geschafft hatte. Es hatte so leicht ausgesehen, dabei war es gar nicht leicht. Ihn beschlich das Gefühl, vieles falsch eingeschätzt zu haben.

»Papa, ist das genug?« Tom stand vor ihm, fünf Pakete Nudeln im Arm.

»Drei, Tom. Mehr brauchen wir nicht.«

»Mama hat immer mehr gekauft. Vorrat, hat sie gesagt.«

Werner seufzte. »Tu es ruhig in den Wagen.«

»Noch was?«

»Waschmittel brauchen wir und Toilettenpapier. Je ein Paket.«

Tom flitzte erneut los. Der Konsum erinnerte ihn an das gemeinsame Einkaufen mit Inge, und das war gut.

Werner ging zum Regal mit dem Kaffee und ergatterte die letzte Packung Mocca Fix Gold. Unwillkürlich gähnte er. Während des Gewitters hatte er wach gelegen und wie so oft überlegt, wie er Benno Kreisler finden könnte. Seit Inges Tod herrschte ein schwer erträgliches Schweigen, weder Kreisler noch die Polizei waren noch einmal aufgetaucht. Niemand hatte auch nur eine einzige weitere Frage gestellt. Im Gegenteil. Auf Werner wirkte es, als wollte niemand, dass überhaupt Fragen gestellt wurden. Dabei hatte doch Inge jemanden getötet, in Notwehr. Aber das schien offenbar keinen zu interessieren. Auch Schindler, der Polizist, der ihm seine Telefonnummer dagelassen hatte, weigerte sich inzwischen, mit ihm zu sprechen. Wenn Werner bei ihm anrief, ließ er sich verleugnen.

Also war Werner dazu übergegangen, im Telefonbuch nach

dem Familiennamen Kreisler zu suchen. In Berlin und Umgebung gab es siebenundzwanzig Einträge unter diesem Namen, und er war alle durchgegangen, war die Adressen abgefahren, hatte, meistens aus dem Auto heraus, die Wohnungen oder Häuser beobachtet. Doch keiner der Kreislers, die er fand, sah aus wie der Mann, der bei ihm vor der Haustür gestanden hatte.

Inzwischen fürchtete er, dass dieser Benno Kreisler vielleicht von ganz woanders angereist war, vielleicht aus Leipzig, Dresden, Magdeburg oder Halle, und er ihn niemals finden würde. Wenn der Name Kreisler überhaupt sein richtiger Name war. Aber hatte er ihm nicht seinen Ausweis gezeigt? Wenn er nur besser hingesehen hätte. Er hatte nur auf das Foto geblickt, den grünen Ausweis des Ministeriums für Staatssicherheit erkannt, aber er hatte nicht den Namen auf dem Ausweis gelesen. Warum auch? Das Foto hatte ja gereicht, um ihn zu erkennen.

Das Seltsame war, obwohl Werner versuchte, Kreisler unbedingt zu finden, hatte er keinen Plan. Hätte ihn hier und jetzt jemand gefragt, was er denn überhaupt von dem Mann wolle, er hätte zugeben müssen, dass er es nicht wusste.

Er folgte einfach nur der Spur des Mannes, der vermutlich für den Tod von Inge verantwortlich war.

»Papa! Können wir gleich noch in den Fress-Ex?« Tom riss ihn aus seinen Gedanken. Er musste lächeln. Gemeint war der Delikatladen, den manche als Fress-Exquisit bezeichneten, in Anlehnung an die Exquisit-Bekleidungsgeschäfte. Tom musste den Begriff irgendwo aufgeschnappt haben. »Was willst du denn da?«

»Schokolade«, sagte Tom und sah ihn bittend an.

»Schatz, die kostet da sieben Mark, das geht im Moment nicht.«

»Bitte.« Tom hüpfte vor ihm auf und ab.

Werner seufzte. »Komm, lass uns bezahlen, und dann sehen wir, was übrig bleibt.«

Tom nickte eifrig, doch Werner wusste schon, was übrig blieb. Er würde sagen müssen, es sei zu wenig.

An der Kasse war eine Schlange, und Werner schaukelte Viola auf dem Arm hin und her. Eine ältere Dame räumte mit langsamen Bewegungen ihren Einkauf in eine Stofftragetasche und nutzte die Gelegenheit, um mit der Kassiererin, einer gutherzigen Matrone mit sehr langsamen Fingern, einen Schwatz zu halten. Ob sie schon gehört habe, dass die deutsche Botschaft in Warschau geschlossen habe, wegen all der Flüchtlinge. Wenn das so weitergehe, sei bald keiner mehr da, die Jungen würden gehen, die Alten blieben zurück.

Na, dann müssten Sie doch wenigstens bald keine Schlange mehr stehen, um Brötchen zu bekommen, lachte die Kassiererin.

Letzte Nacht, da hätte sie wirklich kein Auge zubekommen, wegen des Gewitters, seufzte die ältere Dame.

Werner verdrehte die Augen angesichts des mühelosen Wechsels zwischen Politik und Wetter.

»Und dann noch der schlimme Brand bei uns gestern Nacht.« Die ältere Dame kramte in ihrem Portemonnaie.

»Bei Ihnen hat es gebrannt?«

»Nein, nein. Weiter weg, draußen auf dem Feld.«

»Ach so, draußen. Wo wohnen Sie denn?«

Tom trat unruhig von einem Bein auf das andere, als müsste er auf die Toilette.

»Güterfelde, bei der Kirche ums Eck.«

»Und da hat's gebrannt?«

»Ja, das Gewitter. Der Blitz hat eingeschlagen, in die Scheune vom alten Kreislerhof.«

»Kenn ich nicht«, sagte die Verkäuferin etwas enttäuscht.

Werner hob den Kopf. »Entschuldigung«, sagte er. »Wo genau hat es gebrannt?«

Die alte Dame sah ihn überrascht an. »Die Scheune vom alten Kreislerhof, bei uns auf dem Acker draußen.«

Werner schluckte und bemühte sich, seine Erregung zu verbergen. »Ähm, könnten Sie mir vielleicht genauer beschreiben, wo das ist?«

Die Wolken aus dem Osten standen unmittelbar über dem Konsum, als Werner die Kinder und die Einkäufe in den Trabant verfrachtete. Es tröpfelte bereits. Aus der Ferne rollte ein dunkles Grollen heran.

Werner stieg in den Wagen und fuhr los. Bei Güterfelde begann es zu schütten. Die kleinen Scheibenwischer waren überfordert.

»Papa, Schokolade. Du wolltest doch noch zum Exhuisit.«

Werner konnte Tom kaum verstehen, so laut prasselte der Regen aufs Wagendach. »Ich verspreche dir, morgen kaufen wir eine Tafel Schokolade, ja?«

»Warum denn nicht heute?«, quengelte Tom.

»Der Exquisit hat schon zu«, log Werner.

Er fuhr an der Dorfkirche vorbei, weiter über die Landstraße, so wie die ältere Dame es ihm beschrieben hatte. Das Wasser auf den Scheiben ließ ihn kaum etwas erkennen, sodass er die Abfahrt beinah verpasst hätte. Er musste ein Stück auf der Straße zurücksetzen. Ein Bus, der von hinten kam und ausweichen musste, hupte wütend. Spritzwasser fegte an die Seite des Trabis.

Werner bog auf den schmalen Weg ein und holperte durch die Pfützen. In dem Grau in Grau zeichnete sich in einiger Entfernung eine kleine Gruppe von Gebäuden ab. Ein Herrenhaus, ein weiteres kleineres Haus und ein dunkles Gerippe. Der alte

Kreislerhof, wie ihn die Frau im Konsum genannt hatte, war jedenfalls nicht unter den Adressen der siebenundzwanzig Kreislers, die er ausfindig gemacht hatte.

Werner passierte eine Toreinfahrt, fuhr noch etwas weiter und blieb dann stehen. Die abgebrannte Scheune ragte unheilvoll in den finsteren Himmel. Auf dem Hof war weit und breit kein Auto zu sehen, und im Herrenhaus war nirgends Licht. Die Scheinwerfer des Trabants leuchteten die massive Holztür des Gebäudes an.

»Hier war ich schon mal mit Mama«, sagte Tom auf der Rückbank.

Werner erstarrte und bemühte sich, seine Gesichtszüge unter Kontrolle zu bringen. Erst als er das Gefühl hatte, dass ihm dies mehr oder weniger gelang, drehte er sich zu Tom um. »Einmal? Oder öfter?«

»Öfter«, sagte Tom leise, als hätte er plötzlich ein schlechtes Gewissen. »Sie hat gesagt, ich soll's nicht sagen. Sonst würde was Schlimmes passieren.«

Werner schluckte das schale Gefühl hinunter. »Warst du auch mal drin im Haus?«

Tom schüttelte den Kopf.

»Tom?«

»Ja, Papa.«

»Kannst du bitte mal kurz auf Viola aufpassen? Ich muss mich hier mal eben umschauen, ja?«

Tom verzog das Gesicht. »Aber nicht so lange bitte, ja?«

»War Mama hier manchmal lange?«

Tom sah aus dem Fenster und nickte stumm.

»Ich bin wirklich gleich wieder da«, sagte Werner. »Versprochen.«

Tom nahm schweigend Violas Hand.

Werner stieg aus. Der Regen durchnässte ihn innerhalb von

wenigen Sekunden. Langsam ging er auf das Haus zu, bis zur Tür, und betrachtete das Klingelschild. Der Name war verwaschen und unkenntlich. Das Haus schien dunkel. Ob hier noch jemand lebte, ließ sich nicht sagen, und zu klingeln wagte er nicht. Nicht solange die Kinder im Wagen saßen. Das Haus würde warten müssen.

Kapitel 56

Sita steht mit Jo Morten im Garten von Toms Elternhaus, abseits vom Licht und der Leiche von Marek Krajewski. Morten friert und hat eine Zigarette zwischen den Lippen, die ärgerlich wippt. »Die Geschichte ist doch irrwitzig«, winkt Morten ab. Seine Augen sind geschwollen vor Müdigkeit, sein Gesicht ist angespannt und bleich.

»Jo, ich bitte dich«, insistiert Sita. »Das ist alles *ein* großes Bild, das musst du doch sehen. Und Tom hat damit nichts zu tun. Jemand will ihm etwas anhängen. Die Einzige, die wirklich etwas von alledem hätte, ist Galloways Managerin.«

»Dann erklär mir, was sie hiervon hat«, sagt Morten und deutet auf den Toten.

»Was hätte denn Tom hiervon?«, fragt Sita. »Er würde doch niemals seinem Sohn etwas antun.«

»Es ist nicht sein Sohn«, sagt Morten gereizt.

»Er liebt ihn, verdammt. Das weißt du genauso gut wie ich.«

»Eben. Vielleicht ist das ja das Problem.«

»Das ist jetzt nicht dein Ernst«, sagt Sita. »Willst du etwa behaupten, Tom hätte Phil selbst entführt?«

»Nein, zum Teufel«, knurrt Morten. »Natürlich nicht.«

»Wo ist das Problem, Jo? Warum willst du mir nicht glauben?«

»Sita, ich habe einen Haftbefehl gegen Tom. Der Staatsanwalt ist an Bord, der Richter hat unterzeichnet, und das mit gutem Grund. Es gibt Mordprozesse, wo ein Schuldspruch bei dünnerer Beweislage ausgesprochen wird. Was soll ich tun, hm? Als Dienststellenleiter auf Richter und Staatsanwalt pfeifen und einem Verdacht folgen, den mir meine OFA-Psychologin übermüdet und nachts um vier mal eben auf die Schnelle präsentiert? Ganz zu schweigen davon, dass du als befangen gelten könntest, wegen deiner Nähe zu Tom …«

»Du weißt, dass ich recht haben könnte«, sagt Sita.

»Ja, möglicherweise«, knurrt Morten. »Möglicherweise aber auch nicht.«

»Du willst dich nicht blamieren, darum geht's.«

»Verdammt noch mal, natürlich will ich mich nicht blamieren«, ruft Morten und breitet in einer dramatischen Geste die Arme aus. »Was dachtest du denn? Wo lebst du, zum Teufel.«

»Jo, wir müssen den Jungen finden.«

»Und was glaubst du, was wir hier tun?« Morten deutet auf das Haus und den Garten, in dem ein Großaufgebot der Kriminaltechnik jeder noch so kleinen Spur nachgeht. »Wir klingeln die Nachbarn aus dem Bett, wir checken jede Überwachungskamera in der Gegend nach Auffälligkeiten, wir haben eine Fahndung nach dem Mann laufen, den uns Gertrud beschrieben hat, aber bitte hör auf, mir zu erklären, dass Tom unschuldig ist. Was Galloway angeht, sprechen die Beweise eindeutig gegen ihn. Warum sonst sollte er sein Auto angezündet haben? Ach ja, und noch etwas: Berti Pfeiffer hat sich in der Wohnung noch mal umgesehen, nachdem das mit Anne passiert ist. In einer der Küchenschubladen lagen ein paar Quittungen. Unter anderem eine Barquittung von einem Berliner Baumarkt, über fünfzehn Meter Seil. Die Artikelnummer passt genau zu dem Seil am Tatort.«

»Jo, das stinkt doch zum Himmel. Das hat ihm jemand untergeschoben. Warum sollte er diese Quittung denn aufheben? Tom ist Polizist, er weiß doch, wie es läuft.«

»Ja, klar«, sagt Morten. »Aber in dem Moment, wo solche Beweise vorliegen, sind sie nun mal in der Welt, und ich kann sie nicht ignorieren.«

»Tom ist unschuldig«, beharrt Sita. »Und du machst einfach die Augen zu.«

»Weißt du was, mir wär's auch lieber, wenn er's wäre, unschuldig, meine ich. Also, warum zum Henker hörst du nicht auf, mich zu nerven, und sorgst dafür, dass du mir ein paar brauchbare und vor allem handfeste Beweise bringst, die deine wilde These stützen und mir endlich etwas Substanzielles an die Hand geben. Dann bin ich der Erste, der beim Staatsanwalt ist.«

»Soll das heißen, ich darf offiziell in diese Richtung arbeiten?«, fragt Sita verblüfft.

»Ja! Darfst du. Aber untersteh dich, Lee und ihren Anwalt aus dem Bett zu klingeln und mit Verdächtigungen zu konfrontieren, die dir jeder Anwalt in der Luft zerpflückt.«

Sita atmet laut aus und nickt. »Okay. Danke!«

Morten gibt ein undefinierbares Grunzen von sich und tritt seine Zigarette aus, um ins Haus zu gehen.

Sita holt ihr Telefon raus, wählt Frohloffs Nummer und betet, dass er sein Handy nicht abgeschaltet auf dem Nachttisch liegen hat. Nach dem siebten Klingeln meldet sich eine Stimme, die klingt wie ein Flüstern in weiter Ferne. »Ja. Hallo …«

»Lutz? Ich bin's, Sita. Ich muss dringend –«

»Schätzchen.« Das Flüstern wird lauter. »Weißt du, wie spät es ist?«

»Bitte komm mir jetzt nicht mit rhetorischen Fragen, es ist wirklich –«

»Das war ernst gemeint«, unterbricht Frohloff sie.

Sita stutzt. »Äh. Vier Uhr.«

»Oh«, seufzt Frohloff. »Zwei Stunden.«

»Was?«

»Ich hab zwei Stunden geschlafen«, gähnt Frohloff.

»Wo bist du?«, fragt Sita.

»Büro.«

»Auf deiner Lieblingsliege?«

»Ist 'ne Scheißliege.«

»Kann ich kommen? Ist dringend«, bittet Sita. »Wegen Tom.«

»Arbeite eh schon die halbe Nacht für dich – oder ihn, wie man's nimmt. Da kann ich die andere Hälfte auch noch dranhängen«, sagt Frohloff und gähnt erneut.

»Okay. Halbe Stunde, dann bin ich da. Ich brauche alles, aber auch wirklich alles, was du über Amanda Lee, Galloways Firma, Testamente in den USA, Benson und so weiter finden kannst.«

»Hört sich nach Arbeit für 'ne Woche an«, sagt Frohloff.

»Ich brauch's schneller«, entgegnet Sita und legt auf.

Kapitel 57

Tom betritt das um diese Zeit fast menschenleere Foyer des Adlon. An der Rezeption steht ein einsamer Concierge, der auf seine Ablösung wartet, die vermutlich nicht vor sechs Uhr stattfindet, möglicherweise auch erst um sieben. Tom steuert direkt auf ihn zu und zeigt ihm seinen LKA-Ausweis, wobei er die Finger so über seinen Namen und das Foto legt, dass vor allem der Schriftzug der Polizeibehörde gut lesbar ist. »Guten Morgen, Bader vom LKA Berlin.«

»Guten Morgen.« Der Concierge, ein gut aussehender Mann um die dreißig mit dauerbeflissener Miene, runzelt unmerklich die Stirn. »Was kann ich für Sie –«

»Ich brauche dringend Ihre Hilfe«, unterbricht ihn Tom und senkt die Stimme. »Es geht um Zimmer 433, dort hält sich ein Informant auf, der sich möglicherweise in akuter Gefahr befindet. Ich muss zu ihm, jetzt sofort.«

»Ich, äh.« Der Concierge stockt, sein Blick geht automatisch zum Telefon.

»Auf keinen Fall anrufen«, sagt Tom. »Überlassen Sie das mir. Ich brauche eine Schlüsselkarte und habe eine Bitte.«

Der Concierge hebt die Augenbrauen. Er ist skeptisch und zugleich überfordert. Tom weiß, dass er ihn beschäftigen muss, nur so wird er keinen Verdacht schöpfen.

»Wenn ich bis sechs Uhr – als von jetzt an in vierzig Minuten – nicht zurückgekommen bin, dann informieren Sie bitte sofort die Polizei, das LKA 1, Dezernat 11, KHK Morten oder einen der Kollegen, die gerade Bereitschaft haben.«

»Okay …«, sagt der Mann hinter dem Empfangstresen zögerlich.

Tom hätte auch eine andere Zeit nennen können, aber vor allem geht es darum, dafür zu sorgen, dass der Concierge eine Anweisung hat. Die meisten Menschen beim Hotelpersonal sind es gewohnt, eindeutige Anweisungen zu bekommen und zu befolgen, nur so kann ein Hotel wie das Adlon funktionieren. Und was Tom unbedingt verhindern möchte, ist, dass der Concierge plötzlich eine eigene Idee hat, um welche Uhrzeit er die Polizei ruft, weil ihm die Situation doch etwas suspekt erscheint. »Kann ich mich auf Sie verlassen?«, fragt Tom eindringlich.

»Äh, ja. Natürlich«, erwidert der Concierge.

»Ich brauche die Karte.« Tom streckt die Hand aus. »Es ist wirklich dringend.«

»Einen Moment.« Mit flinken Fingern steckt der Concierge eine Blankokarte in das Lese-Schreibgerät, tippt die Zimmernummer und den Autorisierungscode für die Programmierung ein und übergibt Tom die Karte.

»Danke. Bitte sorgen Sie dafür, dass wir nicht gestört werden. Die Situation ist etwas … sagen wir, unübersichtlich. Ich brauche etwas Zeit, um die Lage zu deeskalieren, wenn Sie verstehen …«

»Ich … ja. Natürlich.«

»Wann rufen Sie die Polizei?«

»Um sechs Uhr«, wiederholt der Concierge pflichtschuldig.

»Danke. Ich verlass mich auf Sie.« Tom nickt ihm zu und

läuft mit raschen Schritten durch das Foyer zu den Aufzügen. Bis zu einer eventuellen Ankunft der Polizei hat er jetzt ein Zeitfenster von etwa fünfzig Minuten. Das wird reichen müssen.

In der Kabine atmet er auf der Fahrt in den vierten Stock noch einmal durch und knetet seine Hände. Sie zittern. Er tastet nach der Makarov, die in seinem hinteren Hosenbund steckt. Er hasst Schusswaffen, doch manchmal sind sie überzeugender als Worte – und außerdem: sicher ist sicher. Nach dem, was mit Phil passiert ist, wird er kein Risiko mehr eingehen und keine weitere Sekunde warten. Sollte Amanda Lee tatsächlich etwas mit alldem zu tun haben, dann wird er es jetzt beenden. Auf Morten und die Kollegen zu warten ist keine Option, zumal er nicht daran glaubt, dass Morten sich schnell genug überzeugen lässt, um jetzt entschlossen zu handeln.

Die Fahrstuhltür gleitet mit einem diskreten Ton auf. Der Teppichboden im Flur schluckt jeden seiner Schritte. Vor der Tür von 433 bleibt er stehen und sammelt sich. Er weiß, dass er eine rote Linie übertritt. Aber Linien spielen jetzt keine Rolle mehr. Er legt die Karte auf das Kontaktfeld, und die Tür klickt leise auf. Er wartet einen kurzen Moment, schaut noch einmal nach links und rechts. Er ist allein im Flur.

Leise huscht er ins Zimmer und schließt die Tür hinter sich. Warme Luft hüllt ihn ein, ungewöhnlich warm. Durch die nicht ganz geschlossenen Vorhänge dringt ein wenig Licht ins Zimmer. Es ist eine kleine Suite, der vordere Teil besteht aus einem Separee mit Sofa, Sessel und Couchtisch, an der Wand steht ein Schreibtisch mit den hotelüblichen Utensilien und einigen Dingen, die offensichtlich Amanda Lee gehören. Er schleicht in den hinteren Teil der Suite, das Schlafzimmer mit angrenzendem Bad. Das Geräusch von regelmäßigen Atemzügen dringt an sein Ohr. Vor dem Bett bleibt er stehen. Amanda Lee liegt nackt auf dem Bauch und schläft, die Decke reicht ihr über die Beine bis zur Hüfte. Tom zieht sich einen Stuhl heran, dann schaltet er eine Stehlampe ein, setzt sich, schlägt die Beine übereinander und nimmt die Makarov demonstrativ in die rechte Hand. Lee ist abgebrüht, wenn er ein Geständnis oder eine ehrliche Aussage von ihr will, muss er sie überrumpeln.

Er wippt nervös mit dem übergeschlagenen Bein und räuspert sich laut.

Amanda Lee winkelt den rechten Arm schwerfällig an und bewegt den Kopf ein paar Zentimeter. Sie blinzelt, öffnet die Augen und ist offenbar irritiert vom Licht.

»Al?«, murmelt sie leise.

»Nein, Tom«, erwidert er. Im selben Moment ist ihm klar, dass etwas nicht stimmt.

Amanda Lee schreckt hoch und setzt sich wie von der Tarantel gestochen im Bett auf. Tom bemerkt, dass sie nur eine Brust hat, die andere Seite ist vernarbt. Amanda Lee starrt ihn schockiert an, doch nur einen Sekundenbruchteil später geht ihr Blick an Tom vorbei. Tom dreht sich um, sieht einen nackten Mann, eine in gerader Linie heranfliegende Faust, versucht auszuweichen, doch im selben Moment trifft ihn der Schlag so hart am empfindlichsten Punkt seines Kinns, dass er augenblicklich die Besinnung verliert.

Als Sita Johanns im Büro von Lutz Frohloff ankommt, sitzt der Erkennungsdienstler mit dem Rücken zu ihr vor seinem gebogenen Bildschirm. Das Licht im Zimmer ist aus, nur der Screen leuchtet. Frohloffs Haarkranz hat eine bläuliche Corona, neben ihm dampft eine Tasse Kaffee.

»Setz dich«, brummt er, ohne aufzuschauen.

»Hast du es schon gehört?«, fragt Sita.

»Das mit Toms Jungen, meinst du? Ja, hab ich. Grauwein hat mir 'ne Nachricht geschickt. So eine verdammte Schweinerei.«

»Danke, dass du dir Zeit nimmst.«

Frohloff dreht sich zu Sita um. Seine Augen glänzen feucht, sein sonst so zynisches Grinsen ist ihm wie aus dem Gesicht gewischt. »Wenn ich dafür keine Zeit hab, dann weiß ich nicht ...« Er dreht sich rasch wieder um zu seinem Monitor. Sita fasst ihm tröstend und aufmunternd zugleich an die Schulter. »Hast du noch einen Kaffee für mich? Ich kann nicht mehr ...«

»Kaffeeküche im Flur«, erwidert Frohloff.

Sita geht ein Stück den menschenleeren Flur entlang. Die Tür zur Kaffeeküche ist offen. An einer billigen Filtermaschine leuchtet ein roter Knopf. Die Kanne ist noch zu drei Vierteln voll. Sita durchforstet den Schrank nach einer sauberen Tasse, doch es gibt keine. Sie fischt einen schmutzigen Becher aus der überfüllten Spüle, lässt kurz heißes Wasser darin kreisen, schüttet es aus und schenkt sich Kaffee ein. In Frohloffs Büro stellt sie ein Fenster auf Kipp, dann setzt sie sich neben ihn. »Und?«

Frohloff deutet nach rechts auf den Bildschirm. In einem Fenster ist ein Artikel einer amerikanischen Boulevardzeitung geöffnet. Zwei Fotos von Amanda Lee sind nebeneinandergestellt, in einer Art Vorher-nachher-Vergleich. Auf dem linken Foto wirkt sie jünger als jetzt und ist eine strahlende Schönheit. Das rechte Foto zeigt sie mit Kopftuch, sie wirkt ausgezehrt, hat Ringe unter den Augen und versucht dennoch zu lächeln. Über den Bildern steht ein Zitat als Überschrift. *I won't let the cancer win.*

»Sie hatte Krebs?«, fragt Sita.

»Brustkrebs«, sagt Frohloff. »Die rechte Brust musste ihr abgenommen werden.«

»2015«, liest Sita. »Und seit wann hat sie mit Galloway die gemeinsame Firma?«

»Schon seit 2008«, sagt Frohloff. »Ihre Anteile wurden nach und nach aufgestockt. Erst fünf Prozent, dann siebeneinhalb, dann zehn. Aktuell sind es fünfzehn Prozent.«

»Ist das üblich?«

»Ich bin nicht sicher. Üblich sind bei Künstlern durchaus fünfzehn Prozent für einen Profiagenten. Lee war anfangs tatsächlich nur die Tourmanagerin, aber sie hat immer mehr den Job der Agentin und Managerin übernommen. Bei Künstlern, die so viel verdienen wie Galloway, ist es eigentlich üblich, dass die Künstler härter verhandeln und die Agenten weniger bekommen. Lee scheint gute Argumente gehabt zu haben.«

»Ist nur die Frage, welche Argumente«, murmelt Sita. »Hast du irgendetwas über ihr persönliches Verhältnis zueinander gefunden? Gerüchte über eine Affäre oder Krach in der Firma?«

»Tatsächlich bisher rein gar nichts«, sagt Frohloff. »Liegt vielleicht auch daran, dass Amanda Lee ziemlich taff ist, was die Presse angeht, und ziemlich gewieft. Eine Mischung aus Brangelina und den britischen Royals. Immer zum richtigen Zeitpunkt Fotos und Schnappschüsse präsentieren, mal eine Story, die nicht wehtut, dann mal einen angeblichen Geheimtipp an die Presse durchstecken, wo Galloway demnächst auftauchen wird, damit die Paparazzi Futter bekommen. Und wer mit dem Angebot nicht zufrieden ist und unerlaubt Fotos schießt oder Skandalstorys veröffentlicht, der wird sofort mit Klagen überzogen.«

»Wow. Wirklich taff.«

»Deshalb findet man auch nichts«, sagt Frohloff. »Wenn ich auf die Zahlen schaue, dann wird's schon interessanter.«

»Aha?«

»Galloway hat Unsummen verdient – und er hat Unsummen ausgegeben. Häuser in Malibu, auf den Bahamas, eine Wohnung in London, ein Landsitz in Irland, der saniert werden musste und ein Vermögen verschlungen hat. Tatsächlich ist Galloway verschuldet.«

»Galloway persönlich oder seine Firma?«

»Gute Frage, das ist schwer zu trennen. Eigentlich er persönlich, aber da die Firmenanteile ihm gehören, dienen sie den Banken natürlich als Sicherheit. Bis zur Krise mit den abgesagten Konzerten ging das Konzept trotz der Schulden auch auf. Aber als dann Regressforderungen in Millionenhöhe ins Haus standen, war Galloway nicht zahlungsfähig.«

»Und wer hat dann gezahlt?«

Frohloff schaut Sita an und hebt bedeutungsvoll die Brauen. »Amanda Lee, und so, wie es aussieht, aus ihrem Privatvermögen. Im Gegensatz zu Galloway hat sie mit ihrem Geld hausgehalten.«

»Oha. Das muss wehgetan haben«, sagt Sita.

»Und ich fresse einen Besen«, erwidert Frohloff, »wenn sie dafür nicht etwas eingefordert hat.«

Als Tom wieder aufwacht, liegt er bäuchlings auf dem Fußboden. Seine Hände sind auf dem Rücken zusammengebunden, und jemand knotet etwas um seine Beine. Er versucht, mit den Beinen um sich zu treten, stößt aber ins Leere. Ein harter Tritt in die Seite nimmt ihm den Atem, und er krümmt sich vor Schmerzen.

Amanda Lee kommt mit einem weißen Bademantel bekleidet aus dem Badezimmer.

»Ich zieh mir schnell was an«, sagt der Mann. Tom erkennt Alistair Bensons Stimme. »Wenn er Probleme macht, gib ihm einen Tritt.«

Amanda Lee zieht sich den Stuhl heran, auf dem Tom vorhin noch gesessen hat, lässt sich darauf nieder und betrachtet ihn wortlos. Im Hintergrund verschwindet Benson im hell erleuchteten Bad. Sein Körper ist durchtrainiert, auf seinem Rücken sind zahlreiche Narben, ein Muster, wie Granatsplitter es verursachen – offensichtlich die Kriegsverletzung, die Benson bei seinem Einsatz in Afghanistan erlitten hat.

»Wer zum Teufel sind Sie? Was wollen Sie?«, fragt Amanda Lee.

Tom holt Luft und versucht einen klaren Kopf zu bekommen. Die Schmerzen in der Seite lassen langsam nach. Sein Kiefer brennt, er schmeckt Blut im Mund, zwei seiner Zähne sitzen locker. »Die Frage ist doch, was *Sie* wollen«, stöhnt Tom und zerrt an seinen Fesseln.

Amanda Lee starrt ihn einen Moment lang an, als würde sie überlegen, woher sie ihn kennt. Dann ruft sie in Richtung Badezimmer: »*Al, it's the cop from the LKA, it's Babylon.*«

»*Really? Shit.*« Alistair Benson kommt aus dem Badezimmer. Er trägt jetzt ebenfalls einen weißen Bademantel mit dem Logo des Adlon, der, gemessen an seiner Statur, etwas zu kurz geraten ist. Er mustert Tom, betrachtet dessen Glatze und den dunklen Bart, dann packt er Tom, dreht ihn zur Seite, durchsucht seine Taschen und fischt schließlich Toms Ausweis heraus. Er betrachtet den Ausweis eingehend, dann schnippt er ihm die Plastikkarte vor die Füße. »Was soll das, was wollen Sie hier?«

»Wie viel Uhr ist es?«, murmelt Tom.

Benson und Lee wechseln einen Blick, als zweifelten sie

an seinem Geisteszustand. Benson zuckt schließlich mit den Schultern. »Halb sechs.«

Halb sechs, denkt Tom. Er war offenbar nicht lange bewusstlos. Bis die Polizei kommt, sind es noch ungefähr vierzig Minuten. Das kann schlecht sein – oder gut. Je nachdem. »Okay. Hören Sie zu«, sagt Tom. »Draußen ist jemand, der auf mich wartet. Er weiß, dass ich hier bei Ihnen bin. Wenn ich nicht in wenigen Minuten wieder draußen erscheine, dann ruft er die Polizei.«

»Soweit ich weiß, ist die Polizei auf der Suche nach Ihnen«, erwidert Benson. »Ihre Kollegen werden froh sein, Sie endlich zu verhaften.«

»Das kann sein«, erwidert Tom. Er zieht die Beine an und versucht, sich in einer etwas bequemeren Haltung auf die Seite zu legen. »Aber die Frage ist, wer von uns hat mehr zu verlieren? Ich weiß, dass ich unschuldig bin, Sie beide sind es nicht ...«

»Wie meinen Sie das?«

»Kommen Sie, Sie wissen, was ich meine«, stößt Tom hervor. »Was zum Teufel haben Sie mit meinem Sohn gemacht? Wo ist er?«

»Ich versteh nicht, wovon er redet«, sagt Lee. »Was soll das, Al?«

»Meine Kollegen ermitteln bereits gegen Sie, egal, was Sie tun, Sie werden damit nicht durchkommen.«

Alistair Benson und Amanda Lee wechseln erneut einen Blick, diesmal sehen sie besorgt aus. Lee nimmt ihren Anwalt beiseite und flüstert ihm etwas ins Ohr. Benson nickt, sein Blick wandert an Tom hinauf und hinunter, dann wendet er sich ab und geht aus Toms Blickfeld. Als er zurückkommt, hat er eine große Schere in der Hand. Tom versucht mit aller Kraft, seine Handfesseln zu lösen, aber egal wie kräftig er daran zieht, die Knoten sitzen fest, es ist aussichtslos. »Hören Sie«, sagt Tom, »machen Sie es nicht noch schlimmer. Binden Sie mich los und sagen Sie mir, wo ich meinen Sohn finde.«

»Halten Sie still, sonst tue ich Ihnen weh«, sagt Benson ruhig.

»Was um Himmels willen haben Sie vor?«

Schweigend beginnt der Anwalt, Toms Hoodie vom Bauch bis zum Hals aufzuschneiden, dann das darunterliegende T-Shirt, sodass Toms Brust frei liegt. Benson fährt mit der Hand prüfend unter Toms Achseln und über seine Hüften.

Amanda Lee sieht kalt auf ihn herab. »*Scary,* hm?«

Alistair Benson öffnet Toms Gürtel und zieht ihn aus den Schlaufen, dann beginnt er, schnell und konzentriert die Hose an den Seiten aufzuschneiden, schließlich die Ärmel von Toms Hoodie, sodass er ihn, ohne die Fesseln lösen zu müssen, Schritt für Schritt bis auf die Unterhose entkleidet. Dann knüllt er Toms Kleidung zu einem Bündel zusammen. »Nur für den Fall, dass Sie verkabelt sind oder irgendwelche Mikros in Ihre Kleidung eingenäht sind.«

»*The underpants too*«, sagt Amanda Lee.

Benson runzelt die Stirn. »*Sure?*«

Lee nickt grimmig.

Benson legt das Kleiderbündel wieder hin und schneidet Tom die Unterhose vom Leib.

»*Gimme the scissors*«, sagt Lee mit zusammengepressten Zähnen und streckt die Hand aus.

»*Be careful*«, mahnt Benson und sieht sie eindringlich an. Dann reicht er ihr die Schere und trägt das Bündel mit Toms Kleidung ins Badezimmer. Einen Moment später hört Tom, wie ein Wasserhahn aufgedreht wird und Wasser laut plätschernd in eine Wanne einläuft.

Amanda Lee starrt Tom hasserfüllt an, ihr Blick geht zu

seiner Körpermitte, die Schere in ihrer Hand reflektiert das Licht aus dem Badezimmer. »Du Bastard«, zischt sie. »Du hast geglaubt, so etwas würden Frauen nicht machen?«

Sie dreht die Schere demonstrativ in ihrer Hand, die beiden Schneiden sind lang und stabil, die Griffe, in denen ihr Daumen und ihr Zeigefinger stecken, sind mit schwarzem Kunststoff verstärkt. »Glaubst du das immer noch?«

Tom beißt die Zähne aufeinander und versucht dem Impuls zu widerstehen, von ihr abzurücken. Sie will ihm Angst machen und das soll ihr nicht gelingen.

Lee steht von ihrem Stuhl auf und kniet sich neben ihn. Mit einer schnellen Handbewegung packt sie Toms Glied und hält ihm die Schere vors Gesicht. »Was glaubst du, wie fühlt sich das an?«

Toms Miene ist starr. Seine Gedanken rasen. Die Schere, die Badewanne, hat Lee etwa ernsthaft vor, ihm etwas anzutun? In seinen bisherigen Überlegungen ist es immer Benson gewesen, der Galloway umgebracht hat, weil er sich einfach nicht vorstellen konnte, wie eine Frau das über sich brachte. Doch Amanda Lee scheint diese Hemmschwellen nicht zu haben. Was, wenn sie tatsächlich Ernst machen würde? Er weiß, dass er an der Wunde nicht zwingend sterben wird. Galloway ist auch deshalb verblutet, weil ihm zusätzlich der Blutverdünner Heparin gespritzt worden war. Doch eine Badewanne gefüllt mit warmem Wasser hätte eine ähnliche Wirkung. Er zerrt an seinen Fesseln, sucht nach einem Ausweg, aber im Grunde weiß er, es ist hoffnungslos. Adrenalin flutet seinen Körper. Benson ist immer noch im Badezimmer, das Plätschern des Wassers hallt von den marmorgefliesten Wänden ins Zimmer.

Lee öffnet die Schere und führt sie an Toms Körper hinab. »Hast du es so getan, du Scheißkerl?« Sie hat Tränen in den

Augen, ihr Gesicht ist voller Schmerz und Trauer. Warum die Frage? Warum die Tränen? Glaubt sie etwa ernsthaft, *er* hätte Galloway umgebracht?

»*Like this,* hm*?*« Sie bewegt die Scherenblätter. »Und dann hast du dabei zugesehen?«

Tom versucht, die Hüfte zurückzuziehen, doch Lee kommt ihm mit der Schere nach, er kann die Schneiden auf der Haut spüren.

»Ich hab ihn nicht umgebracht«, presst Tom hervor. »Ich hab gedacht, *Sie* waren es!«

»Ich?« Sie lacht verzweifelt.

»Amanda?« Benson ist aus dem Bad gekommen. *»Enough is enough.«*

Doch Lee beachtet ihn gar nicht. »Das ist verrückt. *Du* warst es. Es gibt Beweise. Al hat es von der Polizei gehört. Es ist in den Nachrichten. Dein Foto ist auf jeder Zeitung. *Du* hast Brad umgebracht.«

»Die Beweise sind falsch«, sagt Tom hitzig. »Jemand will, dass es so aussieht, als ob ich es war. Und ich dachte, Sie sind das! Sie und Benson.«

Amanda Lee starrt ihn an. »Das ist eine *fucking* Lüge.«

»Nein! Es ist die Wahrheit«, bricht es aus Tom heraus. »Ich habe mit dem Mord nichts zu tun. Verdammt, ja, ich bin eifersüchtig. Ich bin wütend, dass meine Frau mich betrogen hat. Und ich bin, verflucht noch mal, todunglücklich, weil ich meinen Sohn liebe und ich jetzt damit leben muss, dass er nicht mein Sohn ist! Aber ich würde niemals, hören Sie, niemals, deshalb jemanden töten. Aber irgendjemand schiebt mir das in die Schuhe. Meine Frau wurde beinah getötet! Meine Stiefmutter überfallen. Ich stehe unter Mordverdacht, mein Sohn ist entführt worden«, schreit Tom, »wissen Sie, wie das ist?«

Im Raum herrscht plötzlich vollkommene Stille. Offenbar hat Benson das Wasser inzwischen abgedreht. Amanda Lee hockt mit versteinerter Miene vor Tom, sie hat ihn losgelassen und ist kreidebleich. »Der Junge ist entführt worden?«, fragt sie.

»Deswegen bin ich hier. Ich muss wissen, wo er ist. Ich dachte, Sie ...«

»Al?«, murmelt Lee. Ihr Gesicht ist plötzlich wie eingefallen. Sie setzt sich erschöpft auf den Boden neben Tom. Ihre Hände zittern vom Adrenalin. Die Schere rutscht ihr aus den Fingern. »Al!«

Kapitel 58

Stahnsdorf bei Berlin
5. Oktober 1989
11:10 Uhr

Werner Babylon winkte Susanne, die mit Viola auf dem Arm vor ihrer Haustür stand. Tom hatte er bereits am frühen Morgen in die Kinderkrippe gebracht, und im Friedrichstadt-Palast hatte er sich freigenommen. Am Vormittag, so hatte er sich ausgerechnet, mussten doch die Chancen am größten sein, sich ungestört auf dem Kreislerhof umzusehen. Wenn Kreisler für die Staatssicherheit arbeitete, dann war er jetzt sicherlich unterwegs.

Der Zweitakter des Trabis röhrte wie ein Moped, als er Gas gab. Das Wetter war trocken, freundliche Wolken zogen über den Himmel, und im RIAS wurde über die Züge berichtet, die DDR-Flüchtlinge aus der Prager Botschaft nach Westdeutschland brachten.

Werner konnte es kaum ertragen, dass ausgerechnet jetzt der Eiserne Vorhang bröckelte. Nur die Betonköpfe in der SED hielten noch dagegen und sperrten sogar die Grenze zur Tschechoslowakei, um die Massenflucht der Bürger zu unterbinden.

Ihm blutete das Herz bei dem Gedanken, dass Inge nur hätte warten müssen. Nur ein paar Monate, und sie hätte ihre Chance bekommen, ohne an der Grenze zu sterben. Wenn sie überhaupt durch den Schießbefehl umgekommen war, denn an der Grenze der DDR zur Tschechoslowakei, wo sie ja angeblich ge-

storben war, gab es eine Visafreiheit. Wenn auf sie geschossen worden war, dann musste es jemand angeordnet haben, und dieser Jemand, davon war er überzeugt, musste Kreisler gewesen sein. Inge hatte geschrieben, dass er etwas mit ihr vorgehabt hatte – die Frage war nur, was?

Als er hinter Güterfelde auf den Feldweg einbog, wurde ihm flau im Magen; sein Mut sank. Aber aufgeben kam nicht infrage. Er hielt mitten auf dem Weg an, stieg aus, goss eine Flasche Wasser über dem Acker aus und verschmierte die Nummernschilder mit Erde, bis sie unleserlich waren. Er stieg wieder in den Wagen, atmete mehrmals tief durch, stülpte sich die vorbereitete Mütze über den Kopf und zog sie bis zum Kinn herunter. In den kratzigen Wollstoff hatte er Löcher für Augen und Mund geschnitten. Dann zog er ein paar Arbeitshandschuhe an, die er von den Bühnenarbeitern aus dem Friedrichstadt-Palast hatte. Er kam sich vor wie ein Bankräuber. Sein Herz schlug viel zu schnell, und er fragte sich, ob das nicht alles vollkommener Wahnsinn war. Wollte er sich wirklich mit der Stasi anlegen?

Der Hof lag einsam auf dem freien Feld vor ihm. Von dort aus konnte man ihn in weiter Entfernung sehen. Was, wenn Kreisler ihn empfing? Gut, er konnte immer noch klein beigeben und einfach flüchten, aber Kreisler war schlau, vielleicht würde er sich ausrechnen, woher der Wind wehte. Er konnte schon am nächsten Tag mit seinen Stasikollegen vor Werners Tür in Stahnsdorf auftauchen und ihn verhaften.

Er musste an Inge denken und an die Blutspritzer in Toms Gesicht. Seine Hände umfassten das Lenkrad fester, die Knöchel wurden weiß. Der Trabi schaukelte über die letzten Buckel im Weg, dann fuhr er durch das offene Tor auf den Hof.

Die Reste der abgebrannten Scheune ragten gespenstisch in den freundlichen Himmel. Weder ein Auto noch ein Fahrrad oder ein Moped waren irgendwo zu sehen. Gut.

Mit etwas Glück war er alleine hier.

Er wendete den Wagen und stellte ihn so, dass er für eine eventuelle Flucht einfach nur geradeaus fahren musste. Dann richtete er den Rückspiegel so aus, dass er die Haustür im Blick hatte. Den Motor ließ er laufen. Mit pochendem Herzen stieg er aus und ging zur Tür des Herrenhauses. Durch die Gummisohlen seiner Turnschuhe spürte er die Buckel des Kopfsteinpflasters. Die Klingel neben der massiven Holztür sah aus, als würde sie gleich vor Altersschwäche von der Wand fallen. Er drückte sie zweimal kräftig, hörte ein schrilles Läuten im Haus, rannte zu seinem Wagen, stieg ein, schlug die Tür zu und behielt die Haustür im Rückspiegel im Blick.

Nachdem zwei Minuten vergangen waren, glaubte er sicher sein zu können, dass niemand zu Hause war. Er stellte den Motor ab, ging zum Kofferraum und holte den Kuhfuß heraus. Unter der Mütze wurde ihm heiß, die Wolle juckte am Kopf, und er merkte, dass es besser gewesen wäre, auch für die Nase ein Loch zu schneiden.

Aber dafür war es jetzt zu spät.

Vorsichtig schlich er ums Haus bis zur Hintertür, die offenbar der Zugang zur Küche war, wie in vielen alten Landhäusern oder Gutshöfen. Als er vor der Hintertür stand, wurde ihm erneut mulmig. Bisher war noch nichts geschehen, bis auf ein bisschen Verkleidung, doch jetzt würde er eine Linie übertreten, nach der es kein Zurück mehr gab.

Der Kuhfuß wog schwer in seiner Hand. Er war es Inge schuldig. Und Tom und Viola auch.

Sorgfältig platzierte er die flache Spitze des Werkzeugs auf der Höhe des Türschlosses zwischen Türblatt und Rahmen, drückte sie ein wenig hinein und hebelte dann die Tür auf. Mit einem trockenen Splittern brach das Holz, und die Tür schwang knarrend auf.

Sein Herz schlug so laut, dass er glaubte, man müsse es bis nach Güterfelde hören. Auf Zehenspitzen betrat er die Küche. Nach einem schnellen Blick auf die Einrichtung beschloss er, die Küche links liegen zu lassen. Wer versteckte schon die wirklich wichtigen Dinge in der Küche.

Der Flur war karg und weitgehend unmöbliert, die Treppe zum Keller endete in einem dunklen Nirgendwo. Er ahnte, dass er dort hinab musste, aber zunächst war das Wohnzimmer dran. Beim Anblick des riesigen Kachelofens und des alten Mobiliars wurde er fast neidisch. Inge und er hatten solche Landhäuser immer gemocht. Hätten sie die Gelegenheit gehabt, sie wären mit den Kindern nur zu gerne in ein solches Haus gezogen, und es versetzte ihm einen Stich, dass ausgerechnet Kreisler so ein Haus besaß. Für Inge musste es verführerisch gewesen sein.

Dann fiel sein Blick auf die Wand, wo in einer Halterung ein Jagdgewehr hing. Darunter war eine zweite Halterung für ein weiteres Gewehr, doch die Waffe war nicht da. Stattdessen zeugte ein leichter dunkler Schatten davon, dass dort über Jahre ein Gewehr gehangen haben musste. Er runzelte die Stirn unter seiner Wollmütze. Stammte die Waffe, die Susanne ihm gegeben hatte, vielleicht von hier?

Wie auch immer, Kreisler besaß jedenfalls Schusswaffen.

Ob er am Ende Inge selbst …?

Er überschlug im Kopf die Zeiten. Benno Kreisler war gegen zehn Uhr abends bei ihm gewesen. Susanne hatte erzählt, dass Inge bereits gegen vier Uhr aufgebrochen war. Laut Schindler war Inge aber erst um halb neun am nächsten Morgen getötet worden.

Die ganze Zeit schon fragte er sich, was Inge so lange gemacht hatte. Der Weg von Berlin bis zur Grenze bei Seifhennersdorf dauerte, wenn man zügig fuhr, nicht viel länger als vier

Stunden. Sie hätte um sieben oder acht dort sein können. Warum hatte sie erst am nächsten Morgen versucht, die Grenze zu überqueren? Vielleicht, weil dann mehr Betrieb war? Weil sie nicht am Abend mit zwei kleinen Kindern auffallen wollte?

So oder so, Kreisler hätte genug Zeit gehabt, um mit einer Waffe zur Grenzstation Seifhennersdorf zu fahren. Aber woher sollte er gewusst haben, was Inge vorhatte und wo sie ausreisen wollte?

Werners Blick fiel auf die große Kommode im Wohnzimmer. Er versuchte, die obersten beiden Schubladen zu öffnen, doch sie waren verschlossen. Er überlegte einen Moment, ob es juristisch einen Unterschied machte, wenn er nach der aufgebrochenen Tür nun auch noch Schubladen gewaltsam öffnete. Der Unterschied erschien ihm klein – und er war ihm auch egal.

Er setzte den Kuhfuß an und brach beide Schubladen auf. In der rechten fand er Patronenschachteln, die linke dagegen war leer. Er nahm eine Patrone aus der Schachtel und drehte sie in seinen Händen hin und her. Er hatte noch nie ein Geschoss in der Hand gehalten, und es schockierte ihn, wie klein diese Dinger waren. Wieder musste er an das Gewehr denken, dass Inge bei Susanne gelassen hatte. Ob Inge damit wohl geschossen hatte? Patronen waren jedenfalls nicht im Lauf gewesen.

Er stand einen Moment unentschlossen vor der Schublade, dann griff er hinein, nahm zwei Schachteln Patronen und steckte sie in seine Jackentaschen. Dann ging er zurück in den Flur und schaltete das Licht im Keller an. Die Treppe kam ihm vor wie der Weg in ein unterirdisches Verlies.

Es sind nur ein paar Stufen aus Beton, dachte er.

Schritt für Schritt stieg er hinunter. Unter der Wollmaske lief ihm der Schweiß, und er hatte das Gefühl, sich die Mütze vom Kopf reißen zu müssen, um sich am Kopf zu kratzen. Mit beiden Händen fasste er den Kuhfuß und hielt ihn wie ein Schwert vor sich. In seinen Jackentaschen pendelten die Patronen hin und her.

Die Treppe mündete in einen Gang, in dem neben einer kleinen, leeren Garderobe ein Spiegel hing. Er sah sich selbst darin und kam sich lächerlich vor. Hastig schlich er weiter, nach rechts, den Gang entlang. Er öffnete zwei Türen, doch hinter beiden waren nur Kellerräume mit alten, leeren Regalen. Als er die dritte Tür öffnete, blieb er erstaunt stehen. Der Raum war fensterlos und dunkel, doch durch das Licht im Flur konnte er einen Schreibtisch erkennen. Neben der Tür fand er einen Lichtschalter.

Der Raum war karg eingerichtet bis auf den Tisch, einen Stuhl und einen an der Wand aufgestellten Tresor. Auf dem Tisch stand ein Telefon, daneben lagen ein paar Akten, Stifte, ein halb voller Aschenbecher und eine Tasse mit einem schimmligen Kaffeerest darin sowie ein Stapel Landkarten. Werner blätterte die Karten auf. Die erste zeigte Berlin. In einem krummen Winkel zum Grenzverlauf war mit Rotstift eine gerade Linie von Ost nach West gezogen, die Endpunkte waren in Häusern, die mit einem Kreis und einer handschriftlichen Adresse markiert waren. Möglicherweise ein Fluchttunnel.

Auf einer weiteren Karte erkannte er den Grenzverlauf zwischen der DDR und der Tschechoslowakei, auf einer anderen Karte war die Grenze zu Polen zu sehen. Auf beiden Karten waren rote Markierungen an den Grenzen, offensichtlich die Übergänge. Werners Blick ging zum Telefon. Kreisler hatte nicht losfahren müssen, um selbst zu schießen. Natürlich hatte er das nicht! *Er hatte einfach angerufen, jeden einzelnen Grenzübergang, und dann war es ein Kinderspiel gewesen, die DS ausfindig zu machen. Den Wagen erkannte man schon aus weiter Ferne. Inge hatte keine Chance gehabt, als sie am Morgen die Grenze überqueren wollte. Sie hätte es am Abend* tun sollen, aber aus irgendeinem Grund hatte sie das nicht geschafft.

Werner musste sich mit den Händen am Schreibtisch abstützen. Seine Brust wurde eng, und es fiel ihm schwer zu atmen. Er riss sich die Maske herunter und legte den Kopf in den Nacken. Die kühle, feuchte Kellerluft im Gesicht zu spüren brachte ihn wieder zur Besinnung. Er sah sich erneut auf dem Schreibtisch um. Neben dem Telefon lag ein Wochenkalender, in den zahlreiche Termine eingetragen worden waren, immer nur mit rätselhaften Kürzeln. Die Eintragungen wurden ab Mitte Mai deutlich weniger und hörten dann ganz auf. Nur ein einzelner Termin lag noch in der Zukunft, im November, mit einem Treffpunkt in Berlin. Werner starrte auf die kleinen handgeschriebenen Buchstaben.

Im Nachhinein wusste er nicht, wann er die Entscheidung traf – ob es schon in diesem Moment geschah oder erst später. Doch die Entscheidung war überfällig, so oder so. Es war die Entscheidung eines Mannes, der immer alle roten Linien eingehalten hatte, der geschwiegen hatte, der sich kleingemacht hatte, seine Freiheit verraten hatte, die Liebe seiner Frau verloren hatte und der nun hier im Keller des Mannes saß, der das genaue Gegenteil von ihm war. Einer, der sich nahm, was er wollte. Einer, der verriet, wen er wollte. Einer, der skrupellos genug war, um Menschen zu benutzen und sie zu töten, wenn es ihm passte.

Werner hatte genug gesehen. Er wollte gerade gehen, da fiel sein Blick noch einmal auf den Aktenstapel auf dem Schreibtisch. Obenauf lag ein brauner Ordner mit der Aufschrift »Hornisse«. Er klappte den Deckel zurück. Doch der Ordner war leer.

Kapitel 59

»*Set him free*«, murmelt Amanda Lee. Benson hebt die Schere vom Boden auf. »Ruhig bleiben, ja.« Der Ex-Marine schneidet Toms Fußfesseln durch, dann hilft er Tom, sich aufzusetzen, und löst die Handfesseln hinter seinem Rücken. Erst jetzt wird Tom bewusst, dass Benson ihn mit Nylonstrümpfen gefesselt hat. Seine Hände sind taub, und er reibt sie kräftig, damit das gestaute Blut wieder zirkuliert. Der Anwalt wirft ihm eine Decke zu, und Tom bedeckt seinen Unterkörper. Trotzdem fühlt er sich nackt. Erst langsam wird ihm die Tragweite seines Irrtums klar. Amanda Lee ist keine Täterin, sie ist ein Opfer wie er, und sie ist verzweifelt. So verzweifelt, dass sie blind vor Wut war, genauso wie er selbst.

»Warum haben Sie gedacht, dass ich es war?«, fragt Lee. »Sie waren doch der Meinung, Frauen tun so etwas nicht.«

»Ich dachte, Benson hat Ihnen geholfen.«

»Weil ich bei den Marines war«, schnaubt Benson verärgert. »Wer einmal getötet hat, der tut es wieder, oder?«

»So ähnlich«, murmelt Tom.

Bensons Mundwinkel zucken, er ist wütend und ringt um Beherrschung. Es ist ein Klischee, einem Soldaten zu unterstellen, er würde leichtfertiger töten als andere, und zugleich weiß Benson, dass es ist wie mit allen Klischees: Sie entstehen selten ganz ohne Grund.

»Warum ich?«, fragt Lee erneut.

»Sie haben Galloway geliebt, das war schwer zu übersehen«, erwidert Tom. »Und Sie hassen meine Frau dafür, dass Brad ausgerechnet sie ausgewählt hat – und dann lässt sie ihn fallen. Aber das ist nur der eine Teil. Der andere ist das Geld. Seine Drogensucht, sein selbst verschuldetes finanzielles Problem, die Versicherung, die nicht gezahlt hat – und Galloways Lebensversicherung zugunsten der Firma. Und dann gibt es plötzlich auch noch einen Erben – Galloway hat einen Sohn ...«

Amanda Lee verzieht den Mund zu einem sarkastischen Lachen. »Das sind ein paar gute Gründe«, räumt sie ein, »aber nur, wenn man nicht alles weiß.«

»Dann helfen Sie mir doch, das alles besser zu verstehen.«

Amanda Lee schluckt und braucht einen Moment, in dem sie nach den richtigen Worten sucht. *»Alright«*, seufzt sie schließlich. *»I love Brad, that's right.* Aber nicht so, wie Sie denken. Brad ist mein Bruder. Genauer, er ist mein – wie sagt man das in Deutsch? – *half-brother* ...«

Tom starrt sie überrascht an. »Brad Galloway ist Ihr Halbbruder?«

Amanda Lee nickt. »Wir haben denselben Vater.«

In Toms Kopf sortiert sich mit einem Schlag alles neu. »Warum sagen Sie das erst jetzt?«

»Das war der Deal zwischen Brad und mir. Zu seinem Schutz«, erwidert Lee.

»Warum Schutz? Das verstehe ich nicht. Hat er das von Ihnen verlangt?«

»Es war meine Idee«, sagt Amanda Lee.

»Es ging um die Marke Galloway«, erklärt Alistair Benson.

»Amanda wollte die Marke nicht beschädigen, sie ist Millionen wert.«

»Warum hätte es denn die Marke beschädigt? Was ist falsch daran, dass sie Halbgeschwister sind?«

»Das Problem ist unser Vater. Brad wurde in Irland geboren und ist dort aufgewachsen. Mein Vater traf seine Mutter damals in Dublin. Zu Brads Glück hat mein Vater bald das Weite gesucht und ist in die USA ausgewandert. Dort hat er meine Mutter getroffen, ein blutjunges Vorstadtmädchen in Denver. *To make a long story short*: Er hat sie geschwängert, die beiden hatten *trouble*. *Big trouble.* Er hat gedealt, hat sie abhängig gemacht, sie auf den Strich geschickt. Als ich sechs war, wurde mein Vater in eine Auseinandersetzung verwickelt und hat drei Menschen erschossen. Der Fall ging durch die Presse. Er sitzt heute noch im Gefängnis in Denver und beteuert seine Unschuld.«

»Und Sie sind bei Ihrer drogensüchtigen Mutter aufgewachsen?«, fragt Tom betroffen.

Amanda Lee nickt nur. Sie will offensichtlich nichts darüber erzählen, und Tom kann sich gut vorstellen, warum. Er kennt die Geschichten der Kollegen von der Drogenfahndung über Junkie-Eltern und ihre verwahrlosten, hungernden, überforderten und vereinsamten Kinder. Die meisten dieser Kinder bekommen keinen Fuß mehr auf den Boden. Wie muss sich Lee gefühlt haben, als Brad angefangen hat, Drogen zu nehmen? Vermutlich, als wäre sie wieder zu Hause, in der Hölle ihrer Kindheit.

»Wie lange sind Sie bei Ihrer Mutter geblieben?«

»Bis ich vierzehn war«, sagt Lee. »Irgendjemand musste ja auf sie aufpassen«, schiebt sie hinterher, als sie Toms Blick sieht. »Ich habe sie dann mit einer Überdosis in einer Moteltoilette gefunden.«

Sita Johanns hält sich mit beiden Händen an der Bechertasse fest und trommelt nervös mit den Fingern gegen die Keramik. Der Rest des Kaffees ist inzwischen kalt und zittert im Rhythmus ihrer Finger. »Okay«, sagt sie zu Frohloff. »Wir wissen, dass Amanda Lee also offenbar emotionale Gründe und scheinbar erhebliche finanzielle Gründe hatte, einen Mord zu begehen. Aber reicht das? Wir haben nichts Zwingendes bisher.«

»Wie auch«, sagt Frohloff. »Ich hab einfach nicht genug Zeit. Bisher kratze ich nur an der Oberfläche. Ich hab ja gesagt: Gib mir eine Woche.«

»Wir haben aber keine Woche. Phil ist verschwunden, und wir brauchen eine Spur.«

»Mensch, das weiß ich selber«, beschwert sich Frohloff. »Ich meine, du kommst hier rein und bombardierst mich mit Aufträgen, erst Amanda Lee, dann Benson, dann die Hornisse und dann wieder Lee, und alles in Nullkommanix. Wie soll das gehen?«

Sita stöhnt. »Entschuldige, du hast recht. Apropos Hornisse, hast du da eigentlich irgendetwas gefunden?«

»Pff. Klar. Aber da gibt's nun echt keinen Zusammenhang.«

»Wieso?«, fragt Sita. »Was hast du denn gefunden?«

»Ist 'ne olle Kamelle. Ein Spionagefall. Die Akte selbst finde ich nicht, das geht auch nicht so schnell, ich hab nur Sekundärmaterial aufgetrieben. Die Abteilung Auslandsaufklärung der Stasi hat damals jemanden auf einen Bundesbürger angesetzt, Heiner Rösler, ehemaliger Dissident aus der DDR, der von der BRD freigekauft worden war und hier Karriere beim BND gemacht hat. Der Führungsoffizier der Aktion war damals ein, warte mal ...«, er vergrößert ein Fenster mit einem Text auf seinem Bildschirm, »hier steht's, ein Benno Kreisler. Mehr finde ich dazu bisher nicht.«

»Klingt nicht gerade vielversprechend«, murmelt Sita deprimiert. Ihr Telefon klingelt, und sie zuckt zusammen. Beim Blick auf das Display runzelt sie die Stirn und verspürt Widerwillen. »Das ist Morten.« Sie steht auf und geht Richtung Tür. »Ich geh mal eben ran. Machst du weiter?«

Frohloff hebt nur die linke Hand, mit der rechten bewegt er schon wieder die Maus über das Pad.

»Hey, Jo«, meldet sich Sita.

»Verdammt, was ist das für eine Scheiße?«, schnauzt Morten. Seine Stimme ist so laut, dass Sita das Handy weiter von ihrem Ohr weghalten muss.

»Was ist denn los?«

»Ich hatte doch gesagt, keine Aktionen mit Amanda Lee, bis wir etwas in der Hand haben und ich die Sache freigebe.«

»Ich versteh überhaupt nicht, was du hast. Was denn für eine Aktion?«

»Du steckst also nicht hinter der Sache im Adlon?«, fragt Morten misstrauisch.

»Himmel, nein. Ich bin doch nicht verrückt.«

»Wer verdammt noch mal denn dann?«

»Moment«, sagt Sita. »Heißt das, jemand hat Amanda Lee aufgesucht?«

»Der Concierge hat sich gemeldet, ein Typ mit Glatze und Bart hat ihm einen LKA-Ausweis unter die Nase gehalten. Den Namen hat sich der Kerl leider nicht gemerkt, ich weiß gar nicht, was im Hotelgewerbe heute los ist, wenn die sich noch nicht mal den Namen eines angeblichen Polizisten merken können, der …« Morten verstummt plötzlich. »Scheiße«, flüstert er. »Das ist Tom.«

Sita fasst sich an den Kopf, lehnt sich erschöpft an die Wand und starrt an die Decke. *Tom, um Himmels willen, was tust du?*

»Hab ich recht?«, poltert Morten. »Sita! Hab ich recht, ist das Babylon?«

»Ich weiß es nicht«, lügt Sita.

»Scheiße, der kann was erleben.« Ohne ein Wort des Abschieds legt Morten auf.

»Fuck.« Hastig wählt Sita Toms neue Nummer. Freizeichen, quälend lange. Er geht nicht dran. So schnell sie kann, tippt sie eine SMS an Tom und schickt sie ab. Dann googelt sie die Nummer des Adlon und ruft am Empfang an.

Tom sieht auf die Digitaluhr auf dem Nachttisch von Amanda Lee. 5:54 Uhr. In sechs Minuten wird der Concierge die Polizei informieren. Dann wird es vermutlich weitere zehn Minuten dauern, bis die Kollegen das Adlon betreten. Er steht auf und geht zu einem kleinen Sekretär, auf dem ein Telefon steht. Rasch wählt er die Nummer der Rezeption, mit etwas Glück kann er sich noch ein wenig Zeit verschaffen. »Was ist mit meiner Kleidung?«, fragt er Benson, während er darauf wartet, dass der Concierge abhebt.

»Die habe ich in die Badewanne gelegt, für den Fall, dass irgendwelche Mikrofone oder Aufnahmegeräte in der Kleidung versteckt sind«, sagt Alistair Benson.

»Mein Handy?«

Benson verzieht das Gesicht. »Im Wasser.«

Tom flucht. Er stellt das Telefon auf Lautsprecher und hastet ins Badezimmer. Im Spiegel fällt ihm auf, dass der Ansatz seiner schwarz gefärbten Barthaare blond schimmert. Er fischt seine Kleidung aus der Wanne, wringt sie aus und legt sie auf dem Boden der Suite aus. Aus dem Telefonlautsprecher kommt immer noch das Freizeichen. Was zum Teufel ist mit dem Concierge los? Während er aus den nassen Sachen sein Handy, den Harley-Schlüssel und die Keycard für den Hintereingang des Odessa herausholt, fragt er: »Was haben Sie eigentlich im Stue gesucht, als wir Sie in Galloways Suite überrascht haben?«

»Oh, das«, sagt Amanda Lee. »Brads Testament.«

Tom erstarrt. Also doch?

Das Telefon zerrt an seinen Nerven. Irgendetwas stimmt nicht. Unter normalen Umständen hätte der Concierge längst abgenommen. Tom legt auf. Er wird sich beeilen müssen, ihm bleiben nur noch ein paar Minuten. »Warten Sie, habe ich das richtig verstanden«, sagt er zu Amanda Lee. »Galloway hat ein Testament gemacht? Ein neues?«

»Ja«, gibt Lee ohne Umschweife zu. »Das hat er mir am Telefon gesagt. Das war das Erste, was er gemacht hat, nachdem ihm Anne gesagt hat, dass Phil sein Sohn ist. Er war sicher, dass Anne das nur tut, um Geld zu bekommen. Das wäre nicht das erste Mal. Das haben schon mehrere Frauen versucht. Er hat das Testament mit einem dieser Hotelkugelschreiber auf eine Serviette geschrieben«, sagt Lee. »Er hat ausdrücklich vermerkt, dass sein Sohn nichts erbt und der gesamte Nachlass an mich geht.«

»Aber warum haben Sie das Testament gesucht? Da wussten Sie doch noch gar nicht, dass er tot ist?«

»Nein«, sagt Amanda Lee, »erst mal habe ich auch gar nicht an das Testament gedacht. Ich hab mir Sorgen gemacht. Brad und ich mussten ein paar wichtige Dinge wegen der restlichen Europatour besprechen. Es war schon Abend, unser letztes Telefonat war zwanzig Stunden her, und da war er wegen der Sache mit Phil völlig außer sich.« Sie verstummt einen Moment. In ihren Augenwinkeln sammeln sich Tränen. »Ehrlich gesagt, ich wollte nicht schon wieder jemanden, den ich liebe, mit einer Spritze im Arm auf einer Hoteltoilette finden ...«

438

Tom ist sprachlos.

»Glauben Sie mir nicht?«, fragt Lee.

»Äh, nein. Ich meine, ja. Ist schon gut«, sagt Tom heiser.

»Soll ich Ihnen das Testament zeigen?«, fragt Lee.

»Sie haben es gefunden?«

»*Yes. Accidentally.* Es lag einfach da, auf dem Schreibtisch.«

»Haben wir nicht Ihre Handtasche durchsucht?«

Amanda Lee lächelt nachsichtig. »Wichtige Dinge verstecke ich nicht an offensichtlichen Stellen. Das hat mich meine Mutter gelehrt, wenn sie auf der Suche nach Geld für ihren Stoff war. Sonst wäre ich verhungert.«

Tom nickt betroffen. Amanda Lee macht Anstalten, zum Schrank zu gehen. »Ich zeig's Ihnen.«

»Lassen Sie, ich glaube Ihnen. Ich versteh nur nicht, warum um Himmels willen Sie das alles verschwiegen haben.«

»Weil in dem Testament die Rede von seiner Halbschwester ist, mit Namen und mit allem, was verraten würde, wie wir zueinander stehen. Und weil er darin seinen Vater enterben musste, sonst hätte dieses Schwein einen Großteil bekommen. Durch das Testament wäre früher oder später durchgesickert, wer Brads Vater ist – ein dreifacher Mörder, der im Gefängnis sitzt.«

Erst nach und nach begreift Tom Lees manchmal so irrationales Verhalten. Parallel versucht er hektisch sein Handy einzuschalten, doch das Wasser hat es lahmgelegt. »Aber Galloway ist tot. Warum wollen Sie immer noch seinen Ruf schützen?«

Amanda Lee lacht trocken. »Er ist mein Bruder. Glauben Sie etwa, ich lasse zu, dass alle ihren Mist über ihm ausschütten? Und abgesehen davon, haben Sie eine Ahnung, wie viel die Marke Galloway auch jetzt noch wert ist? Selbst wenn Brad keinen Song mehr singen wird, seine Musik wird weiter gespielt. Es wird ein Remix-Release geben, Best-of, vielleicht sogar ein neues Album mit unveröffentlichten Songs –«

Das elektronische Klingeln des Zimmertelefons unterbricht sie. Benson runzelt die Stirn und schaut Tom fragend an. »Erwarten Sie einen Anruf?«

Statt zu antworten, hebt Tom ab. »Hallo? Wer ist da?«

»Tom? Gott sei Dank. Ich bin's, Sita. Du musst raus aus dem Zimmer. Jetzt, sofort. Morten rückt mit der gesamten Kavallerie an. Verschwinde.«

»Okay, danke«, sagt Tom und legt auf. Der Concierge hat sich offenbar nicht an die Zeit gehalten und zu früh die Polizei angerufen. »Wo ist meine Waffe?«, fragt er. Benson deutet auf den Couchtisch im Wohnzimmer.

»Gut, danke«, sagt Tom. Er mustert Benson mit einem schnellen Blick. Der Ex-Marine ist nur ein paar Zentimeter kleiner als er und gut gebaut. Seine Kleidung ist sorgfältig über einen Stuhl gehängt. Tom holt schnell die Makarov, kommt zurück und nimmt wortlos Bensons Kleidung vom Stuhl. »Hey, lassen Sie das liegen«, protestiert der Anwalt.

»Nehmen Sie dafür meine«, erwidert Tom und hastet zum Ausgang. Ihm bleibt keine Zeit, um sich anzuziehen. Er öffnet die Tür und späht den Gang hinunter. Niemand zu sehen. Nackt, mit Bensons Kleidern auf dem Arm, mit seinem defekten Handy, dem Motorradschlüssel, der Keycard zu Benes Reich und seiner Pistole bewaffnet, schlüpft er aus dem Zimmer und eilt den Flur hinunter zum Aufzug. Das Display des Fahrstuhls zeigt eine Kabine an, die gerade im zweiten Stock ist und weiter aufwärtsfährt. Er entscheidet sich für das Treppenhaus und stürmt immer drei Stufen auf einmal nehmend die Treppe hinab bis ins Untergeschoss. Im Gang zum Parkhaus begegnet er drei jungen Frauen, Servicekräfte auf dem Weg zur Arbeit. Kichernd sehen sie ihm nach.

Er will gerade in die Tiefgarage, als ihm einfällt, dass es dort vermutlich Überwachungskameras gibt, also öffnet er nur die erste der beiden Brandschutztüren zur Garage und zieht sich in dem winzigen Raum zwischen den beiden Türen an. Bensons stahlblaue Anzughose ist etwas zu kurz, passt aber um die Hüfte. Hemd und Sakko passen ebenfalls gerade so. Die einzigen eigenen Kleidungsstücke, die ihm geblieben sind, sind die Schuhe, die er die ganze Zeit anbehalten hat.

Mit gebremstem Schritt geht er zurück in den Flur, in die Richtung, in die die jungen Frauen gelaufen sind. Hinter einer Tür hört er laute Stimmen in einer fremden Sprache, vermutlich Polnisch. Er klopft. Einen Moment später wird die Tür geöffnet. Eine der drei Frauen von vorhin streckt den Kopf heraus, sieht ihn und mustert ihn interessiert von oben bis unten. Tom fragt sie nach dem Hintereingang für die Servicekräfte. Sie errötet leicht und schildert ihm in gebrochenem Deutsch den Weg.

Als er auf den Bürgersteig hinaustritt, empfängt ihn kühle Morgenluft. Es ist noch dunkel. An der Ausfahrt der Tiefgarage hält gerade ein Streifenwagen mit Blaulicht. Tom dreht ihm den Rücken zu, geht in normalem Schritttempo die Behrenstraße hinunter, wo er zwischen zwei Bäumen die Fat Boy abgestellt hat. Hastig öffnet er das Kombinationsschloss, mit dem der Helm gesichert ist, stülpt ihn über und startet die Maschine. Mit dröhnendem Motor biegt er nach rechts in die Wilhelmstraße. Die Wachposten vor der britischen Botschaft sehen sich nach ihm um. Erst jetzt fällt ihm ein, dass das Gelände um die Botschaft mit Kameras gesichert ist. Wie lange wird es dauern, bis Morten Zugriff auf die Kameras bekommt und die Harley in Zusammenhang mit ihm bringt? Und durch Amanda Lee und Benson wird die Polizei auch das Fahndungsfoto von ihm aktualisieren.

Tom überlegt, zum Odessa zu fahren, bis ihm klar wird, dass Morten durch den Tod von Marek Krajewski auf seine Verbindung zu Bene stoßen wird – wenn es nicht schon passiert ist. Auch das Odessa ist nicht mehr sicher. Ihm gehen die Optionen aus, und Phil ist immer noch verschwunden.

Für einen kurzen Moment ist ihm schwindelig. Er hätte jetzt gerne eine Methylphenidat, obwohl es vermutlich vollkommen unsinnig ist. Sein Adrenalinspiegel ist auf einem Level, das er besser nicht steigern sollte. Die kalte Luft zerrt an den zu kurzen Hosenbeinen. Das Jackett flattert im Fahrwind. Er muss mit Sita sprechen, und dafür braucht er dringend ein Telefon. Tom drosselt das Tempo, hält Ausschau nach einer Telefonzelle und fährt in Richtung Alexanderplatz. Am Straßenrand sieht er im Vorbeifahren, wie in einem Kiosk Zeitungen ausgelegt werden. Auf einem Titelblatt sind zwei große Fotos, eins von Galloway, das andere zeigt ihn selbst.

Zwei Straßen weiter entdeckt er gegenüber von einem Supermarkt einen überdachten HotSpot der Telekom mit einem öffentlichen Fernsprecher. Er hält an. Erst als er den Münzeinwurf und den Kartenschlitz neben dem pinken Telefonhörer bemerkt, fällt ihm ein, dass er kein Münzgeld hat, geschweige denn eine Telefon- oder Kreditkarte, die er, seit er untergetaucht ist, sowieso nicht mehr benutzt, um keine Spuren zu hinterlassen. Er fasst in die Taschen von Bensons Hose und findet einen Zwanziger und einen Fünfzigeuroschein. Für die Telefonzelle unbrauchbar.

Eine ältere Dame mit ihrem Mops läuft an ihm vorbei. Der Hund hebt an einem Pflanzkübel das Bein. »Entschuldigung«, sagt Tom. »Haben Sie zufällig ein Handy? Ich muss dringend telefonieren.« Er zeigt ihr den Zwanzigeuroschein. »Ich bezahl auch dafür.«

»Na, Sie können mir ja viel erzählen«, sagt die Frau. »Wenn Se dann nach Russland oder so telefonieren, da hilft der Zwanni ooch nich.«

»Ist ein Ortsgespräch«, sagt Tom und versucht charmant zu lächeln. Die Glatze und der schwarz gefärbte Kinnbart reduzieren die Wirkung allerdings auf ein Minimum. »Ich bin vom LKA Berlin, ich muss dringend meine Kollegin anrufen.«

»Komm, Poppi, wir gehen«, sagt die Frau und zieht ihren Mops von dem Pflanzkübel weg.

Tom stemmt die Hände in die Hüften, und plötzlich bleibt die Frau erschrocken stehen und starrt Tom an. Erst jetzt wird ihm bewusst, dass sie auf die Makarov schaut, die in seinem Hosenbund steckt.

»Ick will keen Ärger«, sagt sie leise.

»Kriegen Sie auch nicht. Versprochen. Ich muss nur telefonieren.«

Widerwillig reicht sie ihm das Telefon, und Tom wählt Sitas Nummer. »Hey. Ich bin's. Ich bin raus.«

Die Frau mit dem Mops sieht ihn ängstlich an. »Ich bin raus« ist der endgültige Beleg, dass sie es mit einem Verbrecher zu tun hat, vermutlich einem entflohenen Strafgefangenen.

»Oh Gott«, stöhnt Sita. »Mensch, was machst du für einen Scheiß.«

»Reg dich nicht auf. Es ist alles gut gegangen.«

»Erklär das mal Morten. Der ist auf hundertachtzig.«

»Ich hab mich geirrt«, sagt Tom.

»Wie, geirrt? Womit?«

»Mit Lee und Benson. Die beiden haben nichts mit dem Mord an Galloway zu tun, auch mit allem anderen nicht.«

»Was? Bist du sicher?«

»Hundert Prozent.« Tom schaut zu der alten Dame hinüber, die ihn jetzt neugierig beäugt, der Name Galloway sagt ihr etwas. »Ich kann's dir jetzt nicht so schnell erklären, später. Du musst mir einfach vertrauen.«

»Ich versuch's«, seufzt Sita.

»Sag mal, wo bist du gerade?«

»Bei Lutz im Büro, wir sind gerade der Spur Lee und Benson gefolgt. Aber das war ja dann wohl offenbar nichts.«

»Okay«, sagt Tom. »Lass uns weitermachen. Irgendeine Spur muss es geben. Hat Lutz mal den Begriff ›Hornisse‹ gecheckt?«

»Ja, klingt aber nach einem Blindgänger.«

»Wieso?«, fragt Tom. »Erzähl.«

»Ein alter Spionagefall, Ende der Achtziger. Die Stasi wollte den BND ausspionieren, einen Mann namens Heiner Irgendwas. Die Hornisse scheint ein Deckname zu sein, für wen, ist nicht klar. Vielleicht auch für diesen Heiner, der Name fängt ja auch mit H an. Der Führungsoffizier des Agenten bei der Stasi war ein gewisser ... Lutz«, ruft sie im Hintergrund, »wie hieß der noch? Ah ... Benno Kreisler, das war sein Name.«

»Hm«, knurrt Tom. »Sagt mir nichts. Habt ihr die ganze Akte da?«

»Eben nicht. Nur ein wenig Sekundärmaterial.«

»Mist«, sagt Tom. »Das ist dünn.«

»Vielleicht rufst du in ein oder zwei Stunden noch mal an? Möglicherweise haben wir dann mehr.«

»Okay«, sagt Tom deprimiert. »Vielleicht macht es auch mehr Sinn, wenn ihr noch einmal diese Rezeptionistin im Stue überprüft, Jayanti Bhat. Und was ist mit dem Mann, der meine Stiefmutter überfallen hat? Gibt es von dem inzwischen eine Phantomzeichnung?«

»Ja. Ich schick sie dir.«

»Brauchst du nicht, ich hab ihn ja selbst gesehen. Gibt's irgendeine Spur von ihm?«

»Leider nein.«

Für einen Moment schweigen sie beide. Ein Wagen der Straßenreinigung fährt vorbei und fegt mit rotierenden Bürsten Schmutz aus dem Rinnstein. Der Mops der alten Dame zieht an der Leine und will fort von dem Ungetüm.

»Habt ihr mit Bene gesprochen?«, fragt Tom.

»Wegen Marek Krajewski? Ja, Morten hat das übernommen.«

»Und?«

»Bene war wütend und hat wohl tausend Fragen gestellt, aber Morten hat sich natürlich bedeckt gehalten. Morten wollte dann wissen, was Krajewski und Meyer in Stahnsdorf vor eurem Haus zu suchen hatten. Da hat dann plötzlich Bene gemauert, und Morten hat ihn angeschrien.«

Tom stöhnt. »So ein verdammtes Chaos.«

»Hey, lass dich nicht unterkriegen. Wir machen jetzt einfach weiter. Und wenn du irgendwas hast, ruf an.«

»Danke«, sagt Tom. »Ich bin froh, dass es dich gibt.« Er legt auf und gibt der alten Dame das Telefon zurück. Sie mustert erst ihn und dann das Handy mit einem misstrauischen Blick, bevor sie mit ihrem Mops über die Straße flieht.

Die Hornisse. Benno Kreisler. Irgendetwas an diesem Namen kommt ihm bekannt vor, als gäbe es in seinem Hinterkopf eine kleine, verschlossene Tür mit einer verborgenen Erinnerung. Er würde gerne an die Tür hämmern oder sie eintreten, wenn er nur wüsste, wo genau sie ist. Er muss an Phil denken. Phil beim Schwimmen. Phil mit bananenverschmiertem Mund. Phil, der sich an seinen Hals klammert und ihn nicht fortlassen will. Hätte er ihn nur mitgenommen.

Viola kommt ihm in den Sinn, als sie klein war, hat sie ihn ebenfalls manchmal festgehalten, um ihn nicht fortzulassen. Ihre ganze kleine Faust um seinen Zeigefinger.

Er geht zurück zum Motorrad, setzt den Helm auf und lässt die Maschine an. Die Fat Boy klingt wie ein riesiges knurrendes Tier mit einem gewaltigen Brustkorb. Die Frage ist: Wohin jetzt? Kann er es wagen, noch ein letztes Mal zum Odessa zu fahren, um sich von Bene etwas Geld, ein neues Handy und frische Kleidung zu borgen? Er muss an Marek Krajewski denken, und es schnürt ihm den Hals zu. Krajewski ist gestorben, um seine Familie zu schützen, und er weiß nichts über ihn. Nicht einmal, ob er selbst eine Familie hatte und wer um ihn trauern wird.

Tom klappt das Visier herunter und schaut auf den spärlichen morgendlichen Verkehr. Sein Blick fällt auf die andere Straßenseite, auf einen Rewe-Supermarkt. Die weißen Buchstaben auf rotem Grund erinnern ihn an das alte Konsum-Logo der DDR-Supermärkte. Plötzlich ist er fünf, steht mit seinem Vater und Viola an der Kasse, und da ist diese alte Frau, die mit der Kassiererin spricht. Sein Vater stellt Fragen, und Tom kann seine Erregung spüren, es ist, als würde die Luft knistern. Im selben Moment weiß er, woher er den Namen Kreisler kennt. Er kann sich nur zu gut an den Gesichtsausdruck seines Vaters erinnern, als der Name damals fiel. *Kreislerhof.* Er hat seinen Vater damals ständig beobachtet, immer mit einem Gefühl von Angst und Unsicherheit, mit der bangen Frage, ob sein Vater auch einfach verschwinden könnte wie seine Mutter. Er hatte das untrügliche Gefühl, er müsste auf seinen Vater achten, auf jedes Warnsignal. Vielleicht konnte man ja sehen, wenn sich der Tod anschlich. Und damals, im Konsum an der Kasse, hat sein Vater ausgesehen, wie er sich selbst gerade im Moment fühlt: Als hätte ihm plötzlich jemand die Lösung für eine Frage von ungeheurer Tragweite auf einem Silbertablett präsentiert.

Kapitel 60

Es ist immer noch dunkel, als er Zehlendorf hinter sich lässt. Kleinmachnow, dann kommt Stahnsdorf. Im Osten kündigt ein schmaler, heller Streifen über den Häusern den Morgen an. Tom friert. Der Wind pfeift durch das Sakko und in die Ritzen der Knopfleiste von Alistair Bensons weißem Designerhemd.

In Stahnsdorf fährt er bis zur Einmündung der Straße, in der sein Elternhaus liegt. An der Ecke bleibt er stehen und versucht sich zu konzentrieren. Wie oft ist er mit seiner Mutter den Weg zu diesem Hof gefahren? Zweimal? Drei- oder viermal? Und dann noch einmal mit seinem Vater. Das Bild des Hofes hat er noch vor Augen, die Abgeschiedenheit, wie er auf dem Acker liegt. Der holprige Weg übers Feld, die schaukelnde DS mit ihrer Luftfederung. Das einsame Hoftor. Die Tränen und die Angst seiner Mutter, ihre überhastete Flucht von dort und dass er nicht verstand, warum Viola dort gewesen war und nicht bei Susanne wie sonst immer.

Er lenkt die Maschine zurück zum Stahnsdorfer Damm und dann weiter Richtung Güterfelde. Es ist über dreißig Jahre her, dass er hier langgefahren ist. Die Dorfkirche steht immer noch. Güterfelde ist gewachsen, alles sieht anders aus, manches gepflegter, einige wenige Häuser wirken so grau wie in seiner Kindheit.

Auf der Landstraße drosselt er das Tempo. Er zittert, und er weiß nicht mehr, ob es die Kälte oder das Adrenalin ist, oder die Erschöpfung, die er verdrängt. Viermal fährt er die Landstraße entlang, zweimal hin, zweimal zurück, ohne den Hof oder den Weg dorthin zu finden. Vielleicht liegt es an der Dunkelheit. Möglicherweise wurde der Hof auch abgerissen, kein Wunder nach über dreißig Jahren.

Enttäuscht kehrt er zurück nach Güterfelde. Inzwischen ist es nach sieben. In einer kleinen Bäckerei brennt Licht. Er hält vor dem erleuchteten Fenster und stellt die Fat Boy ab.

Der Bäcker ist ein freundlicher Mann in einem weiten senfgelben Wollpullover, dem irgendetwas die Laune verhagelt hat. Tom schreibt es seinem Leben als Dauerfrühaufsteher zu. Er kauft zwei belegte Brötchen und einen Becher Kaffee, dann legt er Bensons Fünfzigeuroschein auf den Tresen. »Bekomme ich dafür auch noch Ihren Pullover?«

Der Bäcker sieht ihn an, als hätte er den Verstand verloren. Dann zuckt er mit den Schultern. »Passt super zu Ihrem Anzug«, sagt er, zieht den Pullover aus und reicht ihn über die Theke. Humor hat er jedenfalls.

»Ach, eine Frage«, sagt Tom. »Wie lange leben Sie hier schon?«

»Ich? Pff. Na, so fünfzehn Jahre etwa. Warum fragen Sie?«

»Kennen Sie vielleicht den Kreislerhof hier in der Gegend? Gibt es den noch?«

»Kreislerhof?« Der Bäcker zieht die Stirn kraus. »Nie gehört. Wo soll'n der sein?«

»Dahinten raus.« Tom zeigt in Richtung Landstraße. »Irgendwo auf dem Feld.«

Der Bäcker runzelt die Stirn. »Ach, *das* alte Ding meinen

Sie? Hinten, bei der L77? Der ist schon seit 'ner Ewigkeit nicht mehr bewohnt.«

Also doch, denkt Tom. Es gibt ihn noch. »Kennen Sie zufällig den Besitzer des Hofes? Lebt der hier irgendwo?«

»Nee, keine Ahnung. Meine Töchter nennen das da draußen nur den Geisterhof.«

Tom nickt, bedankt sich hastig und sammelt Pullover, Brötchen und Kaffee ein. Vor der Bäckerei zieht er den Pullover über Bensons Hemd. Das Sakko passt kaum über den dicken Wollstoff, und er fühlt sich wie eingezwängt, doch die Wärme tut gut. Er schlingt die Brötchen hinunter und trinkt schnell den Kaffee. Am Himmel schälen sich finstere Wolken aus der Dämmerung. Die Dorfstraße scheint sich im zunehmenden Licht zu strecken, die Straßenbeleuchtung geht aus. Tom steigt auf die Harley und fährt erneut die Landstraße entlang.

Die Felder sind abgeerntet und trostlos. Der Horizont und der Himmel wollen sich nicht voneinander trennen. Tom klappt das Visier hoch, um besser sehen zu können. Weit hinten liegt ein Buckel auf dem Feld. Er drosselt das Tempo auf fünfzehn Stundenkilometer. Nach ein paar Hundert Metern findet er eine von Gras und Unkraut überwucherte Einmündung in einen schmalen Feldweg. Sein Puls wird schneller, und er biegt auf den Weg ein. Die schwere Maschine lässt sich auf dem holprigen Untergrund kaum halten, und er stellt sie ab. Der Motor verstummt mit einem letzten tiefen Grollen. Stille liegt auf dem Feld. Ein paar Krähen fliegen aus den kahler werdenden Bäumen an der Landstraße hinter ihm auf.

In der Ferne erkennt er die Umrisse des Kreislerhofs. Zu Fuß, vermutet er, sind es etwa fünfzehn Minuten bis dorthin.

Kapitel 61

Sita Johanns ist auf der Liege in Frohloffs Zimmer eingeschlafen und wacht vom Klingeln eines Telefons auf. Da es nicht ihr Telefon ist, schließt sie die Augen wieder. Sie hört, wie Frohloff drangeht, mit jemandem ein paar Worte wechselt, dann rüttelt er sie an der Schulter. »Sita? Wach auf, ist für dich, Morten.«

Sita stöhnt. Nicht schon wieder. Sie setzt sich auf und streckt die Hand nach dem Telefon aus.

»Nicht Handy. Festnetz«, brummt Frohloff. »Gibt auch noch Telefone mit Kabel.«

Sita steht auf, setzt sich neben Frohloff an dessen Arbeitstisch und greift nach dem Hörer, der rechts vom Mousepad auf dem Tisch liegt. »Ja, Jo?«

»Guten Morgen«, schnarrt Morten. Immerhin, ein besserer Anfang als beim letzten Telefonat. »Bist du wach?« Seine Stimme klingt gehetzt.

»Wach ist was anderes.« Sita reibt sich die Augen.

»Tom ist uns entwischt.«

»Wundert mich nicht.«

Morten schweigt einen Moment. »Was meinst du damit?«

»Nur was ich sage. Nicht mehr und nicht weniger.«

»Bei dir bin ich mir nicht sicher, ob du ihn nicht sogar noch warnen würdest –«

»Was willst du, Jo?«, unterbricht Sita ihn gereizt.

Morten seufzt. »Lee und Benson werden gerade von Pfeiffer und Weihertal befragt – aber ich hab ehrlich gesagt gerade ein ganz anderes Anliegen.«

»Du hast ein *Anliegen*?«

»Ja. Sag mal, du hast doch beim letzten Mal mit der Kleinen von Bruckmann ganz gut gekonnt, oder?«

»Du meinst seine Tochter Sabine?«, fragt Sita irritiert.

»Ja. Genau.«

Sita kann sich nur zu gut daran erinnern, wie es Bruckmanns jüngster Tochter im Februar nach den dramatischen Ereignissen und der Flucht ihres Vaters ging. Die Kleine hat ihr wirklich leidgetan. »Ich hatte den Eindruck, sie mochte mich und ich konnte ihr etwas helfen«, räumt sie ein. »Warum?«

»Ich hab vorhin Valerie Bruckmann in der Leitung gehabt. Sie war völlig neben der Spur und bat um Hilfe. Hörte sich nach einem Familiendrama an. Sie behauptet, ihre ältere Tochter Gisela wolle Sabine entführen.«

»Bitte? Was ist denn *da* los?«

»Valerie ist etwas … na ja, sagen wir mal, überfordert, seit der Sache mit Walter. Es wäre gut, wenn du kommen kannst.«

Lutz Frohloff, der nah genug ist, um das Gespräch mitzuverfolgen, hebt die Augenbrauen. »Die Sache mit Walter … so nennen wir das jetzt also«, murmelt er.

»Könnt ihr das nicht alleine klären?«, fragt Sita. »Ich würde gerne hier mit Frohloff –«

»Valerie sagt, Gisela ist bewaffnet«, unterbricht sie Morten.

»Bewaffnet? Gisell?« Sita und Frohloff wechseln einen Blick. »Womit denn?«

»Mit einer Pistole.«

Kapitel 62

Die Mauer war gefallen. Seit gestern. Wie das klang, das zu sagen! Werner Babylon konnte es immer noch nicht fassen. Er war mit der Trambahn gefahren und dann das letzte Stück bis Unter den Linden gelaufen. Die Menschen hatten dicht an dicht in der Bahn gestanden, es roch nach Alkohol, überall offene Sektflaschen, Deutschlandfahnen. Manche hatten Rucksäcke und Werkzeug dabei, um ein Stück aus der Mauer zu schlagen, ein grimmig aussehender Mann trug sogar eine Spitzhacke über der Schulter. Im letzten Wagen stimmten einige den Schlachtruf »Wir sind das Volk« an, und die halbe Bahn skandierte mit. Die ganze Stadt befand sich im Fieber. Werner hatte eine Gänsehaut. Nie im Leben hätte er gedacht, dass es so weit kommen würde. Er hätte gerne gejubelt, wäre gerne einfach mit den anderen im Freudentaumel auf die Mauer geklettert und hätte den Lärm und den Geruch der Geschichte in sich aufgesogen.

Aber diejenige, die sich darüber am meisten gefreut hätte, wäre Inge gewesen. Mit ihr hätte er jetzt hier sein müssen. Mit ihr hätte er sich jetzt gemeinsam freuen müssen, dass ihre Kinder in einer freieren Welt aufwachsen würden, so wie Inge es sich für ihre Kinder gewünscht hatte. Für diesen Wunsch war sie gestorben.

Eine Welle aus Menschen trug ihn über die Straße Unter den

Linden. Vom Brandenburger Tor schollen Rufe, immer wieder Jubel. Die Luft knisterte förmlich vor Spannung. Doch er durfte sich nicht anstecken lassen, musste seine Gefühle kontrollieren. Er hatte keine Zeit für all das. Der Jubel, der Rausch, das alles verwirrte ihn und spielte ihm zugleich in die Karten. Eine bessere Kulisse hätte er sich nicht wünschen können. Niemand würde ihn bemerken, keiner würde sich in dieser Nacht an einen einzelnen Mann mit einer dunklen Mütze und einer großen Sporttasche erinnern. Die Mauer war gefallen und das Brandenburger Tor offen – das war es, woran sich jeder erinnern würde.

Er ließ das Brandenburger Tor links liegen und ging mit raschem Schritt die ehemalige Wilhelmstraße, die schon seit Langem Otto-Grotewohl-Straße hieß, in Richtung Spree hinauf. Auf der Straße lagen leere Sekt- und Bierflaschen. An der Ecke Clara-Zetkin-Straße bog er in den Eingang der Hausnummer 3a ein. Das Haus war ein typischer DDR-Bau. Sperrige, freudlose Repräsentanz. Braun gemauertes Erdgeschoss mit einem seltsamen Wabenmuster aus Glasbausteinen, darüber mehrere streng symmetrische Geschosse, mit den immer gleichen Fenstern, deren unterer Teil aus einer schmutzig gelben Zierplatte bestand. Das Gebäude beherbergte mehrere Botschaften, unter anderem die der Demokratischen Republik Afghanistan, der Republik der Philippinen und des Königreichs Schweden.

Der schwedische Botschafter Tore Hellström, ein attraktiver Mittvierziger, zugegebenermaßen clever, jedoch nicht unbedingt klug, hatte einen unstillbaren Hunger nach weiblicher Begleitung – und er war ein großer Liebhaber der Revue im Friedrichstadt-Palast. Dass er Freikarten bekam, war in seiner Position selbstverständlich, doch Werner wusste, wie sehr er auf die Tänzerinnen stand, und hatte in der Vergangenheit zwei Abende organisiert, an denen die Tänzerinnen mit ihm und zwei weiteren Männern aus der Botschaft ausgingen. Auch für die Tänzerinnen war der Abend ein Erfolg gewesen, ein Botschafter aus dem Westen stieß manchmal das Fenster zur Freiheit weit auf. Und wer hätte vor ein paar Tagen schon ahnen können, dass sich das Thema mit der Freiheit durch den Fall der Mauer lösen würde?

Vor drei Tagen war eine Verabredung mit dem Botschafter des Königreichs Schweden noch eine Verheißung gewesen. Als Gegenleistung für das Herstellen dieser Verabredung hatte eine der jungen Frauen sozusagen aus Versehen den Mantel des Botschafters Hellström mitsamt seinem Schlüsselbund an einen Haken gehängt, der weitab vom Blickfeld des Botschafters war. Ein Bekannter aus der Bühnenwerkstatt hatte nicht lange gefragt, als Werner ihn ansprach, ob er einen Schlüssel nachmachen könne. Wer viel fragte, bekam bloß Antworten, die er nicht hören wollte. Auch Werner fragte Hellström nicht, warum er mit einer der Tänzerinnen im Hotel verschwand, wo er doch verheiratet war und drei Kinder hatte.

Werner schloss die Tür des Gebäudes auf. Um diese Zeit war der Pförtner längst zu Hause. Er betrat den Fahrstuhl und fuhr in den obersten Stock. Dort ging er zum Treppenhaus, lief das letzte Stück bis nach ganz oben, wo er sich Gummihandschuhe anzog, den Kuhfuß aus seiner Tasche holte und die Zugangstür zum Dach aufbrach. Das Flachdach der Hausnummer 3a war mit aneinandergeschweißten Bitumenplatten belegt und sah aus wie eine schlecht asphaltierte Startbahn.

Mit raschen Schritten ging er zum Rand des Daches, dorthin, wo die Clara-Zetkin-Straße und die Otto-Grotewohl sich kreuzten. 21:14 Uhr. Noch sechzehn Minuten.

Am Brandenburger Tor stiegen vereinzelt Silvesterraketen in die Luft. Ein Kanonenschlag ließ ihn zusammenzucken. West-Feuerwerk. Das Rufen und Jubeln war hier oben besonders gut

zu hören. Die Stadt feierte, und Werner fragte sich, wie viele
Menschen wohl aus anderen Ländern angereist waren, um
diesen Moment mitzuerleben.

Er ließ den Blick über das Häusermeer wandern. Der Todes-
streifen lag in einiger Entfernung, eine breite Narbe, mitten im
Zentrum von Berlin. Es kam ihm unwirklich vor, dass das jetzt
plötzlich alles anders werden konnte.

Ob Kreisler das geahnt hatte, als er den Termin für diesen
Tag machte? Wohl kaum. Aber würde er sich unter diesen Um-
ständen auch noch an die Verabredung halten? Es war der
letzte Termin in seinem Kalender gewesen.

10. November, 21:30, Ecke Clara-Zetkin/Grotewohl, B.

Mehr hatte dort nicht gestanden. Werner sah auf die Uhr. Noch
sechs Minuten.

Er zog den Reißverschluss seiner Sporttasche auf, nahm das
Gewehr heraus, löste den Riegel der Merkel und schob zwei Pa-
tronen in den doppelten Lauf. Dann ließ er den Verschluss der
Waffe wieder einrasten, prüfte, ob sie entsichert war, und legte
das Gewehr vor sich auf den Boden.

Es waren die letzten beiden Patronen, mehr würde er nicht
brauchen. Und zum Nachladen würde ihm auch keine Zeit
bleiben. Mit den anderen Patronen hatte er die letzten Wochen
im Wald geübt und aus größerer Entfernung auf Äste und selbst
gesammeltes Fallobst geschossen.

GÜTERFELDE

Die beiden Pfosten halten das geschlossene Tor schief in den
Angeln. Früher war es immer offen gewesen. Tom rüttelt dar-

an. Es scheint stabil genug zu sein, und er klettert darüber. Das Kopfsteinpflaster ist löchrig. Unkraut und Wildblumen wuchern in den Fugen. Die Fenster des Herrenhauses sind vernagelt, der Putz bröckelt, und im Mauerwerk sind ein paar Einschusslöcher, die noch aus Kriegstagen stammen. Das Dach biegt sich unter der Last der Ziegel, die ehemals hellrot waren, jetzt sind sie voller schwarzer Flecken, als wäre das Dach von Metastasen befallen.

Neben dem Herrenhaus ragen ein paar Pfosten aus dem Fundament einer abgebrannten Scheune. Das dritte Haus auf dem Hof ist kleiner und hat ein Tor, das an eine Garage erinnert. Tom versucht's zu öffnen, doch es ist verschlossen.

Er schaut sich auf dem Hof um. Weit und breit kein Auto, kein Fahrrad oder Motorrad. Entweder die Fahrzeuge sind im kleineren Haus hinter dem verschlossenen Tor, oder es ist schlicht niemand da.

Tom wendet sich dem Herrenhaus zu. Die massive Holztür ist abgesperrt. Die Fensterläden sind verriegelt und mit Brettern verstärkt. Das Haus wirkt wie eine trotzige Festung, die sich vor der Welt verschlossen hat. Mit langsamen Schritten läuft Tom um das Gebäude, bis er die Rückseite erreicht hat. Auch hier ist alles verrammelt. Tom rüttelt an ein paar Brettern, doch keins davon ist lose.

Er geht zurück zur Vorderseite und betrachtet die abgebrannte Scheune. In den überwucherten Trümmern liegen alte Werkzeugteile. Er scharrt mit dem Fuß in den Überbleibseln und findet den geschwärzten Aufsatz eines alten Spatens, befreit den Stahl von ein paar Schlingpflanzen und geht zum Herrenhaus. Das zweite Fenster von rechts erscheint ihm passend; die Bretter auf den Läden wirken verwittert. Er setzt die Kante des Spatens an einem Spalt an und drückt ihn ein paar Millimeter zwischen die Hölzer. Dann hebelt er die obersten Bretter Stück für Stück ab und bricht den Fensterladen auf. Die Glasscheibe dahinter ist intakt. Im Haus ist es dunkel.

Tom stößt mit dem Spaten das Glas ein. Die Scherben fallen klirrend ins Haus. Er fasst durch das Loch und versucht das Fenster zu öffnen, doch der Griff lässt sich nicht bewegen, daher bearbeitet er das Fenster so lange weiter, bis die letzten Glaszähne aus dem Rahmen gestoßen sind. Dann klettert er auf das Fensterbrett und steigt von dort ein.

Im Inneren ist es kühl und dunkel, er kann nicht viel sehen. Neben dem Fenster ist eine Stehlampe. Er tastet nach einem Schalter, findet stattdessen eine Kordel und zieht daran. Durch einen Lampenschirm mit Troddeln fällt gelbliches Licht ins Zimmer, das von einem großen Kachelofen beherrscht wird. Drei mit Tüchern verhängte Sessel stehen im Raum, an der Wand eine verstaubte Kommode mit zwei aufgebrochenen Schubladen. Daneben hängt ein Gemälde des Herrenhauses aus besseren Tagen. Mehrere Geweihe, ein ausgestopfter Fuchs und ein Marder zieren außerdem die Wände, dazwischen sind Halterungen in die Wand geschraubt. Zwei längliche Schatten verraten, dass hier früher zwei Gewehre gehangen haben müssen.

Tom schaut zur Tür des Zimmers, eine alte, früher einmal weiß lackierte Kassettentür. Vermutlich liegt dahinter der Flur. Die alten Dielen knarren, als er zur Tür geht. Er öffnet sie, tritt ins Halbdunkel, macht ein paar Schritte und bleibt wie angewurzelt stehen. Am anderen Ende des Flurs erkennt er die Umrisse eines Mannes, groß und stämmig. Er trägt eine Wollmütze, in der rechten Hand hält er ein Gewehr, dessen Lauf zum Boden zeigt. Den Kolben hat er sich locker unter die Achsel geklemmt.

»Hallo, Tom«, sagt der Mann.

Tom kneift die Augen zusammen, um besser zu sehen, doch das Gesicht des Mannes liegt im Dunkeln, und er fragt sich, ob das Kreisler ist. »Wer sind Sie? Kennen wir uns?«

»Ich kenne dich.«

»Sie haben mich erwartet«, stellt Tom fest.

Der Mann lacht hölzern. »Oh, im Gegenteil. Hätte nie gedacht, dass du hierherfindest. Ist mir 'n Rätsel, wie du's geschafft hast. Aber du warst nicht gerade unauffällig. Das Motorrad hört man hier kilometerweit. Freies Feld; ist was anderes als in der Stadt. Und als du ums Haus geschlichen bist, da wussten wir, dass du's bist.

»Wir? Wer ist wir?«

»Kreisler und ich.«

»Und wer sind Sie, wenn Sie nicht Kreisler sind?«

»Mein Name ist Weißgerber, Robby Weißgerber.«

Tom überlegt, ob er den Namen schon einmal gehört hat, doch da ist nichts, woran er sich erinnern kann. »Der Name sagt mir nichts.«

»Sollte er aber«, sagt Weißgerber, »denn deine Mutter hat meine Mutter umgebracht.«

BERLIN, 1989

Vier Minuten.

Das Gewehr vor ihm auf dem Boden sah zum Niederknien schön aus; das Holz, der edle Schaft, das reich verzierte Silber. Wie konnte etwas, das so sicher den Tod bedeutete, so schön sein?

Werner fragte sich zum wohl hundertsten Mal, ob Inge auch mit dieser Waffe geschossen hatte. Wie verzweifelt musste ihre Lage gewesen sein, dass sie keine andere Wahl gehabt hatte, als jemanden zu töten?

Drei Minuten.

Das hier war etwas anderes als Notwehr, es war nicht wie bei Inge. So viel stand fest. Wenn sie ihn kriegten, dann würde er auf ewig ins Gefängnis wandern. Tom wäre längst ein Mann, wenn er wieder rauskäme, und Viola hätte ihm vielleicht schon Enkel geboren. Wenn er überhaupt je wieder rauskam.

Noch konnte er zurück.

Zwei Minuten.

Er hob die Waffe auf und wog sie in den Händen. Es war nicht richtig aufzugeben. Es war nicht richtig, dass Inge tot war und Benno Kreisler lebte.

Das hier war keine Notwehr, aber es war notwendig.

Eine Minute.

Er starrte über die Brüstung auf die Ecke, die sechs Stockwerke tiefer lag. Eine Gestalt in einem Mantel näherte sich, der Mann hatte eine Mütze auf und die Hände tief in die Taschen geschoben. Er fror, blickte sich an der Ecke um und ging nervös auf und ab. Der Statur nach konnte es Kreisler sein, doch die Nervosität passte nicht zu ihm. Kreisler war souveräner, einer, dem sein Ausweis und seine Stellung den Rücken gerade hielten. Einer, der kühl ein paar Anrufe machte, um jemanden töten zu lassen. Ein verdammter Strippenzieher. Einer, der andere benutzte.

Am Brandenburger Tor wurden Böller gezündet. Die Schläge hallten über die Stadt.

Ein zweiter Mann tauchte auf. Bekleidet mit einer dunklen, kurzen Wolljacke bis über die Hüfte, mit selbstbewusstem Gang und wenig Haaren auf dem Kopf. Werner rief sich das Bild vor Augen, wie Kreisler bei ihm im Wohnzimmer gesessen hatte, breitbeinig und machtbewusst.

Werner legte das Gewehr an und spähte über Kimme und Korn.

Ja, das war Kreisler, kein Zweifel. Wie er dem anderen die Hand schüttelte, ihm eine Zigarette anbot; das war der Mann, der am Vorabend von Inges Tod vor seiner Tür gestanden hatte. Der andere Kerl nahm die Zigarette und ließ sich Feuer geben. Kreisler zückte ein Benzinfeuerzeug, die Flamme erhellte ein wenig die Gesichter der beiden Männer.

GÜTERFELDE

»Was reden Sie da?«, fragt Tom. Das bescheidene Licht der Stehlampe im Wohnraum reicht auch jetzt, da sich seine Augen an die Dunkelheit gewöhnt haben, nicht aus, um die Gesichtszüge des Mannes zu erkennen. »Meine Mutter hat niemanden getötet.«

»Sie hat!«, schleudert ihm der Mann entgegen. »Und meinen Vater auch. Karlo und Charlotte Weißgerber, das sind ihre Namen.« In seiner Erregung macht er einen Schritt auf Tom zu, bleibt aber in sicherer Entfernung stehen.

»Das kann nicht sein. Das ist verrückt«, erwidert Tom. Besorgt schaut er auf das Gewehr. Er trägt seine Makarov im Hosenbund, verborgen unter dem Wollpullover des Bäckers. Im Zweifelsfall wird der Mann sein Gewehr schneller auf ihn gerichtet haben, als er die Pistole ziehen kann. »Meine Mutter war Tänzerin. Sie hat Kultur geliebt. Und Menschen und Tiere. Sie hätte keiner Fliege etwas zuleide getan.«

»Schwachsinn. Sie war 'ne Lügnerin. Sie hat deinen Vater betrogen. Sie hat *allen* schöne Augen gemacht. Auch meinem Vater. Sogar Kreisler ist auf sie reingefallen.«

»Das ist absurd.«

»Er hat's mir doch selbst erzählt. Er hat mir *alles* erzählt.«

»Ich glaub kein Wort davon.«

»Ach ja? Wie alt warste denn, als es passiert ist? Fünf, oder? Meinste, du kannst dich an alles erinnern? Haste damals alles mitgekriegt?« Weißgerber macht einen weiteren Schritt auf ihn zu, und Tom weicht Richtung Tür zurück.

»Wann soll das gewesen sein?«, fragt Tom.

»89, vor der Wende. Auf dem Hof meiner Eltern. Deine Mutter kam nachts immer auf unseren Hof und hat meinem Vater den Kopf verdreht. Hatte leichtes Spiel, die schöne Tänzerin. Und mein Vater, der einfache Bauer. Uns hat er immer erzählt, da stiehlt jemand unsere Hühner, deswegen muss er aufbleiben, hat er gesagt, um den Dieb zu erwischen. In Wahrheit hat er nur drauf gewartet, dass deine Mutter kommt, und dann sind sie in den Stall. Aber eines Tages ist meine Mutter ihnen draufgekommen, hat sie überrascht, im Stall. Und weißt du, was deine Mutter dann getan hat?«

»Sie werden es mir sicher gleich sagen.«

»Spar dir die Scheißironie«, zischt Weißgerber und bewegt das Gewehr. »Das hier ist 'ne Schrotflinte. Ich muss gar nicht zielen damit. Ich muss nur in deine Richtung halten und abdrücken, und das war's. Und ich würd' gerade nichts lieber tun! Aber, Scheiße, ja! Du hast recht, ich werd's dir sagen.« Weißgerbers Stimme schwillt immer weiter an. »Deine Mutter hat nämlich so getan, als hätte mein Vater sie vergewaltigt, und sie hat ihm mit einem Spaten den Kopf eingeschlagen – und dann ist meine Mutter auf sie los, und deine ach so harmlose Mutter, die arme Frau, die keiner Fliege was zuleide tun kann, hat meiner Mutter eine Mistgabel in den Bauch gerammt«, schreit Weißgerber.

Es wird still im Flur, Weißgerber holt zitternd vor Wut Luft.

Tom sieht ihn fassungslos an. Der Mann, der da im Halbdunkel vor ihm steht, ist ein Pulverfass, und seine Geschichte klingt so verrückt, dass er sich beim besten Willen keinen Reim darauf machen kann. »Hören Sie«, sagt Tom vorsichtig, »es muss schrecklich sein, beide Eltern zu verlieren. Ich weiß, wie es ist, jemanden zu –«

»Was weißt'n du schon«, zischt Weißgerber. »*Du* warst nicht im Heim, oder? Du bist nicht verprügelt und verspottet worden. Du bist auch nicht in Pflegefamilien rein und wieder raus. Als ich achtzehn wurde, da war der Hof meiner Eltern längst gepfändet. Ich hatte nichts mehr. Ich war pleite und saß auf der Straße ... der Einzige, der sich um mich gekümmert hat, war Kreisler. Und *du* denkst, du hast gelitten. Glaubst, du weißt, was Verlust ist. Weißt du nicht! Du bist gerade erst dabei, das zu lernen ...«

Tom starrt Weißgerber an. »Was soll das heißen, ich bin dabei, das zu ...« Er bricht ab, weil ihn die Erkenntnis wie ein Schlag trifft. »Was zählt das Leben deiner Lieben«, flüstert Tom. »Das waren Sie.«

»Wurde Zeit, dass dir einer zeigt, wie das ist.«

»Sie machen *mich* für das verantwortlich, was damals angeblich Ihren Eltern passiert ist? Mich? Meine Frau, mein Kind? Was ist mit Galloway? Wo verdammt ist mein Sohn?«

»Er ist doch gar nicht dein Sohn«, höhnt Weißgerber, macht einen weiteren Schritt auf Tom zu und hebt das Gewehr. Mit einem Satz springt Tom zurück in den Wohnraum, bringt sich hinter der Wand an der Tür in Sicherheit und zieht die Makarov unter dem Pullover hervor.

»Das wird dir nichts helfen«, tönt Weißgerber im Flur. »Wenn du den Jungen wiedersehen willst, dann komm raus. Kreisler will dich treffen.«

BERLIN, 1989

Werners Finger krümmte sich um den Abzug. Er spürte den Widerstand. Die Merkel hat einen Doppelabzug, nach dem ersten Schuss kommt ein Widerstand, man muss den Abzug noch weiter durchziehen, um die zweite Patrone abzufeuern. Zwei Schuss. Zeit zum Nachladen würde ihm nicht bleiben.

Der Mann, der sich mit Kreisler traf, stieß eine Rauchwolke aus, nachdem er den ersten Zug inhaliert hatte. Ein Feuerwerkskörper explodierte am Himmel. Jubelrufe schwappten vom Brandenburger Tor herüber.

Werner zog den Abzug.

Erster Widerstand.

Zweiter Widerstand.

Die beiden Schüsse krachten unmittelbar hintereinander. Kreisler drehte eine Pirouette und fiel zu Boden, der andere Mann fuhr erschrocken zurück. Die Zigarette hing ihm lose im halb offenen Mund. Der Mann sah hinab auf Kreisler, dann schaute er sich um.

Werner tauchte hinter der Brüstung ab.

Kreisler war tot.

GÜTERFELDE

Kreisler will dich treffen? Was um Himmels willen soll das? Wer ist dieser Kreisler?, fragt sich Tom. Er hebt die Pistole, hält sie im Anschlag auf Augenhöhe. Seine Gedanken überschlagen sich. Weißgerbers Schrotflinte ist lang und sperrig, wenn er damit um die Ecke biegt, muss er zuerst den Lauf ins Zimmer richten, bevor er auf ihn schießen kann. Andererseits kann Weißgerber weiter den Flur hinuntergehen und dann in einem schrägen Winkel durch die Türöffnung schießen, und gegen eine Ladung Schrot ist er machtlos.

Tom sieht sich im Zimmer um. Gegenüber von der Tür in etwa fünf Metern Entfernung steht einer der mit weißem Tuch verhüllten großen Sessel. Den Konturen nach zu urteilen, ist es einer von diesen massiven alten Großvatersesseln.

»Ich sag's noch mal«, ruft Weißgerber. »Komm raus, wenn du den Jungen sehen willst. Dann bring ich dich zu Kreisler.«

Tom sprintet auf den Sessel zu, seine Schritte poltern auf dem alten Parkett. Der Flintenlauf taucht in der Tür auf. Tom geht hinter dem Sessel in Deckung, hebt die Makarov. Weißgerber sieht die Pistole, im selben Moment kracht der Schuss.

Die Einschläge prasseln in den Sessel. Auf den Parkettboden und an die Wände hageln Schrotkugeln, Tom spürt einen scharfen Schmerz am Fuß, taucht hinter dem Sessel auf und feuert zweimal kurz hintereinander auf den Mann in der Tür. Die Patronenhülsen springen aus der Waffe und klimpern auf den Boden. Weißgerber stöhnt, taumelt und geht in die Knie. Tom hat ihn in den Bauch getroffen, Weißgerber sieht aus, als wollte er sich hinlegen, ein schmerzverzerrtes Lächeln kräuselt seine Lippen. Auf seiner Stirn lugt ein Pflaster unter der Wollmütze hervor, in seinem Gesicht sind frisch verheilte Schrammen.

Erst jetzt, im Licht der Stehlampe, erkennt Tom den Mann, dem er in seinem Elternhaus gegenübergestanden hat, und er zweifelt keine Sekunde mehr, dass dieser Mann Phil entführt hat, dass er Krajewski ermordet hat, für den Anschlag auf Anne verantwortlich ist, vielleicht auch für den Mord an Galloway – die Frage ist nur, wer ist Kreisler, und wo ist Phil?

Weißgerber liegt jetzt am Boden und richtet die Flinte auf den Sessel. Tom sieht den Doppellauf, weiß, dass noch eine

Ladung Schrot in der Flinte ist, und jetzt, aus diesem Winkel, wird Weißgerber unter dem Sessel hindurchschießen, und das Schrot wird seine Füße durchsieben.

Er zielt und schießt erneut zweimal. Die zweite Kugel trifft Weißgerber in den Kopf, und ein blutiger Regen spritzt auf das Parkett und die Wand neben der Tür.

BERLIN, 1989

Werner hatte sich diesen Moment so oft in den letzten Wochen vorgestellt, ihn herbeigesehnt. Jetzt, wo es so weit war, fühlte er nichts als Leere.

Er zählte langsam bis zehn, dann spähte er über die Brüstung. Der andere Mann hatte sich über Kreislers Körper gebeugt und zog ihm etwas aus dem Mantel, das aussah wie eine Brieftasche und steckte es ein. Werner verschlug es die Sprache. Dann zog der Mann sein eigenes Portemonnaie hervor, nahm ein paar Dinge heraus und steckte das Portemonnaie Kreisler in den Mantel. Als Nächstes las er eine Bierflasche von der Straße auf und schob sie unter Kreislers leblose Hand, richtete sich in aller Ruhe auf und verschwand mit drei Schritten um die Ecke.

Kein Hilferuf, nichts.

Kreisler schien ihm egal zu sein.

Eine Gruppe von jungen Leuten kreuzte die Otto-Grotewohl-Straße und lief Richtung Brandenburger Tor. Einer zeigte lachend auf Kreislers Körper. Sie schienen ihn für eine Schnapsleiche zu halten. Umso besser. Und selbst wenn jemand entdeckte, was wirklich passiert war – bei diesem Chaos auf den Straßen würde es dauern, bis die Polizei hier war.

Werner packte das Gewehr in die Sporttasche, lief die sechs

Stockwerke zu Fuß die Treppe hinab. An der Haustür zögerte er. Seine Hände zitterten. Er wollte so schnell wie möglich hier weg, doch er hatte das dringende Bedürfnis, Kreisler noch ein letztes Mal zu sehen. Seine selbstsichere Visage, seine leeren, kraftlosen Gesichtszüge. Vielleicht kehrte dann etwas anderes als diese Leere in ihm ein.

Er zog die Tür auf und trat hinaus. Ein paar Leute liefen mitten auf der Straße Richtung Mauer und Brandenburger Tor. Eine Frau lachte hell, und Werner erschrak bis ins Mark; sie klang wie Inge. Einen verrückten Moment lang fragte er sich, ob sie vielleicht noch lebte und jetzt einfach die Straße herunter auf ihn zukam. Verstohlen musterte er die Frau, doch sie war deutlich kleiner als Inge und hatte auch nicht ihren eleganten Gang. Werner eilte auf die andere Straßenseite, und sie nahm keine Notiz von ihm. Als er sich an der dunklen Straßenecke über Kreisler beugte, rief jemand herüber: »Prosit! Hatte wohl zu viel, dein Freund, wa?«

Werner fiel keine passende Antwort ein.

Die Gruppe zog weiter.

Kreisler lag mit dem Gesicht zum Boden, der dunkle Wollmantel hatte sich mit Blut vollgesogen, das nun langsam auf die Straße sickerte. Werner stellte die Sporttasche ab, fasste Kreisler an der Schulter und drehte ihn zu sich. Als er das Gesicht sah, erschrak er bis ins Mark.

Der Mann, der vor ihm lag, lebte noch.

Und er war nicht Benno Kreisler. Er sah Kreisler dem Äußeren nach zwar ein wenig ähnlich, aber es gab keinen Zweifel: Er war es nicht. Wie hatte er sich so täuschen können? Der Mann packte Werner mit seiner Linken am Arm. »Helfen Sie mir«, ächzte er. »Bitte ...« Ein dünnes Rinnsal Blut lief ihm aus dem Mundwinkel.

»Wer ... wer sind Sie?«, stammelte Werner.

»Bruckmann«, hauchte er kraftlos. »Walter Bruckm–« Seine Stimme verebbte, seine Hand rutschte von Werners Arm, sein Blick brach und verlor sich im Nichts.

Werner starrte ihn entsetzt an. Schüttelte ihn. Wünschte, er würde wieder aufwachen. Doch der Mann war tot. Wer auch immer Walter Bruckmann war, er hatte den falschen Mann erschossen. Werner wurde schlecht. Hastig zog er die Mütze noch tiefer ins Gesicht.

»Alles in Ordnung?«, rief ihm eine Frau von der anderen Straßenseite aus zu. Sie war mittleren Alters und hatte sich eine Deutschlandfahne um die Schultern geschlungen. »Kann ich helfen? Ich bin Krankenschwester.« Sie wechselte die Straßenseite und kam auf ihn zu.

Wortlos packte Werner die Sporttasche mit der Merkel, warf sie über seine Schulter und ergriff die Flucht. Bei jedem Schritt schlackerte das Gewehr auf seinem Rücken.

Kapitel 63

Sita Johanns kommt als Erste vor dem Haus ihres früheren Dienststellenleiters an und parkt den Saab mit etwas Abstand zu Bruckmanns Grundstück. Die Luft ist kühl, und ein leichter Wind bläst vergeblich gegen die schweren Wolken an, die den Sonnenaufgang in Schach halten. Als sie aussteigt, biegen am Ende der Straße zwei Streifenwagen und ein Zivilfahrzeug um die Ecke, der Dienstwagen von Morten.

Jo Morten klettert aus dem Wagen. Er riecht nach Pfefferminzbonbons und sieht aus, als hätte er die ganze Nacht kein Auge zugetan. »Gut, dass du hier bist«, brummt er und kratzt sich nervös am Hals. Am Ringfinger seiner rechten Hand fehlt der Ehering, den er sonst immer trägt.

Sita nickt nur.

»Ich hab zur Sicherheit einen RTW und den Notarzt bestellt. Die kommen gleich noch.«

»Kein SEK?«, fragt Sita. Normalerweise gehört ein SEK dazu, sobald die Worte »bewaffnet« und »Entführung« in einem Satz fallen.

»Ich hoffe nicht, dass das nötig ist«, sagt Morten, aber es klingt eher wie eine Frage.

»*Du* hast mit Bruckmanns Frau telefoniert. Ich kann's nicht einschätzen.«

»Würdest du seiner Tochter so etwas zutrauen?«

»Gisell würde ihrer Schwester nicht schaden«, sagt Sita.

»Hab gehofft, dass du das sagst«, erwidert Morten. »Vielleicht verschaffen wir beide uns erst mal ein Bild von der Lage, ohne das übliche Tamtam.«

»Ist okay«, meint Sita.

Jo Morten gibt den Beamten ein paar Anweisungen, vereinbart ein Codewort für den Fall, dass es Schwierigkeiten gibt, dann nimmt er sein Walkie-Talkie, wickelt Klebeband um die Sprechtaste, sodass es auf Dauersenden gestellt ist, klemmt es sich in seinem Rücken an den Gürtel und schiebt das Rückenteil seines Jacketts darüber zurecht.

Die Tannen schirmen das Gebäude von der Straße ab, es ist beinah, als würden sie eine Lichtung betreten, während sie den schmalen Weg auf das Haus zulaufen. Die helle Fassade mit den roten Dachschindeln wirkt gediegen, gepflegte Blumen, frisch beschnittene Bäume und der kurze Rasen lassen auf einen Gärtner schließen. Hinter einem der Kellerfenster brennt Licht, und das Erdgeschoss ist ebenfalls hell erleuchtet.

Morten wählt eine Telefonnummer und drückt das Handy ans Ohr. »Valerie? Ist alles okay? Kannst du sprechen? ... Gut. Wir sind jetzt da. Mach auf.« Er beendet das Gespräch und steckt das Handy wieder ein.

»Ihr kennt euch?«, fragt Sita.

»Wie das so ist, wenn man befördert wird. Die eine oder andere Essenseinladung mit Begleitung beim Chef. Ist 'ne Weile her.«

Sita hebt die Augenbrauen. »Aber sie ist nicht der Grund für ...« Sie hält ihren Ringfinger hoch und tippt darauf.

Morten runzelt die Stirn, dann fällt der Groschen, und er wird ein wenig rot. »Oh, nein. Sicher nicht.«

Die Haustür wird geöffnet und erspart Morten einen längeren peinlichen Moment. Eine magere Frau mit dunklen langen Haaren winkt sie hastig hinein. Sie hat kein Make-up aufgetragen, und das Gesicht ist geschwollen vom Weinen. »Ihr müsst mir helfen«, flüstert sie und lotst sie durch den Flur ins Wohnzimmer.

Aus dem vorderen Teil des Hauses dringt ein dumpfes Pochen, mehrfach hintereinander. »Mach verdammt noch mal die Tür auf, Mama!«

Valerie Bruckmann verzieht hilflos das Gesicht. »So geht das schon die ganze Zeit.«

»Ich schlag die Tür ein, wenn du uns nicht rauslässt – ich warne dich!«

»Wer ist das? Ihre Älteste?«, fragt Sita.

Valerie Bruckmann nickt. Tränen laufen ihr über die Wangen.

Ein lautes Krachen ist zu hören, als ob ein schwerer Gegenstand gegen eine Tür geschlagen wird.

»Hast du sie eingeschlossen?«, fragt Morten.

»Was sollte ich denn tun?«, ruft Valerie Bruckmann erregt. »Gestern Abend hat sie mir mit ihrer Pistole vor der Nase herumgefuchtelt, dann ist sie ins Zimmer, mit Sabine, und heute Morgen hat sie gesagt, sie nimmt Sabine mit. Ich kann sie doch nicht weglassen!«

»Was ist mit Sabine?«, fragt Sita. »Zwingt Gisell Sabine mitzukommen, oder geht Sabine freiwillig mit?«

»Sabine, Sabine«, lamentiert Valerie Bruckmann. »Sabine ist ein Schaf. Sie ist verwirrt, sie weiß gar nicht, was Gisela da redet.«

»Mama, verdammt! Mach – die – Tür – auf! Wir wollen raus.« Erneut wummern Schläge gegen die Tür. Die Geräusche scheinen aus dem Keller zu kommen.

»Sie einzusperren ist sicher trotzdem nicht die richtige Lösung«, sagt Sita.

»Jo, was redet sie da?« Valerie Bruckmann deutet vorwurfsvoll auf Sita. »Gisela hat eine Pistole.«

Morten will etwas entgegnen, doch Sita kommt ihm zuvor.

»Ach. Und Sie finden, dass es richtig ist, Sabine mit ihrer Schwester zusammen einzuschließen, obwohl sie eine Waffe hat?«

Valerie Bruckmann öffnet den Mund, doch ihr fehlen offenbar die Worte.

»Wo ist denn Markus, Valerie?«, fragt Morten.

»Der ist noch zu klein für so was«, erklärt Valerie Bruckmann.

»Äh, was heißt das?«, fragt Sita alarmiert.

»Markus ist in seinem Zimmer.«

»Auch eingeschlossen, nehme ich an«, stellt Sita fest.

»Wie soll das denn sonst gehen? Ich will doch nicht, dass er hier dazwischenläuft.«

Sita und Morten wechseln einen Blick, und Morten seufzt. Das hier geht ihm offensichtlich nah. Er scheint Valerie Bruckmann zu mögen. Vielleicht hat er auch nur Mitleid.

»Wo ist Gisells Zimmer?«, fragt Sita.

»Sie heißt Gisela«, erklärt Valerie Bruckmann spitz.

»Das sieht Ihre Tochter offenbar anders.«

»MAMA!« Lautes Pochen an der Tür. »Es reicht, ich warne dich.«

Valerie Bruckmanns Lippen sind ein Strich.

»Gut.« Sita zuckt mit den Achseln. »Ich finde den Weg auch so«, sagt sie zu Morten.

Er nickt müde. »Ich bleib hier.«

Sita geht zur Kellertreppe.

»Nehmen Sie ihr bloß die Waffe ab«, ruft ihr Valerie Bruckmann nach. »Wenn sie wieder dieses Zeug genommen hat, weiß sie nicht, was sie tut!«

»Mama, was redest du da?«, ruft Gisell. »Ich kann dich hören. Mach jetzt die Tür auf, oder ich mach Ernst. Wirklich!«

Sita läuft rasch die Treppe hinab, immer der Stimme nach, in einen kleinen Flur mit mehreren Türen.

»Mama, das war's. Du bist selbst schuld.«

»Gisell?«, ruft Sita. »Warte, ich –«

Ein Schuss kracht. Aus der Tür direkt vor Sita fliegen Holzsplitter, das Projektil schlägt in die gegenüberliegende Wand ein.

»Halt! Stopp! Nicht schießen«, brüllt Sita und drückt sich an die Wand neben der Tür, um nicht in die Schusslinie zu geraten.

Für einen Moment ist es sehr still.

»Sita? Alles klar? Brauchst du Hilfe?«, ruft Morten besorgt von oben herab.

»Alles okay. Mir geht's gut«, erwidert Sita.

»Hallo? Wer ist da?«, fragt Gisell.

»Sita Johanns, LKA Berlin. Wir kennen uns, kannst du dich erinnern?«

»Ist meine Mutter bei Ihnen?«, fragt Gisell.

»Die ist oben. Sabine? Bist du auch da?«

»Meine Schwester kann Sie nicht hören, aber sie ist hier.«

»Gisell, ich mach jetzt die Tür auf«, ruft Sita. »Nicht schießen, ja?«

»Klar. Ich bin ja nicht bescheuert.«

Sita dreht den Schlüssel um, der von außen im Türschloss steckt, und öffnet die Tür. Gisell und Sabine stehen an der gegenüberliegenden Wand. Gisell hat die Pistole in der Hand, Sabine steht dicht an sie gedrängt neben ihr, mit verschrecktem Gesicht, und hält sich die Ohren zu. Als sie Sita erkennt, lässt sie die Hände sinken. »Oh«, haucht sie. »Das ist gut, dass Sie da sind. Bringen Sie uns hier raus?«

»Mach ich«, nickt Sita. »Versprochen. Gisell?« Sita streckt die Hand nach der Pistole aus. Gisell händigt sie ihr widerspruchslos aus und umarmt ihre Schwester. »Es wird alles gut, Süße«, murmelt sie. »Wirst schon sehen.«

Erst jetzt bemerkt Sita, dass sie mitten in einem Jugendzimmer steht, dass nicht so recht zu der taffen, erwachseneren Gisell passen will. »Dein Zimmer?«, fragt sie.

Gisell nickt.

»Und der Typ da, auf den ganzen Postern?« Sita deutet auf die umliegenden Wände. Auf zwei von den Postern sind mit rotem Stift Outlines um den Sänger gemalt. »Ist das nicht ...«

»Ja«, nickt Gisell. »Ist er ...«

Kapitel 64

Tom humpelt hinter dem Sessel hervor. Sein linker Fuß schmerzt beim Auftreten, zwei oder drei Schrotkugeln haben seinen Schuh durchdrungen. Weißgerbers Leiche liegt quer zur Tür, sodass Tom über ihn steigen muss, um in den Flur zu kommen. Die Stille nach den Schüssen ist unwirklich. Der Boden knarrt unter seinen Füßen. Was hat Weißgerber vorhin gesagt? *Komm raus, wenn du den Jungen sehen willst. Dann bring ich dich zu Kreisler.* Versteckt sich Kreisler hier im Haus, mit Phil?

Erneut fragt sich Tom, wer dieser Benno Kreisler eigentlich ist. So wie Weißgerber von ihm gesprochen hat, scheint Kreisler jedenfalls der Drahtzieher von alldem hier zu sein. Tom prüft noch einmal das Magazin seiner Waffe. Noch vier Kugeln.

Er humpelt den Flur entlang bis zur Treppe. In den Keller oder in den ersten Stock? Er entscheidet sich für das Obergeschoss. Schritt für Schritt humpelt er die Stufen aufwärts. Das Tageslicht dringt durch die Ritzen in den Fenstern und zeichnet helle Linien, in denen der Staub tanzt, den er aufwirbelt. Jeder Schritt schmerzt, aber jeder Schritt bringt ihn vielleicht auch näher zu Phil. Tom geht von Tür zu Tür, doch die Räume sind alle verlassen, die wenigen Möbel mit Tüchern verhängt.

Also der zweite Stock.

Er steigt die Treppe hinauf, die Pistole im Anschlag. Die ausgetretenen Stufen knarzen unter seinen Tritten. Wenn Kreisler da ist, muss er ihn hören.

Im zweiten Stock das gleiche Bild. Menschenleere Zimmer. Möbel ruhen unter Tüchern.

Aus dem Dachgeschoss fällt Licht die Treppe herab. Tom schaut zurück und sieht eine Spur von frischen Blutstropfen auf dem Dielenboden, wo er entlanggelaufen ist. Er ignoriert die Schmerzen im Fuß und humpelt die Treppe weiter empor. Eine der Stufen bricht plötzlich unter seinem Gewicht, er rettet sich hastig auf die nächste, doch auch diese ist morsch – das Holz splittert an der Treppenwange. Toms linker Fuß rutscht ins Nichts, er lässt die Pistole fallen, klammert sich ans Geländer, knallt mit dem rechten Knie gegen die nächstobere Stufe. Keuchend vor Anstrengung zieht er sich nach oben. Sie knirscht, doch sie hält. Er angelt sich die Pistole, die auf den oberen Teil der Treppe gefallen ist, und steigt die letzten Stufen hoch, dabei prüft er jede weitere vorsichtig.

Im Dachgeschoss sind die Decken niedriger, und es herrscht fahles Licht. Hier oben hat sich niemand die Mühe gemacht, die Fenster zu vernageln. Auf allem liegt eine dicke, vermutlich jahrzehntealte Staubschicht. Von der Treppe führt eine frische Fußspur durch den kurzen Flur zu einer steilen Treppe, die auf den Spitzboden führt.

»Robby?«, ruft jemand von oben.

Tom bleibt stehen und verharrt still auf der Treppe.

Nach einer Weile hört er auf dem Dachboden jemanden seufzen. »Ich hätte es wissen müssen, Robby war dir nicht gewachsen, oder? Komm hoch, Tom. Wir sind hier.«

Toms Puls beginnt zu jagen. *Diese Stimme!* Mattes Licht

fällt durch die Luke herab. In seinem Kopf dreht sich alles. Ihm wird übel. Lose Fäden fliegen umeinander und verbinden sich neu. Wenn man nur die Stimme von jemandem hört, kann es sein, dass einen die Erinnerung täuscht oder dass man länger braucht, bis man die Stimme erkennt und sicher weiß, zu wem sie gehört.

Diese Stimme würde Tom unter Tausenden wiedererkennen.

Kapitel 65

Sita Johanns weist dem Notarzt den Weg in die Küche. Valerie Bruckmann sitzt kreidebleich und zittrig auf einem Stuhl an einem makellos weiß lackierten runden Tisch. Die Vorhänge in Apricot, eine Anrichte aus Weichholz und LED-Lampen mit verschnörkelten Glühfäden täuschen eine Wärme vor, die es hier nicht gibt. Jo Morten kommt mit betroffener Miene in die Küche. Er wirkt überfordert; mit einer Kopfbewegung deutet er Richtung Wohnzimmer und signalisiert Sita, dass er Valerie Bruckmann übernimmt. Der einfachere Job.

Sita nickt. Während der Notarzt Valerie Bruckmann untersucht und sie dabei anspricht, als wäre sie ein Kind, öffnet Sita den Kühlschrank, nimmt einen Tetrapack Milch und eine Flasche Wasser heraus, holt drei Gläser aus einem der Schränke und geht damit ins Wohnzimmer. Auf der gediegenen cremefarbenen Couch sieht Gisell mit ihren blauen Haaren und ihrer blauen Jeanskluft aus wie ein Fremdkörper. Sie hat ihre Geschwister im Arm, links Sabine und rechts Markus, der mit großen, verschreckten Augen Sita beobachtet. Doch da ist noch etwas anderes in seinem Blick, etwas kindlich Finsteres. Sita kann ihm ansehen, dass seine überforderte Psyche nach einem Ausweg sucht, nach einer Erklärung für das, was ihn quält, und diese Erklärung soll bitte außerhalb seiner Familie liegen. Die große fremde Frau mit den raspelkurzen Haaren und der Narbe im Gesicht kommt ihm da gerade recht. Vorurteile sind auch immer die Lösung eines Problems – und die braucht Markus gerade.

Sita schenkt ihm etwas Milch ein und reicht ihm das Glas. Er nimmt es an, was jedoch nichts an seinem Blick ändert.

»Gisell, wo um Himmels willen hast du das Ding her?«, fragt Sita und vermeidet bewusst das Wort Pistole, um Markus nicht noch weiter zu verstören. Gisell versteht sie auch so. »Ich hab sie jemandem geklaut«, sagt sie leise.

»Wem?«

»Will ich nicht sagen.«

»Du willst niemanden in Schwierigkeiten bringen, hm?«

Gisell schweigt.

»Und wie bist du auf die Idee gekommen, hier damit aufzukreuzen?«

»Sie kann nichts dafür«, schaltet sich Sabine ein. »Ich hab sie angerufen, wegen meinem Vater. Er war hier.«

Sita starrt sie wie vom Donner gerührt an.

»Papa war hier?«, fragt Markus. Seine Stimme ist dünn und zerbrechlich. »Aber warum hat mir das niemand gesagt?«

»Du hast geschlafen«, antwortet Sabine.

Markus schießen die Tränen in die Augen.

»Wann *genau* war er hier?«, fragt Sita.

»Um kurz vor halb zehn hab ich seine Stimme im Wohnzimmer gehört und –«

»Warum hast du mich nicht geweckt?«, beschwert sich Markus.

»Weil sie sich im Badezimmer eingeschlossen hat und mich angerufen hat, Mensch«, fährt Gisell ihm über den Mund. »Du weißt doch, wie Papa ist ...«

480

Markus will von ihr abrücken, doch sie lässt ihn nicht aus ihrer Umarmung, und schließlich gibt er auf.

Sita spürt einen Stich in der Brust im Angesicht der drei verlorenen Kinder. »Und dann hast du dieses Ding da organisiert und bist –« Ihr Handy klingelt, und sie schaut aufs Display. Es ist Lutz Frohloff. »Entschuldigt bitte«, sagt sie zu den Kindern. »Ich muss ganz kurz …«

Sie öffnet die Terrassentür, geht hinaus in den Garten und stellt sich so hin, dass sie die drei Geschwister auf dem Sofa durch die Scheibe im Blick behält. »Lutz?«, meldet sie sich. »Ich kann grad eigentlich nicht, können wir später sprechen?«

»Das hier wirst du wissen wollen«, sagt Frohloff.

»Okay«, seufzt sie. »Erzähl.«

»Ich hab weiter gegraben, wegen dieser Hornissen-Geschichte. Erinnerst du dich, es gab diesen Heiner Rösler, Bundesbürger, damals in einer mittleren Führungsposition beim Bundesnachrichtendienst. Er wurde kurz nach 89 innerhalb des BND befördert. Das erklärt auch das Interesse der Stasi an ihm, es gab vermutlich bereits vorher das Gerücht, dass er Anwärter auf eine höhere Stelle war. Aber egal. Das ist gar nicht entscheidend. Viel wichtiger ist seine Vergangenheit.«

»Du hattest gesagt, er sei ursprünglich Dissident in der DDR gewesen und kam dann durch einen Gefangenenaustausch mit dem Westen frei, richtig?« Sitas Blick geht ins Wohnzimmer, wo Sabine mit Markus streitet. Sabine kommen die Tränen, während Markus trotzig die Arme verschränkt.

»Nicht ganz. Er wurde freigekauft. Das war damals gängige Praxis, wurde aber nicht an die große Glocke gehängt. Die DDR war in Not, pfiff wirtschaftlich aus allen Löchern und brauchte dringend Devisen, um auf dem Weltmarkt einzukaufen. Um an Westgeld zu kommen, haben Unterhändler schon in den Sechzigern begonnen, DDR-Gefangene an Westdeutschland zu verkaufen. Auf die Art wurden von 1962 bis 1989 etwa 33 000 Gefangene aus der DDR in den Westen verkauft – für insgesamt sage und schreibe 3,4 Milliarden D-Mark.«

»Unglaublich«, murmelt Sita. »Mir war gar nicht klar, welche Dimensionen das hatte.« Im Wohnzimmer ist Gisell jetzt aufgestanden, läuft an der Scheibe zur Terrasse auf und ab, dabei sucht sie Sitas Blick. Sita gibt ihr ein Handzeichen, dass sie gleich für sie da ist. »Lutz, aber was hat das alles mit der Hornisse und unserem Fall zu tun? Ist ›Hornisse‹ der Deckname für Rösler?«

»Keine Ahnung, vielleicht«, erwidert Frohloff.

»Mit vielleicht kann ich nichts anfangen. Wir brauchen irgendeine Verbindung zu dem, was heute passiert. Toms Junge ist immer noch verschwunden, und wir –«

»Jetzt lass mich doch ausreden«, beschwert sich Frohloff. »Die Verbindung ist der Spionagefall.«

»Aber wie? Und warum überhaupt Spionage?«, fragt Sita. »Rösler war doch Dissident, er hätte doch nie für die DDR spioniert.«

»Rösler war kein Dissident«, sagt Frohloff.

»Bitte? Warum wurde er dann freigekauft?«

»Na ja, um möglichst viele Gefangene an den Westen verkaufen zu können, wurde mancher DDR-Bürger, der eigentlich kriminell war und gleichzeitig wegen Republikflucht saß, dem Westen gegenüber als Systemkritiker dargestellt. Heiner Rösler zum Beispiel hatte tatsächlich den Versuch der Republikflucht unternommen, und zwar deshalb, weil er eine Frau vergewaltigt hatte, die nur mit einigem Glück überlebt hat. Eigentlich war er auf der Flucht vor der Polizei, als er in den Westen wollte.«

»Mit anderen Worten, Heiner Rösler war ein Vergewaltiger, und der Westen hat ihn als Dissidenten freigekauft?«

»So in etwa. Und seinem Status als Systemkritiker ist es wohl auch zu verdanken, dass er Karriere beim Bundesnachrichtendienst machen konnte.«

»Aber der BND hat doch damals bestimmt seine Vergangenheit überprüft.«

»Damals gab es keine allwissenden Suchmaschinen, keine Bundesbehörde für Stasiunterlagen und keine Hacker ... und die manuellen Archive der Stasi waren für Außenstehende in etwa so undurchdringlich wie der bolivianische Urwald.«

»Okay, verstanden«, meint Sita. »Aber ich begreife immer noch nicht, warum das für unseren Fall wichtig ist.«

»Weil Heiner Rösler der Bruder von Inge Rösler ist.«

»Inge Rösler?«

»Rösler ist ihr Mädchenname. Später hieß sie Inge Babylon. Sie ist Toms Mutter.«

Für einen Moment herrscht Stille. Das Hämmern eines Spechts weht aus dem Nachbargarten herüber. Der Baum klingt seltsam hohl.

»Das ist ... schräg«, stößt Sita hervor.

»Ja, ziemlich«, sagt Frohloff.

»Was ... was heißt denn das jetzt?«

»Pfff«, prustet Frohloff. »Wenn ich das wüsste. Ich bin ja nur der Recherche-Vogel. Das große Bild ist euer Ding. Aber irgendwas muss es bedeuten. Das kann doch kein Zufall sein.«

»So viel Zufall gibt's nicht«, meint Sita. »Gut. Du recherchierst weiter, ich melde mich mal bei Werner Babylon und frage ihn nach seiner Frau und ihrem Bruder, und ob er etwas über die Akte Hornisse weiß.«

»Wenn du was erfährst, ruf mich an, ja?«

»Mach ich.« Sita überlegt kurz, ob sie Frohloff noch erzählen soll, dass Bruckmann offensichtlich zurück aus Südafrika ist, entscheidet sich dann aber, es später zu tun. Die Zeit drängt, und Bruckmanns Auftauchen ist ohnehin eher etwas für die Kollegen im Dezernat 11 als für den Erkennungsdienst.

Kapitel 66

Toms Brust ist wie eingeschnürt. Jetzt, wo er die Stimme erkannt hat, rasen seine Gedanken. Ihm wird so vieles klar, und zugleich ist er vollkommen überfordert. Robby Weißgerber, der tot im Erdgeschoss liegt. Seine eigene Mutter, die dessen Eltern umgebracht haben soll. Anne, die um ihr Leben ringt, und Phil, der nicht sein Sohn ist. Kein Stein steht mehr auf dem anderen; das, was er für die Wirklichkeit gehalten hat, ist nicht die Wirklichkeit. Es ist wie bei *Inception*, die Welt hat einen Knick, hinter ihm fällt die Straße ins Bodenlose, vor ihm ragt sie senkrecht in den Himmel, und da, wo er steht, kann er nicht bleiben.

Wie betäubt humpelt Tom die steile Treppe zum Dachboden empor, mit der linken Hand am Geländer, in der rechten die Pistole. Der Mann, der ihn oben erwartet und den Weißgerber als Benno Kreisler kannte, hat noch einen anderen Namen, und er war lange Jahre der Chef des Berliner LKA 1. Die Stimme, die Tom erkannt hat, gehört Dr. Walter Bruckmann.

Als Tom den Kopf durch die Luke steckt, sieht er ihn in ein paar Metern Entfernung auf einem Holzstuhl neben einem Tisch sitzen, breitbeinig und selbstsicher. Phil ist auf seinem Schoß, mit verweintem Gesicht, an seinem Hals ist die Schneide eines Jagdmessers.

Walter Bruckmanns kalter Blick ist aufmerksam auf Tom und die Mündung der Makarov gerichtet. »Nicht so schnell, Tom. Erst die Pistole.«

Tom zögert.

»Denkst du ernsthaft, du könntest schneller sein?«, fragt Bruckmann. »Glaub mir, ich hätte selbst eine Pistole gewählt, wenn ich es für die bessere Alternative gehalten hätte. Aber wenn man von einer Kugel getroffen wird, ist es viel schwerer, mit einem Finger den Widerstand des Abzugs zu überwinden, als mit einem scharfen Messer eine Halsschlagader zu durchtrennen.«

»Papa«, jammert Phil.

»Ich bin hier, Phil. Sei ganz ruhig. Ich bin hier.« Tom steigt eine weitere Stufe empor und zielt auf Bruckmanns Kopf, der unmittelbar über Phils Kopf ist. Bruckmann hat seinen linken Arm um Phils Brust gelegt und zieht ihn hoch, sodass Phils Kopf jetzt auf derselben Höhe ist wie seiner und ihn zum Teil verdeckt. Phil weint und beginnt mit den Beinen zu strampeln, doch Bruckmanns Griff ist eisern.

»Das willst du nicht wirklich probieren, oder?«, fragt Bruckmann. »Ich kenne deine Testergebnisse vom Schießstand, von früher. Sie waren nie besonders gut, du warst viel zu selten am Schießstand. Ich hab ab und zu ein Auge zudrücken müssen.«

Tom lässt das Geländer los und nimmt die zweite Hand zu Hilfe, um die Waffe ruhiger zu halten. Ihm bricht der Schweiß aus, sein Puls rast, und sein verletzter Fuß macht es ihm schwer, das Gleichgewicht auf der schmalen Stiege zu halten. »Phil, hörst du mich? Halt jetzt bitte ganz still. Verstehst du mich?«

»Auu«, ruft Phil. Bruckmann, dessen linke Hand auf Phils Brustkorb liegt, drückt mit dem Daumen zwischen seine

Rippen, und Phil strampelt verzweifelt. Das Messer hinterlässt eine rote Linie an seinem Hals.

»Tom, die Waffe«, mahnt Bruckmann.

»Papa!«

»Okay, okay«, sagt Tom. »Tun Sie ihm nicht weh!« Er lässt die Arme sinken und legt die Makarov auf den Boden.

»Hol das Magazin raus«, weist Bruckmann ihn an.

Tom lässt das Magazin aus dem Griff der Makarov in seine Hand gleiten.

»Und jetzt wirf beides die Treppe hinunter.«

Polternd fallen Pistole und Magazin die Stufen hinab.

»Komm hoch, neben dem Stützbalken liegen Handschellen. Leg deine Arme um den Balken und mach dich fest.«

»Tun Sie ihm nicht weh«, wiederholt Tom.

»Ich tu ihm nicht weh, wenn du tust, was ich sage.«

Tom beißt die Zähne aufeinander. Er steigt die letzten beiden Stufen empor. Der Dachboden ist ein großer, nach oben hin spitz zulaufender Raum, an seiner höchsten Stelle misst er gut drei Meter und etwa fünfzehn Meter in der Länge. Durch eine Reihe fleckiger Fenster zwischen den sich biegenden Dachsparren fällt spärliches Licht herein. Es riecht feucht. Hinter einer rissigen Folie sind die Dachziegel zu sehen, es zieht durch alle Ritzen. Der Dachfirst wird von drei Stützbalken getragen, die durch Spinnweben mit dem Dach wie verwachsen sind. Einer der Balken ragt direkt links vor Tom auf. Er bückt sich, nimmt die Handschellen, legt die Arme um den Balken und fesselt sich selbst.

»Jetzt verstehen wir uns«, sagt Bruckmann und lächelt. »Weißt du noch, was ich dir Anfang des Jahres am Mahnmal gesagt habe?«

»Jedes Wort«, knurrt Tom. Sein Blick ruht auf Phil, der ihn flehentlich ansieht. Er weiß nicht, was mehr schmerzt, Phil so zu sehen oder die Erkenntnis, dass er das alles viel früher hätte verstehen können.

»Dann sprich es aus«, fordert Bruckmann.

»Sie haben gesagt, dass ich eins nie verstanden hätte«, presst Tom heraus. »Jeder Mensch wäre verletzlich, solange es jemanden gibt, der ihm etwas bedeutet.«

»Und hier sind wir, Tom«, sagt Walter Bruckmann leise. Seine kraftvolle Stimme klingt ungewohnt sanft. Die Stimme eines Mannes, der es gewohnt ist, recht zu haben, so wie er gewohnt ist zu bekommen, was er will. »Also«, sagt Bruckmann: »Was ist es wert, das Leben deiner Lieben?«

»Die Botschaft auf Galloways Brust war für mich«, sagt Tom bitter.

»Natürlich war sie das. Genauso wie die Feder.«

»Welche Feder?«, fragt Tom.

»Die Feder in der Aludose, die Galloway auf der Bühne geöffnet hat. Klein, weiß und unschuldig, wie der Junge hier.« Er deutet auf Phil.

»Davon weiß ich nichts«, sagt Tom leise.

Bruckmann runzelt die Stirn, als ärgere er sich darüber, dass dieser Teil seiner Botschaft nicht angekommen ist. »Wie auch immer«, sagt er verstimmt. »Wichtig war die Frage. Was ist es wert, das Leben deiner Lieben? Und du hast die Frage gerade beantwortet, als du die Waffe gesenkt hast. *Alles*, hast du damit gesagt. Du bist bereit, alles dafür zu geben.«

»Warum tun Sie mir das an, Bruckmann? Warum Phil, warum Anne?«

»Weshalb so förmlich, Tom? Wir sollten uns duzen. Die Zeiten sind vorbei, wo ich dein Dienstherr war. Du hast meine Karriere erfolgreich beendet. Jetzt sind wir hier und reden von Gleich zu Gleich. Zwei Männer, die alles verloren haben.«

»Ich bin nicht schuld daran, dass Sie alles verloren haben«, entgegnet Tom.

»Papa, Papa!«, weint Phil. Er windet sich, streckt eine Hand nach Tom aus und versucht Bruckmanns Griff zu entkommen. Bruckmann drückt ihn mit dem Ellenbogen an sich und hält ihm mit der linken Hand den Mund zu. »Das ist eine lange Geschichte, Tom. Viel länger, als du glaubst. Sie fängt mit deiner Mutter an und hört mit dir auf.«

»Mir hat heute schon jemand anders Lügen über meine Mutter aufgetischt.« Tom rüttelt wütend an seinen Handschellen. Das Metall drückt sich schmerzhaft in sein Fleisch.

»Robby, ja ...« Bruckmann lächelt teuflisch. »Robby ist beeinflussbar, und ich brauchte jemanden, der mir hilft. Dafür musste ich ihn etwas motivieren, was nicht allzu schwer war. Robby war schon immer ein wütendes Kind. Aber nicht alles, was er gesagt hat, ist gelogen. Inge hat deinen Vater betrogen, mit mir. Und sie hat Charlotte Weißgerber getötet. So, wie Robby es gesagt hat.« Bruckmann hält inne und beobachtet Toms Reaktion. Im selben Moment wird Tom klar, worauf Bruckmann eigentlich aus ist: Er will ihn quälen, in jeder Form.

»Du solltest wissen, dass mir deine Mutter sehr ans Herz gewachsen ist, damals. Das hatte ich gar nicht geplant, aber es war so. Doch deine Mutter war wie du. Trotzig, unbeugsam und eigensinnig ...« Während Bruckmann spricht, lehnt sich Tom mit der Brust an den Balken, um seinen schmerzenden Fuß zu entlasten, dabei meint er zu spüren, wie der Balken ein wenig nachgibt.

»Inge und ich«, sagt Bruckmann, »wir zwei hätten einen Weg finden können. Aber so, wie Inge deinen Vater betrogen hat, hat sie auch mich hintergangen. Und dafür musste sie mit dem Leben bezahlen.«

»Was soll das heißen?«, fragt Tom.

»Dass deine Mutter mir keine Wahl gelassen hat. Ich durfte sie damit nicht davonkommen lassen.«

»Meine Mutter ist bei einem Unfall gestorben, ich war dabei«, zischt Tom. Er lehnt sich etwas zurück, riskiert einen kurzen Blick auf den Balken. Im Holz sind unzählige winzige Löcher und Riefen, das typische Fraßmuster von Holzwürmern.

»Ja, ich weiß, Tom«, erwidert Bruckmann ungerührt. »Ich habe dafür gesorgt, dass du und deine Schwester nach Hause kommen – im Nachhinein hätte ich das wohl besser nicht getan, dann wäre mir vieles erspart geblieben. Ich dachte, das bin ich Inge schuldig. Ich wollte etwas Gutes tun, nachdem sie mich gezwungen hatte, sie zu stoppen. Es war kein Unfall, Tom. Inge hat mich verraten und wollte Republikflucht begehen.«

»Soll das heißen, *Sie* haben meine Mutter ...?«

Bruckmann lächelt. »Ich hab nicht selbst geschossen, Tom. Vielleicht hätte ich das gar nicht gekonnt. Ich hab sie geliebt. Aber sie hat mich verlassen, sie wollte mir schaden.« Tom versucht sein Gesicht zu kontrollieren und hat dennoch das Gefühl, dass Bruckmann ihm die Verzweiflung und Wut ansehen kann und dabei ein zutiefst sadistisches Vergnügen empfindet, während er gleichzeitig versucht, sich als Opfer der Umstände darzustellen. Ein perverses, verdrehtes Spiel. Sita hat ihn einen Narzissten genannt, und krankhafte Narzissten, das gehört zum Einmaleins der Kriminalpsychologie, können mit Kränkungen nicht umgehen. Sie reagieren mit Lügen, Verdrehungen und im schlimmsten Fall mit Gewalt, ohne dabei Mitleid mit ihren Opfern zu empfinden. Denn das einzige Opfer in ihrer Welt, das Verständnis verdient, sind sie selbst.

»Sie wollen mir erzählen, dass Sie meine Mutter geliebt hätten? Jemand wie Sie kann gar nicht lieben«, schleudert Tom ihm entgegen. Erneut rüttelt er an den Handschellen und spürt die Erschütterung des Balkens.

»Oh, das ist ein Irrtum«, sagt Bruckmann. »Aber alles, was ich liebe, ist mir von dir genommen worden, seit wir uns im Februar am Mahnmal gegenübergestanden haben. Ich kann nicht mehr bei meiner Familie sein, ich kann nicht in meinem Haus leben, ich habe meine Arbeit verloren, meine Karriere, meine Kinder hassen mich, und wenn ich mit ihnen Frieden schließen will, bedroht mich meine Tochter mit einer Pistole. Weißt du, was das mit mir macht?« Er starrt Tom wütend an, und zum ersten Mal hat Tom das Gefühl, sein wahres Gesicht zu sehen.

»Ihre Tochter will nichts mehr mit Ihnen zu tun haben, weil sie weiß, wer Sie wirklich sind. Sie waren der Mann, der ›der Teufel‹ genannt wurde. Sie haben junge Mädchen entführt und vergewaltigt ...«

»Nichts davon ist bewiesen. Nichts davon.« Bruckmann ist zu seinem selbstsicheren Siegerlächeln zurückgekehrt.

»Aber darum geht es doch gar nicht«, sagt Tom. »Die Beweise, die *Sie* meinen, sind nur fürs Gericht wichtig. Sabine und Gisell brauchen sie nicht, die beiden wissen auch so, dass es die Wahrheit ist. Ihre Kinder haben Ihnen in die Seele geschaut. Und sie spüren, dass die Vorwürfe gegen Sie nicht grundlos sind. Das ist es, was zählt.«

Bruckmann schaut beiseite und blinzelt. Dann fängt er sich wieder. »Es ist deine Schuld, dass sie mich verachten. Und ich will, dass du dafür bezahlst. Ich will, dass du den gleichen Schmerz empfindest, den ich empfinde. Ich wollte dir alles nehmen, was dir lieb und teuer ist.« Ein verstörendes, verzerrtes Lächeln liegt auf seinen Lippen. »Ich wollte dir dabei zusehen, wie du langsam zugrunde gehst. Jeden Tag ein bisschen mehr. Und wäre es dir besser gegangen, ich hätte einen Weg gefunden, dass es dir wieder schlechter geht. Aber jetzt bist du hier und hast mich gefunden.« Er spielt mit dem Messer in seiner Hand und deutet auf Phil. »Es ist deine Schuld, verstehst du? Jetzt, wo du hier bist, zwingst du mich dazu ...«, Bruckmann schiebt einen von Phils Ärmeln hoch, »und du musst mit den Konsequenzen leben.« Langsam fährt er mit dem Messer über Phils Haut. Phil schreit und strampelt aus Leibeskräften. Eine blutige Linie quillt aus seinem Arm. »Dieser kleine Mann hier wird jetzt für dein Handeln leiden müssen. Und du wirst dabei zusehen.«

»Nein!«, brüllt Tom. Mit aller Kraft drückt er gegen den Balken, wirft sich dann zurück, zieht daran, bis die Metallschellen in sein Fleisch schneiden, sodass er vor Schmerzen und Wut aufschreit.

Bruckmann lacht. »Du kannst nichts dagegen tun, selbst wenn du noch so sehr tobst.«

Tom wirft sich erneut vor und zurück und reißt an der Verankerung der Holzstütze. Im Gebälk über ihm knirscht es, dann ertönt plötzlich das trockene Bersten von morschem Holz. Bruckmann schaut ungläubig nach oben. Der Balken löst sich ächzend aus seiner Verankerung und stürzt um. Laut krachend bricht das Dach rund um die fehlende Stütze ein. Die poröse Folie reißt. Wie eine Lawine rutschen und poltern Ziegel herab, Tom wird von Dachpfannen getroffen und geht zu Boden. Eine staubige Wolke vernebelt ihm die Sicht, und alles, was er denken kann, ist, dass er vielleicht gerade den größten Fehler seines Lebens begangen hat.

Kapitel 67

Werner Babylon steht im Garten seines Hauses und starrt auf die mit Kreide eingezeichneten Umrisse der Leiche von Marek Krajewski. Seine Hand klammert sich ans Telefon.

»Hallo? Sind Sie noch dran?«, fragt Sita Johanns.

»Ja«, erwidert er heiser.

»Sagen Ihnen die Namen etwas? Heiner Rösler und Benno Kreisler? Oder die Hornisse?«

Werner muss an den leeren Aktenordner mit der Aufschrift »Hornisse« denken, den er damals im Kreislerhof gefunden hat, und an Inges Brief. Erst jetzt, nach dem, was ihm Sita Johanns erzählt hat, macht alles Sinn. Benno Kreisler hatte also vorgehabt, Inge im Westen auf ihren Bruder anzusetzen. »Ja«, sagt er leise.

»Was heißt denn ›Ja‹?«, fragt Sita Johanns ungeduldig.

Er schluckt. Ihm kommt in den Sinn, wie er mit Tom und Viola auf dem Rücksitz vom Konsum aus zum ersten Mal zum Hof gefahren ist und wie tief es ihn getroffen hat, dass Tom den Hof schon kannte, weil ihn offenbar Inge bereits dorthin mitgenommen hatte. »Das ist lange her, wissen Sie, bestimmt dreißig Jahre. Aber ich verstehe nicht, was mein Schwager und Kreisler mit der Sache von heute zu tun haben.«

»Der Mann, der vermutlich an Phils Entführung bei Ihnen zu Hause beteiligt war«, erklärt Sita Johanns, »er hat zu Tom gesagt: ›Schöne Grüße an die Hornisse. Bald gibt's ein Wiedersehen.‹«

Werner schluckt. Die Rädchen in seinem Kopf drehen sich, aber er hat das Gefühl, er denkt nicht schnell genug, um zu begreifen, was hier passiert. Vielleicht hat Gertrud recht und er ist manchmal einfach nicht mehr so recht auf der Höhe, vor allem wenn er so erschöpft ist wie jetzt. Er presst Daumen und Zeigefinger auf die Nasenwurzel, um sich besser konzentrieren zu können.

»Herr Babylon?«

»Moment«, murmelt er. Wenn Phils Entführer von der Hornisse gesprochen hat und wenn er selbst schon 89 im Keller von Kreislers Hof einen Aktenordner mit der Aufschrift »Hornisse« gefunden hat, dann muss das doch heißen, dass Kreisler die Verbindung ist. Und das wiederum heißt, dass Kreisler vielleicht auch etwas mit der Entführung von Phil zu tun hat. Die Frage ist nur, ob … »Oh Gott«, entfährt es Werner plötzlich.

»Verdammt noch mal«, schimpft Sita Johanns, »würden Sie mir jetzt einfach mal sagen, was hier gespielt wird? Wissen Sie, wer dieser Kreisler ist?«

»Ja, ja doch«, sagt er erregt, »aber wissen Sie, ob Tom auch von Kreisler weiß?«

»Was? Ich versteh nicht, was Sie damit meinen.«

»Weil Tom vielleicht denken könnte, dass Kreisler Phil entführt hat.«

»Darauf will ich ja hinaus. Deswegen frage ich ja …«

»Ja, ja«, sagt er hastig, »aber Sie verstehen nicht. Das Problem ist, Tom weiß vielleicht, wo Kreisler ist.«

»Wie bitte?«, sagt Sita Johanns entsetzt.

»Ich … ich kann das jetzt nicht erklären«, stammelt er und überlegt, ob er Sita Johanns erzählen soll, dass Kreisler seit der Wende Walter Bruckmann heißt. Doch er fürchtet die Fragen, die daraus entstehen könnten, und außerdem: Helfen würde es im Moment doch auch nicht, oder? »Ich … ich habe das Gefühl«, sagt er, »wenn Tom sich noch erinnern kann, wo das ist, vielleicht ist er dann dahin gefahren …«

»Wohin genau?«

»Zum alten Kreislerhof. Das ist hier in der Nähe, in Güterfelde.«

»Kreislerhof, sagen Sie? Haben Sie die genaue Adresse?«

»Ich weiß nicht, ich kann Ihnen nur den Weg beschreiben.« Er versucht sich zu konzentrieren und gibt Sita Johanns eine möglichst genaue Beschreibung des Hofes. Sie versichert ihm, dass sie dort ein paar ihrer Kollegen vorbeischickt, und plötzlich hat er das schreckliche Gefühl, Tom vielleicht verraten zu haben, anstatt ihn zu retten. Nachdem Sita Johanns sich hektisch verabschiedet hat und das Gespräch beendet ist, rumort es in ihm.

Mit zittrigen Beinen geht er ins Haus und lässt sich auf die Couch sinken. Er wünscht sich, jünger zu sein, mehr Kraft zu haben, etwas tun zu können. Der Gedanke, dass all das vielleicht gar nicht passiert wäre, wenn er damals den richtigen Mann getroffen hätte, macht ihn fast verrückt.

Gertrud kommt aus der Küche und sieht ihn auf der Couch sitzen. »Werner?«

»Hm?«

»Werner, was ist los? Du zitterst ja. Mit wem hast du telefoniert?«

Sita Johanns hat Jo Morten zu sich in den Garten gebeten und mit ihm über Werner Babylons Vermutung gesprochen. Jetzt steht Morten ein paar Meter von ihr entfernt und alarmiert die Kollegen, um den Kreislerhof zu überprüfen. Grauwein ist inzwischen unterwegs zu ihnen in den Grunewald, und der Staatsanwalt ist ebenfalls informiert, um rückwirkend einen Durchsuchungsbeschluss für das Haus der Bruckmanns zu erwirken. Wenn Walter Bruckmann tatsächlich am Vorabend hier war, dann gibt es vielleicht irgendwelche Spuren oder Hinweise, die darauf hindeuten, wo er sich zurzeit aufhält.

Sita überlegt, ob sie Frohloff noch einmal anruft und nach neuen Informationen fragt, als Gisell die Terrasse betritt. »Entschuldigung«, sagt sie und streicht eine Strähne ihrer blauen Haare beiseite, »ich habe vorhin ein paar Sätze aufgeschnappt, als Sie telefoniert haben ... und Sie haben das Wort Hornisse erwähnt ... und dass das etwas mit dem Fall zu tun hat, in dem Sie ermitteln.«

»Jaa«, sagt Sita gedehnt. »Und?«

»Ich, na ja ... ich bin nicht sicher, ob das wichtig ist, aber ... ich bin ja vorhin ziemlich mit meiner Mutter aneinandergeraten ...«

»Das kann man wohl sagen«, meint Sita.

Gisell seufzt. »Ich weiß schon, was Sie denken.«

»Ach ja? Was denke ich denn?«

»Sie haben ja nur das Ende des Streits mitbekommen. Es war wie früher ... eine *never ending story.* Ich bin's einfach leid, dass meine Mutter ständig meinen Vater verteidigt. Und mir wirft sie immer vor, ich würde ihm das Herz brechen. Ich versuche ihr jedes Mal zu erklären, was er für ein Mensch ist, aber sie sieht es einfach nicht, weil sie ständig irgendwelche Gründe findet, warum er nichts dafür kann.«

»Was hat das mit der Hornisse zu tun?«

»Das ist es ja«, sagt Gisell. »Sie hat behauptet, es wäre alles nur wegen der Hornisse. Er könne rein gar nichts dafür.«

Sita starrt sie überrascht an. »Das hat sie gesagt?«

»Wortwörtlich. Ich hab sie gefragt, was das heißt, aber sie wollte nichts weiter sagen, sie meinte nur, ich würde schon sehen – und dann würde ich mich bei ihm entschuldigen müssen.« Sie schnaubt verächtlich. »Als ob ich hier diejenige wäre, die sich entschuldigen muss.«

»Und du hast keine Ahnung, was sie damit gemeint haben könnte?«, fragt Sita. »Ist dir das Wort schon mal begegnet in letzter Zeit?«

»Mutter ist vor Kurzem im Garten von einer Hornisse gestochen worden, das hat Sabine mir erzählt. Aber das kann's ja nicht sein, was sie meint. Meine Mutter ist zwar oft ziemlich durch den Wind, aber dass sie behauptet, *ihr* Hornissenstich sei daran schuld, dass mein Vater ist, wie er ist … also, so verrückt ist sie auch wieder nicht.«

Sita schaut nachdenklich durch die große Fensterscheibe ins Haus. Valerie Bruckmann ist immer noch in der Küche, wo der Notarzt sie betreut. »Danke, Gisell.«

»Denken Sie, das ist wichtig?«

»Mal sehen«, murmelt Sita. Sie betritt das Haus und geht in die Küche, wo der Notarzt gerade dabei ist, mit ernster Miene seinen Bericht auszufüllen. Valerie Bruckmann sitzt leise summend auf einem Stuhl am Esstisch und schaut auf ihre Hände.

»Frau Bruckmann?« Sita nimmt neben ihr am Tisch Platz. Gisells Mutter hebt träge den Kopf.

»Wie geht es Ihnen?«, fragt Sita.

Valerie Bruckmann antwortet mit einem Lächeln, das kurz aufleuchtet und gleich darauf wieder erlischt. Sita entscheidet sich, direkt mit der Tür ins Haus zu fallen. »Was wissen Sie über die Hornisse?«

Valerie Bruckmanns Augen weiten sich für den Bruchteil

einer Sekunde, dann schaut sie Sita misstrauisch an. »Sie *wissen* davon?«

»Wir ermitteln in der Sache«, erwidert Sita.

»Warum ist die Polizei dann überhaupt noch hinter meinem Mann her? Mein Mann hat nichts getan.«

Gisell hat recht, denkt Sita. Die Realitätsverleugnung ihrer Mutter ist beeindruckend. »Frau Bruckmann, Sie könnten ihm sehr helfen, wenn Sie mir sagen, was Sie wissen.«

Valerie Bruckmann nickt, steht auf, macht ein paar wackelige Schritte zu einem weiß lackierten Büfettschrank und nimmt eine Flasche Cognac heraus.

»Ah, ah, ah«, bremst sie der Notarzt. »Nicht zusammen mit den Mitteln, die Sie gerade bekommen haben.«

»Oh, Entschuldigung«, murmelt sie, stellt die Flasche zurück, setzt sich und beugt sich ganz nah an Sita heran. »Das ist eine Verschwörung«, sagt sie im Flüsterton. »Walter hat's mir selbst erzählt. Ich soll's für mich behalten, hat er gesagt. Aber jetzt, wo Sie eh schon von der Hornisse wissen …« Sie gibt einen Stoßseufzer von sich, als würde ihr eine große Last von der Seele fallen. »Walter wollte nur helfen damals, und die haben ihn ausgetrickst, aber«, sie lächelt hintersinnig und hebt den Zeigefinger, »es gibt Beweise für seine Unschuld.«

»Was sind das für Beweise?«, fragt Sita. »Hat er Ihnen die gezeigt?«

»Oh nein. Da ist Walter vorsichtig. Er will mich nicht belasten. Aber wenn er sagt, er ist unschuldig, dann ist er unschuldig. Die Unterlagen in seinem Safe beweisen das ja.«

Kapitel 68

Tom versucht sich aufzurichten, er liegt bäuchlings auf dem morschen Balken, zwischen zwei herabgestürzten Dachsparren. Auf seinem Rücken und um ihn herum liegen schwere Dachpfannen. Sein Körper kommt ihm vor wie eine einzige große Prellung, und sein Hinterkopf pocht. Staub ist ihm in Mund und Nase gedrungen, und er muss husten.

Mühsam kommt er auf alle viere. Die alten Tonziegel rutschen von ihm herunter, manche brechen mit einem hohlen, stumpfen Laut. Die Staubwolke hat sich gelichtet. Dort, wo vorhin noch das Dach des Spitzbodens war, ist jetzt der Himmel zu sehen. Von den Giebelwänden aus ragen der vordere und der hintere Teil des Daches wie lose Enden einer Ruine auf. Es ist, als hätte eine riesige Faust das Dach in der Mitte eingeschlagen.

Wo um Himmels willen ist Phil?

Etwa fünf Schritte von ihm entfernt hat sich Bruckmann stöhnend aus den Trümmern befreit. Er wühlt im Schutt, bemerkt, dass Tom sich aufrichtet, und hält inne. Tom will sich auf ihn stürzen, doch die Handschellen sind immer noch um den Balken geschlungen, der jetzt unter ihm liegt.

Bruckmann atmet schwer und bringt dennoch ein grimmiges Lachen zustande. »Suchst du deinen Jungen?« Er räumt eine Dachpfanne beiseite und zieht Phil darunter hervor. Sein Gesicht ist schmutzig, er blutet an der Stirn und bewegt sich nicht. »Ich glaube, er atmet noch.«

Tom zerrt verzweifelt an den Handschellen und versucht den Balken anzuheben, um sich zu befreien.

»Wenn er das nicht überlebt«, keucht Bruckmann, »dann ist es deine Schuld. Ich frag mich, ob du damit leben kannst?«

Tom antwortet nicht, er zieht aus Leibeskräften an dem Balken und schafft es, ihn ein paar Zentimeter anzuheben. Seine Armmuskeln brennen, und sein verletzter Fuß schmerzt unter der Last. Bruckmann wühlt erneut in den Dachpfannen, vermutlich sucht er das Messer. Keuchend schiebt Tom die kurze Stahlkette zwischen den Handschellen Stück für Stück in Richtung Ende des Balkens, um sich zu befreien. Bruckmann schaut immer wieder zu ihm herüber und sucht weiter nach dem Messer. Tom beißt die Zähne aufeinander, humpelt rückwärts, während er die Kette weiter unter dem Balken durchschiebt. Je näher er dem Balkenende kommt, desto leichter wird es, und das letzte Stück geht plötzlich in einem Schwung. Die Kette rutscht unter dem Balken heraus, und er ist frei. Wenn auch immer noch mit gebundenen Händen.

Er schaut zu Bruckmann, der bis zum letzten Moment das Messer gesucht hat und jetzt registriert, dass Tom sich befreit hat. Hastig packt er Phil am Kragen und schleift ihn mit sich über die Trümmer hinweg zur Kante des Daches. Tom will ihm nach, doch als Bruckmann die Kante des Daches erreicht, hebt er Phil am Kragen in die Luft und hält ihn über den Abgrund.

»Keinen Schritt weiter«, zischt Bruckmann.

»Wag es ja nicht«, keucht Tom. Ihm ist schwindelig. Die Angst schließt sich wie eine Faust um sein Herz.

Bruckmann lächelt böse. »Jetzt sind wir also so weit. Wenn es hart auf hart kommt, gibt es keine Distanz mehr, kein Sie, keine Höflichkeiten, keine Masken. In der Angst und im Schmerz werden alle gleich.«

»Du und ich, wir sind nie gleich.«

»Aber du spürst *meinen* Schmerz, das ist es, was ich will.«

»Nimm ihn da weg, bitte!«

Bruckmann holt Phil zurück und hält ihn auf seinem Arm. Phil hängt mit baumelnden Gliedern schlaff über seiner Schulter. »Hast du Angst, ich kann ihn nicht halten? Gut, ich bin sechzig, vielleicht hast du recht. Aber meine Arme sind stärker als die der meisten anderen in meinem Alter.« Er hält Phil wieder über den Abgrund. »Doch wer weiß, vielleicht reicht es trotzdem nicht.«

»Nimm – ihn – da – weg!«, brüllt Tom.

»Mir gefällt dein Gesicht, wenn ich ihn hierhin halte. Und das alles, obwohl er gar nicht dein Sohn ist.«

»Er ist mein Sohn, so oder so.«

»Oh ja. Das Leben deiner Lieben ...« Bruckmann sieht Tom an, als wäre ihm gerade eine besonders gute Idee gekommen. »Weißt du was?«, sagt er leise. »Wie wär's, wenn du für ihn springst?«

Tom erstarrt. »Ich soll was?«

»Was ist es wert – für dich? Sein Leben. Wenn ich dir verspreche, dass weder Phil noch Anne ein Haar gekrümmt wird, würdest du dafür vom Dach springen?«

Tom schluckt. Sein Gehirn versucht so zu tun, als wäre das nur eine Rechenaufgabe, addiert die Etagen und spuckt die vermutliche Höhe aus. Dreizehn oder vierzehn Meter, und der Boden besteht aus Kopfsteinpflaster. Es wäre mit ziemlicher Sicherheit sein Tod, oder er würde sein Leben lang schwerstbehindert sein. Alles in ihm schreit Nein.

Bruckmann schüttelt Phil, dessen Glieder schlackern wie die einer Marionette, über dem Abgrund. Sitas Worte schießen Tom in den Kopf, oder hat er selbst das gesagt? Bruckmann, der Puppenspieler. Die Grausamkeit lähmt ihn förmlich.

»Entscheide schnell, mein Arm wird müde.«

Phils Lider flattern, er öffnet die Augen.

»Ja«, flüstert Tom.

»Wie bitte?«

»JA.«

»Du springst? Jetzt hier? Gleich?« Bruckmann lächelt zynisch. »Ich bin beeindruckt.«

»Nimm ihn da weg«, sagt Tom leise.

Bruckmann holt Phil zurück, legt ihn an die Dachkante und schüttelt seinen Arm aus. »Wenn du springst, wird ihm nichts passieren.«

»Was ist mit Anne?«

»Ich lasse sie in Ruhe, versprochen.«

Toms Gedanken rasen, er will Zeit gewinnen, hofft darauf, noch eine Chance zu bekommen. Aber wie? Sein Blick geht hinaus aufs Feld, zur Landstraße. Niemand weiß, dass er hier ist. Er ist auf sich allein gestellt. »Warum Galloway?«, fragt er, um etwas Zeit zu gewinnen. »Wie bist du auf ihn gekommen?«

»Brad Galloway.« Bruckmann spuckt den Namen förmlich aus. »Weißt du, meine Tochter Gisela war nicht immer so neben der Spur. Aber wenn man mit sechzehn seinem Idol begegnet, einem Multimillionen-Superstar, dann ist man geliefert. Koks, Sex, wirre Ideen vom Leben. Eine einzige Scheißbegegnung hat gereicht, um ihr ganzes Leben auf den Kopf zu stellen. Dann der Schmerz, nur eine von vielen zu sein. Und dann ist sie jedes Mal, immer wenn dieser Scheißkerl wieder nach Berlin kam, zu ihm hin wie eine Drogensüchtige. Kommt dir das bekannt vor? Dürfte dir ähnlich gegangen sein mit Anne. Nur dass es noch mehr wehtut, wenn es die eigene Tochter ist. Galloway hat verdient, was er bekommen hat. Noch nie habe ich so gerne dabei zugesehen, wie jemand gestorben ist.«

»Das warst du selbst?«

»Robby war gut und stark. Ein bisschen einfach gestrickt vielleicht, aber auf jeden Fall war er wütend. Trotzdem. Das mit Galloway hätte er nicht geschafft. Er muss jemanden wirklich hassen, um so etwas zu tun. Und Galloway, den mochte er nicht, weil er das von Gisela wusste, aber er hätte ihn nie so verbluten lassen können. Bei Anne packt er das, habe ich gedacht. Anne gehört zu dir, und dir wollte er wehtun. Aber auch das hat er nicht geschafft. So gesehen ist Robby eine Enttäuschung.«

Tom muss an die Blutlache im Flur und im Schlafzimmer seiner Wohnung denken. Es erscheint ihm Jahre her, dass er dort gestanden hat, aber der Schmerz ist so frisch, dass er weiß, es war erst gestern. Sein Blick geht zu Phil, der langsam aufwacht, aber noch so benommen ist, dass er kaum etwas wahrzunehmen scheint.

»Woher wusstest du, dass Phil sein Sohn ist?«

»Oh, das wusste ich nicht. Zumindest nicht von Anfang an. Aber ich wusste, dass Galloway damals ein Verhältnis mit Anne hatte. Ich sagte ja, Gisela ist immer zu ihm hin, wenn er nach Berlin kam. Und was macht ein Vater? Er holt seine Tochter zurück. Also bin ich hin, erst ins Adlon, dann ins Stue. Ich hab ihm die Tür eintreten wollen, ich fahre rauf mit dem Aufzug, und wen sehe ich im Flur? Galloway und Anne.«

»Das hat gereicht, um zu glauben, dass Phil sein Sohn ist?«

»Nein, natürlich nicht.« Bruckmann schüttelt unwillig

den Kopf und schürzt die Lippen. »Aber wusstest du, dass Anne einen Vaterschaftstest gemacht hat? Sie hat ihn im Schrank aufgehoben, in der Schachtel, unter ihren alten Liebesbriefen. Als ich den Test gefunden habe, war es mir klar. Ich musste nur noch ein bisschen rechnen.«

Tom fühlt sich wie vor den Kopf geschlagen. Bruckmann hat ihn und Anne regelrecht ausspioniert, um seine wunden Punkte zu finden.

»Aber wir kommen vom Thema ab«, sagt Bruckmann. Er deutet auf Phil. »Der kleine Mann wacht langsam auf. Du solltest springen.«

Bruckmann hebt Phil hoch, nimmt ihn auf den Arm und geht entlang der offenen Dachkante beiseite, sodass mehrere Meter Platz für Tom bleiben. »Tritt vor – und komm mir nicht zu nah.«

Tom schluckt. Alles in ihm sträubt sich, aber er weiß, dass Bruckmann es ernst meint, er würde Phil ohne Wenn und Aber fallen lassen, um ihn leiden zu sehen.

»Lass mich nicht ungeduldig werden.«

Tom humpelt nach vorne an den Abgrund. Ein leichter Wind streicht ihm ins Gesicht. Die Luft ist klar. Von hier oben kann er weit übers Feld sehen. Die Welt sieht seltsam friedlich aus. Auf dem Feldweg ist ein Wanderer unterwegs oder ein Bauer. Auf der Landstraße ist kaum Verkehr. Er würde sich eine Armada von Polizeiwagen wünschen, und doch würden auch die nichts mehr helfen. Bruckmann ist zu allem entschlossen. Nichts und niemand wird ihn davon abbringen, Phil vom Dach zu stürzen, und wenn es das Letzte ist, was er tut.

»Setz ihn ab, ich will nicht, dass du ihn auf dem Arm hast«, sagt Tom. »Sonst springe ich nicht.«

Bruckmann runzelt die Stirn. Dann lächelt er schmal,

hockt sich an die Kante und setzt Phil, der langsam wacher wird, neben sich, kaum eine Handbreit von sich entfernt. »Schön. Aber glaub nicht, du kannst etwas tun, das dich und ihn rettet. Du oder er. Das ist abgemacht.«

Tom nickt. Er starrt in die Tiefe und muss an damals denken, als er in Stahnsdorf von der Brücke der Friedhofsbahn in den Kanal gesprungen ist, um Josh zu retten. Die Höhe war ähnlich. Doch jetzt erwartet ihn kein Wasser. Dort unten sind Pflastersteine.

Er blickt zu Phil, der ihn ansieht und seine kleine Stirn in Falten legt. »Papa? Was machsu?«

Er lächelt ihm zu. »Ich hab dich lieb, mein Schatz«, sagt er und dann zu Bruckmann: »Setz ihn so, dass er nicht zusieht.«

»Ich will, dass er zusieht.«

»Dann tue ich es nicht.«

»Er oder du«, wiederholt Bruckmann.

Tom presst die Zähne aufeinander und schließt die Augen. Atmet ein und aus. Er fragt sich, ob er seine Mutter wiedersieht, bedauert, dass er sich nicht von Anne verabschieden kann, dass er Viola nie mehr finden wird, und er hofft zum ersten Mal, dass sie vielleicht doch tot ist, um sie treffen zu können, und schreckt zugleich zurück vor so viel Egoismus. Er sollte hoffen, dass sie lebt, dass sie irgendwo da draußen ist, so wie er es immer getan hat. Plötzlich spürt er, wie sie nach seiner Hand fasst.

Ich bin hier, Tom, flüstert sie.

Wenn ich nur wüsste, wo genau. Das würde es leichter machen.

Hier, Tom, hier bei dir. Das ist alles, was zählt. Ich lass dich nicht alleine – und du mich nicht. Das war unser Pakt, seit Mama tot ist, weißt du noch?

Tom schluckt, ein Bild leuchtet in ihm auf, Viola ist fünf oder sechs, ein nächtliches Gewitter tobt, sie will zu ihm ins Bett, und er schlägt die Decke beiseite. Sie hat kalte Füße und bibbert, der Regen ist so stark, dass selbst er sich unwohl fühlt, und die Blitze leuchten grell ins Zimmer. »Ich lass dich nicht alleine und du mich nicht«, hat er damals gesagt und eigentlich nur ausgesprochen, was ihn immer schon mit ihr verbunden hat.

Ich weiß, wie wichtig Phil dir ist, sagt Viola. *Ist in Ordnung, ich versteh das.*

Das ist es nicht, Vi!, protestiert Tom.

Doch, ist es, flüstert sie. *Wenn du springen musst, dann spring.*

Phil ist hier, erwidert Tom, er braucht meine Hilfe. Und bei dir weiß ich nicht mehr, woran ich bin. Ich brauche was, das mir zeigt, dass du da bist, etwas, woran ich mich festhalten kann, irgendwas, verstehst du? So wie dieses Mädchen, Finja, bei der Berlinale, die dir so ähnlich sah. Einfach nur ein kleines …

Ein entfernter Knall lässt ihn zusammenzucken. Er öffnet die Augen. Bruckmann schreit. Seine linke Schulter ist eine blutige Masse, sein Arm hängt nur noch an einem Stück Haut und Muskel. Der Wanderer steht etwa hundert Meter vom Haus entfernt auf dem Feld und hält etwas in den Händen, das aussieht wie ein Gewehr.

Ein zweiter Schuss peitscht über das Feld. Die Kugel reißt eine Wunde in Bruckmanns Bein, er zuckt, droht das Gleichgewicht zu verlieren, dabei streckt er den intakten Arm nach Phil aus. Tom hechtet zu ihm, will Phil packen, fasst ins Leere, greift mit der anderen Hand nach, erwischt Phil am Kragen und zieht. Bruckmann erwischt Phil am Bein, brüllt und zieht ebenfalls. Tom tritt nach Bruckmann, der versucht,

Phil über die Kante zu zerren. Er trifft ihn am Kopf, doch Bruckmann lässt nicht locker; er schreit vor Schmerzen, doch Aufgeben ist keine Option für ihn. Tom tritt mit der Hacke auf Bruckmanns rechten Arm, trifft offenbar einen empfindlichen Punkt, und Bruckmann lässt so plötzlich los, dass er das Gleichgewicht verliert und über die Dachkante fällt. Im letzten Moment krallt er sich mit der rechten Hand an einem Vorsprung fest.

Tom zieht Phil zu sich herüber, weg vom Abgrund, und sieht, wie Bruckmanns Hand weiß vor Anstrengung wird. Phil zittert und weint, und er drückt ihn an sich.

»Tom!«, brüllt Bruckmann.

Erneut peitscht ein Schuss über das Feld. Dann das Geräusch eines Projektils, das in Stein einschlägt.

Tom starrt auf die weiße Hand. Er müsste nichts tun, einfach nur dasitzen und zusehen.

»Hilf mir!«, schreit Bruckmann.

Wieder ein Schuss. Bruckmann heult auf.

Tom steht auf, setzt Phil in sicherer Entfernung ab, hastet zur Dachkante. Der Schütze auf dem Feld lässt das Gewehr sinken, als er ihn sieht. Mit einer unwirschen Bewegung signalisiert er Tom, er solle beiseitegehen. Tom, der immer noch mit Handschellen gefesselt ist, packt mit beiden Händen Bruckmanns Unterarm und zieht ihn zurück aufs Dach. Bruckmann schreit vor Schmerzen, doch im selben Moment, als Tom ihn loslässt und er in Sicherheit auf dem Rücken zu liegen kommt, geht sein Schreien in ein hysterischen Lachen über, das nicht enden will.

Tom hat sich abgewandt und will zu Phil humpeln, doch Bruckmanns Gelächter ist wie Hohn. Wutentbrannt dreht er sich um, kniet sich über Bruckmann und versetzt ihm mit gefesselten Händen einen Faustschlag ins Gesicht. Aus dem Augenwinkel sieht er, dass Bruckmann einen Dach-ziegel gepackt hat und damit nach ihm schlägt. Tom dreht sich weg und macht den Rücken rund, sodass der Ziegel ihn am linken Schulterblatt trifft. Die Dachpfanne bricht mit einem hohlen Klang auseinander. Der Schmerz zieht bis hoch in seinen Kopf. Bruckmann nutzt den Moment, seine Hand tastet in den Trümmern nach einem neuen Dach-ziegel und bekommt ein spitzes Bruchstück mit scharfen Kanten zu fassen. Tom hat beide Hände zu Fäusten geballt, holt weit nach oben aus und schlägt zu. Im letzten Moment dreht Bruckmann das Gesicht weg, doch der Hieb trifft ihn seitlich. Es knackt, und Tom spürt, wie der Kiefer bricht. Bruckmanns Arm mit dem scharfkantigen Ziegel bleibt auf halbem Weg in der Luft stehen und fällt kraftlos zurück. Der Ziegel poltert zu Boden, und Bruckmanns ganzer Körper wird schlaff. Sein Kiefer ist eingedrückt, aus seiner Nase si-ckert Blut. Tom atmet zitternd ein. Langsam richtet er sich auf.

Bruckmann liegt reglos zwischen den Dachziegeln.

Tom humpelt zu Phil, der hilflos auf dem Boden sitzt und schluchzt, und nimmt ihn auf seinen Arm. Phil schlingt ihm die Arme um den Hals und drückt sich an ihn, als wollte er nie wieder loslassen.

»Tooom!?« Eine Stimme weht vom Feld herüber. Tom tritt näher an die Dachkante heran.

Der Schütze steht immer noch auf dem Acker. Die Sonne ist durchgebrochen, und der Reflex eines Zielfernrohrs blitzt auf, als er das Gewehr senkt. Der Mann trägt eine schwarze Wollmütze, die er tief ins Gesicht gezogen hat. »Geht es dir gut?«

Ungläubig starrt Tom auf die Gestalt auf dem Acker. Der Schütze ist niemand anders als sein Vater.

»Was um Himmels willen machst *du* hier?«, ruft Tom.

»Das, was ich schon vor dreißig Jahren hätte tun müssen.« Mit den unsicheren Schritten eines alten Mannes auf unebenem Boden stapft sein Vater über das Feld auf das Haus zu. »Wie geht's dem Kleinen?«

»Alles okay, glaube ich.« Tom ist fassungslos. Er rechnet immer noch damit, dass der Mann auf dem Feld die Mütze von seinem Kopf zieht und sich als Polizist, Scharfschütze oder sonst wer zu erkennen gibt.

»Ist er tot?«, ruft sein Vater.

»Wer, Bruckmann?«

»Wer sonst.«

»Er wird nie wieder jemandem etwas tun«, ruft Tom zurück. In der Ferne sind plötzlich Martinshörner zu hören, und sein Vater dreht sich irritiert um. Für einen kurzen Moment schaut er wieder zurück zu Tom, als müsste er abwägen, was jetzt zu tun sei. Dann holt er eine große Sporttasche aus seinem Rucksack und stopft das Gewehr umständlich hinein.

»Was machst du?«, ruft Tom.

»Ist besser, wenn keiner weiß, dass ich hier war.«

»Es war Notwehr. Es ist okay.« Gleichzeitig denkt Tom, dass sein Vater nicht ganz unrecht hat. Schusswaffengebrauch und illegaler Waffenbesitz würden trotzdem zur Anzeige gebracht werden. Aber vermutlich wird die Polizei früher oder später ohnehin herausbekommen, was passiert ist. »Ist okay, bleib einfach hier. Wir kriegen das hin.«

»Das verstehst du nicht, Junge.« Sein Vater schultert die Sporttasche. Tom zweifelt nicht eine Sekunde daran, dass es eine ganze Menge gibt, was er hier offenbar nicht versteht.

»Die dürfen nicht wissen, dass ich das war. Kann ich mich auf dich verlassen?«, ruft sein Vater.

»Geh, wir reden später.«

Sein Vater hebt zum Gruß die Hand, dann dreht er sich um und stapft über den Acker davon, weg von der Landstraße, wo die Martinshörner lauter werden.

Kapitel 69

Die nächsten Minuten sind seltsam unwirklich, als wäre er in einem absurden Traum gefangen und könnte nicht aufwachen. Er humpelt mit Phil vorsichtig die brüchige Treppe hinab. Durch die Ritzen in den vernagelten Fensterläden dringt Licht ins Haus und lässt Staubflocken und Spinnweben glühen. Im Erdgeschoss weiß er schon nicht mehr, wie er die Treppe heruntergekommen ist. Im Wohnzimmer liegt Weißgerber, und er hält Phil die Augen zu. Die Haustür ist von innen verriegelt.

Er öffnet sie, schaut auf den Hof. Die ersten beiden Streifenwagen kommen mit Blaulicht, dann rückt ein dritter nach. Polizisten steigen aus, die Hände an ihren Dienstwaffen. Offiziell wird immer noch nach ihm gefahndet.

Zwei Polizisten setzen ihn auf die Rückbank eines Streifenwagens. Beim Einsteigen stößt er sich den Kopf. Ihm ist schwindelig, und wenn er spricht, hat er das Gefühl, keine geraden Sätze bilden zu können. Die Handschellen behindern ihn, doch niemand nimmt sie ihm ab. Die Berichte und Schlagzeilen über ihn sind in allen Köpfen. Liebeskranker Polizist läuft Amok und tötet Weltstar. Von allem anderen ganz zu schweigen.

Er bittet darum, dass sie Phil bei ihm lassen. Da niemand

die Verantwortung für den weinenden Jungen übernehmen will, lassen sie Tom gewähren. Es ist absurd, doch für Phil ist es gut, und für ihn selbst erst recht.

Tom startet einen Erklärungsversuch. Niemand hört zu. Alle warten auf jemanden, der das Sagen hat.

Die Leiche von Robby Weißgerber im Erdgeschoss löst einen Aufruhr aus. Tom bittet um ein Telefon, bekommt aber keins. Er verweist auf Sita Johanns und Jo Morten. Keine Reaktion, nur Getuschel, immer etwas abseits von ihm. Der verrückte Polizist.

Oben auf dem Dach sei noch jemand, sagt er, sie sollen bitte den Notarzt rufen.

Der Aufruhr wird größer, mehr Polizisten verschwinden im Haus. Die zwei Beamten, die ihn bewachen, diskutieren, ob es nicht doch besser wäre, Tom den Jungen abzunehmen. Einer der Beamten wagt den Versuch, doch Phil klammert sich an Toms Hals, er schreit und strampelt aus Leibeskräften und tritt einem der Polizisten aus Versehen die Nase blutig. Daraufhin lassen sie Phil, wo er ist.

Toms Fuß pocht, sein Rücken ist voller Prellungen, seine Handgelenke sind blutig, seine Hände aufgeschürft. Im Kopf der Nachhall des einstürzenden Daches, der Schüsse und Bruckmanns Lachen. Je länger er sitzt, desto größer werden die Schmerzen. Phil hat begonnen zu zittern, und Tom hält ihn, so gut er kann.

Nach und nach treffen die Rettungswagen ein. Bruckmann wird auf einer Trage in einen davon gewuchtet.

Sitas goldener Saab nähert sich auf dem Feldweg und glänzt in der Sonne. Sie biegt auf den Hof ein. Als sie aussteigt, wirkt sie gehetzt, zeigt einem der Beamten ihren Ausweis und fragt etwas. Der Mann zeigt auf Tom, Sita schaut zu ihm herüber und eilt auf ihn zu. Ein halb kubanischer, halb deutscher Engel mit wütendem Blick. »Warum zum Teufel hat er Handschellen an?«, schimpft Sita.

»Eine Leiche und noch einer halbtot, reicht das nicht?«, schnauzt einer der Polizisten.

»Sie nehmen ihm sofort die Dinger ab.«

»Er ist gefährlich.«

»Ist er bewaffnet?«, fragt Sita.

»Nein.«

»Sind Sie bewaffnet?«

»Blöde Frage.«

»Und hat er ein Kind auf dem Schoß?«

»Ja, hat er.«

»Also, wonach sieht das aus? Nach Fluchtgefahr und Aggressionspotenzial?«

Der Beamte knirscht mit den Zähnen.

»Jetzt holen Sie schon den Seitenschneider aus Ihrem Wagen und machen Sie die Dinger auf!« Sitas große Gestalt, ihre markanten Gesichtszüge, die Narbe und ihr fester Blick machen Eindruck.

»Aber auf Ihre Verantwortung«, vermerkt der Beamte trotzig. Was Unsinn ist, aber ihm offenbar dennoch ein besseres Gefühl gibt.

Ein anderer Beamter probiert die Schlüssel der Handschellen an seinem Gürtel. Sie passen in die an Toms Handgelenken. Die Dinger sind alle gleich.

Tom steigt aus dem Wagen, mit Phil, und umarmt Sita.

»Gott, bin ich froh, euch zu sehen«, murmelt Sita.

»Und ich erst«, sagt Tom. »Danke.«

Sie bleiben eine ganze Minute so stehen, die Blicke sind ihnen egal.

»Ich muss mich setzen, mein Fuß hat was abgekriegt«, sagt Tom schließlich. Sita begleitet ihn zum zweiten Rettungswagen. Der RTW mit Bruckmann ist inzwischen mit Blaulicht auf dem Weg zum Krankenhaus.

Der Arzt untersucht Phil, gibt ihm ein leichtes Beruhigungsmittel, behandelt die Wunde am Arm und die Beule am Kopf. Dann setzt er Tom eine Spritze mit einem Schmerzmittel. Eine kleine Kolonne weiterer Fahrzeuge nähert sich dem Hof. Morten kommt an. Dazu Grauwein und die KT.

»Wir reden gleich, ja? Ich muss eben mit Morten und Grauwein sprechen«, sagt Sita. Tom nickt, während der Arzt ihm vorsichtig den Schuh auszieht und sich die drei Wunden anschaut. Phil liegt neben Tom auf der Pritsche. Er ist restlos erschöpft eingeschlafen.

Während der Arzt unter lokaler Betäubung die ersten beiden Schrotkugeln aus Toms Fuß entfernt, telefoniert Tom mit der Charité. Anne ist stabil, heißt es. Mit etwas Glück sei sie in ein oder zwei Tagen ansprechbar. Eine Woge der Erleichterung überkommt ihn.

»Da ist ja das kleine Biest«, murmelt der Arzt. Er hält die Pinzette über eine Nierenschale aus Metall und lässt das dritte Stück Schrot klappernd hineinfallen. »Stabile Schuhe und ein günstiger Winkel, das hätte ganz anders für Ihren Fuß ausgehen können.«

Tom schweigt, was der Arzt als Zustimmung wertet.

»Ich verbinde Ihnen das noch, aber Sie müssen dringend morgen ins Krankenhaus und nachsehen lassen, wie sich der Fuß entwickelt.« Er streicht Betaisodona auf die Wunden, und Tom muss an Viola denken, daran, wie sie ihn einmal mit der kleinen grünen Flasche verarztet hat.

»Nicht überschätzen«, warnt der Arzt, nachdem der Fuß fertig verbunden ist. »Wenn die Schmerzmittel nachlassen, fühlt sich's plötzlich ganz anders an.«

Tom nickt und nimmt den schlafenden Phil auf den Arm.

Die eineinhalb Stufen vom RTW bis zum Boden sind eine echte Herausforderung, weil er den Fuß kaum spürt. Langsam humpelt er auf das Herrenhaus zu. Aus der offenen Tür kommt ihm Sita mit Handschuhen und Plastikfüßlingen entgegen.

»Hoho«, bremst sie. »Was soll das denn werden?«

»Ich will mich umschauen«, sagt Tom.

»Bist du verrückt?«, fragt Sita. »Das lässt du mal schön bleiben.«

Tom hat bereits einen Protest auf den Lippen, aber Sita schaut so entschlossen, dass ihm plötzlich klar wird, wie unsinnig und überdreht das ist, was er gerade vorhat. »Komm, wir gehen da rüber, die Kollegen haben einen Klapptisch mit Stühlen aufgebaut, da können wir reden.«

Tom seufzt und folgt ihr.

»Willst du mir den Kleinen mal geben?«, fragt sie.

Tom schüttelt den Kopf und setzt sich an den Klapptisch. Der Stuhl knirscht unter seinem und Phils Körpergewicht. »Was ist mit Bruckmann?«, fragt er.

»Er lebt, so viel steht fest. Er hat viel Blut verloren, und den linken Arm und die Schulter wird man wohl nicht retten können. Das Bein steht auch infrage.« Sita mustert Tom. »Wir haben eine alte Makarov gefunden, die passt vermutlich zu den Wunden des Mannes im Erdgeschoss. Aber wir haben keine Waffe gefunden, die zu Bruckmanns Wunden passt.«

»Da war jemand auf dem Feld«, sagt Tom. »Er hatte ein Gewehr und hat auf Bruckmann geschossen, das war mein Glück.«

»Hast du eine Ahnung, wer das war?«

»Das waren gut hundert Meter, und es ging alles so wahnsinnig schnell«, sagt Tom. »Ich hab nur gesehen, dass er eine schwarze Mütze trug und schlank war.« Er kommt sich schäbig vor, Sita anzulügen, doch wenn er sie nicht in die Bredouille bringen will, dann gibt es keinen anderen Weg.

Sita hebt die Augenbrauen. »Der Einzige außer mir, der noch wusste, wo du sein könntest, war dein Vater.«

Tom verzieht keine Miene. »Mein Vater hat meines Wissens nach weder ein Gewehr noch Patronen. Du hast ihn ja Gott sei Dank davon abgehalten, welche zu kaufen.«

Sita schaut ihn lange an, dann seufzt sie und raunt ihm zu: »Wenn an der ganzen Sache irgendetwas falsch ist, dann wohl nur, dass dieser Mistkerl immer noch lebt.«

»Bruckmann und dieser Benno Kreisler«, sagt Tom, »das ist ein und dieselbe Person.«

»Ich weiß«, sagt Sita.

»Wie meinst du das?«, fragt Tom verblüfft. »Wie bist du darauf gekommen? Und seit wann weißt du das?«

»Das ist noch nicht mal eine Stunde her.« Sita lächelt schief. »Wir waren bei Bruckmanns Familie, und nach ein paar sehr kritischen Fragen hat uns Valerie Bruckmann gestanden, dass ihr Mann zuletzt ein paarmal im Haus war. Sie glaubt fest an seine Unschuld, weil Bruckmann ihr weisgemacht hat, dass es eine Verschwörung gegen ihn gibt. Und jetzt halt dich fest: Schuld an allem, sagt sie, soll angeblich die Hornisse sein. Bruckmann hat ihr eingeredet, dafür gäbe es Beweise, die sie allerdings nie gesehen hat. Die Wahrheit ist: Er hat sie jahrelang manipuliert und ihr etwas vorgemacht. Unter anderem hat er den Tresor, den wir damals im Februar nach seinem Verschwinden untersucht haben, erneut als Versteck für Akten benutzt. Er ist offenbar davon ausgegangen, dass sie dort sicher sind. Wo verstecke ich etwas am besten? – An dem Ort, an dem alle schon gesucht haben. Unter anderem haben wir im Tresor eine lose Sammlung von Blättern gefunden, die alle aus einer Hauptakte mit dem Namen ›Hornisse‹ stammen.«

»Unglaublich«, sagt Tom. »Aber das erklärt noch nicht, warum du weißt, dass Kreisler Bruckmann ist.«

»Das war Zufall. Valerie Bruckmann hat tatsächlich vor Jahren ein Gespräch ihres Mannes mitgehört, bei dem jemand ihren Mann Benno genannt hat. Sie hat nie mit Bruckmann darüber gesprochen. Aber sie ist so sehr von der Unschuld ihres Mannes überzeugt, dass sie mir davon erzählt hat, um mir zu beweisen, wie ernst und gefährlich die Verschwörung gegen ihren Mann ist. Sie meinte, er wäre sogar gezwungen gewesen, seinen Vornamen zu ändern.«

»Mein Gott, das grenzt ja an Gehirnwäsche«, murmelt Tom betroffen.

»Ich würde eher sagen: Abhängigkeit. Valerie Bruckmann ist ohne ihren Mann eine leere Hülle.«

»Was ist mit den Akten?«, fragt Tom. »Habt ihr schon reingeschaut?«

»Dazu war keine Zeit.«

»Und Frohloff? Hat er noch irgendetwas über die Hornisse herausgefunden?«

»Nicht viel. Aber Lutz geht im Moment davon aus, dass ›Hornisse‹ der Deckname für Bruckmann war. Beziehungsweise für Kreisler.«

»Nein, das glaube ich nicht«, sagt Tom.

Sita runzelt die Stirn. »Der Mann, der deine Stiefmutter überfallen hat, hat doch zu dir gesagt: ›Schöne Grüße von der Hornisse. Bald gibt's ein Wiedersehen.‹«

»Ja, das war Robby Weißgerber, der Tote im Flur«, sagt Tom. »

»Wer ist das?«, fragt Sita.

»Ist 'ne längere Geschichte. Dieser Weißgerber hat mich

gehasst, weil er glaubte, dass meine Mutter seine Eltern umgebracht hat. Ich erklär's dir später genauer«, sagt Tom. »Aber was die Hornisse angeht: Weißgerber hat nicht ›Grüße von der Hornisse‹ gesagt. Er hat gesagt, ›schöne Grüße *an* die Hornisse‹. Und warum sollte ich Bruckmann grüßen, wenn ich ihn sehe? Das ergibt keinen Sinn für mich. Ich glaube eher, für Weißgerber war das eine Art Todesdrohung. Ich solle die Hornisse grüßen, wenn ich sie sehe – sozusagen drüben, auf der anderen Seite.«

»Du meinst, die Hornisse ist tot«, stellt Sita fest.

»Die Hornisse war die Person, die Weißgerber am meisten gehasst hat und die Bruckmann ausgesucht hatte, um für ihn zu spionieren«, sagt Tom. »Ich bin durch dein ›Heiner Irgendwas‹ darauf gekommen. Meine Mutter hatte einen Bruder, der Heiner hieß. Heiner Rösler – das war der Mädchenname meiner Mutter. Über ihn ist immer nur hinter vorgehaltener Hand gesprochen worden, aus irgendwelchen Gründen war er in der Familie in Ungnade gefallen.«

Sita nickt. »Ja. Dein Onkel wurde in der DDR wegen Republikflucht und einer Vergewaltigung verurteilt und wurde dann später vom Westen freigekauft.«

»Dann war die Hornisse der Deckname für diejenige, die Rösler ausspionieren sollte«, sagt Tom. »Die Hornisse war niemand anders als meine Mutter.«

Kapitel 70

»Und, wie hat sich Bärlach heute Morgen geschlagen? Haut er dich raus?«, fragt Bene. Er serviert Tom einen Espresso an der kleinen Bar in seinem Büro, während Tom ein Auge auf Phil hat, der sich am Billardtisch aufrichtet und tapsig am Rand entlangläuft.

»Hm«, brummt Tom. Die Formulierung *raushauen* gefällt ihm nicht, irgendwie fühlt er sich damit schuldiger, als er ist. »Ich hab ja eigentlich nichts zu verbergen«, sagt er. Was nicht ganz stimmt, wenn er an seinen Vater denkt. Dazu kommt Brandstiftung im öffentlichen Raum und der Besitz einer illegalen Waffe, deren Herkunft Bärlach dem toten Robby Weißgerber in die Schuhe geschoben hat. Es gibt gute Gründe, dass Bene ihm Bärlach als Anwalt aufgedrängt hat. Der juristische Eiertanz während seiner morgendlichen Vernehmung im LKA war Tom zuwider, gerade weil er als Polizist zu oft erlebt hat, dass Anwälte Straftäter freibekommen haben, die er und seine Kollegen zuvor mühsam festgesetzt hatten.

»Aber was heißt denn das jetzt? Geht Jo Morten immer noch davon aus, dass du Galloway umgebracht hast?«

»Nein, sonst wäre ich sicher in U-Haft.«

»Gibt er denn wenigstens zu, dass er völlig daneben lag und dich damit in die Hölle geschickt hat?«, fragt Bene.

519

»Hm«, brummt Tom. Mortens zunehmend betretenes Beiseiteschauen während der Vernehmung war ein klares Indiz dafür, wie unangenehm seinem Vorgesetzten die ganze Geschichte war. Dennoch hielt Morten daran fest, dass er nach Sachlage gehandelt habe, und da habe nun mal alles gegen Tom gesprochen.

»Ein Schulterklopfen nach der Vernehmung«, sagt Tom, »mehr war nicht drin. Immerhin,

Morten findet es durchaus plausibel, was ich über Bruckmann erzählt habe, aber er sucht noch nach Beweisen. Im Moment gilt Weißgerber ebenfalls als möglicher Haupttäter.«

»Der Bastard, der Marek Krajewski umgebracht hat, richtig?«

»Mutmaßlich, ja«, sagt Tom. »Das mit Krajewski hätte nicht passieren dürfen. Das tut mir wirklich leid.«

Bene starrt finster zu Boden. »Wenigstens hast du ihn erwischt.«

»Das macht es auch nicht besser für Krajewskis Familie.«

»Krajewski hat keine Familie, also jedenfalls keine, von der ich weiß. Aber er war verlässlich und loyal, ein guter Typ. Wollte manchmal etwas viel … und hat Gisell immer nachgeschaut … Aber gut, das tut die Hälfte der Jungs hier.«

»Es tut mir wahnsinnig leid, wirklich. Wäre ich nicht zu dir gekommen und hätte –«

»Ah, ah, ah!«, bremst Bene. »Das vergiss mal ganz schnell. Er wusste, welchen Job er macht. Und wenn einer nichts dafür kann, dann du.«

Tom quittiert die tröstenden Worte mit einem Nicken, doch das Gefühl, für den Tod von Marek Krajewski verantwortlich zu sein, bleibt. Auch Robby Weißgerbers zerschossenes Gesicht kann er nicht vergessen. Egal, was Weißgerber ihm angetan hat; ihn getötet zu haben lässt ihn nicht los, als gäbe es eine Straße, auf der sie beide fahren, und egal, wie schnell er ist, Weißgerber bleibt immer dicht hinter ihm, unsichtbar, im toten Winkel.

»He«, sagt Bene, der offenbar seine Gedanken errät. »Wir müssen alle irgendwann dran glauben. Und das mit Krajewski ist echt traurig. Aber wenn's einen tollwütigen Hund wie diesen Weißgerber erwischt, werd ich deswegen nicht weinen. Und du solltest es auch nicht tun.«

»Ich versuch's«, sagt Tom. »Ohne dich wäre ich wirklich aufgeschmissen gewesen. Danke.«

Benes Gesicht hellt sich etwas auf. »Das ist das erste Mal, dass du dich bei mir bedankst«, sagt er. »Sonst hast du immer einen auf ›Ich brauch deine Hilfe nicht‹ gemacht. Könnte ja sein, dass ich was zurückwill und so ...«

»Hatte ich damit unrecht?«

»Ja. Na ja, mehr oder weniger.«

Tom nickt, und sie schweigen einen Moment miteinander.

»Und Bruckmann?«, fragt Bene schließlich. »Dem ist echt nichts nachzuweisen?«

»Na ja, nichts ist nicht ganz richtig«, erwidert Tom. »Das Problem ist, mein einziger Zeuge stand hundert Meter weit weg und hat nur sehen können, was sich an der Dachkante abgespielt hat. Mal ganz abgesehen davon, dass er nicht aussagen will.«

»Weißt du, warum? Er ist immerhin dein Vater?«

»Was du gefälligst niemandem verrätst«, sagt Tom. Im Nachhinein fragt er sich, ob es gut war, so offen zu Bene zu sein. Aber mit irgendjemandem musste er all das teilen, und letztlich ist Bene neben Sita sein einziger Freund.

»Mach dir da mal keinen Kopf«, brummt Bene. »Verschwiegenheit kann ich. Das Einzige, was ich dir ein klein wenig übel nehme, ist, dass du mir mit Bruckmann zuvorgekommen bist. Ich hätte diesem Dreckskerl gerne selbst eine Kugel verpasst. Bleibt trotzdem die Frage, warum sagt dein Vater nichts? War doch gewissermaßen so was wie Notwehr.«

»Ich bin nicht sicher«, sagt Tom. »Juristisch dürfte das kompliziert werden. Aber jetzt, wo ich ihn mit der Waffe gesehen habe, frage ich mich, ob er das Gewehr zum ersten Mal benutzt hat.«

Bene pfeift leise durch die Zähne. »Damit meinst du jetzt vermutlich keine Schießübungen, richtig? Habt ihr schon gesprochen?«

»Ich muss erst mal einen klaren Kopf kriegen.«

»Apropos«, sagt Bene, »was ist mit Anne?«

»Ich war heute Morgen vor der Vernehmung mit Phil im Krankenhaus, aber da war Verbandswechsel, ich wollte nicht, dass er sie so sieht, und sie war eh noch nicht wach. Die Beruhigungsmittel werden gerade ausgeschlichen, und der Arzt meinte, ich soll es morgen um elf probieren.«

Bene nickt nachdenklich. »Und was ist mit hier …«, er legt die Hand aufs Herz, »… und hier?«, fragt er und tippt sich an den Kopf. Tom sieht ihn überrascht an. Die Frage hätte er eher von Sita erwartet, aber Bene?

»Was denn? Guck nicht so«, beschwert sich Bene. »Ich bin auch verheiratet.«

»Ja, aber bei dir ist die Rollenverteilung anders. *Du* betrügst deine Frau, und wenn *sie* dich betrügen würde, würdest du den Kerl umbringen.«

»Klar, aber nicht *sie*. Meine Frau ist meine Frau, und das bleibt sie auch.« Bene schaut ihn mit erhobenen Augenbrauen an.

»Ist das ein Rat oder eine Frage?«, will Tom wissen.

Bene überlegt und zuckt dann mit den Schultern. »Beides vielleicht.«

»Also, den Rat kannst du dir sparen, und die Frage ...« Tom seufzt. »Keine Ahnung.«

Ein lautes Poltern lässt sie beide zusammenzucken. Phil hat die Billardkugeln entdeckt. Tom will aufstehen, doch Bene lacht und winkt ab. »Lass ihn, solange er damit nur auf dem Boden spielt ...«

Es klopft an der Tür, und Bene betätigt den Summer. Sita Johanns betritt sein Büro. Sie wirkt abgekämpft, ihr bronzefarbener Teint hat den Glanz verloren, und unter den Augen hat sie dunkle Ringe, doch ihre langen Schritte sind geschmeidig wie immer. Sie begrüßt Tom mit einer freundschaftlichen Umarmung.

»Ah. Die Königin meiner kubanischen Träume«, raunt Bene. »Ich hoffe, du hast Handschellen dabei?«

»Das mit den Handschellen regeln bei uns ausschließlich kleinwüchsige Kolleginnen mit Glatze und Warze auf der Nase.«

»Interessant«, erwidert Bene. »Dann werfe ich was ein und stell mir vor, das wärst du.«

»So viel kannst du gar nicht einwerfen«, entgegnet Sita. Prüfend schaut sie Tom an und lächelt dann.

»Was ist?«, fragt Tom.

Sita deutet auf sein Kinn. »Dein Bart. Die blonden Haare kommen langsam wieder nach.«

Tom streicht sich verlegen über den Kinnbart. Am Morgen hat er vor dem Spiegel gestanden und überlegt, den dunklen Bart mit dem blonden Ansatz ganz abzunehmen, es dann aber doch gelassen. Zusammen mit der Glatze wäre es zu kahl gewesen.

»Ich mag's«, meint Sita. Wie so oft sieht sie ihm seine Gedanken an. »Der alte Tom kommt wieder durch.«

Sie wendet sich Phil zu, der konzentriert die Billardkugeln in das Plastikdreieck vom Spieltisch einsortiert, das er auf den Fußboden gelegt hat. »Wie geht's ihm?«

Tom bringt ein schiefes Lächeln zustande. »Er schläft höchstens zwei Stunden am Stück. Körperlich geht's ihm okay, alles andere ...« Tom zuckt ratlos mit den Schultern. »Er fragt jedenfalls andauernd nach Mama.« Einen stillen Moment lang beobachten sie Phil bei seinem konzentrierten Spiel mit den Kugeln.

»Gibt's was Neues von Bruckmann?«, fragt Tom.

Sita schüttelt den Kopf. »Er ist nicht ansprechbar. Aber selbst wenn, du kennst ihn. Er wird schweigen – und genug Geld für einen erstklassigen Anwalt hat er.«

Phil drückt die letzte Billardkugel in die verbleibende Lücke und schiebt das Dreieck mit den bunten Kugeln darin auf dem Boden hin und her.

»Ich hätte nie gedacht, dass sich jemand so an einem kleinen Kind vergreift«, sagt Sita.

»Ich glaube, er hat das sogar angedeutet«, erwidert Tom. »Mit der kleinen weißen Feder in der Alubox, die Galloway bekommen hat.«

Sita schaut ihn überrascht an. »Du meinst ... die Feder stand für Phil? Mein Gott, was für eine krude Symbolik.«

»Ja. Vor allem wenn man bedenkt, dass ich davon noch nicht einmal erfahren habe. Ich wusste nichts von der Feder.«

Sita runzelt die Stirn. »Hatte ich das nicht gesagt?«

»Kein Wort.«

»Mist, das ist untergegangen. Der Verdacht gegen Anne, dann gegen dich, deine Suspendierung ... die Feder schien mir unwichtig zu sein. Auch Morten und Grauwein waren der Meinung ...«

»Ist schon okay«, sagt Tom. »Wir wussten alle nicht, wo uns der Kopf stand.«

Sita nickt, doch der Punkt, die Bedeutung der Feder unterschätzt zu haben, macht ihr sichtlich zu schaffen.

»Habt ihr noch etwas auf dem Hof gefunden?«, fragt Tom.

»Nichts Relevantes bisher. Er hat sich in dem kleinen Nebengebäude vom Haupthaus eingerichtet. Da sind Lebensmittel, ein paar Möbel, ein Bett, was man so braucht.«

»Was ist mit einem Handy, einem Laptop?«, fragt Tom.

»Ja, gibt es. Aber die Geräte sind auf Weißgerber angemeldet.«

»Bruckmann hat Weißgerbers Geräte benutzt?«

»Von Weißgerber haben wir auch ein Handy gefunden. Eigentlich hat er zwei. Wir gehen davon aus, dass das eine von Bruckmann benutzt wurde, aber auf beiden Handys und dem Laptop sind auch Weißgerbers Fingerabdrücke ...«

»Was es schwer machen wird, nachzuweisen, welche Aktionen von Bruckmann oder von Weißgerber stammen.«

»Scheiße«, knurrt Bene. »Was das Spurenverwischen angeht, ist der Kerl echt gut.«

»Haben wir wirklich nichts, was ihn direkt in Verbindung mit all dem bringt?«, fragt Tom.

»Nur deine Aussage«, erwidert Sita. »Aber DNA oder Fingerabdrücke oder sonstige Spuren – *nada*. Immerhin haben wir den alten Haftbefehl gegen ihn. Allein dafür wird er jahrelang sitzen. Und Grauwein ist ja noch nicht am Ende mit seiner Kriminaltechnik. Ich hoffe, er findet noch was. Dafür war Robby Weißgerber weniger vorsichtig. Seine Spuren haben wir an dem Umschlag gefunden, den Anne Galloway auf der Bühne überreicht hat, Gertrud hat Weißgerber im Haus deines Vaters erkannt, und in eurer Wohnung am Heckmann-ufer sind ebenfalls Spuren von ihm. Wir gehen davon aus, dass Weißgerber derjenige war, der Anne niedergestochen hat. Vermutlich haben Jo und ich ihn dabei gestört, weil wir auf der Suche nach dir waren und bei euch Sturm geklingelt haben. Er hat wohl Panik bekommen und ist durchs Fenster getürmt.«

»Was für ein unglaubliches Glück«, murmelt Tom dankbar.

»Ich wünschte nur, wir wären etwas früher gekommen oder hätten gewusst, was im Haus passiert. Gott sei Dank hatte Anne ihr Handy bei sich und war noch in der Lage, selbst Hilfe zu holen.« Vor Sitas Füße rollt eine grüne Billardkugel. Sie bückt sich, lächelt Phil an und rollt die Kugel vorsichtig in seine Richtung. Phil schaut aufmerksam zu; er hat die schwarze Acht in der Hand, stößt damit nach der grünen Kugel, die beiseitehüpft und unter den Billardtisch rollt.

»Was den Mord an Galloway angeht«, sagt Tom, »den hat Bruckmann mir ja gestanden.«

»Was gut dazu passt, dass wir am Tatort im Gästehaus der Polizei keine Spuren gefunden haben. Das ist typisch für Bruckmann. Hätte Weißgerber Galloway getötet, hätten wir wahrscheinlich reichlich Spuren gefunden«, meint Sita.

»Galloway, das war für Bruckmann persönlich«, sagt Tom, »vor allem wegen seiner Tochter.«

Bene grunzt. »Na ja, dass er sich Sorgen um seine Tochter gemacht hat, kann ich irgendwie verstehen.«

»Ich glaube, Bruckmann hat sich gar nicht so viele Sorgen gemacht«, widerspricht Sita. »Für ihn war es eine narzisstische Kränkung, dass seine Tochter ihm einen Rockstar vorzieht. Es war für ihn nicht vorstellbar, dass seine Kinder sich von ihm abwenden. Für den Narzissten in ihm war das nicht zu ertragen. Und um dieses Gefühl nur ja nicht zuzulassen, musste er Menschen finden, denen er die Schuld dafür geben kann, in diesem Fall waren das Galloway und du, Tom.«

Tom seufzt. »Manchmal wäre es schön, wenn allein dein psychologisches Gutachten reichen würde, einen Täter zu überführen.«

»Na ja.« Sita hebt ein wenig vorwurfsvoll die Augenbrauen. »Hättest du nicht deinen Wagen angezündet, hätten wir noch eine Chance auf DNA-Spuren von Bruckmann gehabt.«

»Wie ist Bruckmann eigentlich auf dieses Gelände gekommen, ist doch alles abgeriegelt dort, oder nicht?«, fragt Bene.

»Vielleicht eine alte Codekarte aus seiner Dienstzeit«, vermutet Sita.

»So dumm wird er nicht gewesen sein«, sagt Tom. »Über die Codierung kann man ja nachvollziehen, mit wessen Karte das Tor geöffnet wurde. Entweder er hatte eine alte Blankokarte, oder er ist an einer der Seitentüren rein. Habt ihr die Häuser am Rand des Geländes gecheckt und den Zaun auf Löcher überprüft?«

»Das wird gerade noch gemacht, dauert aber. Das Gelände ist groß.« Sita schweigt einen Moment, dann setzt sie einen kleinen schwarzen Rucksack ab und holt einen DIN-A4-Umschlag heraus. »Für dich«, sagt sie und reicht ihn Tom.

»Ist es das, was ich denke?«

»Eine Kopie.«

»Und, ist es richtig, dass meine Mutter die Hornisse war?«

»Das war der Deckname, den Kreisler ihr damals gegeben hat, schon in der Vorbereitungsphase. Die Spionageaktion mit deiner Mutter war von langer Hand vorbereitet. Bei der Stasi wusste man genau, was der Bruder deiner Mutter für eine Position beim Nachrichtendienst hatte. Außerdem gab es einen Vermerk, dass Heiner Rösler sich ein paarmal mit

Stoltenberg getroffen hat, der im April 89 in Westdeutschland zum Verteidigungsminister ernannt wurde. Damit hatte Rösler Verbindung zur Regierung. Inge sollte Kontakt zu ihrem Bruder aufnehmen, und Viola sollte als Faustpfand dienen, um Inge unter Kontrolle zu haben. Doch dazu kam es nicht mehr. Inge war nicht bereit mitzuspielen, sie hat entdeckt, was da lief, und wollte sich absetzen. Das konnte und wollte Kreisler nicht zulassen. Deshalb ist deine Mutter gestorben.«

»Wegen einer gescheiterten Spionageaktion«, murmelt Tom betroffen.

»In die sie gezielt hineingedrängt wurde«, ergänzt Sita.

»Als ihr von der Hornisse gesprochen habt, habe ich mir die ganze Zeit jemanden vorgestellt, der im Hintergrund die Strippen zieht«, murmelt Bene. »Hornisse klingt einfach böse.« Er stellt drei Schnapsgläser auf die Theke, schenkt Wodka ein und verteilt die Gläser. Seine Form von Mitgefühl. Tom bringt ein Lächeln zustande und schüttelt den Kopf.

Sita schaut Bene an. »Im Ernst jetzt?«

Bene zuckt mit den Achseln und kippt seinen Wodka hinunter.

»Hornissen«, sagt Tom mit belegter Stimme, »sind übrigens viel weniger aggressiv als ihr Ruf. Eigentlich stechen sie nur dann, wenn sie selbst in Gefahr sind oder ihr Nest und ihr Nachwuchs.«

Bene kippt das zweite Glas hinunter. Das dritte schüttet er im Becken hinter der Theke aus.

»Und mein Vater? Weiß er davon?«, fragt Tom.

»Das musst du mit ihm selbst klären«, sagt Sita und wirkt plötzlich etwas reserviert. »Hast du noch mal darüber nachgedacht, ob du den Schützen nicht vielleicht doch erkannt hast?«

528

»Warum fragst du?«

»Dann würde ich dem Schützen raten, sich vielleicht nicht zu melden.«

»Wie soll ich das denn verstehen?«, fragt Tom verblüfft.

Sita seufzt und überlegt einen Moment, bevor sie weiterspricht. »Sagen wir mal so. Frohloff hat ein paar interessante Dinge über Benno Kreisler herausgefunden.«

»Aha. Und die wären?«

»Benno Kreisler ist offiziell tot. Er ist am 10. November 1989, einen Tag nachdem die Mauer fiel, unter mysteriösen Umständen in Berlin in der Nähe des Brandenburger Tors erschossen worden. Da die DDR damals in Auflösung begriffen war, wurden kaum Ermittlungen angestellt. Aber es gibt ein Foto der Leiche aus der Pathologie, und wir haben ein altes Jugendfoto von Kreisler aufgetrieben. Frohloff hat beide Bilder mit DERMALOG überprüft, einer Gesichtserkennungssoftware. Es ist quasi ausgeschlossen, dass es sich um dieselbe Person handelt.«

»Klingt verrückt«, sagt Bene. »Soll das heißen, Kreisler hat seinen eigenen Tod vorgetäuscht?«

»Könnte sein, ja«, meint Sita. »Zumindest ist Kreislers Brieftasche im Mantel des Toten gefunden worden. Was die Vermutung nahelegt, dass er damals am Tatort war.«

»Eigentlich der perfekte Moment für einen Stasischergen, die Identität zu wechseln und sich reinzuwaschen«, überlegt Tom. »Kreisler muss geahnt haben, was der Mauerfall für die DDR bedeutet. Mit seiner Stasivergangenheit wäre er bei der Berliner Polizei nie so weit aufgestiegen.«

»Und weiß man, wer dieser Tote wirklich war?«, fragt Bene.

Sita zuckt mit den Schultern. »Tatsächlich wurde das nie ermittelt. Die Akte zu dem Fall ist sehr dünn. Ich kann mir das nur so erklären, dass die DDR und die staatlichen Stellen damals zunehmend in Auflösung begriffen waren. Vielleicht hat Kreisler auch nachgeholfen und Ermittlungen sabotiert.«

»Unglaublich«, murmelt Tom. »Das wäre heute undenkbar.«

Sita nickt und wirft Tom einen langen Blick zu. »Es gibt übrigens noch eine weitere Merkwürdigkeit. Die Projektile bei der Leiche, die damals fälschlicherweise als Benno Kreisler identifiziert wurde, stammen aus einem Jagdgewehr der Marke Merkel.«

»Schau an, eine ballistische Untersuchung wurde also immerhin gemacht«, sagt Tom.

»Ja, und die Unterlagen sind sogar archiviert. Das Erstaunliche ist: Aus demselben Gewehr wurde gestern auf Bruckmann geschossen. Das zeigen die Projektile.«

Tom stockt für einen Moment der Atem, als ihm klar wird, was das bedeutet.

Sitas Blick ruht auf ihm, als könnte sie jeden seiner Gedanken lesen. »Interessanterweise«, sagt sie, »sind das übrigens Patronen des Kalibers, die dein Vater kürzlich mit seinem gefälschten Jagdschein kaufen wollte.«

»Alter«, murmelt Bene.

Tom öffnet den Mund, doch Sita hebt abwehrend die Hände. »Von der Geschichte im Waffengeschäft habe ich niemandem erzählt. Und je länger ich überlege, desto weniger will ich darüber wissen.«

Tom wirft ihr einen dankbaren Blick zu. Mord verjährt nicht, das wissen sie beide. Und so, wie es aussieht, könnte es vielleicht sein Vater gewesen sein, der damals auf den unbekannten Mann geschossen hat. Die Frage ist nur, warum? Wenn sein Vater Grund gehabt hätte, auf jemanden zu schießen, dann doch eher auf Kreisler. »Was ist eigentlich mit dem Bruder meiner Mutter, Heiner Rösler?«, fragt Tom.

»Der Mann beim BND, um den es damals ging«, ergänzt Sita. »Er lebt in einem Altenheim in Bad Kreuznach und leidet an Demenz.«

»Verstehe.« Tom schaut auf den Umschlag in seinen Händen.

»Übrigens, dein Vater hat mich angerufen, er versucht dich zu erreichen«, sagt Sita.

»Warum ruft er dann dich an?«

»Er hat nur deine alte Nummer. Ich hab ihm deine neue Prepaidnummer gegeben.«

»Das neue Handy funktioniert leider auch nicht mehr«, sagt Tom. »Aber danke.«

»Das heißt, ihr habt noch gar nicht miteinander gesprochen?«

»Nein, warum?«

»Du solltest dich dringend bei ihm melden, er war sehr beunruhigt.« Sita blickt Tom so tief in die Augen, dass er das Gefühl hat, aus Glas zu sein. »Komischerweise hat er gar nicht so sehr danach gefragt, wie es dir und Phil geht. Er war eher daran interessiert, was mit Bruckmann ist.«

»Das wundert mich nicht«, meint Tom. »Ich hab euch doch heute Vormittag in der Vernehmung erzählt, Bruckmann hat behauptet, er wäre für den Tod meiner Mutter verantwortlich. Klar, dass mein Vater wissen will, was mit ihm ist.«

»Ich kann verstehen, wenn dein Vater ihm den Tod wünscht«, entgegnet Sita. »Aber er war so bestürzt darüber, dass Bruckmann noch lebt, dass ich dachte, da ist noch etwas anderes.«

»Was soll da anderes sein?«, fragt Tom und fürchtet sich gleichzeitig davor, dass Sita recht haben könnte.

Kapitel 71

Tom betritt das Foyer des Notfallzentrums der Charité in der Philippstraße. Er ist mit dem Taxi gekommen; vorher hat er noch auf die Schnelle einen günstigen Klappbuggy gekauft, um Phil nicht die ganze Zeit tragen zu müssen. Sein verletzter Fuß macht ihm zu schaffen. Erst jetzt bemerkt er, dass das Vorderrad des Buggys rastlos hin und her schlackert.

Der Rezeptionist nickt distanziert und ist in ein Telefonat vertieft, das ihm seine ganze Freundlichkeit abverlangt.

Der Fahrstuhl lässt auf sich warten.

Dritter Stock, Station 101i.

Rechter Hand ist ein langer Flur, links liegt die Schleuse zur Intensivstation, mit einem Wartebereich aus zwei graublauen Kunststoffstuhlreihen, die an die Wand geschraubt sind. Tom klingelt an der Tür zur Intensivstation. Er hat ein diffuses flaues Gefühl. Dass Anne ihn so lange belogen hat, liegt ihm immer noch schwer im Magen.

»Papa – Mama?«, sagt Phil und zeigt auf die Stationstür.

»Ja. Wir gehen jetzt Mama besuchen.«

Eine etwa vierzig Jahre alte Krankenschwester in blauer Berufskleidung öffnet die Tür. »Tom Babylon?« Sie hat blaue, große Augen mit tiefen Ringen darunter und trägt die blonden Haare zu einem Pferdeschwanz gerafft.

»Ja, ich wollte zu meiner –«

»Ich weiß«, lächelt sie gewinnend. »Ich bin Schwester Martha. Kommen Sie rein.« Tom ist erleichtert angesichts ihrer Freundlichkeit. Was auch immer sie in den letzten Tagen von dem Fall gehört hat, sie scheint nicht viel auf die negativen Schlagzeilen über ihn zu geben.

Schwester Martha klopft auf den Dosierspender für das Desinfektionsmittel. »Bitte nicht vergessen ... Sie, und Ihr Sohn bitte auch.«

Tom sprüht sich reichlich Desinfektionsmittel auf die Handteller und verreibt dann einen Teil davon auf Phils kleinen Händen. Phil rümpft angewidert die Nase. Im Schwesternzimmer läuft leise das Radio, eine Ballade von Galloway. Tom fand das Stück schon immer schnulzig.

»Wie geht es meiner Frau?«

»Sie ist wach«, sagt Schwester Martha. »Aber noch sehr erschöpft, Sie werden nicht viel Zeit haben, mit ihr zu sprechen. Sie braucht dringend Ruhe.«

Tom nickt, mit nichts anderem hat er gerechnet. »Und die Verletzungen?«

»Sie ist stabil. Die Details sollten Sie besser mit Doktor Neumann besprechen, aber sie hat unglaubliches Glück gehabt. So wie es aussieht, wird sie das alles wohl ohne ernsthafte organische Folgeschäden überstehen.«

Eine Woge der Erleichterung überkommt Tom.

»Den Buggy müssen Sie hierlassen, wegen des Schmutzes an den Rädern.«

»Ich weiß«, murmelt Tom und nimmt Phil auf den Arm. »Ich war gestern schon einmal hier.«

Schwester Martha begleitet ihn zu Annes Zimmer und öffnet die Tür. »Besuch«, sagt sie leise.

Annes Blick ist auf die Tür gerichtet. Es dauert einen Moment, bis sie in dem Mann mit der Glatze Tom erkennt. Beim Anblick von Phil bringt sie ein schwaches Lächeln zustande. Sie hebt ganz leicht ihre Hand, als wollte sie winken.

Tom rückt sich einen Stuhl heran und setzt sich an ihr Bett. »Hey«, sagt er weich. »Willkommen zurück.«

Anne begrüßt ihn mit einem Blinzeln der Augenlider. »Hey«, flüstert sie. »Was ist passiert? Du siehst ja schlimm aus.«

»Der Friseur ist schuld«, lächelt Tom und nimmt ihre Hand.

»Mama, Mama, Mama«, sprudelt Phil. Er will von Toms Schoß auf das Bett zu Anne krabbeln, doch Tom hält ihn zurück. »Du musst ein bisschen vorsichtig mit Mama sein, ja? Vorsichtig.«

»Voasihik«, wiederholt Phil.

»Vorsichtig«, sagt Tom. Er nimmt Phils Hand und zeigt ihm, wie er Annes Arm behutsam streicheln kann, was Phil hingebungsvoll versucht. »Mama voaaasihik ...«

»Tom?« Anne hat Tränen in den Augen. »Ich muss dir was –«

»Ich weiß«, sagt Tom und legt den Finger auf die Lippen.

Anne runzelt die Stirn und will protestieren.

»Ich weiß es, Anne. Ich weiß das mit Phil und Galloway.«

Anne stöhnt. Sie versucht, die Tränen wegzublinzeln, doch es klappt nicht. »Bitte verzeih«, sagt sie.

Tom hält seine Hand an ihre Wange. Ihr Kopf sieht ganz klein aus auf dem weißen Kissen, und sie lehnt sich an seine große Hand, als wollte sie darin verschwinden, was sich gut anfühlt. Toms Schmerz und seine Enttäuschung sind nicht verschwunden, aber sie haben hier keinen Platz. Es gibt gerade kein Vorher und Nachher, nur diesen Moment, und in diesem Moment ist alles ganz klar.

»Ich bitte dich nur um eins«, flüstert Anne. »Nimm es ihm nicht übel.« Sie deutet mit einem Blick auf Phil. »Es ist meine Schuld, nicht seine.«

»Ich würde alles für ihn tun, mach dir keine Sorgen, ja?«

»Und wenn er irgendwann Musiker werden will?«

Tom zuckt mit den Achseln. »Dann soll er dem Polizeiorchester beitreten.«

Anne lächelt schwach. »Ich hab's echt vermasselt.« Ihr Kinn beginnt zu beben, und sie schluchzt auf. »Es tut mir so leid.« Sie fasst nach seiner Hand, ihre Finger sind warm, aber kraftlos. »Du bist bestimmt furchtbar wütend ...«

»Ich würde nicht nur für Phil alles tun. Für dich hab ich auch was getan«, sagt Tom.

»Ja? Was denn?«

»Ich war für dich beim Friseur.« Er deutet auf seine Glatze. »Und das war nicht komisch.«

Anne muss lachen und weinen zugleich. »Au«, stöhnt sie und fasst an ihr Zwerchfell. »Ich darf nicht lachen«, murmelt sie erschöpft.

»Und außerdem hab ich den Typen geschnappt, der das war«, sagt Tom und deutet auf ihren Bauch.

»Gut«, flüstert sie und schließt für einen Moment die Augen. »Willst du mich etwas fragen?«

Tausend Dinge, denkt Tom. Was genau in der Nacht passiert ist, was sie Galloway gesagt hat, was er erwidert hat, ob sie wirklich eineinhalb Stunden mit einem Unbekannten am Lessing-Denkmal geredet hat und was sie im Adlon vor Galloways Tür gewollt hat ... »Nein, ich hab keine Fragen. Nicht jetzt«, sagt er. »Mach einfach die Augen zu. Wir sind hier – und kommen immer wieder.«

»Gut«, seufzt sie erleichtert.

Es wird still im Zimmer. Die Monitore mit den Vitalfunktionen schreiben bunte Kurven. Eine Spritzenpumpe drückt etwas Flüssigkeit in den Venenschlauch.

»Voasihik«, flüstert Phil und streichelt weiter Annes Arm. »Schläf Mama?«

»Ja«, raunt Tom. »Mama schläft. Wir bleiben noch ein bisschen, und morgen kommen wir wieder, ja?«

»Ja«, nickt Phil mit großem Ernst.

Epilog

Tom ist an der Einmündung der Straße aus dem Taxi gestiegen. Er vermisst seinen Mercedes; die Harley zu fahren verbietet sich mit Phil von selbst.

Er schaut die beschauliche Wohnstraße hinunter zum Haus seiner Eltern. Wie oft ist er hier früher zu Fuß gegangen oder auf dem Rücksitz der DS mit seiner Mutter entlanggefahren. Er versucht die wenigen klaren Erinnerungen an seine Mutter zurückzuholen. In seinem Gedächtnis vermischen sich Bilder von Viola und seiner Mutter, und er fragt sich, ob Viola ihr heute ähnlich sehen würde. Gerne würde er sich jetzt Fotos seiner Mutter anschauen. Wie verzweifelt und gleichzeitig hoffnungsvoll sie in ihren letzten Stunden gewesen sein musste, auf der Flucht vor Kreisler – oder vielmehr Bruckmann.

Das kleine Vorderrad von Phils Buggy schlackert über den Gehweg. Tom versucht ihn mit einer Hand zu lenken, doch der Wagen wehrt sich. An seiner anderen Hand hält er Phil, der mit kleinen, wackeligen Schritten neben ihm geht.

Tom ist erleichtert, auch und besonders, weil Anne lebt und sie wieder gesund wird. Aber da ist noch eine andere Erleichterung, trotz des verletzten Fußes, trotz des Wahnsinns, den er in den letzten Tagen erlebt hat, und trotz der stillen Traurigkeit, die ihn seit seinem fünfzehnten Lebensjahr immer begleitet, nein, die eigentlich schon mit dem Tod seiner Mutter begonnen hat; trotz all dieser Erlebnisse ist er jetzt gerade froh. Wegen dieses kleinen Jungen, der ihn so sehr will und braucht, wie er ihn braucht – und die Frage, vor der er sich am meisten gefürchtet hat, ob er aushalten kann, dass Phil nicht sein Sohn ist, diese Frage stellt sich nicht. Er wäre für Phil vom Dach gesprungen. Und das einzig Gute an dem, was Bruckmann getan hat, war, ihn diese Gewissheit spüren zu lassen. So verrückt es auch klingt: Bruckmann hat ihn Schmerz spüren lassen wollen und ihm dabei – ohne es zu beabsichtigen – etwas geschenkt.

Tom lotst Phil durch das Gartentor. Er hat dieses Haus so lange gemieden, und in den letzten Tagen ist es wieder so bedeutsam für ihn geworden.

Er klingelt.

Der Moment, als sein Vater auf dem Feld steht, das Gewehr verpackt und sich dann über den Acker davonmacht, kommt ihm in den Sinn.

Gertrud öffnet die Tür. Sie trägt einen Schal um den Hals, der ihre Blessuren nur teilweise kaschiert.

»Hallo, Tom«, sagt sie überrascht. »Und hallo, Phil!« Sie beugt sich zu ihm hinab. »Das ist ja eine schöne Überraschung. Bist du etwa den *ganzen* Weg zu Fuß gelaufen?« Sie zwinkert Phil zu. Diese Art von liebevollem Humor ist Tom früher nie an ihr aufgefallen. Einen kurzen Moment stehen sie befangen voreinander. Dann umarmen sie sich. »Wie geht's Anne?«, fragt Gertrud.

»Besser. Wir waren gerade bei ihr. Sie wird wieder gesund.«

»Gott sei Dank«, seufzt Gertrud. »Kommt rein.« Sie

wischt sich verstohlen die Augen. »Werner ist noch nicht da, er wollte noch was erledigen.«

In der Küche riecht es nach frischem Kuchen. »Ich musste was tun, um mich abzulenken«, sagt sie. »Apfeltarte und Schokokuchen, habt ihr Lust?«

»Phil bestimmt«, erwidert Tom. »Mir ist gerade nicht nach süß.«

Gertrud nickt, belädt zwei Teller und schiebt Phil den mit dem Schokokuchen hin, Tom bekommt den mit der Apfeltarte. Er starrt den Kuchen an, dann Gertrud, die sich am Kühlschrank zu schaffen macht. Phil zerbröselt den Schokokuchen und steckt sich ein Stück in den Mund. Toms Magen knurrt, und er entscheidet sich, doch etwas von der Tarte zu probieren.

»Schmeckt's?«, fragt Gertrud und dreht sich um. »Oh, schon fertig?«

Tom lächelt. »Ganz schön lecker«, gibt er zu. Phil ist außerstande, etwas zu erwidern, er hat den Mund voll.

»Sag mal«, sagt Tom, »weißt du eigentlich, ob ihr noch irgendwo ein paar alte Fotos von meiner Mutter habt?«

Gertrud legt die Stirn in Falten, während sie ihm ein neues Stück Kuchen aufgibt. »Ich meine, im Keller müsste eine Kiste sein. Da hat Werner ein paar Sachen von früher gesammelt.«

»Darf ich da mal reinschauen?«

»Jetzt?«

»Wenn's okay ist ...«

»Klar. Werner hat bestimmt nichts dagegen.«

»Wo finde ich die Kiste denn?«

»Vermutlich in der Abstellkammer. Eine silberne Metallkiste, mit Tragegriffen. In etwa so groß wie zwei Schuhkartons. Phil, bleibst du bei mir?«

Phil ist nach wie vor zu beschäftigt, um Antworten zu geben. Rund um seinen Platz sind dunkle Krümel verstreut.

Tom steigt die schmale Kellertreppe hinab und geht linker Hand in die Abstellkammer. Die Regale sind voll, aber gut sortiert. Tom geht sie systematisch ab, findet jedoch die beschriebene Kiste nicht.

»Hier unten ist sie nicht«, ruft er die Kellertreppe hinauf. »Hast du noch eine andere Idee?«

»Ich weiß nicht. Vielleicht in Werners Werkzeugkeller?«

Papas Werkzeugkeller.

Der Raum war früher immer abgeschlossen gewesen, da sein Vater befürchtete, dass sich die Kinder an den Bohrmaschinen, Sägen und Beiteln verletzen könnten. Tom drückt die Klinke. Es ist offen. Das Licht aus dem Flur fällt in den etwa drei mal drei Meter großen, vollgestellten Raum. Toms Finger tasten nach dem Lichtschalter, ein alter schwarzer Drehschalter aus Bakelit. Doch die Lampe ist kaputt, es bleibt dunkel.

Er holt sein Handy heraus und leuchtet in die Werkstatt. Staub und alte Sägespäne. Früher hat es hier nach frischem Holz gerochen. Eine unerschöpfliche Fülle an Werkzeugen wie Schraubenschlüssel, Hämmer, Schraubendreher, Zangen und Schraubzwingen liegt gut sortiert in Regalen oder ist an Schienen oder Haken aufgehängt. Überall stehen Bretter, Leisten, Keile und andere Hölzer herum, als müsste sein Vater ein ganzes Haus daraus zusammenschreinern. Eigentlich alles wie früher, denkt Tom. Nur dass sein Vater offenbar den Raum seit Längerem nicht mehr nutzt, sonst hätte er wohl das Licht repariert.

Sein Blick fällt auf den alten Unterschrank der Werkbank. Dunkel gebeiztes Holz, die untere Hälfte einer alten Küchenanrichte mit abgestoßenen Kanten, klemmenden Schubladen und Klapptüren. Hinter der linken Schranktür findet er eine silberne Metallkiste, wie Gertrud sie beschrieben hat, stellt sie auf die Werkbank und öffnet den Deckel.

Im Licht seiner Handylampe liegt ein Sammelsurium aus alten Briefen und Bildern. Ganz obenauf ist ein Foto seiner Mutter mit Viola. Er nimmt es in die Hand und betrachtet es. Irgendetwas an diesem Foto stimmt nicht, denkt er.

Seine Mutter und Viola sitzen auf einer Parkbank im Winter. Seine Mutter lächelt, und ihm wird warm, weil er meint, sich an dieses Lächeln erinnern zu können. Dennoch sieht sie ernster aus, als er sie in Erinnerung hat. Viola ist etwa acht Jahre alt und lehnt sich mit ihren blonden ungezähmten Locken an ihre Mutter. Und im selben Moment ist Tom klar, was nicht stimmt. Schockiert starrt er auf das Foto. Viola war noch ein Baby, als ihre Mutter starb. Wie also kann es ein Foto geben, auf dem Viola im Alter von acht Jahren zusammen mit ihrer Mutter zu sehen ist?

Er dreht das Foto um und schaut auf die Rückseite des Abzugs. In einer grauen Computerschrift ist ein Datum auf den hellen Karton aufgedruckt: DEC21.2016 – kurz vor Weihnachten im Jahr zweitausendsechzehn?

Verwirrt dreht er das Foto um. Hat sein Vater den Abzug erst kürzlich machen lassen? Und wo ist das Bild eigentlich aufgenommen worden? Er hält die Handylampe so nah wie möglich an das Foto heran, um den unscharfen Hintergrund besser zu erkennen. Bäume und Büsche. Da ist so etwas wie ein kleiner See, weit hinten, und ein Mann am Bildrand, der etwas in sein Smartphone eingibt.

Smartphone?

Das ist unmöglich. Nichts an diesem Foto macht Sinn. Als Viola acht war, gab es noch keine Smartphones, also was …

Die Erkenntnis trifft ihn wie ein Schlag.

Seine Finger beginnen zu zittern.

Die Frau auf dem Foto ist nicht seine Mutter – die Frau auf dem Foto ist Viola.

Und das kleine achtjährige Mädchen an ihrer Seite sieht aus wie ihre Tochter.

Das THRILLER-Ereignis des Jahres!

Im morgendlichen Schneegestöber an der Berliner Siegessäule steht ein verlassener Kleinlaster. Auf der Ladefläche findet die Polizei eine halbnackte tote Frau. Jemand hat ihr mit roter Farbe etwas auf den Körper geschrieben - die Privatadresse des Bundeskanzlers.

Am Tatort trifft die unerfahrene und ehrgeizige Kommissar-Anwärterin Nele Tschaikowski auf den berüchtigten Ermittler Artur Mayer. Was sie nicht wissen: Das ist kein Zufall.

Kurz darauf tauchen auf einer Enthüllungsplattform im Netz Videos von der Toten auf, und der Fall nimmt eine dramatische Wende.

Marc Raabe
Der Morgen
Thriller

Taschenbuch
Auch als E-Book erhältlich
www.ullstein.de

ullstein